失踪的维纳斯

唐俊语 著

青岛出版集团 | 青岛出版社

图书在版编目（CIP）数据

失踪的维纳斯 / 唐俊语著. -- 青岛：青岛出版社，2024. -- ISBN 978-7-5736-2532-8

Ⅰ．Ⅰ247.5

中国国家版本馆CIP数据核字第2024TE9320号

SHIZONG DE WEINASI
书　　名	失踪的维纳斯
著　　者	唐俊语
内文插图	陈伟强
出版发行	青岛出版社（青岛市崂山区海尔路182号）
本社网址	http://www.qdpub.com
邮购电话	18613853563
责任编辑	胡玉婷
校　　对	邓　旭
装帧设计	蒋　晴
照　　排	青岛乐喜力科技发展有限公司
印　　刷	青岛嘉宝印刷包装有限公司
出版日期	2024年8月第1版　2024年8月第1次印刷
开　　本	16开（710mm×1000mm）
印　　张	30
字　　数	480千
书　　号	ISBN 978-7-5736-2532-8
定　　价	59.80元

编校印装质量、盗版监督服务电话：4006532017　0532-68068050

Cerca, Trova. ——只要不断寻找，就能找到。

Per sole, amore, e coraggio. ——为了太阳，爱和勇气。

献给我的伯乐。

目录

第一章 苔　丝 001
第二章 夏　娃 007
第三章 少女画像 013
第四章 迷　雾 022
第五章 西蒙内塔 030
第六章 恐吓信 035
第七章 悬而未决 039
第八章 新发现 043
第九章 七　楼 047
第十章 1990年的自杀案 050
第十一章 密　道 054
第十二章 迷　宫 059
第十三章 借刀杀人 066

第十四章 "地狱" 070
第十五章 死亡神曲 075
第十六章 画　室 079
第十七章 山　川 086
第十八章 偷窃者 091
第十九章 洛伦佐的墓地 094
第二十章 被杀的小偷 102
第二十一章 心　魔 106
第二十二章 绑　架 112
第二十三章 隐藏的记忆 116
第二十四章 突　变 122
第二十五章 危　机 126
第二十六章 谋　杀 130
第二十七章 凯　爷 133
第二十八章 老别墅 137
第二十九章 另一个大厅 143
第三十章 艺术品 148
第三十一章 坑　底 154
第三十二章 秘密组织 158
第三十三章 逻辑问题 162
第三十四章 暗流涌动 168

第三十五章　地　图 …………… 174	第六十三章　瓦萨利长廊 …………… 327
第三十六章　餐桌密谈 …………… 179	第六十四章　画像代码 …………… 333
第三十七章　陌生来者 …………… 186	第六十五章　胡凯的目的 …………… 339
第三十八章　转　移 …………… 192	第六十六章　又一具尸体 …………… 343
第三十九章　荒野梦魇 …………… 196	第六十七章　石门开启的方式 …… 347
第四十章　　重　生 …………… 201	第六十八章　未知区域 …………… 351
第四十一章　间　谍 …………… 206	第六十九章　暗　箭 …………… 357
第四十二章　可读芯片 …………… 213	第七十章　　"地狱"入口 …………… 364
第四十三章　与凯爷的协议 …… 217	第七十一章　生死之间 …………… 369
第四十四章　高速遇险 …………… 221	第七十二章　移动通道 …………… 377
第四十五章　追　击 …………… 226	第七十三章　二十五年前的真相 …… 387
第四十六章　老大爷 …………… 235	第七十四章　红宝石戒指 …………… 392
第四十七章　夜半惊魂 …………… 240	第七十五章　熟悉的失踪者 …… 398
第四十八章　卡　丘 …………… 245	第七十六章　交　易 …………… 403
第四十九章　海军司令部 …………… 250	第七十七章　西　木 …………… 408
第五十章　　连环套 …………… 254	第七十八章　隐藏于万象 …………… 415
第五十一章　决　裂 …………… 259	第七十九章　胡凯的秘密 …………… 422
第五十二章　墓地对峙 …………… 264	第八十章　　家族史 …………… 426
第五十三章　第二张羊皮纸 …… 269	第八十一章　杀人陷阱 …………… 432
第五十四章　尼可的痕迹 …………… 275	第八十二章　中国墓葬 …………… 437
第五十五章　孤儿院 …………… 282	第八十三章　被操纵的人生 …… 443
第五十六章　被还原的相片 …… 289	第八十四章　"宝葬" …………… 447
第五十七章　再见秘密画室 …… 294	第八十五章　游戏结束 …………… 453
第五十八章　宫殿全景图 …………… 299	第八十六章　历史玩笑 …………… 457
第五十九章　南　洋 …………… 305	第八十七章　跨　年 …………… 464
第六十章　　失　忆 …………… 311	尾　声 …………… 471
第六十一章　启　程 …………… 315	
第六十二章　猫的指引 …………… 322	

第一章 苔 丝

我在阿尔彼兹细窄的长街上有一间古董店,它和所有的古董店一样缺乏光线和亮度。店里物品密集,大大小小的古董堆满了一整个房间,只剩半张被高脚柜挡住的桌子,被我用来放电脑。

这条街上的行人每天都特别多,他们大多不是来光顾我的店的。他们往前走,进时装店,进隔壁相邻的两家首饰店,进街角的咖啡店。每到下午四点,街对面那家古董店的老板姜卡罗总会不厌其烦地走出他的店铺,赶走几个坐在店门口台阶上抽烟的年轻人,骂上几句:"现在哪里还有人懂艺术!"当然,他并不是愤青艺术家,只不过是因为店里没生意而发牢骚。他家祖上五代都经营这家古董店,到了他这一代,气数也差不多了。他本来一直抱有卖掉店铺搬去别的城市的想法,结果有一次山上地震引发的小余震把铺子里的祖先照片震了下来,他爷爷的照片就正好砸在了他的脑袋上。从此之后,他彻底打消了卖铺子走人的念头,他认为自己如此不积德的念头迟早会要了自己的小命。

但是人长时间待在一处容易产生被困住的怨念。因为他们不像我,他们也不是我。我买下并决定蹲在这间古董店的目的并非是为了卖古董。

我是一名侦探。而这条街上的人总有生意可以给我做。

比如,楼上左转第二户的齐飞太太总愿意出重金找她那只三天两头走失的老猫;四楼右转第一户的菲利普先生总是不厌其烦地找我去跟踪比他小二十八岁的老婆,看看她是不是在外面有野男人;七楼最大的那户住着日本山口先生的情妇,是个俄罗斯女郎,刚收了山口先生送的一枚红宝石古董戒指,又一不小心掉到了楼下。她来找我的时候穿着一件蕾丝花边的半透明睡衣,画着极为精致的浓妆,涂了艳红色指甲油的手指间夹了一根细长的女烟。

"你就是开古董店的那个中国人?"她睨了我一眼。

"对,我叫李如风,你可以叫我风。"

"你长得不错。我叫¥@%#。"

"呃……"我大概知道她讲了一个俄语名字,但是我一个音都没有听清楚。

"你可以叫我夏娃。好了,我们进入正题。听着,风,那天我的红宝石戒指掉下楼之后，我预测它是掉在了楼下某户的阳台上。"

我问："你怎么知道？"

她非常自信地说："我看到了它掉落的方向，根据声音判断，应该没掉到楼底下去，而是落在了某层楼的平台上。"

"你确定？楼下找过没有？"

"找过了，"她说，"而且据我判断应该是落在了四楼的平台上。"

我心想：你这么神还来找我干吗？

我抬起头来，换了个端正的姿势对着她，继续问："你怎么知道在四楼，也是根据声音判断？"

她忽然抿嘴一笑，像是感应到了我内心的吐槽："我要是这么神，那还找你干吗？呵呵。因为我一家一家敲过门都寻过阳台了，唯独四楼二夫人那家不愿意让我进去。肯定是她拿到了戒指，不愿意让我发现，所以连家门都不让我进。你知道的，她家老男人是个很抠门的人，虽然钱不少，但貌似什么正经的首饰都没有给她买过。你看那个小姑娘，嫁给老头子这么久了，一身乡土气息依旧摆脱不掉。"

我知道她说的那个"二夫人"就是四楼菲利普先生那个小他二十八岁的太太。因为菲利普是二婚，两个人年龄差距又大，所以周围很多人都私底下把那个小姑娘称为"二夫人"。

我对于夏娃这样的推测有点儿哭笑不得。我说："你怎么就觉得是她捡到了呢？任何一家都有可能捡到你的戒指，收起来再大大方方让你进门，看看早就空了的阳台啊。她也可能有别的原因不让你进屋子嘛。"

夏娃若有所思地低头想了一会儿，又抬起头来对我说："你信我，直觉。"然后她突然站起来，解开了睡衣上面的两颗纽扣。我被这突如其来的一幕惊呆了——怎么？难道她打算……？这……不划算啊……那个山口肯定不是什么好人，搞不好被他知道了，我就只能等着被他撕碎了。不过她的身材倒是真的挺好的，那对傲人的"珠穆朗玛"此刻正在她解开了两颗扣子的半透明睡衣中忽隐忽现，那雪白的肌肤……我忍不住想到了提香的《花神芙洛拉》，想着想着不自觉地吞了几下口水。

还没等我从脑补中自我解放出来，只听"唰"的一声，眼前这个风情万种的女人已经把扣子重新系上了，而我的视线中多了一沓钱，紫色的，五百欧元一张的大钞。我粗略一扫，怎么说也有十来张。

"给我把戒指找回来，这些是预付款。"说完她便走了出去。要不是听到门关上的声音，我还没回过神来。

乖乖，这是一桩大买卖。

我也没想到，我可以同时赚两笔钱，菲利普的这个"二夫人"才是我的财神爷。反正菲利普那个老头也付了高额费用让我跟踪她，我正好可以顺带找找戒指是不是真如那个俄罗斯女人强烈的第六感一样，在这个姑娘身上。

第一章　苔　丝

"二夫人"苔丝，二十三岁，从个子推测应该是北部人，身材纤细高挑，完全没有外国人个子一高就显得粗壮的骨架，光看体形就觉得她应该是个容貌清秀的女人。她长得确实很漂亮，整条街都知道。如果将夏娃的美比作夏日里的鸢尾花——艳丽，那苔丝的美就是春天最早开的那棵白海棠——清新。你远远望着，都恨不能狠狠嗅上一嗅，感受一下从她身体里散发出来的香味。我发誓，姜卡罗每天最大的乐趣，就是在她走过店门口的时候想办法偷窥一眼她的裙底。

我也不知道她为什么要嫁给比她大二十八岁的男人，或许是爱，或许不是，或许有着一段不为人知的故事。但眼下这都不是我所关心的，我要做的是给我的委托人一个交代。

我要弄明白两件事：

第一：她有没有偷人？

第二：她是不是捡到了夏娃的红宝石古董戒指？

跟踪苔丝一周之后，我有了新的发现。她的生活基本上是很规律的：每天都在菲利普出门后的两个小时左右出门，大概在上午十一点；在菲利普回家前两个小时左右回来做饭，一般在下午五点。她回家的时候会带回来当天的食材，所以在回家之前她会先去超市或者附近的菜市场。

问题就出在十一点到四点这段时间，我发现了一件很奇怪的事情——她每天都会去同一个地方——瓦萨利长廊（Corridoio Vasariano）。这是一条并不对外界开放的私人国宝级艺术长廊，她每天都由内部员工通道进去，从不知道的什么地方出来。我把这个估算在有奸情的可能性范围之内。这么进出自如，如果不是在博物馆工作，那只能说她有个关系不一般的人是里面的工作人员。她如果不是去写生，也不是去工作，那么去偷情的可能性还是蛮大的。

刚刚说到她每天都从不知道的什么地方出来，这也是一个问题。我认识的都是博物馆的小喽啰，只能让我免费进进乌菲兹美术馆（Galleria degli Uffizi），没人有权力把我放进瓦萨利长廊这种地方。我第一天就守在乌菲兹那个能进入瓦萨利长廊的门口，我看她是从那里进去的，结果等到四点半都不见她出来。还好我机灵，之前对她回家的时间也有所掌握。我飞快地跑出去，一路直奔古董铺。果然五点来钟的时候，我看到她出现在门口拿钥匙开门，手里拎着菜，看来她连菜市场都已经去过了，而我把人给跟丢了。

第二天我学聪明了，看着她从相同的入口进去之后，我就回到广场上，坐在广场一侧的咖啡厅里等。果然，下午四点不到的时候，我看到她居然从老皇宫（Palazzo Vecchio）市政府的正门入口出来了。老皇宫里确实有个密道直接通往乌菲兹，但是这个密道究竟是不是所有导游向游客吹牛的那个就真不好说了。老皇宫里有很多暗门，它们通向何处，恐怕只有在那里工作了几十年的老人和那些还住在里面的鬼魂才

003

第一章 苔 丝

真的清楚。我虽然是个开古董店的，也算是个合格的鉴赏专家，毕竟我的眼光精准毒辣，很少发生打眼的事，但要说到跟历史和艺术史相关的问题，我就真不敢自称专家了，扯扯文化进程我还能说点儿什么，扯到老建筑结构，那我可真是半点儿不懂。

此后每天我都蹲在广场上研究她从哪里钻出来。果然，她每次走出来的地方都不太一样，有时候是乌菲兹，有时候是老皇宫，有时候是边上的巷子。这让我有些抓狂。

今天下午夏娃来找我，她想知道我这一周的成果。我有些不好意思地跟她说了一下我的发现，这对于她来说应该算没什么收获。见她皱着眉头，我有点儿害怕她会怀疑我的能力而把尾款的数额降低，于是竭尽所能把苔丝的行踪讲得特别可疑。这似乎让她很受用，她听得很认真，并且一直若有所思。我说完之后，她想了半天，终于开口对我说："你说得对，她有问题，我现在更加相信戒指在她身上了。"

哎，她这种确信倒像是在给我施压，假如我不能把那枚红宝石戒指从那个貌美的女人身上扒出来的话，那我就不要再干这一行了，因为雇主讲了十万遍的真理，我最后没理由去否定它，不然就是跟钱过不去。

晚上七点多，菲利普打来电话说他在米兰出差，明天才回来，让我晚上盯着苔丝。原来男人的第六感也这么准，在接到这通电话后不久，我看到苔丝出去了。

我刚要穿衣服跟出去，古董铺子进来了个人。我本以为是客人，想随手打发走，结果进来的是姜卡罗。

"我要出去了。你找我有事？"我平时跟他关系不怎么好，基本上属于不说话的那种，他表面上鄙视我开着古董店做这种生意，但内心里忌妒我不被古董店束缚的灵魂，我觉得我站在他面前的形象总是特别伟岸。

"我刚看到苔丝了。"他的脸色有些难看。

"对，她已经走出去很远了。"我得赶紧跟上去，心里着急得不行，恨不得开口骂他。

但他像是没有听到我说话一样，双手握成拳，身体微微颤抖着，突然猛地一抬头，倒是把我吓了一跳。他深陷的眼窝让自己看起来跟一副枯骨一般，这会儿他居然是要哭出来的样子。

"我说……你怎么了？"

"风，我跟你说，"我特别讨厌听见他叫我的名字，用力发出来的鼻音，直接把我的名字念成了前鼻音的第四声，"我不知道该不该跟你说，但是我预感不太好。我昨天晚上做了个梦，它太真实了，后来我被吓醒了，到现在都觉得害怕。"

"哎呀，老姜，梦都是白天想多了造成的，你赶紧回去洗洗睡吧。"不要妨碍我做事，我都快要翻白眼了。

他又像没有听见似的继续胡言乱语："我梦到苔丝……苔丝……她从……从老皇宫的阳台上飞下来，掉在……地上！都是……都是血！都是血！"

我被他阐述这个梦境的语气吓到了，着实倒吸了一口冷气。

"我梦到……梦到她就是这个点出门的，她平时都不会在这个点出门的……"

看来关注她行踪的不止我一个。我回过神来，现在真的没时间跟他在这里扯他的怪梦了。我说："你别乱想了，那只是梦，她出去也是巧合，你放心，哪儿来这么多怪事。"

他还想说些什么，我赶紧在他继续胡说之前把他推出了店门，迅速打烊，一溜烟地跑了。

走出去三条街连个人影子都没有看到，我在心里骂了一万遍，都是姜卡罗那个傻子害的，几百年不讲话，今天没事跑来跟我讲做的梦，也不知道是不是存心不让我做生意，害得我现在把人给跟丢了，要不然，搞不好我现在既能拍到现场奸情照，还能顺带发现红宝石戒指究竟是不是在她那里。

多说没用，我只能再找找了。

我又回到了市政广场上。今天晚上有些冷，现在也不是游客特别多的季节，广场上显得有些冷清。在这开放的空间，四面八方穿巷而过的穿堂风刮出了咆哮声。天冷的时候四点多就天黑了，现在已经完全是墨色，所有的雕塑都变得影影绰绰。正中间那座存在好几百年的皇宫，每个窗口都在黑暗中散着幽幽的光。这才八点半不到，我就觉得脊背发凉了。

算了，我也不想在这刮着大风的广场蹲守几个小时，看她是不是如白天一样突然出现，而这里现在也没有还开着门的咖啡吧。在我正打算撤离的时候，身后突如其来响起"砰"的一声，在大风的呼啸声中显得特别诡异。

那是重物落地时发出来的响声。我的右眼皮跟着响声跳了几下，一种非常不好的预感骤然降临。果然，几秒钟后，一声划破天际的尖叫彻底打破了这大风单一的长啸：

"啊——！"

有人死了，从高处坠地。

周围的人在犹豫是围上去还是逃离恐怖的现场，他们在好奇和胆怯中形成一道带着缺口的半圆屏障。

我那不祥的预感越来越强烈，我想起了刚刚从姜卡罗那儿听来的恐怖的梦。

血从围观者屏障的空缺处流了出来。我一步步靠近，没法说清楚此刻心里在想什么。我转动了一下眼珠子，感觉能看到我脑中的大片空白。我的双脚正在不受大脑控制地往前跨，它们越过人群围起的屏障后，自己停了下来。

现在，我能清楚地看到死去的那个人。他身体朝下，脸侧着，眼睛上翻，露出大块眼白。虽然脸部因为重击变得十分扭曲，但还是能辨别出死者的脸上那副惊恐的表情。

死的不是苔丝，而是她的先生菲利普。

第二章 夏 娃

我不知道菲利普为什么会出现在这里,因为一个小时之前他还打了通电话给我,告诉我他要在米兰过夜,叫我看紧苔丝。

而现在他在佛罗伦萨,死了。

警察很快封锁了现场。死者被证实是菲利普·费雷拉,五十一岁,佛罗伦萨市文管局官员。死亡时间:晚上八点三十五分。死亡地点:佛罗伦萨市政广场。死因:经过初步证实,应该是从四楼的阳台上摔下致死。现场没有挣扎过的迹象,初步判定为自杀。

除了死者的身份,其他倒是都挺符合吓哭了姜卡罗的噩梦。

我在警察到了之后默默离开了现场。我只是一名私家侦探,不想让自己掺和进一桩命案里。我一闭上眼睛就想起菲利普的那张脸,我实在无法说服自己他是自杀的。

那么——是他杀?是谁杀了他?难道是……苔丝?

那天之后,苔丝再没出现过。

姜卡罗也再没向任何人提起他的噩梦,他每天躲在铺子里,难得会出门张望一下,连人都不骂了。虽然死的不是苔丝,但他大概也还心有余悸。

我也怕。我总觉得这件事的发生就好像是打开了潘多拉魔盒,有种摆脱不掉的阴影已经覆盖到我的脑袋上了。虽然我并不想有这样的直觉,但它们通常都很准。

果然,苔丝失踪的第三天,警察找上了门。

其实我知道警察早晚要上门的。他们按照顺序先给楼里所有的住户都做了笔录,然后找到了我。

"你是李如风吗?"开口问我话的警察长着一张很亚洲的脸,大概是个混血儿,眼珠子和头发黑得发亮。他把我的名字念得我都听不太懂。

我机械地点了点头。

"认识四楼一室的住户吗?"

"认识。"

"关系好吗?"

"……"

"关系怎样?关系——relationship?"

估计他们看我是中国人，怕意大利语我听不懂，又用英文重复了一遍。这是流程。如果我现在说我是受托监视他老婆的私家侦探，不知道会不会被带回去审问。

"一般。"我决定什么都不说。我下定了决心，必须甩开这桩麻烦事，把夏娃给我的五千欧元定金还给她，这件事就到此为止。对，就是这样，不该讲的不要讲。

"认识他的妻子吗？"

"嗯，认识。不熟。没说过话。"这并不是撒谎，我连招呼都没有跟她打过。

"这两天有见过他的妻子吗？"

"没有。"

"他们夫妻关系怎样，你有所了解吗？"

"呃……他们年龄差距很大，除了这个其他我真的不知道，先生。"

亚洲脸警察做完笔录抬头看了我一眼："好吧，先生，谢谢您提供的信息。假如看到他妻子回来，请通知我。"他撕下纸的一角，上面留了个号码，后面写了个名字：卡尔梅洛。

然后他们去了对面姜卡罗的店里。我有点儿心慌，姜卡罗会不会这个时候掉链子，把我是私家侦探的事以及那天他给我说过的奇怪的噩梦全说给警察听呢？

果然，姜卡罗在做笔录的时候时不时往我这边看。我做好了再次被询问的心理准备，但警察从他店里出来后径直走了。

下午两点多，夏娃来找我。我把钱原封不动地往桌上一扔，表示我不干了。

夏娃眯着眼，点了一根烟，没去碰钱。

"我再给你一万，你帮我把那枚戒指找出来，找到之后再给你两万。"她说着，从上衣口袋里掏出来一张支票拍到我面前，"你可以今天就去把这一万提了，我保证不是空头支票。"

"但是人已经失踪了，除非戒指不在她身上。"

"不，就在她身上，而且她肯定没出佛罗伦萨。我相信你能找到她。"她说得十分肯定。我看着她那笃定的表情，开始觉得这件事情不对劲儿。

"三万五你要我找一枚红宝石戒指？你可以让山口再给你买一枚更好的了。"

"不是，这枚戒指很重要，我必须找回来。"

夏娃走后，我想了一下她和我从第一次到现在的对话。不对……不对不对……这件事太奇怪了。我可以确定，从一开始，夏娃就知道戒指在苔丝那儿。既然这样，她干吗要来找我？我不敢再往深里想，因为这看起来像个局，不知道是来套苔丝的，还是……专门为我设计的。

我并不想干，但是这个价码是很诱惑人的。我赶在银行关门前去存了支票。我反复告诉自己，一周，就一周，一周之后假如还是没有线索就撤，先回国避避风头。

菲利普的事还没完。

第二章　夏　娃

晚上我打烊的时候，那个警察又找过来了，就是那个留了号码给我的亚洲脸警察卡尔梅洛。

我看到他时，他正站在巷口的黑暗处抽烟。他手里的烟已经接近烟蒂了，我不知道他到底在这里站了多久，他可能观察我有好一会儿了。这种感觉并不好，其实我什么都没做，但他在暗中盯着我的感觉让我觉得自己犯了罪。

"您好，李如风。"

听到比早上发音清晰不少的自己的名字，我愣了一下，随即回过神来跟他打招呼："您好，先生。找我有什么事情吗？"

他把烟头扔在地上，用脚踩灭，说："没什么，就是来通知您一声，早上您协助调查的案件有结果了。"

我知道他指的是菲利普那件案子："结果怎样？"

"自杀，被定为自杀。"

我听出了他话里的疑惑。我那天在现场也见过他，他应该是接到报警之后第一批赶到现场的。菲利普那张惊恐的脸，并不像是自己跳下来时该有的表情。我不明白，他在这个案子结束之后来特地告诉我结果是什么意思，难道他对我的口供有所怀疑？

不等我继续猜测，他就证实了我的想法。

"听说您是私家侦探。"他说。

我心里"咯噔"一声，看来我猜得一点儿也没错，白天姜卡罗肯定对警察说了一些多余的话。

"是的。"我说。

"这样，看来我有事要麻烦您了。"

我以为他接下来会要我重新去警察局录一份没有隐瞒任何事实的口供，尽管案子已经结束了，但在结论没有递交上去之前，是可以推翻重新审理的。我心想：这个警察八成是在升职的当口儿，不然谁会去死扒着一个自杀案不放。

可是，他说出了令我出乎意料的话："希望您帮我调查一个人，我会按照您的收费标准支付给您相应的费用。"

这超出了我预想的范围，我的脑袋里只有一个疑问：他想干什么？

"您需要我调查什么人？"

一个警察，在一桩疑点重重的自杀案结案之后，找一个白天做口供时有所隐藏的"不太老实"的中国人，帮忙调查另一个人。不知道为什么，并不是逻辑不通的问题，但这么细细一想，我的脖颈儿就感到了一阵凉意。

"七楼住着一个叫阿夫杰的女人，您认识吗？"

我想说不认识。这栋楼的人我都认识，七楼就两家住户，是不是他搞错了楼栋呢？

这条街道很暗，路灯从去年就坏了，到今年也一直没有人来修。在昏暗中，我感觉到他朝我靠近了点儿，空气里还隐约留着他刚刚抽过的烟草的味道。他乌黑的眼珠

已经融进了夜幕的黑色之中,但我依然能感觉到他在盯着我看。

"她的意大利语名字叫——夏娃。"

我突然觉得脑袋后面像被人狠狠地敲了一下。

"夏娃?"

"对,是这个名字,夏娃。"

我不知道怎么去形容那种感觉。在我的经验里,当所有人和事物都因为某种关联被聚集到一起时,往往就是接近真相的时候。但这一次不是,当我意识到线索的彼此牵扯时,自己已经被卷到了事情的中心地带,所有的人和事都如同被蒙上了一层薄雾,幽幽地散发出毫无头绪且神秘的光。

卡尔梅洛并没有说出要我去调查夏娃的具体原因,他只说,明天下午会来我店里,找我谈一下调查的内容和方向。

如果没有菲利普的死,我可能会把调查的原因简单地想成夏娃是这个警察的情人或者他跟夏娃有过一夜情,他需要对自己的性对象做好调查。但是现在我知道,原因不会如此简单。我很想乐观一点儿,作为一桩生意,我没有必要一定得知道雇主的理由,我只要完成他要达到的目的就好。但是现在,我觉得我应该为自己做一些私人调查,去查一下这个警察。

至少我得知道他和夏娃之间是不是发生过什么,也可能只是凑巧,我向来想得多。

菲利普命案后的第四天,苔丝依旧失踪。

早上我打开店铺门以后,发现又发生了一件怪事。店铺的门锁被撬开了,我以为店铺被人偷了,结果打开门,里面的东西都好好的,没有被翻动过的痕迹,所有的物品都在原位上,除了——多了一样东西。

作为这个古董店的老板,这里面有几块抹布我都知道。但是这个东西,我肯定,并不是我这里已有的古董。

是一幅画。我一眼就能判断出来,这幅画有年头了,少说也有三四百年。这不是一幅油画,而是一幅蛋彩画。上面是一个少女的侧面像,欧洲中世纪贵族的穿着打扮。不知道为什么,我觉得这个侧面有些眼熟。这画看样子起码是 16 世纪之前的东西,保存得很好,颜色鲜艳亮丽,画风很有文艺复兴第一段鼎盛时期的味道,甚至……有大师风范,虽然没有作者的签名和作品完成时间,但一看就是大件。这种级别的东西在大的古董行里都很少见,更别说我们这种小古董店了。它怎么会出现在我这里?

我连店里的灯都不敢开,先把画收进了后面的储藏室。怎么办?报警吗?说我这里被人撬了门,没丢东西,还多了一件看起来价值连城的古董?呵呵,实在是荒谬,但确实又是事实,这种荒唐事警察能信?当然,你要说不想要那是骗人的,如果我判断无误,这种东西随便一转手,那可都是一个天文数字。但是天上掉下来这么大一块馅饼,八成不是什么好事。最近怪事太多,我还是想办法处理掉它比较好。

第二章 夏　娃

还没等我想好怎么处理，那个亚洲脸警察卡尔梅洛就来了。我一看时间，才上午十一点。他怎么这么早，不是说好下午来吗？

他见到我，递给我一个牛皮纸质的文件袋，有些分量。

"什么东西？"我问他。

"你一会儿慢慢看吧，看了就知道了。"他说，"你先看资料，有什么问题我们晚上再说，我结束工作之后会联系你。不过今天可能早不到哪里去，早上出了大案子，我现在要去乌菲兹。"

"乌菲兹？是什么案子？"

"这个不太方便说……不过估计一会儿你走出店门就会知道了。我走了，晚上联系吧。"说完他就走了。

他走后，我打开了他给我的那个资料袋。最上面是一堆看不懂的文字资料，目测是俄语。这一堆都是俄语记录的资料，有一些手写的看起来像是口供的东西；还有一些机打的资料，有点儿像警察局的签名文件，上面都有一串龙飞凤舞的签名。我看不懂，再往下翻，终于看到了几张意大利语的东西。准确来讲，是一些像是损毁了的残片被粘贴到一张白纸上所做成的复印件，手写体太凌乱，根本看不出写了些什么。

翻到最后那张纸，我看到了几张照片。第一张照片上是一个女人，大约二十岁，一头金发，年轻漂亮，不施粉黛，但是有些眼熟。接下来的几张照片，让我浑身的汗毛都竖了起来。

一个女人，躺在地上的血泊中，金色的发丝上染了鲜红的血。她的双眼直直地盯着斜上方，一脸惊恐的样子，简直和菲利普死的时候一模一样。这是案发现场拍的照片，这个死去的女人一看就是前面那张照片中的年轻女子。

和照片放在一起的那张唯一电脑字体的纸上写着：阿夫杰·耶夫娜判定为自杀。经过调查核实无他杀嫌疑。时间：1月23日，1990年。

阿夫杰……阿夫杰……

我把第一张照片拿在手里，仔细盯着照片上的女人看……

"七楼住着一个叫阿夫杰的女人，您认识吗？"

"…………"

我脊背上的汗开始慢慢往外渗……照片上的女人似乎突然就变成了一张浓妆艳抹的脸，冲我微微笑了一下。

"她的意大利语名字叫夏娃。"

"啊！"我颤抖着手，丢掉了照片，瘫坐在了地上。

她是夏娃！

这时候我的手机响了一下，随即振动着"啪嗒"一声摔落在我的手边，紧接着又响起了提示音，来自我安装的意大利当地新闻软件。收到的信息自动切换成横条滚动，是实时快速新闻播报：

失踪的维纳斯

佛罗伦萨乌菲兹美术馆发生重大盗窃案，警方全面封锁消息。馆内疑似丢失的是波提切利1475年的作品：Simonetta Vespucci（西蒙内塔·韦斯普奇）。

阴沉的乌云散开之后，亮光照进我的店铺里。外面的街道上传来姜卡罗与人吵架的声音。

冷静！冷静！我从地上爬起来，在洗脸池里用冰水洗了把脸。我看了看镜子里的自己，脸色苍白，惊恐未去的表情就像刚刚那张照片上的女人。我反锁上店门，故作镇定地绕到外面，把卷帘门也放了下来。姜卡罗还在和一个满身文身的年轻人吵架。我从后门回到店里的时候，姜卡罗的大嗓门瞬间就消失了。

四周就像沉陷在墓地里一样静。我拉了一张靠背椅在摆放凌乱的古董之间坐下来，那张刚刚被我甩出去的照片就躺在脚边不远处。我把照片捡起来，放到了一边。我已经不用去刻意研究了，照片上的女人就是夏娃没错，或者说至少跟夏娃长得一样，不过她没有妖艳的浓妆，看起来要比现在的夏娃年轻许多。

我打开手机，又看了一遍刚刚的新闻，这条新闻让我的理智慢慢回归。我的脑子里依旧很混乱，依旧充满恐惧，但起码能意识到，我遇到麻烦了。

不管之前的事情是不是陷阱，至少现在这件事情肯定是。国家博物馆里的藏品被盗窃，而现在它出现在我这里——是的，我现在怀疑乌菲兹失窃的藏品就是早上莫名其妙地出现在我这里的那幅画。我走进储藏室，打开灯，那幅画现在就被我横放在储藏室的门后面。在昏暗和光线的交界处，画中少女的脸忽隐忽现。我关上门。

不，不只是怀疑，是肯定。

有人想害我。

唯一值得庆幸的事情是，我没有拎着这幅画去街上乱晃，寻找解决它的方式，否则我现在恐怕已经在市中心的看守所里蹲着了。

我拿出手机，拨通了卡尔梅洛的电话，随即又挂断。现在不是打电话给他的时候，一位负责乌菲兹盗窃案的警察对于我来说是危险的，虽然我真的没有偷东西，但我觉得没人会相信我。比起他来，我更应该找一下夏娃。理智告诉我，虽然事情显得很荒唐，但她肯定不是鬼。这里面一定有些问题，或许夏娃知道。

夏娃没有给我留过手机号码，我也没有问她要过，大概觉得楼上楼下，抬头不见低头见，通信工具什么的都没必要。我决定上楼去找她。她除了逛街或者和山口出去约会，一般不太出门。

第三章　少女画像

七楼有两户，门对门。夏娃住的那一户是大户型，包括了楼顶的空中露台，大门在走廊右手边的尽头处。她对门住的是克雷斯纳太太，是一个独居的老太太，养了一只猫。

我走到门口，按了一下门铃，没声音，门铃是坏的。我又敲了敲门，隔了很久也没人回应，再敲，还是没人，看来她不在家。我刚想走，一回头就撞见了克雷斯纳太太。她快九十岁了，身高大概就到我的胸口，有些驼背。她瞪着我的模样着实吓了我一跳。

"你找谁？"她问。

"夏娃。"我说。

"哦，我认识你，你是楼下那家古董店的中国人。"她眯着眼睛仔细打量我。

"对，我是。她好像不在家，那我先走了。"我并不想和老太太在阳光底下闲聊一下午。

她突然拉住我："小伙子，你在这里也有一年了，就没发现什么奇怪的地方？"

"奇怪的地方？您是指什么？"

她望着我，表情十分古怪，就像是打算要告诉我一些惊天大秘密一般，她的眼睛看起来很混浊。

"你自己当心点儿吧，小伙子。最近不太平啊。"说完她放开了我，转身回去了，丢下我一个人站在那里陷入混乱。

最近的事情已经够古怪了，现在又碰到这样一个老太太，跟我说了些莫名其妙的话。

老太太关门前又忽然回过头来："你不用再上来了，这家没人，那女的不会回来了。她走的时候把钥匙放在门口左边倒数第二个花盆里，你自己开门进去吧。你看完赶紧走，走得越远越好。这里都是吓人的东西，赶紧走吧。"她说完就关上了门。

我还没把话问出口，她就把门关上了。我敲了敲门，她也不开。我在心里暗骂了一声，现在连个老太太都跑出来故弄玄虚。

门口左手倒数第二个花盆，真的只是花盆，这门口甚至没有一株活着的植物，全都干枯了不知道多少年了。老太太没有骗我，我扒开花盆的泥土，里面确实有一把钥匙，看起来应该就是大门钥匙。

　　我犹豫了。这个老太太我以前也没怎么接触过，只是听说她为人很奇怪，但是她也太奇怪了吧，不仅知道人家把钥匙放在哪里，还莫名其妙让我拿钥匙直接开门进去。她刚刚说那女的不会回来了是什么意思？活着的这个夏娃，她明确地告诉我她需要我把红宝石戒指找回来，定金都给了，难道专门给我钱要耍我玩儿？给了我一笔钱就消失了？怎么可能？！

　　不过最近发生的这些事不都是"怎么可能"然后也还是发生了嘛……我到底要不要自己开门进去？这是私闯民宅啊，万一被抓怎么办？但是万一夏娃真的不出现了……我现在手里还有个烫手山芋和一堆解不开的谜团……

　　我胡乱想着，"咔"的一声，手里的钥匙已经不自觉地转开了门锁，大门甚至没有锁上，只是轻轻带上了。我轻轻推了推门，一股陈旧的气味迎面扑来，就像是那种被空置了很久的霉味。屋里的光线很暗，我找到了墙壁上的灯，按下开关，灯不亮，看来是坏了。门外光线能照到的最多也就是进门换鞋子的那块地方，鞋柜的后面被一堵墙隔开。

　　我浑身的汗毛一根根地竖了起来：阳光照得到的地方全都是灰尘，这房子并不像有人居住的样子。

　　我打开手机灯，小心翼翼地走进去。"夏娃，你在吗？"我听见自己的声音在四壁撞出了回音，仿佛是墙壁在给我回话。房子里只有极少的家具，全都盖着暗红色的布。手机灯照不远，我能照见的地方也都是灰尘，客厅左手边有一条延伸进去的走廊，黑洞洞的，那边应该是卧室；走廊边上就是向上的楼梯，这里有一个阁楼，从阁楼出去，就是这座房子的露台。

　　我在客厅里晃了一圈，得出一个肯定的结论：这里起码半年没有住过人了。

　　那么，真是我见鬼了？

　　我仔细回想了一下：首先，我没有见过山口，关于山口的一切都是来自楼里的传说，究竟有没有人见过山口我也不知道；其次，我以前从来没有留意过夏娃是不是跟周围的人说过话，关于她的事情，都是她找我闲聊的时候说的。我这个人本来也不太喜欢与人来往，和楼里的人都只是见面打个招呼的交情，所以我也从来没有听别人说起过七楼的这家住户。房子是不是空的，住不住人，我还真是完全不清楚……会不会一切都是障眼法？我要么是着了女鬼的道，要么就是出现了所谓的幻觉。

　　我现在特别想去问问对门那个老太太，问问她看到那个女的把钥匙放在花盆里是不是1990年发生的事情，因为我大白天活见鬼了。

　　那个鬼还给了我一万五千欧元，让我给她找戒指！

　　不对，不对，不对，绝对不可能！

　　卡尔梅洛让我查夏娃的时候，明明问我的是认不认识七楼的那个住户，他在这里做警察肯定不是一年两年的事了，他应该知道我来这里的时间不长，他没道理会问我认不

第三章 少女画像

认识二十几年前就已经死掉的人,他也不会给我那些资料。这说明他也见过这个夏娃。

手机还剩百分之二十的电量,我决定在这里找找有没有什么能帮忙理出头绪来的东西。客厅里我都找过了,除了一张沙发之外,也就是进门的地方有一个鞋柜和一个衣架,然后就是灰尘。里面有两间房间,大房间里摆了一张梳妆台和一张床,衣橱门开着,里面一件衣服都没有,全是空的。小房间大概被当成衣帽间来使用了,有一些看起来旧得像咸菜干的衣服。除此之外,没什么发现。

小房间的边上,还有一扇锁上的门。我用了点儿劲儿,想把门锁弄坏打开看看。我也不知道哪里来的勇气,大白天在这么一间我一直以为有人住其实空了很久的房子里面瞎折腾,幸亏大门还开着,那边的光亮让我起码还有一丝安全感。

门怎么都打不开。就在这个时候,我突然听见身后有响动。我停下手里的动作,仔细听了下——四周很安静,一点儿声音都没有。我的心脏已经快要跳出来了,我回头望了望,什么都没有,可能是幻觉。

我心想:算了,要不还是先走吧,这里确实不宜久留。我刚想走,却又听见了刚刚那样的响动,"窸窸窣窣",像翻东西的声音。这次我确定了,声音是从阁楼里传来的。

手机还有百分之十不到的电量,我得在没电之前出去。我打开了手机的强光灯,走上了楼梯。这里基本上是伸手不见五指,幸好我还有手机发出的光。最后几级楼梯发出"吱吱"的声音,在这空空荡荡的地方听起来尤其恐怖。

阁楼没有门,楼梯直接连接着一个黑乎乎的房间。我把手机先伸进去照了一下,看起来房间应该是半圆形的,里面有张写字台,放在尽头靠露台的地方,还有一些柜子。里面没有人,"窸窸窣窣"的声音也消失了。

我远远地看过去,写字台上好像有东西。我拿着手机走了进去,刚走到一半,突然觉得脚踝好像被什么碰了一下。我吓了一跳!手机掉到了地上。我刚弯腰把手机捡起来,一抬头就看到离自己的脸大约只有十厘米的地方,有一双绿色的发光的眼睛看着我!我差点儿吓晕过去!还好——它在关键时刻"喵"了一声。

妈呀,原来是只猫……我用手机照了照它,它也不动,就那么看着我,又叫了一声。我估计应该是克雷斯纳太太的猫,房子开着门,它就自己溜了过来,刚刚这里发出的响动应该就是它弄出来的。

我在胸口画十字,千万不要再有东西冒出来吓我了。我走到写字台边上,桌上放着一些乱七八糟的废纸,但是我的手机的光照到了一个东西。

一张废纸上用黑色笔写着:苔丝。旁边画了一个符号,有点儿像三个钻石戒指相互扣在一起,戒指上三个尖顶朝上的三角形看起来是钻石的样子,而戒托靠近三角形的部分像是分开的两片花瓣。符号看起来很眼熟,我好像在哪里见到过。

我打开写字台的抽屉,里面只有一张类似于古董凭证的纸,但是上面写的好像是拉丁文,看不太懂。我把整张纸从抽屉里拿出来,纸上除了一串文字,还有一张实物的照片。这个我认识,之前夏娃拿给我看过,就是她的那枚红宝石戒指。纸的背面不

015

失踪的维纳斯

知道是谁用铅笔画了一张有点儿像地图的东西，看起来挺奇怪的。

那就像是一个通道，通道的周围都用框框做了标记，标了"1""2""3""4"，而通道的其中一段被涂黑了。这是什么鬼？手机只剩百分之一的电了，我把这张纸塞进了衣服口袋，想着先撤出去再说。

那只猫还在黑暗中看着我，看得我心里直发毛。我刚走了两步，突然整个房间亮了，有人打开了这个房间的电源。难道是夏娃回来了？还是传说中的山口？我一时站在那里不知道该躲起来还是冲出去。

我听见楼梯又发出了恐怖的"吱吱"声，有个人影正在渐渐接近。

我在心脏疯狂跳动的节奏声中迎来了出现在门口的人。

是卡尔梅洛。

"是你？"虽然这是一句问句，但是他看我的神情仿佛一早就知道会在这里见到我一样，"我打过你的手机，打不通。"

我按了一下我的手机，已经自动关机了。大概是这里墙壁厚，信号不好。

"你在这里干什么？"

做警察的果然没什么废话。我该怎么解释我出现在这里的原因呢？因为隔壁的老太太叫我私闯民宅？

"我看了你给我的东西，所以我就上来了。"我说。

"走吧，先出去，我没有搜查令，我们现在算私闯民宅。"说完他带头先下了楼。

我在这么亮的灯光下终于看清了一直盯着我看的那只猫，全身乌黑，跟亚洲脸警察的头发和眼珠一个颜色。在意大利都说黑猫是很邪行的，但是这只猫歪着头望着我的表情看起来很无辜。

我走过去，把它抱起来，总不能把它关在这个没人的鬼屋里面吧。结果这猫被我一抱，爪子竟直接扒拉上了我的肩，不肯下去了。我走出门口，想把它放下来，老太太发现它不见了，自然会开门找它，但它死死扒着我的衣服，我的外套就这么被它的爪子抠了两个洞出来，我只能带着这只死活不肯离开我的猫一起下了楼。

我把铺子重新打开，确定里面没有新冒出来什么奇怪的东西之后，才让这个警察进去。

那只黑猫一进我的铺子，居然自己从我身上跳了下去，晃着尾巴四处走动，好像回到了自己的地盘。

"我先正式地向你自我介绍一下。"亚洲脸警察的声音从身后传来。

我转身礼貌地笑着看向他，心里嘀咕，不是已经介绍过了吗？

"我是中意混血儿，你可能不知道。"他居然开始用中文和我说话，我吃了一惊，真是难以置信——这个操着一口地道佛罗伦萨口音的警察现在居然正用一种典型的港台腔普通话跟我对话，"我会说中文，我还有个中文名字，叫陈唐。"

"陈唐？"

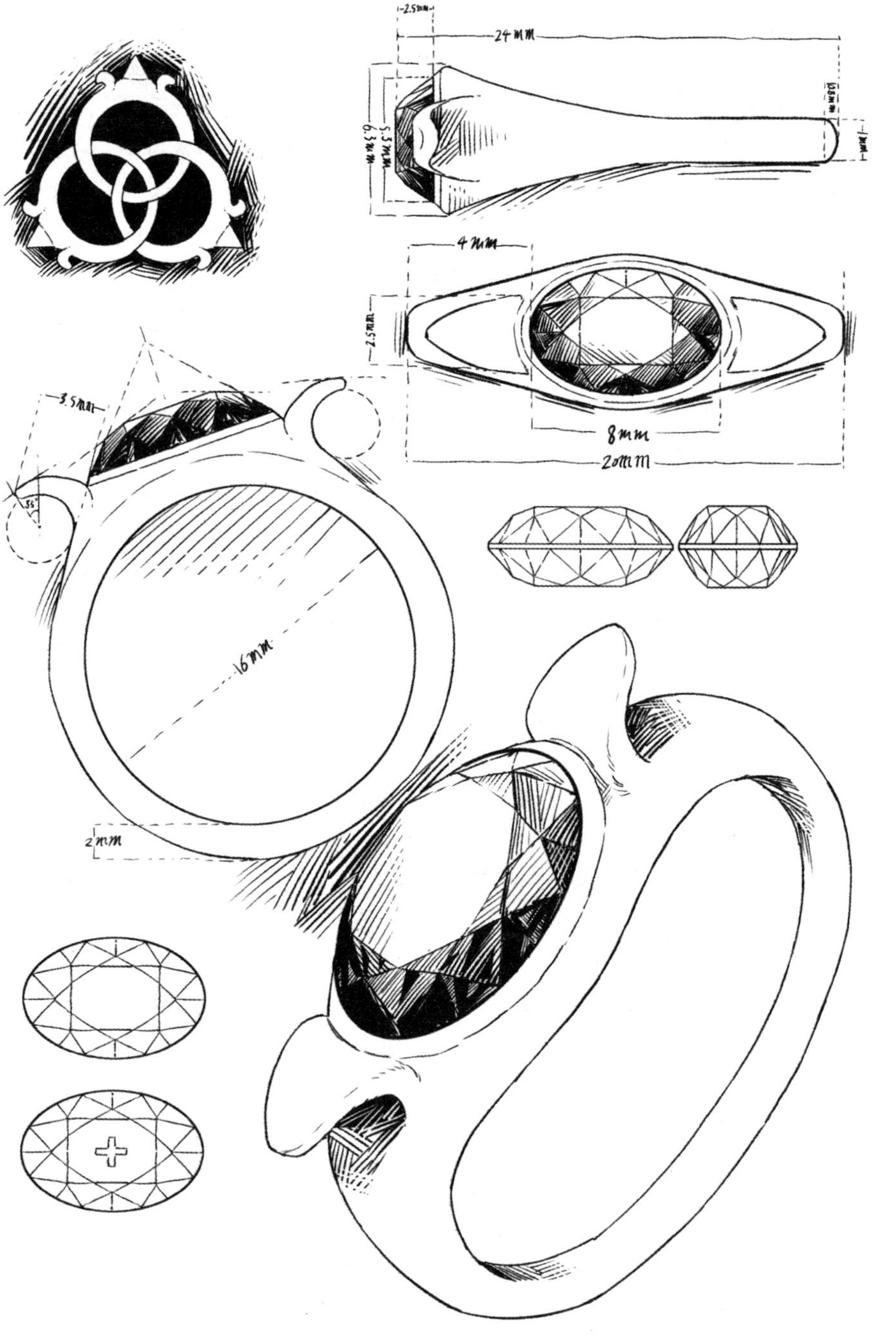
2.5mm
24mm
4mm
2.5mm
8mm
20mm
3.5mm
16mm
2mm

"是的,陈唐。他们都叫我唐少。"

他所谓的"他们"都是港剧看多了吧,还唐少……

"我父亲是意大利人,母亲是中国人。以后为了方便,我们可以直接用中文交流。"

虽然不知道他这一口"港普"是在哪里练就的,至少这件事情还是让人开心的,我对他的信任度增加了不少。我在获得这个信息后最急迫想搞清楚的是,关于我现在所面临的一切难题,我是该对他全部说实话,还是保留一部分?我深知,在这种时候单凭我自己的能力已经很难解决问题了,我必须找个能帮助我的人。可能这个人就是我摆脱现在这种局面的希望,但……我还不确定他是不是可靠。

他瞄了一眼我扔在桌子上的那些他给我的资料和照片,走到桌边,用食指在桌面上敲了敲:"你都看过了?"

"是的,但是俄语看不懂。"

"你有什么看法?"他问。

"你先告诉我,你最近有没有见过夏娃?"这是我眼下最关心的问题。

他低头想了一会儿,对我说:"那天,菲利普死的那天,我看到她了。资料里的这个案子当时并不轰动,不过是一桩自杀案,没什么人关注。但是当时结案的人是我父亲。我那时候才七岁,见过最吓人的东西就是父亲带回家的这些照片,所以我一直记得那个女人的脸。那天当我看到她的时候,即使她化了浓妆,我也一眼就认出她来了。我无数次在噩梦里见到的脸,居然活生生地出现在了我的面前。"他皱着眉,脸上的表情显得很排斥。

这小哥童年阴影应该蛮严重的,毕竟年纪那么小就看到了那么血腥的照片,怪不得会拜托我去查夏娃。

"你给我的这些资料看起来都是警察局里的,你就这么拿出来了?"

"这些资料都是我家里的。"他说,"那时候我父亲不知道为什么盗窃了这桩自杀案的材料,藏在家里。后来局里发现了,但是他死都不承认是他拿的。其实也并非很严重的事情,也没人来家里搜过。不过后来他被革职了,三年之后就死了。"

他说完,点了一根烟:"不好意思,你这里可以抽烟吗?"

我也掏出一根烟点上,冲他笑了笑。

"我跟你说这些,是希望你能帮助我查清楚。其实那天看到她之后,我就立刻着手查了那个女人的资料,发现这里并没有她的具体登记,连名字都查不到,还是根据地址,在一家咖啡店的会员卡上查到她当时注册的名字是夏娃·巴尔迪。"

"也就是说她属于非法入境的人口,是黑户,是不是?"我问。

"可以这么说。没有具体登记而长期滞留的人,一般都是黑户。除非……"

"什么?"

"有人刻意隐藏了她的信息。但是通常来说这是不可能的,除非是国家安全局的内部操作。内部有些设置,比如那些曾经做过国际间谍的人,不能被别人查到,他们

第三章　少女画像

的信息就会被刻意隐藏起来,这是一种保护措施,我们一般把这些人叫作'隐身人',他们在国家有合法的身份,但都属于机密,一般查不到。我觉得这个女的不会那么巧是间谍吧……"

难说,这个女人,神秘莫测。我想起她见我的那几次穿的性感睡衣、红艳的唇和指甲、白皙的皮肤和手间细长的烟……我居然今天才发现,那个睡衣女神的住所是个空屋。这个女人瞬间就给了我一种和苔丝一样幽灵一般的感觉,又性感……怎么没可能?她是什么都有可能。

"你今天是第一次上去?"他找到了我藏在一个古董花瓶后面的烟灰缸,掐灭了烟头。

我把遇到老太太的事情说了一遍,他听完笑了起来:"老太太说成那样,你还进那间屋子,你的胆子也真是够大的。"

"老太太看起来挺神的。"

"神?什么神?"

"呃……就是很神奇,和神仙一样……呃……也不是,就是神神道道,就是懂一些我们懂不了的东西……"妈呀,对着一个港台腔的混血儿解释中文的博大精深,我可以去做一场讲座了。

"你的中文很……不太好……是不是?算了,就是一个形容词,不重要。"

他似懂非懂地点了点头。

"她还说,乌菲兹今天被偷了一幅很重要的馆藏画,是不是真的?"我有意借着老太太将话题引到了这个关键问题上。

他似乎听出了我的用意:"你对乌菲兹盗窃案很感兴趣啊?没错,失窃的是一幅挂在瓦萨利长廊里的肖像画,是1475年波提切利画的一个少女的侧脸。之所以被收藏在瓦萨利长廊里,是因为它之前也失窃过,而那里保安系统更好一些。巧的是,上次它的失窃时间也是1990年,与那起自杀案相差四十五天。奇怪的是,这幅画过了三年自己又重新出现在博物馆里,也就是说它是自己回来的。谁都不知道这幅画被谁偷了,之后被带去了哪里,后来又为什么会自己回来。"

果然,那件丢失的藏品肯定就是今天早上莫名其妙出现在我店里的那幅画。

我内心在做疯狂的挣扎,不知道该不该跟这个操着港台腔的警察说实话。不知道当他看到那幅画躺在我的储藏室的门后时,会做何感想。我看了一眼四周,目测这狭窄的空间应该没有我可以安然逃跑的路线,假如他翻脸抓我,那我当真是无路可退啊。但是这个烫手山芋,要是我不说,万一被他发现了,那我真是跳进黄河也洗不清了。

"呵呵……貌似我说了不该说的。这些是局里的内部资料,你别出去乱说。"他打断了正在想象他看到画后各种反应场景的我,"好了,现在说说看,你在七楼有什么发现?"

这又是一个问题。七楼发现的那两件东西,如果要拿出来,我可能就得说一下在

019

此之前我都干过什么了。好吧，总得挑一些实话说，不管怎么样，现在我与这个唐少无形中形成了一种盟友的关系。

我深吸一口气："你听我说，现在我把之前你们过来做笔录的时候我没有提到的事情告诉你，但前提是，你必须相信我，我绝对没有做过什么违法乱纪的事情。之前我不说，是因为菲利普突然死了，我不想让自己好端端地卷进一些不必要的事情当中，因为他的死真的和我一点儿关系都没有。"

"我一直都知道你和他们的关系没有那么简单，但我也从未怀疑你和菲利普的死有什么关系。你把事情都说出来，我们好一起分析。"他随手又点了一根烟。

于是我从头到尾把夏娃委托我找戒指、菲利普委托我跟踪苔丝的事情说了一遍。

"现在你知道了当我看到你给的这堆资料的时候，我的惊讶程度绝对不亚于你，这件事如果不搞清楚，可能会导致我精神分裂的。"

"慢着……"他做了一个停的动作，"你刚刚说谁？"

"夏娃呀……"我也搞不清楚他问的是谁。

"不对，不是她！你刚刚说死掉的那个文管局的菲利普他的老婆是谁？"

"苔丝啊！"

"苔丝是谁？"他又问。

"他老婆啊！菲利普，那个跳楼的菲利普的老婆！"

我都被他问烦了！这小哥是中文不行还是记忆力有问题啊，之前来做笔录的时候他还让我看到菲利普的老婆通知他。

"不对，他老婆不叫这个名字。"

"什么？！不可能！你在耍我吗？这里一条街的人都知道苔丝是他的老婆。那个女的很漂亮、很年轻，才二十多岁，一条街的人都知道他们是二婚，年龄差距很大。"

"我给你看样东西。"说着，他掏出手机来，从里面翻出一张照片，是警察局的档案，"我一直觉得这件案子很可疑，但警察局里面的资料我不能拿出来，所以我都用手机偷偷留了底。你看这里——"他放大屏幕上的那张照片，用手指着一个名字给我看：Moglie：Bianca Ulivi（妻子：碧昂卡·屋里维）。

"这是……？"我一头雾水。

"这才是他老婆的名字。怪不得你和你对面那个古董店的老板那天都跟我们说这夫妻俩的岁数相差很大，我当时其实挺疑惑的，但是因为案子确实没查出他杀的证据，而且不管是市政府还是局里都想早点儿结案，所以我也没多嘴问。"

我一看边上的年龄栏里写着：四十五岁。

"我以为，这对于你们来说叫作年龄相差很大。而且菲利普没有离过婚，自然也不是二婚。他和碧昂卡登记结婚的时间是在1993年，没有分居或者离婚的记录。碧昂卡所登记的住址就在这里，我们没有搜索到关于她的其他信息，他们好像也没有孩子。关于这个苔丝，我现在可以叫人查一下。她现在在哪里？"

第三章 少女画像

根据他提供的这些信息来看，这件事现在越来越奇怪了。

"我不知道碧昂卡，我从来没有听说过这个人。"我说，"我只知道苔丝是他二婚的妻子，二十三岁，年纪很小。但是菲利普死后，她就失踪了，直到现在也没有出现过。她失踪之后，我刚刚跟你说过了，只有夏娃来找过我，她很肯定地告诉我，戒指在苔丝身上，而苔丝没有出佛罗伦萨。"我心想：这也太离谱了，原来意大利人就是这么查案的，一整栋楼的人都见过苔丝，都知道菲利普的老婆是个美少女好吧。

这时候那只一直不知道躲在哪里的黑猫又跳了出来，在旁边"喵喵"地叫个不停。

"那是你养的猫？是不是饿了？"陈唐从我身边绕过，朝着猫走去，"你在扒什么呢，黑咪咪？"

黑咪咪？呵呵，我真是恨不能从脑袋上挂下来三条黑线，这小哥的中文真有创造力……

但当我回头看了一眼之后就笑不出来了——我的天哪，这只猫现在正蹲在储藏室的门口，不停地扒储藏室的门！

"沙沙"的声音尤其刺耳，那只贱猫的爪子不停地在那里挥舞，就像不扒开门不罢爪一样。

"那个——"我为了引起陈唐的注意大声说话，心里十万个拜托他不要去开那扇门，恨不得现在就冲过去把那只黑猫就地正法，"我在七楼有所发现！"

还好，我是真的在七楼有所发现。

我把那两张几乎是用生命换来的纸捧到他面前。结果那只黑猫居然在我跨步过去的时候突然掉转身，从陈唐的手掌底下钻了出来，杀了我一个回马枪，把我绊倒在地上——一定是谁派它来谋害我的！

储藏室的门直接被我用双手推开了，因为门锁本来就是坏的。我捧过去的那两张纸飘下来，落在门背后那幅画的画框边上。

还好，还有挽救的余地。到了这个时候，我已经不是刻意想对他隐瞒这件事情了，我也知道，如果他相信我，这件事解决起来可能更加方便一些。只是这事得我自己说，要是现在被他发现了，就难说他还会不会听我解释了。

我赶紧从地上爬起来，捡起那两张纸，想快速把门带上。谁知这只猫害我的决心特别坚定，它已经蹲到了我的脚边，一边"喵喵"地叫着，一边扒着那幅画的画框。

完了！完了！我知道这下肯定完了！因为这位唐少站了起来，我看到他的手伸向了储藏室的门，而那幅画就暴露在外面照进来的隐约的亮光之下。储藏室并未开灯，画基本上都在阴影之中，而店铺内的灯光正好和门折成一个三角形，框住了画中姑娘的脑袋，像是活生生套上了一个企图勒死她的绳索。我现在的感觉和她如出一辙。

第四章　迷　雾

　　我望着在我眼前站起来的陈唐，很想去扯住他的裤腿，但是胳膊被压在了身下。我整个人都僵在那里，一时不知道如何动弹，只能眼睁睁地看着他站起来又蹲下去，一点点把那幅画从储藏室的门后面抽出来，完全忽略了落在地上的那两张纸。

　　呵呵，我居然栽在一只猫的手里。

　　他回头，朝我投来犀利的目光。我知道他在想什么，但是这种时候，我已经无从辩解了："对不起，我本来想跟你说的，但是一直找不到机会……我现在说的这些你可能不会相信，但是我真的……"

　　"你画的？"他提高了音调问我。

　　"啊……啊？"

　　"你画的？"他又问了一遍。

　　这次我听清楚了，他问是不是我画的。我愣住了，不知道怎么回答他。他是故意这么问我？难道是因为他刚刚说了那么多不该说的，所以现在看到有幅失窃的画出现在我的储藏室里就假装没看到，打算敷衍过去，大家谁也别去揭谁的老底？要真是这样，倒也可以。

　　"呃……是……"我其实想说是我画的，但是他没等我说完，就打消了我的念头。

　　"不对，不是你画的。"这次他发现真相了，"这是蛋彩画，看这痕迹是个古董，做旧也不可能做得这么到位……"他干脆把画整个拎了出来，拿到了店铺正中。

　　店门还开着呢！

　　他一边用手指来回抚摩着画，一边喃喃自语，说的都是意大利语，"叽里咕噜"，也不知道究竟在说些什么。我也没用心听他嘀咕，我只知道自己完蛋了，他现在明显已经发现这幅画就是乌菲兹美术馆丢失的馆藏画了，关键是我眼下肯定跑不了。

　　我正盘算着要不要装不知道这是馆藏画的时候，他突然回头看着我，问道："你从哪里得来的这幅画？"

　　咦？这台词跟我心里想的不太相符，我以为他会直接说"居然是你偷了这幅画"之类的。

　　"你可能不相信，这幅画是今天早上我开店门的时候莫名其妙出现在我店里的。我当时也吓坏了，因为卷帘门的锁被撬了，我以为店里进了贼。但我什么都没有少，

第四章 迷 雾

还多了一幅画,就是它……"

我说完抬头看他,等着他的反应。但他头也不回地专注地盯着画,看起来好像并没有在听我说话。那只黑猫似乎也盯上画了,一直跟在他的脚边乱叫。

"天哪!"他惊呼着回头,用一种难以置信的眼神望着我,"这可能是一幅五百多年前的仿制品!"

"什么?!仿制品?!这不是乌菲兹丢失的那幅馆藏画?!"这句话几乎是脱口而出,在它溜出我嘴唇边缘的瞬间,我产生了一种想打死自己的冲动。

"呵——你以为这是失窃的馆藏画?"

"不是……我真的没有偷过馆藏画。不管怎么样,只要它不是那幅真品就好。"我也不知道自己在胡言乱语什么。

"你相信我吗?我可以对天发誓,这幅画真的是今天早上突然出现在我店里的。"我告诉自己,他会信我,就凭他和我见面的时间没超过三小时,但是他跟我说了很多话,而他说的这些话我也没怎么怀疑。

在他背对我的沉默中,空气一下子凝固了。

"我信你。"他说。

不负所望……虽说听到是赝品时我已经松了一口气,但他相信我这一点让我彻底放松下来。

"不过,"他转过身来,"你这幅画如果不是被我发现,估计你这会儿已经被抓走了,可能要关上个几天,等专家来鉴定之后,才能决定可不可以把你放出来。"

"为什么?你不是说这是赝品吗?"

"呵呵,首先,这是五百年前的仿制品,对,没错,确实是赝品。但是这幅赝品已经到了以假乱真的地步,就算不是作者自己画的,也绝对是高手画的,已经具有了博物馆收藏价值。"他突然把声音压低,"你要知道,当馆藏画失窃的时候,博物馆有时候实在难以寻回真品,就会找人画一幅赝品,充当真品摆回去,就当作是寻回了。等到真品出现的时候,再偷偷换回去,这样不仅可以挽回博物馆的名声,也能在最短的时间内向国家交差,同时也有助于找到真品。因为有些贼看到博物馆说找到真品了,会忍不住把自己偷到的东西拿出来到处说他那个才是真的。"

我心说:不会吧,贼笨成这样干脆别做贼了。

他说:"你别看我,有的贼真的挺笨的。因为当他们看到博物馆说已经寻回失窃馆藏的时候,他们会觉得偷到的东西失去了价值,所以急着出来澄清,怕卖不掉。你的这幅画不仅是五百多年前的,而且达到了以假乱真的水平,一般人根本看不出来是赝品。"

"首先,这画不是我的;其次,你是怎么看出来的?"我问他。

他一个警察,既不是学艺术的,也不是学古董鉴赏的,怎么就能一看便知呢?

他抿嘴一笑:"你怎么知道我不是学古董鉴赏的?"说完,自己笑了两声,又说,

"好吧……是因为我见到过那幅画。"

"你在瓦萨利长廊里见过？"我问。这么多年，我连瓦萨利长廊的门都没进去过，那个长廊一直以来都喊着将来有一天要面向大众，这么多年却一直只对有身份的私人和学术团体开放。

他轻轻地叹了口气，说："不是。我见到的时候，它还没回到乌菲兹美术馆。那幅画最早是我父亲的一个朋友找回来的，他是中国香港人，叫 Alan 宋，他们都叫他大鹰。这个人专门做古董倒卖生意，我父亲不做警察之后总跟他混在一起，直到死……"他停顿了一下，用手指了指画中少女的手指，"你看这里，看到了吗？"

"看什么？"他的手指徘徊在少女那纤细的手指之间。我只能看到那双手被赋予了一种完美的光泽度，鲜亮粉嫩，就像纹理细腻的皮肤。假如说这真是一件赝品，那也是一件价值连城的赝品，笔触如此细腻，绝对是高手画的。

"你没看到就对了，问题就出在这里——她的手上没有戴戒指。"

"戒指？"

"对！戒指，原作画中少女的左手中指上有一枚戒指。"他顿了顿，一个字一个字地说，"红宝石戒指。"

"红宝石戒指？！"我觉得我的嘴不能张得更大了。一切都被联系在了一起，一切都是谜，一切都蒙着一层薄薄的面纱隐没在白雾里，但是我拨不开白雾，也揭不开面纱。

"我知道你在想什么。刚刚我看到这幅画的时候，我就想到了你说的夏娃要你找的那枚戒指。但是我没见过它是什么样子的，不能确定是不是和画里一样。"

我突然想到那两张我从七楼收获的线索纸——它们还在储藏室门口的地板上躺着。我飞快地捡起来，抽出其中那张被我折叠过的有红宝石戒指图片的给他看，除了图片，上面那串文字我只是粗略地扫过一眼，还没有具体看它到底写了什么。

"是它吗？"我问。

"嗯……"他若有所思地点了点头，"和我在画上看到的一模一样，但是上面的文字感觉很奇怪。"

我也凑过去仔细看了看，现在又好像能大致看懂那串拉丁文了。"怎么古董鉴定证明上面会写拉丁文？"我说。

"谁告诉你这是古董鉴定书的？这不是拉丁文，是古代意大利语刚统一的时候流行的书写方式，我们叫但丁体。"

"不是鉴定证书？那写了什么？"我又凑了过去，仔细看了两眼，好像是诗歌一类的东西，读起来很费劲。

他沉默了片刻，问我："你读过但丁的《神曲》吗？"

我诚实地摇了摇头。我知道但丁，也知道《神曲》，但是从来没有读过哪怕半个字的内容。

纸上摘取了但丁《神曲》中的《地狱》第六层："我走进一座宽阔的坟场，密集

第四章　迷　雾

的坟丘让地表起伏不平。棺材都敞开着，里面有烈焰燃烧，传来悲鸣之声。"

还有一行文字用小一号的字体标注在这一句的下方，我也看到了，那上面写着——

"圣殿变成了兽窟，法衣也变为装满罪恶面粉的麻袋，复仇女神用爪子撕开自己的胸口，击打着自己的心脏然后尖声喊叫。"

复仇女神。

或许是我之前从没有读过《神曲》，这是我第一次接触它，我感到恐怖——至少，这几句话令我感到毛骨悚然。

陈唐显得很镇定："你怎么看？"

"我不知道。"我说不上来，这几句话给我的感觉实在不太好，就像尖叫声会随着那些字跃然而出，撕开眼前的空气。

"复仇女神是欧墨尼德斯吧，"陈唐说，"我总觉得这最后一句在哪里见到过。"

"哪里？"

他使劲儿皱着眉，像是在努力回忆，刚想说什么，他的电话响了起来。

"嗯，是我。你说……好的，是，我出来喝杯咖啡，博物馆馆长的报告太长了。好的，好的，我立刻回来。"他说完，把手机塞进衣兜里，准备走人。

"怪不得你这么早，是溜出来的？"我想起刚刚在七楼被他吓得不轻。

"呵呵，比起失窃的画，我更想快点儿解决我多年的噩梦。不过，现在看来，噩梦也不是好解决的。我怀疑，博物馆这次失窃和之前那桩自杀案很可能有关系。我得赶紧走了，手机联系。"

我想说，可能不仅仅和前面那件自杀案有关系。

有一团迷雾已经浮起来了，很多事情正被缠绕在一起。像小时候流行在女生当中的那个游戏"挑丝界"，两根棉线，两头一绑，可以编出来无数种形状，解完一种又一种，总有难关挡在下一步。

不知道是不是有意配合我的心境，现在外面的阳光被乌云吞噬，只留下一条金色的边，金边漏下来的光，看着有些晃眼。我揉了揉眼睛，再睁眼的时候，看到远处有个浅金色头发的穿着裙子的姑娘朝我走过来。那一片由光而生的炽白，仿佛织了一道白色纱帐。我看到她细碎花纹的长裙在风中飘起来，裙摆一次次触碰她白皙纤细的小腿……我仿佛一伸手就能感觉到少女光滑而粉嫩的肌肤……

那是苔丝！

我简直不敢相信自己的眼睛，在她失踪的第四天，我就在这光天化日的街头看到了她！这不是一场带有刺激感的寻觅游戏，她竟然波澜不惊地出现在我的视线内！这个被我视作万事开端的女人！

025

我拔脚就冲了出去，挡道和逆行的人不少，我都用肩膀轻巧地撞开。这个女人只要出现，或许就能解开起码一半的谜题。想想我接的那荒唐又令人懊恼的委托，跟踪了半天，却从来没有近距离仔细观察过她。这女人从不与人为善，不打招呼，不与别人交谈，她的存在就像带着一缕抹不去香味的空气，叫人欲罢不能却又不敢靠近。但是每天看到她从眼前走过，跟在她后面满街走的我怎么可能错，就是她，一定是她！

我冲上去，抓住了苔丝的胳膊。

我大概是疯了，又或者是中了刚刚看到的《神曲》中的句子所下的魔咒，这是我后来对自己的总结。

当我抬头的时候，一张惊慌的面孔出现在我面前——她戴着黑框眼镜，小麦色肌肤，鼻翼右侧有小小的黑痣，和夏娃一样艳红的嘴唇，深棕色被绑成高马尾的头发——不，不是苔丝。我居然弄错了。

但是，眼前的这个人又有着与苔丝惊人的相似之处，怎么说呢，如果不是这么黑，又不戴眼镜的话……好像确实和苔丝很像。我有点儿蒙。

"你是谁？"我问她。

"你是谁？"她脸颊靠近嘴唇的地方有梨涡。

"你干什么？！"

这个熟悉的声音让我突然清醒过来，我转头一看，竟然是陈唐。

"你这是干什么？"他又重复了一遍，语气带着疑惑和惊讶。

这时候我才发现，我抓着面前这个"苔丝"的胳膊，而陈唐抓着我的外套。

走过路过的人大概觉得这是不能错过的一场精彩闹剧，类似于"追回前女友"一类的经典题材，纷纷驻足观看。我听到有人在旁边窃窃私语，说我是被人抢了女朋友，所以现在打算抢回来。

"我……我那个，认错人了。"我也不知道怎么解释我这么离奇的行为。我松开抓着这姑娘的手，但是眼睛一直停留在她的脸上回不来——无论怎么看，她长得都和苔丝很像，感觉上却又不像，她比较接地气，没有苔丝那么仙的气质。她也没穿裙子（不知道我之前眼睛出了什么问题），而是穿着一身黑色职业套装，看起来精神又干练。

"汤勺，你认识他？"姑娘问，似乎已经不计较刚刚有个疯子莫名其妙抓着她的胳膊不放了。

"汤勺？"要不是我看到她明显是在跟我边上这位亚洲脸警察小哥说话，我都没反应过来这姑娘是在喊他。

陈唐顿时一脸尴尬，用意大利语很小声地对姑娘说："我都跟你说不要叫外号了。"我突然就明白了，原来这就是所谓的"他们都叫我唐少"。意大利人的发音值得点赞，这就是霸气侧漏的"汤勺"，我忍着没笑出来。

周围看戏的还没散，就算走开的还在三三两两地回头望我，生怕错过更狗血的

第四章 迷 雾

镜头。

"你们认识？"我问道。

"哦，这是我同事，叫塞拉。"

塞拉？他同事？那确实不是苔丝。也对，世间这么多人，三五个一撞脸，更何况是老外呢。我暗自狠狠掐了自己一下，以免再盯着她的脸看，产生不该有的幻觉。

"塞拉，你好。"我握住她的手，"刚才对不起了，我看错了，把你当成了我认识的人。"

"你认识的？是不是你的前女友啊？看起来你对她还有很深的感情啊，那么激动地跑过来，我完全被你吓到了！"她神情夸张地模仿我刚刚跑过来时的表情。

我尴尬地直挠脑袋。

"你怎么还在这里？"我转向汤勺，赶紧转移话题。

"问她！我走到一半，就听见她老远地叫我。你怎么会在这里的？"汤勺问塞拉。

"队长让我们出来查查这一片的古董店，说被偷的画很可能被卖到周围的古董店里，还说最危险的地方就是最安全的地方……"

我内心也是无语到了极点，不知道他们队长是不是白痴。你有一天去博物馆偷了一件馆藏，转手就在失窃的城市卖掉就算了，还找古董店这种地方卖。就算你敢卖，也没人敢接啊！最危险的地方就是最安全的地方……也是智商极高的推测了，怪不得丢失的画还得等它自己回去……

"正好这里有古董店，我就来看看啦。虽然说肯定不会有什么发现，但总比一直蹲在博物馆那边好。你不知道，失窃的地点是瓦萨利长廊，那边的警卫说，只要夜里去巡逻，晚上过了两点钟，长廊里就开始莫名其妙地有风吹进去，检查门又都是关好的，也不知道是哪里来的风。还有说听到哭声的……后来越传越夸张！"

瓦萨利长廊？我想到了那张纸背面奇怪的地图，那条长长的通道，会不会是代表瓦萨利长廊呢？

"汤勺，这边有两家古董店，我们去看下好了，反正都出来了。"

我内心一阵惊慌——那幅画刚刚看过之后还没有收好，店门还开了一半！谁说他们队长是傻子的，我店里不就凭空进了一幅五百年前的赝品嘛！

"哎呀，看什么看！"汤勺在关键时刻机智过人，胳膊一伸，夹住了塞拉的脑袋，直接拽着她往相反的方向走，"队长脑子不好，你也脑子不好是吧？走吧，我们去广场上喝杯咖啡再回去。"

他头也不回地伸手朝我挥了挥，并做了一个电话联系的手势。塞拉不停地想把头从他的手肘里抽出来，却拗不过他的劲儿，只能被汤勺夹着继续往前走。

现在她的侧脸对着我，我突然觉得脑中有一道白光闪过，就像名侦探柯南快要破案时候的白光，可惜，一闪而过，并没有闪出什么来。

看他们走远了，我赶紧三两步跨到店门口，把卷帘门放到最低，从贴着地面的那

027

道门缝里爬了过去。大白天的，搞得跟在偷自己的店一样。怪就怪我当时为了省钱，没有在店里安装卷帘门的升降开关。

我赶紧把画重新收进了储藏室。

我暗骂了一声，今天才过去大半天，我一口午饭没吃就算了，这种一次次被吓破胆的过程简直就像在墓地里撞了十次鬼！我到现在也没有完全明白过来，我究竟是怎么被卷到这些事情里头来的。如果我当时没有接夏娃的委托，不，应该说是更早的时候没有接菲利普的那桩委托，不对！应该说——如果我一开始根本没有买这间古董铺子……

我环顾了一下四周，只有一点儿光从贴着地面那块漏进来，还带着乌云遮天的暗沉、黑压压的沉闷。每一次眨眼，我都能感觉到眼球上的记忆色彩和黑白斑点也被带到了这幕昏暗中。比如现在——我眨了好几次眼之后，还能看到这只蹲在我的书柜上陶醉地舔着自己肚子的黑猫。

它似乎是注意到我在看着它，停下动作歪着脑袋望着我，又是一脸无辜的表情。这猫脑门上的毛就像被刻意剃过，剃出了一个倒三角的形状，看起来尤为天然呆，殊不知其实是只心机猫。

不祥之物，我心说。我迅速抱起它，决定要将它物归原主。

我连后门都懒得去绕，直接从门缝下面往外钻，刚钻一半，肩膀上就被猛地拍了一下。其实这一下也不算重，但由于之前已经被吓得神经兮兮了，我整个人被这一下直接拍趴在了地上。

这只贱猫倒是反应十分敏捷，在我胸口贴地之前"嗖"地钻了出去，用屁股顶着我的头安然坐了下来。

我拨开猫屁股，好不容易钻出去，刚站起身就看到了一张胡子拉碴的脸——姜卡罗，他看起来就像刚从牢房里放出来。

"你拍我干吗？"我拍了拍身上的灰，一肚子火。

"你大白天关门干吗？"他说话的声音颤颤巍巍的，还不停地眯着小眼睛东张西望。

"我……我理货！"

他的目光落到了我脚边这只贱猫身上。"它……它……"他抖着手指着黑猫，"它"个不完，以前我怎么不知道他还口吃呢！

"它什么？七楼克雷斯纳太太的猫。"我有点儿不耐烦，重新抱起这只贱猫。我只想赶紧把这只贱猫还了，不想跟这个神经病站着废话。

"不是。它不是老太太的猫。"

"怎么不是？我在七楼老太太房子门口……"不对，这只猫我是在七楼那间鬼屋里碰到的，它应该是从隔壁溜出来的。姜卡罗抬手指向这栋楼的高处，我顺着方向看到七楼老太太的头在她家的窗口晃动，看样子好像在浇花，窗户边上趴着一只很肥胖的黄咖色毛绒类物种———一只猫。

猫？怎么还有一只猫？虽然我从来没见过老太太的猫，但我知道老太太好像只有一只猫，如果那只黄色肥猫是她的猫，那这只是哪里来的？

"老太太那只猫是黄色的，你看到没？"姜卡罗指着老太太的窗户，"你以前没有见过吗？你这只黑猫……好像……好像……"

"好像什么啊？"

"你没听说过吗？"他压低声音，神神道道地说，"老城区近几年有只黑猫很有名，人称'死神之猫'。每次它出现的地方都会死人，而且神出鬼没。据说那天菲利普跳楼的现场，也有人看到它了。"他说得跟真的一样。

"胡说！全老城区难道就这一只黑猫？！按照你说的，那见到一只黑猫就是死神啦！"我没好气地说。真是气不打一处来，我最烦听到这种神啊怪啊的传言，今天又发生了这么多邪乎的事，姜卡罗还在给我雪上加霜。

"不是，不一样……那只猫的脑门上有个倒三角。"他说。

第五章　西蒙内塔

我看了一眼自己怀里抱着的这只黑猫。此刻，它仰着脑袋，瞪着圆圆的眼睛望着我，那额头上的倒三角形状似乎比我注意到的时候明了一百倍。我深吸一口气，努力忍住了把它丢出去的冲动。

我清了清嗓子，尽可能表现得无所谓，对姜卡罗说："这些神怪东西我向来都不信，我一身正气，百邪不侵。"说完把卷帘门往上吊了吊，打算回店里去。

姜卡罗又一把抓住我："等等，我问你一件事。"他的表情很恐惧，一副受到了极大惊吓的模样，就跟当时给我描述苔丝死去的噩梦时一样。

天空被一道白光撕扯开来，紧接着就是"轰隆隆"的雷声。姜卡罗那受惊的样子就更明显了，整个人都贴在了我身上，双手扒住我的肩。我真是恨不得一只手把他甩出十里地去。

"你快说。"我催促他。这会儿已经有大雨落下来了，我们头顶的屋檐太窄，遮不了大雨。

"你刚刚跟谁说话呢？"他问。

"什么跟谁？"我一头雾水。哦！他应该是认出了汤勺，毕竟做过笔录的亚洲脸警察很容易被人记住，"那个警察来问我一些问题，有关上次自杀案的。"我心说：你慌个什么劲儿啊，总不会是这个傻子偷了馆藏吧，看他也不像有这种本事啊。

"不是，不是那个男的，是那个……那个女的！"他说的是塞拉，"我总觉得……觉得……那人好像那个谁，但是又不大像……可是感觉……我说不上来，总之感觉很奇怪！"

看来认错的人不光是我一个。

"那个谁？你指的是苔丝？那是个女警察，叫塞拉。"

"塞拉……哦……原来真的不是……"姜卡罗长吁一口气。

我完全可以理解他。一个他偷窥了这么长时间裙底的女人，突然有一天做噩梦梦到人家死了，结果死的是她老公，她又失踪了，肯定心有余悸。换作是发生在我身上，我估计也得疯成他这个样子。还好，我没有偷窥人家裙底的癖好。

倒是被他这么一说，我突然有点儿记不清楚苔丝的模样了。

"不是，你不知道。我当时走出店门，看到那个女孩，简直和苔丝一模一样，但又觉得不是。我看到你在和他们说话，我想你一定知道那是不是苔丝。"他顿了顿，低下头，一脸扭捏地低声说，"你知道的，老菲利普死了以后，她就一直失踪到现在了。我其实想问她……要是不介意，我其实……其实还没有……结过婚……"

"什么？"

我心说：老姜啊老姜，原本当你只是单纯害怕，没想到你居然还想着这一出。真是想象不出如果苔丝跟着姜卡罗过日子会是什么样子。四十岁连个女朋友都没有，我曾经一度觉得姜卡罗不是有怪癖就是某方面有障碍，现在他一脸害羞地站在我面前委婉地阐述对二十三岁美丽少女的爱慕之情，我是当真语塞。我承认，对于苔丝，我也有过几次幻想，但仅仅就止于此了，他倒好，幻想的级别可是直冲云霄。

大概是我脸上的表情过于明显，他猜到了我在想什么，脸一沉，义愤填膺地说："那个菲利普都五十一岁了，我才四十出头一点点，我哪样比他差？！"

"啊，对对对，你比菲利普年轻。"我在心里冷笑两声：人家菲利普好歹是个文管局的领导，就算小气，以后生个孩子总归也是个官二代。你就开个破古董店，整天东西还卖不出去，拿什么跟人家比？

雨又大了一些，对于姜卡罗天方夜谭的情感问题我已经听不下去了，我只想带着这只猫赶紧回店里，然后找机会把它扔掉。

雨声"啪啪"落到地上，这条巷子里，除了雨声，已经听不见任何其他声音了。我知道姜卡罗还在我身后喋喋不休地说着什么，但是完全听不清楚。我回头跟他表示，我要进去了，并打算进去之后赶紧关上店门，防止他跟我进来。

"……我一走出去，看到那姑娘的侧面……"他的声音在雨声中忽隐忽现，"她的侧面尤其像苔丝……"

侧面……侧面……侧面！！

这时天空又闪过一道闪电，我的脑子中也同时闪过一道。在雷鸣到来之前，我钻进店里，把姜卡罗关在了门外。

我的脑海中有无数的画面在循环播放，带着一身仙气走过我古董店门前的苔丝，刚刚被汤勺夹着脑袋带走的塞拉——我奔进储藏室，把画从门背后抽出来，放在地上。

对了，我终于知道为什么第一眼看到这幅画中的少女就觉得如此眼熟了——这不就是塞拉的侧脸吗？

不——不是塞拉。

是苔丝。画中的人，是苔丝。

我被自己的想法吓到了。

眼前这张侧脸，越看越觉得就是苔丝，好像她随时都会把脸转过来一样，我赶紧把画塞回储藏室。冷静下来想想，这怎么可能呢？为什么苔丝会出现在一张五百年前的画中？

这幅画当中的女人确实是有名字的。

波提切利的这幅画叫《西蒙内塔·韦斯普奇》，我查过这个叫西蒙内塔的女人，是美第奇的洛伦佐执政时期曾经轰动一时的美女，文艺复兴时期最有名的女子之一。传说她十七岁时第一次来到佛罗伦萨，就震惊了全城，让所有的男人为之倾倒。波提切利甚至在她死了之后，还一直拿她当创作原型。但她二十三岁就死了。

又是二十三岁，苔丝也是二十三岁。

当然，画作不是照片。画中的人多数都被美化过，所以有很多不真实的元素在里面，令这些古代宫廷里的人都显得过于完美。眼前这张脸也经过了美化，但能看出来，这张侧脸与苔丝的相似度高达百分之九十。而塞拉的脸型也与苔丝很相似。这么说来，难道这位曾经轰动全城的美女，是个……大众脸？

算了算了，我不能胡思乱想了，今天的事情已经够多了，这么想下去只会越来越离谱。

我从口袋里掏出那两张从七楼拿来的纸，有戒指照片的那张已经给陈唐看过了。还有另一张，我也不知道为什么，当时从地上捡起来的时候直接塞进了口袋，刻意没有给他看。

我把那张纸摊开，它只有手掌那么大。纸上赫然写着苔丝的名字，后面那个又像符号又像家徽的标记，我一定在哪里见到过，但这一时半刻实在是想不起来。

我把两张纸都扔在桌上，桌上乱糟糟的，之前那堆文件还散乱着。我的眼睛随便一扫就看到了那几张案发现场的照片，我赶紧把所有资料都塞进那个牛皮纸袋里，包括那两张纸，然后我整个人往椅子上一瘫，开始闭目养神。

我就这么睡着了。我做了一个梦，十分可怕的梦。我梦到了汤勺，他带我去了一个四周昏暗的地方。从那里穿过一条长长的通道，尽头有一间墓室，墓室里有一口石棺。汤勺消失的时候石棺突然打开了，我看到里面躺着的正是苔丝。她睁开眼睛坐起来，嘴唇变得血红，她的脸瞬间变成了夏娃！她向我伸出手，我很害怕，但是我动不了。她说："你帮帮我！"

我醒了，浑身都被汗湿透了。

那只贱猫正趴在我的腿上睡觉。我本来想撵它下去，但我浑身都湿漉漉的，感觉冷极了，只有它趴着的那一处是热的——有只活物在身边，也未必不是一件好事。虽然不知道这只猫为什么这么喜欢黏着我。算了，姜卡罗说的死神之猫的故事毕竟是无稽之谈，也不知道这是哪里跑来的黑猫，就暂且先养着吧。

我望了一眼外面，雨还在下，没有之前下得那么大了，但是外面的天已经黑了。

"砰砰砰"——有人在敲我的门。那只猫倒是先跳下去，蹿到了门边，搞得好像会开门一样。

来的人是南洋，人称"南洋"。这是我在意大利最近十年来唯一一个关系处得过去的中国人。他跟不念书的我不太一样，三年本科一次性毕业，两年研究生之后继

第五章 西蒙内塔

续读博，主修考古与艺术，现在在佛罗伦萨大学当助教。我也不知道这么枯燥乏味的东西，他是怎么读到博士的。但是当你看到他的时候，你的第一反应肯定认为他学的是奢侈品管理或者服装设计这一类的专业。他走在街上，随时随地会有人问他衣服在哪里买的，鞋子是什么牌子，然后一堆人拿出手机来对着他拍。他特别享受这种追捧感，至理名言就是：我快红了。三十岁的他，每次被问及年纪都厚着脸皮说自己二十几。从他的面相上，你绝对想不到他是一个考古学的在读博士。

我那些鉴赏文物的技巧都是从他那边讨教来的，不然估计也开不了这个古董店。毕竟混日子的时候，东西还是要想办法卖的。

"你怎么回事？我打你手机，一直关机。我以为你失踪了呢，差点儿去报案！"他没好气地说。

我拿出手机一看，忘记充电了。

"你怎么来了？"我问。

"哇，大爷，你记得吗？今天是我的生日，好吗？生日！生日这天，作为亲兄弟的你竟然问我为什么会出现在你店里？天哪！你要不要脸？"

对，今天已经九月十九号了。

"想起来了没有？你真是够有良心的！找了你一天就这待遇！请我去哪里吃饭？"他随手拖开凳子，看也不看一屁股坐了上去，随即弹跳起来，因为他的屁股坐到了那只猫。

"这……你的猫？你居然会养猫？！"他一脸无语的表情。

我也不知道怎么回答，随便地点了点头。

他两手一捏猫后颈的皮，往上一拎，技巧娴熟地把它放在了自己的膝盖上。经过一番研究，他说："咦？你这只猫我见过啊。"

我以为他也要说姜卡罗说的那一套死神之猫的传说，刚想开口表示我知道了，他就用右手拇指摸着猫的额头说："可不是那一只嘛！我当时刚进大学的时候，那个一直不让我过科的教授前前后后叫我画了不下十张这只猫的画！"

"画这只猫？这只？"我心说：没想到这只猫年纪这么大了。怎么这么巧，没想到这只猫还是个模特儿。

"不是。哎呀，怎么说呢，你看这只猫的脑袋，"他用手指了指猫的脑袋，"达·芬奇你知道吧，他在成名之前的手稿很少。好吧，你大概不知道。达·芬奇成名之前的手稿，一般人都只知道有一张《三王来朝》，还有一张佛罗伦萨的城市远景透视图，很少有人知道，他其实还画过一只猫。你在网上找不到的，这种奇怪的手稿照片，只有我们当年那个奇怪的教授才能找到。他把图拿出来给我们看的时候，说这只猫是达·芬奇去美第奇宫殿看到的，这只猫和西蒙内塔·韦斯普奇一起出现在当时的圣马可花园之中。那时候的达·芬奇觉得猫很特别，就因为前额的这个倒三角，所以随手画了草稿图。传说后来那只猫在西蒙内塔死的同一天也死了，所以就跟她一起下葬了，因为是她生前形影不离的伙伴。西蒙内塔你知道吗？就是那个洛伦佐的帅弟弟朱利阿诺的情人。"

"西蒙内塔·韦斯普奇？"我默默重复这个名字，隐约觉得眼皮又开始跳了，"你是说，这只猫是西蒙内塔·韦斯普奇的？"说出这话时我并不清楚自己是怎么想的，这么荒唐的结论竟然也说得出口。

"当然不是你这只猫了，这猫你买来就这样还是你这么有情趣地把它弄成了这样？"

呵呵，这猫也是有大本事，居然有这么多故事，连达·芬奇都扯上了！

我现在的感觉仿佛是被一颗钉子钉住了脑袋。如果把这只猫想成是从西蒙内塔的棺材里蹦出来的，把夏娃想成鬼，可能解释得更通顺也更方便一点儿。

"哦，对了。"南洋从他的纪梵希狗头书包里面拿出来一个白色的信封，他把信封递给我，"我也不知道为什么写着你名字的信会寄到我家里去。"

信件摸起来很薄，信封上写着我的全名：Li Rufeng，还有今天的日期标注（19.09）。我拆开信封——里面就只有一张纸。

上面写着：

请不要多管闲事。

第六章　恐吓信

"信本来就是这样的？"我问南洋。

"当然了，我在楼下信箱里看到之后就拿出来塞进包里了，没有打开过。"他一脸无辜地摊开双手，耸了耸肩。

没有寄信人的地址和姓名，没有邮戳，没有邮票，信不是寄的。

"你有没有看到送信的人？"我问他。

"当然没有啦……哦！等等，有！有！不过我只看到一个背影，因为我有个包裹一直没到，早上我下楼的时候，刚好看到有个快递公司的人在往外面走，我就想叫住他问问。结果那个人很奇怪，我叫那么大声，他仍然继续往外走，好像没有听见一样。我后来看到信箱里有东西，也懒得追上去，就没再管他了。"

"男的女的？"

"男的吧，反正身材挺高大的，我只看了个背影，不像是女的。"

打扮成快递员的人，在南洋的信箱里塞了一封给我的信。首先他知道南洋家的地址，其次他知道我和南洋的关系。奇怪，既然有本事知道南洋的地址，自然应该也有本事知道我的地址啊，为什么不把信直接塞进我的信箱里呢？或者说，他打听不到我的地址？说不通啊，我和南洋住得那么近，只隔了一条街而已。还是说他让南洋把信给我有别的什么目的？

呵呵，多管闲事？要不是自己卷在里面，我还真不爱管这个闲事。

"走吧，请你吃饭！"我拿上外套，招呼南洋跟我出去。南洋还拿着那张只有一句话连标点都没有的 A4 纸看来看去。

"你别研究纸张了，走吧，吃饭去了。"说完我从他的手里抢过那张纸，按照原样塞进信封，揣进了口袋。我决定晚点儿把这张纸给汤勺，让他想办法帮我做指纹比对。

我锁上店门，忽然听见"喵"一声，南洋居然把那只黑猫给抱出来了。

"大哥，你抱它出来干吗？"我转身开锁，想让他把猫扔回去。

"它不下来啊，你看它这么可爱，你怎么舍得把它放在你那乱糟糟的店里？"

"别废话。"我边说边开锁。

"你就不怕它搞破坏吗？"

我立刻停了下来，重新把门锁好："走吧。"我无奈地拍了拍南洋的肩膀。他说得

035

对，这只贱兮兮的猫如果自己待在我的店里过夜的话，明天我的店可能就得倒闭了。

"哎，你这猫叫什么名字？"

"名字？没有名字，叫贱猫。"我说。

"哦，那喊它小贱吧，挺好。Hello，小贱，我是南洋。它是不是听不懂中文？"

我懒得理他，径自往前走。

雨已经彻底停了，路面还是很潮湿。这个季节佛罗伦萨下了雨的夜里有些雾，有点儿闷热。南洋一只手抱着猫，一只手拎着他的裤腿，三步一小跳地搭着我往前走，说不想弄脏他刚买的纯白色思琳战鞋。我真想捂着脸说我不认识这个考古学博士。

正好在我眼前出现了一家餐厅，奇贵无比的旋转木马餐厅。危险！我挪开视线继续往前，就在我即将把双腿都迈过餐厅进门的位置时，南洋拽了一把我的衣领，把我拽回了"危险地带"，刚被赐予名字的黑猫小贱很是配合地对着我"喵"了一声。南洋冲我眨眨眼："去哪里啊？门在这儿呢。"

我叹了一大口气，只能跟在他和猫的后面进了门。安排座位的服务生看了一眼南洋手里的黑猫，一脸嫌弃地说："宠物可以寄存在前台。"南洋立刻把小贱塞到前台："小贱你在这里等我们给你带吃的。"说完他生怕我后悔似的，神速把我拽了进去。

服务员很快来倒了开胃起泡酒，并拿来了菜单。南洋不光沉醉于奢侈品消费，也十分沉醉于消费高价位的葡萄酒。我就知道他这顿敲竹杠绝对不止一顿饭这么简单。接下来他对服务生说来一支2009年的巴罗洛，我听到此发音的时候，同时也听见了自己心脏碎裂的声音。

我说："你下手够狠的。"他眯着眼睛笑笑不说话。服务生开酒的时候，餐厅的门开了。这个餐厅本来也不大，里面桌子排得很紧。门一开，门外的风一条道可以直接吹到厨房里。我回头看了一眼。

开门进来的人居然是汤勺和塞拉，这么巧！

"汤勺……"我念了一句。正在准备给我们开酒的美女服务员立刻有了反应，很兴奋地用意大利语对我说："你认识我们小老板？"

"啊？小老板？！"我这次是真的惊讶了，她说这个汤勺是这家全城有名的餐厅的小老板？

"是呀，小老板，我们都叫他汤勺（唐少）。他爸是我们这里的大厨，这家餐厅是他家祖辈上传下来的。"

"他爸？！"他不是说他爸1993年就去世了吗？

美女服务员连酒都不开了，放下醒酒器，大步走到汤勺身边，拍了拍他，指了指我们。汤勺朝我们这边张望，看到我之后立刻走了过来。

"你居然在这里！我找了你一晚上！你手机打不通。我刚刚才从你店那边过来。"他边说边顺便打量了一番坐在我对面的南洋，瞬间就把刚刚那个找我一晚上的沮丧表

第六章　恐吓信

情收了起来，声调也往下降了半个调，"哦，你朋友啊。怎么称呼？"

"我叫南洋，南方的南，海洋的洋。你好。"南洋居然挪开凳子，站了起来，跟汤勺握了个手，"你中文讲得真不错。"南洋这人前人后的假模假样是他的特色之一了。

"谢谢。我母亲本来是中国人。"汤勺说。

本来……我真的不知道他说的这种算不算中文。

汤勺见我一脸疑惑，赶紧朝我使了个眼色，小声对我说："晚些解释。"说完，他瞄到了我们桌上的那瓶昂贵的巴罗洛。

"很有品位啊，这个庄的已经是最后一瓶了，市面上现在很难找到2009年的了。"汤勺说完，亲自给我们开了酒，倒进了醒酒器，"这酒算我的吧。"

汤勺这人还真是大方，果然是有做小老板的架势。我心里暗喜，这一下省了不少钱呢。话说回来，如果我没有事先认识他，根本想不到眼前这个用熟练动作醒酒的人是个警察。

"我们回头聊，你们慢慢喝。"他把酒塞端端正正地摆在酒瓶旁边，对我们说。

塞拉坐在靠近门口的那张桌子旁，远远地朝我招了招手。我笑了笑赶紧把头缩回来，生怕多看她两眼产生幻觉。我在心里猜测，汤勺和塞拉应该是一对。

"你居然从来没有说过你认识这里的小老板！"南洋看起来一脸不爽，我估计他没少来这里消费，他是在怪我让他少拿了不少折扣。

可是天地良心，天知道还有这么凑巧的事。

南洋喝了两口酒，忽然若有所思地问我："山川有消息吗？"我愣了一下，这是我最不愿意听他提起的两个字。

山川，那听起来真是一个隔了时空的名字。

山川是我妹妹。不是亲妹妹，我十岁的时候被意大利的一家孤儿院收养，那一批被收养的孩子中还有六岁的山川。后来出了孤儿院，我们还是一直生活在一起。我们相依为命，一起念书、打工，一起生活。我一直没有女朋友，只有她这个妹妹。直到六年前，她失踪了，之后就没有再出现。我在她失踪后的第三天就正式报警，但是至今也没有音信。

我喝了一口醒得半开的巴罗洛，那酒味醇厚却不浓烈，醒过之后变得十分平淡。就像过了多年之后的我，在听到山川的名字时，有一种恍若隔世的感觉。我已经忘记当初每天都怀有的期待了。我不知道她为什么会失踪，去了哪里，经历了什么。我想，如果现在她突然出现在我面前，我可能连用什么姿态去迎接她都不知道。

"没有，没有消息。"算是回答他，也是回答自己。

幸好他并不常提及，因为我实在没有更多字数的答案能够给他。我想：现在我看似被卷入的混乱处境或许是上天给我的另一种帮助，好让我逃离多年来困住我的噩梦。也好像真的是这样，这阵子我反复循环的噩梦突然减少了，甚至是不见了，我会做别的噩梦，关于神秘的夏娃、苔丝和死去的菲利普，但它们都跟山川无关。

甜点上来的时候我已经喝晕了。我本来酒量也差，十四度的酒，几杯下去就晕了。

南洋以餐后消化酒的名义又要了一堆烈酒，硬生生地拉着我喝了两杯。等我站起来的时候，脚下已经感觉在踩棉花了，软乎乎的云层让我走三步就要软一下腿。

我最后的记忆是，塞拉朝我走过来，扶住了差点儿撞翻桌子的我。南洋似乎有很多话跟汤勺聊，汤勺貌似没有收我这顿饭钱。我特地抱着酒瓶子对他说谢谢，然后我就什么都不记得了。

醒过来的时候，我首先环顾了一下四周。因为之前有过经验，喝多了醒过来一睁眼都在很奇怪的地方，比如说马路边上，被警察喊醒之类的。但是这一次看起来很安全，我睁开眼看到的是自己家天花板上的吊灯。

我一看时间，早上八点。头仍旧昏昏沉沉的，我摇着脑袋走进厨房，喝了一整瓶的水，才觉得清醒一点儿。厨房桌上居然有早餐，还有一张字条：

我没找到你的手机，出门给我打电话，今天有重要的事情。Chen Tang。

汤勺？难道昨天是他送我回来的？

我找了一圈也没有找到家门钥匙。打南洋电话，响了三声就被他按掉了。五分钟后，他给我发了个消息：上课中。

我发现了两件事：第一，那只被南洋取名"小贱"的神秘黑猫不见了，但是我家靠近大门的地方摆了一塑料袋的猫罐头，还有一个吃完了的空罐子在外面，甚至还有大袋的猫粮；第二，我昨天顺手揣进口袋里面的那封"恐吓信"不见了。

我下楼的时候，在楼下的信箱里看到一个白色的信封，露了一半在外面。我走过去抽出来，上面又是只有我的名字和今天的日期：Li Rufeng，20.09。打开信封，又是一张 A4 纸，上面依然只有一句话，和前一张一样，是电脑打印的意大利语：

如果想见你妹妹，请远离卡尔梅洛。

第七章　悬而未决

菲利普死后的第五天，苔丝依然失踪，失踪的还有夏娃和那枚红宝石戒指。而我的噩梦，似乎又回来了。

上午九点半，我到了阿尔彼兹街。站在巷口我就看到路中段被围得水泄不通，不远处停着警车，还有体积庞大的消防车。我右眼皮跳个不停，心说：不会是我的古董店被烧了吧？我只看到黑烟。佛罗伦萨的建筑本来就矮，看起来特别密集，也不知道是从哪一层冒出来的黑烟，远看像是一栋楼都刚烧完一样。

我看到了汤勺，他个子高，越过人群大老远就看到了我。他冲我挥了挥手，随即拨开人群朝我走过来。他手里抱着那只黑猫小贼。

"怎么回事？"

"你猜。"他说。

看来不是我的店铺着火。"四楼着了还是七楼着了？"我问。

"你还真聪明。这个事情也太巧了。我今天一早接到我们队长的电话，说上次那件自杀案有些问题，但是上头也不说是什么问题，就说让我回局里去拿搜查令，带两个人去四楼查一下。我本来想让你一起去看看有没有那枚所谓的红宝石戒指的踪迹，结果我回到局里，刚拿到搜查令，就接到报案说这里着火了。"

"四楼菲利普家？"我猜得没错，这件事越来越有趣了。

"是的。消防队现在已经灭火了，我们队不负责这个事情，现在没法上去。第一侦察队已经上去了。要等他们先三轮取证结束，我们才能上去转一圈。"

确实，整栋楼都在黑烟的笼罩之下，但只有四楼的窗户从前黑到后，有一阵阵的浓烟飘出来。

早上看到的纸条上的每个字我都记得很清楚。

我想过罢手，想过规整清零。我在刚刚每走一步的时候都在想这件事情，卷入越深所引发的后果越难以估量。而且现在看来，从死人到火灾，似乎都不是什么巧合，它们发生得如此连贯，说明有人不择手段。不管是什么人，目的是什么，在他们把山川卷进来的同时，我反倒想弄清楚真相了。我知道，我不可能见到山川，我的噩梦也不可能有结束的时候。

汤勺把小贼甩给我："猫我早上喂过了，但它貌似现在又饿了。我也不知道我早上为什么要带着它去局里报到，反正一早上局里所有人都在看我，就像我带了一个萌宠怪兽。我现在要归队，等下跟你说。"说完他就要走。

我拉住他："那个餐厅……？"

"我继父的。我知道你要问，我跟你说的都是实话。既然找你帮忙，也没必要骗你。"他冲我笑了笑。

"哦，对了。昨天谢谢你送我回去。那个……"我其实想问他是不是在我家过的夜，有没有拿走我的家门钥匙。但是这话我一个大男人对着另一个大男人说出来，实在感觉怪怪的，都不知道怎么开口。

"哦，"他打断了我，"你那个朋友真的是……"他脸上露出一副尴尬的表情，摇了摇头，没说完就走了。

难道是南洋干了什么好事？

我看了看手里的黑猫，想想自己昨天白天还在想着怎么扔了它，现在它不仅有了名字，在我家还有囤积的猫粮，而且它竟然还是一只传说中不祥又神秘的黑猫。想到这个，我只能无奈地笑了笑。弄不好从此之后，那只专门出现在死人现场的黑猫的传说会就此消失。

现在店里进不去，我不打算离开老城区。想了想，我决定去市政广场那个咖啡吧坐一坐，理理头绪。但是这猫，带着总归觉得不方便。

我抬头扫视了一圈，在人群里看到姜卡罗，心想：要不把猫放他那里，等下回来找他拿。姜卡罗的店也受到波及，暂时开不了门，他家就在店铺楼上。我本来想着他应该无所谓，不会拒绝我，结果当他回头看到我，想走过来找我的时候，突然像见了鬼一样转头扎进人群里，一下就不见了。我随即反应过来了，他看到了我手里这只"死神之猫"。妈呀，真是迷信，连只猫都怕，想象力倒是很丰富，我在心里默默吐槽。没办法了，看来没人愿意照看它，我只能抱着它一起去咖啡吧了。

这间咖啡吧我常来，在市政府的正对面，是家百年老店，也是唯一一家不是专门开在广场上坑游客的咖啡店。老板是个老头，叫博尔达里，有点儿耳背，你要大声说话他才能听见，他自己说话也很大声。他每次看到我都亲自来点单，说小时候去过中国，一辈子都对中国印象深刻，特别喜欢中国人和中国文化。

他看到我，很大声地问候我："最近好吗，中国小伙子？"这嗓门，简直是一震三万里，连广场中间都有人回头看。

"好，给我一杯卡布奇诺。"我大声地贴着他的耳边说。

"你的猫很眼熟啊！"他指了指我手里的黑猫。

我一惊，心想：这猫的不祥传闻还真是源远流长，连咖啡店老板都能认出它来。

"这是我的猫，没关系，不能带它进来的话，我可以不喝咖啡。"

他好像根本没听见我说了什么，从口袋里掏出一副窄边的老花眼镜，盯着猫看了几眼，摘下眼镜小声对我说："这猫你是哪里找来的？"

第七章　悬而未决

我因为他突然收起来的嗓门愣住了，他这副神秘兮兮的样子，简直像是姜卡罗附身。

"这猫是我一个朋友的。"我说得轻描淡写，本来以为他不会多问了，没想到他又问我："哪个朋友？"

这……哪个朋友呢？我随口说了个"夏娃"。

他眉头一皱："夏娃是谁？算了，小伙子，你这只猫特别像一个我认识的人的猫。"他把本来凑在我面前的脸移开了一点儿，听到我问"谁"之后，又重新凑了过来，他那大鼻子几乎贴到了我的耳朵上。

"我跟你说，你别告诉别人。你记不记得上周在这里跳楼的那个男人？"

"你指的是……？"菲利普？我在脑海中问，但是没把名字讲出来。

"那是我一个朋友。也不能说朋友，算是个熟人吧。因为他经常来我这里喝咖啡，和你一样。他的办公室就在老桥那边，十几年了几乎天天来。"

他说到这里，我已经确定他说的是菲利普了，我不知道后来是不是又有人从这里跳楼，但是菲利普任职的文管局确实就在老桥那边，是唯一一个几十年没有换过地方的政府单位。

"有段时间，我看到他带着这只猫，天天来，天天都带着这只猫。我觉得奇怪啊，你说一个文管局的官员，上班哪儿有带着宠物的。我出于好奇，就问了问他这猫是他的吗？他说不是他的，是一个朋友的。那段时间，他总抱着猫来这里，说等那个猫的主人，但是我一次都没见到过猫的主人。然后有一段时间他就不来了，后来他就死了。"

他讲话的调子就像在讲什么恐怖故事，大白天搞得我背后凉飕飕的。我问他怎么能看出来就是这只黑猫。其实我心里已经知道答案了，这只猫唯一与众不同之处就在它的额头。

我又问博老头："你记得他带猫来的时间吗？"

博老头皱着眉头望着天，想了半天之后摇摇头："具体什么时候我真想不起来了，只是那段时间之后，大概接下来那个星期他是肯定没有来的，至少我没看到。然后他就死了。"

我在心里大概推算了一下时间，博老头如果没有记错也没有看错的话，那么菲利普没来这里的那段时间，应该就是我在跟踪苔丝的那段时间。

"小伙子，时间我虽然不能肯定，但是这只猫我是记得很清楚的，因为这只猫特别爱吃我这里的奶牛曲奇饼。"说着，他掰了一小块随咖啡赠送的小曲奇，捏着在小贱面前来回晃了晃，果然小贱就像看到了一整条鱼一样眼睛都亮了。

好了，这事现在越来越悬乎了。

我离开博老头的咖啡吧后，一边走一边飞快地在脑中整理事情发生的顺序，想理个头绪出来。按照博老头说的，死去的菲利普抱着小贱去咖啡吧等小贱的主人，假设这个时间是一周，之后他来找我，叫我跟踪苔丝。前提是与他住在一起的苔丝不是他

041

的二婚妻子。我跟踪苔丝的那一周，他没有去咖啡吧。一周之后，他死了，苔丝失踪。然后夏娃找我继续帮她找戒指，再然后，画的复制品出现在我的店铺里。接着汤勺出现了，给了我夏娃的资料，我看到夏娃已死的照片。之后，我去七楼，发现夏娃的房子是个空屋，同时在七楼的房子里找到了小贱和有戒指照片及苔丝名字的那两张纸。

我整理到这里的时候，总觉得有什么不对劲儿的地方。听起来很混乱的事情，却似乎被一个隐形的源头绑在一起。现在四楼被烧掉了，我预计就算能立刻进去，里面也找不到什么有用的东西了。那只剩下了七楼……

我想起那天在七楼没有来得及打开的阁楼上的柜子和小房间边上的门，可能有些东西被我遗漏了，或许还能在那里找到什么关键的线索。我想了想，确实有必要再去一趟七楼。但是白天不太实际，四楼刚着了火，警察可能一时半会儿也不会走，等今天晚上吧。要不要叫上汤勺呢？我有点儿犹豫。毕竟是私闯民宅，叫一个警察一起，怎么都有点儿说不过去。

我一路都低着头在想这些事情，没有注意到已经走过头了。身边突然冒出来一声吆喝，吓得我一个激灵，魂魄才算回归正体，抬头一看，眼前是歪歪斜斜的红绿灯和马路对面的康纳德超市，我已经走过两个街口了。刚想回头，眼角的余光突然掠过一个熟悉的身影。我朝左手的巷子望去，远远看到塞拉朝着我这边走来。又是这个女人，其实我并不想看到她。但是现在我就站在巷口，她应该是看到我了。我原本想着打招呼肯定是避免不了了，正要挥手，突然从右手边的巷子里蹿出来一个男人，他一把抓住塞拉，把她带进了他刚刚钻出来的巷子里。我站在路口，面对空空如也的巷子，就像刚刚没有任何人经过一样，有些诧异。

那个钻出来的人动作很快，我只扫到一眼侧面，但如果我没看错的话，那个人应该是南洋。

第八章　新发现

我往回走的时候，一直在想刚刚那个人是不是南洋。我心说：这个小子下手还真够快的，不知道此前汤勺提到的"你那个朋友真是……"指的是不是……他小子不会是干了什么趁火打劫的事情吧，那毕竟也是个女警察，好歹也给点儿尊重吧……我摸了下口袋，想起手机还在店里充电。等会儿给他发个信息问问吧，希望他能诚实点儿。

那只猫在我的手臂弯里躺得一脸惬意，连眼睛都不带睁一下的，我觉得我的胳膊都快被它压断了。店那边已经解禁了，但还是有很多警察在街道上站着聊天。我环顾了一下四周，没见到汤勺。

我开了一半店门，躬身钻进去，刚想把玻璃门关起来，门口就出现了一张中年男人的脸。他弯着腰，站在门口朝里面张望，是个陌生人。我以为是客人，摇摇手表示现在还没开始营业，结果他亮出了证件——是个警察，我只好又钻了出去。

"有事吗？"我问他。

这是个便衣，他还拿着他的证件，上面写着阿尔风锁·西木。

"这店是你的？"他问我，表情显得很友好。

我点点头。

"我能进去看看吗？我自己很喜欢古董。"

我以为他应该是在查四楼着火的案子，所以想来盘查我。一般有心计的都喜欢用套话这一招，因为没有搜查令，他也只能说想进来看看。

"没问题。"我说完就把卷帘门吊了上去。虽说知道他居心不良，但也没有拒绝他的理由。

等我进店开了灯，才看到那个牛皮纸袋还放在桌上。他一进来，就看到了光溜溜的桌面上唯一的那袋厚实的文件。这个时候，小贱跳上桌子踩到了牛皮纸袋上，转了个身，用屁股对着我们趴了下来。那个西木一看到黑猫，一脸避讳的样子，便转头看别的东西了。我在心里默默地感叹小贱真给力。

他大概扫了一眼店内，又随手翻了几幅古董画，然后漫不经心地拿起我摆在橱窗里的一串老蜜蜡，一边把玩，一边问我："你是中国人？"

我点点头。

"你在这里开店多久了？"

"一年吧。"

"和四楼的人熟吗？"

"只是认识，不太熟。"

"知道四楼发生的事情吗？"

"发生的事情？你是指今天的火灾？"我有些犹疑，不知道他是不是在问菲利普死的那件事。

他眯着眼睛，上下打量我，沉默了大约有三十秒，也不回答我，突然就转移话题了："请问你今天早上六点到七点这段时间在哪里？"我注意到他拿出了一个小小的长条形的东西，应该是录音笔。

"在家里睡觉。"我照实说。

"有人可以证明吗？"他问。

我刚想说有，又打住了。这个……我怎么说呢？我也不知道汤勺昨天是在哪里过夜的，甚至连自己家门的钥匙在哪里都不知道。就算是，我该怎么说呢？我一时间也不知道是不是应该暴露我和汤勺的关系。"呃……没有。"我说，"我是一个人住的。"

"那昨天晚上十二点之后你在哪里？"他又问。

"我……"这个西木问的都是我答不上来的问题。我昨天晚上喝蒙了，都不知道自己是怎么回去、几点到家的，这叫我怎么说呢？

"他昨天晚上喝多了，我送他回去的。"我回头一看，是汤勺走了进来，"西木，这是我朋友，他昨天在我店里喝多的，我送他回去的时候大概是晚上十一点，之后他就一直在睡觉。我可以证明。我到今天早上接到局里的电话才离开他家，那时候大概已经七点半了。"汤勺一本正经地说。

"哦，原来是'王子唐'的朋友，既然有你做证，那我也不用再问了。呵呵，唐警探还真是口味独特啊。"西木收起他的录音笔，一脸轻蔑地笑了笑。

"西木，假如你觉得有问题，你可以去我店里查。他还有个朋友南洋也可以做证。所以放火这种事情，跟他没有关系。"

西木冷哼了一声："你都说是你店里了，能查到你的不良记录吗，大警探？"说完他就想走出去。

"不好意思，你手里那东西好像是我朋友店里的，如果不是物证的话，麻烦你放下来，或者给了钱再走。"汤勺面无表情地看着他。

我估计西木是气炸了，他一把甩下我那串蜜蜡，脚步很重地走了出去。我看到他出去的时候脸都歪了，不知道为什么，心里突然觉得很爽。

"那是你同事？"我问汤勺。

"他不是什么好东西，在局里就喜欢跟我对着干，经常发神经，你不用理他。"他摆摆手，一脸无关紧要的样子，说完就从兜里掏出来一盒我早上才在家里见过的猫罐头，打开上面的易拉盖，放到小贱的面前。

"你这是刚从我家拿来的？"

第八章　新发现

"你跟西木说完话就智商降低了吗？这边上就是超市，我为什么要去你家拿？我猜你肯定不会给它吃，就去买了一盒罐头，不然它肯定被你饿死了。"

我立刻想到一个关键问题："我家钥匙……"我本来想问我家钥匙是不是在他身上，但被他半路打断了。

"四楼，"他说，"已经被证实了是有人故意纵火，有被汽油淋过的痕迹，这下他们要开始大面积巡查了。我后来去了解了一下，应该是有人找到了上次那桩自杀案的疑点，报告上去引起了重视，但还没来得及进一步调查，四楼就发生了纵火案。我估计现在上头应该已经确认自杀案有问题，并且这两件案子是有联系的。上面还没决定由哪组人接手去查，暂时把资料和消息都封锁了，我现在也不知道这案子我能不能参与。"他说完，用一副"你刚刚想说什么，现在可以继续说了"的表情看着我。

我心说：算了，晚点儿再问吧。眼下最大的问题是，我今天晚上计划上七楼的事情要不要跟汤勺说。说了的话，万一他反对我私闯民宅怎么办？还没等我想好，就听见他说："我们今天晚上去七楼看看吧，小贱。"

我还以为他在跟猫说话，结果发现他在跟我说话，我说："你叫谁呢？猫叫小贱。"

"我昨天晚上听见南洋叫的，我以为是叫你呢！我当时觉得他叫的是你。"汤勺一本正经，完全看不出是在开玩笑。我有种想把南洋的白鞋扔进阿诺河里的冲动，他大爷的。

我的确有个小名叫小剑，舞剑的剑。初中时我练过两年的剑术，山川喊我小剑，后来南洋也跟着她这么喊。但是！我知道他给猫取的名字一定是那个"贱"，不是我这个"剑"。

"听着，我小名的那个剑，是舞剑的剑，这只猫的贱，是贱人的贱。"我解释道。

他似懂非懂地点着头，末了，说明白了："你的贱是贱人的贱，猫的剑是舞剑的剑。"

谁说他中文不好的，你看，他想调侃人的时候中文可好得很！

"总之，不要叫我的小名，OK？"我没好气地说。

他耸了耸肩："你太喜欢生气了，对心脏不好的。"他拍了拍右边的胸脯，冲我眨眨眼，我哭笑不得。

不管怎样，我们把今晚的计划敲定了。汤勺说，等晚上十一点半过后再上去。

汤勺走了之后，我打开手机，给南洋发了一条消息，问他是不是在附近。然后我看到有一堆未接来电，大部分都是汤勺和南洋的，还有一个陌生号码，显示打过来四次。3342792687，我没有存这个号码。我试着回拨过去，连线转回了电话公司的服务台，对方手机没有服务信号，于是我把号码存为了未知者。

我打开电脑，有些东西需要确认一下。

首先是这只猫。我瞄了一眼小贱，西木走了之后，它已经从桌上跳了下去，现在蹲在储藏室的门口睡觉。但它不时就会去扒一下储藏室的门，我总觉得它对储藏室里的那幅画好像特别感兴趣。按照南洋说的，或许网上能找到一些相关的信息。我用关键词搜索了半天，一无所获。有关达·芬奇的网页，没有一处提到他成名之前画过一只黑猫的手稿。但是关于波提切利的这幅《西蒙内塔·韦斯普奇》，我倒是发现了一些很有趣的东西。

这个少女被波提切利记录在他的画里很多次，而只有这幅作品是真正的第一幅。相关资料显示，这幅画是波提切利第一次在佛罗伦萨看到西蒙内塔的时候所画的。但是这幅画的原件很晚才被找到，比《春》和《维纳斯的诞生》还要晚。画家波提切利，是文艺复兴辉煌时期的顶流艺术家。当文艺复兴的推手、美第奇家族当时的掌权人"伟大的洛伦佐"去世后，佛罗伦萨经历了一系列变故。波提切利在风云骤变中逐渐迷失了自我，以至在晚年时期生活得非常艰难，最后死于贫穷和疾病。他的大量作品都在1497年佛罗伦萨那场著名的"虚荣的篝火"中烧毁了，导致许多他没有署名的作品的归属出现了问题，甚至在艺术史上，波提切利这个名字一度都不曾有任何分量。而《西蒙内塔·韦斯普奇》正是一幅有过争议的作品，也是最后一幅被判定为波提切利所画的作品。但是，争议没有消停，甚至有专家大胆表示，这幅画并非是波提切利的作品。

这些都是好几年前的资料了，近两年不再有关于这幅画的新闻报道。但最近由于画作失窃，倒是又有一些相关的旧新闻被翻出来炒作。原来，它确实在1990年失窃过，当时警队联合文化局还成立了临时小组专门去查。那么，汤勺之前所说的他爸的朋友找回这幅画的事情，就应该是第一次失窃案发生后的寻回事件了。这么一来，时间倒是都能对上。看新闻稿的意思，那桩失窃案好像后来草草了结，民间猜测传得沸沸扬扬……奇怪的是这些新闻又没有了后续。

我翻了三十几页后，随手点开了一篇标题为《画的秘密》的文章，还是PDF格式。我匆匆扫了一眼，上面大概都是讲历史的废话，直到最后，我看到了一句话："最早期研究画作的专家都已经去世，而当时为了寻找画的下落而组成的临时小组成员也相继离世。"我把通篇文章拉回顶部，没有署名。网页显示文章上传的时间是2014年12月，差不多就是我买下这间古董店的时间。我又查了查上传的源头，也没找到什么相关信息。于是我把链接保存了起来，并把文章复制了一份放进文档。

我估算了一下，所谓的"当时为了寻找画的下落而组成的临时小组成员"不可能都七老八十吧，应该还有警队的人。假如设定年龄段和汤勺父亲一致，那现在也顶多就是五六十岁，怎么会这么巧，都去世了？

这话看起来平平淡淡，一笔带过，但是念着念着就越发觉得不对了。我感到有点儿毛骨悚然，这件事可能比我预想的还要复杂，如果把事件的源头合并到1990年的失窃案上去……我忍不住回头望了望黑漆漆的古董店，影影绰绰的角落让人浮想联翩。我赶紧起身多开了两盏灯。真是要命，查个资料，虚汗都冒出来了。

我看了一眼手机，南洋仍旧没回信息。我刚想打个电话过去，就收到了汤勺发来的信息：

> 我查了一下你说的那个苔丝·德尔迪，确实有这个人的记录，是个威尼斯人，不过去年就已经死了。

第九章 七 楼

其实我早就猜想过汤勺可能查不到关于苔丝的资料，只是没想到结果是再次冒出来一个死人。等到这种结果，我竟然有些麻木，在一次次令人头皮发麻的神秘事件不断冒出来的间歇，又冒出来一个死人似乎在可接受的范围内了。

七点半，我出去吃了个土耳其烤肉卷，周围的警察应该都已经撤离了，反正我一个也没有见到。回店的时候，我抬头看了看四楼，菲利普家的那一片焦黑色在夜色里都格外显眼，简直跟刚刚被泼过墨一样。

十点半，汤勺来了。"这片有值班警察，不过他们一过十点就喜欢钻到附近的酒吧里去偷懒。今天不是周六，外面应该也没有太多聚会逗留的人群。十一点半应该差不多了。但是，我们得想个办法上去。因为四楼着火的事情，上面认为那个放火的不管出于何种目的一定会回来，看看要烧毁的东西有没有留下什么痕迹，所以周围还是有负责这个案子的警察在监视。"他一边掏出一盒猫粮开给小贱吃，一边漫不经心地说，那语气听起来就跟我们待会儿是相约去逛个菜市场一样轻松。

"想个什么办法？"他这么一说，我倒确实有点儿印象，刚刚出去那会儿，好像看到前面小广场上停了一辆车子。我走到门边，店里的灯早被我关上了，卷帘门也放下来了，但是借着光还是可以清楚地看到小广场那边，在一排东倒西歪的自行车和几辆零星的汽车前面，孤零零地停了一辆拉风的黑色汽车。监视的警察的智商果然非同一般，把车停在广场上那么显眼的地方，真以为黑色可以融入夜色吗？简直当纵火犯是傻子。

我有点儿鄙视地看了一眼汤勺，他正在抽一根我刚给他的烟。他漫不经心地说："白天给你做过笔录的西木现在就在车里坐着。"

"我们不要显得自己很心虚，我们又不是在做贼，就这么走上七楼其实也不要紧是不是？我们又不是要去四楼。"我说。

"不可能。"他用手挥了挥面前的烟，"今天西木既然已经给你做了笔录，就肯定查过了你的底细。你住在哪里，他一定知道。至于我住在哪里，他们也肯定知道不是在这里。你说我们两个，半夜三更上到七楼，开别人的门，能不引起怀疑吗？"

"这倒也是……"我嘀咕道。就算我们真就这么进去了，之后他们去查那个屋子发现是空的，然后再把一些乱七八糟的事情扯出来就麻烦了。

"那怎么办？他们一般监视到什么时候？"

"天亮吧，不过他们经常会在车里睡觉。"他说，"其实方案我已经有了。"

我心说：你这半天是在耍我呢？有方案还不快说，马上就要十一点半了。我故意看了看手表，以示时间紧迫，有屁快放。

他还是漫不经心的调子："方案一，你去临街找家店，在门口意思一下放个火，完了你快点儿跑，调动附近警力的时候肯定能调动到他们。"

我呵呵一笑："你这是什么馊主意，我要是跑慢了不就被抓进去了。还是你有办法把我弄出来并且不留污点？"

"我没那么大本事，所以还有方案二。"他说着，从口袋里掏出来一个类似于诺基亚的老款蓝屏手机，"我有这个。"他按亮了蓝屏在我面前晃了晃。

"这是什么？"我实在没搞懂，这个蓝屏手机的威力在哪里。

"这是我们总队长的手机，我现在可以群发一条消息，告诉他们在附近某处某住宅发生了入室抢劫案，需要附近力量的支援。"

"你早就想到了，所以居然偷了你上司的手机？"换作是我的话，我一定不会为了查清楚疑似见到鬼这种事情开启自我毁灭模式。

"话要说清楚，小贱。第一，这个不是偷来的，是他自己丢在厕所里没有拿。而厕所和更衣室是我们局里唯有的两处不装摄像头的地方，我只是跟在他后面顺手捡到了而已。第二，假如没有方案二，那只能想想方案一怎么操作了。"他露出得意的表情。

"我是舞剑的剑。"算了，现在不是纠结这个的时候。我真是十分怀疑这个蓝屏手机是不是拥有群发功能。

汤勺一本正经地低头开始编辑短信，并叫我盯住小广场上那辆车。他说这个其实有风险，因为预估不到调动警力会不会调动到他们这里。既不能把这个编出来的事发地点设置得太近，因为太近容易被发现，又不能弄很远，太远就肯定调动不到他们了，所以他最后选择的是河对岸我家的那片区域。

信息发出去五分钟之后，有动静了。我从卷帘门的缝隙里看到那辆汽车突然调头，飞快地开走了。"走，赶紧！"我说。

我们俩从店内储藏室的后门走了出去。经过储藏室的时候，我们不小心把小贱放进去了。我踢了它两脚，它就是赖在储藏室不走。没时间管它了，汤勺一个劲儿催我赶紧出去。我锁门的时候，看到小贱绿色的眼睛在黑洞洞的空间里发光，有"沙沙"的声音顺带着传出来。我觉得小贱好像又在扒那幅画。

汤勺掏出随身带着的手套，把整个手机表面的指纹都抹干净，然后很用力地朝着这条路的前端扔了出去，大老远都能听见"啪嗒"一声。"我们得快点儿，那个手机里有定位系统。定位系统摔不坏，估计不出半小时他们就能找到这一片。"他说。

这也行？蓝屏手机不仅能群发信息，还有定位系统，难道那是一部我从来没有见过的高端手机吗？

不知道为什么，可能真的是做贼心虚，尤其是之前还连续收到了两封恐吓信，我

第九章 七 楼

总觉得身后有双眼睛在看着，一边往楼上爬，一边觉得背脊发凉。经过四楼时，汤勺停下来远远地看了看，门都好像烧掉了。我刚想走近一些，就被汤勺一把拦住，他让我别往那边走，脚印可以采证。从侧面看过去，那处黑乎乎地突然陷进去一块，看起来特别恐怖，仿佛是个黑洞，随时准备把一切靠近的入侵者吸入进去，传送到另一个时空。

"那里应该已经没有什么东西了，就算有，也一定被三轮取证拿走了。我们上去吧。"

我们快到七楼的楼梯口时，七楼的走廊灯突然亮了。一个蹒跚的黄色身影出现在楼梯口，原来是老太太那只肥成了一坨的大黄猫。它走到楼梯口就停了下来，眼睛直直地望着我和汤勺，几乎把整个楼梯通道的空间占了。我们等了一会儿，那猫也不走，老太太的房门那边也没动静。

"怎么办？还上不上去？"我小声说。

"走到这里了，难道因为一只猫下去？"汤勺说完大步走上去，一脚跨过了黄猫。那猫居然还是原地不动，只是仰头跟随汤勺的步伐转动，随后又转回来盯着我，表情看起来特别贱，像是在说"有种你也跨过来"。我当没看见，一脚跨了过去。

汤勺在倒数第二个花盆里把钥匙找了出来。他开门的时候，那只猫居然在我们屁股后面连着"喵"了好几声。我催促他快点儿，心说：怎么这年头儿邻居家的猫还负责看门！门刚打开，我听见身后也传来开门的声音。

不好！是老太太！虽然上次还是老太太怂恿我私闯民宅的，但现在是半夜，而且最近这么多事，如果她嚎上一嗓子把警察引来就不好了。我赶紧把汤勺推进门，自己也飞快地闪进去，动作很轻地把门带上。

我听见老太太的脚步声越来越近，那只胖猫也在叫。接着，脚步声在门口停了下来，没动静。大约过了一分钟，老太太的声音从外面传来："走了！凯利，不要多管闲事，我们回家睡觉了！"接着，老太太的脚步声向反方向去了。

我松了一口气，按着狂跳不止的心脏，觉得自己需要冷静一分钟。

"她应该知道有人进来了。"汤勺气定神闲的声音出现在我的后方。我猛地回头，刚想回他话，却因为这突如其来的黑暗晕了一下，眼前还残留着走廊灯光的光晕。我才想到，刚刚走廊上这么亮，也不知道除了老太太之外是否有别的人看到我们进来。我的眼睛好不容易适应了黑暗之后，才看到汤勺的"全貌"。他把钥匙拎在半空中给我看："那个花盆的土没有填平。"

我刚想说"算了，看到也就看到了"，却突然之间想到另一个问题，不自觉地倒吸了一口冷气。

如果我的记忆没有发生偏差，上次开完门之后，我立刻就把钥匙放回了花盆里。这扇门不锁的话，内外都可以直接打开。后来我和汤勺出来的时候，我没有再拿出钥匙特意锁门，只是把门带上之后就下去了。理论上来说，我们今天开这个门是应该一下就打开的，但是我刚刚看到汤勺开门时往左边转了两下——看来在那次之后，有人来过了。而且，汤勺是怎么知道钥匙在倒数第二个花盆里的？

——难道，上次之前，他就上来过？

第十章 1990年的自杀案

"而且，我想在我们之前可能有人来过。"他说。

我没有把我的疑问说出口，在心里默默想，之前上来的人会不会正是他自己？我开始对他产生了怀疑。仔细想想，他对于我来说，其实也就是一个陌生人。至于他究竟为什么要卷入这个事件，除了他给我的那些资料外，其他一概都没说清楚。一个警察，又是饭店小开，突然找上我，会不会有别的目的？

他开始在房子内四处晃，叮嘱我不要把手机灯打开，现在这个点很容易被发现。我看了眼手机，南洋到现在也没有回音，一个电话一条消息都没有。

汤勺独自到楼上去转了一圈，下来的时候告诉我，阁楼上他把所有能打开的东西都打开来看了，什么都没有。我心神不宁，这里黑得令人窒息，但我知道，我害怕的并不是黑暗，而是已经不再信任我眼前这个所谓的同伴了。没有信任，就是最危险的。

我想起收到的那两封恐吓信，"不要多管闲事"和"远离卡尔梅洛"。给我写信的人可能并不知道他的中文名字，或者故意不用。但我现在有种感觉，陈唐很可能在利用我。我试探性地问他："我之前查了一下资料，说在1990年成立的失窃画专案小组成员都陆续死了，你知道这个事情吗？"他这时候正在试着开我上次没打开的那个小房间边上的门，传来"咔咔"的响声。

他沉默了一会儿，声音低沉地说："我知道。我父亲当时就在那个调查组里面。"他说话的声音很平静，似乎只是在告诉我一个已有的信息而已，可是这个回答是否才是他将自己无底线地卷入这个事件的原因？夜的沉静让人觉得恐惧。他一边说着，一边继续尝试把门打开。

"你之前说，你父亲因为偷窃并私藏那起自杀案的资料所以被革职了。"

"对，"他停止了撬门的动作，转过头，压低了声音对我说，"那时他还是警察。偷窃案发生在自杀案的四十五天之后，自杀案的资料丢失起初根本没有人发现，要不是那个阿夫杰当时是乌菲兹博物馆负责世界文物交易的成员，后来正好那幅画被盗，根本就不会调出她的资料。所以我父亲之前是1990年那个专案小组的负责警探之一。"他摸出来一根烟，又把它放回去，"那个女人虽然是个俄罗斯人，但一直生活在佛罗伦萨。她很年轻的时候就进入了文交会，是个专家。你记得我给你的那份资料吗？"

"记得。"我回忆了一下那份资料，大部分是俄语的，只有照片和一张拼凑的意大利语资料，还有那张结案陈述。

"俄语资料是我后来为了查这件事情特意托人花了两年多的时间从俄罗斯找来的关于这件事情在俄罗斯那边的录案资料备注。而佛罗伦萨警察局的那些资料，在我父亲去世前的某一天突然被他烧毁了。但是他当时留下来了一些残片，并粘贴在一张纸上，和那几张现场照片被保留了下来，后来整理遗物的时候才被发现。我母亲一直留着它，因为她始终觉得我父亲的死很离奇。那张结案陈述，就是从那张残片上获得的信息。俄语资料部分我找翻译看过了，没有很特别的内容，连结案陈述都没有。"

"那张残片上还有什么相关信息？"我在脑海中搜索了一下那残片，当时看到的龙飞凤舞的手写体根本难以辨认，并不清楚上面写了什么。

"有，"他顿了顿，"当年文交会的几个工作人员，就是她同事的名字。"

"文交会成员？"我飞快地思考着——为什么他父亲烧了所有资料却要保留下来这几个人的名字？肯定是有原因的。

"对，文交会的成员。"他说，"那上面一共有三个人的名字：克劳迪欧·卡斯特尔，欧枚洛·切尔克，还有菲利普·费雷拉。"

我听到这个名字的时候，只觉得头皮炸一阵发麻："菲利普·费雷拉？！"

"对，这些人加上三个警察和当时的博物馆副馆长组成了所谓的专案小组，所以那个专案小组一共是七个人。除了我的父亲德西·卡尔梅洛以外，还有阿尔风锁·西木的父亲西蒙·西木和卡洛·齐德蒙。副馆长名字叫廖思甜，你可能想不到，她是个中意混血儿，而且是个女人。她是当时收藏界和鉴赏界十分杰出的人物。"

"这些人，都死了？"我觉得我的声音有些发颤，"我能不能问一下，你父亲是怎么死的？"

周围的黑暗越发沉了，仿佛来自四楼那个黑洞中的另一个时空在缓慢地铺开来，缠绕到我们的身上。他的脸在黑暗中看不到任何的表情。

"自杀。"他说，"他是这些人当中倒数第二个死的。"

不会又是跳楼吧？……我感觉我浑身的汗毛都一根根竖了起来。

"不是跳楼。"他好像知道我在想什么一样，"除了我父亲，其他人的死因我不知道。警察局似乎有意封锁消息，后来把查那些案子的相关人员全调离了佛罗伦萨，连我们局长都换了，所以这次菲利普的案子才会轮到我插手。"

"你父亲呢？"

"有一天早上，很早，他带着我去坐火车。他穿戴整齐，然后火车来的时候，他跳了下去。"他说。我从他的声音里面听不到半点儿情绪。那场景我能想象，或许那个死去的女人的脸不是他的噩梦，这个才是……

我突然想到我在网上看到的那篇文章："等一下！我看到的那篇文章，是去年年末写的，可是当时菲利普还没有死！"

"其实你说的那篇文章我也看到过，没有署名。菲利普后来从文交会转去文管局之后，我一直都有关注他。果然，他还是死了。他就是那群人里最后死掉的那个。"他瞟了一眼窗外，刚刚在他说话的时候外面似乎有一些骚动，但又不是很响。不知道是不是警察已经找到了那部有GPS定位的手机。

"等下！也就是说，你之前就知道菲利普，也知道苔丝！"我的声音因为激动而颤抖。

"不是，我真的不知道苔丝。有件事我确实没有告诉你，就是我认识菲利普的老婆，碧昂卡·屋里维。这个女人……我以前是认识的，呃……皇宫博物馆的工作人员……"他说话变得有些吞吞吐吐，"呃……就是因为菲利普，我才故意接近她的。不过后来她辞职了，我们也就失去了联系，之后就再也没有见过她，我估计她可能是离开佛罗伦萨了。我也是在那次调查的时候才发现她的地址一直没有改变。"

"你们俩……有过……什么特殊关系？"我问。那个女的应该比他大了十几岁吧，我在心里算了一下。

他一时之间没说话，这算是默认吗？

"她辞职离开佛罗伦萨之后，我也就没有一直盯着菲利普了，直到后来他死了……"

"那你这回找过她吗？菲利普死了，按理说她作为家属总该露面吧，你不是说他们没离婚吗？……所以，你见过她了？"

"没有，这一点也挺奇怪的。案发后确定死者的第一时间，局里就联系了她。但她接到电话听到菲利普死了，笑了几声，说了句'活该'，然后就把电话挂了，再打她怎么都不接了。因为这件事她差点儿被列为嫌疑人，不过后来案件定成自杀了，就没去追究。"

"那后来呢？"

"没有后来了啊，后来我也试图找过她，没找到。我就去查了一下，她现在在威尼斯一家现代画廊工作，最近没有离开过威尼斯，所以就算菲利普是被谋杀的，也和她没什么关系。"

我心说：这么着急给人家证明清白，难说还有没有什么情愫……

他好像又看出了我的心思，立刻说："你别多想，我只是为了查案，我和她早就没什么关系了。"

"你是什么时候看到那篇关于菲利普的文章的？"我赶紧转移话题。

"他死后。"他说完又补充道，"对了，我还查到一件事情，关于苔丝的。这个人在佛罗伦萨的住址记录就是这间房子，显示住到去年的12月24日，正好是平安夜。她的死亡记录是2014年12月24日，死于突发性心脏病。你知道这间房子曾经登记的户主是谁吗？"

我想了一下："曾经？难道是菲利普？"

"不，是他老婆。当然，夫妻双方享有共有财产。后来那个苔丝死在这里之后，菲利普就用他老婆的名义将这间房子转到了教会名下,但我怀疑实际上仍旧是菲利普自己在看管。四楼的房子,也在他老婆名下。"

我想了想,这逻辑不太对啊:"我记得你当时问我认不认识住在七楼的住户,你既然知道这个房子的情况,又怎么会问住在七楼的夏娃?按理说,你应该很容易查到这间房子是空着的啊。"我有点儿语无伦次。

"因为,"他说,"我在菲利普死后收到了一封匿名信。信上说'你要找的阿夫杰住在七楼',就这一句话,所以后来我才会去查这间房子的资料。"说完,他继续撬门。

我发现他这个做警察的真可谓各方面装备都很完善,不仅有作案的手套,还随身带着撬门的工具。我看不太清楚,好像是一根类似于钢丝的东西,他把它插进锁孔,门不断发出"咔咔"的细小响声。

"我再问你最后一个问题。"我觉得我大概知道要问什么了,"你后来还有没有收到别的匿名信?"

我感觉到自己的手心里冒汗了,这种手心冒汗的紧张感离我已经很久远了。我的双手从某个时段开始就如同一双死人的手,总是冷冰冰的,我总是感觉不到它们的温度。山川的脸突然从我的大脑缝隙里钻了出来,我想起她去参加美院的绘画考试前,使劲儿抓着我的手,抓到我的手心汗涔涔的感觉。我用力闭了闭眼睛,想把她的脸按回黑暗里去。

"有。"汤勺的话把我的思绪抓回了眼前的黑暗中,"后来还有一封。"他的声音产生了一些回声。或许是这里太空旷了,老房子的墙壁更厚实,声音击打在墙上,又被弹回空旷的空间里,带出无限的、永不结束的回响,令人窒息。"信上说,去找李如风。"

"咔"——门被打开了。一阵风穿过打开的门,带着一股说不清楚的气味迎面吹来。

第十一章 密 道

外面突然响起了警笛声，拉着长音刺破了周遭的寂静。我透过七楼的窗户朝外面望了望，红蓝灯闪烁，坏了——警察！

汤勺打开手机灯，朝门里照了照，除了四五级往下的台阶之外，其他什么都看不到，可真黑啊。我催促他赶紧先躲进去再说，万一警察顺着菲利普查到这里怎么办？

门后面有阻力，只能被打开三分之一，不能完全推开。汤勺先侧身挤了进去，跟着我也挤了进去。我反手关上门的时候，不知道是不是出现了幻觉，听到很轻的"咔嚓"声，好像是哪里的门被打开了。这声音加快了我关门的速度，而那扇门似乎已经预先知道了我的意愿，我的手还未用力，它自己就"砰"的一声关上了。我被吓了一跳，缩手的时候动作太大，差点儿把汤勺从楼梯上推下去。

汤勺扯住我，示意我不要动，可能他刚刚也听到那声开门声了。我连气都不敢喘，过了差不多一分钟，没听到外面有任何动静，我们才松了一口气。

我借着汤勺的手机灯看了看门上，什么也没有，刚想转头跟他说话，眼角的余光忽然就扫到地上一团黑乎乎的东西——人头！顿时我浑身上下每一根汗毛都从毛孔里站了起来，整个人都像被什么神秘力量钉在了门上，完全无法动弹。汤勺拎着手机灯缓缓照下去，我看到他跟着灯光一起蹲了下去，顺手就把地上那个人头捡了起来。

"你看。"他说话的语气完全不像是看到了人头。他拎着头转过身来，拿手机光对着它。我一口冷气憋到喉咙口差点儿窒息，一下明白过来，人是真有可能会被吓死的。不过这下我倒是看清楚了，那不是一个人头，是个……头盔？我也不知道该怎么形容这个东西。那是一个长得像一张僵尸脸的头盔，下半部分突在前面，嘴的部分是一排镂空的齿状物，怎么看怎么像是囚禁怪兽的头盔。

"你认识这个东西吗？"汤勺问我。我说我当然不认识这么丑的东西。

"你知道这是什么吗？"他冷笑一声，"这是美第奇柯西莫一世时期，他的军队将领专用的战盔。"他说完就把头盔扔到了我的手里，"拿着。"

妈呀，我怀疑这个头盔有七八千克重，戴着这种玩意儿去打仗，不怕头一扭就断了吗？古代人真是好创意。我借光看了半天，摸了摸，一点儿锈迹都没有，可能是所谓的黄铜镀白金。"这是文物？"我小声问。

汤勺正在把刚刚倒在地上的全身盔甲扶起来。看来刚刚那门自己关上和紧随其后

第十一章　密　道

的响声就是因为门顶到了这一身盔甲，结果盔甲倒下砸到了门。汤勺把这一身盔甲重新复位，然后用手机灯从上到下照了一遍。当光扫到盔甲胸口的时候，我看到了一个奇怪的图案。

"等等！"我把汤勺的手机抬高，抬到胸口的地方，那里有一只乌龟扛着风帆的图案。

"这是什么？"我问汤勺。

"美第奇家历任的当家和君王都有属于自己的标志，这是柯西莫一世的。乌龟加风帆，寓意是他处事要不紧不慢有乌龟的耐性，在需要果断决策的时候能借风帆的力量，带着他勇往直前。他的标志是最有名的，老皇宫里到处都是。"

听他说完，我忽然想起了那张我看到的纸："你知道三个类似于钻戒的图案扣在一起代表什么吗？"如果这是一个个人标志的话，那么那张纸上画的三个钻戒的图案会不会也是另一个人的标志或者是什么家族的家徽呢？

"三个钻戒扣在一起？"他沉思了一会儿，对我说，"听你描述感觉是很熟悉，就是想不起来了。"他一边说一边又用手机照了一遍盔甲，"看来这底下很可能是那个菲利普的藏宝室啊，你看，我之前就一直在想他很有可能监守自盗。"

"你是说，这是他偷的？"

"不，顺的。"他说。

我明白他的意思，美第奇16世纪的文物出现在这个地方，肯定是被人藏起来的。但是他怎么知道一定是菲利普呢？弄不好是死去的那个苔丝或者后来神出鬼没的夏娃，都有可能。

"我们快走吧，手机快没电了。"他说，"先用我的手机，电省着用。"

"可是这里是七楼，怎么会有向下的楼梯？又不是一楼还自带一个地下室……"我提出了刚才一直被忽略的疑问。

"可能是自己隔出来的地下室吧，方便藏宝。"汤勺的声音从前面传来，厚实的墙壁使他的说话声变得有些模糊。

我原本觉这个地方不会有太多楼梯，应该走走就到底了。如果按照刚刚汤勺说的底下是个私人藏宝室的话，我们现在下去的距离恐怕都能走到一楼了，可楼梯依然在继续。太不科学了……谁会为了藏个宝挖一条这么深的地道呢？这些楼梯要把我们带去哪里？想到这里，我忽然感到鼻子吸到一口凉气，这才发现周围的不同。脚下踩的似乎已经不是楼梯了，而是质感完全不同的石质台阶，两边的墙的距离也变窄了，湿气和寒气一下就变重了，手机灯光甚至无法穿透雾气，我什么都看不清楚。一股奇怪的味道被包裹在湿重的空气里，在我的鼻尖打转。

越发不对劲儿了，黑暗在无限地加重，这里仿佛是一个从未见过光的空间，前方汤勺的手机上那唯一的光正在被这里的黑一点点吃掉。

我们走了有多久？我觉得快半小时了。寒气已经开始沁入脚底板，在体内上升。

好冷，早知道应该穿滑雪服的，我心想，又觉得这个想法实在有点儿荒唐，现在是想穿什么衣服的时候吗？前面那束微弱的小白光还在，起码不是自己一个人在这种鬼地方，这可能是唯一的安慰了。

"喂，警官，你难道不觉得不太对吗？这地方像是要把我们带去'地狱'啊。"我故作轻松地对前方的汤勺喊话，湿重的空气让我的声音变了形，尾音显得有点儿颤抖，我立刻清了清嗓子，又故意把声音放大了一些，"喂，你听到我说话没？"

他没回答，我只觉得前方的脚步声好像停了下来，我刚想继续开口，前面的白光突然间灭了。

我反应很快，赶紧掏出我的手机。真该赞一句汤勺有先见之明，幸亏我们没有两部手机一起用。

不出意外，没有信号，但起码电量还是满格的。有两条微信，还有三条短信和两个未接来电。我晚上上楼之前就把手机调了静音，之后放在口袋里一直都没有拿出来。

微信是南洋发来的——

六点二十五分：我才下课啊。上课手机没开声音。你干吗？吃饭？

六点四十：人呢？

我关掉微信界面。奇怪了，我下午看到他带走塞拉的时候顶多四点，可能都不到。难道是我看错了，不是南洋？

未接来电有一个是南洋的，还有一个显示未知者，是之前那串陌生的号码。

短信有三条，两条都是提示未接来电的，还有一条显示：未知者。我点开来，只有一句话——

赶紧离开这里。

我手一抖，差点儿把手机掉到地上，后颈一阵冷风吹过，似乎有一双眼睛此时此刻正在身后盯着我。我猛地一回头——身后只有无尽的黑暗和黑暗所带来的如藤蔓缠绕全身的恐惧。伴随黑暗和恐惧而来的是一种近乎绝望的情绪，是我错了，我不该让自己搅和进来的，可是我怎么会提前预想到这种混沌和危险交杂的境地呢？

"咔嚓——"谁？我又一回头，但那一声短小奇怪的响声消失得很干脆，难道是我的幻觉？刚刚那条短信已经让我疑神疑鬼了，此地不宜久留，得赶紧离开！

一边想着，我一边脚步不停地往下冲，心里默念赶紧拉上汤勺原路返回，连手机手电筒都没顾上打开，直接借着屏幕光往下一路小跑。在我也不知道自己下了多少级台阶的时候，突然有股力道把我往后面一拽，我来不及感受惊吓就因为重心不稳一屁股坐到了冰冷的台阶上，骨头一阵阵抽疼。

我摔在地上的手机被捡了起来，手机灯被打开了，汤勺的脸被灯光照了出来，他拿着我的手机，把光源一转，冲我的前面晃了晃。

我明白过来，刚刚那个突如其来的拖拽力是因为汤勺用力拽了我一把，否则现在

第十一章　密　道

我大概不是个半残也得瘸腿——在我面前赫然出现了总高度在两米多的数级台阶，台阶下面应该有一个面积比较大的平台，手机光只能照出大约三分之一的模样。

汤勺拿着手机左右晃了晃，好像左边有条通道，但是不太能看清。在我张开嘴说话之前，他把手机塞回了我的手里。"你刚刚问的问题，我也想过。我不知道是谁有意在指引我，但是七楼的东西我查到了，所以我当时是相信的。而且我找到你的时候，你已经被卷入这件事情里面了不是吗？不管写信的人有什么目的，现在也只能找到真相才能有答案了。"他看着我说，手机光照出了他下巴上黑乎乎的胡楂儿。

嗯，我点了点头。虽然我知道他在说什么，但是他说的"你刚刚问的问题"……"我什么时候问你了？"我有点儿莫名其妙。

他掏出自己没电的手机在我面前晃了两下："你刚刚发给我的信息我看到了，我看完手机就没电了。"

"我给你发的信息？"我是失忆了吗？我什么时候给他发信息了？我发了什么？

不等我继续问，他又突然冒出来一句："跳不跳？"

我回过神来，看了一下这个高度。两米嘛，其实也不算很高。眼下好像也容不得我做选择了，不跳的话难道原路返回？想到这里我又忍不住看了一眼身后，黑暗里被人盯着的恐惧感让我做好了准备跳跃的动作。"来都来了，跳吧！"我说。

他身手敏捷，四平八稳地落到了地上，看起来这高度对他来说就像多下了一级台阶一样轻巧。

我甩了好几下胳膊，屏住呼吸，做出一种准备跳水的姿势。大口呼吸好几下后，我终于蹬脚起跳，完成跳跃动作。只是，脚刚落到地上就差点儿扭到，幸好汤勺拉了我一把。他的手劲儿很大，我的脚没扭到，但胳膊估计被他拽得瘀血了。

我把手机灯调到了最亮。这个平台是个T字形，不仅左手边好像连着通道，前方右侧也有通道，都黑乎乎的，是那种令人心生恐惧的黑暗，带着吞噬万物的力量。

我和汤勺往前走了几步。汤勺让我先照了照左边，感觉通道很深。

"你有没有觉得这里有股奇怪的味道？"我使劲儿嗅了一口空气，那味道呛得我直咳嗽，是一种腐烂、发霉和潮湿多方结合在一起的气味，总之一言难尽。

"有吗？"汤勺使劲儿嗅着。

"右边好像更重一些。"我边说边举着手机往右手边走了两步。果然，那股奇怪的味道充满了这里的整个空间。

"这边的路好像走不通，前面被什么挡住了。"我回头对汤勺说。

我以为前面挡住我们的是一堵墙，但是灯光越接近，感觉越不太对。这里确实被墙拦住了，但在墙的前面似乎还有一团黑乎乎的东西，形状看起来有点儿奇怪。我停了停，又往前挪了两步。我举着手机照过去，还没来得及看清楚，突然被人从身后推了一把——我整个人趴在了那团黑乎乎的东西跟前。

我边从地上爬起来边骂："汤勺，你干吗？！"

手机掉在地上，灯光正好朝上照着。"那是……什么？"我捡起手机，眼前的东西像是一根又细又长的锈迹斑斑的管道。

"我被什么绊到了，不是故意推你。"汤勺的声音从我的后脑勺方向传来，这已经不重要了。

当我看清眼前是什么的时候，只觉得整个人重心不稳，直往后倒。我浑身都在发颤，又不能肯定自己是不是眼睛花了，所以一遍遍用手机灯上上下下地照。完全照清楚之后，我尽量让自己的意识保持清醒，艰难地转动脖子对汤勺说："这……这里……这里有个干……干尸。"

第十二章　迷　宫

干尸。

我说出这两个字的时候咬到了自己的舌头，由于发音用力过猛，咬下去的那一下，一股血腥味直冲脑门，我瞬间清醒了一些，眼前的东西也看得更清晰了。

浑身干缩的肌肉包裹着骨架，我刚刚看到的那根生锈的水管其实就是他的腿。那古怪的气味正是从他身上散发出来的，但又并非完全是之前闻到的那种气味，他身上带着某种更为特殊的味道，就像是……咸鱼干……想到这里，我突然感到一阵反胃。

汤勺从我的手里拿过手机，对着干尸仔仔细细照了个遍。干尸看上去应该是男性，身上穿的衣服倒是过于完好了，是那种式样比较老的夹克，感觉是谁特意给他穿上去的。干尸的造型很奇怪，一只手捂着胸口，另一只手伸在前面，好像是在挡什么东西。他的腿弯曲着，边上有一副我们之前看到的那种盔甲。他的表情十分狰狞，嘴巴大张着，眼睛空洞洞的，带着一种难以言喻的绝望感。

"啧啧啧，这种样子，死的时候肯定是遇到了什么可怕的事情吧……"汤勺一边嘀咕，一边把手机递给我，"哎呀，你靠近一些照，我检查一下这个兄弟，你怕什么，他都干了，难道还会动吗？"汤勺抓着我的手往前伸了伸，让手机的光源离干尸更近一些，我觉得我的手指碰到了干尸的皮肤，浑身的汗毛又竖了起来，但我忍住了，没让自己的身体反射性弹开。

"咦？这是什么？"汤勺从干尸的口袋里掏出一样东西，我定睛一看，竟然是一部手机。手机？不好的预感再次袭来。

"这手机居然还有电啊。"汤勺一按开机键，手机的屏幕就发出了蓝光。这是一部诺基亚的旧型号手机，看起来有些年头了，但是一点儿也不脏。这种电子产品出现在干尸身上，实在有些诡异。

汤勺翻了翻手机："空的……诶？等等，这是什么？"手机里有几个拨打出去的电话和一条发出去的信息，"3281113059……"他默默地念着这个号码。

"等下！什么？！"我一把从他的手里把手机抢过来，那几个拨出的未被接通的号码赫然显示在屏幕上。我使劲儿揉了揉眼睛，确保自己一个数字都没有看错。我浑身抖得跟地震了似的……我按开了那条发件箱里的信息——果然！我把我的收件箱打开，摆在这部手机的边上：赶紧离开这里。

"这消息……是干尸给我发的？"我缓缓转头看着身后这具造型惊人的干尸和他旁边那套沉重的盔甲。

干尸给我打了电话，干尸还给我发了信息，那么是不是那两封匿名信也是干尸写给我的？如果我现在站在大马路上这么想，大概率会觉得自己精神异常了，但是现在我就站在这位"发件人"面前。我好像被这里的寒气定住了，寒凉感开始深入骨髓，再不动一动，可能就要浑身僵硬了，可是动弹不得。

"这是什么时候收到的消息？"汤勺问我。

"应该是我们进来的时候就收到了，但是我后来才看到。他……还给我打了两通电话。"我僵硬地回答，多么荒唐啊，"我都没有接到，今天下午有一通也没接到，后来打回去没人接。"

"嗯，还有别的吗？"

我摇了摇头，想了想，决定暂时还是别提匿名信的事情了。

"这事情太奇怪了。但是有一点很肯定，这一定是有什么人在搞鬼。"汤勺铿锵有力的声音一下把我震醒了，对啊，干尸怎么会打电话、发短信呢？这一定是人干的。那么，人呢？

我检查了一遍干尸身后的墙壁，没什么可疑的地方。汤勺围着干尸转了两圈，细致检查了干尸边上的那身盔甲，突然拉了拉我的衣袖："过来看。"

他把手机凑近地面，指着盔甲旁边的一处地面示意我："你看这里。"

"是什么？"我蹲下去，眯着眼睛顺着他手指的地方看去。要不是凑这么近去看，在这黑成一团的地方根本看不到这样细微的痕迹——的确是有痕迹，汤勺眼睛可真够好的，不愧是警察。"这是什么东西被移动过吧？"我说。

"我刚刚看到干尸的时候就觉得很奇怪。这个地方怎么会有干尸呢？而且穿着夹克！"汤勺说。

我反应了过来，他说得对，这个地方怎么会有干尸？！这里这么潮湿，雾气这么重，假如真的有人死在这里，老早就腐烂成一摊肉泥变成白骨了，怎么可能风干成这种样子？

"那就是说，这具干尸原本不在这里！"

"是有人把它搬过来的。"汤勺说，"手机应该是把干尸搬过来的人故意放在干尸身上的，他甚至很可能知道我们要做的事，所以知道我们一定会动手查干尸，保证我们能找到手机，目的就是用这些来吓走我们。"

我又想到第一封匿名信上的内容：请不要多管闲事。没错，汤勺分析得很对，这个用干尸打掩护的人一定就是写匿名信给我的人。他不希望我们管闲事，所以才从一开始就想吓走我。而且，这个人看来不想我和汤勺搭档，为什么？

"而且，"他压低声音说，"这一切，应该才发生不久。"

"你的意思是说……？"

第十二章 迷 宫

他点点头。

我听见自己的脑袋里"砰"的一声,像是断了一根神经。那个人,现在很可能就在某处看着我们。原来不是我的错觉,之前我一直觉得有一双眼睛在黑暗中盯着我们,很可能是有人不想让我们发现这里,也就是说,这里一定藏着什么不可告人的秘密。我们能在这里找到答案吗?还是会迎来更深的疑惑?

我们拿着手机仔细检查了这里的地面。由于太潮湿的缘故,也可能是人为毁坏,没有更多的痕迹能让我们辨别出这具干尸究竟是从哪里被运过来的。我在脑中做了一个假设,如果这个人是在我们进来之前就布置好了一切,当他发现无法阻止我们来到这里的时候,就跟着我们一起进来了,看着我们一步步接近这里,看到他布置的这一幕。如果这一切真的是他为了吓走我们而设计的,而当他看到结果并未如他所愿的时候,会不会做出更可怕的事情?想到这里,我又猛地回头。来时的那条道又长又黑,让人心生畏惧,总感觉一定有什么藏在黑暗中。

汤勺又把手机光照回到那具干尸身上。他一动不动,将灯光上下来回地移动,干尸那张狰狞的面孔一次次出现在亮光里。

"你说,他会是从哪里来的?"我喃喃地说。

"不知道。"汤勺用几乎听不见的声音说,"但总觉得有点儿熟悉。"他收回手机看了下电量:百分之八十九。这手机用电是真快,按照这种速度,电量不知道能不能坚持到出去。

我的神经被"出去"二字绊住了。出去?怎么出去?还能原路返回吗?我现在很迷茫,这里肯定不是什么好地方,最好的选择必然是原路返回,可是直觉告诉我,我不该提议选这条路。

就在我考虑这些的时候,汤勺指着左边的路说要往那里走。左边的路之前我们粗略地照了照,一团朦胧的黑,什么也看不清楚。我刚咽下"原路返回"四个字,汤勺已经携带手机自顾自朝左边的通道去了,我只能跟上。

走到左边那条通道口时,我们有些愣住了——与其称之为通道,不如说是一条只够一个人横着走过去的缝,这个宽度,但凡稍微胖一些都过不去。幸亏我们两个人都不是胖子。

汤勺用左手高举起手机,让灯光能照到我们前方大约一米的距离,接着他在我之前侧身卡了进去。我只能说是卡进去,我听见他狠狠地吸了口气。轮到我自己的时候,就知道这口气不吸不行,别说是肚子,哪怕是腹肌都得吸一下再钻进去。我几乎能听见膝盖摩擦墙面发出来的声响,事实上这条缝比看起来更窄。如果说这个时候有人来攻击我们,那我们真的是上不去下不来也不能横着跑。但这个时候,谁又能卡进来动手攻击我们呢?

然而,永远有想象以外的事情发生。我们走到大约中段的时候,我隐约听见我的右手边似乎出现了刚刚我们卡进来时候同样的响动。不会是有人也进来了吧?!汤勺大概也听见了，突然停了下来。

"你是不是听见……"我还没把话说完，他就用右手捂住我的嘴，对我"嘘"了一声。那个原本正从远处靠近的声响骤然停止。

我借着手机光望向我的右面，光亮之后是一片深沉的漆黑。我十分确定刚刚听见了声响，那种有东西摩擦墙壁的声音在这空荡荡又寂静的地方显得特别突兀。我看向汤勺，他仍旧没有动。他尽可能地将手机光往我这边照，试图照得远一些。然后我看到他的眉头皱了起来，由于光照角度的问题，他的脸色看起来很惨白，有点儿恐怖。他整个人似乎定格在了那里，不动也不说话。

我问他怎么了？他又"嘘"了一声。我又有了那种寒气贯穿全身的感觉，他这样搞得我很紧张。大概过了半分钟，我感觉到他在用手肘推我，我看向他，他用头示意了一下我的右前方。除了灯光，我什么都没有看到。

慢着！那是什么？！白光和黑暗的交界处出现了一个怪异的形状，并不是很清楚，就像一把椅子的折角，露了一个头在外面。

"不要往后看，快点儿走。"汤勺小声对我说。说着，他就加快了移动的速度，我赶紧跟了上去。在手机光收回来的那一刹那，我似乎看到了一大坨影子映在墙上，那形状很熟悉，但是我现在脑子里一片空白，什么也反应不过来。

那声音果然又出现了，配合我们的速度跟在后面。我现在已经无法确认那是否真是另一个物体摩擦墙壁发出的声音，也有可能只是我们自己摩擦墙壁产生的回音。自我安慰刚刚开始奏效的时候，汤勺突然举高了手机，紧接着我感觉他拽着我的手臂，力道很大地一把把我拽了出去。周围瞬间变宽敞了，我还没来得及看清环境，就被他拽到一扇类似门一样的东西背后躲了起来。

"别说话。"他在我的耳边说，同时关掉了手机灯，我们突然陷入了一片漆黑。

自从看到刚刚那具干尸之后，它的样子好像就黏在了我的脑膜上，我眼前的灯光残晕里都闪现着干尸那张狰狞的面孔。我闭了闭眼睛。汤勺又在我的耳边很小声地说："出来了。"

我感觉他连呼吸都屏住了，这样的反应让我瞬间绷紧了每一根神经。什么出来了？难道是……刚刚在后面跟踪我们的那个人？我死死地盯着我们出来的那个方向，但这里的黑密不透光，没有灯光根本不可能适应这种彻底的黑暗。到底是什么出来了？！

一秒钟之后，我有了答案。我们出来的地方有白光忽然闪了一下——我忍不住深深地倒吸了一口凉气，直到凉气穿过我的喉咙，进入我的胃里，让我确定我那一刻看到的东西是真实的。

白光只闪了一秒钟，但是，我看到了——那具干尸就在我们出来的地方。

我用手捂住了自己的嘴，气都不敢喘。怎么回事？干尸跟上我们了？这不可能！

"有人！"我和汤勺几乎是异口同声地小声说出这两个字的。

随着这两个字被抛出来，我只觉得血管和神经"突突"跳，冲击着我的心脏，耳

第十二章 迷 宫

边响起了不间断的长音。我回忆起在那两面墙的缝中,汤勺照给我看的墙壁上那个奇怪的折角影子——是干尸!那折角的影子就是干尸弯曲的膝盖!也就是说,是有人把它举在头顶上带过来的!怪不得后面又看到一大坨影子!回想刚刚墙体发出的摩擦声响,那个扛着干尸的变态倒是没把干尸骨架子给挤碎了……

还好,不是妖魔鬼怪,是人啊……我想松口气,心脏却越跳越快。鬼怪算什么,它到底要不要害你还另说呢,可人就不一样了,人才是这个世界上最可怕的。

干尸后面躲着的人应该是借干尸来干扰我们的视线的,如果我们没有被吓到,他应该要着手实施他的下一步计划了。不管这里有什么秘密,他肯定会想方设法阻止我们发现它。

这里的黑暗像是一头吞噬人的怪兽,在静谧与黑暗中,我们无计可施。我也不知道还要这样僵持多久,我们不动,干尸那边也没动静。谁也看不到谁,都在等着对方先暴露。

"你现在听我说,你别说话。"汤勺那种和空气一样的声音就像经过了几个世纪才传到我的耳朵里一般,搞得我的耳朵发痒。我等了半天,他也没有再说一个字。我用胳膊撞了他一下,他突然抓住我的手,手心朝上。他用力捏了一下我的手,意思是叫我维持住这个姿势。我立刻明白了,所谓的"听他说",其实是辨认他在我手心上写的字。他是打算写中文还是意大利语呢?他的中文这么蹩脚,万一写错了字或者笔画混乱,我读不出来他写的东西,怎么办?我还没来得及考虑更多,他就已经开始写了。

我在心里翻了一百个白眼,心说:这家伙真是神经大条。不过很快我就意识到了,他写的应该是中文,而且笔画并不是太复杂——横、撇、横、竖、横,是左边的"左"?

他写完这个字,敲了两下我的手心,表示问我是否明白。我点了点头,一想他看不到,又回敲了两下。

他大概隔了十来秒钟,又开始在我的手上写——横、撇、横、竖、横,这不还是左边的"左"吗?是他没有理解我那两下回敲的意思,所以又把刚才那个字重新写了一遍?

这回他没有停下来,紧跟着又写了一个字——横、撇、竖、横折、横,"右"?我有点儿混乱了,左到底是一次还是两次,接着才是右?

我迟迟没有给他肯定的回应,我听见他轻轻叹了口气。叹气是什么意思,觉得我智商低?然后他换了种方式,他握我的手,左边握了两次,接着是右、左、右、左、右。

就是嘛,早采取这种简单的方式多好啊,浪费时间写什么字……这是待会儿我们要走的方向?他怎么会知道得这么走?

还没等我完全反应过来,我就感觉到自己被他用力一拽。他没有打开手机灯,在这种彻底的黑暗之中,我们跨出去的每一步都仿佛是把脚踩进深渊。我也不知道我们的动静究竟有多大,甚至听不清楚后面那个东西是不是跟上来了,只听得见自己的心跳声和脑海中自己对自己不断重复的"左左右左右左右",虽然我并不清楚如果不按

063

照这个方向和顺序走的话会发生什么。

但就在我们左转了两次，右转了一次，再要左转的时候，他拽住我停了下来，只是我脚底来不及刹住，直接撞到了前面的石墙上。手机灯亮了，我摸着额头往后退了两步，黑暗中突然亮起来的光线刺得我睁不开眼。

"这是什么？"我眯着眼回头看到了另一面石墙。

"迷宫。但是路变了。"

"你说什么？"

他看了我一眼，刚要开口说点儿什么，但后面传来了响动，想必是之前那玩意儿跟上来了。我忍不住脑补，究竟是怎样的变态才会扛着一具干尸追着我们跑。

汤勺把灯按灭："走！"他一把拽住我，朝着面前高墙之间的空隙走去。

汤勺似乎对已经改变的路并没有什么迟疑，我很快发现，现在的方向与顺序和他之前跟我说好的完全相反。走了一阵子后，他再次停了下来。我以为这个莫名其妙冒出来的大型迷宫挑战游戏就要结束了，但他说："等一下。"然后我听见手指摸索墙壁发出来的声响。

"不对，这里不对了。"他还是自言自语。

"你是不是以前来过这里？"这个问题脱口而出，我没有思考过这是不是一个必要的问题，因为这是明摆着的事实。

他沉默了一阵。

我有点儿心慌，他明明来过，却在此前装出一副小白的样子。在这么黑漆漆的迷宫里，迷失的似乎只有我一个人。我连面前这个奇怪的警察究竟是什么人、要干什么都不清楚，竟然就被他忽悠着卷入了这个做梦似的局面。

"是。"我听见他这么回答我，语气很平静，"但是现在，我不能肯定我们是不是还能走到那个应该去的地方。"

"应该去的地方？"哦，原来如此，看来他从撬门那一刻起目的就很明确了。怪不得呢，一个警察随身带着撬门装备，他早就知道他要去哪里。所以我这是被彻底利用了，可是我又有什么利用价值呢？

"我们应该怎么走？"我语气平淡地问他，现在不是跟他掰扯的时候。后面的动静倒是没跟上来，我想，那家伙是不是扛着干尸太沉走不动了。

汤勺打开灯照了照周围："走吧，不走出去就要困在这里了。"手机电量还剩百分之五十，看来他是打算开着灯走了。

这个迷宫挺奇怪的，没什么死路，但很明显我们遭遇鬼打墙了。虽然石头长得一样，但凭借我良好的第六感，我判断我们根本没从这块区域出去过，一直在来来回回地转。我估计汤勺上次来的时候肯定没碰上这样的状况，他现在看起来满脸迷茫。走了几圈下来，手机电量就剩百分之三十九了。

我们停了下来，汤勺举着手机上下左右地照。我看着眼前那些左右分离的岔口，

第十二章　迷　宫

数来数去，还是刚刚那些，而且我们拍了照片，岔口也是完全一样的。

"你看，我就说……等等！"

就在这个时候，手机的光扫到了一个东西。我从他的手里拿过手机，朝着面前的墙壁走了过去，我没看错，墙上有个标记。

"石墙的成分变了。"汤勺说。没错，之前的石墙大多用佛罗伦萨15世纪后期流行的赛琳娜石块，而面前这堵墙，表面如此凹凸不平，但质地又很坚硬，明显是更早期流行的佛罗伦萨大坚石。

被手机光照到的标记很小，我们需要贴得很近才能看清楚。当我完全看清这个标记的模样时，感到头皮一阵发麻，又是那个三环钻戒！

"这是……？"我指着这个标记回头看汤勺。

"没错的话，我们走了一个八字形的岔路。这个岔路会带我们去出口。"

我听见"出口"两个字眼睛都亮了，视力都跟着提升了，似乎能在只有一部手机灯照亮的地方完全看清楚周围的环境以及汤勺的脸。但他并不显得很开心，可以说，从我这个角度看，他的脸上明显挂着些许失望。看来，这个所谓的"出口"并不是他想要去的地方。那不好意思，恕我不拿命奉陪了。

"砰！"我被这突如其来的声音吓了一大跳。声音似乎是隔着墙从右边传来的，类似于重物落地的声音。这个响声让我立刻回想起当时在市政广场上听见的菲利普摔在地上发出的声音。紧接着，我觉得前面好像有个影子从光和阴影的交界处一闪而过。

"谁？！"我几乎跳了起来。幻觉？还是有人在这里？！或者，就是刚刚那个跟踪我们的人！

突然，我感觉到整个地面颤抖了起来，我们面前带有那个图标的墙体缓缓地降了下去，眼前渐渐露出来一条路。

我的手机灯在墙体下降的时候莫名其妙地闪了一下，很快就灭掉了。该死！手机在这个时候关机了。

但是门完全降到底部的那一刻，眼前又亮了，不是阳光，而是前面地上不知为何有一只手电筒。

顺着光柱所看到的景象，让我张大了嘴巴一直吸气直到窒息的状态，甚至都不知道怎么把气吐出来。我活到这么大，从来没见过这么可怕的场景！

第十三章　借刀杀人

我敢肯定，地上的那只手电筒一定是高级货，因为它发出来的那束光能照亮我面前的整个坑。对，就是坑，我刚刚还在想应该用什么词来形容，想了想，似乎除了叫它坑之外也没别的词能形容了。

我去过罗马的人骨教堂，阴森恐怖却又弥漫着神圣的气息，关键是卡拉瓦乔的作品又给那个用骷髅花式点缀出来的教堂增添了艺术性。可我眼前这个算什么？无数的骸骨堆成了一座小山丘，小山丘的形状不规则，因为骸骨多到出现了外溢的现象，甚至有一些堆积到了坑周围的边台上。边台看起来很周正，不像是什么地质现象造成的，像是一个……专门为这些骸骨量身定做的……坑。那只高级照明手电筒就躺在边台上。

我已经没了那种毛骨悚然的感觉，因为整个人都麻木了。我转过头看了看汤勺，他皱着眉头站着，沉默地看着眼前的一切。我不知道究竟是什么练就了他这么强大的心理承受能力，在他的脸上看不出来惊恐，他似乎只是在思考这是哪里。

"你有没有来过这里？"我的声音抖得厉害。

"没有。"他木然地回答。

这里究竟是什么地方？怎么会有个骸骨池呢？难道是打仗的时候秘密处决士兵的地方？如果不是有什么秘密事件，应该不会发生这种事，再说欧洲军队才多少人，要真处决这么多人，那仗不用打了，想想都觉得不太可能。

"你看，那是不是个人啊？"胡思乱想间，我突然发现手电筒的旁边好像躺着一个人，不是骸骨。

汤勺沿着边台朝那人走了过去。我小心翼翼地跟在他后面。边台十分窄，每落一脚都有一种会滑进这个让人毛骨悚然的骸骨池里的感觉，我可不想死在骸骨池里，这种死法怕是会被记入史册吧。

汤勺已经走到了那个人的旁边，他捡起地上的手电筒，照着这个人的脸。是个男人，看起来有五十来岁，脸上有很明显的瘀青和血迹，一张脸肿得跟猪头一样，完全无法辨别。汤勺把手电筒递给我，我抬头看了一眼上面，手电光照不到特别高的地方，它能够照到的高度都是墙面，并没有什么特别的东西。我想刚刚听到的"砰"声，应该就是他发出来的，但是他到底是从什么地方掉下来的呢？

汤勺蹲下去，翻了翻他的口袋。这个人身上藏了一把带血槽的弹簧刀，外面夹克的上衣口袋里还有一本证件。汤勺打开证件，放到手电筒的光底下一照。上面贴着一张照片，照片上的男人看起来眉眼有几分眼熟。这是一本老式的佛罗伦萨警察证，上面所有的内容都是手写体。我见过汤勺的，看上去要比这本新很多，而且早就换成印刷字了。这上面还有警号，名字那一栏写着：西蒙·西木。

西蒙·西木？！我想起之前汤勺跟我说的那几个名字，难道他是阿尔风锁·西木的父亲？可是他不是已经死了吗？汤勺之前也证实了那篇文章提到的人中菲利普是最后一个死的，而在他之前，所有人都死了。难道——这并不是事实？！

"他是谁？！"

汤勺面对我的疑问，并不出声。他站在那里，一脸诧异的表情。他斜着眼睛核对着照片和那个躺在地上一动不动的男人，似乎也不太相信眼前这个人是明明已经死了的老西木。我怀疑在此之前他可能并没有见过老西木。

然后他证实了我的想法："我父亲生前和西木的父亲就不和，当时偷窃阿夫杰死亡档案的事情就是老西木去告发的。我听见过父亲不止一次打电话骂他，我一直记得他的名字。后来在查这件事情的过程中，看到组内成员里有他的名字，我印象特别深刻。他的资料登记的是1993年去世，但是没有记录死亡原因，也没有照片。我相信现在警察局里没人见过他，而当时和他共事的人都在1993年被调走了。"

这件事情太蹊跷了，1993年已经被记录死亡的西木又出现在了眼前，是西木没死还是说这人不是真的西木？

我按了半天手机，它终于给了几分薄面开了机，我赶紧打开照相机闪光模式给这个西木的尸体拍了张照，等出去以后总能核对上的。就在我按下拍照键，闪光灯亮起来的时候，地上这个躺着的男尸突然睁开了眼睛！我吓得手一抖，把手机和手电筒都抖到了地上，手机跟着黑屏了。

我一把拉住汤勺，想说赶紧跑。这不摆明了是诈尸吗？！汤勺却抓住尸体的手，头也不回地说："我刚刚检查了他，并没有断气。"我心说：那你不早说！我把手机从地上捡起来，按了两下没有反应。

汤勺用手电筒的光照亮了那个人的脸。就算他没死，那张脸也是恐怖到了极点，肿胀和伤痕让他看起来面部扭曲。他就这么睁着眼睛不动，突然开始大口大口地喘气。

"西蒙？"汤勺喊了一声。

他没有回答，却突然坐了起来。只见他睁大了眼睛，露出惊恐无比的表情，颤抖着缓缓抬起右手，伸出食指指着前方，眼神空洞，露出大量的眼白，那绝望的样子仿佛是看到了世界末日一般。

"他……他们回来了！他们回来报仇了！他们回来了！"他大声叫起来，几乎是一种凄厉的尖叫，他猛地抓住汤勺的胳膊，用一种求救的眼神望着他，"他们……他们要把我们都拖进'地狱'里了！画……画里有魔鬼！"他的眼神变得越来越可怕，那发红的眼睛看上去就像一个真正的魔鬼。

"砰——"突然出现的一声巨响把我们都吓了一大跳,缓过神来的时候,眼前这个"老西木"的眼睛依旧惊恐地大睁着,但是他的脑袋上出现了一个窟窿,血很快从窟窿里涌出来。我立刻拿过手电筒,朝声音传出来的地方照去。光影中,有个影子飞快地一闪而过向前跑了。而"老西木"的尸体在这个时候突然燃烧了起来,发出一股很刺鼻的味道。

"捂上口鼻!烟雾有毒!"汤勺对我喊了一声,然后就把自己的口鼻捂了起来。我也赶紧拉起衣服捂上,跟汤勺一起往对面的边台跑。

刚刚那个人就是沿着对面边台朝前跑的。汤勺用手电筒飞快地照了一下,前面似乎有条小路向右边拐了过去。难道这里还没出迷宫的范围?

尽管刚才动作很快,但毕竟尸体烧起来的时候还是吸入了不少烟雾,我不知道汤勺感觉怎样,我自己感觉不太妙,脑袋眩晕,有点儿恍惚。而且刚刚跑过边台的时候,我竟然出现了幻觉,看到对面那近乎烧焦的尸体站了起来,我甩了甩头再看它,尸体又恢复了原状。坏了!那是什么毒气?

这是条很短的过道,我们的手电筒的光可以照到过道的另一头,那里应该是一个比这条过道空间宽敞的地方。刚刚那个跑走的人到底是谁?和之前追着我们跑的扛干尸的家伙是同一个人吗?这个人为什么要杀死"老西木"呢?

我回想起老西木被杀死之前的那番话,他说他们都回来了,他们是指的什么人?"画里有魔鬼!"他的声音还在我的耳边回响,那眼神和话语里的恐惧令人毛骨悚然。

走进过道的时候,刚刚那种头晕目眩的感觉消失了。幸好没有中毒,不然在这种地方死得不明不白可真是不划算。也不知道那个骸骨池里有多少尸骨是死得不明不白的。想到这里,我不禁打了个冷战。

"陈唐,等下!"我叫住走在前面的汤勺。他停下来,手电筒的光正好落在地面上。

我们现在所在的位置应该是过道的正中间。手电筒的光照到的地方又出现了那个图案——三个钻石戒指扣在一起。这里的这个图案不是刻上去的,我蹲下来,摸了摸,这是石头拼贴镶嵌出来的。我想起了佛罗伦萨的老皇宫内教皇莱昂十世的那个房间,地面上就有这样的图案。等下,这个图案越发眼熟了,我是不是就是在美第奇的老皇宫里见过?这是某一任美第奇家族继承人的标志吧?

我刚想抬头问汤勺,突然听见身后传来了声响。我蹲在地上回头瞄了一眼——手电筒的光果然强大,有着强大的穿透力——它把我身后那个东西与那个东西身后的空间都照得非常亮堂。

——干尸!此时此刻,那具惊悚的干尸就在我后面站着,而它的身后空空如也,一点儿都不像有人一路扛着它走的样子!而且我觉得干尸好像两条腿都不弯了,那么笔直地站着!

我听见自己放开喉咙吼了一句:"快跑!汤勺!"尽管我腿软,但还是做到了撒腿就跑。汤勺之前不知道怎么看的，干尸身后哪里有人啊，分明就只有一具干尸在来回活动！

而当我撒腿跑出去的时候，汤勺早就跑得没影了。我一口气跑了不知道多少路，实在喘不上气的时候才停下来。后面好像没动静了，我成功甩掉了那个变态的干尸？

但是，我突然意识到了一点：我不知道自己在什么地方。"陈唐！陈唐！唐少！"我吼了好几嗓子，又不敢太大声连续吼，怕把可能走岔了路的干尸引过来。

一点儿回应都没有，周围黑漆漆的，我跑的时候没有顾上拿手电筒。黑暗的地方总会让人产生一种身处险境的感觉。我掏出手机，使劲儿按下了开机键。大概五秒钟之后，屏幕居然亮了！太好了，手机没摔坏！结果手机一直维持着白屏不动了，我怎么按都不好使。算了，白屏总比黑屏好。

这个时候，我感觉到前方有了动静。我屏住呼吸仔细听——是很轻的脚步声。我不敢出声，因为我不能肯定来的人是汤勺还是干尸，或者是之前那个杀了"老西木"的人。我把手机屏幕举在胸前，方便当我看到不对时能赶紧跑。

"哒、哒、哒……"我被那个脚步声踩得心跳都快停止了。他似乎有意在放慢速度，小心翼翼地走近我。

当白光把那个人照出来的时候，我切实感觉到了心跳停止。不可能，不可能……

"山……川……"我不相信眼前所见，但那分明就是山川的脸，那张我再熟悉不过的脸。

山川？怎么可能？怎么可能？

但是，那不是她又会是谁呢？她分明在朝我走过来，脸上露出那熟悉的笑容，右脸的酒窝像是绽开的花。白光把她照得那么清楚，这么多年，她依旧是那副模样，是我熟悉的样子。真的是她，山川，是她，她回来了……

她向我走过来，轻柔地，缓慢地，最后在我面前停住。她对我露出微笑，轻轻地抱住我。"你好吗，小剑？"她在我的耳边说话，我感觉得到她的体温。

"山川……我……"

我突然感到有什么冰凉的东西刺进了我的身体，紧接着腹部有一阵暖流涌出来，它们一直往外涌，似乎永远都不会停下来。我低头一看，这不是刚刚汤勺从"老西木"身上搜出来的那把带血槽的刀吗？它这会儿正插在我的肚子上。

"山川……"我抬头看她，她就站在我面前，依旧那样笑着。

"你为什么要害死我？"我听见她说。

第十四章 "地狱"

每个人都有罪恶的一面，善良的人未必完全善良，而邪恶的人也未必完全邪恶。

我站在山林深处，眼前熊熊燃烧的烈火似乎也快殃及我了，浑身有一种被火烧起来的滚烫感。突然，我看到一个浑身烧着的人从火海里冲出来！他大声叫着救命。我后退了好几步，不敢靠近他。旁边传来一个姑娘清脆的笑声，她的笑声和大火烧毁东西时发出的"喀啦"声混合在一起，变成了富有音律的节奏。

那是山川在高中钢琴课上弹奏的《致爱丽丝》。

我看到了山川，她站在我身边笑得前仰后合。她拉住我的手，喘着气说："哈哈，小剑，哈哈，你看！"她指着那几乎被烧焦的人对我说，"看到了吗？！哈哈哈，魔鬼要带你下'地狱'了，李如风！"

那个烧焦的人冲我跌跌撞撞地走过来。我想跑，可动弹不得。我看到了他的眼睛——那是我自己！

我感到自己在颤抖，浑身上下都是黏糊糊的汗，可觉得异常的冷。我扯了一下被子，想裹住自己，却感到腹部一阵钻心的痛。怎么回事？！

我睁开眼睛——白色的天花板，空荡荡的没有任何东西，不是在自己家里。我在哪儿？我试着转动脖子，可它十分僵硬，根本不听使唤。我只好使劲儿转动了一下眼珠子，从眼角看到了坐在靠背椅上睡着的南洋。

"南……洋……"喉咙太干涩，我连自己的说话声音都辨别不出来。

南洋突然一睁眼，看到我望着他，竟然跳起来扑到了床边，跟演戏似的："你居然醒了！我看到你的时候以为你要死了！你就是命大，你到底干了什么蠢事？你等着，我去叫医生！"

我觉得这一幕充满了喜剧感，因为南洋眼角含泪，像是在拍电影。我想笑，但腹部又是一阵剧烈的疼痛。那疼痛感如同去做了一场切除阑尾的手术却没有打麻药，随便一动都觉得全身的神经缩到了一起。

发生了什么事？我怎么了？刚刚的噩梦还残留在我的脑海中。我闭上眼睛，一幕幕就像是刚发生过的一样，浑身又颤抖了一下。

噩梦，好像又回来了。

穿着白大褂的医生脚步很急地走了进来，从口袋里掏出小手电筒扒开我的眼睛照

第十四章 "地狱"

了照,给我测了一下心跳,撩开被子看了一下我的腹部,转身笑着对南洋说:"他应该没事了,但是还得留在这里观察两天才能转去普通病房。我去通知一下卡尔梅洛警官。"说完,他带着两个漂亮的小护士走了出去。两个小护士一路交头接耳,不停地回头看两眼南洋。

"我在医院?"我问。

"你不是废话吗?你傻了?你又不是被刺中脑袋,怎么?虽然这事情很丢人,你也不能玩失忆吧?……"他一脸哭笑不得又鄙视的样子。

我对发生的事情确实有点儿印象模糊,但只要一去回忆,脑瓜子就跟被塞了炸弹一样随时要裂开来。

"几点了?"我看到窗帘的缝隙里有阳光钻进来。

"十点了!都是你,算了,还好你没事,不然我一定连棺材都不给你买。我讲课要迟到了!"说完,南洋背起他形状怪异、龟壳一样的包就往外冲,出门的时候还朝我比了个中指。

汤勺来的时候我也不知道是几点钟。之前医生又来了一次,我头疼得连眼睛都没睁开。我听见护士在床边嚼舌根:"刺伤他的那把刀是带血槽的,所以才一直不停地流血。那天送来的时候,我都以为他死定了,命还挺硬的。"另一个说:"别胡说,当心被听见。歌里警官不是说弄不好是自杀吗,刀是反向刺进体内的,自杀的一般都没勇气真的去刺要害。"

自杀?我?

汤勺胡子拉碴的,一副好几夜没有睡过觉的样子。"还好,你没死。"这是他进来说的第一句话。

我问他究竟发生了什么事情。他走到门口,看了看走廊,然后关门反锁好,把南洋坐过的那把椅子拖到床边,两眼直愣愣地盯着我看。

我被他看得浑身发毛:"你干吗?倒是说话啊!"

"你记得发生了什么吗?"他问我。

废话,我要是记得发生过什么,我怎么还问他呢?"不记得了。"我有些不耐烦地说。

"你回忆一下,很重要,现在好好回忆一下。你听着,我提醒你,我们之前在很多骸骨的那个坑边上,老西木的尸体突然烧起来了。你看到了逃跑的人,于是我们就沿着边缘朝对面追,进了一条小的过道……"

老西木的尸体……哦对,我还拿手机拍了照,我们还找到了他身上老版的警察证件。老西木说完话以后就被杀了,然后尸体烧了起来……我们开始跑。我顺着记忆一点点地回忆。跑到过道……过道……对了!"干尸!"我几乎叫了起来,腹部那阵随之而来的剧痛让我忍不住屏住呼吸在床上蜷缩起来。

"什么干尸?!"汤勺瞪着眼睛问我。

071

"我看到，干尸在我后面，它追上来了！我就跑了！朝前跑了！然后……"

"然后什么？"他急切地问。

"然后……我被捅了一刀……"我不确定自己是不是在说话，因为这一刻我想起了山川的面孔。没错，我记起来了，是她的脸。无论是那时，还是在梦里，她的脸都显得那么真实。噩梦醒来的时候，我总分不清自己究竟是在梦里还是在现实里。

"被谁捅了一刀？"汤勺的声音从我头顶上方传来。

对，被谁？被谁捅了一刀？

"你为什么要害死我？"

山川的声音在我的脑海里回荡……

"你想得起来吗？被谁捅了一刀？"他又问了一遍。

"不记得了。"我逃避了他犀利的目光，就像当年我去警察局报案的时候，逃避给我做案件记录的警察的目光一样。

他沉默了，他看我的样子像是知道了我有隐瞒的事情。他缓缓往后推了一点儿椅子。"你知道我看到了什么吗？"他叹了一口气，继续说，"我们在过道的时候，你突然站起来，一动不动地定在那里有五分钟，不说话，我叫你也没反应，跟中邪了一样。然后你突然冲过来，从我身上抢走了那把带血槽的刀子。我看着你自己刺进了自己的肚子。对不起，我没来得及阻止你。一切都发生得太突然，我完全没有反应过来。"

我？自己捅了自己？我真的是自己捅了自己？

汤勺大概是看到了我脸上惊愕的表情，冲我很肯定地点点头，表示他说的是事实。

"我听见你说，"他顿了一下，看了看我的反应，"山川，你一直在念这两个字，是人的名字吗？"他试探性地问我。

我想了想，回答说："是我妹妹的名字。"

"你有妹妹？"

"不是亲妹妹，是孤儿院一起长大的妹妹。她六年前就失踪了。"我说，"你当时是怎么知道尸体烧起来的烟雾有毒的？"我随便想到一个点就岔开了话题。

"我也不知道，就是闻到的一瞬间，觉得那是一种记忆里的气体。我下意识觉得是一种有毒气体，觉得自己曾经或许接触过它。"

我想了想，很可能是我吸入了那种气体中毒，之后产生了幻觉。"可是尸体为什么会无端端地烧起来？"我问道，假设凶手的目的是为了杀害"老西木"，那头上一枪足以杀死他了，为什么要烧掉尸体呢？难道是为了——"杀害他的凶手也想顺便干掉我们！"我激动地说，伤口又是一阵剧痛。

"对，所以我这两天一直在查找这方面的资料。我在1972年的一桩记录很少的自杀案档案里找到了相似的记载。自杀者是一个寡妇，她枪杀了自己之后，她三岁的孩子也喝农药自杀了，三岁啊。后来警方检查她家里的时候，从点的香薰当中找到了一点儿化学残留物，经过化验，是大麻混合了罂粟花的粉末，它们混合在一起燃烧出

第十四章 "地狱"

来的气体很可能会有致幻的效果。但是这件事情后来没有得到证实，我不知道我们闻到的是不是同样的东西。有两点很奇怪：第一，他是怎么烧起来的；第二，按理来说，你有事，我也会有事。但是我什么事都没有。"

我心说：或许是你体格好。

所以，山川是幻觉。

我问："你没有看到那个自己走路的干尸？"汤勺摇了摇头。

我自己拿着那把放血专用刀，把自己给捅了。我对着空气笑了笑，不知道该对这样意外的自杀感到欣慰还是讽刺。那个"老西木"说，画里有魔鬼，这句话就像魔音一样一直围绕着我。当我完全清醒之后，回想起来这句话，觉得就像个诅咒。

哪幅画？是那幅《西蒙内塔·韦斯普奇》？他所说的回来了的"他们"，究竟又是什么人？"他们"和这整件事到底有什么关系？真相好像随时都会呼之欲出，却又陷在一团乱麻之中。而我们，似乎已经让自己陷入一个十分危险的境地里了。这已不是一桩自杀案，而是杀人案。死过一次的老西木，当着我们的面又死了。

"你报案了吗？老西木那个事情。"

"报案？"汤勺叹了口气，小声说，"你觉得我有必要去把咱们去过哪里的事情告诉警察吗？就为了一个在1993年已经死了的人？他不是失踪，是记录死亡。"汤勺说话的语气让我心慌，他到底有什么目的，最后我们又是如何从那个地方出来的？

汤勺的电话在我胡思乱想的时候响了起来。他设置的高分贝警车铃声把我吓了一大跳，整个房间就像个案发现场一样。他不紧不慢地摸出手机，结果手机屏幕是黑着的。他随手翻了下，就丢给了我，又重新摸出另一个手机，要人命的铃声终于停止了。"喂？你说。"他走到窗户边上去接电话。

我努力了半天终于够到了他丢在我大腿上的手机——幸好没有丢在我的肚子上，否则我应该会当场疼死——是我的手机。

我记得我之前拿手机给老西木拍照的时候，他突然睁开眼睛，我的手一抖，就把手机抖到地上去了，后来就黑屏了。但是再后来，我又打开过，它一直白屏……不过，那个可能也是幻觉。我按了开机键，手机居然又能运行了，果然是玄学。屏幕显示电量只剩下了百分之五。

我点开相册，翻出最后一张照片，"老西木"还在。由于当时被吓了一下，手一抖，照片有点儿模糊，他的脸和身体都在闪光灯下显得十分扭曲，就像灵魂出窍一样。我关掉了照片。

等等！我又重新把照片打开。那是什么东西？我把照片放大，再放大——靠近他衣服的地方，隐隐发着绿色的光。原来他是这样烧起来的！

我看到汤勺挂了电话，正要跟他说我的发现，结果他皱着眉头，满脸无奈地转过头来看着我："你那栋又出事了。"

我的心一抽。我那一栋？"不会是……七楼的老太太吧？"我说出来自己都不信。

"七楼的克雷斯纳太太,刚刚中午十二点被发现死在自己家里,尸体已经发臭了,应该是死了一个星期以上了。也就是说,或许那天我们听见她的声音之后她就死了。她的那只猫,记得吗?"

我木然地点点头。

"被吊死在她的门框上,老太太似乎是被它的尸体吓死的。"

第十五章　死亡神曲

我出院的时候，已经是大半个月之后了。伤口愈合得不错，本来不住满一个月不能出院，但因为汤勺的帮助，医生就允许我提前出院了。

后来我忍不住问汤勺，他千辛万苦地把我从迷宫弄出来之后，是怎么把我带去医院的？按道理我受的是刀伤，这边的医院肯定要报警的。

汤勺说："对啊，报警了，警察也来过了。"

"什么？！"怪不得那天听那两个小护士在那儿说什么歌里警官。

"你不会跟警察说我是自杀吧？"

"我没有啊，这是你自己说的，我只是说你可能玩刀子的时候不小心把自己捅了而已。至于被什么刀子、怎么捅的我不知道。"

"这样也有人信？"我表示惊讶。

"信了。"

我到家的时候，家里已经蒙了一层灰。小贱坐在家门口，似乎在等我回家。

汤勺让我不要回店里。因为老太太的事情，现在还在做调查，那一带最近都是警察。老太太死的时间太巧了，我正好又在那里开店，难免要被盘问。那栋楼接二连三地出事情，现在整条街的人都被问过话了。而我后来正好又受了刀伤入院，西木跟上级报告说我很可疑，所以我得想好怎么应付再回店里。我一出院就被当成了嫌疑犯，真是晦气。

汤勺老早就把猫从我的店里带了出来，但是他说，那幅画他没找到。我心里一凉，不会啊，走的时候画明明搁在储藏室里了……或许是汤勺找得不仔细，没看到。

"你查仔细了吗？"我问他。

"你店里里里外外我都找过了，都没有。"

我又想起了老西木说的话，忍不住盯着汤勺的眼睛看，想从里面看出几分撒谎的嫌疑来。这人虽然救了我的命，但我这样也是拜他所赐。他到底有几句真话还尚未知晓，画究竟是不见了还是被他拿走了，真是不好说。

我说："陈唐，你不如把话说清楚吧。"

他一下子就沉默了，靠窗站着，不吭声。看来他很清楚我指的是什么。我真想拿

075

起手边的烟灰缸朝他扔过去，这个骗子警察，不知道究竟是从哪里冒出来谋财害命的。又过了好半天，他才缓缓开口："你说得没错，我是有事情隐瞒了你。"

他把窗帘拉上，屋子里立刻暗了下来。"我去过七楼。"他说，"不过是在你之后。钥匙是我那天看见你从花盆里翻出来的，你记得吗？"

我猛地想起来那天事情发生的经过，是克雷斯纳太太对我说，钥匙在倒数第二个花盆里。那个时候，难道……

"对，我在对面用望远镜看着你。本来我是想看看你会不会在七楼跟什么人碰头，后来只看到隔壁的老太太跟你说话。"听他的口气，看来是怀疑老太太是特工队的了，"那个老太太确实很可疑，但是我查不到什么。"他说着，掐灭了烟头。

"你跟踪我是什么目的？"我问他。

"你记得我跟你提过的匿名信吗？"他从口袋里掏出来一个信封，信封上写着他的名字。我看了他一眼，他示意我把信拆开。我从里面抽出来一张A4纸，和寄给我的那两封信一样，上面也只有打印出来的一句话："去找李如风。"下面有我的店铺的具体地址。

"还有一封。"他把另一封扔在茶几上。

我一看，这信封上写的是我的名字。抽出来一瞧，正是我丢失的第一封信。我回想了一下那天的情景，趁我喝醉的时候偷了我的信的人原来是他！

"我没有偷你的信，信是从你的口袋里掉出来的。我本来只是想帮你捡起来，是你自己把信抽出来硬要给我看，还说要我做什么指纹比对。"他耸耸肩，一脸"你别冤枉好人"的表情。

我心说：你现在怎么都说行。我问他："那你对信有什么看法吗？"

"没有，所以我才拿出来给你看。你还有没有收到另外的类似的信？"

我迟疑了一下，摇了摇头。不知道为什么，我不想把那封叫我远离他的信拿给他看。我突然一想，不好，当时那封信被我带在身上，不知道重重波折之后，它和那张写着"苔丝"、画着奇怪图案的小纸条还在不在我的夹克口袋里。它们会不会已经被汤勺发现了，他现在是在故意问我？……

"那个地方我去过。"他突然开口说，声音听起来十分沉重。我第一次听到他用这种近乎悲伤的调子说话。

他说，他去过那里。不过是在很早很早之前，他父亲还没有自杀的时候。但他发誓说，没有从七楼的门进去过，也不知道七楼有那样的密道，竟然能通到曾经去过的地方。他是经过那条很窄的墙壁缝隙之后，才发现到了一个似曾相识的地方。

的确，就是那个地方。

但是他并不记得他父亲是带他从哪里进去的了，只记得父亲带他去圣洛伦佐教堂附近一家很小的饭馆吃了一盘肉酱面，然后他似乎就睡着了，因为肉酱面之后的记忆是空白的。再有记忆的时候，他们已经在一个漆黑的地方了。他说当时他觉得那个地

第十五章 死亡神曲

方很恐怖、很黑，他父亲手里只有一只很小的照明手电筒。那里感觉很潮湿，有霉味，父亲把他搂得很紧。他记得，他们在那里待了很久，父亲一直没说话，直到到了那条墙缝后面的地方，他父亲才开口对他说："接下来的路，你记着。"

他们走进去的，是一个迷宫。他父亲走得很熟练，并到了一个关键的地方就停下让他把方向背下来。他只说了这些，别的什么都没说。而汤勺当时太小，把这个当成了一次纯粹的冒险。到了最后的地方，出现了两扇门。汤勺想走左边，而他父亲把他拉去了右边，并让他记住，如果再来这里冒险，一定要走右边，因为走左边会出不去。果然，他们很顺利地走到了出口。他父亲还奖励了他一枚骑士勋章，问他下次假如一个人来冒险，能不能走出来。他说，他一定可以。

一个星期之后，他父亲就自杀了。

"后来，我做梦的时候经常会梦到那次所谓的冒险，我在梦里会巩固对那个顺序的记忆。但是我肯定，这次当我们真的去到那里的时候，那个迷宫被改变了，里面的顺序完全不一样。我不知道我父亲当时的目的是什么，也不知道迷宫是什么时候发生了变化、被谁改变了。我上次肯定没有走过那片全是骸骨的地方，但我大约能感觉出来那是出口的方向。"他低头笑了笑，"幸好，我还是走出来了。"

他的脸上有光的阴影。我那时猜得没错，他的噩梦不是死而复生的夏娃，他的噩梦是他一早被卷入了未知的秘密，却到现在也找不到解锁的钥匙。

我想起他当时那个失望的表情，现在我明白了。他父亲不想他走左边，但他想去左边看看能不能找到关于他父亲自杀的关键线索。我有种奇怪的感觉，或许，他父亲那场所谓的冒险，是为了给他找一条生路。可是为什么呢？他父亲那个时候就预料到自己的儿子有一天会被卷进危险吗？而我们身处险境，难道不正是因为他当时带着汤勺冒险而给他留下了执念吗？

"出口在哪里？"我问。我回来之后，一直懒洋洋地斜着眼睛望着我的小贱现在突然跳到了我的身上，就好像我问出来的问题它能回答一样。

"我记得和父亲走的那次我们是从波波利后花园里出来的，但是这次，我和你是从老皇宫的古罗马遗迹那一块出来的。不是一个出口。"

我看了看身上的这只猫，回忆了一下博老头那天跟我说的话，还有那张纸，对了，那张纸后面有类似地图的东西。那个鬼地方不止一个出口，会不会那张图标记的不是瓦萨利长廊，而是那个地方的所有出口呢？

可能这只猫真能告诉我们一些东西，或许，它知道的比我们都多。

汤勺还说，这几天局里在全力调查纵火案和老太太被猫吓死的案子，他们把这两个案子定成了连环案件，怀疑是同一个变态凶手所为。至于其他资料，他最近也没什么机会去查。

"对了，被杀死的'老西木'呢？究竟是不是那个西木的父亲？"

汤勺摊开手，表示不知道。"西木这几天见到我跟见到鬼一般，也不再跟我对着

077

干,就一个劲儿地躲着我,跟撞了邪一样。"

我跟汤勺说,我知道"老西木"是怎么被烧死的了:"白磷。"我给汤勺看那张照片上靠近"老西木"尸体附近的绿色亮光,这些白磷粉末应该是和子弹一起打出来的。

"慢着,我想到了一些东西。"他突然皱起了眉头,"你记得你在那张纸上看到的但丁《神曲》吗?"

——我走进一座宽阔的坟场,密集的坟丘让地表起伏不平。棺材都敞开着,里面有烈焰燃烧,传来悲鸣之声。

"宽阔的坟场……烈焰燃烧,传来悲鸣之声……"我看了看汤勺,"你的意思是,杀人凶手有意要与《神曲》的句子呼应?"

"你想想,假如把那个全是骸骨的坑当成坟场,是不是说得过去?"

不是没有道理,但是……这样杀人是不是也太有"诗意"了一点?"你为什么会突然想到这个?"我问。

他从口袋里掏出来一张纸递给我看:"这上面的图案是你一直问我的,我后来终于想起来了。这个图案你知道是什么吗?这是美第奇的那个伟大的洛伦佐——他们家第三代继承人的徽章,这是他的标志。"

我终于想起来这徽章我在哪里见到过了。我在乌菲兹里看过一幅画,叫《帕拉斯和人头马》,是波提切利的作品,画中雅典娜女神身上的轻纱上就全是这个标志,据说那幅画是当时美第奇为了报复想暗杀他们的教皇西斯都四世,专门委托波提切利创作的讽刺教皇的作品。可是这个一直出现的徽章代表了什么?代表那些迷宫游戏都是美第奇第三代领导人设计出来的?

"你听我说,还有巧。那幅画,就是那幅丢失的馆藏,不是波提切利给西蒙内塔画的吗?西蒙内塔是洛伦佐的弟弟朱利阿诺的情妇。现在洛伦佐的徽章出现在这一系列的事情里面,肯定不会是个单纯的巧合。"

"等等,你的意思是这些死人啊、失踪啊、盗窃啊都跟历史艺术有关系?"我一头雾水地看着他。开什么玩笑,这就跟他说,我们现在得去解开什么历史谜题才能搞清楚这些人是怎么死的一样,"你逗我呢?"

"哎呀,不是这个意思,这一定是有人在借着这些东西搞事情。"

然后他打开自己的手机,翻出来一张照片给我看。照片是对着电脑网页拍的,有些模糊。上面就是这个洛伦佐的三环钻戒标志,而下面写着一句话,我又一次将它念了出来:"圣殿变成了兽窟,法衣也变为装满罪恶面粉的麻袋,复仇女神用爪子撕开自己的胸口,击打着自己的心脏然后尖声喊叫。"

第十六章 画 室

这是一个网页，上传的时间和上次我们在网上看到的那篇文章差不多。这吓唬谁呢？一而再再而三地拿但丁的《神曲》作为诱饵，像是刻意留下暗示，对我们发出挑衅。

小贼在旁边叫了一声。我看了它一眼，在心里罗列了今晚要做的事情的顺序。

晚上十点，我准时来到阿尔彼兹街的路口。街上的人还很多，不时有喝多了的小年轻跌跌撞撞地撞上来。今天是周六，估计十二点之前街上的人都少不了。我找了一间酒吧坐下来，点了一杯双麦芽黑啤。酒上来的时候，我接到了南洋的电话。我按掉电话，顺手给汤勺发了地理位置，他说上司请吃饭，一会儿完事之后过来找我。

我收起手机，喝了一口啤酒，忽然觉得旁边有人在看我。我转过头一看，居然是个美女。同时，我闻到了一种从未闻到过的、十分特别的香水味。美女穿着露肩低胸的白色T恤，外面披了一件黑色蕾丝短坎肩，搭配鹅黄色宽腿裤和LV不知道哪个年代出的包包。红棕色的头发，丰满的红唇和清爽的妆容，组合起来的韵味使人在第一眼看到她的时候，就会产生一种喝多了的欲望。

"你好，帅哥。"她朝我微笑。

我有点儿愣神，冲她挥了挥手。

"出去抽烟吗？"她保持着微笑问我。她身上的香水味就像伸出了无形的勾魂手，我不自觉地掏出身上的香烟，鬼使神差地跟了出去。

"你喜欢艺术吗？"美女问我。

"我是开古董店的。"我带着卖弄的意味说。

"知道波提切利吗？"她继续问。

我一脸当然知道的表情。

"最喜欢他的哪件作品？"

美女一定是搞艺术的，竟然对名画的兴趣这么浓厚，我在内心感叹道。"大概是《西蒙内塔·韦斯普奇》吧。"说完这句话，我有了一种不太对头的感觉——脑子有些迷糊，难道是双麦芽的作用超出了从前？

"画在哪里？"我能感觉到她忽然加重了语气。我不想继续回答下去，疑虑令我头疼欲裂，我的主神经在告诉我"不要说话，不要回答她的问题"，但是，我依旧听见了自己的声音:"在店里。"

"你的店里没有,画在哪里?"眼前这个女人美丽的脸开始变得模糊起来,她凹凸有致的身材也开始变得扭曲,唯独提问我的声音异常的清晰。

我掐住自己大腿上的肉,能感觉到指甲嵌进了肉里,但我还能继续听见自己的声音说:"不知道,我放在了储藏室里。"

"戒指在哪里?"我看到她的眼睛变成了红色,如同恶魔。她伸手扒开了自己的胸腔,围绕心脏的血管被撕裂了,向外喷出鲜红的血液。我发现自己动弹不得,神经就像是被粘住了一样,我使劲儿挣扎,想从束缚中挣脱出来。

突然,我觉得自己能动了——我立刻抄起手边的啤酒杯,里面还有大半杯黑啤,连啤酒带杯子一起砸到了恶魔的头上。我听见一个男人的声音:"你干吗!?"

我顿时清醒过来,眼前是抱着小贱的汤勺,一脸不可思议的样子。小贱也是一身啤酒,黑色的毛向下耷拉着,可怜巴巴的样子。怎么回事?!我往四周看了一圈,没有,没有任何异样,除了我眼前的汤勺和小贱。

"你中邪了?"汤勺一脸无奈,啤酒顺着他的发梢滴到小贱的身上。我四处搜寻刚刚那个美女的身影,空空如也,仿佛从未出现过这么一个人。

汤勺告诉我,他走到酒吧的街口时就看到我一个人站在门口,然后他走了过来,谁知道我一抬头,就泼了他一身啤酒,还顺便把杯子砸在了他的脸上。

不可能,我绝对相信刚刚不可能是我神经错乱。对,不可能,我的鼻子里明明还留有刚刚那个女人身上特别的香水味。什么人?!到底是什么人?!难道真的是我撞鬼了?

我跟汤勺简单描述了一下刚刚发生的事情。汤勺皱着眉头,还没顾上擦一擦脸上的啤酒,就朝着古董店的方向奔去:"去你的店里!快!"

我们一路小跑到了店门口,店门口的台阶上四仰八叉地躺着一名胡子拉碴的醉汉,身上有一股浓重的酒味。汤勺拍了他好几下他才醒过来。他眯着眼睛,跌跌撞撞地站起来,酒瓶子也没拿,摇摇晃晃地走远了。

醉鬼走了之后,我掏出钥匙开门。门又被撬过了!我深吸一口气,这个月已经是第二次被撬门了。上一次门被撬,不仅没有少东西,还多了一幅画,不知道这次又会多出来什么。

我开了门,打开门口的一盏古董灯——一片狼藉。我有种很不好的预感,这次估计不会多出什么东西,肯定是有东西被人拿走了。

果然。

首先,储藏室里的那幅画的确不见了;其次,那份关于夏娃的资料不见了。

"资料和画都不见了。"我对汤勺说。

"画肯定不是才不见的,我上次就没找到。那个闯入的人应该是之前就先来搜索过一次,没找到画,然后才去的酒吧,想套出画在哪里。因为她以为画是被你藏起来了。

第十六章　画　室

套完你的话之后，她再次冒险回来，想找找还有没有遗漏的东西。所以……等等！不对——"他突然冲了出去，我隔着半开的卷帘门听见他的脚步声骤然停在前面的路上。

我也跟着走了出去，看到他一脸怨恨地往回走："怎么了？"

他瞟了我一眼，拿起刚刚那个醉汉留在地上的啤酒瓶："你看看这个。"

我接过他手里黏糊糊的啤酒瓶，前后看了一圈。怎么看都是很普通的一个啤酒瓶，就是我去的那个酒吧专卖的一种啤酒。啊……我刚刚那个酒吧……不是吧！

他看我一脸惊愕的样子，大概知道我已经猜出来他想表达什么，便沉默地点点头，表示我想的没错。我亲手放走了来我的店里盗窃的小偷！刚才勾搭我的绝世美女，应该就是躺在我的店门口的那个醉汉。

美女伪装成醉汉，关键是我完全没有辨识出来。我想起那种特别的香气，就像是薰衣草被烧过了的气味，浓郁又特殊。我应该是中毒了，那可能是一种吐真剂，用来操控我的大脑，让我不断说实话。而且她居然问到了关于戒指的事情，到底是什么人？

汤勺说，夏娃的资料和画可能是一次性被前面那个人偷走了，因为他上次来的时候没有来得及检查档案是不是还在；也可能资料是这次被这个易容成醉汉的女人偷的。不管怎样，反正现在这两样东西都没有了。而我们暂时不能去管这个事情，还得按照原计划进行。

汤勺很费劲地给自己和小贱擦去了身上的啤酒，然后他抱着小贱和我一起走去了市政广场。

我们到达市政广场的时候已经是十二点多了，广场上刮着和菲利普死那天一样的大风，基本上没什么人。

汤勺四下里望了一圈，抱着猫招呼我往市政府里面去。他带我走的那条道是纳尼路上老皇宫庭院右侧的一扇很小的门。汤勺说，这扇门是五百年前美第奇家族强势回归时，那个曾经担任佛罗伦萨终身荣誉市长的索德里尼被赶走时用的逃生门，几百年没人用了。但是，他居然用熟练的撬锁技术撬开了一扇几百年前的古董门，带着我就这么钻了进去。我在心里默默感叹，他不去做小偷真是可惜了。

偌大的庭院里一个人都没有，只有左手边米开罗佐庭院里四方天井落下来的光，照亮着达·芬奇的老师维罗奇奥那座青铜像小爱神的复制品。那个青铜像所在的位置是个喷泉，"叮咚叮咚"地流着细小的水流。旁边的柱子投上去一长条黑乎乎的影子，使喷泉从上到下看起来被拉得特别长，似乎有黑影藏在水盘底下，大晚上的竟然有那么一丝瘆人。

小贱朝着喷水池叫了一声，汤勺赶紧卡住了它的脖子："别叫，后院有警察值班的！"

汤勺抱着小贱一路小跑进了古罗马遗迹那一片。这里其实平时对游客都是开放的，

081

不收取额外的费用。换句话说，阿狗阿猫谁都能来。但是很奇怪的是，这个考古遗迹总被人忽略，大家都只买票参观皇宫，很少来这里。而汤勺就是带着我从这里逃出了迷宫。

一到这里，我的头脑中就不停地自动播放那个骸骨池的画面，大概是因为这里有连通那个空间的通道，所以才让人觉得毛骨悚然、阴气重重。

但是通道口打不开。汤勺带着我不停地寻找细缝和断裂口，可什么都没有找到。这里的石块结合得很完整，没有截面也没有断层，更没有圆形缺口。我怀疑汤勺是不是记错了。

他在他所谓的出口处站了许久，一脸疑惑。我想抱着小贱坐下来等汤勺想明白，结果发现猫不见了。"猫呢？！小贱！"我叫道，它刚刚明明还在我的脚边上！大约一分钟前，我还看见它的尾巴竖起来从我的眼皮底下晃过去。

"喵——"好像是从刚刚来的那个庭院里面传出来的。我小心翼翼地走了出去，刚退到军事庭院里，又听见一声猫叫，是米开罗佐庭院。

这会儿也不知道是不是快要下雨了，从天井里落下来的亮光明显没有刚才那么足了。只有喷泉的水顺着石台下滑的声音，每一滴都好像能直接贯穿地下的那个骸骨池。

"小贱！"我轻轻叫了一声，没回应。这里一点儿动静都没有，不像是有活物的样子。我刚一转身，却又听见一声"喵——"在我身后，从喷泉台那边传来的。

我猛地一回头，看到一个硕大的黑色影子消失在喷泉台边。

我从来不看恐怖小说和恐怖电影，也不算是个胆子很大的人。世俗观念普遍认为男人都不怕鬼，那是错的，我就一直很怕鬼。

但自从去"地府"转了一圈，我就不怕鬼了，因为鬼没人可怕。比如现在，如果我看到的只是一个鬼影，可能并不会受到惊吓，但我确定，那个影子是个人。

不是鬼也不是小贱，是个人的影子。

猫叫停止了，那个黑影也突然不见了，周围恢复了刚刚那种静到出奇的状态。我蹑手蹑脚地走过去，快要靠近喷泉台的时候，越发小心翼翼，生怕那个人会突然拎着一把枪蹿出来，就像打死"老西木"似的也给我来上一枪。没有人，猫也不在，看来刚刚那个人把猫带走了。

我听见身后传来很轻的脚步声，警惕地转头一看，是汤勺。他在那一片罗马废墟上毫无发现，我估计他正在怀疑自己是不是记错了上次出来的地方，满脸的疑惑。我们的原计划是，测试一下小贱知道的东西，虽然听起来很荒唐，但我的直觉告诉我，这只猫会给我们带来新的发现。

博老头说，小贱之前一直是跟着菲利普的。我既然是在七楼找到的它，那就说明，菲利普肯定带着它上过七楼，而且应该带着它去过别的地方。至于他为什么要一直抱着一只猫到处走，我们现在也无从知晓。但是假如小贱去过一些地方的话，那么它有

第十六章　画　室

可能在靠近这些地方的时候会有反应。虽然猫不是狗，但是可能有相似的本能，更何况，这不是一只普通的猫，搞不好是穿越来的。可小贱靠近罗马遗址的时候一点儿反应都没有，这会儿它还不见了。

我和汤勺找了一圈，确定它不见了之后，回到了喷泉那边。这个时候，我的手机在口袋里振了起来。

我拿出手机，电话已经挂断了，显示了未接来电的号码。除了三个南洋的电话外，还有一串陌生的号码：3393425010。我已经有了心理阴影，一有陌生的号码，就觉得心慌，赶紧先问汤勺，上次从那具干尸身上搜出来的手机在哪里。汤勺从口袋里掏出来，朝我晃了晃。还好，看来真的只是陌生号码。

紧接着，手机又振了起来，还是那个号码，我按下了接听键。

"你好，我是李如风，请问哪位找我？"我小声说。

对方没声音。

"请问……哪位？"我又问了一遍，以为是信号不好或者是半夜打来的广告传销电话，刚想挂断，电话那头传来了明显的呼吸声。

"是谁？你说话！"我说。

"戒指在棺材里，画里有魔鬼。李如风，管闲事的后果就是，'地狱'在等你！哈哈哈！"电话挂断了。

那是一个极其恐怖的声音，就像隔了时间，隔了空间，从阴曹地府传来的声音。当听见那声音在听筒里响起来的时候，我仿佛觉得有一双沾满了鲜血的手从手机里伸出来，要把我拉去"地狱"。我听着那头"嘟嘟嘟"的短音迟迟回不过神。他说，戒指……在棺材里。

戒指，红宝石戒指。

当我回过神来的时候，发现汤勺居然也不见了。我没敢大声喊，后面市政府那边有警察办公室，肯定有人在值班。我一喊，他们肯定能听见。

我围着这个庭院转了一圈，到后面那个军事庭院也看了看，都没有他的影子。我的心脏就快要跳到喉咙口了，接到刚才那通恐怖电话之后，我还没能平静下来，结果现在连汤勺都不见了。难道——刚刚看到的黑影不是人，而是什么吃人怪吗？虽然很离谱，但我越想越觉得恐惧，甚至到了想拔腿跑路的程度。突然，我看到汤勺从喷泉后面露出一个头来，他朝我招了招手，叫我过去。

我看不见他的身体，只能看到他的脑袋露在外面。那画面看起来可真是诡异，我一想到刚刚经历了一场被美貌催眠的事情就心有余悸，走过去的时候放慢了步子，如履薄冰。腹部的伤口好像裂开了，一阵阵钻心地疼。

"我找到小贱了。"没啥异样，说话的是汤勺。

但我发觉他好像才从什么地方钻出来，身上浅蓝色的衬衫黑了一大片，浑身上下都带有一种奇怪的味道，像是画室颜料的味道。

"这里有个密室。"还没等我开口问，汤勺就用手指了指身后的喷泉台。

我听到"密室"两个字，心脏像是被强力挤压了一下，甚至有点儿脑出血的感觉。我们刚刚才从一个密室死里逃生出来，现在又来一个。虽然我知道该去的地方迟早还是要去，不然解锁的密钥永远不可能找到，但是眼下我的伤口疼痛至极，心理上也没有做好准备。我不是逃避，是被刚刚的电话吓到了。

《神曲》里的那两句一直在我的脑海中回响，我想象着自己被拉进"地狱"将要经历的画面，汗毛竖立，浑身一阵酸痛感，不敢再去想象。现在又有密室了……这会不会就是"地狱"的入口？

"不是你想的那样，进去看看。"汤勺大概是学过读心术，我每次想什么他都能知道。

我看到他伸手握住了爱神青铜像的小鸡鸡，向右拧了一下，然后又将它向左复位。"这是机关？！"我忍不住压低声音惊叹了一句。这种机关一般人哪儿能发现得了？我瞟了一眼汤勺那张平静的脸，这个人既能开锁又能识破这种机关，该不会祖上是职业偷盗的吧？……

喷泉下面立刻出现了一个半圆形的入口，大概有半人多高，但是宽度绝对足够一个胖子进去了。汤勺弓着身子一闪而入。我刚进去，那个半圆形入口就在身后关闭了，一点儿声音都没有。汤勺看见我惊讶的表情，表示不用担心，他指了指里面一个跟门铃一样的按钮，对我说："按这个就能出去。"

其实我并不是惊讶这个，是忽然灵光一闪，恍然大悟——刚才那个黑影，原来就是这么消失的。也就是说……那个消失的黑影应该就在这里面！

"这里有别的人。"我小声说对汤勺说。因为太过紧张，我完全忘记跟汤勺说看到黑影消失的事情了，这里肯定不只有我们两个人！

"什么别人？"汤勺立刻警惕起来。但是手电筒晃过一圈，不像是有人的样子。

我看了一眼自己的衣服，果然衣服下边也黑了一块。我伸手摸了一下那扇带有机关的移门，手指上也染上了黑色。有人用黑色的颜料涂满了这扇门的内侧部分，为什么？我又借着汤勺的手电筒的光瞄了一眼这里的陈设。怪不得他身上有那么浓重的颜料味，这里空间并不大，像是个画室。大小顶多也就二十平方米左右，摆满了画框和已经完成的作品。在右边的夹角里，还有一张放在地上的席梦思，白色的床单上有一些触目惊心的红色，也不知道是颜料还是鲜血。床前面有个很简易的卫生间，连门都没有。

有人住的画室？

地方虽然小，但是收拾得很干净，看来一直有人在这里活动。浓重的颜料气味因为没有窗户而囤积在空气中，完全散不出去。我被熏得有点儿透不过气来，小贱就蹲在一幅画的前面。

第十六章 画 室

我看到它的时候有些愕然。"它"指的不是小贱,而是那幅画。那幅画,简直是小贱的肖像画。

我走过去,蹲下来。小贱一歪脑袋,我便惊呆了。一模一样,它们简直一模一样!虽然这只是一幅草稿图,但是画中的黑猫歪着脑袋,脑门上的倒三角和眼前的活物小贱真一模一样。我突然想起来,南洋曾经说过的那幅达·芬奇的手稿。那幅网上找不到的达·芬奇的手稿图,那只他在圣马可花园里看到的和西蒙内塔形影不离、后来随着西蒙内塔一起下葬的黑猫。对,就是这个。

是赝品,还是原件?

简直不可思议,原来真的有这样一幅画。眼前的小贱一下子变得邪气起来,会不会这只猫真的是穿越过来的?……

这幅画的右边摆着一个画架,架子上还有一幅画,画上的颜料好像还没有干透。刚刚消失在这里的黑影是不是就是这个画室的主人?而这人现在又在哪里呢?是不是就在这个房间的某处望着我们这两个不速之客?

我把手机灯打开,当白色的灯光照到画上的时候,我的呼吸停止了,感到自己浑身都在颤抖。画上有一座平房正在燃烧着,它孤独地坐落在深林里。火光冲着天际而去。而那片火光之前站着一个男人,他用静默的背影对着我。画上的每一笔都触目惊心。或许这就是爪子撕裂胸腔的声音,这就是恶魔尖厉的笑声。我的伤口裂开了,我在流血。

我一步步往后退,小贱那发光的绿色的眼睛在黑暗里目不转睛地望着我。

我一步步往后退,退到有东西绊到了我的脚,大概是我碰到了那张染了红色的席梦思。

而这时候,我的后背被一个坚硬的东西顶住了,我听到一个声音在我的耳边说:"别动,不然杀了你。"

第十七章 山　川

我马上意识到顶住我后背的应该是一把手枪。

"谁？"这是汤勺的声音，他拿起手电筒，强烈的白光刺到了我的眼睛。

我耳边的声音再度响起："别过来，不然我杀了他。"他说话的声音有些颤抖，而且有意粗着嗓子说话，像是怕被认出来。我感觉得出来，这个拿枪顶着我的人似乎并没有开枪杀人的勇气，他在害怕。

汤勺停在了刚刚的那个位置，没有动，但他并没有把手电筒放下来，大概他和我一样，也听出了这个人的恐惧。"你是谁？这间画室是你的吗？"汤勺问。

那个人的呼吸声很重，他显然很紧张。他没有回答汤勺的问题，我感觉他在黑暗中伸出来另一只手，在空气当中比画了一下："你往后退，往后退！不然我开枪了！退！退到角落里！"他指挥着汤勺，让汤勺一步步往厕所那边走。

我大概知道了他的意图，他应该是想把我当成人质，挟持我一起出去。

果然是这样。当汤勺按照他的指挥一路退到厕所里面的时候，他按开了那扇移门的按钮，外面黄色的灯光一下子照了进来。他用枪顶着我转过身，我看到他的脸上戴着古代那种尖鼻子的传统面具。

移门彻底打开之后，他用枪对着我，指了指上去的那几级台阶说："走，你先出去！"我望了一眼汤勺，他冲我点点头。于是我先爬了出去。

我估计汤勺是想趁着这个人爬出去的时候上来制服他的，但是这个人的动作很敏捷，出来的速度很快，汤勺根本来不及上去拖住他。他出来之后，门再次关上了。

他挟持我出了市政府的庭院，一路往河边走。路上偶尔有三三两两的人走过，他戴着面具，把头压得很低，贴我很近，几乎躲在我身后往前走。沿着乌菲兹的长廊一直走到快要到河边时，他突然拉着我一个拐弯，把我顶在乌菲兹其中一个办公室的门上。

"说！画在哪里？"他问。

"什么画？"眼前这个人给我一种熟悉的感觉，月色之下，阴影中他的眼睛让我记起了什么人。

"你说什么画！别给我装傻！"他用枪抵了抵我的肚子，正好是伤口位置。一阵疼痛抽动了我的脑神经，刚刚看到的那幅画再次原样浮现出来。

第十七章　山　川

"你认识山川？"我问他。

他愣了一下，长廊里走过一对年轻男女，他迅速地把头压在我的肩膀上。"你不要跟我玩花样！我不认识你说的人。画在哪里？快点儿说！"他低声咆哮。

其实我并不知道他到底在问我哪幅画，当然画只有那两幅，博物馆的原件和原本在我那里的赝品。但是现在不管是哪一幅，我都不知道在哪里。我瞄了一眼远处，有个人正从老皇宫方向朝我们走过来，没看错的话应该是汤勺。

他大概也看到了，喊道："你们去过洛伦佐的墓地了是不是？！"慌乱间忘了继续伪装声音，他也意识到了这一点。微微偏头一看，汤勺离我们已经没几步路了。我感觉自己的脖颈儿被硬物砸了一下，便失去了知觉。

醒过来的时候，依然还是在刚才的地方。不同的是，我靠门坐着，小贱趴在我的腿上睡觉，汤勺坐在我面前的台阶上抽烟。

"你醒了啊？还真没用，细骨头。"他说。

我想骂他，但是伤口和头都疼得厉害，硬生生地把骂人的话憋了回去。

"刚才那个人跟你说什么了？"他问我。

我把刚刚他问我的那些话原原本本说了一遍。

他冷哼一声："我知道他是谁。他是……"

"西木。"我说。我看清楚他的眼睛的时候，就怀疑他是西木。之后听到他露出真声的时候，怀疑就得到了证实，怪不得他的身手那么好。

"我就知道，他跟这件事情扯不清楚。他爸牵扯在里面，他怎么可能清白，就和我一样。"

最后一句听起来有点儿伤感，却也是这么个道理。命中如此，有些东西你逃不开，就像现在的我，一直逃避的东西回来了。戴着面具也不一定能遮挡本来的面貌，就像西木那样。那些噩梦，往后将会一刻不停。

那幅画在我的脑海中不停地转，现在这些大概都是山川送给我的礼物。或许我卷进这些事情，经历这些，都是因为山川。

李如风，"地狱"在等你。

"地狱"在等我。

"陈唐，我之前接到了一个电话，有点儿奇怪，在你发现那个画室入口之前。"我说。

"什么电话？"

我把手机掏出来，给他看那个陌生的电话号码。他看了一眼，跟我说不知道这个号码是谁的。

"那个人说什么戒指在棺材里。刚刚西木最后问我的是，你们是不是去过了洛伦佐的墓地。你说……这两个会不会有什么联系？"

"洛伦佐的墓地？戒指？"汤勺沉思片刻后跟我说，先回去，明天再说。

我根本无法遗忘那个画室，不能当它不存在。我到家之后在床上翻来覆去睡不着，只要一闭眼，就能看到那幅画的模样。小贱面对着我睡着，它前额上的倒三角在光照底下异常清晰。

大概是快要天亮了，我隐约看到外面有一些细微的光升起来，缓缓地照进来。突然，我发现在窗前站着一个人，外面的光被这个人的身体挡住了。

我往后退了退，床上的小贱突然一跃而起，跳到了那个人的身上。那窗外的白光越来越强烈，聚成一团火红色照亮了这个人的全身。

"山川……"

突然，她浑身烧了起来，变作一个火球，朝我扑过来："小剑！"

我猛地睁开眼睛。山川的声音消失在一片光亮之中，天亮了，小贱在我边上睡得一动不动。

早上南洋打了电话过来，开口就是一顿骂，说我忽视他，连电话也不接。挂电话的时候，他已经在楼下了，叫我下楼吃早饭。我抱着小贱一起下了楼。不知道为什么，我总不放心把猫单独丢在家里，就怕回来的时候这只猫消失了。

我们去了我家楼下那个人满为患的点心店吃早餐。南洋就喜欢这种地方，因为在这种地方，才能容光焕发地接受来自世界各地游客的目光。对于这样的人，我实在想象不出他到底是怎么在大学里面教书的。而现在，目光的确都集中在我们身上——不光是因为南洋一头粉红色的头发，还因为我的手里这只没事就叫两声的黑猫。

"你最近不接电话还神出鬼没的，你老实说，是不是泡了妹子不告诉我？"他拎着牛角面包凑到我面前来，一脸坏笑地眯着眼睛问我。

我在心里翻了个朝天白眼，呵呵，泡妹子？这叫我怎么解释？我随便地笑了笑，往嘴里塞了一大口面包，含糊不清地糊弄过去了。我突然想到一件事情："南洋，我问你，你和那个叫塞拉的女警察是不是私下见面了？"

"塞拉？"他一脸疑惑的表情，"谁啊？"

难道真的是我看错了？那天从巷子里蹿出来拉走塞拉的人不是他？

"就是那天巷子里的……算了，也不是什么重要的事情，我就随便问一句。"我本来真是随便问问，就是突然想起来而已，但我一抬头，看到南洋脸上的表情变了，一脸有事瞒着我的样子。

"南洋？"我喊了他好几声，他才猛地回过神来，还问我怎么了。

"你怎么了？你真跟人家私下见面了？"

"没有！你可别胡说！"我的话还没说完呢，他就做出一副跟他无关的表情。

"我就随便问问，你激动什么。"我心想：他不会和那个女警察发生关系了吧？……

第十七章 山　川

吃完早饭，南洋像见了鬼一样匆匆走了，这小子肯定没干什么好事。我刚带着小贼走到店门口，门都还没打开，就来了一个警察。意料之中。

来的警察身材很高大，留着络腮胡，说话带着北部口音。不知道为什么，我觉得他有点儿面熟，可能最近这里接二连三出事，他也是常在这里走动的警察之一。他没有和西木一样让我开门放他进去，这是值得庆幸的事，因为我的店里还保持着昨天那个催眠我的女飞贼光顾过后一片狼藉的状态。假如被他看到了，我就真的不好解释了，只能说自己发疯，半夜过来摧残成这样的，这样他就会更怀疑我是那个放火、杀猫吓死人的变态凶手。

警察自我介绍了一下，他说他叫歌里，并出示了警员证给我看。

歌里？这名字怎么这么熟悉？哦！想起来了！那天我在医院里面听那两个护士说起过这个名字。貌似我被自己拿刀捅了之后，接到报案过来探查的就是他。也不知道他是不是从那天起就开始怀疑我了，所以阴魂不散。

"我们之前见过了。"他笑着伸出手来同我握手。

我一时之间不知道该做何反应，是装不知道，还是一脸尴尬地笑笑算了？但他并没有给我留下反应的时间，紧接着问我："那天你刀伤的情况我已经找我的同事卡尔梅洛了解过了。"我愣了一下才反应过来他说的是汤勺，"之前在医院不方便打扰你休息，现在希望能进一步了解一下。"他说话很客气，完全不像西木那样咄咄逼人。

"当然可以。"我尽量让自己说话的语气保持说服力，"那天我有一个客人，从我这里买了一幅画走，是个俄罗斯人，你知道，战斗民族的，很豪爽地就送了我一把刀。可能是语言不通，也没说清楚，我拿到手的时候，不知道那个是刀。正好卡尔梅洛警官约了我晚上看一幅画，于是就去了我家。我拿刀给他看，他还警告我说小心点儿，还没说完，我就把自己给捅了。我之前真不知道那是把刀。"我顺口说出一通编出来的谎话。

警察显然不太信："卡尔*警官，约了你看画，去你家？"他一脸怀疑的样子。

"是的，是一幅他很感兴趣的画，之前他找我订的，我找了好久才找到，所以就放在家里了。"我说得很流畅，他似乎相信了，没再抓着看画这个事情不放。

"那把刀在哪里？"他又问。

"在家里收着了。"汤勺说他们已经拿去化验过刀上的指纹，他也以为会查到"老西木"或者其他人的指纹，但是化验出来居然只有我和汤勺的指纹。既然我没说汤勺捅了我，道具也不属于违法武器，所以他们不可以没收，之后就又还给我了。

"下次小心点儿，那把刀很危险，现在都不太常见了。"我总觉得这个歌里话里透着一种不怎么相信我的暗示，"七楼左手边那一户老太太死的事情你知道吗？"他接着问。

---

*卡尔，即卡尔梅洛的简称。

"嗯，我听卡尔警官提过，说是被猫吓死的……"我一边说，一边想象老太太被那只吊死在门框上的肥猫吓死的场景，一阵心悸。

他看了看我的表情，就没多问，又问我四楼失火知不知道。我说那天早上我来开店门，路都被封上了，后来才知道是失火了，其他都不知道。

"附近有什么可疑的人吗？"

"我平时都在店里待着，真的没怎么注意，需要的话我最近留意一下。"我说。

"谢谢你的配合，耽误你的时间了，十分抱歉。"他又握了握我的手，不过，这次他没立刻放开，我有点儿诧异地抬头看了看他。

"我记得没错的话，你叫李如风，是不是？"他放开我的手。我十分惊讶于第一次有一个意大利人开口就能把我的名字念得这么准确。

"是的。"我想他应该是上次查我玩刀自杀那个案子的时候把我的名字记下来了。

但是，他笑了笑说："我们很早之前就见过了。"

很早之前？

"你可能不记得了，但是我忘不了。六年前，有个中国人来向我报案说自己的妹妹失踪。那时候我刚刚被调来佛罗伦萨市警察局，你的案子是我到这里之后接手的第一个案子，所以那天在医院看到你的第一眼我就认出来了。"

我认出了他。是他！他就是当年接手山川那件失踪案的警察。

这不是我的错觉，一切都回来了。

第十八章　偷窃者

歌里说:"没能帮到你,真的不好意思。"

他走后,这句话一直在我的脑中回响。这是不是就是所谓的命?所发生的一切,或许都是注定的事情。

我待在店里时接到了汤勺打来的电话,他说西木今天没来上班,也没有请假。我一早就料到他会失踪这个状况。仔细一想他昨天说的话,我估计他应该是去了那个"洛伦佐的墓地"。

我没有在店里多待,把店里整理好之后,留下小贱在店里就出去了。

我先去了一趟博老头的咖啡吧,博老头没在。走出咖啡吧的时候,我感觉到后面似乎有人在跟踪我。

我走到乌菲兹长廊那边,故意突然停下来,绕进了米开罗佐庭院,用眼角的余光瞄着后面。昨天我们钻进去的那个画室入口现在显得十分平常,喷泉边上挤满了游客。假如没有亲身经历,绝对想象不到,这些寻常的景观里面居然别有洞天。

我能明显感觉到来自我身后那个聚焦的光点,有人在偷拍我!我一回头,却看到很多游客都拿着照相机在拍照。难道是我多心了?

我试着放松自己,走出市政厅的时候,那种被跟踪的感觉突然就消失了。我在大卫像旁边停下来,驻足看了一圈四周,今天是周末,广场上全是人。在一众人头中,我也找不出什么可疑的人来。或许真的是我多心了。

我接着往河边走。走出长廊,往右,第一栋老楼就是菲利普所在的文管局。我记得没错的话,这栋楼大概是在17世纪建造的。因为靠近老桥,二战时它也没有受到炸弹的波及,没有被很严重地损毁。所以文管局从成立以来,一直都设在这里,从来没搬过家。

我看了一下门铃,门铃的第二格中间那个名字,还是写的菲利普·费雷拉。我按响了门铃,按了好几下里面都没反应。对了,今天是星期日,没人很正常。我本来想调头就走,不知道出于哪种直觉的指引,伸手推了一下门,竟然一下子把门给推开了。难道今天还有人在?但是我没听见开门的声音,说明门本来就没关死。

楼道里很黑,楼梯是标准古老建筑的那种风格,每一级台阶都又高又窄。二楼有三间办公室,中间对着楼梯的那间应该就是菲利普的。果然,他办公室的门也没有关。看来真的有人,这么巧,不知道这人是跟我一个路子,还是专门要在这里等我。

我小心翼翼地推门进去，老式的木门发出"嘎吱嘎吱"的响声，在这寂静的空间里显得格外响亮。这让我一下子就想起了七楼，瞬间觉得有点儿毛骨悚然。这里也很阴冷，看来菲利普死了之后，恐怕还没有人这么快来接替他的工作。我轻手轻脚，边走边三百六十度张望着走到办公室中间，没有看到任何人的影子。难道是有人来过，在我来之前已经走了？因为走得匆忙，所以门也没关？

他的办公桌上已经有些灰尘了，估计清洁工知道一时半会儿没人会来用这间办公室，所以长期偷懒不进来做清洁。在靠近办公桌桌脚的地板上，躺着一本黑色皮面的笔记本。我把笔记本捡起来，从前往后翻了翻，大多数是琐碎的开销。这个菲利普果然是个吝啬鬼，我看到他连在博老头的咖啡吧喝个一块钱的咖啡都要记下来，一笔账都不落下。但有一点很奇怪，这上面没有任何一笔关于苔丝的开销，难道老婆的开销还要单独记另外一本账？

翻到最后几页的时候，我看到了几个奇怪的标记：他用红笔在倒数第二页上写了一个"V52"，并且标了一个大大的圆圈上去；最后一页是一张全白的纸，上方也是一个类似的标记，用蓝笔写的"V23"，然后用红笔画了一个大大的圈；而下方，我又看到了熟悉的图案——洛伦佐的三环钻戒相扣的标志。

又是它。我合上笔记本，把它揣进我上衣那个能容纳百物的大口袋里。

突然，我感到背后被一个硬物顶住了脊梁骨。有了昨晚的经验，还没等恐惧感刺激我的大脑皮层，我已把手举到了头上。我背上的枪撤走了。

"我还以为是谁呢！你怎么在这里？吓我一跳！"我听到了一个既陌生又熟悉的声音，转头一看，刚刚那个拿枪指着我的人竟然是塞拉。她今天的打扮很随意，深蓝色的大衣，条纹裙和肉色丝袜，露出细长的腿线，特别好看。她看我回头，冲我笑了笑。她今天一点儿都不像苔丝，她比苔丝更好看，更接地气，那笑容看起来尤其可爱。

"我……"我也不知道怎么解释自己为什么在这里，于是反问道，"你怎么在这里？"

"我……"她显得有些吞吞吐吐。她指了指她的脖子上挂着的照相机，"你不要告诉汤勺在这里见过我，我是被派来查案的，我们上头有命令要保密。我不知道会在这里碰到人。"她说得神神秘秘的。

碰到人？我在心里笑了笑，难不成她以为能在这里碰到鬼？

看来她是被派来查菲利普的案子的，之前听汤勺说过，菲利普的案子要重新查，特别是在四楼着火之后，肯定会查到一些关联的东西。看来这事他们局里倒是保密得很啊，连汤勺都不知道自己的小师妹是接手负责调查的人。

"那你继续查案吧，我好像不该在这里妨碍公务。"我"嘿嘿"笑笑，准备离开。

我不知道她刚刚到底盯了我多久，是不是看到了我把笔记本塞进口袋，但是她居然什么都没问。"我也要走了，一起吧。这里阴森森的，吓死人了，我已经翻过一圈了，没什么有用的材料。"说完，她竟然上来挽着我喜笑颜开地往外走。

我感到脸微微发烫，她身上充满了醉人的香水味，和头发上香波的味道混合在一

第十八章 偷窃者

起，连带着我好像都跟着变香了。出来之后，她提醒我记得帮她保密，转身准备走。我忽然想到什么，想都没想就拉住了她的手。她的手很凉，很软，碰到她的手心的那一刻，我浑身有种触电的感觉。

"怎么了？"她的声音把我叫醒。

"哦，哦，南洋……"我有些语无伦次，"我想问你，南洋你记得吗？"

"南洋？哪个南洋？"她微微蹙着眉头，想了想，"哦，你说那个头发颜色特别鲜亮的男孩子？我记得。"她扬了扬嘴角，"一路跟到我家里，我怎么能不记得，呵呵。我走了，你记得保密。"说完，她从我的手里抽出了她的手。

"一路……跟到我家里？"南洋那小子果然有两把刷子。

这么一来，我暂时也不好再回头继续去翻查菲利普的办公室了，还好也不是一无所获。今天幸亏碰上一个单纯的小姑娘，没什么经验，没怎么问我为什么会出现在这么奇怪的地方。不知道她之后会不会突然反应过来。话说回来，她的手给我一种很奇怪的熟悉感……我一边往店里走，一边想。

走到乌菲兹一带的时候，被人跟踪的感觉又回来了。我回头看了好几次，都没看到什么可疑的人。我故意走了巴隆切里那条非常窄的小道，想看看到底是不是有人跟踪我。刚走到一半，就听见后面有脚步声跟了上来。我猛地一回头，身后却空空如也，一个人都没有，难道大白天都能见鬼？

我继续往前走了几步，走过巴隆切里餐厅，快要出小巷的时候，我又猛地一回头，还没看清楚，就被人迎面撞了过来。那人力道很大，个子也很高，撞上我的时候，我往后踉跄了好几步。等我反应过来，一摸口袋——钱包还在，但是刚刚拿到的那本黑皮笔记本不见了。

我转身就追，一边跑，一边在脑海中搜索刚刚撞我的那个人的体形和衣着。我跑到广场中间，站在那里转了好几圈，脑海中那个穿着深色带帽卫衣的高个子男人已经彻底不见了。广场上那么多人，没有一个身形跟他相似。

看来我之前被人跟踪的感觉确实没错，这人铁定是跟了我一路了。他是什么人？又是怎么看到我拿走笔记本的呢？难道——他当时也跟着我进了房子里面，我和塞拉都没发现？

这件事不对劲儿，好像有人想阻止我们发现一些东西。所以但凡我们手上有什么资料都会被毁掉。先是四楼烧毁了，紧接着就是店里的资料和画不见了，现在又是这本黑皮笔记本。这动作真是神速，笔记我自己都没仔细研究呢，现在就没了。

突然，广场上的大风中卷来一声惊声尖叫。我随着尖叫的声音抬头望过去，又是市政府，听声音像是从里面传出来的。今天市政府休息，老皇宫博物馆开着。我特意先望了一眼那个楼正面的阳台，似乎没什么动静。

我走近了几步。现在尖叫声已经变得此起彼伏了，里面有人在尖叫，外面也有人在尖叫。里面的叫声是从市长办公室的方向传出来的。

我抬头一看，市长办公室的窗口貌似着火了，紧接着，有个火球从窗户上掉了下来。

第十九章　洛伦佐的墓地

那个火球掉下来的瞬间，人群如同溅起的浪花一般四散而开。"有人烧死了！"不知道是谁在人群中尖叫了一声，接着更多的人跟着尖叫起来。

从窗台上滚下来的火球是个全身着火的人。我站在一群人的后面，看着那团火球一点点地变小。如同噩梦当中的情景，恐惧就像烈火烧到我身上一般朝我扑过来，我顺势往后躲了一下。这个时候消防员到了，疏散开人群，很快就把现场封锁了起来。

我看到刚分开没多久的塞拉和汤勺都从赶到的警车中钻了出来。封锁线以外很快被围得水泄不通，外层的人想往里挤，里层的人想跑出去。大概是因为尸体太过惨不忍睹，围观看热闹的人群中居然有人昏倒了。

我慢慢拨开拥挤的人群，退了出去。我有种强烈的直觉，这个烧死的人和我们有关系。

我回到店里两个小时之后，汤勺给我来了电话："刚刚市政广场上烧死了一个人。那个人身上戴着一个徽章，类似警徽，经过鉴定，初步判定烧死的人是阿尔风锁·西木。"

下午四点钟，汤勺来店里找我，他说今晚要去洛伦佐的墓地。

之前那团火球还在我的脑海中挥之不去，我本来以为西木去了那个"洛伦佐的墓地"，结果他被烧死了。我的噩梦混合着这一连串发生的事情，越发变得混乱起来。这一切怎么看都像是特地为我安排的，匿名信、画室、画、歌里、火球……

我抬头看着汤勺，不知道是不是可以充分信任他，或许还没到时候。

汤勺说晚上十二点出发，而我想赶在之前再去一趟那间秘密的画室。有些东西我必须要弄清楚，否则，我会让自己陷入无边的恐慌之中。

今天下午开始刮大风，周日晚上外面的人本就不多，天气不好人就更少了。市政府的门都关得很死。我找到了上次汤勺带我进去的那扇小侧门，发现门上又多加了一道新的锁，看来是被察觉有撬过的痕迹了。这门怕是打不开了。

我正在想办法，正门开了，七八个人走了出来。

我迅速躲进雕像一侧的阴影里。那一群人中间，有我认识的歌里警官和老皇宫博物馆馆长沃森。有个女的，应该是市长办公室的秘书。看模样，这些人应该都是在这里调查西木的案子，幸亏刚刚没进去。

第十九章 洛伦佐的墓地

现在他们都站在正门口的平台上，被黄色灯光照着的庭院在他们身后显得特别空荡，里面应该没人。我目测了一下我与门最右边空隙的距离，如果动作够快，可以贴着门的右侧进去，然后立刻找一个角落躲起来，否则就没别的机会进去了。

我正准备伺机而动，突然肩膀上感受到一股很大的力量，这力道把我给按住了。我回头一看，是汤勺。

"你疯了？不管哪个角度，你都会立刻被抓住。里面现在到处都是警察。你干脆去警察局自首说是你烧死西木的算了！"他小声说道，"跟我走！"

我们走到河边，我冷静了下来。大概是那个画室或者那副画架上的画有说不出来的魔力，可以使人的大脑不受控制，刚刚那个想溜进去的想法确实是荒谬的。假如汤勺没有截住我，我现在可能已经被当成重大嫌疑犯关在警察局受审了。"你怎么知道我在这里？"我问汤勺。

"我到你店里的时候，就看到你鬼鬼祟祟地出去了。我叫了你两声你也没反应，跟丢了魂一样，于是我就一路跟着你了。你想去画室？"

我听见"画室"两个字，反射性地向他投去惊讶的目光。

"你不用看我，我也是猜的。我记得你当时在画室看到那幅画的反应很大，我不知道为什么你会有那么大的反应。"他看了看我的表情，"你不说我不会逼你，你可以自己选择告不告诉我。"

"我……"我望着汤勺。有些东西不是我不愿意说，而是我不知道说出来之后那样的恐惧会给我带来多大的麻烦。

"从现在开始，保持清醒。他们还在对西木的尸体进行进一步的化验，我们先去洛伦佐的墓地。"汤勺说。

洛伦佐的墓地在圣洛伦佐教堂那边，他被葬在米开朗琪罗主持修建的皇家公墓的新礼拜堂里。他和他的弟弟朱利阿诺都被葬在主祭台下面。这些是我预先在网上查过的资料。可关键问题是，我们就算能有办法进去公墓，也没有办法看到棺材啊，他们的棺材应该是葬在下面的。汤勺说，几年前这里的圣器室进了窃贼，还把朱利阿诺的棺材翻了出来，政府为了把他再次安葬进去，就干脆把下葬的坑开得大一点儿，想把洛伦佐也重新埋一下。估计当时考古局也是为了看看有没有陪葬品，才想顺道开了洛伦佐的墓，结果挖下去三十米都没看到他的石棺，碍于舆论压力，后来此事作罢。

我在书上看到，洛伦佐的弟弟朱利阿诺在1478年一场历史上很有名的帕奇家族的暗杀中被杀死，洛伦佐逃过一劫。朱利阿诺那个情人西蒙内塔，也就是波提切利画中的少女，死在1476年，两个人的死亡时间差了两年。而洛伦佐在1492年才去世，那个新的礼拜堂是洛伦佐的二儿子，也就是后来美第奇家族的第一个教皇莱昂十世委托米开朗琪罗建造的。

会不会洛伦佐没有被葬在这里？会不会他的墓地指的并不是这个众所周知的地方？汤勺摇头表示不清楚。"进去看看，看了就知道了。"他说。

"怎么进去？"

"我有办法。"他一脸轻松的表情，我以为他又是从哪里偷了钥匙或者起码能撬个锁，结果他所谓的办法就是翻墙，"二楼有一扇窗户是坏的，一推就可以打开，我们可以从那里进去。"我抬头一看，这二楼的高度和四五楼差不多。

他把绳索系在我的腰上，绳索的那一头居然是个三爪矛。我再一次觉得这个人当警察不当飞贼真是可惜了。

爬上去十分不容易，尤其是爬到一半的时候，下面居然有人走过去。我停在那里半天没敢动，生怕那人一抬头，看到两个贼在翻墙进博物馆。那个人刚好停在我脚下的位置，也不动，四下里张望，似乎在等什么人。我从上面低头看下去，看不太清楚，毕竟他离我还有一段距离。但是这么远远地看着，这人怎么有几分眼熟呢？好像……南洋？

不可能！从穿衣风格上来看，肯定不是他。

大概过了好几分钟，那个人终于走开了。我松了口气，继续往上爬，这个费劲的过程大概花去了将近四十分钟。我相信如果只有汤勺自己，应该不需要这么久，因为他在我停着不敢动的时候就快接近那扇窗户了。等我从窗口钻进去时，他已经想办法把这一层的警报都关闭了。

其实这么多次下来，我也意识到了，这些探查凭汤勺一个人完全可以完成。那封寄给他的匿名信，看起来只是单纯为了把我拖下水而已，并不是真的要汤勺来向我寻求什么帮助，但是他来找我一起行动似乎成了习惯。

意大利博物馆的安保设施一般，像这种全是值钱货的公墓博物院，第一没有值班的看守；第二报警器不多，只要找到总开关关上，就不会突然响起来。

我们现在是在二层的杂物房。来之前汤勺画了一幅地图，从这里出去往右转，应该可以直接到达一个连接密室的通道，那个密室据说曾经关过米开朗琪罗。在完成新礼拜堂的工程期间，因为钱的问题，他和当时的教皇，也就是美第奇家族的和他一起长大的莱昂十世有过纷争。莱昂十世为了约束他并让他尽快完工，就借由佛罗伦萨政府的手，找了个逃税的罪名把他在密室里关了一个月。那间密室的后面就是新礼拜堂。

我发现汤勺在地图上标出来的密室通道比现实里要长出很多。这个地方我曾经来过一次，是还在上学的时候学校组织来参观的。隔了好些年，我有些忘了，但是那段密室通道绝对没有这么长。他没做解释，只说让我跟着走。

走进密室通道后，他停了下来。平时游客也可以进来在一定范围内驻足参观，为了能让人看清楚米开朗琪罗在墙上的作品，这里还特地打了壁灯。但是现在黑漆漆的，几乎什么都看不见。这种感觉，像又回到了之前那个地底下的迷宫，浓厚的被晕染的黑色之间，仿佛到处藏匿着即将跳出来的怪物。

汤勺打开手电筒，对着墙上那些涂鸦一般的草稿一点点地照过去。我也跟着光对

第十九章　洛伦佐的墓地

着墙壁一点点地仔细看过去。除了一些绘画草稿，还有一些看不懂的文字涂鸦，没什么有用的信息。也是，这里都是对外开放的，买了门票谁都能进来，怎么可能有秘密信息？有也早被别人发现了。

汤勺的手电筒的光停在尽头处右下角的一个很不起眼的地方，我凑过去，看到光照在一个形似"L"的字母上。"就是这个，走吧，我知道了。"他说。我还没来得及问明白，他就率先一个转身，闪进了右手边的新礼拜堂。

这里理论上一共葬了四个人。洛伦佐一号和他的弟弟朱利阿诺一号，他们俩被葬在主祭台。主祭台还没完成米开朗琪罗就跑了，除了中间的雕塑"圣母抱圣子"是他的作品，其余两个圣人像都出自其他人之手。洛伦佐二号（洛伦佐一号的孙子）和朱利阿诺二号（洛伦佐一号的小儿子）分别葬在两边有他们雕像的墓碑底下。这么一看，一整间屋子都是雕像，影影绰绰，实在有点儿瘆得慌。

我也打开手机的灯光，和汤勺一起把这里照了一圈。半夜三更来这种地方，鬼知道会发生些什么。我右眼皮跳了两下，一种不太好的预感又在我的脑子里若隐若现了。

汤勺突然问我："刚刚那面墙是在哪里截止的？"

"截止？什么截止？"我没听明白他的意思。

"就是说，如果那面墙要延伸出来，应该对应这里的哪个位置？"

我想了想才明白他究竟是什么意思，怪不得他的图纸上那个通道多出来了那么长一截。我闭上眼睛想了一下，要这样去衡量两个错开的空间并不是很简单的事情。刚刚那个L如果是一个指向，那么……对了！"主祭台……左边！就是小洛伦佐的墓碑这里！"

汤勺好像恍然大悟，点着头说："原来洛伦佐的墓地指的是这个！"他走到了那整个雕塑的前面。我有些担心，如果他这么贸然摸上去，没准儿警报就要响了。

我还没看清楚他到底碰了什么，突然就传来了一声闷响。响声并不是警报，而是源自我眼前的这座墓碑雕塑群。只见眼前米开朗琪罗的整座雕塑从中间分开，两座雕像《昼》和《夜》各自分往两边。从这里竟打开了一扇密室的门，里面漆黑一片。

又是一个密道。这些看似平常的地方，总是藏了很多你意想不到的东西。

借着手电筒照出去的光我看了一眼，确实像是连接了草稿上过道的后半段。我和汤勺小心翼翼地走进去，里面氧气有些不足，感觉很闷，而且充斥着一股浓重的血腥气，闻起来就像是一个封闭式的屠宰场。

"你是怎么知道这里的？难道你之前连这里也来过？"我问汤勺。

他掏出刚刚那张地图扔到我的手里，夹在下面的还有一个白色信封——又是一封匿名信。大片留空的地方上面有一行印刷体小字："去洛伦佐的墓地。"后面跟着一个大写的字母L和一个向后的箭头。

"地图不是我画的，地图和信是一起寄到我家信箱里的。"汤勺说。

难怪之前他能一下子在墙角找到那么不起眼的东西，原来是有提示的。也就是

097

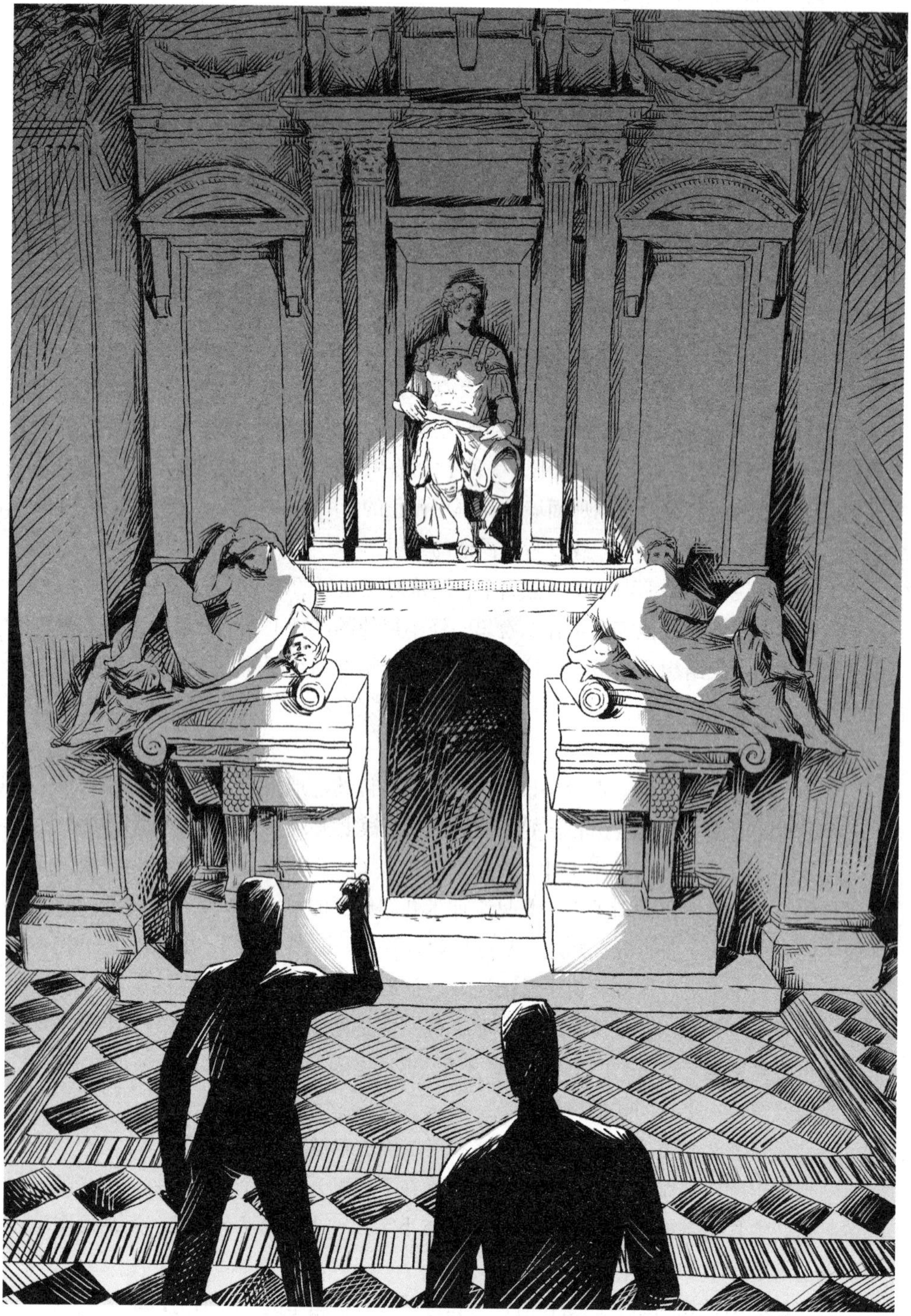

第十九章　洛伦佐的墓地

说，有人在给我们发送提示信息。会是什么人？目的是什么？会不会……是个陷阱？我又恐慌起来，如果是一个想置人于死地的陷阱，那我们现在岂不是已经在赴死的路上了？

"船到桥头自然直，现在反正我们两个人四只脚都踩在里面了。"汤勺说。嘿，这小子这会儿居然还能扔一句谚语出来呢，还可以举一反三，真是懂得挑时候。

这里的墙壁上也有涂鸦和随手留下的草稿图，有一处很快吸引了我的注意——中间有一大块不同于周围乱七八糟的草稿，看起来像是一张设计图。汤勺退到最远的地方，尽量把光照的范围扩到最大，现在整面墙几乎能被看清楚了。

"这是什么？"我掏出手机来，把这面墙给拍了下来。这确实是一张设计图，像是宫殿，又像是一座教堂，因为它整体是一个长形十字架，却又没有一般大教堂的穹顶，整个设计看起来比较……扁平，甚至屋顶的设计像是盖了一个潦草的平顶上去，这究竟是什么东西？

"按照这样的设计来说，现实比例应该是一座很大的宫殿，比皮蒂宫都大吧。"我自言自语地说道。

汤勺"嗯"了一声，随即朝墙面贴近了一些，把光聚拢在设计图其中的一个点上。"这两个长方形代表什么？你看，这是一个。"他指的第一个长方形的盒子在整个设计平面图的中间段，然后他把光照向上端，"还有一个在这里。"另一个长方形的盒子在整个建筑几乎最顶端的部分。

"你看这第二个盒子比第一个盒子小，是吧？"我说。

汤勺思考了几秒，说："我怀疑建筑内部是个上坡，但也就是猜一猜。"

汤勺让我用手机把整面墙分块拍了照片，然后我们打算沿着这块墙壁往右，我从内心来说有点儿排斥，因为我觉得血腥味就是从右边传过来的。但是神奇的事情发生了，没走几步，我们就撞到了墙壁。汤勺在前面急刹车，我一个没站稳，直接撞到了他身上。

"没路了。"他说。

"这怎么可能？"我忍不住大声说了几个字，意识到场合不对，赶紧收声。按道理来说，既然能设计这样一个密室，就不可能做这么小一块，除非就是为了藏东西。我们把地图掏出来，这段指点迷津的密道是用红笔醒目地标出的，汤勺说，他拿到地图的时候就已经标记好了。

果然，从地图上来看，这段之后明显还有一个不算很大的空间，看起来应该和新礼拜堂差不多大。老早就听说这里除了葬着这些美第奇家族的人以外，还葬着很多当时帮米开朗琪罗打下手的艺术家。其实欧洲人也是讲究风水的。比如说犹太人因为宗教问题，就算这座教堂是你建造的，你顶多也只能埋在楼梯上或者教堂门口，而不能进到教堂里面。在这里，信仰和风水是一个密不可分的关系。葬在自己的地盘上，如果这些人之中有人的灵魂要下"地狱"，那就可以得到一重救赎，从而获得罪罚的减免或抵消。

我听说过一个八卦，据说当时建造新礼拜堂的时候，一度盛行有恶灵作祟的传闻。

在建造过程中，还死了好些不知名的艺术家。为了平息日后的灾祸，美第奇家族决定将那些死去的艺术家都葬在这里。所以其实美第奇家族的公墓里不只有美第奇族人，还有很多艺术家。他们不是来自显赫的家族，没名气、没钱，也就没有立碑。

我猜，这个隐藏的空间，十有八九就是用来安葬这些无名氏艺术家们的。关键是现在还有堵墙壁横在我们面前，汤勺摸索了半天也没找到明显的机关。

我嗅了一下空气，就是这里，这里的血腥气比刚才浓重了很多，仿佛是从墙缝中漏出来的，越是接近地面的地方气味越浓。我感到心慌、反胃。

"你闻到血的味道了吗？"我问汤勺。

他还没来得及回答，突然，"轰隆"一声，墙缝中喷出火光来，高温一下就把血腥味冲散了。面前这堵墙打开了——墙从中间分成左右两半，里面的火焰顿时冲了出来。

我差点儿喊出声来，这究竟是怎么回事？！我迅速往后退了两步，顺便拽住汤勺，把他往后拉了拉。

不对，我怎么听见了隐约的音乐声？这是哪里？我周围的景致竟在我眨眼的瞬间变换了，我不再与汤勺一起站在密道之中，而是独自一人站在一片密林中。我的背后传来巨大的热量，一回头，看到一座燃着大火的房子。火焰舔舐着墙壁，甚至一度要烧到我身上，我赶紧往后退了退。这时，房子的木门被撞开了，里面一个燃烧成火球状的人冲了出来，那人痛苦地扭曲着，跌跌撞撞地在我面前摔了下去。

"山川……山川！山川！"我听见自己的喊声冲出喉咙。我的脑海中只有一个强烈的念头：我要救她！我必须要救她！但我怎么都挪不开脚步，好像有一股力量绊住了我，让我始终无法伸手够到面前那团剧烈燃烧的火球。

"李如风！你醒醒！李如风！"

我猛地清醒过来，眼前的画面顷刻之间消失，只剩下汤勺的脸。我能感受到他死命拉住我的力量。他的身后明晃晃地闪烁着刺眼的光，那是一片火海。

"这是怎么回事？"

"屏住气，烟雾里有毒！你产生幻觉了！我们赶快走，火马上要烧出来了！"他一手捂着鼻子，一手抓着我的胳膊。

我眯着眼睛，隐约看到里面有一具……哦，不对……还不止一具尸体，这起码得有六七个人吧，他们都在被火舌吞噬……但我现在无法确认，这究竟是真实的画面还是我的幻觉。这些都是什么人？

汤勺催我赶紧走，眼下没有时间多想了，火就快烧到外面来了，我感觉到了屁股后面的层层热浪。看来，这真的是一个要置人于死地的陷阱啊。

我眼角的余光突然扫到了什么。"等等！不对！等下！"我甩开汤勺，反身朝火里钻。

"李如风！李如风！你要干什么？！"汤勺在身后大声喊我。

滚烫的热浪铺天盖地，火舌贴着我疯狂跳跃，我能感觉到汗毛在皮肤上"滋滋"

第十九章　洛伦佐的墓地

作响，焦煳的气味好像在一点点把皮肤变脆，只要我稍不注意，就会被整个吞掉。靠近门的地板上躺着一个人，火暂时还没有烧到他的身上。他的头下有一摊血，不知道是不是还活着。

"南洋？"我缓步小心翼翼地靠近他，没错，那张被火苗照亮的脸，不是南洋又是谁？他怎么会在这里？他是如何受伤的？

"你倒是快动手啊，磨磨唧唧，待会儿我们一起死这儿了！"汤勺出现在我的身旁了，一边骂骂咧咧地去拽南洋的身体，一边喊我帮忙，"你快点儿啊，再不出去，不烧死，到外面也得碰上警察，到时候被扣上个纵火犯的帽子，跳进台伯河*都洗不清了！"

我帮汤勺费力地把南洋架在了他的背上，南洋垂下来的手突然抓住了我的胳膊。他的头埋在汤勺的肩膀上，头发挡住了他的脸。我听见他用很细微的声音说："小剑，去……找山川……"

---

* 台伯河是意大利首都罗马最重要的运河。

第二十章　被杀的小偷

　　南洋躺在私人医院的监护室里，浑身上下有十几处伤口。这个私人医院是汤勺的朋友开的，很小，但是设施还算齐备。南洋的情况太复杂，汤勺觉得不送医院比较好，否则我们容易被警察盯上，于是汤勺就把他带来了这里。

　　负责南洋的医生是个白头发的老头，长得有点儿像白求恩。他用很夸张的表情加手势向我描述了一下南洋的情况。他说南洋伤势很重，现在情况虽然已经稳定了，但是脑袋后面受到了硬物的重击，能不能醒过来、什么时候能醒过来，都不好说。老头只做自己的事，多余的话一句都没问。

　　我站在监护室的玻璃外面看着像死人一样躺在那里的南洋发呆。南洋，他为什么会出现在那儿？

　　他最后对我说的那句话又是什么意思？

　　"去找……山川……"

　　电话突然响了，是汤勺打来的。他说，火灾后博物馆闭馆了，但是火灾事件在博物馆内部和警察局里上上下下都处于保密状态。我们跑出来之后，大火倒是没有蔓延出来，汤勺说那场大火似乎是有意为了销毁什么，比如留有设计图的那些墙壁，好在我们用手机拍了照片。

　　"你没有产生幻觉，"他在电话里压低声音说，"里面的确有六具被烧焦的尸体，现在身份还无从辨别，到目前为止也没有接到任何家属报案。"

　　"六具？"

　　"对。"说完，他把电话挂了。

　　我看了一眼躺着的南洋，心想：他又会知道多少我们不知道的事情呢？他会不会知道那六个被烧死的人的身份？他们是不是一起的？等他醒了，第一时间会有一堆问题等着他回答，可首先，他究竟什么时候能醒过来？

　　我拿来纸和笔，默默记下了顺序：

　　菲利普死，他的皮面笔记本被高个子男人偷走。

　　苔丝，不是菲利普的妻子，失踪。

　　夏娃 1990 年死，失踪，戒指。

　　画，原件，1990 年失踪，当时追查组成员 1993 年前死。画 1993 年再次出现。

第二十章 被杀的小偷

画的赝品，少了戒指，催眠我的女人，被偷。

画中的少女，西蒙内塔，苔丝。

寄给汤勺的匿名信。

寄给我的匿名信。

恐吓电话。

七楼，猫，老太太吓死。

密道，干尸，骸骨池，跟踪我们的人，被杀死的"老西木"（等下，假如真的是老西木，也就是说1993年之前死的就只有四个人。不对，等等，会不会……还有人没死？也就是说汤勺的情报和之前看到的文章都和事实出现了矛盾的地方）。

小贱，我在七楼找到的小贱，博老头曾经见到菲利普天天带着它，它身上有什么信息？

然后是……但丁的《神曲》，洛伦佐的三环钻戒标志，还有洛伦佐的墓地。

烧死的西木，洛伦佐的墓地……米开朗琪罗的墙壁，设计图，大火，六具尸体。

棺材，"地狱"，戒指，魔鬼……

魔鬼，魔鬼……我反复念着这两个字，脑袋里却浮现出那个画室和山川的脸。

我闭上眼睛，企图抛开山川的脸，企图把杂乱的信息在脑海中重新组合，梳理出线索来，但我很快就失败了，那片深渊一般的黑暗中不仅飘荡着山川的脸，还有逐渐变得清晰的南洋的脸。

我猛地睁开眼睛，脑海中那张南洋的脸逐渐消失，只剩下病床上的南洋那张苍白的脸。我和南洋认识了十年，可他变得陌生了起来。他有多少事是我不知道的？他又知道我多少事？我有许多事没有告诉过他，但我能确定他完全不知道那些事情吗？正是出于我自己对他的隐瞒，我也很少过问他的事情，我们看似是亲密无间的朋友，但事实上我们了解彼此多少？他出现在那里绝非偶然，他究竟是谁？

他必须得醒过来，我需要一些答案。

将近傍晚我才去店里，打算把小贱带出来，回家换个干净的衣服再去医院。走到巷口的时候，我瞧见小广场上停了两辆警车，而我的店门口围了一堆人。不会吧……这栋楼难道又出什么事了？小贱不会有事吧？……

结果这次被封锁的并不是我们这一边，而是对面姜卡罗的铺子。我老远就看到那个身材高大的歌里警官也站在其中。姜卡罗站在门口弓着背直哆嗦，一脸被吓坏了的表情。

我避开警察，走到路口咖啡吧要了一杯咖啡："这又出什么事情了？"

"老姜杀人了……"咖啡吧的老板不太喜欢姜卡罗，虽然口吻显得有些恐惧，脸上却是一副吃瓜的表情，"有个人好像进他的铺子偷东西，结果被他捅死啦！"

"什么？老姜杀人？"我听到这样的消息大为震惊。姜卡罗？胆子那么小的人，他敢杀人？地震晃掉了一幅祖宗照片砸到他的脑袋上他就不敢卖店了，我自从养了小贱之后，他整天见到我跟见到鬼似的，就这样的人能杀人？！

可实际上，他好像真是杀人了。

我看到在他东倒西歪的古董之间，有两条腿露在外面，那应该就是他杀的人。法医还在做现场采证，所以尸体暂时还没有被收走。歌里看到我，走过来跟我打了个招呼。我不知道是不是我的错觉，他看我的表情总是带着一丝怀疑的神色，或者说显得有点儿不怀好意。

他问我："你认识吗？对面那个人。"

我点点头："姜卡罗一直在这里开店，平时见着会打打招呼，但我们不熟。"

他笑了起来："你怎么和谁都不熟，却和卡尔警官这么熟。"他这句话讲得意味深长，我只能笑笑不接话。

"发生了什么事？"我问他。

"哦，是这样。姜卡罗说，他的店几天前被偷过一次，当时他发现店里被里里外外翻了一遍，却没少东西，倒是多了一幅画出来，所以也没报警。两天后，店里又被翻了一次，还是没少东西，就是那幅画又不见了。虽然觉得很诡异，但他的东西一件也没少，所以他还是没报警。今天上午他没来开门，下午回来点货的时候，发现店里藏了一个人。他说那个人一直问他画在哪里，手里拿枪指着他，他为了自卫就随手拿了一把水果刀把那个人给捅死了。那人估计都还没反应过来，就被他捅了，店里也确实没有开过枪的痕迹。"他说完就看着我，似乎在等我的反应。

我听到"画"这个字的时候，呼吸都停了一下。会不会就是那天晚上从我的店里消失的那幅复制品？会不会它被偷之后一直被藏在了姜卡罗的店里？那么，这个被姜卡罗捅死的人，就是从我的店里把画偷走的人？倒也不一定，有可能是他从我的店里偷走藏去对面的，想回来取的时候，却发现有人捷足先登把画拿走了；或者是别人偷的，他知道了过来拿，但画已经被偷画的人转移走了。可能性很多，但他会不会是上次我碰上的那个人？

"死的是男人还是女人？"我猛地开口问歌里。问完就后悔了，这个问题太突兀了，显得我好像知道些什么似的。

歌里看着我，也不着急回答。他嘴角微微扬起，那表情看起来就像是找到了猎物一般。我立刻知道我犯错了，他给我讲这么一大段，很可能就是为了看看我的反应，而我的反应正中他的下怀，他现在肯定在怀疑我瞒了一些事情。"你好像很好奇啊。"他微笑着说，"是个男人。"

男人？那天催眠我的应该是个女人，虽然我出现了幻觉，但性别应该错不了。我假装没有任何思考，随意地摸了摸鼻子："哦，最近这一带盛传有女飞贼，我就说嘛，如果是个漂亮的女贼，姜卡罗肯定下不了狠手。"说完我故意大声笑了笑。

歌里并不吃我这一套，他从手中的工作本里掏出来一张照片，是速成相纸，照片是刚刚照的，应该是刚才拍的现场照片。他把照片摊在手上让我看，照片里应该就是那个被姜卡罗捅死的男人，脸惨白地侧在一边。"认识吗？"他问道。

"不认识。"我摇摇头，如实说道。这张脸我的确是第一次见，是个陌生人。

"那有个东西，你应该会认识。"他打电话叫来了一个同事，那人递给了他一个透明的证物袋，里面好像放了一张证件。他一边戴上手套打开证物袋，一边对我说："这个人浑身上下除了一把枪，我们就只找到了这个。"他从里面取出来一张身份证。

身份证上有一张熟悉的脸在对我笑，旁边写着她的名字：Shan Chuan。

山川。

第二十一章 心 魔

警察局的灯特别亮。大概每个国家的审讯室里都会有一盏这种直射你的脸的灯吧，为了让你恐慌，让你说实话。

歌里坐在我的对面，不紧不慢地给我倒水。"看你的脸色不太好，喝口水吧。"他说。

我身上没有任何束缚，没有手铐也没有脚镣，歌里让我跟他回来的时候，只说希望我能协助调查。那张山川的证件，就摆在我的面前。它被封在透明的证物袋里，袋子褶皱上的光线频频闪过她的眼睛，她在看着我。

我还记得这张证件照，是我带她去拍的。去的是当时我们住的小阁楼底下的那家照相馆。我记得，那天山川穿了一件天蓝色的短毛衣和一条灰色的羊毛裙。头一天她才剪了齐肩的短发，看起来很清爽。

"山川，你怎么这个臭脸拍证件照？笑一下啊！"

"咔嚓——"

门开了，从外面走进来一个人——是汤勺。歌里好像并不愿意在这里见到他，皱起眉头来。

"歌里，你好。"汤勺毫不客气地坐下来，看了一眼精神恍惚的我，迅速就把目光转向了歌里，"这件案子，现在我们组里在调查，不知道歌里警官是不是想调来我们组辅助？"汤勺又从歌里面前的烟盒里摸了一根烟出来。审讯室里贴着禁烟标志，他毫无顾忌地点上。

"卡尔，这些案子都是有关联的，四楼的失火案和七楼老太太吓死的案子，是我的组在负责。我请一个案件相关人员回来协助调查，你就赶紧过来了，你这是什么意思？"歌里说话还是不紧不慢的。

"没什么意思。就是觉得不太符合规矩。你说的那两个之前的案子，据我了解，你该问的也问了，他有什么嫌疑吗？"

歌里没说话，目光在我身上游走了一圈："你请便，卡尔。或许我该找你们队长谈谈了，你跟一个涉案人关系这么近，会影响你的判断的。你知道，我一直很欣赏你。"

"歌里，我明白你的意思，也很谢谢你的欣赏，但是我们负责的案子，我们自己会处理的。"

第二十一章 心 魔

"那希望你之后能在报告中把这些关系都写清楚。"歌里站起来,手指在证物袋上敲了两下,就走了出去。

审讯室的门被打开,又关上,照着我的灯光变得越发强烈,我有点儿透不过气来。我满脑子都是山川的脸。汤勺从面前的证物袋里把那张山川的证件拿出来。"山川。"他念出了她的名字,"她是你妹妹。"

我抑制不住自己的眼泪,它们失控地流出我的眼眶。汤勺的面孔在我的视线中模糊了,在眼前分散出来的每一个光点里我都能看到山川的脸。我把头埋进双手之中,我知道,已经到头了,我对自己的这种自我欺骗和自我催眠已经失效了。所有的记忆像是打开的闸门一样,回到了我的身体中。

"如果你愿意,可以告诉我。"声音从我的头顶上方传来,有些失真,就像是从天堂里传来的声音,用来宣告我的罪。我抬起头来,汤勺把双手放在我的肩上,他的眼神很坚定,似乎带着一种能救我出"地狱"的力量。

可惜,谁也没法拯救我。如果真的有上帝,我想我必定是要赎罪的,或许死了之后要去"地狱",接受烈火的层层鞭烤,直至灵魂永远无法升天。

我的心里,住着魔鬼。

我与山川是一起在这里的孤儿院长大的。孤儿院里只有我们两个中国孩子,一直没人来领养我们。后来,过了八岁,我们基本上就失去了被领养的希望。我比山川大两岁,而山川刚来的时候因为个子瘦小,院里那些大孩子都喜欢欺负她。她不爱说话,受欺负之后,就用眼睛恶狠狠地瞪着他们,很快又会招来另一顿打。我以前一直以为她是个哑巴。直到有一次,我实在看不下去有个块头大的男孩子总喜欢一把把她推倒在地上,于是冲上去踢了他一脚。山川奔过来,拉着我的手,喊了一声:"快跑!"那是我听到她说的第一句话。从那天开始,我们变成了最亲的人。山川说,那些总欺负她的坏孩子都是魔鬼,他们都会遭到报应的。

她很喜欢画画,也很有天赋。孤儿院的修女们很喜欢她,她们都知道她的天赋,所以总给她拿很多老画册,让她照着临摹。没过多久,她临摹出来的画已经达到了与画册一模一样的程度。所有人都喜出望外,所有人都觉得,山川是一个天才。当时有几个修女提出来,想让山川去帮艺术家完成一些教堂里的湿壁画作业,院里的那些大人都笃定山川在画画方面一定能有一番作为。

但是后来,发生了一件十分离奇的事情。

山川每完成一幅画,总会拿给我看,跟我说说画里讲了什么。那天,她照常拿着一幅刚刚完成的画给我看,我看到上面有片小树林,树林里有条长河,长河里躺着一个小男孩,就是那个块头大的常常欺负她的男孩。我问她:"这是什么意思?"她狡黠地一笑,说:"魔鬼的报复。"

两周之后,那个男孩死了,淹死在阿诺河的下游,有草地和绿林的地方。那时候

山川十岁，我十二岁。

　　山川的那幅画，很快被孤儿院的修女发现了。她们吓坏了，曾经那个她们眼中的天才，一夜之间就变成了被恶魔附身的孩子。于是修女们找来了神父，把山川捆绑起来，关进一间很小的房间，每天都对她进行驱魔仪式。

　　我去求过修女，我很确信，山川没有被恶魔附身，即便我不知道如何解释那幅画，但是那个男孩的死绝对和山川没有任何关系。我和山川每天都在一起，一直在一起，我们没有分开过，她怎么可能会对那个男孩做什么？何况那个男孩的块头有她两个大，他只要稍稍用力，就可以轻易地把山川推倒在地，她连反抗的能力都没有。可是修女们不听，她们刚开始的时候还算耐心地反复对我说，魔鬼的力量是非常可怕的，无论它们附身到什么人身上，那个人都会被操控去做一些不可思议的事情，那些事情往往都和恶毒的犯罪有关。当这些解释超过一定次数后，她们也变得不耐烦了，她们直接警告我不许接近关山川的小房子，否则就连我一起关起来，于是我只能假装消停了一阵子。

　　山川被关起来的一周后，我在办公室外面偷听到修女们说，驱魔不成功，打算烧死山川，我知道我不能再继续等下去了。当天半夜，我偷了老修女藏在储藏间地下室的钱，带着山川跑出了孤儿院。

　　我已经记不太清那个晚上了，只记得我带着她没命地跑。我们从城外跑到城内，我们穿越了树林和河流，一直跑，一直跑，一直不敢停下来，直到我们筋疲力尽，再也跑不动为止。孤儿院的人没有追上来，我不知道我们究竟跑了多远，但我知道，我们成功了，我们安全了。山川问我："你相信我是魔鬼吗？"我说："就算你是，我们也永远在一起。"

　　现在想来，这句话可能变作了一句咒语，咒语融进了血液，要让我永生永世记得我在孩童时期做过这样的承诺。或许她真的是魔鬼，所以我用这样一句话与魔鬼签订了协议。

　　我们没有被饿死，没有被生活逼死。老修女藏在储物间地下室的钱，是我偶然偷看到的。我很快就知道了她为什么要藏那些钱，因为那是她偷偷卖掉了山川的临摹画赚来的。钱不算多，却够支撑我们一段时间的生活了。我给山川买了新的衣服，还有画具。我带着她跑出来的时候，就已经想好了要怎么生活下去。山川可以画画，我可以拿这些画出去卖。

　　开始的时候我一直出去摆地摊，但是经常会遇到警察的抓捕，所以后来我开始试着把画卖给画廊。这是一门很好的生意。山川画的画大多是临摹文艺复兴时期大师的作品，达·芬奇、拉斐尔、贝鲁奇诺、波提切利、提香、柯勒乔……画廊对这些临摹得十分逼真的作品有极大的兴趣。毕竟是临摹，所以卖出的价钱并不高，但是用这笔钱，我们租了房子，可以交最基本的学杂费，够我们生活用度。

　　如果一直按照这样的方式发展下去，我们的生活应该既简单又安稳。我们应该能

第二十一章 心　魔

顺利上完大学，出去找份好的工作，或者等有钱的时候自己开一个画廊。或许能够找一个艺术投资人，山川在这一带的画廊中已经小有名气了，这不是一件遥不可及的事情。但在我大二那年，情况发生了一些变化。

我常常去卖画的那个画廊当时算是佛罗伦萨市中心生意比较好的画廊之一，叫毕加索画廊。有一天我拿着山川新画好的作品去找毕加索的老板，恰巧见到了另一个人。那是一个大腹便便、四十来岁的中年人，操着一口浓重的南部口音，他说他叫肖德利。他对我带去的画产生了浓厚的兴趣，前前后后研究了很长时间，然后出高价直接从我手里把画给买走了。那是第一次，山川的画卖了这么多钱。

一个星期之后，我又在毕加索画廊见到了肖德利，这一次，他提出来如果可以的话，想要长期合作。他说想见见山川，并问我这画有没有办法画得更像一些、更细致一些。我一口答应了，很高兴地答应了，因为上次他买画的价格是以往我们卖价的三倍，我那时什么都不知道，天真地认为他就是一个画商。

我带他见了山川，山川好像并不是很喜欢他。他的脸很油，肥头大耳，脖子又粗，长相确实不招人喜欢，但是那时候，他是我们的财主。那时我脑袋里的想法只有抓住机会赚钱，我想：有了这样的财主，我们今后甚至不用找艺术投资人了，到毕业的时候，我们可能就已经赚够了可以运作山川的画的钱。我只知道让山川按照肖德利的要求画，我们可以得到很多钱。

肖德利一开始的时候是个很好的买家，总是客客气气，会提前一个月告诉我们他要什么画，给我们一个月的时间去完成。他唯一的要求，也是对我们来说最难的地方，就是他要百分之一百地和原画一样。后来，我逐渐发现事情变得不对。他的要货量越来越大，而且不再给一个月的时间，有时候甚至连十天都不到，但要求仍然不变，他每一次都会不厌其烦地一再强调"一模一样"。我发现真相已经是一年后的事情了，原来肖德利并不是一个普通的画商，他是专门倒卖赝品的。我发现这件事，是因为有警察找上了我，警察给我看了几张照片，其中一张照片上的人是肖德利曾经派来找我们拿过画的小弟。我告诉警察，我都不认识，我们从来没有做过任何画作的交易，同时，我找到肖德利，告诉他我们要退出。肖德利告诉我，我们早就上船了，绝对不可能让我们轻易下去。

正好在那个时候，山川的精神状况出现了问题。我经常觉得她不是她自己，她白天画着画，会突然发起疯来，把画撕碎，把颜料洒得到处都是，然后捂着头发出尖厉的叫声，跟疯子一样在屋子里乱撞。她也经常半夜突然吼叫起来："放开我，放开我！你们这些魔鬼！"然后从嗓子里又冒出来另一种声音，高傲且极度冷漠，"我们都在'地狱'等着你。"

她经常这样和自己说一些令人毛骨悚然的话。我突然意识到，她可能真的被魔鬼附身了，或许她从孤儿院时期就一直被魔鬼附身着。可是魔鬼，它究竟要干什么呢？潜伏了这么多年，就像一场瘟疫那样，要一朝致死吗？

我带她去看了心理医生。医生说可能是她受到的一些刺激或者过度的压力，导致她产生了精神上和人格上的分裂，这种情况会越来越严重，要尽早地住院接受治疗。但是肖德利并未放过我们。他来得很频繁，每一次都要甩下一些威胁的话："如果不交画，你们都没有活路走。"我也想过报警，但是我要怎么说？我说我不知道他们是犯罪组织，我们就像小白兔一样被利用？警察会相信我吗？再说，肖德利的势力那么大，可能我们还没伤到他毫发，就先死无全尸了。那段时间，我一直处于慌乱中，非常害怕，但到最后都没有选择报警。

于是我只能在山川精神状态好的时候逼着她完成一些作品，同时在很偏僻的深林之中找了一座废弃的房子。我把房子打理好之后，把山川转移到了那里。我没有让任何人知道山川的状况，包括南洋。那时候我已经认识了南洋，而南洋也认识山川。但是南洋从未见过山川发疯时候的样子。很奇怪，每次南洋只要一来，山川就是平静的。但我不能去拿这种假设做赌注，我也不想把南洋卷进这些是非之中。后来我只告诉南洋，山川是去其他城市做交换生了。那个时候这可能是我唯一的解决办法了，我甚至产生了我们已经安全了的错觉，山川在小屋里待着，我每天去看看她，她时好时坏地完成一些画，我们好有东西交差。她发疯的时候，多数我都见不到，我开始觉得那是一种平静。还有肖德利，不知道为什么，他突然让我们过了一段风平浪静的日子。他没有来电话，也没有来找我们。

但是平静的日子总要过去，山川的情况恶化了。医生配的药物开始对她不起任何作用，她几乎没有清醒的时候。她开始连续发疯，疯狂地破坏屋子里的东西，破坏她的画、画框，甚至伤害她自己。她时常用脑袋撞地板，直到血从她的额头上流下来。我有时候不得不给她注射从非法途径弄来的镇静剂。我想，大概这样下去已经不行了，我得把她送去医院。但是还有隐患，我不能轻易送她去医院。

大概又过了十来天，我从毕加索画廊的老板那里得知了一个消息：肖德利死了。这对于我们来说简直是一个从天而降的好消息，虽然我不知道他是怎么死的、什么时候死的，但我可以把山川送进医院了，我们没有威胁了。

就在我获得他死讯的当天下午，我刚从毕加索画廊走出来，正打算联系医院，就接到了山川打来的电话。我当时愣了好几秒，因为在她完全不清醒之后，就很少给我打电话了。有那么一刻，我甚至以为她好了。或许肖德利就是那个魔鬼，他死了，山川就会好起来了。但是她在电话里沉默了很久之后，只对我说了两个字："救我。"她的声音既微弱又绝望，仿佛从一个深渊里传出来的，好像魔鬼真的要把她带走一般。

我挂了电话，原本是想立刻过去的，但正好医院又来了电话，告诉我有个床位空出来了，问我是否需要安排住院，如果有需要建议我尽快去办手续。我想，山川只是和平时一样犯病了，我先去安排好医院，然后回去接她，所有的问题都会迎刃而解。魔鬼消失了，医院有床位了，山川可以住院治疗了。到时候我想告诉南洋，我撒谎了，山川生病了，我终于可以说实话了。于是我去了医院，给山川办好了入院手续，之后我开着车急急忙忙地赶去小屋，当我到的时候，已经是傍晚了。

第二十一章 心 魔

我不知道人的那些不可挽回的错误究竟是怎么犯下的,一个念头,一个瞬间,一个错误的判断……我听见自己脚下踩着落叶走过的"沙沙"声,就在深林之间,那座房子的方向,还有另一种声音,与这种平静的迟缓的"沙沙"声相似,却带着一些攻击性和危险的气息。我起初还不明白,我的耳朵没有给我任何有效信息,我迷茫地走着,听着,直到夕阳的火红色与那座房子连成一片,映入眼帘。

那座房子,没错,就是那座房子。我辨别了好长时间,生怕自己走错了地方,但没错,是那座房子。它正在我面前燃起熊熊的火焰,火焰蹿得很高,火舌舔着天际的落日,把红色的云烧得更红,把晚霞烧得更艳丽。

就在这荒无人烟的地方,大火越蹿越高,我看到房子的木架子被烧得掉下来,"哐当"一声,砸到了正门口的楼梯前。直到这个时候,我才注意到门口躺了一个人,不,是尸体,躺了一具尸体。尸体已经被烧焦了,蜷缩成一团,似乎经历过异常的痛苦,最后还是被活活烧死了。

我的脑袋空了,我开始朝那具尸体走过去,直到大火挡住了我。我能感受到大火在我的脸上一下下划过的灼热和疼痛,就像是把烧热的刀子,有人举着反复贴近我的脸。我摸了摸自己的脸,仔细朝尸体看去。说实话,我不觉得那是山川,可这里只有山川。

我不相信山川会死。在逃过了一个恶魔和另一个恶魔后,她还会死吗?她难道不该永生吗?

后来,我把尸体拖走了。我拖着尸体走了很远的路,走到了一处更偏僻的地方。太阳完全落山了,火焰的光逐渐消失在夜色里,不知道是不是有人看到着火报警了,可我没有听见警车的鸣笛声。但是后来火光完全消失了,夜色落了下来,把整个荒无人烟的空间笼罩住了。

我费劲地挖了一个坑,把尸体埋了进去,把土填回坑里之后,站在坑上又蹦又跳,就像在迪厅一样,但我的周围没有令人振奋的音乐,只有死一样的沉寂。我只是为了把土踏平。

我原本觉得自己做的事情毫无逻辑、毫无章法,甚至不记得自己到底干了什么。但我知道,我不是真的不记得,而是因为太清醒了,所以才希望自己不记得,不要记得我为什么把她埋了。如果山川被烧死的事情立案,贩卖赝品的事情一定会追查到我身上,所以山川死了我不能报警,我甚至不能承认她死了。所以,我把她埋了。

我回来之后,等了一天,就去了警察局里报案,说山川失踪了。从那以后,我每天都对自己重复一百遍,山川失踪了,直到自己相信这是一个事实。

山川失踪了,她只是失踪了。说了许多遍,很多年后,我好像真的开始相信她只是失踪了,而不是死了。

第二十二章　绑　架

我知道我犯了一个十分严重的错误，我作为一个嫌疑犯，在警察局的审讯室里，对一个警察吐露了我最大的秘密。我没有像我想象的那样，把我的秘密死死地锁在肚子里。

"如果今后你想邀个功上个位的话，这个陈年旧案或许能助你一臂之力啊。"我故作轻松地用调侃的语气说道。

汤勺没有接我的话，他低着头很久都没说话。

"可以给我一根烟吗？"我问。

"你抽烟？"他抬起头，有些诧异地看着我。

"偶尔。"

他从烟盒里抽出一根烟，朝我示意了一下，让我跟他出去。外面的天很黑，可能是下雨的缘故，连路灯都显得不太亮。

汤勺点上手里的那根烟，递给我，又给自己重新点了一根。我觉得有些好笑，这种礼仪似乎只有中国人之间才流行，这个港台腔混血儿警察，竟然还晓得一些中国礼仪。

"你不用担心，刚刚那间审讯室我检查过，摄像和录音记录都没有开。歌里答应把你交给我审讯，就不会做隔墙偷听的事情。所以你刚刚说的，不会有第三个人知道。"他吸了口烟，缓缓吐出烟雾，"但是有件事情我必须告诉你。你说的肖德利这个人……"他若有所思地低下头，"这个人……我知道。"

"什么？！"

"对，我听过他的名字。你记得我和你说过的 ALAN 宋——大鹰吗？最早博物馆的那幅《西蒙内塔·韦斯普奇》是他找到卖给乌菲兹的。大鹰一直都做古董的走私买卖，也有明面上的生意。但是他做得最大的，是赝品的贩卖，其中最重要的一部分就是画。而那个肖德利，据我所知，是他底下的第一把手。"

我不敢相信地看着他："我记得你说过，你父亲不做警察之后，跟了大鹰一段时间。"

汤勺点点头。难道山川的事情，会间接和汤勺的父亲产生联系吗？"山川，你把她埋在了哪里？"他突然问我。

第二十二章 绑 架

埋在哪里？具体我自己也不是很清楚。那天埋她的时候，我走了很远的路。可能让人很难相信，但事实就是这样。当行动不受大脑控制的时候，自己到哪里干了什么，都很难记得清楚。人的大脑，是很神奇的一个构造。我只记得拖着尸体走出来后，是朝右边走的，一直走一直走，走到了什么地方，一点儿印象都没有。我后来都不知道自己是怎么重新走回车旁边，把车开下山的。

"你知道吗？这个失火案我记得。"汤勺说，"但奇怪的是没人发现失火点是你说的那个屋子，火势蔓延了很远，后来演变成了森林火灾，幸好不算很严重，扑灭也很及时。记录里没有任何人员伤亡。"

我默默点头，又摇了摇头："我不知道，可能根本就没查失火源头吧。"

"有人把你开车下山的轨迹隐藏了。"汤勺说。

我们趁着半夜上了山，进了林子。我沿着记忆里的大致方向带着汤勺一路走。深林里的路越走越偏僻，风打得树叶在头顶上方发出有节奏的响声，脚下的落叶也被我们踩得"哗啦哗啦"，就像还有其他人在与我们一起往更深的林中走。但是我的内心很平静，跟汤勺说完后，我感到轻松了很多。

"应该是这里了。"我在一棵参天大树旁边停下来。我对这棵树有印象，那天每一次抬头都会看到这棵树，巨大的树冠如同网一般把这片土地罩住，仿佛藏在这里的秘密永远不会被发现。

汤勺踩了踩地面，便开始动手挖。"有点儿问题。"汤勺边挖边嘀咕道。

"什么问题？"我问，"我并不是很确定究竟是不是这里，只是记得这棵树，如果有另外一棵一样的树……"

"不，就是这里。"汤勺打断我说，"因为这里的土被人动过。"他指了指他翻开的那些土，土层颜色确实有点儿不一致。

"你的意思是说……有人来过？"这句话才问出口，我只觉得后背一阵冰凉，这才发现后背的汗早就把衣服浸透了。

他说得对，我们挖了差不多有一个小时，依然没有挖到任何东西。山川的尸体被人挖走了？我的脑袋里反复出现这个问题，可是为什么？是谁偷走了她的尸体？难道，那天我埋尸被人看到了？

突然，汤勺猛地一转身，把自己的手机朝远处丢了出去，同时喊道："谁？！"紧接着前方不远处就传来了一连串脚踩树叶的声音，一个黑影从月色之下一闪而过。竟然有人！

汤勺反应极快，拔腿就追，一阵风似的跑了出去。我隔着大风老远听见他朝我吼了一句："原地等我！"但听到这句话的时候，我已经跟着他重新钻到密林当中了。"陈唐！陈唐！"我喊了两声，密林里传出了我自己的回声。

那个人会是谁？会不会是歌里？他一路从警局跟着我们来到这里……我一边回头

想原路返回等汤勺,一边想着。就在这个时候,快速踩过树叶发出的"沙沙"的脚步声再一次出现了,而这一次声响并没在远处,而是……在我身后……

我刚一回头,只听"哐当"一声,紧接着就两眼发黑,身体失去了平衡,有人给了我的脑袋一棒子。但我知道得太晚了,还来不及把眼睛睁大看清楚是谁袭击了我,就昏了过去。

我再醒来的时候,周围一片漆黑,空气中飘浮着一种糜烂的气味。我努力想看清周围的环境,但是这里的黑暗,就像当时我们在地底下经历的黑暗,伸手不见五指,眼睛似乎永远无法适应这种黑得如此彻底的环境。

我感觉自己像一个盲人,陷入了无边的黑暗。我被人绑在一张靠背椅上,手脚都被绑住了,勒在胸口的麻绳很紧,我的肋骨隐隐作痛,连顺畅呼吸都困难。"喂!"我努力让自己喊出声来,"喂——有种出来啊!有本事绑架我没本事现身啊?喂!"

死一般寂静的空气一点点地在我的喊声中落下来,不知道是这个屋子里的灰尘,还是我的声音把时间震成了碎屑。在我的声音即将消失的时候,我原本以为不会得到任何回应,但一束光突然在我面前亮了。

我使劲儿闭了下眼睛,再睁开的时候,从眼前的光源里看到了地板上的黑影。我等了一会儿,黑影没动,我缓缓抬头,眼前出现了一个分外眼熟的东西——干尸!

没错,这分明就是之前我和汤勺在地下看到的那个!是错觉吗?还是做梦?我动了一下,浑身的疼痛立刻让我变得更加清醒,不对,不是错觉,也不是做梦。

我盯着干尸看,现在它正用一种诡异的表情看着我。我立刻感到头皮发麻,血液开始倒流,心脏剧烈跳动。我在哪里?这里难道又是地下?

我提醒自己冷静下来,尽量将视线避开眼前姿势奇特的干尸,环顾了一下四周。借着蜡烛闪烁的光亮,我勉强能看清楚四周的环境。这里不是地下,而是一间屋子,有窗户,但窗户似乎被封死了,外面即便有光也漏不进来,所以才会这么黑。蜡烛放置的地方有个橱柜,橱柜左边好像有扇门。除了这具干尸,我看不到别的人。

这间屋子……有一种莫名其妙的熟悉感。我其实已经很确定了,这里不是别处,正是我当时安置山川的那间屋子,那间着火的、四处被烧黑的屋子,那间我看着她烧死在门口的屋子。我怎么会在这里?

"你究竟是谁?你想干什么?!"我听见自己歇斯底里的吼叫声,绑在我的手腕上的绳子陷进了肉里,一阵阵钻心的疼。

这时,干尸的身后突然发出了一些响动。我屏住呼吸,眼睛死死盯住干尸——就在它后面,那个搞鬼的人就在那个干尸的身后!我屏气凝神,在心里读着秒数,当我数到十的时候,从干尸的后面冒出来一个声音:"你好,李如风!"

是那个声音!我认识它!是那个跟我说"管闲事的后果就是,'地狱'在等你"的声音,是那个打过电话给我的人!可是这个声音应该是通过变声器发出来的,没法

第二十二章　绑　架

判断这个装神弄鬼的人究竟是男是女。

"你是谁？"我问道。

可是那个人没有回答我，他好像有意要愚弄我，控制着这种诡异的对话节奏，让这恐怖的声音显得像是真的从干尸身体里发出来的一样。但我肯定，那个人就躲在干尸的后面。

"你是谁？！"我又问了一遍。

过了十来分钟，我才又听见那个声音从干尸的身后响起来："李如风，画在哪里？"

"画？你如果都不愿意现身，我凭什么要告诉你画在哪里？"我心想：这人如果就是之前打电话给我的那个人的话，那他也太可笑了，先前警告我不要管闲事，现在又问我画在哪里。

那个声音这次反应很快："你别跟我玩花样，不然你得和你妹妹一样死在这里。"他竟然知道山川在这里发生的事情！难道……山川的尸体……？

"是你偷了尸体？你把我妹妹的尸体弄去哪里了？"

"哈哈哈！"他大声笑了起来，"李如风，你连自己的妹妹都不救，只是把她的尸体给埋了，你这种胆小又不要脸的男人，怎么好意思问我你妹妹的尸体在什么地方？"他说话的声音越来越高，最后一句引起了四周的回音，把我的耳朵震出了耳鸣。我面前的干尸在声音的震颤中好像动了一下。

他说的有道理，是，我是胆小的、不要脸的男人，我没有救山川，我甚至为了不牵连到自己，连报警的勇气都没有。我该死，我该死。我觉得我的脑子在顷刻之间变得非常混沌，听见有个声音在我的脑海中反复回响，那个声音说："你该死！下'地狱'吧！"我还听见山川的声音，她说："救救我！"

然后，我又听见那个声音响起来："画在哪里，李如风？"我用力地拽了下绳子，疼痛感让我瞬间清醒过来。不对，这个人在对我进行催眠，他是要控制我的心志，然后从我的嘴里把他想要的秘密套出来。可惜了，他白费心思，我的确不知道画在哪里。

"画在洛伦佐的墓地。"我说。我尽量把身体使劲儿向前倾，希望能看清楚干尸后面的阴暗中到底躲着什么人。

"画在那里……不对！你骗我！那边已经被烧掉了！南洋那个小子，我从开始就知道他不可靠，尽是干一些蠢到极点的事情！"我听见南洋的名字从他的嘴里冒出来。

"你究竟是谁？南洋和你是什么关系？！"我看不见干尸后面的阴影里究竟藏着什么人，靠回到椅背上，忍着刺骨的疼痛感，尽力用手去够绳结。

"南洋？和我们？哈哈哈，你会知道的。等你去了'地狱'，你们就能碰面了，到时候，你自己问他！哈哈哈！"

第二十三章　隐藏的记忆

我在这间房子里面已经被关了整整四天，一直被绑着，每次睁开眼，就能对上面前的这具干尸。这里一直黑得很彻底，分不清楚昼夜，所以我一直在心里默数着时间。那个神秘人白天不出现，只在半夜的时候出现，有时候问我画在哪里，有时候不说话，但我能听见他的笑声，就好像他是专门为了跑来嘲笑我似的。

他折磨我的方式很传统，也不过就是绑着我不给吃喝。天花板上不间断地能落下来几滴雨水，我甚至怀疑这是他精心设计的，为了防止太快把我给折磨死。我感觉我身体里面的细胞在干枯。我不知道自己还能支撑多久，他会不会突然哪天放了我或者有人来救我，我不确定，我的思维开始变得混乱。

我再次迷迷糊糊醒过来的时候，应该已经到晚上了。那具干尸从我的视线范围内消失了，我的眼前有微弱的被点燃的烛光。在我面前不远处的另一张凳子上，与我面对面坐着一个戴面具的人，那张面具跟上次我在西木的脸上见到的一模一样。

"你是谁？"我问他。

他没有回答我，我能够感觉到他的那双眼睛在面具后面盯着我看。

"你究竟是谁？"我又问了一遍，"我想，既然你能把我绑来这里，我并不认为你会让我活着走出去。既然这样，为什么不让我死得明白一点儿？"

"哦？看来你面对死亡倒是很坦然啊。那可不一定，我并不确定我会不会饶你一命。如果你告诉我画究竟在哪里，我倒是真可以考虑考虑。"

我笑了，最初的那些恐惧感现在都随着我缺水和饥饿的细胞一起死亡了。我在睡着的时候做了很多梦，经常看到山川的脸。她不再是恐怖狰狞的样子，她再次恢复了平静美好的样子，温和地看着我，告诉我，我们任何困难都可以一起熬过去，我们会永远在一起。

我想：如果这回死在这里倒也能算得上一件好事，或许我能赎一部分罪，或许我还能在"地狱"里少受一些苦，或许还有机会见到她，亲口对她说"对不起，这些年我没有一天心安理得地睡过觉"。"别放屁了，要杀就赶紧的吧。"我把眼睛闭起来，多说一句话嗓子都跟火烧似的。

"你现在可以选择说或者不说，"他站起来，慢慢地朝我走过来，"就算你想死，死也是分很多种的，想痛快一点儿还是想痛苦一点儿，也是可以选择的。"他从口袋

第二十三章 隐藏的记忆

里掏出来一把枪对着我的头，"好好说清楚，我保证这一枪你一点儿痛苦都没有，否则的话，我可以慢慢折磨你，让你在最极端的痛苦里一点儿一点儿死去。"他说完把枪收回去，放在手里玩弄。

我笑起来："反正都是要死，有什么区别？再说，画在哪里，我告诉你了，我说的你不信，我说我不知道，你还是不信，反正你都不信了，你还问我干吗？"

他"啪啪"地拍起手来："好，真不错。看你那哆哆嗦嗦的样子，我一直以为你是一个胆小鬼，没想到死到临头反而胆子变大了。但是你要懂得一个道理，冤有头债有主，既然画是放在你那里保管的，现在画丢了，你得负责啊。"

"你……是你，是你把画放在我的店里的？！"我一想觉得很矛盾，他既然把画放在我的店里，但是为什么又说我管闲事呢？"那匿名信……"

"匿名信？我可没那么无聊。画也不是我放的，是那个臭婊子，是她非要把你扯进来。放心，我一定会送她跟你一起下'地狱'！"他突然愤怒起来，我看到他握着手枪的手暴出了青筋。他退后了几步，退到椅子那里，"哦，对了，还有南洋，可千万不要忘记了你这个小兄弟。他在卖了你之后，还想着要给自己擦屁股。你今天弄成这样，到了下面可记得谢谢他，他功不可没。"

听到这个名字，我浑身都颤抖了起来。南洋？南洋他到底做了什么？！南洋到底是什么人？！"你别胡说八道，少在那里诋毁南洋！"我用力地冲他吼道。

他哈哈大笑起来："诋毁？逗我呢？你连你最好的兄弟究竟是什么人都不知道吧，你也挺可怜的。算了，你这么蠢，我也懒得跟你在这儿浪费时间，你这么急着求死，那我就成全你好了。哦，对了，我还给你带了个礼物呢。"

他说着，便打开摆在椅子边上的一个木盒子，从里面拎出来一团黑乎乎的东西——小贱！

他用力一扔，把小贱扔到了我的腿上。它一动不动，身上冒出来好大一股血腥味，我借着亮光看到它下半身有黏糊糊的红色血迹。它死了？"小贱！小贱！"它还是一动不动，但我能感觉到腿部因为它呼吸产生的热度，它好像在很用力地呼气以表示它没死。这只猫居然会装死……

"还有这只猫，真是到哪里都能看到它，我看到就心烦。既然现在是你在养，那我就带给你，待会儿你们死一起好了。"他从木箱里拿出来两个桶，那里面装着什么显而易见。他动作很快地把桶里的汽油洒满了整个屋子，他想让我和山川一个死法。这人究竟是什么人？

"我再问你一个问题，既然我要死了，你能不能回答我？"我看着面具男，他正要从身后拿起那个烛台。

听到我说话，他几步走到我面前，用手一把捏住我的脸："你真是我见过的死前话最多的人，你还有什么问题？"

他的力道很大，我被他捏得几乎喘不过气来，艰难地张开嘴，一个字一个字地说:"当年,那把火是你放的吗?是不是你烧死了山川?"

他大笑着放开了我:"我以为你要问的是什么问题呢,这么多年你真以为你妹妹被自己害死了吧?真是可怜。算了,看你也死到临头了,我做个好人吧。你那个疯子妹妹,谁都不可能杀死她。明白了吗?"

我的心脏随着他的话漏跳了一拍:"你是什么意思?"

"还不明白吗?你妹妹山川根本没死,可惜,你是活不到再见到她的时候了,你今天必须死在这里。有些事,不妨下去了之后问问南洋,你不会觉得你有机会上天堂吧?我告诉你,你比我们这些人好不到哪里去!哈哈哈!"

我死死地盯着他的眼睛:"你是西木!你没死!"

他突然停止了笑声,原地转了个身,不紧不慢地说:"我不是西木,那个白痴已经死了。"说完,他拿起烛台扔到地上,火光点着了汽油,瞬间火舌像幕布一般被一把掀起。

"宽阔的坟场,烈焰燃烧,传来悲鸣之声。"他念道,"这个坟场算是够宽阔了吧?你待会儿可以尽情悲鸣,反正这里也不会有人听见。永别了,倒霉蛋。"他转身走了出去。我听见门上锁的声音。

火势发展很快,才一眨眼,锁门声起落的工夫,我已经被火包围了。

他一走,小贱就从我身上跳了起来。我不知道它身上的那些血是哪里来的,但是看样子它似乎没有受伤。它看了我一眼,从我身上跳了下去。"小贱,回来!"这只机智的猫大概想去搬救兵。可惜,这里唯一的出口被锁死了,而窗户全都被钉得死死的,就算现在给我松绑,我都不一定能撬动窗户,别说一只猫了。

"小贱,回……来!"我被烟呛得连眼睛都睁不开,烟呛进肺里,开始剧烈地咳嗽起来,但是小贱已经在眼前的火海之中消失了。算了,随它去吧,猫能钻门缝,起码还有一线生机,在我身边等于跟我一起等死。

火光终于把这间屋子照得亮如白昼,让我得以看清这间恍如隔世的屋子的模样。事实上,我已经记不清它原本的样子了,只记得山川的样子,只记得山川站在这个屋子里望着我的样子。

火快烧到我的脚指头的时候,窗户那边的窗框被点着了,有两根木头掉了下来,窗户立刻被戳了一个洞。突然,那个洞里出现了一张脸。

"站住!"我条件反射地哑着嗓子喊了一声,但除了更多烟雾进入口鼻,把我呛得几乎喘不过气来以外,什么声音都没发出来。

那是一张女人的脸。我一边剧烈咳嗽一边回想那张脸,越想越觉得不对,直到有个名字像穿透我的天灵盖一般震荡着我的耳膜——山川!

怎么可能?!是幻觉吧?我使劲儿闭上眼,又再次努力睁开,火苗已经要舔到我的鞋子了,烟熏得我难以睁眼,就在我努力挣扎着睁开眼睛的瞬间,那张幻想中的脸再次出现在了窗口。

第二十三章　隐藏的记忆

"山川！"我铆足劲儿撕心裂肺地大喊一声，窗口的脸在我嘶吼的瞬间消失了。

不对，不是幻觉，她太真实了，真实到让我产生了离死亡很近的感觉。对，或许是因为死亡即将来临，所以我才会看到如此真实的山川。

我浑身都被一种滚烫的感觉包裹着，觉得坐着的这张椅子也已经烧起来了。我决定放弃挣扎，既然知道死神即将到来，还不如留点儿力气待会儿跟死神对个话。窒息感令我开始神志迷糊，就在即将失去知觉的时候，前面传来了砸门的声音。

我迷迷糊糊地看到面前的一大片火光突然被撕出一个口子，外面的夜漏了一片进来，有个人从那片撕破的豁口中冲了进来。

"坚持住！"汤勺的脸就像剪辑跳帧似的，突然出现在了我的面前。

"汤勺……你走……"我发不出声音，只能用尽力气扯了他一把。他正在给我解绳子，整个人被我一拉，直接趴到了我的半边身体上，一根巨大的木条几乎贴着他的后背掉了下来。糟了，这房子已经是第二次被烧了，它快要坍塌了。

我听见他在我的耳边骂："你给我保持清醒！说人话！听到没有？！"

"你快走，房子要塌了。"

"闭嘴！"

绳子到现在还没有解开，但是火明显要烧到手了。绑住我的这张椅子已经烧起来了，我感觉整个人就像在一个大烤箱里面，差不多就要烤熟了。我的意识已经支撑到了极限。"走啊。"就在我想用最后的力量推开他的时候，我觉得我的身体和身下的靠背椅一起被抬了起来。我听见汤勺大吼一声："坚持住！"

我的耳边传来东西剥落下来的声音，我不知道那是我的皮肤还是我的什么器官。在一片火光中我失去了知觉。

我以前没有想过自己会以怎样的方式死去。或许不是火，也不是坠楼或车祸，因为死相太难看。在山川神志不清的那段时间，她曾经难得清醒地同我讨论过这个问题。我记得她对我说："那些死相难看的死法我都不想要，我想平静地躺在床上死去。"可惜她没有如愿，我也没有。

当我的意识沉到最底部的时候，我忽然睁开了眼睛。眼前那些熊熊的火焰和即将烧毁的房屋都不见了，我发现自己躺在一片草地上，看到的是蓝天。空气之中没有弥漫的烟雾和烧焦的气味，只有青草和野花的味道。我的头旁边有朵开在野地里的雏菊，突然有一只手伸过来，越过我的头顶，把它摘了下来。

"小剑，走吧，艺术史课要迟到了。"南洋的声音从右边传来。

我一转头就看到了他的脸。"哎哟，开春就是容易犯困。山川，要不是你叫我们，估计我们俩能在这里睡到晚上再醒。"南洋说着一个翻身从草地上爬起来，低头看着我，"走不走啊你？"

看着我的，除了他，还有山川。她穿着白色的卫衣和白色的球鞋，身上背着一个布

119

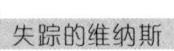

包。那是她的颜料包,她自己做的。她靠在自行车上,笑眯眯地望着我:"你们俩真行。我要回家画画去了。今天刚拿来的新颜料,傍晚有人要来收东西。"她说着朝我眨了眨眼睛。

"怎么回事?我在哪里?我是死了吗?"我从上到下把自己摸了个遍,完全没有感觉到任何的异样。难道是我穿越了?但是眼前的一切为什么感觉如此熟悉呢?

"你还在说梦话呢?还是睡了一觉就失忆啦?快走吧。"

我迷迷糊糊地跟着南洋走进了学校。南洋刚进校门,不知道看到了什么人,突然之间就躲了起来。他躲在柱子后面,神色很慌张。而我并没有看到什么奇怪的人。但是那个瞬间我定住了,我看着躲在大柱子后面的南洋投在地上的阴影,这一幕竟然如此熟悉,到底是怎么回事?

南洋过了好几分钟才精神恍惚地从柱子后面走出来,看起来明显心神不宁。他从口袋里拿出了一包东西递给我,对我说:"帮我保管一下,我晚上去找你拿。"说完他就走了。

那是一包乱七八糟的书本,好像是他从图书馆里借来的课外书。我刚想合上的时候,突然发现里面有个东西,那是一本黑皮面的笔记本,我把它从那堆书中拿出来。翻了几页都是空白的,我刚想放回去,抓着笔记本的手却在空中自己停了下来。我好像突然明白了什么,接着开始继续翻——这些场景之所以似曾相识是因为它们原本就在我的记忆里,这些都是我已经经历过的事情。

当把笔记本翻到最后一页时,我停了下来,看到了洛伦佐的三环钻戒标志,还有那熟悉的"V52"和"V23"。

所以我其实很早就见到过菲利普办公室里的那个笔记本了,我第一次见到它是在南洋手里。我当时随手翻开,看到后又随手合上,似乎丝毫没留下记忆的痕迹,但我现在又经历了一次。是因为临近死亡,所以上天给了我一个额外的恩赐,要让我把遗漏的记忆细节重新捡起来,拼凑好,在死前得出一个答案吗?还是说,是在给我一个改变事实的机会?

我拔腿就往家的方向飞奔。路上,我接到了毕加索画廊的老板打来的电话,他声音颤抖地说:"你们如果打算帮肖德利做事,晚点儿出事的话不要把我供出来。"我没有回答,挂了电话。这通电话我有记忆,就在这通电话之后,我开始调查肖德利。

而今天,恰巧肖德利要派人来拿画。今天过后,山川的精神状况就会出问题。

对,对,对,就是今天,是今天。

我开始拼命给山川打电话,但电话始终没人接。

我不知道现在到底是什么情况,给我机会拼凑记忆查明真相也好,给我机会重新改变一次已经发生的事情也罢,我知道,事情转折的关键可能已经近在咫尺了,如果我抓住眼下的机会,无论是真相还是重生都有可能。

很多记忆在我的脑海中像翻书一样翻过去,但是我没有时间停下来细想。

第二十三章　隐藏的记忆

"今天刚拿来的新颜料，傍晚有人要来收东西。"山川的话反复回响在我的耳边。

肖德利来取画的时间是五点钟，我还记得来取画的那个人是一个老头子。他到的时候，山川正在画室里疯狂地撕毁她的作品。

对，不是肖德利的人让山川发疯的，是之前已经……我开始疯狂地在脑海中搜索当天看到的人。突然，有个影像模模糊糊地浮现在我的脑海中，对了，那天，那天我回家的时候，在楼下遇到过一个戴帽子的男人，他好像拿着一个体积很大的东西下楼，我本来还想帮他一下，但他压低帽檐避开我匆匆走了。

起风了，我闭着眼迎风往前跑，是的，是的，我的脑子里慢慢浮现出来这样一个人，但他的模样还不够清晰。我不自主地加快了步伐，只要我快一点儿，再快一点儿，我会不会能在楼梯间再次碰到他？或者别的地方……比如，我家。

就在我全力冲刺到我家楼下的时候，突然"哗啦"一声，南洋丢给我的装着一堆书的纸袋破了，书掉了一地。我看了一眼手表：四点。

我干脆扔掉了纸袋，拾起书和笔记本，抱在怀里，直奔楼梯。当我走到楼梯口，就听到了下楼的脚步声，是那个人。

"踏踏踏……"楼梯上出现了一个穿着黑色长风衣、头戴黑色礼帽的男人，他把帽檐压得很低。他的手里夹着一件很大的东西，外面包裹着牛皮纸。我留意看了下那件东西的形状，看起来像是一幅画或者是个画框。

我刚上两层楼梯，手中的那堆杂书再一次掉在了地上。男人站在楼梯上，把画放在一边，走过来，一本本帮我把书捡起来。

"谢谢。"我说。

"不客气。"他冲我微笑，我看到了他的脸。

"醒醒，醒醒。"我的耳边好像有一个熟悉的声音，是谁啊？

我眼前的男人重新站起来，拎起画绕开我，走了下去。我看到他的手里多了一样东西——是那本黑色笔记本。

"醒醒，醒醒。"声音再次出现，"李如风，醒醒……"好像是汤勺的声音。

我感觉自己的身体变得轻飘起来，楼梯和男人往下走的背影都在我眼前变得越来越模糊。

我睁开眼睛，汤勺的脸出现在离我很近的地方。我发现我的嗓子没法发出声音。我拽住汤勺，他好像知道我有话要说，把耳朵凑到我的嘴边。我嘶哑着嗓子，用极低的声音说："那个男人，我看到他了……"

第二十四章　突　变

我又看到了给南洋看病的那个长得像白求恩的老头。老头好像显得很不高兴，我听到他对汤勺说："你不要再把奇怪的病患带给我了。前面那个醒了之后就跑了，现在这个又坚持要出院。下次这些自己不想要命的，千万不要劳神费力送到我这里来。"

他说的前面那个跑掉的是南洋。汤勺说南洋其实隔天就醒了，下午老头来给他做检查的时候，发现床空了。这个医院比较小，总共也没几个护士医生，没人注意到他是什么时候离开医院的，他就这么突然凭空失踪了。

其实老头这通火也没全发对。我醒来之后，听说南洋不见了，就想立刻去找他，但是当我发现自己被包扎得像个木乃伊之后，已经暂时打消了出院的念头。在死亡区域逛了一圈又回来了，也算命不该绝，所以我现在惜命得很，再说，这些事情不搞清楚，死了都不值当。

"你说谁？"汤勺站在床边一脸震惊地看着我。

我可以理解汤勺的反应，我刚清醒的时候也有过这样的反应，怀疑那是不是只是个梦，并非是现实里发生过的事情？但是当我完全清醒地仔细回忆之后，发觉那梦里的每个细节都可以严丝合缝地填补记忆中遗漏和模糊的部分。我相信，可能是接近死亡的力量，让我把之前重要的信息碎片以这样的方式找了回来，那些就是当时被我忽略的东西。

"歌里。"我又重复了一遍这个名字。那个男人抬头的一刹那，我看到了他的脸，是歌里。

"怎么可能？"汤勺一脸无奈又哭笑不得的样子，"你的意思是，你妹妹山川疯之前，最后见到的人是歌里？你说这绝对不是你做梦，而是当你到了生命边缘，你的潜意识给你补充的记忆信息，是这个意思吧？"

我很坚定地说"对"。

汤勺不置可否地点了点头："我想想。"

我停顿了几秒，又说："你是不是有什么中文词语没有听懂？比如潜意识什么的，是指……"

汤勺挥了挥手，皱着眉头说："我每个字都听懂了，不是这个问题，是这件事本身太不可能了，歌里他可能是整个佛罗伦萨警察局里最有正义感的警察了。"他说，从歌里六年前调派到佛罗伦萨之后，他带的那一组一直都是劳模典范。全局的案件侦破起先全靠他们那一组，后来汤勺那组的组长为了上位才开始拼命竞争的。歌里这个人不苟言笑，但是工作上绝对没话说。

"你说当时山川的案子就是找他报的案？"

我点点头。

"这么巧，他现在负责你店铺那栋楼的案子，除了你对门那个误杀人的老兄的案子在我们手上之外，其他都在他的手里。如果你说的事情千真万确地发生过，那么他三番五次招惹你，就不是为了查案那么简单了，可能……他想从你身上找些别的东西。"

"画？"我问。

"难说。"汤勺在病房里点了根烟，然后病房里的报警系统响了起来，老头带着一帮护士把汤勺赶了出去。他临走前甩了句话给我："记得烧死的西木吗？小西木，不是老的那个。他的尸体化验了，尸体不是他。"

我骤然想起来在火场之中见到的那双眼睛，那天在广场上烧死的不是西木？那么那个想放火烧死我的人，可能真的就是西木了！

接下来的两天，汤勺一直都没有露面，我怀疑他可能是去调查歌里的事情了。南洋也没有消息。

白求恩老头对我态度恶劣，自从我刚醒来的时候提出过出院申请之后，他就不太愿意搭理我了。他本来话就不多，现在什么都让护士来转达。这里的护士一点儿都没有公立医院的好看，基本上清一色都是大妈，只有前台有个金发的年轻美女。所以我每天尽可能都去走廊外面上厕所，这样路过前台的时候可以和她聊会儿天。

聊了两天之后，小姑娘好像挺欣赏我，还问我要手机号。我刚想报出去，结果想起来手机在汤勺那里，她就算想跟我聊天我也没有工具。不过幸好我的手机没有丢失，汤勺找回了它。上次在洛伦佐的墓地里拍到的那幅米开朗琪罗的设计草图还在我的手机里，也没有来得及备份，万一丢了就真没有了，墓地内部的密室已经全烧毁了，没准儿那还是什么挺重要的东西。

一个人躺在病房里时间最难熬。这些乱七八糟的事情就像疯狂生长的藤蔓，缠绕着我所有的神经，一旦我从一个口钻进去，所有的这些都不会放过我。我很想念小贱，汤勺说医院不让宠物进来，所以把小贱放在我的店里了。店里的钥匙在汤勺那儿，每天他都会过去喂它。我问汤勺是怎么找到我的。

汤勺说，那天他在追着那个人出去之后，追到一半就发现已经跟丢了，然后他再回来找我的时候，我已经不见了，只捡到了我的手机。我不见的第二天，他就开始怀疑我是不是发生了什么意外。他也曾想过要去找我说的那座废弃的房子，但是他不知道那房子在哪里，所以他就一直在我埋山川的那块地方的周围反复徘徊。着火那天从下午到晚上他一直都在那个地方，正准备回去的时候，小贱突然出现了，是小贱带他找到了我。跑到一半，他就看到了着火的房子。他说其实从房子到我埋山川的地方并不远，而且都在一条线上，只是中间有一些高大的植被遮挡着，才看不到着了那么大火的房子。

我心说：这只猫也太过神奇了，简直快成为神话了，它不仅没有被火伤害到，还能成功跑出去找到救援，训练有素的狗都不知道能不能做到这种程度，这只猫绝非一般猫。或许小贱真的是我命里面的救星吧，它这么突然出现，带着所谓的死神标记，也不知道究竟是从哪里冒出来的，是不是专门为了来救我性命的。

晚上睡觉，我又梦到了火灾，梦到西木摘下了他的面具，对我大声吼叫着让我下"地狱"。他把火种直接扔到我的身上，我浑身着起火来。但是我没有被这些惊悚的画面惊醒，最后惊醒我的，是在破陋的窗口看到的山川的脸。

我猛然睁眼的时候，她的脸还很清晰地浮现在我的脑海中。那个差点儿没命的晚上，我看到山川是因为死亡的幻觉吗？可是，如果是幻觉的话，为什么那种感受如此真实，就像我真的见到过她一样。那是实实在在的山川，我忍不住开始怀疑，她真的死了吗？现在尸体也不见了，她复活了？那人也说，山川没死……不不不，怎么可能呢？……

汤勺大清早打了个电话到病房，说有件事情得告诉我，今天可能会有警察去医院找我，因为那座失火的房子被找到了。

"怎么可能？六年前失火也没有被发现，难道真是全塌了，才引起了别人的注意？"

"不是，房子没塌。不过那个房子……有点儿奇怪，你之前知道那个房子有密道吗？"

"密道？"我忍不住提高了声音。我的嗓子还没有完全恢复，听起来有点儿像公鸡叫。

"对，他们还找到了房子下面的一条密道，密道连接到地面上，直通到房子的背后。所以我就觉得奇怪，当时如果房子都被封死的话，小贱究竟是从哪里出来的……那房子不是你租下来的吗，你怎么会连有没有密道都不清楚？"

"……我不知道……"我恍惚地回答着，脑中努力回忆那座房子的构造。我从没有发现那座房子里有密道，山川也从来没有说起过，怎么会突然冒出来一条密道？

"关键是，那个密道里面有个死人，死了好久了。"

"死人？！是谁？难道是……山川的尸体被转移到那里了？"

"我还什么都不知道，才接到通知。"汤勺说。

"可警察是怎么突然发现那么偏的地方的？有附近的居民报案还是火势蔓延了？"这事太奇怪了，那个房子位置挺偏僻的。当然，这种自己造在深山里的房子也

第二十四章　突　变

有很多，但那个房子我当时就是看重周围半个人影没有。如果真是火势蔓延，新闻应该会报道啊，但我什么都没看到……"

"是有人报案，不过不是附近居民。你自己找的房子，周围有没有人你不知道吗？有人写了一封信给警察局，说要在那个房子里引火自焚。那封信的落款，"他顿了顿，说，"就是你的名字。"

"啊？我？什么？"我写信给警察局说自己要在那个房子里自焚？开什么玩笑？"我没写过这种东西啊。"

"我当然知道。但是下午就有警察去找你了，你做好准备，我现在得走了。我发现了一个事情，现在要去查一下。下午赶得及我就过来，赶不及的话你自己应付吧。歌里的事情什么都不要说，记得。"说完，他就把电话挂了。

假如说放火想烧死我的人真的是西木的话，这倒是蛮符合他作为警察的行事作风。他心里是觉得我必死无疑了，那他冒充我的名字报案，可以给自己解决后续的麻烦。我写信自杀，警察可能就这么直接结案了。

想放火烧死我还想着给自己留条后路，这算盘倒是打得挺响，但是地下密道和那具尸体又是怎么回事？

警察没到下午就来了。我看着我的病房门被推开，有个身材高大的警察走了进来。他抬头的瞬间给了我一个错觉，仿佛自己还置身于记忆之中的楼梯上，那个带走了山川不知道哪幅画和黑皮面笔记本的男人，他抬头冲我一笑。

是歌里。

第二十五章　危　机

"你好，又见面了。"歌里走进来，关上我病房的门。他从床尾绕到我旁边，坐了下来，两手交叉放在膝盖上，看着我的表情难以形容。他看我的样子，总是带着那种淡淡的怀疑，仿佛我已经是落入他的餐盘的食物了，我做的所有的事情不过是一些无谓的挣扎，他怀疑的表情里还带着淡淡的轻蔑。

"这么巧，每次都在医院见你。"他微笑着说。

"是啊，这么巧。"我说。我想：汤勺会不会早就已经猜到了来的人会是歌里。

"我不想耽误你休息，所以我希望我们的这次谈话能够顺畅并很快结束。"他说完看着我，像是在等我给出一个反应。眼前这个男人，看起来也没比我大几岁，他的脸被外面照进来的太阳光压了一半阴影，线条显得锋利又沉郁，似乎藏着天大的秘密。但这秘密早就被他加上了一把锁，锁在他戏弄的、不屑的口吻里。他此刻像一个真正的警察那样看着我，完全就像汤勺说的那样，他看起来就像是一个敏锐优秀的警察。

"好，你请说吧。"

他掏出来一封信，不需要问我就知道是那封所谓"我"寄给警察局的"自杀信函"。他把信件展开，铺到我面前，用手指指了指信上的落款，那的确是我的名字，写着：Li Rufeng。而信的内容里并没有提"我"为什么要自焚，只写了一句，"我"决定在那个屋子里自焚以及具体的时间和房子的地点。"我"甚至好像因为害怕房子的位置太偏，警察会找不到尸体，还特意在上面画了详细的、找到房子的示意图。

"你的这封信，是火大概已经烧完了起码24小时之后才到达警察局的。所以，如果说你的自杀一切顺利的话，那你现在应该是一具被烧焦的尸体，而不应该躺在这间非常私人的医院里。"他特意强调了"非常私人"四个字，低头笑了笑，"卡尔警官就是有他的路子，你和你的朋友都直接送来自家医院治疗。"

自家医院？这是汤勺他家开的医院？等下，他刚刚说了什么？他说，你的朋友？我的朋友……他指的是南洋？他知道发生在南洋身上的事？

他好像知道我在想什么，做了个很随意的表情说："你的朋友是个泛指，当然我希望你的朋友们都好好的，不需要进医院。不要像你这样，时不时来医院逛一圈，弄得像回家吃个便饭一样平常。"他又强调了"朋友们"三个字。这究竟是他故意不小心漏信息给我，还是他根本是在诈我？汤勺有句话说对了，他这么三番五次地找我，

第二十五章 危 机

绝对不是因为碰巧案子是他负责这么简单。他或许就是想从我身上获得什么对他来说有用的信息。

"说说吧，你发生了什么悲哀的事情要自杀呢？"他收起那封信，问道。

"这是我的私事。"我说。

"李如风先生，如果说你自己在家自杀未遂，我应该不会来医院问候你。但是你自杀未遂，寄了一封信给警察局。关键是，你的尸体我们倒是没找到，那个房子的密道却发现了一副骸骨，这个你就得解释一下了。"他把话说得不紧不慢。

"那封信是你写了寄给警察局的吗？"他突然把头靠过来，压低了声音说。

我没有说话，在脑海中飞快地衡量整件事情的关联性，我并不想说实话，实话说得越多，他能获取的信息就越多。其实他们把信当成我寄的最好，这样他们就不会去查别的东西，不过是一个男人想不开找地方自杀罢了。但是眼下怎么解释我会寄一封要自杀的信给警察局，而自己又没死？这件事听起来就像作秀。

"你能不能告诉我，你为什么自杀还要写信给警察局？"

"我……因为想让卡尔警官发现我，我没想死。"我听见自己这么说，但是完全没明白自己在说什么。

"让卡尔警官发现你？我没明白，你方便说一下你自杀的原因吗？"

"因为……我和卡尔警官有些争执。我们是感情非常好的兄弟，其实我老早就认识他了，小时候就认识，一起玩大的。你知道，这种人通常相当于你的手足，当你和手足发生争执的时候，会干出一些失去理智的事情。"

他不置可否地扬了扬眉毛，点了点头："所以，你特地选了一个荒郊野外的废弃房屋点火烧死自己？"

"不是，我没有打算真的自杀。火是不小心着起来的，我没有放火，是抽烟的时候烟头没有灭干净，不小心才引起了火灾。"

他笑了两声，抬头看我的表情似乎在对我说：你继续说书。"这样吧，"他边说，边从外套口袋里掏出来一个透明的证物袋，"我换一种说法，你看看你认不认识地下室里那个死掉的人。"

他从证物袋里拿出来两张照片。第一张照片上是一副完整的骸骨，尸体腐烂得很彻底，只剩了这么一副骨架，还有残余的一些类似衣服布料的东西覆盖在上面，一看就是死了好多年了。他从这张照片的背后抽出来另一张照片，不再是现场照了，照片上是个块头很大的中年男人。"你看清楚。"他把照片伸到离我的眼睛只有几乎一寸的地方，一动不动地让它对着我。

我觉得身上的血液好像瞬间凝固了，我听到他说："经过验证，死的就是这个男人，他的名字叫肖德利。你认识吗？"

肖德利，化成灰我也认识，这怎么可能？！他不是早死了吗？不对不对，不可能！他怎么可能会死在荒屋的密道里？！

127

我尽量让自己保持冷静，我注意到歌里正以一种饶有兴趣的表情看着我。他看到我收起惊讶的表情之后低头笑了一下，再抬头的时候，他对我说："李如风先生，谢谢你的配合。我想我已经了解清楚了，你似乎，应该是不认识这位死者的。耽误你的时间很抱歉，希望你好好休息，早日康复。"

他边说边把照片和证物袋重新收进上衣口袋中，推开椅子站起来。他走到门口突然转身微笑着对我说："哦，对了，李如风先生，有时候，引火，就是要烧身的。以后多注意看，再见。"说完，他开门走了出去。

他最后的那句话就像是在暗示我什么。暗示什么呢？

我并没有回答他我究竟是否认识肖德利，但是他没等我回答就结束了问话。我认为我当时震惊的表情是很难掩饰得了的，像他这么一个观察入微的人，肯定已经注意到了。但是他得出的结论是我应该不认识肖德利，他到底是怎么想的？他又究竟了解了什么？他好像就是故意来看我的反应的……

我没有贸然问他关于画和山川的事情。此时他在暗处，我在明处。他身上除了警察的身份，暂时还看不出其他。但我现在在他这个警察的眼中是一个满身嫌疑的人。这时候打草惊蛇并不是什么明智之举。我必须先去调查下歌里这个人，或许在调查的过程中我自己就会得到问题的答案。

但是我当时没想到，做任何事都得有个前提，首先我得保证我能从这里活着走出去。

我一直等汤勺的回音，结果他不仅没消息，连电话也不接。

快到五点的时候，外面那个前台的金发美女不知道为什么跑进来给我换了个输液袋。我说："你不光做前台，还在病房值班吗？"

她低下头，笑容甜美地俯视着我："医院人少，所有医生、护士都是身兼数职的。这个药可能会让你犯困，你可以好好睡一觉。"

她的大胸在我眼前晃动了几下，我觉得眼睛有点儿发干，似乎困意在一瞬间就袭来了。"好，"我努力把目光转移到她的脸上，努力用平静的语气回答她，"假如我朋友找我，麻烦你叫醒我。"

她微笑着点点头，就出去了。

我很快感到一阵困意，后来眼皮就跟被粘上了一样，睁不开了。这一觉一直昏昏沉沉地睡到了不知道几点，我再次睁开眼的时候，发现外面天都已经很黑了。

我听见有人在我的房间里拉窗帘的声音。"陈唐？"我叫了一声。那人没有反应。我以为是前台的金发护士，又喊了一声，还是没反应。空气中只有拉窗帘的声音和我的呼吸声。

从窗外漏进来的灯光一片片被遮住了，我能隐约看到那个在窗边走动的身影。我试着从床上爬起来，却惊讶地发现自己根本没法动！

我不能动，身上有种瘫痪一般的无力感，几乎感受不到自己的身体，无论是四肢还是躯干都变得绵软无力，就像躺在棉花堆里。

就在这个时候，我床头的固定电话响了起来，响到第五声时，转成了留言："喂？你还在睡觉？我从警察局里出来了，路上很堵，估计到你那里还要半个小时。"是汤勺的声音。

空气瞬间在眼前的黑暗之中停滞了，那人把所有窗帘拉上之后，不再发出声响，站在某一处的黑暗中静静地望着我。

"你是谁？！"

过了一会儿，我听见床尾附近有个女人的声音冒出来："半个小时足够了。"

第二十六章　谋　杀

半个小时？什么意思？

还没来得及容我细想，那个床尾的脚步声一下就来到了我的床边。虽然四周很黑，但是我能清楚地感受到那个女人的位置的变化。有只冰凉的手抓住了我的手臂，我在一阵阵的浑身麻木之中隐约觉得她好像拔掉了我的手臂上的输液管。

"你是谁？你想干什么？"

她没有说话，我听见她的呼吸由半空之中落到了我的耳朵边上，我右边的脸上能感觉到从她的鼻子里喷出来的热气。这是干什么？难道她想对我做什么非礼的事情？

等她用手按住我的喉咙，掰开我的嘴唇的时候，我那仅有的一丝留存的邪恶幻想被彻底消灭了。看来，这女人想杀我！

她塞了一颗药丸进我的嘴里，抬了一下我的下巴，让我把药丸吞进了肚子里。我闻到了她身上熟悉的香水和消毒水混合的味道，是前台那个金发美女！她是什么人？！

我想张口说话，却发现在她逼迫我吞下那颗不知道是什么的药丸之后，我不仅不能动，连话都没法说了。我听到一种类似于公鸡叫唤的嘶哑的声音从我的嗓子里发出来。

我飞快地在脑海中过滤她的面孔，我怀疑她和上次在酒吧催眠我的是同一个人。但是不知道为什么，我的脑子中没有一丁点儿关于酒吧那个女人相貌的记忆。

但是现在想这么多也没用了，我该担忧自己的命怎么保住。她逼我吞过药丸之后，不知道拿出来了什么东西，我好像听见"嘶"的一声，有点儿像针管滋出水的声音。我猜她大概是想给我注射什么东西。我想到她下午给我打的点滴，突然反应过来，头皮一阵发麻——这绝对是场有计划的谋杀。她下午不知道先打了什么到我身体里，致使我浑身瘫软，四肢不能动；然后等时间差不多了，又给我吃了什么药丸，导致我不能发声；现在就差最后一步了。

那她即将给我注射的东西，八成是要置我于死地！

我想到这里，打了个寒战。那么大的火我都没被烧死，一般都说大难不死必有后福，我居然眼下就要死在这个不知哪路来的金发小姐手里了，而我现在连反抗的余地都没有，我就是一块砧板上的肉，她要弄死我简直易如反掌！

我又听见她说："看来半个小时都不用。呵呵。"我想问她为什么要杀我，但是嗓子里连嘶哑的鸡叫声都发不出来了。

第二十六章　谋　杀

果然是针管，我感觉有针刺到胳膊上。我想：这次肯定完蛋了，汤勺也不可能再飞过来救我一次。

在我等着自己心脏骤停的瞬间，突然听见"砰"的一声——我房间的门突然被打开，外面的白光倾泻而入。有个人站在门口愣了一下："干吗搞得这么黑？"是那个白求恩老头的声音，随即他按了一下房间的电灯开关，房间的白炽灯被全部打开，我的眼前立刻就亮了。站在我边上的女人果然是那个金发前台。

"他让我关上的，说眼睛不舒服，我就帮他关上了。"她指着我说。

我意识到这个老头医生可能是我眼前最后的一线生机，如果没抓住，我就必死无疑了。

"您不是走了吗，怎么又回来了？落下了东西吗？"金发女人问老头。

"嗯，我的手机没拿。既然回来就顺便来看看他。我走的时候这小子不是连饭都还没吃过吗，一直在睡，跟我家侄子农场里养的那些猪一样。"老头说着，目光朝我飘来。

我拼命想发出声音，但是完全是徒劳。我只好一边用嘴做口型，一边冲他眨眼睛，希望他能看懂。

"他这是怎么了？"老头指着我问金发女人，显然老头的理解能力没有我所期望得那么高。

"哦……没事，没事。呵呵，他今天一直说嗓子不舒服，下午就说不了话了，应该是上火。"金发女人回答说。

我听见老头"哦"了一声，走过来，随手掏出医用小手电筒，翻开我的眼睛照了照。那个金发女人一只手默默地伸到了口袋里，里面应该捂着她刚刚想戳我的针管。这会儿，她的目光聚焦在老头的脸上，假如老头抬头问她我为什么会这样，可能金发女人会先对老头下手。

老头照完，收起手电筒，脸上的表情没有任何变化，只对那个金发女人说："那你看着他吧，我先走了。"

我闭上眼睛，心想：算了，如果老头真的问了什么不该问的，估计这女的也不会放过他，而我还是逃不掉。虽然这么想，但是听着老头走到门口的脚步声，我的心里突然觉得一阵凄凉，倒不是怕死，主要是这么个死法，真是死得不明不白。

老头走到门口，转动把手，发出"咔"的一声，他停了一下，转头貌似是对着躺在床上动弹不得的我说："小伙子年纪轻轻试试看动一动，不要脑子睡麻了搞得像浑身发麻，不然就真瘫痪了。真和我侄子家养的猪一样，本来不瘫的，自己把自己弄瘫了……"老头的声音在开门关门声中渐行渐远。

我哭笑不得，是真不能动。

"死老头。"金发女人念叨了一句，已经顾不上去把灯关上了，看到老头一走出去，立刻从口袋里掏出她藏了半天的针管。

131

"我从来没想过要杀你，今天本来也没打算杀你，我只是想知道一些事情。但是现在情况有点儿变化，你不要怪我。我本来觉得你应该是对我有所帮助的人，但是你确实知道得太多了。我也是没办法，有人要我杀了你，而我不能不按照他说的做。要怪只怪你把自己卷入得太深了，如果你不做一些多余的事情，应该不至于这么早被杀。"她用琥珀色的眼睛瞪着我说。话说完，她翻过我的手臂，针头对着我的手臂就要扎过来。

这个时候，灯忽然灭了，金发女人只好又一次停止了她的动作："怎么回事？"

就在她停顿的间隙，我的脑海中忽然响起老头刚刚说的话来，他说，我不要脑子睡麻了搞得好像浑身发麻。这是什么意思？不对，老头这句话好像不单单是听起来的意思。我的大脑中突然有一道光闪过——我明白了！我第一次由衷地佩服自己的智商，一般人在这么危急的情况下肯定是束手无策的。

我尽量集中注意力，避开脑中传来的麻痹感，终于在金发女人再一次想给我打针前，感觉到自己的身体动了。哦，原来真是这样。

我一个翻身下床，抓住金发女人的一只胳膊按在她的身后。

随着麻痹感的消失，我身体上轻度灼伤的疼痛感一阵阵地传来。金发女人也不是省油的灯，脚跟一抬，直接踢到了我的裤裆处。我闷哼一声，按着她的手立刻就使不上劲儿了。我忍着剧痛使劲儿踢了她一脚，她原本要扑过来，被我一脚直接踢飞到了门边。

她刚想爬起来继续，这时门外传来了脚步声。金发女人停顿了一下，浑身上下摸了个遍。我知道她在找什么，她在找那支能置我于死地的针筒，那针筒老早就被我顺过来了，现在被我牢牢地抓在手里，就算被她一脚踢在裤裆上，我都没松手。

门外的脚步声越来越近，她看来是要放弃了，绕开我，直奔窗口而去。这是七楼，她想跳下去？

我纵身一扑，把她压在身下，一只手高举针管，另一只手捏住她的脸。我很想问她"你是谁"，但是嗓子依旧发不出声音来。我倒并不是想杀她，只不过想搞清楚她的身份。

我听见她的喉咙里发出"呵呵"两声笑，反手一把抓住我握着针筒的手，"叮"的一声细小的声响——她把针头掰断了。随即她用劲儿一个翻身，力道大得堪比一个肌肉男，一把把我甩到了床边，我的头在床杠上猛地撞了一下。

她掀开窗帘，打开窗户，光和风一起飘了进来。金发女人站在窗台上，回头望了我一眼，抬脚就跳了出去。

她消失在窗外的时候，我的房间的门正好开了，白求恩老头和汤勺一起冲了进来。我还愣愣地坐在床边的地上，脑袋上传来阵阵的疼痛。

等下，刚刚那张回头看我的脸……那张脸……不对，那张脸，不是那个金发女人！——我低头看了一眼自己的手上，除了针头断掉的杀人凶器，我的左手里还捏着一张软软的、类似于脸皮一样的东西，那是我从金发女人的脸上抓下来的东西。

——对，她不是金发前台。刚刚那张最后回头看我的脸，明明是夏娃的脸。

第二十七章　凯　爷

汤勺一眼就看到了打开的窗户，立刻大步跑到窗边往下看。"跑了。"他把脑袋缩进来说。

我将手里的脸皮递给汤勺。汤勺走过来，接过我手里的东西，在手中摊开仔细研究了下，说："我猜到了。"

汤勺说，他发现我没有接电话，已经预感到了不对劲儿，所以打了电话给白求恩老头。老头接到电话之后，就回了一趟医院，结果恰好在医院的停尸房里找到了被绑在那里不省人事的金发前台，所以老头立刻就来了我的房间，正好又撞到了假扮的金发女人。

白求恩老头说："那个女人给你输入的液体不是致使你瘫痪的东西，她给你输入的液体会使你的脑神经产生麻痹性错觉，从而产生身体的活动障碍。只要你的意识足够清醒，意识到这一点，其实你很快就能解除脑神经的错觉性麻痹，从而摆脱全身麻痹的感觉。"

老头让我吞了一粒白色的小药丸，大约半小时后，我就可以说话了："陈唐，我看到了那个女人的脸。"

"夏娃是吗？"老头没在，汤勺点了一支烟抽了起来。

"你怎么知道？"

"哼，那个女人前几天在乌菲兹的档案室里出现过。我不是告诉你说，我发现了一些东西要去查吗？就是这个。前几天博物馆的档案室深夜被人撬了，第二天一早馆长发现之后就报案了。档案室里面被翻得乱七八糟，但是什么东西都没少，贼好像并没有找到他要找的东西。然后我们看了监控录像，你猜我在录像上看到了谁？"

"夏娃？"

"我不知道该怎么称呼她才好。摄像头拍得并不是很清楚，我找了我一个哥们儿帮忙，直接去看了原版录像。我把那个闯入者来来回回放大了至少五十次，可以确定我看到的就是她。"汤勺把烟头在窗台上摁灭之后，扔到了地上。

我倒吸了一口冷气，至今为止，那个失踪的文件袋里面的夏娃的死亡照片仍令我心有余悸。这个女人到现在为止都是个谜，死了一次，重新出现之后又失踪了这么久，现在又突然之间冒出来了，而且化装成别人。

汤勺反复研究着手里的那张脸皮："这其实不是什么新鲜的东西，以前我们破过一桩案子，是个连环杀人案。那个杀人犯就很痴迷于易容术，不停地化装成老人、男人、女人出入各种场合杀人，他全都是用的自制的人皮面具。只是她既然能化装成这个人，就也能化装成别人，也有可能是别人化装成她。我们看到的那张脸未必是她的真面孔。"

白求恩老头后来打来电话，说针管里的东西分析出来了，是一种致命的毒剂。但很奇怪的是，这个毒剂按说需要四十八个小时的发作时间，如果那个女人就是简单地想杀了我的话，在给我输液的时候完全可以直接杀了我，为什么非要费这么大劲儿呢？对，她说她本来并不想杀我……看来，她确实是想从我这里问出点儿什么东西来，就算想让我死，死之前也得让她知道点儿什么。

"之前你接触了什么人？"

"你说要来给我做笔录的警察，是歌里，他上午来的。"我大致跟汤勺说了一下歌里与我的对话内容。

汤勺听完之后陷入了沉思。"有了第一次，就会有第二次，不管是想杀你还是有其他目的，这人都不会善罢甘休的，你的处境很危险。"他找了个被褥，就在我对面的一张陪护床上躺了下来，"今天先这样，明天我问问老头情况，安排你出院，先出院再说。"

我想起了夏娃当时对我说的话，她说有人要杀我，而她没办法不按照他说的做。究竟是谁想杀我呢？她是在为谁做事？歌里走了，就有人要杀我，难道是他？但是歌里和夏娃是什么关系？他为什么要杀我？我就这么浑浑噩噩地想了一晚上，直到天快亮才睡着。

我没睡多久，就被老头叫醒了。他叫来了一个体形堪比两人的胖护士，把我用轮椅推到隔壁去做脑电波检查。"你昨天撞到头了，查下有没有什么问题。不过看你还是这么呆，应该也没什么事。"老头面无表情地对我说。

然后我看到那个昨天想杀我的金发女人走了进来。我浑身的汗毛都竖起来了，对于这张脸我已经有了恐惧反射，就算再美，我看她都像是对我目露凶光，随时准备扑上来杀了我。

老头出去之前回头对我贼眉鼠眼地一笑："别紧张，这个是真的。"真不知道他是不是故意整我。

汤勺有事赶回警察局了，走的时候对我说："等下有人来接你，你跟他走，千万不要独自行动。"

他说的那个人一直磨蹭到近中午才到，是个长相清秀、皮肤黝黑的亚洲人。"我接的是不是你？"他摘下墨镜，上下打量我，一开口就是一嘴地道的北京腔。听多了汤勺那个别扭的港台腔，突然听到这么地道的中文，我反倒是有些不习惯。

"你好，我叫李如风，是陈唐的朋友。"我有礼貌地回答他。

第二十七章　凯　爷

"陈唐那个白痴，话也不说清楚，也不说哪家医院。我把所有医院都找了一遍，他才说在他大伯的医院里，搞得我浪费了一个上午的时间。"

他大伯的医院？

"你哪儿不好啊，需要他大伯接手？"他饶有意味地看了看我手上的纱布，其实我的烧伤并不严重，但是胳膊上的纱布还没有被卸下来。"他大伯这个人可是医疗界有名的怪咖。"他的目光越过我的头顶朝我身后看去。我回头一看，白求恩老头背着手站在门口，正看着我们。原来他是汤勺的大伯，我无奈地笑了笑。

那人手一挥："上车吧。"

车子开到白求恩老头面前停下来，那人摇下车窗同老头打了个招呼。老头把头靠到车窗边上，伸手进来拍了拍我的肩膀："可别死了啊。还有，你那个小兄弟走的时候情况不太好，如果找到他的时候他已经没命了，可别说来过我这里，我这里从未治死过人。"他说完这句话就转身走了。

"你看，跟你说了他是怪人吧。"那人笑了起来，一脚油门，车子就冲出了医院大门。

我不置可否地笑了笑，比起老头的怪脾气，他是汤勺的大伯这件事更让我吃惊。不管怎样，这次要不是有老头，我这条命也没法保住，他怎么说也算是我的救命恩人，我就不说他的坏话了。

我知道老头说的小兄弟是南洋。想到南洋，我的胸口一阵发闷。这些天他一点儿消息都没有，我不知道他为什么会冒着生命危险出院，也不知道他究竟去了哪里，甚至不知道他是否还活着……还有，我也不知道他到底是什么人。南洋跟我认识有十年了，这十年来他在我心里的样子突然之间扭曲了，他变得陌生起来，好像离我很远。我恍惚觉得他的长相在我脑海中变得模糊。他到底藏了什么秘密？我还有机会知道吗？不过回过头来想想，我不是也一样吗？在我和山川身上发生的事，即便是对南洋，我也没吐露过一个字，南洋什么都不知道。

人总有秘密的，可是，当这些秘密恰好撞到一起的时候，就好像变味了。

北京小哥突然伸过来一只手，拉了拉我的两根手指："忘记自我介绍了，我叫胡凯，他们都叫我凯爷。李如凤是吧，幸会啊，陈唐老提起你，终于见着了哈哈。陈唐没说是个小白脸啊，呵呵。"

我？我还小白脸？我傻笑了两声，实在不知道接什么话。这人说话也太损了。

"凯爷，我们这是去哪里？"

胡凯推了推墨镜，头也不转地说："先去我家。"

"你家？"我认识眼前这位凯爷前后不超过十五分钟，他现在要带着我去他家。汤勺也没说过这事，我心里有点儿怀疑，他会不会根本不是汤勺找来接我的人？

"你不用担心，"他看我一脸紧张的表情有些哭笑不得，"你在这儿这么久了，还怕被人坑啊，哈哈。"说完，他甩过来他的手机给我看。手机界面上是汤勺给他发的信息，上面写着：你记得去医院接那个身上裹着纱布的呆子。

呵呵，这个汤勺！

胡凯睨了我一眼："还行，没我想象的那么呆。"

他把车停在米开朗琪罗山的半山腰，跟我说这里车开不进去了，要走十来分钟。我下车跟着他沿着上山的路走，穿过幽僻的林中小道，走了将近半个小时，才看到一扇硕大的铁门。我曾经在这座市中心唯一的山上上下下过无数次，可这条路一次都没有走过。路的位置偏僻得很，从外面的马路和广场看不见，一般人很难会发现这里还有条被从林中辟出的小道。胡凯停下来，在铁门边上的按钮处按了几下，用意大利语说："把门打开。"不一会儿，那扇门就自动向内打开了。

"这是……你的房子？"我问。说实话，我挺惊讶的，佛罗伦萨富有的中国商人的确不少，很多早期在这里发家致富的温州商人也买了不少豪宅。但是我从没有看到谁在米开朗琪罗半山腰这么隐秘的地方买别墅，关键这还不能算别墅，这算……城堡。我想，眼前这北京哥们儿绝非一般人。

"算是吧。"他带着我走了进去，进门直接就是一座花园，我一看花园的样式，便知道这个宅子一定不是一般的宅子，因为花园是三层式。三层式的花园构造是指用喷泉、散步道和植物层层架构，以水为动力源泉，将三层合一，不断流转的样式。"活水"被欧洲贵族视作生命之源，所以这种架构的花园每一层都会有一个喷泉。这种样式是从佛罗伦萨河对岸的美第奇的波波利花园开始兴起的，并且这个样式被美第奇家第一个嫁到法国的皇后凯瑟琳带去了法国，只有绝对的权贵才会去建造这样一个三层式的花园。

"不用惊讶。"胡凯撇了撇嘴，"这也没什么，这房子之前死过人，转手卖给我的时候特别便宜。他们说闹鬼，我这人不信邪，就低价买过来当个自己放古董的地儿。"

别墅建造在花园的最高层，等于是已经到了米开朗琪罗山的山顶上，四周围了厚厚的一圈低矮的柠檬树。站在这里从密集的植物群之间的细缝中看出去，可以看到山头上的绿白色古罗马式圣米尼阿诺教堂。但是站在山头，绝对看不到这里有座隐秘的别墅。

别墅的外墙是用佛罗伦萨大坚石垒起来的。三层式斜顶，完全圆拱和跪地式双页花窗。我越看越起鸡皮疙瘩，这所谓的随便买来的别墅的正立面，是典型的文艺复兴式建筑，别说死过人，就算死过几十个人也不可能因此降价，所以他刚刚那话绝对就是以为我不懂胡诌的。这座房子是纯古董，整个米开朗琪罗山上的别墅加起来可能都不够买下这一栋。

"你这别墅有些年头儿了啊。"既然他觉得我不懂，那我就装不懂吧。

"还行吧，1458年造的。"他一脸不以为然的样子，笑呵呵地打开了别墅的大门。

在门上，我看到了三环钻戒标志，绿色的大理石镶嵌在白色的大理石中间，显得特别显眼。

第二十八章　老别墅

这栋别墅的入门设计很奇怪，大门被打开的时候，看到的不是敞亮的大厅，而是一个圆拱形甬道。站在门口，根本看不到甬道的尽头，里面黑洞洞的，有种中国地下王陵墓葬的感觉。凯爷不知道按了哪里的开关，整个甬道两侧墙壁上的灯被点亮了。

我们一起走进去之后，他回身关好门，按了一下门里面的开关，只见那拱门之内落下来一块非常厚重的石隔板，那玩意儿一落到地上，我站在里面就感到了一种突如其来的与世隔绝。我看到石隔板落下来的时候，脖颈儿忽觉有阵凉风吹过，一时间脑袋里都是当时地底下的迷宫和骸骨池的画面。

"走吧。"胡凯冲我点了点头，自己率先走了出去，"这里的结构很复杂，我也是买了房子之后才发现的。不过这样也好，省得我自己花钱去改造。要我破坏古建筑也挺费神儿，还真有点儿下不了手。"

他刚刚说，1458年。佛罗伦萨的历史我还算知道一些，1458年，还是美第奇第一代执政人老柯西莫统治时期，洛伦佐那会儿应该还是个十岁不到的孩子，这个宫殿不可能是洛伦佐自己造的，但是门口那个徽章……

"你在琢磨这座房子的历史吗？"胡凯问我。

"你怎么知道？"我发现最近遇到的这些人怎么都好像会读心术一样，汤勺也是，他也是。

"呵呵，因为陈唐走这段地道的时候表情和你一样。我就问他想什么，他说他在猜这房子是谁造的。"随后他看了我一眼，"你觉得呢？"

"老柯西莫建造给洛伦佐的。"我说。

"你答对啦！"胡凯在我面前叩了个响指，"历史你多少知道一点儿，美第奇没人不知道，老柯西莫和洛伦佐也没人不知道。不过就算是佛罗伦萨人，也未必知道老柯西莫当时有多看不上他那个患痛风的儿子皮尔洛，以至他孙子洛伦佐一出生，他就恨不得让他直接代替他老子的位置，无奈老柯西莫最后死的时候，洛伦佐还小，所以还是由儿子"痛风皮"接棒在政坛上混了一阵子。这间宅子是老柯西莫在洛伦佐十岁的时候给他建造的，可以说是一座专属于洛伦佐的学校，目的是为了把洛伦佐和他的老子隔开来，不然天天住在一个房子里，老柯西莫害怕洛伦佐会被皮尔洛那副蠢样儿传染。当然，你懂得，就算是美第奇家族的掌权者，也要讲究点儿家族内部的和睦和人情世故。老柯西莫既不能让人知道自己看不上自己的儿子，也不能让自己的儿子知道自己看不上他，所以这座宫殿从建造开始就是秘密进行的。后来老柯西莫死了，痛风皮上台后知道了这件事，害怕他老子看不上自己的消息传得尽人皆知，于是下令全面封锁消息，所以除了当时的设计师米开罗佐及参与建造的人之外，几乎没人知道这个房子。知道的人也不敢说，怕惹上祸事。所以说，这幢别墅不会被列进美第奇家族别墅的名单列表里，因为这么多年下来，它的归属一直有些问题。美第奇家族的遗产列表里没有它，它也不曾卖出去过。"

"那你是怎么知道又能买下来的？"他总不能告诉我，他是历史上第一个买主吧？那他肯定也不是第一个知道这段历史的人。但是这段历史假如传出去的话，这宅子恐怕早就成为博物馆了，但是在佛罗伦萨，似乎从来没有流传过这段历史，说明它并没有被传播出去。

他很神秘地笑了一下："我自有我的路子。"

"你是从哪里买到的这栋房子？"我还不甘心。

"这你就不用管了。"他的口气显得很随意，显然是不打算告诉我，"不过，我买这房子之前，这里已经空置了很久了。"

"多久？"

"少说上百年了吧。"

"那刚刚花园里那些都是你后来重新修整的？"

"不是。我来的时候差不多就这样，只是没这么干净。不是跟你说了嘛，这房子闹鬼，没人要。花园也不知道被什么人一直维护着。我来的时候带了园艺师，他说这园子里的植物绝对不是随便长成那样的，而是一直有人在打理。"

他说得我一阵阵发怵。本来这甬道里的空气就有点儿凉飕飕的，这会儿变得更压抑了，灯光看起来也很昏暗，被他这么一说，我忍不住回头看了两眼。

"你放心，就算有人跟踪我们，也进不到这里面来。"他说。

什么叫就算有人跟踪我们？他的意思难道是……之前有人在跟踪我们？

"别紧张，我就是这么一说。"他哈哈笑了起来。

我们终于走到了这条甬道类似尽头的地方。昏暗的黄色灯光之中，出现了一扇门。这回胡凯掏出了一把钥匙，把门打开了。门被打开的那个瞬间，我的下巴直接掉在了地上。

这里简直就是一个博物馆。站在进门的地方一眼扫过去，应该放置家具的地方摆了大大小小的雕塑，每一面墙上除了本身装饰的湿壁画之外，还在空白的地方挂满了不同年代的油画和蛋彩画，房间里摆着许多瓷器和成套的贝母雕刻。再往里走，还有数量惊人的东方艺术品，看起来以中国和日本的居多，都另外存放在靠里面的一间单独的隔间里。而这偌大的大厅里，除了古董之外，家具竟然只有几张摆在钢琴台上的

第二十八章 老别墅

沙发和茶几，不仔细看都注意不到。

我看了看胡凯，他的脸上依旧是那副轻松随意的表情："随便参观。"

"我能不能冒昧地问一句，凯爷是专门做古董收藏的吗？"

他思考了一下，说："也不完全是。当然古董收藏是我的兴趣爱好，我还干点儿别的，比如古董走私。"

这是我第一次听见一个人把"走私"两个字轻轻松松地挂在嘴上，他的语气就像在说一件非常平常的日常工作，实在有些不可思议。

"你别这么惊讶地看着我，"他笑起来，露出两排大白牙，"我只不过是说得直白一点儿，没什么大不了的。我也不是什么都走私，人在江湖身不由己，有些物件没法合法地运出去。不过像我这种光明磊落的商人，大部分的交易都是合法的。"

我撇了撇嘴，没接话。我跟这人才见面多久啊，他就把这么见不得光的事暴露给我了，什么心态？……

他带着我在屋子里绕了一圈，最后停在地下室的入口。"我带你看样东西。"他说。

通往地下室的楼梯很长，只在楼梯口的墙壁上装了一盏不算亮的小白灯，这让我产生了一种仿佛自己走在七楼密道里的感觉。楼梯是石阶，一看就很有年头了。我们走了十来分钟，才下到地下室里。"这里没装灯，我没让人下来过。"胡凯边说边点燃了墙壁上的一支火把。这里的味道并不怎么好闻，有些陈年的酸腐和潮湿的霉味。

火光一亮，我便看到了墙壁上斑驳的印迹。这个地下室看起来并不算很大，站在楼梯口基本上一眼就可以看清楚格局。这里一共两间房，楼梯连着的房间里比较空，没放什么东西，只有一些碎石头和成块的大理石。但是这个房间的墙面显得很奇怪，上面有很多深深浅浅的划痕，划痕周围还带着一些色彩。我怀疑可能墙面上本来有湿壁画，不知道什么缘故，湿壁画被人刮除了，所以一些留下来的色彩还能看到，但是具体图案已经无从辨别了。

胡凯没打算让我纠结这个墙壁，他要带我看的东西在相邻的房间里，他举起火把让我跟他过去。这个房间估计连他自己都不常进来，火把一伸进黑暗之中，房间却没有及时亮起来，倒是感觉火把的亮度被黑暗吞噬了。

当整个房间稍微亮起来一点儿的时候，我愣住了，伴随着一阵阵的头皮发麻。我现在的感觉有点儿像近距离看到小型兵马俑，眼前这个空间被以前战争时期军队使用的全身盔甲填满了，它们都非常整齐地排列在地上，我粗略地数了一下，有三十来副。

"这些……你从哪里得到的？"我问胡凯。

"这些倒真不是我的东西，这是我买了房子之后才发现的。"他指了指身后我们进来的这个拱门，"这个门可以关上。当时我刚来的时候根本不知道有这一间，后来有一天莫名其妙把这个门不小心打开了，才发现原来这里还有一间屋子。"

我顺着他手指的地方看了看，应该是机关操纵的升降式石门。这种石门古代人很喜欢用来装在藏宝室等地方，毕竟石门比较牢固，防御性也好。那时候没有大型保险箱，

139

值钱的东西一般都靠这些石门来保护。

我走了进去，仔细看盔甲。这些盔甲看起来跟我们在七楼那里看到的有些不一样。我在盔甲的腰部中间发现了洛伦佐的三环钻戒标志，这应该是洛伦佐的军队战服。

"凯爷，你是说你发现它们的时候，它们就是这样的，之后没有动过？"我问。

"没有。"他歪着头观察我，"你……以前见过它们？"

我刚想说见过差不多的东西，随即一想，不妥，在没有摸清楚他的底细之前不能什么都告诉他，目前也不清楚他和汤勺到底是什么关系，便改口说道："没见过。"

他笑了笑说："看你的表情倒像是见到老朋友一样，我以为你曾经见过这些呢！"他走到我旁边，随手摸了摸我们身前的盔甲，"行了，我们上去吧。在这里看到的不要说出去。"

"陈唐见过这里吗？"我问他。

他没直接回答我，只说："我与陈唐的关系很特殊。"他举起一只手，拇指掐着小指尖比画了一下，眯着眼睛说，"他有很多他的秘密，我从来不过问；我也有很多我的秘密，他也从来不过问。但是遇到困难的话，大家就都是兄弟，所以我们也互相帮助。你明白了吗？"他没等我回答就上楼了。

我听出了他话里的意思，也就是说陈唐应该没见过这里，如果这算是他的一个秘密的话。但是他为什么要让完全陌生的我来看？

等我们重新回到客厅的时候，汤勺已经坐在沙发上等我们了，他的手里抱着小贱。

小贱看到我，从汤勺的臂弯里一个纵身跳了下来。我把它抱起来，抓抓它的脑袋，它直舔我，嘴里一股子鱼腥味。我看着小贱，越发觉得这是一件难以置信的事情，我的命居然是眼前这只黑猫救的，它算是我真正的救命恩人，要搁在古代，我不得跪下来给它行磕头大礼啊。

"你们俩挺逗啊，还养了一只猫。"胡凯看到小贱的额头上的倒三角，不经意地皱了皱眉，他看到我望着他，笑着说，"这猫的造型很特别啊，你们给剃的？"看我们都没什么反应，他接着说，"陈唐，人我给你接来了，看来你还打算让这位小兄弟住在我这里啊？"他瞄了一眼汤勺的脚边体积硕大的旅行包。

"不只他，还有我。"汤勺说。

"你？咱们基本上算半个邻居，你自己家也在这一片，为什么要住我这儿？"胡凯一脸不解。

"我暂时不能回去，我不想给家里找麻烦。"

胡凯点点头："三楼左右两间房给你们睡，被子什么的打开衣橱就有，我的房间在二楼。不过今天晚上我有个约会，不能管你们的晚饭了，你们在家自便吧。既然是逃难，那晚上能不出去就别出去了，容易被人发现。冰箱里有食材，你们可以自己琢磨着吃点儿。"

第二十八章 老别墅

下午四点左右，胡凯走了。我跟汤勺说，我得回趟家，收拾一下，还得去店里看一看，这么多天没回去，总觉得不妥。

"你最好哪里都别去。你的衣服什么的我从你家给你拿了点儿过来，店里我也看过了，都好好的。"汤勺一边喂小贱一边说。

"你怎么进的我家？"

汤勺从裤兜里掏出来两串钥匙，有一串是我的店里的，有一串是我的家门钥匙："我从你的店里拿的，你就把钥匙搁在抽屉里，不难找到。"

果然是做警察的，比我这个半吊子侦探的观察力强多了，我就不知道他的家门钥匙藏在哪里。"这个凯爷，你和他是什么关系？"我问汤勺。

"没什么关系，普通关系，不算特别好，也不算不好，就这样。"汤勺讲得很随意，听起来他们俩只是普通关系，并没有凯爷说的那么特殊。

"那我们还住他家？"

"放心，他不会出去多嘴。我以前帮过他，现在轮到他帮我了，这很合理。"汤勺丢了猫粮的空罐子，回头对我说，"不过住他家不单纯是为了这个。我无意之间发现了一些事情，我怀疑他可能跟我们现在扯上的这件事情有些瓜葛，住过来，顺便摸摸底，是敌是友，得摸摸才知道。不过他这人很狡猾，你平时跟他打交道的时候注意点儿，不要在我们没有搞清楚情况之前，被他全盘揭我们的底。"

胡凯，他跟这件事也有瓜葛？有这么巧的事情？

我问汤勺，南洋有没有消息。汤勺摇摇头："我已经秘密安排人去查了，但是到目前为止没有任何线索，不知道他去了哪里。"

"那歌里那边呢？"我又问。

"这件事，我正想跟你说。很奇怪，按道理来说歌里明明怀疑你，但是他回去交上去的证词上面很清楚地写着，你和那具地下室的尸体没关系。他顺便帮你消除了之前一些案子里面的疑点，包括当时在我们手上查的你的店对面那个傻子误杀的事情，你记得吗？当时有一张你妹妹的证件在那个被杀的人身上搜出来，后来案子转到他们一组去了，他把那个证物也神不知鬼不觉地抹掉了。他帮你消除了警察局里面所有对你不利的东西。我搞不清楚，他这葫芦里卖的究竟是什么药。"

我在沙发上坐下来，仔细想了想，其实也不是完全说不通歌里的行为。歌里这么做，很有可能不是想要帮我，而是想要杀掉我之后，避免一切查到他身上去的可能性，他这是在给自己做清理。

"那个被姜卡罗误杀的人的身份确认了吗？"

"没有，局里关于这个人的档案一点儿记载都没有，连指纹记录都没有。这也是一件出人意料的怪事。"汤勺若有所思地说。

又是没身份的人。到现在为止，只要是牵扯在内的线索人物，一律都没身份，怎么都这么巧？我有种感觉，他们或许在某种程度上有着很大的关联性。

"我调查过歌里了。"汤勺说。

我突然紧张起来,这张被牵扯进来的脸,有着难以洞悉的隐藏面。但是汤勺接下来说的话让我有些丧气。"他调过来的时间是6年前,所以他接手的第一宗案子,确实如他所说,是你妹妹的失踪案件。之前他一直都在威尼托大区。他被调过来的时候属于职务升迁,在职位和头衔上都各升了一级。也不是他自己要调过来的,属于上级指令调派。他是正统的皇家军校毕业,以前还在热那亚海军部任过职,后来才转到警部去做支援,因为表现很出色,所以被警部以终身职务制留用。他背景非常干净,家庭状况也正常,没有任何值得怀疑的地方。"

这么干净?没有值得怀疑的地方?那他问完话一走,我就被盯上了,这也太巧了点儿吧。跟他没关系,我是绝对不相信的。当时他问我话的情景还历历在目,不知道为什么,我有种感觉,他在我面前似乎并没有非常刻意地去隐藏他浑身上下的可疑。甚至,他好像在引导我怀疑他,或许用"怀疑"这个词不准确,他在引导我对他产生兴趣。对,就是这种感觉。我又再次回想了一遍记忆中那张在楼梯上抬起来的面孔——如果是我的记忆,那就不会有错,就是他。他到底是什么人呢?隐藏在如此干净的皮囊之下的灵魂到底长什么样?

第二十九章　另一个大厅

晚上，我们随便在胡凯的厨房里找了点儿吃的，就睡下了。

房间很大、很空，床和地板都会发出莫名其妙的声响。今天下午开始变天，六点之后，外面就开始狂风暴雨。本来因为植物多而显得影影绰绰的花园，现在伴着风的呼啸和暴雨的拍打声更仿佛显出了鬼魅之影。

我躺在床上睁着眼睛，脑子里一团乱。就这么躺在一个安全的地方我突然有些不习惯，死里逃生之后在医院硬邦邦的床上躺了一个多星期，又再一次死里逃生，现在莫名其妙地躺在一座 15 世纪的美第奇家族的别墅里，一切都跟做梦一样。小贱似乎一点儿都没有睡意，我关灯躺下后，它还在房间里踱步。

下午，我在整个花园和房子里走了一圈，发现这里面装满了摄像头。

汤勺说："有钱人都爱这么干。"

我说："那你家是不是也有这么多摄像头？"

汤勺抬头面无表情地看了我一眼："有钱的是我妈后来嫁的男人，我只是一个普通的警察。"他的语气听起来多少有些无奈。这轮对话结束之后，他就没再怎么跟我讲话了。

他的房间在走廊的另一头，离我的房间有些距离。我在床上滚了一个多小时也没有睡着，最后决定去他那边敲敲门，看他睡了没，没睡的话可以一起把事情理一下，说说接下来的计划。结果我在他门口敲了半天门，他也没应我。我估计他可能是睡着了，不然就是因为下午我那句不该问的话他还在记仇，毕竟很多男人也心眼小得很，记仇也是正常事。我刚想走，突然听见里面传来了地板的响动，好像有人在走路。

我一边把脑袋贴在门上听动静，一边在心里骂：还真是小心眼啊。我不就不小心说了句不该说的话嘛，一个大老爷们，至于嘛。

我听了半天，动静又突然没了。我感觉有点儿奇怪，转了下门把手，发现门没锁，"吱呀"一声，房间门就被我打开了。里面很暗，他没开灯。房间的窗户敞着，被风吹得一阵阵地砸向窗框，眼看上面的玻璃就要被砸破了。我一脚跨进去，把窗户给他关了，一回身才发现，他根本没在床上。

"陈唐？"我喊了一声，没人回应。去哪儿了？我之前也没听见开门关门的动静啊。

我按了一下墙上的电灯开关，没亮。我又按了几下，除了"啪嗒啪嗒"的声音之

外，什么反应都没有。灯坏了？

我回到走廊里，按了几下走廊的电灯开关，也不亮。可能是大风和暴雨把哪里的电路弄坏了，但是这么大的房子，根本就找不到配电箱的位置，我只好回房间拿了一个强光手电筒。

我拿着手电筒返回了汤勺的房间。虽然知道不可能，但我还是把衣橱门打开来看了一眼——他确实没在房间。突然，我眼角一瞥，看到手里的光源照到了衣橱橱壁上的一个缝隙。这个缝隙说大不大，说小不小，但是看着绝对不是裂缝。缝隙切面整齐，难道这橱面是两边拼接起来的？那里头就大有学问了。我虽然不懂木工，但是家具我还是装过的，谁的衣橱会在当中留裂口？

我用手叩了叩橱壁和橱底——实心的木头后面发出隔了一层的声音，我立刻明白过来，这衣橱和墙壁贴合在一起，后面显然是空的，有个暗道！

如果这间房子搁在现在肯定会让人觉得奇怪，但是古代人造房子，在房子里面弄很多暗格和暗道是一件很平常的事情。尤其是贵族和当时有钱的资本家，暗道是防盗、防暗杀最好的东西。我问过胡凯，他说这里面大部分房间的家具他都没怎么动，因为很多家具都不是活家具，而是根据建筑量身定做的，用的材质也非常好，甚至有稀有硬石镶嵌的大型桌面和首饰柜等，所以他当时买下来的时候，是连同里面的家具一起估价一并购入的。

我怀疑汤勺可能是发现了这里的暗道，已经钻进去了，只是不知道胡凯是不是也知道这里有暗道。问题是这暗道要怎么才能打开？

我沿着橱壁和橱底一寸寸摸，摸了好一会儿，什么都没摸到，衣橱和墙壁都没动静。我用手电照了照房间的四周，手电光晃过床头那幅画的时候，我停了下来。

光源聚焦成一个圈落在画面上，画的颜色并不是很艳丽，看起来还是蛋彩画，并非油画。我走过去，用手电上下左右照清楚，画中是一座洗礼堂。白光之下，隐约能鉴别出外墙的白色和绿色，看上去应该是佛罗伦萨市中心的圣约翰洗礼堂。

虽然是一幅蛋彩画，但角度和透视感非常到位，很明显是在文艺复兴成熟之后才画出来的东西。这么有水平的三维立体透视，起码也是15世纪中期的画了。我看着画，越发觉得它不是平白无故出现在这里的。而且如果这是宅内古董的一部分的话，古代人是很讲究的，不会没事把一幅画了洗礼堂的画挂在床头，这种画一般都挂在客厅。

等下，洗礼堂！我突然想到了——圣约翰洗礼堂有三扇门，分别是东门、北门和南门。东门是大名鼎鼎的金门，通常不开。北门是入口，南门是出口。入处为阴，而出处向阳。

我关上手电筒，眼前立刻暗了下来。外面的自然光带着重重的阴影钻进来，大面积覆盖在眼前的画上。那影子落到了画面的左半边，正好把南门也笼罩了进去。这是什么意思？南门在阴，而北门在阳，正好一个颠倒……

我脑中白光一闪，心脏被高高抛起了一下——我明白了！竟然玩这种把戏！我把

第二十九章 另一个大厅

双手放在画上，开始慢慢转动。沿着外面的自然光源，慢慢地把阴影面向另半边移动，当整个阴影面离开南门、罩上北门的时候，我先是听见很轻的"咔"一声，随后，衣橱和墙面依次从中间分开。

分离和响动都停止之后，我面前又露出来一条向下的楼梯。果然如此，还得是我啊，这么巧妙的机关，没点儿智商怎么能打得开。不过再次看到这种楼梯我心虚了，万一再一次出现和七楼一样的那种情况，我现在是一个人，没把握能在那么幽深的地底下找到出口，和上次那样活着出来。想归想，等我反应过来的时候，一只脚已经迈出去了。

脚踩上去才发现，这些倒并不是什么石阶，而是木质的楼梯。我打开手电筒，照了照墙壁，这里居然还通电，墙壁上装着风格比较复古的电灯，手边就有开关，比之前下去过的那个地下室先进多了。只是这会儿按哪里都不亮，看来真是整栋房子的电路都出了问题。

这个时候，我注意到身后有一点儿轻微的响动，猛地拎着手电筒一回头，除了白光照到的房间，并没有什么人。我刚想把手电筒照向别处，结果光扫过那幅画的时候，发现画自己在动。

画自己拨正到了原位！——这个机关是设计过的，门要关上了！

我已经用上了最快的反应速度扒住这扇即将关闭的双层暗道门，但是门合上的力量很大，不是一人的臂力能阻挡住的，幸亏我抽手抽得快，不然手指会被夹在门里。暗道的门就这么几乎没发出声音地默默关上了。

我看了一眼脚下的楼梯，以一种旋转的形式向下延伸。也没别的选择了，我深吸一口气，开始往下走。我想：汤勺应该就在下面。但这个楼梯完全不是我想的那样，我以为又得走上半小时左右，直到下到充满霉味且黑暗无边的地下。结果我一级一级走得极慢，也不过就用了五分钟，楼梯全程都是木质的，精致得很，而且很快就到底了。

当手电筒发出的亮光照到最后一级楼梯和楼梯下大面积的木质地板时，我有种莫名其妙的感觉，总觉得楼梯好像没走完，按道理来说不该这么短。我小心翼翼地踩到楼梯下面的地板上，地板发出"吱"的一声，我听见自己的心脏在猛跳。

右手边是墙壁，我用手电筒照了一遍，墙面看起来有些斑驳，墙面上有之前在地下室见到的那种刮痕，有些淡淡的黑色墨迹渗入在内，除此之外，看不到任何其他东西了。这是一个面积很小的四方形的房间，但是房间内空荡荡的，什么家具都没有，也没有窗户，并不像卧房。我沿着房间绕了一圈，尽头靠墙的地方有一根两端固定在墙面上的金属杆。

本来没什么特别的，假如这里曾经是个储物室的话，有条这种横杆很正常。但是我在横杆上发现了一样东西，它在手电的白光之下闪出金属的光泽，我用手拎了一下，一端被拴在横杆上，空出来的另一半内圈有些硌手，生了一些铁锈，是一副样式有些老旧的手铐。难道有人曾经被囚禁在这里？

我想把手铐卸下来带走，估计这种开锁的活儿得让汤勺来，我自己折腾了半天也没把它卸下来。突然，外面传来"哗啦"一声巨响，像是一大块玻璃碎了发出来的声音。

这声音是从我面前这扇门外发出来的。门是很普通的木头门。我屏息凝神站在黑暗之中，按灭了手电筒，仔细听屋外的动静，除了刚刚一声碎玻璃的巨响，屋外在顷刻之间又恢复了平静。隔着门能隐约听见大风的呼啸和暴雨拍打玻璃的声音，外面有窗户？

我一步步挪向那扇门，手放在门把手上，轻轻地转动，"咔"一声，门开了。

我被眼前的景象惊住了。倒不是令人毛骨悚然，只是有些不可思议罢了。我在下来之前，并没有料想到这里居然还能藏着另外一间——大厅。

门外首先是一条很宽阔的走廊。走廊并不算长，站在走廊里，就能看到走廊前端大厅的三分之一。这里看起来比胡凯带我看的摆满古董的那间房间更加富丽堂皇，走廊上到处都是镜面和落地窗，还有形状十分特别的壁挂式煤油灯的灯座，不禁让我联想起罗马的潘菲利画廊。这下看来，暗道触发的部分肯定是后来被精装修过的，那么胡凯肯定知道这条暗道。

走廊的墙壁上没有见到常用的外廊灯的开关，难道这里还得点煤油灯？胡凯装修的时候怎么想的？站在走廊里，外面大风呼啸的声音很清晰，在这凌晨发出惊悚的鬼怪一般的吼叫，敲在窗户上，像是有什么人急切地想要进来。

大片的落地窗外面，全都是长得高大而茂密的植物，这些植物能把所有的自然光源都挡住，只有风雨才能从那些细密的枝叶缝隙里钻进来。手电筒的强光下半黑不亮的环境令我的心跳拼命加速，"砰砰"地冲撞着血管和神经，搞得我脑袋一阵阵眩晕。

我刚抬脚准备往前走，"哗啦"——又是玻璃碎裂落地的声音，好像是前方大厅内传来的声音。我被吓了一跳，深呼吸了几下才继续朝前走去。我穿过走廊，走到大厅转角的时候停下了脚步。

刚刚那两声玻璃碎裂的巨响一定是从这里发出来的，因为我明显感觉到有风掠过我的脚踝，带着潮湿的冰冷，就像水鬼的手时不时碰一下我的皮肤，让人一阵阵地浑身发寒。

我把手电筒举到头的上方，光照过去的时候，先是留意到了那一地的碎玻璃。整个厅，朝外的那一面，全都是落地的大玻璃，好像有扇门嵌在当中，但是这么看，也不好分辨，只是当中有两块不知道是落地窗还是门上的玻璃全碎了。

忽然，我的眼角瞥到右前方一个一闪而过的身影。"谁？！"我的声音撞击在四周的墙壁和玻璃窗上，传来细小的回声。

我镇静下来，屏气凝神地观察四周，但一丁点儿动静都没有，会不会刚刚是我眼花了？我小心翼翼地往大厅里面走，刚走过拐角，还没来得及把脚落下去，突然被一股力量拖着往后退，我愣了一秒钟之后，恍然清醒，随即弯起胳膊，准备给突击我的家伙一胳膊肘。果然有人！谁知黑暗里的这人似乎早就知道我要干什么，还没等我顶过去，已经将我反手制住。我刚想出声，他早已经腾出一只手来把我的嘴巴给封上了，然后我感觉到一股热气吹到了我的耳边："是我，别出声。"

他的声音很低，但我立刻辨认出来，是汤勺。差点儿把我给吓尿了，经过上次那差点儿丧命的绑架，我已经有心理阴影了。虽然很不爽，但我还是没敢轻易乱动，连大气也不敢出。

"有人。"他又吹着热气在我的耳边补充了两个字。

有人？难道说刚刚那个黑影不是汤勺，这里还有第三个人？

他依旧保持着挟持我的姿势，我的手臂已经被他压得有点儿发麻了，关键是我们现在处在一个非常窄的空间里，他把我挤得平贴在墙面上，这姿势实在有点儿不太舒服。他顺手按灭了我的手电筒。

我屏住呼吸仔细听了半天还是没听到动静，心说：他是不是把我当成"第三个人"了？就像我刚刚以为他是要挟持我的未知者一样。"哪儿有人？"我问道。

"别动！"他紧了紧压住我的手臂，我感觉我的胳膊就快要断掉了。

我尽量把头探出去一点儿，越过墙壁的折口，能大致看到厅内的情况。就在我的视线点刚落到客厅中央时，中间的那块地面上好像突然亮了一下。汤勺松开我，从我的手里一把拽过手电筒，站在原地盯着客厅中央的那块地板看。他把手电筒打开，聚集的白光都落在那一处。我甩了甩被他松开的胳膊，妈呀，汤勺下手可真狠，胳膊都被他掐肿了。

"是什么东西？"我问他，顺着光源看过去。

这么一照，我才发现奇特的地方——那块地面很奇怪。这里的地面是用大理石铺成的，但是地面中间，也差不多就是整个大厅的中间那一块竟在手电筒之下折射出了一层幽幽的白光。那块圆形的大理石地板中间，被镶嵌进了一块长方形的玻璃，从这个角度看过去，玻璃凸出地面一大截，有些像一个半嵌入地表的水晶棺材。

我和汤勺脚步很轻地走过去。我一边走，一边脑补即将看到的画面，不知道是尸体还是骸骨，这形状实在让人联想不到更好的东西。说不好就是有人把什么圣人骸骨安置在这个地方，用来镇宅啥的。

当我们停在那块长方形边上，将手电筒的白光照上去时，我的目光下移到正对玻璃的地方，我不自觉地把嘴张成了一个"O"形。

第三十章 艺术品

　　这东西现在这么突然地出现在眼前，倒是有了恍如隔世的感觉。一时间，我的内心百感交集，又是熟悉又是陌生，又是惊讶又是恐惧，惊讶的是它居然突然自己冒了出来，恐惧的是它怎么会自己冒出来。画中少女的脸在白色的手电筒的光下显得惨白而透明，这张说不好到底是西蒙内塔还是苔丝的面孔，紧贴在玻璃层的下面，看起来的确有点儿躺在棺材里的意思。

　　"它……怎么回事？"我指着眼前的画不可思议地对汤勺说。

　　我看到汤勺脸上的表情也凝固了，他皱着眉头若有所思地盯着眼皮底下躺着的画。"这幅画不是之前在你店里的那一幅。"他边说，边用手指着画的某处示意我看。

　　我定睛一看——确实不是！就在汤勺的食指指尖落下来的地方，画中少女左手的纤纤中指上戴着一枚红宝石戒指。那鲜艳的半透明的红色，仿佛欲滴的鲜血，看得我直起鸡皮疙瘩。

　　"这……是那幅原件吧？……"我喃喃道。

　　"应该就是它。"汤勺回头看了下四周，那个他说的"人"一直都没出现，周围也没什么其他动静。他走到那一地碎玻璃面前，举高手电筒，从破裂的窗口照出去，照了照外面的花园。其实什么也看不到，那些高大粗壮的常青树的枝叶都快透过窟窿钻到屋里来了，所有的可视范围基本上都被它们厚厚的叶子给挡住了。风也大，雨也大，虽然这会儿已经没了电闪雷鸣，但风雨和拍打树叶的声音都不小，如果这些植物后面当真藏匿了什么人，我们也根本看不见。

　　汤勺拿着手电筒走了回来，又重新把光照回到画上去。

　　"怎么拿出来？"我问。这是眼下最关键的问题，虽然我心里有无数的疑问，比如说，这画既然是原件，是不是表示偷画的是胡凯？那胡凯就跟这整件事情有着必然的联系了。他本来就卖古董，也不是不可能。但这么想的话又觉得漏洞很大，他一个人出去，把我们两个大活人丢在他的房子里，难道不怕我们就像现在这样阴错阳差地发现他的秘密？但是这幅画假如要被藏起来的话，换作是我，会把它藏得更好一些，这么封在一块透明的玻璃下面，看上去充满了对我们智商的蔑视和挑衅的意味。又或许，胡凯根本什么都不知道……可这最后一种可能性，我怎么也觉得不太可能。

　　汤勺把手电筒放到地上，单膝跪下来，用手在玻璃上敲了几下。"这是块防护玻

第三十章 艺术品

璃，以前有阵子很流行这种地面装修风格，就是把老式的电灯镶嵌在地板上，那时候觉得特别美，但是你仔细看看，就跟个棺材罩似的。"他说。

"你的意思是……这玻璃盒子，本是一盏普通的地灯罢了？"

汤勺点点头："等等，你怎么会跑下来？"

我是怎么跑下来的？我倒是被他问住了。当时是……哦，对了，我去房间找他，发现他不在，然后莫名其妙就发现了衣橱和墙体的机关装置，于是就找到了下来的路。

他听完，沉默了片刻说："我不知道墙上有开关，我是被人带下来的。"

"人？！谁？！"我一听到"人"这个字，不免又想到刚刚的黑影，难道这里除了我们确实还有别人？

"怎么说呢，应该说是一个黑影。我本来迷迷糊糊要睡着了，突然听见了奇怪的动静，一睁眼就发现窗户莫名其妙被打开了。莫名其妙被打开的还有你说的那个衣橱和墙上的机关门，只不过我和你不一样的是，我睁开眼睛的时候，它已经被打开了。而且，那时候那门口明显站着一个人。可是天太黑，我没看清楚，只看到一个黑色的影子。影子往里面钻，我就跟着下来了。那个人动作很快，我走到楼梯上的时候，他就已经没了踪影。然后，门就自己在我身后关上了。"

汤勺明显是被人故意引诱下来的，这人的目的是什么？难道……是为了让他发现这幅画？

"那个人，你一点儿都没看清楚吗？"我问。

"太黑了，而且我刚睁眼，确实只看到个黑影。不过，"他抬起头来看看我说，"应该是个女人。"

女人？！我的脑海中立刻冒出那张意图杀死我的脸，难道又是夏娃？"这事太奇怪了，会不会是个……陷阱？这幅画本来就在这里吗？我看未必。"我自言自语道。

"对，我也认为，这幅画是有人故意放在这里的，为的就是让我们发现它，但不知道是出于何种目的。"汤勺说。

我也跪到地上，双手端着玻璃的两边，使劲儿抬了一下，抬不起来。如果是临时被放进去的，肯定不难取出来，一个女人能有多大力气啊……不知道为什么，自从刚刚汤勺告诉我他直觉是个女的之后，我对这个判断持一种深信不疑的态度，仿佛他是实实在在看到了那是个女人后才告诉我的。

这幅画明明就在我们的眼皮底下，按照汤勺所说的，这也不过就是一个普通的地灯灯罩，但是这玻璃不管我们怎么折腾，就是打不开。

"你说胡凯这会儿回来没？要不我们回去房间找点儿工具回来把它撬开？"我边说边看了看周围——整个厅很空，什么都没有，除了头顶硕大的煤油灯座和地板中间这个跟水晶棺材一样的玻璃盒子之外，就没别的了，连个家具也没有，"这里估计是不会有什么工具了。"

"你进来之后，那门没关上？"汤勺问。

"关了，自己关上的。"

"那打不开了，我试过了。"汤勺说，"这里我简单巡视了一圈，没有其他通道。"

"不可能吧。"我说着站起来，朝碎玻璃的方向走去。外面那么大个庭院，说句大言不惭的话，只要是露天的，那就算是给一根水管子，也能沿着爬上去，有多难啊？

汤勺也没有要阻拦我的意思，而是认认真真研究地上的玻璃罩子。完好的那扇玻璃门打不开，我从破掉的玻璃口小心地钻了出去，但不到一分钟就钻了回来。外面不仅没有走廊，茂密的植物之间还生长着荆棘，就像是特意种植出来歼灭小偷的，还好我眼尖，看到立刻就回头了。

"看到了吧？要不你再查查暗门啥的？"汤勺漫不经心地对我说，连看都不看我，我觉得他在故意挖苦我，显然他已经查过了，没有。

"胡凯今晚出去是不是故意的？"我说，"他会不会是故意派人把我们引诱到这里，然后困住我们？"

"据我所知，他应该不至于这么无聊，他有一大群身手顶尖的手下，想困住我们太容易了，何必搞这一出？再说，他不是这么喜欢故弄玄虚的人。"

"你对他的评价倒是还不错啊。"

"我和他什么关系不妨碍我对他这个人的认知吧。"他瞥了我一眼。

"中文进步很大。"我给他竖了个大拇指。

我低头看了看这个玻璃盒子："你不是说这是灯罩吗？"

"我是说，我也只在室内设计的历史书中见过……类似的东西。"汤勺若有所思地想了想，突然站起来，一边把我从地上拉起来，一边说，"退后点儿。"他的意思是，让我们退到脚下这块圆形圈外去。

汤勺拿起手电筒，在地板上来回照了一圈。这个时候我才看清楚我们刚退出来的这块是有图案的。

地面上铺的都是大理石，大理石基本上是以一种花色在重复，都是三圈圆形波浪中间一朵小花，假如不注意，是不会轻易发现中间这块圆面上的特殊图案的。中间这块圆也是以同样的花色在重复，但是不一样的是，在正对玻璃盒子的上方、左边和右边，镶嵌了三个小圆。

我们把手电筒的光依次照上去。玻璃盒子上方位置的那个小圆底是黑色的大理石，上面的图案像是一顶有些奇怪的帽子，白色的一圈上面布满了黑色和肉色的点点，中间是一朵小学生最喜欢画的简易小花，而圈上插了三根羽毛。

"这是什么？"

"老柯西莫的个人标志。"汤勺说着，便把光移向右手边。

我看到了一个有些熟悉的东西，一只和洛伦佐的那个三环钻戒一样的戒指，不过这里只有一只，钻戒头向上，环中插着两根分别向左右打开的羽毛。

"这是老柯西莫的儿子的标志，他叫皮尔洛。"

第三十章 艺术品

我记得这个人，老柯西莫看不上的那个患有痛风病的儿子，叫什么"痛风皮"。

最后，手电筒的光落在玻璃盒子的左边——三环钻戒相扣，洛伦佐。也就是说，地面上依次是爷爷、父亲和孙子的个人标志。这说明了什么？

我看着汤勺，他没看我，托着腮帮子想了想，说道："这很可能是个机关。这个玻璃罩子可能并不难打开，只要，我们能打开这个机关。"他指了指地上的圆。

又是机关？但问题是这个机关是怎么设计的？我琢磨了半天，在这三个图案上又是按又是转，搞了半天也没发现什么能启动机关的地方。我心想：这会不会就是个装饰罢了？但又一想，不可能，装饰在这么关键的部位，怎么着也得做点儿贡献吧。

我站起来，环顾了一圈，最后目光落到那两扇打碎的玻璃上。打碎的玻璃是上下两扇，上面是窗子，但是下面看起来是一扇门。"那个玻璃是怎么被打破的？"我指着碎掉的玻璃问汤勺。

"不知道，我没看见，太黑了。按照当时的声音来判断的话，应该是被重物击破的。"

被重物……击破……也就是说不是自然破损，而是人为的。应该就是引诱汤勺下来的同一个人做的，但是为什么要打破玻璃呢？我走到那片碎玻璃旁边，看着外面不停地想。偏偏要打碎这里，会不会跟机关有什么联系？但是我看了半天，外面除了树叶，就是洒进来的水和灌进来的风，实在也看不出个究竟。

刚回头，一个十分明亮的东西在眼角一闪而过。我赶紧把脑袋转回去，那个明亮的东西却又消失了。什么鬼东西？！我再次转头，还是那道一闪而过的亮光——难道是外面有人在用手电筒照我们？！我被自己的想法吓了一跳，猛地一抬头往窗外望去，只见那个亮物一动不动地静止在我的视线上方。

"汤……陈唐，你来看！"我一激动，差点儿把"汤勺"二字直接喊出来。

汤勺走到我的旁边，顺着我的手抬头望去。刚刚那道亮光不是什么手电筒的光，而是——月亮。虽然下雨，但是现在雨小了，估计是云层散开来的缘故，月亮也露了出来，而且今天的月亮很亮。

我试了一下这一排的位置，只有被打破的这两扇玻璃跟前的位置才能看到月亮。其他的地方植物都比窗户还要高，只有这里有个恰好的缺口，但你得站准确了位置，前进一点点或者后退一点点都看不到。能看到的也并不是月亮的全部，只能看到其中的一块，这么一看，形状倒是有点儿像颗宝石。

"你说，这会不会就是她打碎这两扇窗的原因？"

汤勺低着头细细思考了一下，转身走到那块地面的圆盘边上，双手按住地面，试着转了一下。我明显听见地面上发出了移动的声音。他转过来冲我点点头："能动。"

但是这个圆直径很大，很沉，我和汤勺分开在两头，使劲儿按住地面转，好不容易转了一点儿停下来，并没有发生什么变化。

"要把什么对准那边呢？"我问。

151

"不知道，一定是这三个的其中之一。"汤勺说。

我们先从洛伦佐的下手，费了九牛二虎之力，才把洛伦佐的标志对过去，但是假想当中的变化依旧没有产生。我们停下来的时候，地板发出来的声音瞬间戛然而止，外面的风也小了，雨也停了，除了树叶发出"窸窸窣窣"的声音，简直静得吓人。我有些失望，因为在我看来，洛伦佐的图案应该机会最大才对。

我们又费了很大的劲试了另外两个，依旧什么动静也没有。我累得直接瘫在了地上，难道是想错了？既然能转动，就说明肯定是个机关，或者……是机关的一部分。到底缺了哪里呢？我趴在洛伦佐那个三圈环扣的图案上，打着手电筒来回研究。

"你来看看这个。"我把汤勺一把拽了过来。汤勺仔细盯着我的手指的地方看，那些环扣和下面的大理石之间存在着一定的缝隙。一般就镶嵌技术来说，缝隙肯定是有的，因为当时的人没胶水，这种镶嵌都要经过空间大小的测量和计算，以保证不容易被损坏。但是这里的缝隙有些奇怪，缝隙比较大，而且下面的白色大理石上有形状比较规则的圆弧一样的痕迹。

"这个是不是可以动？"汤勺说着按了一下，不动。

我想到了——刚刚看到的月亮像什么来着？我立刻从地上爬起来，回到那片碎玻璃前，找准刚刚的位置，飞快地抬头看了一眼——我知道了！

"我知道了！我们先把这个圆转过来，转到洛伦佐的图案上。"

汤勺没多问，立刻着手跟我一起把圆转了过来。这机关也不知道是谁设计的，这么沉，如果只有一个人，开个机关的时间和力气恐怕都可以爬一次阿尔卑斯雪山了。

当洛伦佐的三环钻戒图案对准碎玻璃的时候，我深吸一口气，找准其中一个指环的部位，向下一按，果然——它可以被按下去！我又将手松开来，那三个环扣随即又弹了回来，停顿了一下之后，环扣开始自己发生位置上的变化——左右两边的指环，分别向下顺着那白色大理石上的弧度轨迹移动，与最下面那个方向指向外面的指环，合三为一了！

眼前的变化简直是惊艳，这机关完全就是一件艺术品！——这样窗外被它精心设计切割过的月光，就犹如这指环上的宝石了。

这时候，中间的玻璃盒子忽然整个亮了起来，发出黄幽幽的光。还没等我看清楚，只听见"啪啪"几声响，玻璃盒子四边打开，一眨眼的工夫整个玻璃盒子就不见了，不知道缩进了哪个地方，只剩下那幅画静静地躺在地上。成功了！

脚底下开始有了震颤的感觉，跟地震似的，汤勺一把拽住我，直往后退。幸亏我们的脚离开得快，那整个圆开始从中间分开，沿着那三个标志的边缘分裂成三块，就跟切月饼似的，分开后，各自缩退进去。我望着地板中间那个非常规则的圆形大坑，一时有点儿反应不过来。

"啪——"这声闷响是从大坑底下传上来的，画掉下去了。

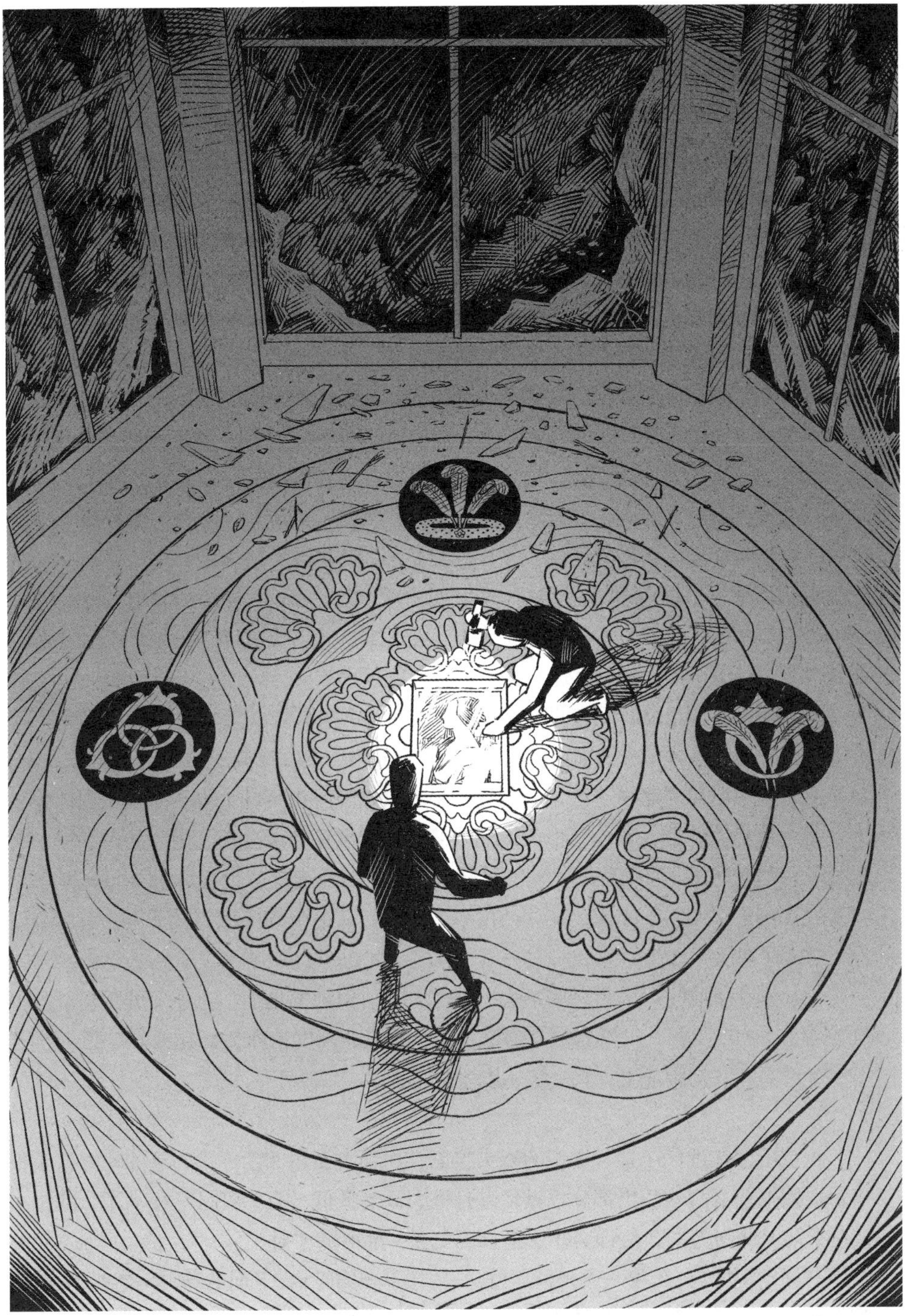

第三十一章 坑 底

汤勺慢慢站起来，走过去，朝坑底看了一眼。"挺深的。"他回头对我说。

我终于缓过神来，只是有点儿不能接受，费了九牛二虎之力差那么一点儿就能拿到的画，现在居然掉在坑底了。"这也太离谱了，怎么会莫名其妙冒出来一个大坑呢！"我边说边举高手电筒朝坑里照了照，看不清楚画的状况。这么高摔下去会不会摔坏？想着想着就不禁感到一阵心疼，妈呀，那可是原件啊，得值多少钱啊。

"下去看看吧，那画怎么着也得拿出来。"汤勺一边说，一边撸了撸衣袖。

我一把拉住他："什么意思？怎么下去？这么高你准备跳下去？"

汤勺瞟了我一眼，没说话，只从我的手里一把拿过手电筒，对着大坑的边缘照了照："你果然是呆子。"我一看，坑边上大概一米左右向下，石头上有间隔的凸起部分，看着像是专门为落脚设计的。原来从这里可以爬下去。

"我先下，你跟上。下去的时候小心一点儿，不知道会不会又突然来点儿惊喜。"话音刚落，汤勺的背影从我面前闪过，再看他的时候，他的发际线已经与坑边齐平了。

我想把手电筒一起带下去，于是找了半天可以随身携带的地方，结果发现体积太大，身上口袋装不下，嘴也叼不住，最后只好把它别在肚子前面，用我的肉和裤子的松紧带一起夹住它。下面黑乎乎的，这样起码有个随身光源，也会感觉安全一些。

我在坑边上磨蹭了半天，那些凸出来的落脚石从这个角度低头看下去，看起来好像只够踩个脚尖，踩得不好，脚底一滑，肯定不死也半身不遂。

"你别往下看！"汤勺已经下去三分之二了，但他离地面还有一定的距离。这个坑比看上去的还要深，"你都敢拿刀戳自己，这点儿高度怕什么？赶紧下来吧。"

他要是在我的脚边上，我一定一脚蹬他下去。

这坑不像是现代产物，坑壁的石头很老，而且大面积凹凸不平，有的地方甚至很硌手。而那些落脚的凸出部分也没经过打磨，高高低低，有些都已经松动了。我想：要是这坑是胡凯开的，估计会在这里直接安上一部电梯才对。

"你别动！"正在我一边胡思乱想，一边往下爬的时候，下面的汤勺突然叫了一声。吓得我立刻停了下来，不敢再动。

但是半天也没什么动静，我一只手抓着上面的石块，一只脚落在下面的石块上，

第三十一章　坑　底

整个人吊在半空之中，从胳膊和身体间的细缝望下去，只能看到汤匀的头顶。从角度上判断，他应该是趴在岩壁上不知道在看什么。"怎么了？"我问道。

"这里有点儿不对。"汤匀说话的声音不大，我也就听出个大概。再问他，他就不说话了。我现在这个姿势，再维持不动的话，手就该残废了。而且我明显感觉到运动裤的松紧带开始松了，手电筒在带着它的重量往我的裤裆里滑。我看了一眼脚边上，现在我踩的这块石头和下面一块间隔的距离出奇地短，我决定往下挪一格。

这一挪，就出问题了。我右脚往那块石头上一踩就知道不对，那块石头比之前经过的都要小，而且把力道一压上去，它就像脚踏板一样往下一沉。"糟了！"我心脏一悬，立刻知道汤匀所谓的惊喜来了——但是为时已晚，我整个人的重量已经不受控制地落到了那块石面上。还好我反应快，用力抓住了上面的石块，把身体尽量倾斜到左脚上。刚停住，就听见"轰"的一声闷响，也不知道从哪里发出来的。我和汤匀瞬间都静止了，过了一会儿，又没了动静。

"你听到没有？"我问汤匀。

"听到了，但现在还不知道是什么，看不见。可能是什么东西被你给弄开了。"他说，"都让你别动了，我这里还有一个。我刚刚叫你别动就是因为我的旁边突然多了一块石头出来，我怕上面也有一样的，可能会启动什么机关。"

我在心里暗骂：说得轻松，你自己不动试试。正这么想着，我突然感觉裤裆一沉，低头一看，一个不留神手电筒滑进裤裆里了。这手电筒比较重，直接把我的运动裤扯到了屁股中间的位置。但是现在我腾不出手提裤子，早知道不带它下来了。

"能动了吗？"我大声问汤匀。

"你继续往下吧。"听声音，他又下去了一大截。

有了刚刚的经验，我每下一步都要脚底下踩实了才敢把身体的重量压上去。但越往下落脚石分布的距离也越来越大，我顾着手脚并用，实在腾不出手去提裤子。手电筒顺着我的裤裆滑进了裤腿里，幸好裤腿下面的松紧带比较紧，还有鞋子垫底，它不至于掉下去。快到底下的时候，裤子已经被扯到屁股下面了。汤匀伸手拉了我一把。我一跳下去就忙着提裤子，又从裤腿里把手电筒掏出来，大概是打开的时间太长，它已经没有之前那么亮了。

"呵呵，你这个携带的方式不错，挺机智。"我看得出他在强忍着笑。他从我的手里接过手电筒，背过身笑得肩膀直发抖，抖得我快打人的时候，他呼了一大口气说："画框好像摔坏了。"

画框的确摔坏了，还好一看就不是原装画框。画是背朝天摔到地上的，金属的画框底部被直接摔了个脱节。

汤匀很小心地把画翻过来。画中少女的脸再一次出现在有些昏暗的白光之下，她脸上的表情显得十分柔和，嘴角弧度极小地上扬，微笑很浅，却散发着高雅的不凡气质。我没见过西蒙内塔真人，但是我见过苔丝。她那飘飘然的一身仙气，我到现在仍然记忆犹新，眼前这幅画描绘的少女的灵动气质胜过一张直接拍摄的真人相片。

"你看这里。"汤勺把光集中在她手指上的那枚红宝石戒指上面。

"看什么？"

"你仔细看，戒指上好像有东西。"他说。

有东西？我低下头盯着那枚戒指仔细研究——那颗宝石是颗六边形的红宝石。红宝石的表面闪着宝石的天然光泽，而宝石面上……似乎确实倒映着什么影像。

"是姑娘的下巴吗？"汤勺问。

我摇了摇头，不太像。

"那你看到了什么？"汤勺问我。

"我不知道。"我有些犹豫地回答他这个问题。在这团椭圆的透明光中，我隐约能看出一个形状，这是一个长方体，有点儿像……棺材，但是又不太像，因为这上面还连着一个打开来的盖子一类的东西，确实很难具体表达清楚这到底是个什么。我揉了揉眼睛，抬头问汤勺："你看出什么来了？"

他想了一会儿，问我："你记不记得之前在洛伦佐墓地后面那间后来被烧毁的密室？当时我们在墙上看到米开朗琪罗的一个草稿图，你用手机拍下来的，记得吗？"

他不说我差点儿忘了那个图还在我的手机里的事情。其实那个设计草图画得非常简单，几乎没有细节，除了一上一下的两个长方体。"你认为这里面的东西和那幅图有关？"我知道，汤勺肯定是在指当时看到的那两个不知道是什么的长方体。

"我不能肯定。"他说，"不过也不是没可能。戒指里藏了图形，这个东西一定有指向性，只是现在还不好说它到底是什么。"

其实一样的长方体太多了，酒庄里面放红酒的盒子也是差不多的形状。光这么看的话，很难说得准它到底指的是什么。但是换一种思考方式，假如这个隐藏在里面的东西真是线索的话，那么它的设计还是十分走心的，知道的人一看就知道，不知道的人就算看到了也一头雾水，比如我们。所以，它究竟会是什么东西，波提切利当时居然要暗藏进一幅画里？

我站起来，用手电筒照了照四周。刚刚被我踩到的石头，并没有在这个一眼看过去都是岩壁的地方开出一扇门来。这里的空间并不大，四周是环形的石壁，一目了然，什么东西都没有。光这么看的话，我会觉得这里更像是一个杀人的机关。如果之前没有汤勺在上面拉我一把，那我从这么高的地方摔下来，不死也是植物人。至于刚刚的那个响声……

汤勺大概是猜到了我在想什么，走到刚刚我们下来的地方，作势要爬上去。

"你干什么？"

"必须弄清楚刚刚那个声音，肯定是有东西被打开了，在某处地方。还有一处跟你踩到的那个一样的机关，我刚刚没碰。"

我一把拽住他："等下！你都不知道这是不是个陷阱，贸然去碰不该碰的东西，

第三十一章　坑　底

这里塌了怎么办？我们辛苦下来拿这幅画就没有意义了。"

"不用担心，就这个建筑结构来说，这里要是塌掉的话，那整座别墅都会塌下来。没有哪个蠢蛋会造这种机关。"他说完冲我点点头，接着就爬了上去。不愧是受过专业训练的警察，身手就是不同，没几下就爬到了他刚刚停顿的位置。

我用手电筒的光照着他，但是光线已经暗了很多，连石壁都照得不是很清楚。

他用手按下那块石头的同时，我屏住了呼吸。随着又一声"轰隆"的响声，预想的危险状况确实没有发生，但是眼前倒是真开了一扇门出来。不能说是门，只能说是环形的墙壁上开了一个可以供顶多两人过的口子。

汤勺手脚麻利地爬下来，对我说："带着画走，之前那个人或许还在这里。"

"进去吗？"我指了指那个口子。

"嗯，进去。"他点点头，"你刚刚不小心打开的东西，可能就在那里面。"

我的眼睛还停留在眼前那个刚开的口子上。黑洞洞的地方突然开个口子，犹如暗夜里一张要吞噬你的嘴巴，看起来多少有些恐怖。比起摔死人的陷阱，现在眼前那个黑洞洞的长方形开口更像是在向我们招手的陷阱。要说恐惧，我之前经历过的惊险也不少了，还连着两次和死神擦肩而过，按道理来说，我现在看到这种级别的应该无所畏惧才对，但是眼前这个入口，仍旧给了我十分强烈的心脏刺激。我有种不祥的预感。这时候手里的手电筒的光已经没法照到那么远的地方了，站在外面，也无法一眼望见里头的情况。

我蹲下去把画捡起来，一边看着摔坏的画框一边对汤勺说："这画怎么办？肯定不能搁在这里啊……这也不是布面油画，摘了框也没用，这待会儿要遇上个什么事得跑路的话，这不得是一大累赘啊……"

汤勺突然用双手把住了画框底下脱开的部分："等下，这里面好像有东西。"

第三十二章　秘密组织

他说的东西在脱节断开的那节金属框中。假如不是汤勺发现，我可能还不会这么快注意到这脱开的一截有点儿不太一样。普通的这种全画框，一般只有四角的斜凹面，但是掉下来的这一截里居然有明显大于这幅画厚度的一个凹槽。

我看了看汤勺，伸手进去抠了几下，确实有东西在里面，有点儿像皮质的填充物。但是凹槽部分被封死了，没法将里面的填充物取出来，除非……我使劲儿掰了两下，企图弄断木头，但木头的质量看起来挺不错，我没能徒手把这木头掰断。"别试了，这么高摔下来都没有断，你肯定弄不断的。先收着，出去再说吧。"汤勺说着，便把它收进了口袋里。

汤勺看了一眼墙上的开口，对我说："你觉得这里面会不会存在一个出口？"

"这里面？难说，黑洞洞的……"

"我有直觉，咱们今天不用走回头路。"他说着就朝前走去。

我心里有点儿疑惑，真的只是直觉吗？经过上次那段地下经历，他说的直觉我可不太信，万一又是他来过的地方呢。但经历过这么多事情之后，我绝对没有怀疑他的意思。如果他真想害我，我已经死了十七八次了，更何况，我的命还是他一次次救回来的。

这个开口的大小要比看起来更窄一些，不能完全容纳两个人挤过去。汤勺先我一脚跨了进去，我跟在他后面。

一走进去，我差点儿被里面的气味熏得吐出来。"什么东西？这么臭！"我用手紧紧捂住口鼻，但空气还是会通过指缝钻进鼻孔。这里面的味道简直就像一个发酵的垃圾场，充满了腐烂的臭气。

汤勺把手电筒按灭之后再打开，光比之前显得稍微亮一些了。在亮光照清楚环境的时候，我直接转身撑着墙干呕起来，眼泪、鼻涕一齐涌出来，腐臭味大量地钻入我的鼻孔，引起一阵剧烈的咳嗽。汤勺拍了拍我的肩膀，从我的手里拿过那幅画，显得很淡定。

我本来以为当我那次见识过骸骨池的白骨之后，对这些东西已经有了较强的免疫力，可以像汤勺一样淡定，但当这种场面再次出现的时候，我发现自己确实做不到。我稍稍镇定一些之后，转过身看到汤勺已经一手拿画一手拿手电筒走到中间去了。

第三十二章　秘密组织

　　如果这里可以被称为一个屋子的话，它并不算很大，只有十五平米左右。不同于外面，它是四方形的。屋子的中间横七竖八地躺着十几具尸体，这些尸体并不是和骸骨池里一样的白骨，而是死了不久、还没完全腐烂干净的尸体。白光一照，照出来的都是一张张血肉模糊的脸。

　　我慢慢地移动到汤勺边上，尽量避开碰到那些尸体的任何一个部位。"这里怎么这么多死人？"我死死地捂住口鼻说，"难道都是为了拿画陷入机关里摔死的？"这个可能性假设或者说是玩笑显得很无聊，那幅画如今更像是一个诱饵，有人故意在利用那幅画让我们下到这个地方，见到一堆尸体。

　　"他们是被人杀掉的。"汤勺用手电筒指了指我们跟前一具腐烂得并不是很严重的尸体，"你看这边，"他指着尸体脑袋上的一个窟窿说，"这明显是被枪打死的。我看了好几具，都是一枪爆头，枪法很准。"

　　也就是说，有人在这里人工造了个乱坟岗。

　　"这些人是什么人，为什么会在这里被杀？"我喃喃自语。

　　"我也不知道，"汤勺说，"不过，你看他们有个共同的特征。"他用手电筒来回照着眼前的几具尸体。这些尸体的脸都是陌生的，有亚洲人也有外国人，有些面孔还带着死前的狰狞，我赶紧把目光从他们的脸上收回来。"你看他们的手臂。"他说。

　　这里的潮湿不仅腐蚀血肉还腐蚀衣服，所以好几具尸体上面的衣服都显得破烂不堪，大量的被腐蚀的肉体暴露在外面。我循着光源看过去，瞬间明白了汤勺说的所谓的共同点。这些人的手臂上都有个文身，这个文身的图案就是洛伦佐的三环钻戒标志。

　　"他们……难道是个组织？"我忽然被自己的这句话点醒了。怎么不是？这个图案屡次出现在不同的地方，除了单纯指向四五百年之前的美第奇族人，还有另一个可能，就是现在有人正在使用这个标志。

　　"很有可能。而且这个图案，上次死在你的店对面那个古董店老板手里的人身上也有，不过警方当成普通文身处理了。而且，我曾经还在一个人的身上见过。"他说。

　　"谁？"

　　"南洋。"

　　"怎么可能！"我认识南洋这么多年，从来没在他身上看到过这个图案，但又一想，南洋似乎并没有当着我的面脱去过上衣或者穿露肩的衣服，"那也不对。"我摇摇头，"那天我们从洛伦佐墓地里面把他救出来，送去救治的时候，他浑身上下我都看过了。就算以前见到过没有印象，但是那时候我们已经见过这个图案了，假如他身上有这样的文身，我不可能没印象。"

　　"那天他进去的时候身上有一块地方是好的吗？"

　　我突然就被汤勺问住了。那天南洋被送进医院的时候，浑身上下十几处伤口，虽然火没有直接烧到他，但是在那种高温之下，还是有好几处不同程度的烫伤……难道，他真的之前也有这个标志？"你是什么时候见到的？"我问。

"你记得那天吗？你们两个人在我的餐厅吃饭，你喝多了的那天，他在扶你的时候，你扯了一把他的衣服，把他的衣服扯坏了。他当时显得很慌张，赶忙就披上了外套，但是恰巧被我看到了。文身不是在胳膊上，而是在左边的后背上。"他说着用手指了指自己的左后背，"标志不大，没有这些显眼，但是我看到上面还有一个 V 后面跟着一个什么数字。"

数字？！我的脑海中立刻跳出来那本被人偷走的黑皮面笔记本："V23 还是 V52？"

汤勺摇摇头："我没来得及看清楚。"

汤勺不像是在胡说八道，如果说他们是一个组织的话，那么南洋很可能也是这个组织里的一员，所以他从医院消失的原因，是他在被人追杀？我拿过手电筒，又照了一下眼前的尸体，这些尸体却只有手臂上有标记。

"别看了，我看过了，他们没有那种编码。"

编码？如果说那真是编码的话，南洋是其中一个，那么另一个又会是谁？但是记录组织成员编码的笔记本怎么会在菲利普的手里，之前还会被歌里拿走，现在又被偷了？简直乱七八糟，完全想不通。不找到南洋，恐怕很难核实这些事情。

我忽然又想起汤勺说胡凯跟发生的事有些牵扯，现在看来免不了要怀疑他了。这个地方怎么着也是他家，在这里找到十几具同一个组织的尸体，这也太巧了！他要么是什么都不知道，要么这些人的死跟他有直接关系。

汤勺大概也在想同样的问题，自言自语地说："有可能他是知道我怀疑他，故意把我们单独留在别墅里的。"

这间屋子并不是这里面的唯一一间，在这间屋子靠里面的墙壁上，还有一个和外面一样大小的开口。我依然心有余悸，不知道会不会又出现一屋子的尸体。汤勺把画递给我，走过去拿手电筒照了照。"把画带上。"他说完就走了进去。

想象当中的画面没有再次出现，但当我看清这间屋子的时候，浑身起了鸡皮疙瘩，不是因为恐惧，而是因为觉得太奇怪。

这间屋子不大，最多也就七八平米。正对着入口最里面靠墙的地方有一张石桌，石桌上面摆着银质的烛台。上方挂着一幅画，画中是圣母和圣子。看那个风格和手法，依然像是波提切利或者他的画派的手笔，因为画中少女的脸看起来仍旧是那张他最爱画的西蒙内塔的脸。

这里看着像是一个有些简陋的礼拜堂。虽然我觉得有点儿不可能，但是毕竟祭祀画都出现了，没有理由不相信这就是一个礼拜堂，只不过没有祷告的长椅或者供人下跪的木台阶。但是这个礼拜堂是封闭的，除了连接那个都是死人的屋子的开口，就没有其他出口了。没有看到汤勺所谓的出口，也没搞清楚我在外面开启的那个东西是什么，或许是汤勺开了外面那个口子，而我开了里面这个。

画拎在手里变得特别沉，我把它靠墙放下来，甩了甩胳膊。汤勺用手电筒的光照了一下我，示意我过去。

他叫我看的是墙上的壁画。这里的墙壁是普通的石壁，当然不可能有湿壁画这种东西存在，但是这石壁上有人刻了一些简易画，看起来不算很美观，倒有点儿像是小学生的涂鸦。

"什么东西？乱七八糟的。"我说。

汤匀退后几步，把光线拉长。这么一看，这画似乎还有叙事性，像是一幅连环漫画。

看到这种东西的出现，倒是有点儿好笑。这么一个简陋的礼拜堂，没精美的湿壁画不说，竟然会出现一些这种风格的幼稚连环画……真是一言难尽。图中的人物都用简单的线条绘制而成，头上戴个皇冠的看着像是国王，但是除此之外根本分不清楚谁是谁，因为脸都是一个圆圈，而头发都是几根线。

看笔触，却又觉得不对，这应该不是小孩子乱画出来的，因为即便是刻印，但在墙上显得苍劲有力，而且人物与人物之间没有任何连笔，圆圈代表头，四方代表身体，分得很清楚。这倒像是一个绘画老匠人在没有时间的情况下画在这上面的。

在看了四五幅画之后，我只觉得冷汗一点儿点往外冒，浑身的鸡皮疙瘩都起来了。这些连环画并不是在胡乱涂写，而是在描述。因为画中明显在描述 1478 年 4 月 26 日针对洛伦佐和朱利阿诺的那场历史上十分著名的暗杀。但是，这画对这暗杀的记录看起来有些奇怪，似乎与我在历史书里看到的不太一样。

第三十三章　逻辑问题

"小剑，你知不知道1478年那场暗杀？"汤勺突然出现在我的身后开口说话，把本来就在冒冷汗的我吓了一跳。我每次听见他喊我小剑，总觉得他用的是"贱"字，想想在这里翻白眼他也看不到，算了。

"你了解吗，那段历史？"汤勺刚刚粗略地走过一圈，看来也发现了这些画的关系。

说到那段历史，可能算是我最清楚的一段历史了，因为我曾经卖过那场暗杀留下来的长枪枪头，虽然我那会儿也不知道枪头是真的还是假的，但熟练掌握的历史绝对是推销词里最有用的一部分，为了卖货，那段历史我可以说是倒背如流。

洛伦佐·德·美第奇继位的时间是在1469年，从1469年到1477年，这之前还是比较太平的，他的一些改革让佛罗伦萨人民对他也比较拥护。他本身非常喜欢艺术、哲学，崇尚人文主义思想的开放和自由，而且他自己是诗人和作家，极具才华。他的高雅和温和征服了民心，整个佛罗伦萨在他的领导下曾经一度是全欧洲的经济、政治、文化中心。他就是文艺复兴的幕后推手，花钱培养了一批艺术家，招募了一批卓越的艺术家门客，推崇艺术政治外交。而他的弟弟朱利阿诺虽然不搞政治，但才华横溢，马术精湛，气质非凡，为人温和谦顺，所以两人当时在佛罗伦萨的声望很高，极得民心。但是反美第奇势力从未消停过。

美第奇家族当权的前一百年，一直都存在反美第奇联盟。原因很简单，因为美第奇并不是贵族上台，他们从穆杰洛（Mugello，佛罗伦萨周边的一个小镇）发家，祖辈抓住时机来到佛罗伦萨经营银行业，为他们奠定了财富基础，凭借财富他们开始打通梵蒂冈的关系，拿到佛罗伦萨的执政权。那些反对美第奇的都是一些老贵族，他们看不起美第奇的出身，扬言美第奇经营的高利贷业玷污了圣洁的宗教，会让支持他们的人的灵魂都下"地狱"。后来这些洗脑的宣传套路在洛伦佐的爷爷柯西莫那一辈就失效了，因为柯西莫的执政才能赢得了佛罗伦萨人民的热烈拥护。但到了洛伦佐的父亲"痛风皮"这一代，美第奇没有给佛罗伦萨带来什么，蠢蠢欲动的反美第奇联盟原本以为他们早晚会耗尽气数，回到乡下，没想到又出现了洛伦佐这样一位人气颇高的继任者。反对派以佛罗伦萨非常老的一个贵族帕奇（Pazzi）家族为首，决心要让美第奇终结在洛伦佐这一代。

当年的那场刺杀非常轰动，被称为"四二六"惨案，是历史上的大事件。因为参

第三十三章 逻辑问题

与方众多,不光有贵族、那不勒斯国王,甚至还有当时的教皇西斯都四世。教皇参与暗杀美第奇的行动是因为洛伦佐得罪了他。西斯都四世之前想要买罗马尼亚的地给自己的侄子里阿里奥(也有人说是教皇的私生子),让里阿里奥得以在罗马尼亚被封为主教,所以有意向美第奇提出财政上的支持,结果被洛伦佐直接拒绝了,于是西斯都四世与美第奇的仇怨就此开始。

帕奇兄弟得知了美第奇和教皇的过节儿,于是找上教皇合谋暗杀美第奇。教皇钦点的暗杀参与者有:教皇西斯都四世和他的侄子枢机主教里阿里奥,帕奇兄弟(弗朗西斯科·帕奇和雅各布·帕奇),那不勒斯国王费迪南,乌比诺公爵费德里克·达·蒙特费尔德罗。

他们原本的计划是4月25日晚上动手。当晚他们设计了一场鸿门宴,借口为里阿里奥庆祝十八岁生日,设宴邀请了美第奇兄弟。杀手事先在为他们准备的红酒里下毒,结果朱利阿诺由于身体不适,提前退场了。这场暗杀必须要一次性除掉两个,如果只有洛伦佐死了,那朱利阿诺还可以上位。朱利阿诺的退场让4月25日晚的暗杀宣告失败,晚宴和平散场,于是他们启动了第二天上午的后备计划。

时间来到了4月26日,历史上的这一天,是一个星期天。

早上里阿里奥继续找借口,要感谢众人昨晚为他庆生,于是又邀请了朱利阿诺和洛伦佐兄弟前去佛罗伦萨的主教堂圣母百花大教堂参加弥撒。但朱利阿诺身体还是没有恢复,派人通知无法出席。帕奇这下急了,为了确保暗杀一旦开始,美第奇逃不出城,教皇的军队已经到了城门口。刀已经架到脖子上了,不得不杀。暗杀行动没办法再继续拖延了。所以弗朗西斯科·帕奇亲自出马,带着杀手邦迪尼一起,跑去美第奇别墅请朱利阿诺出来。把朱利阿诺请出来之后,弗朗西斯科特意上前拥抱他表示问候,顺便检查他身上有没有带武器,有没有带防御装备,而他身上不仅没带武器,就连受伤的腿上都没有佩戴防护的盔甲,看起来一点儿防备心都没有。弗朗西斯科十分高兴,与朱利阿诺一起进了圣母百花大教堂。

人员全都到位后,弥撒开始,所有人都跪在地上祷告。而这场弥撒的主持人正是教皇钦点的主教萨尔维蒂,他也有份参与这场暗杀。得到弗朗西斯科·帕奇的眼神示意后,萨尔维蒂做出手势,一旁那些假冒的神职人员都冲了出来,冲向了跪在教堂中央的洛伦佐和朱利阿诺。

朱利阿诺在暗杀中被乱剑刺死,而洛伦佐颈部受伤,在他的诗人好朋友波利齐亚诺的保护之下,冲向圣器室。他的另一个朋友、美第奇银行的管理人诺力用身体挡住了邦迪尼的快剑,他的牺牲使圣器室的门成功关闭,洛伦佐逃生。教皇得知消息,立刻命令他的军队马上掉头走人。而后刺杀失败的帕奇们还指望民众帮他们打垮美第奇,可民众都站在美第奇一边。

著名的"四二六"暗杀,最终以失败告终,但洛伦佐年仅25岁的弟弟朱利阿诺没有逃过劫难,死于这场残忍的暗杀。

163

汤勺听完之后沉默了一会儿，又问："后来呢？"

"后来洛伦佐就复仇了。该杀的杀，不仅杀还分尸，分尸完了还抛尸，把尸体扔进阿诺河，扔在街道上。那个主要的杀手跑出意大利后还是被抓了回来，最后尸体被悬挂在巴杰罗宫里示众。达·芬奇当时还站在人群里对着这个杀手的尸体画过素描稿。不过后来教皇公开与美第奇家族为敌，做了一系列的事情想把美第奇家族从佛罗伦萨驱逐出去。洛伦佐为了彻底改变局面，绕过梵蒂冈，跑了一趟那不勒斯，说服了当时只是为了利益参与暗杀行动的那不勒斯国王放弃和教皇的联盟，教皇被彻底孤立后才不得不被迫签署了条约，答应美第奇家族把一切都恢复到暗杀前。后来洛伦佐还借机让波提切利画过一幅讽刺教皇的画，叫《雅典娜与人头马》。历史上记载说他和弟弟的感情非常好，失去弟弟之后他的报复变得果断又残忍。"我说。

"嗯。"汤勺频频点头，"所以没错，这些连环画就是在记录那个历史事件，但是第一，不完整；第二，有点儿问题。"

听他这么一说，我又重新回到了我刚才的疑虑上，是的，确实有点儿问题。

第一幅画上有个头顶皇冠的人，应该就是洛伦佐。而洛伦佐旁边站着一个穿着盔甲的人，不知道是什么人。他们在说话，说话的内容被画在那个穿盔甲的人头上冒出来的一个椭圆之中，里面画着很多人，其中有五六个站着，两个躺在地上。我大胆猜测，这是暗杀的画面。第二幅画上头顶皇冠的洛伦佐出现在那场鸿门宴上，只有他一个，不见朱利阿诺。第三幅画是他独自在书写着什么。第四幅里面有很多人，有头顶皇冠的洛伦佐，还有另一个披着斗篷的男人，披着斗篷的男人后面还站着一个人，而洛伦佐则坐在马车上，马车停在这个斗篷男人的跟前。

"不对，这里这个戴皇冠的是朱利阿诺，这幅画画的就是你刚刚说的帕奇带着杀手去接朱利阿诺。可能是画画的时候笔误，所以给他戴了一顶皇冠。"汤勺说着指向之后那幅画，"你看，这个就是暗杀发生的时候。"

第五幅画中倒在地上的人披着斗篷，没有皇冠，这应该是朱利阿诺，而有皇冠的洛伦佐则正在向左边的圣器室跑去。

"这个人是保护洛伦佐逃跑的波利齐亚诺，"我指着洛伦佐旁边的人说道，"你看他张开了胳膊在护着他，而这个挡在门口被剑刺中的是牺牲掉的诺力，这个拿着剑刺中诺力的就是主要的杀手邦迪尼。那么这个呢？"我指了指站在波利齐亚诺旁边的那个人，"这个是谁？历史上没提当时洛伦佐身边还有别人啊……"

汤勺看了半天，摇摇头。

之后的几幅画都是在讲刺杀失败之后洛伦佐怎么实施报复计划。

仔细研究之后，这里面确实浮现出了一个问题。"你看这第一幅，如果照这幅画来解读，是不是可以认为，"我说，"洛伦佐在遭遇暗杀之前就已经知道暗杀行动的存在了？那他弟弟怎么还会死？"

汤勺沉默了一会儿，说道："历史上很多言论或许是真的。许多人当时指责洛伦佐是故意牺牲他弟弟，来换取他政治上的利益。而洛伦佐从来没有站出来为这件事澄清过，哪怕是后来他平息了险些爆发的战争，拯救佛罗伦萨于危难，也从来没有回头去提及这件事情，没有为自己做过辩解，像是一种默认。因为一次暗杀完全失败，可能主谋根本不会现身，主谋不现身报仇就没有名正言顺的借口，但是如果有人死的话，不仅可以逼出所有参与者，还能将他们一网打尽。这是政治手段，很残忍，但是搞政治的人，有谁是不残忍的？洛伦佐四十几岁死的时候，有很多人惋惜，称他为伟大的洛伦佐，却也有很多人说他是作孽太多才英年早逝。那时候不是有宣传黑暗学说的修道士萨瓦纳罗拉吗，是洛伦佐把他找来佛罗伦萨的。洛伦佐死前一直很信仰他，据说死之前还在向他讲述自己的罪过，请求宽恕。传说他死前说过一句话：请宽恕我，让我能够在死后去找我的弟弟朱利阿诺。或许他弟弟曾经真的是他的政治牺牲品也不一定。"

其实我在内心比较抗拒这样的说法。历史书上的描述一直显得他们兄弟的感情很好，美第奇家族里面杀戮无数，太多人为了钱和地位，根本不顾手足之情。当然，所有国家的历史都有相似之处，无论我们中国古代的皇子争皇位，还是欧洲这些家族内部的权力争夺，都很平常。就是在这些带着血腥和杀戮的历史之中，这种兄弟之间的感情才更显得可贵。可能因为我是孤儿，所以才会对这样一段历史特别喜欢，甚至带着羡慕……

我也听说过那段有关暗黑修道士的历史。萨瓦纳罗拉是洛伦佐请来佛罗伦萨的修道士。后来在洛伦佐死后，萨瓦纳罗拉借机把洛伦佐的儿子——没用的"倒霉皮"赶出了佛罗伦萨，并且以佛罗伦萨为主要据点宣传黑暗学说，利用他的演讲口才，在佛罗伦萨群龙无首的时候获取民心，成了政府领导人。他宣扬极端的宗教主义，宣扬一切跟宗教无关的东西都是罪恶的理论，让贵族脱下华衣，剃掉长发，摘下所有的金银首饰，穿上粗布麻衣。并且他借由与宗教主题无关的艺术品都是罪恶的邪灵一说，焚烧了当时无数大师的作品。这里面就有许多波提切利的画，因为波提切利在洛伦佐死后成了萨瓦纳罗拉的追随者。我读到这段历史的时候觉得很诧异，这样一个居心叵测的修道士如何给群众洗脑的暂且不说，可洛伦佐一直都是一个崇尚自由，崇尚柏拉图哲学和唯美主义的人文主义者，他怎么会选择这样一个修道士作为他的超度人？而且这个修道士，无论是在洛伦佐生前还是死后，从来没有说过美第奇家族一句好话……洛伦佐当时是着魔了吗，和那些民众一样？……如果他知道他砸了那么多钱打造出的文艺复兴第一段盛景，一下就被烧成了一堆灰烬，因为这个修道士，佛罗伦萨的文明被迫倒退了至少五十年，甚至险些毁灭，他还会选择把这样一个恶魔招来佛罗伦萨救赎他有罪的灵魂吗？

"你看这里！这是什么？"我抬头一看，汤勺不知道什么时候已经站到右边那面墙跟前了。

这里的画面似乎跟前面的有点儿脱节。戴皇冠的洛伦佐旁边站着一个大胡子，他在和大胡子说话,在他的皇冠旁边冒出来一个椭圆形,里面画着一间房子。

我一头雾水地移动到第二幅画前,汤勺一直站在这里。我一看就知道为什么汤勺一直站在这里动都没有动了。这整面墙上一共只有三幅画,除了刚刚那一幅,后面这两幅应该是连在一起的。只看了一眼,我就愣住了。"这是……?"我指着画面惊讶地转向汤勺。

汤勺的眼睛直勾勾地盯着面前的墙壁,模糊地"嗯"了一声。

接着第一幅,第二幅和第三幅挨得很紧,似乎在强调画面的连贯性。第二幅只有一个人,就是刚刚那个大胡子,站在一面墙壁前,看样子是在画画。而第三幅,应该就是他画上的内容了。

这是一座大型宫殿的简笔画草图,不能说是设计图,因为看不到内部结构,而能辨别出宫殿特征的只有类似柱子和圆拱门的笔迹。不过,我却想到了一样东西——在洛伦佐的墓地那个被损毁的密室和过道之中,我用手机拍下来的那几幅设计图,它们很有可能和这里的这几幅是对应的。之所以这么容易就联想起来,是因为这个大胡子,他的胡子让我很自然地想到了这里面涉及的一个人物——米开朗琪罗。大胡子就是米开朗琪罗中年后的标志。

"你看这里。"我看着我用手指向的地方,十分肯定它们就是同一座宫殿,因为这座宫殿也有一个很奇特的结构特征——上端显得矮,像是受到了挤压,从柱子明显不同的高度中能辨别出来。

"你说这是什么意思?"我指着上端部分问汤勺。

"我猜,可能是一种对地势的标注,有可能……只是有可能,这上端的部分是在山上。"

这里的画面比之前我们看到的那些还要简单,假如没有那些图在脑中的铺垫,我们可能无法立刻明白这是一座宫殿。除了结构上并不完整之外,零零碎碎的柱子和拱门以及楼梯的标识看起来更像是一座希腊神庙,除此之外,还有一个特别奇怪的东西夹杂在中间。

整座宫殿的中间部分——也就是建筑高度发生变化的过渡段,被绘制得特别详细。左右两边有成排倾斜的大梁柱,从梁柱之间的空隙中能看到底下有一些分布零散的柱子,说明这是一层复式结构。而与这些梁柱相连的地面,由两边分别向中间搭建成排的台阶或者楼梯,楼梯连着一条向前延展出去的直路,路的尽头沿楼梯往上,相接的平台之上,两根方柱之间,出现了一个熟悉的东西,那个长方体。

又是它……这个盒子出现的频率都快超过波提切利那幅画了。

这么简单的一个形状现在竟然显得像是什么吞噬人的魔咒盒子。它在这里看起来更清楚一些,呈一种半打开的状态。但是由于线条混乱,也无法完全判断是否真的是打开的状态。难道真是棺材?可是棺材怎么会放在宫殿里呢?我对自己摇了摇头。

"怎么看起来像是中国的建筑风格?"我的目光在长方体那边收住,除了这一段,其他都是零星的结构，不知道是不重要还是画的时候过于匆忙，来不及把整体面貌展现清楚。

汤勺不置可否地点点头——我怀疑他根本没去过中国，所以对于中国的建筑风格也不是很清楚——听我这么一说，他又多看了两眼。

"这倾斜的梁柱肯定是木头的，我反正在欧洲没见过谁在房子里采用这种结构。米开朗琪罗当时接项目的范围那么广，怎么其他建筑里都没见到类似结构？"我说，"这么奇怪的建筑，你说会在什么地方呢？"

我怎么想都没有印象，如果佛罗伦萨真有这么一座带有中国元素的建筑，肯定老早被开发出来做收费景点卖门票了，那一定会成为中国游客必去的地方以及各大电影的拍摄常用基地。但是这么一个应该蜚声海内外的神奇地方，我居然闻所未闻，那么只有一个可能："估计没有被造出来。"

手电筒的光突然闪了几下，我在白光闪烁之间，看到了汤勺飞过来的白眼。闪了几下之后，手电筒灭了，一片漆黑。

"假如没被造出来，应该就不会有这么多事情了。"汤勺的声音在手电筒的光消失的同时冒出来，"大概被藏在什么地方。"他"啪啪"反复开关了几次，手电筒十分不给面子，完全没反应。

"但是这些图都不完整。"我继续说，"如果只有这些，估计我们这辈子都找不到那地方。"

"那就说明，一定有一份完整的图稿。"汤勺说话的间隙，手电筒的光又闪了一下。

第三十四章　暗流涌动

"谁？！"我大叫一声，白光闪烁的一瞬间，在我们进来的地方闪过一个人影！人影一闪便消失了，看方向，应该也进来这里了。

"不好！画！"我突然反应过来，画刚刚被我放入口那边靠墙的位置。果然，等我找准方向冲过去，左摸右摸，画已经不见了。

"别动，别出声，人还在这里。"汤匀出现在我身后，拍拍我的肩膀，小声对我说。

眼睛难以适应没有自然光源的黑暗，我努力闭上眼睛，再睁开，几次反复下来，大概看到了移动的影子——沿着前面靠墙的位置，那个人正在移动。

——是他！是偷画的人！这小贼抱着这么大一幅画，肯定行动不便！我已经计算过了，他在贴着墙走，我可以从前面的石桌那儿绕一圈，采取正面袭击，动作快准狠，一定可以攻其不备。我刚想溜过去，但被汤匀拦下了。他扯住我的胳膊，我听见他还在我的耳边骂了一句意大利语。

"干吗？"我有点儿来火，紧要时刻，他搞什么！其实我这么急主要是因为那幅画是被我放在墙边的，我要是不嫌胳膊酸，好好拎着画，现在也不会被人这么轻易得手。如果画真的被偷走，那我们今天起码一大半工夫都白费了。想到这里我就淡定不了，偏偏汤匀还要拉着我不放。

"你要干吗？！"他趴在我的耳边，语气很重地吹着气，"先看看他要干什么，你这么贸然过去，他一旦掏出来一把枪，你就直接死了！"

我顿时没了气焰，汤匀说得对，我刚刚那个所谓的攻其不备，弄不好到最后会变成一枪致命。但是，画怎么办？

"他跑不掉的。"汤匀说。

很快我就觉得情况有些不对。我本以为那人是因为偷画的时候正好被我们的手电照出来的白光闪到，偷完画才没有立刻跑出去，但是现在看样子他并非是在朝入口移动。我仔细想了想，确实是个问题，如果这个人扛着画，他打算怎么跑出去呢？我光是带着手电筒下来都觉得困难，别说是扛着一幅画爬回上面去了。而且这个人究竟是从什么地方冒出来的？他是刚刚从上面下来的？会是什么人？是不是之前引诱汤匀下来这里的人？既然知道这里，为什么还要靠我们偷画？所以说，画很可能不是被这个人放进去的，这人是想利用我们把画弄出来……

第三十四章　暗流涌动

我赶紧忍住自己脑中的胡思乱想，尽量保持注意力集中。在这么黑的地方盯着一个人影的移动方向，实在不是一件容易的事情，一个不留神，他就能成功溜走。

快要接近石台那块的时候，那个人居然"啪"地一下点亮了一盏灯，突如其来的亮光一闪，我整个人都愣住了。在我反应过来的时候，他帽子上的那盏灯恰好要灭，但是我趁着那最后的亮度看清了他的脸。

不，不是"他"，是"她"！——我有么一瞬间回不了神，感到自己仿佛被拽入了那幅古老的画中，光亮起又熄灭的那一刻，产生了一种神奇的重叠。站在祭坛画前的女人，手中抱着波提切利的《西蒙内塔·韦斯普奇》，而她的脸与墙上圣母的脸、手中的画上西蒙内塔的脸重合在了一起。我觉得自己仿佛在梦中。

"是她！是苔丝！苔丝！"我还没从梦中抽离，但大脑的理智逼迫我大喊起来。

她帽子上的灯跟着我的叫声又"啪"的亮了，我一看，汤勺都已经冲到她的旁边了。只见她微微一笑，用画的外框角撞了一下汤勺的膝盖，紧接着把画往石台上一推，空出两只手来，一只手掏出一瓶不知道什么喷雾，对准汤勺的脸猛喷了好几下，汤勺没有防备她会使出这种招数，一下就被她搞得睁不开眼睛了。同时我注意到她的另一只手抓住石台上方的祭坛画往旁边一拽，画掉了下去，露出一个和画大小差不多的方形入口。

她的动作极快，等我冲过去支援的时候，她已经将那幅《西蒙内塔·韦斯普奇》扔进了通道，紧接着一个翻身踩上石台，正准备钻进去。

汤勺一手捂着眼睛，一手拽住她的脚，同时，我抓住了她的右手。她的左手又掏出那瓶喷雾，旋转了一下喷雾头，对准我的脸按了下去——在我的面前突然冒出来一团极大的火球，我像被定住了似的，瞪大了眼睛等待那团火球正面冲击我的脸。这时，我的身后突然出现了一道后拽力，把我向后扯出去老远，直到我感到我的后背撞击到石墙上。

她脸上带着一丝诡异的微笑，消失在一团火光之中。

火光很快就消失在了黑暗里，随着火光一起消失不见的，还有她。这里又恢复了黑暗和平静，除了空气当中隐约能闻到的一股焦味，像是什么都没有发生过。

"你说这女人是谁？苔丝？就是那个冒充菲利普老婆的女人？"汤勺喘着气从我身旁的地面上爬起来。

"那就是又出现了一个之前的失踪人口。这女的刚刚一定是混在那堆死人里面，你注意到她身上的衣服和血迹没？我们刚才居然没发现……我看到她的腰间明明有把枪，却一直没有拿出来对付我们，看来，她并不想杀了我们……你怎么了？"他伸出手来拉了我一把，"我刚刚要是动作慢一点儿，你的脸就被她的喷火器烧焦了。你不会是……看到美女眼睛转不过来了吧？……"

我的目光游移在汤勺和那个模糊的洞口之间。我下意识地摸了摸自己的手，那个女人的手的感觉、温度，好像还停留在我的手中。是巧合吗？只是巧合吗？我感觉到自己浑身都颤抖起来。

"你怎么了?"汤勺捏了一下我的肩,"你抖什么?"

"刚刚……她的虎口有疤……"

"你在说什么?什么叫虎口有疤?"

"虎口……那条疤是她第一次毁掉她的画,开始乱砸东西的时候留下来的。我那天连夜带她去了医院……去医院缝针……她差一点儿,因为那个伤不能再继续画画……我后来每天……每天都会在她睡觉的时候摸一下她的手……我很熟悉……会是……是巧合吗?"

"你说的是……山川?"

"去找山川。"南洋的话又一次在我的脑海中浮现出来。难道,山川没有死?!不可能……这怎么可能?!我明明……明明亲手埋了她的尸体。

"当时,你是看着山川被火烧死的?"汤勺问。

我想了想:"没有,我没有亲眼看到她被烧死。我到的时候,她已经死了!"

"那你确定那具尸体是她的?"

不是她的,是谁的?那栋废弃的房子里面只住了她一个人……不是,等等……我真的确定吗?我发现那具尸体的时候,尸体已经烧得面目全非,别说是脸,那具尸体几乎只剩骨架了,就连骨头都缩成了一团,真的能肯定那就是山川吗?

死的,真的是山川吗?难道,山川没死?

我被自己的想法吓到了,背重重地撞到墙上,听见骨头受到撞击发出来的"咔嗒"声。我没法接受这种假设,几乎不受控制地大笑起来:"不可能的,怎么可能?死的肯定是山川,不然会是谁?那山川呢?她在哪里?"

对,死的不是她又会是谁?这伴随了我六年的噩梦,我一直背负着愧疚和痛苦活了整整六年。为此,我一直做足了死后下"地狱"的准备,在我的谎言之中活了六年。或许现在有谁来告诉我山川还活着,我应该高兴才对,可是我要如何去面对她?又要如何面对我自己?她没死的话,看到我这些年的经历了吗?看到我这些年是如何龌龊地撒谎求生了吗?看到我这些年如何因此变成了一个彻头彻尾的无耻之人,为了保全自己,让自己有理由苟活下去,而不断在谎言和噩梦中进进出出吗?那不是山川……不会是她,也不可能是她,也……也不能是她。如果是她的话,那我一定已经在"地狱"里了,她不会放过我,我也不会放过我自己,我希望她一刀捅死我,像幻觉里那样,或者给我一枪。我希望至少经历这些年的折磨之后,我能获得一个痛快,所以,不能是她,她死了,她死了……

"她死了……她死了……她死了……"

"啪——"声音传来的同时,我感觉到自己的脸火辣辣的疼,是汤勺给了我一巴掌。

第三十四章 暗流涌动

"好了,现在我们得先出去,你要发疯等出去再说。"他说,"山川的死活问题我们出去再讨论。我不去追那个女人是觉得追不上,但不等于说我们要住在这里。"汤匀说完,不由分说地把我从地上拉起来。

"画怎么办?"我甩了甩头,清醒了一些。

"偷都偷走了,能怎么办?不过还好我们拿到了这个,"他拍了拍口袋,"也不算一无所获。"我记起来了,对了,我们还拿到了一截藏有东西的画框。

手电筒在他的大力敲击之下,又陆陆续续亮了几次。我们爬上石台的时候,汤匀停了一下。"那个女人的身手总觉得有点儿熟悉。"他说完就钻进了那个狭窄的通道。

我想到了一个问题:"那个人会不会就是之前引诱你下来的人?"

他蹲在通道里,回头叹了口气说:"我不确定,但是直觉告诉我,非常有可能。我之前一直以为她最终诱导我们到这里的目的是想让我们看到那些尸体,但我现在又不太确定了,或许她确实只是想要借助我们的力量把那个装了画的机关打开,好拿到那幅画;或许那幅画里的秘密,就是我们身上的这个东西。"

我跟着他钻进了通道,他说得对,无论如何,我们都得出去再说。究竟是不是她引诱汤匀下来的,尚且不能判断。而关于那幅画,胡凯究竟知道多少,还不好说呢。

这条通道很窄,只能爬行前进。汤匀爬了不知道多久,突然停下来,我一头撞到了他的屁股上。他转过身来,推了我一把,说:"等会儿,缺氧。"说着我听见他大声喘了几口气。

这里的空气确实显得特别闷,带着一种潮湿且闷热的感觉。他不说我还不觉得,被他一说,我也觉得有点儿喘不上气来。"你说那个女的,怎么就有本事在这种狭窄的空间里瞬间消失……"他说着说着就没声音了。

我以为他被憋晕了,叫了声"陈唐",听见他"嗯"了一声。

"而且带了一幅画。"我补充道,山川的面孔再次在我的脑海中浮现出来。

汤匀沉默了几秒,一本正经地说:"我知道了,因为练过。"我笑了笑,以为他说的是一个冷笑话。

我们又爬了半小时左右,发现通道变高了。我们不仅可以站起来,而且渐渐地居然连身体都可以站直。但是这条路我们根本连方向都搞不清楚。向上的坡度很陡,就像在爬山,还是在这么压抑的空间里,搞得人晕头转向,浑身麻木。

又走了不知道多久,当我开始有点儿犯困的时候,汤匀突然停了下来,我又一头撞了上去。"怎么了?"我赶紧掐了自己一把,让自己清醒一些。

"看到出口了。"他说。

我越过他的肩膀一看,果然,前面不远处的地方有扇圆拱门,是打开的。外面似乎接近凌晨了,有淡灰色的光漏进来。终于有光了,我在心里舒了一口气。

但是汤匀显得紧张起来,他拦住我,叫我小心点儿,紧接着放慢脚步一点儿点向出口靠过去。到达门口的这段距离都平安无事,走到出口前,我往下一看,这里明显有石门落下的痕迹,地面上有两条缝,正好隔出来一扇门的形状。汤勺回头对我说:"你还记得你在里面不小心踩到的机关吗?"

我点点头:"你是说,我打开的东西是这个出口的门?"

"我觉得应该是,之前有壁画的那个屋子,墙壁上的缺口我看过,建造的时候就有了,没有机关的痕迹,画后面的洞口本来就存在,也不是机关打开的。里面那两个入口显然只有一个机关支配,那你踩到的那个就只有这里了。"

我倒吸了口气,这个机关也设计得太远了,这个石门究竟是有多重,我们隔着那么远的距离竟然都能听见。也就是说如果当时我没踩那块石头的话,这个机关就不会打开,那我们也就出不来,那么换句话说,山川……那个女人她也出不来。

我这一脚还真是价值连城,不知道算是帮了我们自己还是坏了事。

出口处很宽敞了,我先于汤勺一步走出去。汤勺在后面叫了我一声,但我已顾不上听他说什么。"总算能喘口气了。"我一边回头对他说,一边走上台阶。台阶往上是草坪,这里竟然就是胡凯的别墅正面入口那个花园的最高层,怪不得刚刚一直上坡呢,我们确实是爬了山。

我在草地上站稳还不到一分钟,突然觉得后背好像被什么顶住了。真是久违的感觉,之前也经历过两次,这是枪口顶住脊梁骨的感觉。紧接着,从我面前的草丛里钻出来大约十几个人,都穿得跟绝地武士似的,只露出一双眼睛在外面,他们每个人的手里都拿着一把枪。我没弄错的话,他们的枪口全都是对着我的。

这时候汤勺也走了上来,把手举在脑袋上,做出投降的姿势,脸上的表情十分从容,好像早就料到我们出来的时候会有这么一幕。

"他们是什么人?"我站在汤勺旁边小声问他,一边也学着他的样子把双手举高。还不等他回答,我就看到了答案。

我面前的这些人让出了一条道,一个人从容地走进了我们这个小小的包围圈,双手背在身后,面带微笑地看着我们。是胡凯。

"你们在我的宅子里转了一圈儿?呵呵,感觉怎么样?"

我有些惊讶地看着他,虽然之前一直在怀疑他,但是不用这么快就暴露自己吧。他究竟是什么人?

"你们干吗这么不友好,不要这么暴力,一有动静就拿枪。"他对着身边的这一圈人厉声说,"把枪放下去!我是来接朋友的!"那群人立刻就把枪收了起来,随后立正保持不动。

"走吧。"他重新把微笑挂回脸上,率先转身往前走。那群人虽然看不到脸,但是光看眼睛就很凶悍,而且绝对训练有素,只要胡凯一声令下,他们可以当场击毙我们俩。我看了看汤勺,他没看我,伸手拽了我一把,叫我跟上。

我们又一次进了胡凯家那个摆满了古董的客厅。他坐在沙发上,开了一瓶威士忌,

第三十四章　暗流涌动

让我们在他的对面坐下来。两张长沙发之间摆了一张透明玻璃镶金小圆桌，瓶子一放上去，圆桌跟着晃了晃。

"这桌子是我在法国买的，据说在凯瑟琳皇后被囚禁的时候，它是寝室里唯一可以使用的桌子。"他说着，倒了点儿威士忌给我们，"压压惊，我知道你们经历了什么，我曾经也经历过。"他扶着额头笑了起来。我刚想拿起面前那杯威士忌，被他这个动作一震，陡然停手。我怀疑酒里有毒。

"放心吧，"他似乎看穿了我的怀疑，拎起自己面前的酒杯跟我交换了一下，又把我杯子里的酒倒进他的杯子里，端起来喝了一大口，重新给我倒了小半杯。

"什么意思？"汤勺问他，端起面前的威士忌也喝了一大口。

"意思就是，我并不想害你们，所以你们不用担心。我知道你们去过哪里，也知道你们看到了什么，并且知道你们是怎么出来的。"

"所以，真是你布局让我们下去的？"汤勺问。

"我有那么无聊吗？布局让你们下去的人有他的目的，而我的目的只是袖手旁观，让你们经历一番后，跟你们做一个交易。"

交易？我警惕起来，他这话说明他绝对是故意把我们单独留在别墅里的，他有什么目的？

胡凯点了一支烟，又分别递给我们一支。给我们把烟点上之后，他抽了一口，说："那些人是我杀的。"

我觉得我的心脏大概停跳了三秒钟，那个屋子里的十几具尸体，在我的脑中一晃而过，那些尸体身上的腐臭味腾空而起，从那个空间里直接蔓延到了我们之间，我下意识地屏住了呼吸。

"他们是什么人？"汤勺问。

胡凯又喝了一大口威士忌，脸上露出诡异的笑容："小偷。"

"偷什么？"我问。

"秘密。"胡凯说。

173

第三十五章　地　图

我看到胡凯的表情，就知道他这所谓的秘密暂时还不会告诉我们，果然他没有再说下去，只说了交易内容。

"我已经告诉你们我杀过人了，作为一个警察，你现在就可以逮捕我，我不会反抗。如果你还没有这个打算，不如先考虑一下别的事情。比如说，我帮你们找到宫殿位置的所在，你们跟我合作……陈唐，你看呢？"

宫殿？！我听到这两个字的时候，仿佛听见了一滴水落入池子里的声音。他似乎完全掌控了我们的想法以及我们现在行动的方向。更何况，现在找到的重要线索是在他的地盘上，难道他一路都在监视我们？刚刚那些我们去过的地方是不是有隐藏的摄像头？还是说，山川……不，那个逃走的女人根本就是他安排的？

汤勺没有回答，但我在他的眼睛里看到的不是犹豫，更像是一种嘲讽。

我不知道作为一名警察现在该有的态度是什么，但是我认为汤勺肯定不会抓他，现在明显也不是时候。何况我们还不知道他究竟想干什么。胡凯说，那些人是小偷，偷他的秘密。假如说那一屋子都是一个组织的人，他们为了偷胡凯的秘密而死，那么胡凯的秘密肯定是重量级的。

"你为什么要杀那些人？"汤勺问他。

胡凯站起来，走到落地窗边，外面还站着他的那一堆保镖。他朝着窗外的人挥了挥手，那些打扮得像绝地武士的保镖在几秒钟之内全都消失了。看来，这些人是胡凯手底下一群训练有素的杀手。

"我刚刚已经说过了，这个秘密你们早晚会知道，但不是现在。这个世界上没有那么多为什么，杀人的时候你也不会去问他究竟是好人还是坏人，杀他们是因为他们站在我的利益对立面，我不得不杀。换作是你，陈唐，我相信你也会做一样的选择，比如……"他转过身来，嘴角扯出一丝微笑，"如果有一天，当你发现想害你的人拿枪对着你，你会不会先他一步开枪打死他呢？"他说完看了一眼汤勺，"我们本质上都是一样的，所以，我们才能做朋友。"

汤勺的目光突然变得锐利起来，他没有说话，只是攥紧了拳头。

"你们先休息，晚上我们再谈。"胡凯说完又看了看我，"我已经有你那位小兄弟的消息了。"

第三十五章 地 图

"南洋?"我的脑海中突然有个声音冒出来:不对,之前汤勺说看到过南洋的文身,如果他也是组织的一员,那么他会不会……我一把扯住他的领子,"你想把南洋怎么样?"

"哎哟,你吓死我了。你放心,你的小兄弟我不会动他。我找到他的话,会带回来找你的,到时候你再决定要不要带回去给那个变态老头诊治。"胡凯说完,挪开我揪着他的衣服的手,用眼角扫了一眼汤勺,笑着走了出去。

硕大的客厅里又只剩下我们两个人和一堆古董,没有保镖。但是我知道,在看不见的地方,一定有许多双眼睛盯着我们,不管我们做什么,他都能知道。

这一番谈话下来,我们好像什么信息也没有获取到,既没弄清楚胡凯的身份,也没搞清楚他的目的。只知道他所谓的交易内容和那个秘密有关,可是他究竟藏着什么秘密呢?他说他也经历过那些事,这么看来,起码那个地下的机关确实是以前就存在的,但是那幅画……总之,这个胡凯和之前判若两人。

"你和他到底是怎么认识的?"我问汤勺。

"几年前追踪一件案子的时候,他是其中的一个嫌疑犯。"

"嫌疑犯?那你没抓他?"

"抓了,后来放了。"他点了一支烟。

"所以,他没犯法?"

"犯了,走私价值几千万欧元的古董画。"他说得轻描淡写,我却听得不可思议,"几年前,法国和意大利联合追查过一桩很大的案子,有个小偷从巴黎现代美术馆偷走了价值一亿多欧元的名画,被我们抓住的人声称把画销毁了。但是我们在追查意大利边境古董走私案的时候,意外发现了其中两幅画的踪迹。那件案子,胡凯是我们追查的主要涉案人之一。"

我愣了很久才问:"他……给你好处了?"我实在有点儿不敢相信,这种事情也在汤勺身上发生过。

"没有,我放了他,是因为……因为……"汤勺猛抽了两口烟。

"因为什么?"

"因为我误杀了一名法国的同事,他是一名高级长官,这件事不仅会让我彻底丢掉饭碗,而且可能会被判刑。判刑对我来说还是其次,但我绝不能丢掉警察的工作,如果不做警察,我父亲的事情可能永远没有查清楚的机会。"他说话的声音很低,我听出了他声音中的颤抖,他夹着烟的手也跟着微微颤抖起来。他背过身去,在转过来的时候已经重新恢复了镇定,用当初陈述他父亲的事情时的口吻,继续说道,"胡凯,他在那个案子里其实算是主要参与者,但是他很狡猾,把大多数的罪证安在了另一个人头上。当时巴黎的里昂是我的指挥官,有次追击行动,我和他分在一组。当发现那个人的行踪时我不顾阻拦,贸然开枪,却失手杀死了里昂,那个人反而逃走了。当时

"我很慌张,不知道怎么办,胡凯在那个时候出现了,他把那个替罪羊带来我面前,跟我做交易。原本我还以为,胡凯只是参与者,那个时候我才知道,他应该是幕后老板之一,他是那整桩案子的最上级,是指挥者。可是我没有证据,他知道我没有证据,所以很从容地站在我面前,跟我谈条件。"

"什么条件?"

"他让我交出该交的犯人,他帮我把这件事洗干净。"

"你,同意了?"

他抬起头看着我,耷拉着眼皮,神情显得很无奈,摊开手对我说:"你认为我有选择吗?在那个时候,我有什么选择?我想过一万次,如果再给我机会,我会推翻重来吗?答案我到现在也无法确定,因为那个时刻的我,别无选择。"

"所以……"

"所以,我同意之后,他握住我的手,用我的手枪打死了那个人,然后把整个枪体都覆盖上那个人的指纹,塞到了他的手里。而我最后交出去的犯人就是死掉的那个人。我的证词是,死去的犯人抢了我的枪,打死了里昂,我和他扭打的时候,手枪走火,他不小心打死了自己,我从头到尾没有开过枪。我最后的述责报告里,只有一份丢枪报告。我没有受到惩罚,只是被调离了那个专案组。不过后来,那个专案组也很快被解散了,到现在他们依然没有找回那些失踪的名画。"

我沉默了很久:"后来呢?你问过胡凯关于那些画的事吗?"

"没有后来了。我当然问过,但是你觉得会得到什么样的答案呢?他说他根本不知道我在说什么。我后来也私下里继续追查过这个案子,可是无论证据、痕迹,还是其他所有的东西都被销毁了,所谓的证据链在那个替死鬼死了以后就彻底断了。我曾经想过,如果我有一天能追查到真相的话,我一定要亲手抓住胡凯,再把当年的那件事一一交代出来。再以后,我追查其他案子的时候,偶尔胡凯会给我提供一些线索。他有许多线人,还有很多我们不具备的手段,总能搞到我们搞不到的消息,那些帮助让我立了不少功。结果就是我放弃了追查他,选择和他保持了现有的关系。"

我听完后,脑中全是犯罪大片。巴黎那件事前几年闹得沸沸扬扬,别说我们圈内,就算是街上的清洁工都知道,没想到竟然和我眼前的警察,还有这个不知什么来路的胡凯有密切关系。但是和普通黑帮大片不同的是,幕后黑手没有被绳之以法,还和查案的警察扯不清楚关系。没错,这是美剧的套路。我想起胡凯去医院接我的那一幕,那会儿我以为,他和汤勺的关系可能像我和南洋那样,没想到,他们之间还夹着一部犯罪小说。

我想了很久,最后还是问了他:"如果有一天你能查清真相,你还会抓他吗?"

汤勺想了想,笑了笑对我说:"如果我爸的事情查清楚的话,可能会吧。但我不能肯定,到时候我还是不是个警察。我觉得我是有正义感的,但是你知道这个世界上,有时候人还是要选择,选择对自己有利的方式,起码暂时是这样。"

第三十五章 地 图

这是我意料之中的答案，人嘛，非黑即白都是电影桥段，伸张正义，这个词如何定义呢？我们要做的通常都是那一瞬间权衡利弊的选择。

"现在你知道了我最大的秘密，等事情结束，你可以去举报我，我不会逃跑的。"他的表情看起来像在开玩笑，但透过他的眼睛，我知道这不是玩笑话。我也对他笑了笑，用一种听到一个笑话的表情。

我不辨别对错，也没有资格去审视对错，我只能说，利益，是这个世界捆绑一切的纽带，我们都是纽带上的环扣。我无法站在任何道德制高点，去评判他做的这件事。

小贱从楼梯上悄无声息地走下来，高高地扬起尾巴"喵"了一声。汤勺看到小贱，走到楼梯口，把它抱了起来。"小贱肯定饿坏了，我带了猫粮，我去给你拿。"他宠溺地亲了亲小贱拥有神奇印记的额头，转身想去拿猫罐头，小贱看起来却不愿意放他走，拼命站起来扒他的裤子。

我笑了起来："你这都可以做宠物饲养员了，你看这猫现在黏你黏得越来越得寸进尺了。"

"小贱，你要找什么？你告诉我要找什么，别一直扒我裤子啊。"

我看到汤勺裤兜和上衣之间露出来一段黄铜色，突然想到了什么，赶紧对汤勺说："你把口袋里的东西拿出来！"

汤勺立刻反应了过来，扯开小贱吊在他裤子上的爪子，从口袋里掏出来那截画框。小贱也立刻转移了目标，伸长爪子拼命想抓汤勺手里的那截画框——它是在找这个。

汤勺把鼻子凑到画框上闻了闻："闻不到什么，但它可能闻到了里面的气味。"

"气味……猫能闻到什么气味？"我猛地一拍脑门，"打开打开！那里头一定藏着什么它感兴趣的味道，可能是羊皮！"

汤勺找来叉子把画框撬开，果然，里面藏着一卷羊皮纸。汤勺把那羊皮纸掏出来的时候，小贱拼命凑在旁边，不停地用爪子捣乱。这情景怎么看着这么熟悉……但是我又一时想不起来。

"拿出来了。"

我放了一盒猫粮在小贱的屁股后面，它走过去只是闻了闻，又转身继续盯着汤勺手里被卷成细细一卷的羊皮纸。汤勺慢慢把它展开来。

"那时候都有纸了，为什么还用羊皮啊？……"我奋力地挡开小贱挥上来的爪子，一个不小心就被它抓出了几条血红的爪印。

"为了长久保存，如果是那个时代的纸，你今天看到的应该是一吹就散的灰。"汤勺把羊皮纸完全摊开之后递给我。

羊皮纸差不多只有半张 A4 纸那么大，但是上面的东西一目了然——一张地图。

"这是……"

"一定是宫殿地图。"汤勺看着羊皮说，"原来藏在这里面。"

"你从哪里看出来这是宫殿地图的？"这地图很奇怪，如果说之前我们看到的那两幅都属于设计图或者简笔草图，那么这个大概可以算个不完整的平面图——如果它真的是宫殿地图的话。

"猜的。"汤勺面无表情地说，"不是宫殿地图，就不会这么巧出现在画里了，还那么巧出现在那个地方，你说是不是？凡事总得有关联性吧。"

他说的有道理，但是这个地图，第一，它不完整，这上面没有显示进口和出口；第二，地图上虽说画出了大概的结构，但是那些标记有很多看不明白的地方。

"这些靠在一起，又有的分散开的圈圈代表什么？"我指着一堆时大时小的圆圈问汤勺。

汤勺把地图从我面前拿了过去，眯着眼仔细盯着看："李如风你看这些，如果说这些圈圈代表柱子，这些小横线代表楼梯的话，这看起来像什么？"

我也眯着眼睛盯了半天。圆圈是柱子，横线……是楼梯，我一边看一边比画："这是，这是我们在下面那个墙上看到的那个部分！"而这个部分出现在地图的最上端，最上面的顶边画了一个 X。

"对，这就是宫殿的地图，这是地图的一部分。你看，上面这条弯弯曲曲的虚线是什么？"他指着一条绕上绕下的虚线给我看。

"我不知道，难道是……路线？可是为什么要标注路线呢？"我摇了摇头，不是很理解这个虚线的用意。

"按照一般地图的大小和这上面的比例来看，它应该是三分之一或者是四分之一。那剩余的会在哪里？"

这时候小贱又冲了上来，一伸爪子就被汤勺一把抓住，只好又把目标转移到地上的那截画框上。少了羊皮纸的画框，它兴趣减了不少，只挠了几下，就撅着屁股去吃猫粮了。我一直看着小贱，突然之间一个画面跳入了脑中。"对了！"我指着小贱，"你记得吗？那个复制品！当时在我的店里的那个，小贱也一直扒那幅画！"

"你的意思是说，可能那幅画里也藏了一张……"

第三十六章　餐桌密谈

这是一个非常合理的推断，小贱到底是被什么气味吸引，这个暂时不能确定，但是很明显，它当时一直去扒那幅画一定有原因。难怪小贱似乎对那幅复制品特别感兴趣，我当时还觉得奇怪，这么一想，绝对是地图的另外一部分羊皮纸就藏在那幅画里！如果是这样，那么可能他们口中说的"画"其实并非一幅，而是两幅！

"这么看来，那幅复制品可不一定是复制品了，搞不好那两幅都是原件。"汤勺嘀咕道。

"如果他们还没找到的话，我们必须要抢在他们前面找到那幅画。或许有了完整的地图，我们就能知道宫殿的位置。我猜，胡凯所谓的秘密，绝对和那个宫殿有关。"我说。

汤勺没说话。我们把羊皮纸收起来后，小贱就消停了，现在正专心吃它的猫粮。

"你之前说，咖啡屋的人跟你说，小贱曾经是在菲利普手里的，是吗？"汤勺问我。

我点点头。

"那有可能，当时菲利普就是在利用它找画。"汤勺若有所思地说，"还真是离谱，利用一只猫找画，这到底是一只什么奇猫？"他蹲下去，摸了摸小贱的脑袋，又抬起头来对我说，"现在我们没法做什么，我估计今天晚上之前我们没可能从这里出去，除非我们和胡凯达成交易。"

"他会杀了我们吗？"

"不会。既然他说想要交易，那就听听看好了，我们只要不做他的敌人，他不会对我们怎么样。"

这话就不好说了，什么叫不做敌人？有些地雷是踩上去之后都不会知道抬脚的下一秒会爆炸，我怎么能知道胡凯的敌人长什么样？反正我是不太喜欢他那个虚头巴脑的说话腔调。在我看来，胡凯就是一颗随时会被引爆的炸弹。

"你当初到底是怎么想的？怎么想到把他扯进来，你不叫他来医院接我不就什么事情都没有了……"我小声嘀咕。

"先不说我找他的事，就算我不找他帮忙，现在这个情况，难道你不觉得他早晚也会自己找上我们吗？"

我想了想，也是，胡凯好像并不是被扯进这件事情里的，他像是想要主导这个事情的发展方向，就算我们今天、明天绕开了，后天也一样会在这里经历这些。

晚上五点，我听见门口不知道从哪里冒出来的声音，齐刷刷地叫"凯爷"。胡凯回来了。

我们依旧坐在客厅的沙发上，哪里都没去。这整座房子，不管我们走到哪里、干什么，一举一动他应该都了如指掌，所以我们很干脆地留在原地等他了，看看他到底葫芦里卖的是哪种药。

"晚上好，等了我一天？"胡凯笑眯眯地坐到我旁边，拍了拍我的肩膀。

"说吧，继续你今天白天的话题。"汤勺直接说。

胡凯笑了笑："别这么着急，马上到饭点了，我今天特意叫人从外面买了新鲜的海鲜回来，为了补偿昨天晚上没能请你们吃饭的不周之处。我们待会儿边吃边说。"他挥了挥手，不知道从哪里钻出来一个西装笔挺的意大利中年男人，毕恭毕敬地弯腰站在他旁边，胡凯指挥道："让他们准备晚饭吧。"那人点点头走了出去。

真是人不可貌相、海水不可斗量，我心想：这种斯斯文文、面貌清秀的人，居然干的都是杀人越货的勾当，以后可千万别随便凭长相判断一个人，搞不好下一秒就会被他当成枪靶子。

"有南洋的消息吗？"我问。

"有。"胡凯眯着眼对我说，"有一个好消息和一个坏消息，你想先听哪一个？"

我心里暗骂一句，但又不好在面上发作，想了想又问："他还活着吗？"

"不知道。"胡凯说得很随意。

"不知道？！你把他怎么了？！"我一下就跳了起来，"你要是杀了他，我一定也会……"我没敢喊出"杀了你"三个字，胡凯看我的眼神仿佛在看一个傻子，让我把最后三个字吞了回去。

汤勺拽了我一把，把我按回椅子上，把手放在我的腿上拍了两下，小声说："你冷静点儿，他肯定不会杀南洋。"

胡凯"哼"了一声，半笑不笑地打量我，最后才说："问你一个问题，如果有一天，你发现你情同手足的兄弟并不是那么简单的人。他是个杀人无数、为达目的不择手段的人，他伤害过你和你的亲人，你还会这么希望他活着吗？"

我愣住了，他的话像是一把刺向我的利刃。他是什么意思？南洋伤害过我？还伤害过我的亲人？他是说山川？南洋杀人无数，是个不择手段的人？不可能。虽然南洋如今的身份和他做的事情让我怀疑我并不真的了解他，但他绝对不可能是那种人。

我记得曾经有一次，山川过马路的时候差点儿被一辆速度极快的摩托车撞上，是南洋毫不犹豫地冲过去救了她。结果他自己撞到马路牙子上，小腿骨折，一个月没下得了床。无论南洋身上有多深的秘密，他也绝对不可能伤害我，更不可能伤害山川。

还没等我开口说话，胡凯笑了起来："哈哈，你别这么紧张。我只是做了一个假设，我没说这个假设在指向你的小兄弟。你放心,我没有对你的小兄弟怎么样。"

"他在哪儿?"我问。

"我都说了,你想先听好消息还是先听坏消息?"他又问了一遍。

我想了想:"好消息。"

"OK!好消息就是,我确实找到了你那个朋友的行踪。就在今天上午,我的人还在你的店后面的那条街上见到了他。我想,他有可能是在找你。"

南洋去了店那边找我?那他当初为什么要从医院逃走呢?"那坏消息呢?"我问道。

"坏消息是……他好像伤得很重,我本来打算把他带回来的,但是他跑了。有一个人跟他是一伙的,我的人跟她交了手,看身材应该是个女的。"

女的?!是谁?对了,当时我被那个疑似是西木的人绑在废弃的房子里的时候,他说起南洋时也提到了一个女人,她是什么人?我记得他当时说,画就是那个女的放在我那里的,还说非要把我扯进来……目的是什么?假如南洋是那个组织里的,那么那个女的会不会也是那个组织里的?……会是夏娃吗?南洋伤得很重,为什么还要出来行动?他和那个女的会不会并不是在找我,而是在找……画?还有,那个人在放火之前,还说过关于山川的事,他说南洋知道……我一定要找到南洋。

"不过你放心,我已经派人根据他们逃离的方向继续追查他们的行踪了,有什么消息我会第一时间通知你的。"胡凯说。

我还在犹豫要不要说一句谢谢,菜被端上来了。

我刚来这间屋子的时候,一直以为这里空无一人,也不知道现在这些人都是从什么地方突然变出来的。我们吃饭的时候,不仅有四个服务生,还有专门的厨师现场烤龙虾,做蔬菜拼盘。

"你到底想说什么?"汤勺一口没动,只盯着胡凯。

胡凯往嘴里塞了一片新鲜的红胡椒粒腌三文鱼。"嗯……不错!"他一脸享受的样子,朝身边的厨师竖了个大拇指,厨师是个很年轻的小伙子,个子很高,湖蓝色的眼睛,看起来应该是个北欧人。他非常有礼貌地冲我们微微一笑,点了点头。

"你们不要辜负美食,我们先用餐,后谈事。"胡凯把酒杯端起来碰了碰我们面前的杯子,"这是阿尔多阿迪杰的最好的白葡萄酒,配今天的海鲜很合适。"他喝了一口酒,笑着看了看我,"放心,下毒这么低级的事情我不喜欢做,我杀人从来不下毒,太龌龊,还不干净。"

说到杀人,那一排腐烂得七七八八的尸体的画面瞬间又浮现在了我的脑海中,连面前的红虾都仿佛染上了腐臭味。我喝了一大口酒,深吸了好几口气。

"那行,看来你们都不怎么饿。要是你们不喜欢吃海鲜,下次提前说,我让伯格给烤个契安尼娜T骨牛排。"那个北欧小哥大概是听见了这句中文里有他的名字,又向我们点了点头。

"我们开始说正事吧。"胡凯擦了擦嘴,放下餐布,"你们先说,你们的收获呢?"

我紧张起来,羊皮纸在我的外套口袋里,我的手不自觉地打算摸一摸口袋,汤勺在桌子下面踩了我一脚,我立刻反应过来,把滑下去一半的手伸出来卷了一下衣袖。

胡凯低头抿嘴一笑:"你们放心,我不是在诈你们。陈唐,我们也不是第一天认识了,你知道我的做事风格。"

汤勺面无表情地不回话,过了十几秒才开口说:"画是你放的?"

胡凯摇摇头:"不是。"

"我们凭什么相信你的话?"我问他。

胡凯笑了起来:"我连杀人都认了,为什么不承认放过一幅画?"

"那你怎么知道画的事情?难道后面那个厅也装了摄像头?"我记得之前在他的花园里看到好几个摄像头。

"没有,那个地方进去的人都没能活着出来,除了你们两个,所以没必要费事装摄像头。哦,还有一个,我看到那个小妞儿了,她带着那么大一幅画从我的花园里跑出去,我又不是瞎子。"

"那你没拦住她?"

"没成功,她身手很灵活,当时值班的人看到她通知了我,我没让拉警报。那个时间段,外面有巡警,很可能会被警报引过来。我不想把事情搞大。所以去追捕她的人只有四个,她跑了,但是右手的手臂挨了一枪。"

她受伤了?!

汤勺说:"我们从我那个房间的密道下去之后,在另一个客厅里发现了画。画在一个机关里,我们是开了机关才下去的。不管把画放那儿的是谁,那幅画难道本来不是在你这里吗?"

胡凯往靠背椅上一靠,点了根烟,慢悠悠地说:"我可没说画本来不是在我这儿的。"

"原件是你偷的?"汤勺问。

胡凯抽了一口烟,吐了两个烟圈出来:"是。"

"为什么偷?"

"偷东西还有为什么吗?再说,现在不是又被偷走了吗?"胡凯轻蔑地一笑,"而且你们也有收获,这就够了,足够我们继续互相帮助,陈唐。"

"你知道画里面有什么?"我问他。

他下巴朝屋子一角示意了一下,我抬头一看,这个屋子里也有很多隐藏在角落里的摄像头,包括现在我们的脑袋上方的吊灯上也安了针孔摄像头。"你们告诉我的。"他说道。

这个倒是在预料之中,只是没想到这个客厅里的隐藏摄像头竟然有这么多。

"那个女的逃走的时候,你的花园里拍下来的监控录像能不能给我看下?"汤勺问道。

第三十六章 餐桌密谈

"没问题。"他说完，打了一个响指，其中一个侍应生走过来，把头凑到胡凯的耳边。胡凯对他耳语了几句，他就离开了。过了几分钟，他重新走进来，递给胡凯一个遥控器，就退到了后面。

胡凯按下遥控，我们面前的白墙上立刻出现了一幅巨型的投影。屋子里的灯暗了下来，只在我们的头顶上保留了微弱的灯光。"花园里一共有六组摄像头拍到了她，所以我这里有六个画面，你们可以从不同的角度看。"胡凯说完，按下了播放键。

墙壁上立刻出现了六个方框，画面虽然是黑白的，但是画质都很清晰。"这是花园中层的第二个喷水池边上，"胡凯说，"你们看，她马上就要跑过来了。"

镜头上有个黑影先是一闪而过，然后又重新从喷泉后面绕了回来。是她！跟她打斗的的确如胡凯先前所说，只有四个人。那四个人一看就知道是训练有素的，但是她手脚很灵活，几乎招招能闪过。当她拎起画框往前跑的时候，胡凯突然按了暂停："就是这里，我的一个人开了两枪，有一枪打中了她。"说完，他继续播放。其中有两幅画面清晰到竟然可以看到子弹从空中飞过的痕迹线。那个女人在楼梯下面停顿了一下，然后单手举起画框跑出了画面，动作很快，没有因为受伤有多余的犹豫或耽搁。

"你的人为什么没有开第三枪？"我问。

"没必要杀了她。我还没弄清楚她是什么人，万一不是敌人，将来可能会给我们带来帮助呢？"胡凯的脸上出现了胸有成竹的笑容，"刚刚听你们那么说，我猜那幅画应该是她放的。"

"这……逻辑说不通啊，"我说，"既然她都拿到画了，为什么还要放进那个机关里，然后让我们费劲破解机关，她再把画偷走呢？还把重要的东西留给我们了，这不是多此一举吗？"

"对啊，所以我才说，她不像敌人，这就是为什么我不想杀了她的原因。那个机关是个老机关，她对这个机关了如指掌，要不就是很清楚这个房子的结构，要不就是在这里偷着待了很久了。总之，她可能是听了谁的命令来偷画。但是她选择把最重要的东西留给你们，至于为什么就不清楚了。"

"你的意思是，她是故意把地图留下给我们的？"

胡凯耸了耸肩，点点头："不然确实说不通啊。"

"是她？"汤勺盯着定格的画面自言自语道。

"她？谁？"

汤勺侧头看了我一眼，摇摇头说："我不知道，明天要出去确定一件事。"说完，他回头望着胡凯。

胡凯耸了耸肩："我想我们的交易已经达成了，你有绝对的人身自由，不会有人拦你。"

"交易？"我莫名其妙地看着胡凯，刚刚这些话里哪句有"交易"这两个字出现过？我看了看汤勺，他面无表情，似乎并不反对胡凯的说法。

胡凯看着我，有些得意地冲我眨眨眼："这你就不懂了，我和陈唐之间有我们的默契。"

他刚说完这句话，我们左手边的落地窗传来玻璃碎裂的声音，屋内刚刚为我们斟酒的一名服务生应声倒下。

"伯格！"胡凯冲着那个北欧厨师喊了一声，从身上抽出来一把枪。

只见那个叫伯格的厨师脸部依旧保持着刚刚烤龙虾时候的表情，一手持枪，一手摘掉他的头顶上的白色厨师帽，又从里面摸出来另一把枪，两把枪一齐朝着窗口开火。窗玻璃碎裂的声音不断响起，子弹隔空乱飞。刚刚那些服务生，看来都是训练有素的杀手。除了死掉的那个之外，所有人都反应十分神速，立刻转身掏枪，一秒钟都没有耽误。

胡凯突然朝我横扑过来，把我往他那边使劲儿一拉，有一枚子弹几乎是贴着我的头发飞向了我身后。幸亏他反应快，不然我就被直接爆头了。"你们俩先走，"他说，"去房间密道下面那块儿避一避，记住不要去走廊和客厅。"他说完，推了我们一把，一下把我们推到了大厅中间。子弹立刻像下雨一样，转移了目标，全都朝我们飞来。

"怎么回事？！好像是冲着我们来的！"我捂着脑袋，拼命躲避子弹。胡凯不知道按了遥控器上的什么按钮，只见有三面玻璃在我们周围落下来。当三面玻璃快落到地上的时候，突然从玻璃和地面的空隙之中滚进来一个人。这人戴着一副熟悉的面具，我一看到这人就想起了西木，但直觉告诉我不是他。这人一滚进来，还躺在地上，仰面朝天就拔出枪指着我们。汤勺脚一提，似乎想对着他的枪口冲过去，我用力扯了一把他的外套，忽然眼前白影一闪，只见这里不知何时又多了一个亚洲脸的男孩，看起来年纪特别小，只有十四五岁。他也是其中一个侍应生，穿着白色的西装。他进来的那一刹那已经夺过面具男手里的枪，对着他就是"砰"的一枪。我被吓了一跳，但是那个孩子面无表情地把被他打死的人从空隙里踢了出去。

玻璃一落地，就跟装了隔音器一样把开枪的声音全都挡在了玻璃外面。玻璃罩住了大部分的古董，通向楼梯。而子弹飞过来的时候，全都被玻璃重新弹了回去。我回头一看，现在大厅里出现了好几个戴着同样面具的人，都横七竖八地躺在地上，估计是被打死了。我的眼睛死死盯着那个男孩的脚边慢慢漾开来的鲜血。这男孩杀人的时候我看得很清楚，一枪爆头，干净利落。

"快走。"汤勺拉了我一把，飞快地奔上了楼梯，那个孩子用后退的方式一路跟着我们往楼上走。

"这些人来得这么快绝对不是碰巧，肯定是发现画里面的东西被我们拿了，所以才会这么快找上门。"我对汤勺说。

"先保命吧。"汤勺说。

我们匆匆进了汤勺之前睡的那个房间，我用同样的方式飞快地打开了地道的门。我和汤勺先下，那个男孩断后。我刚走下去四五级楼梯，就听见身后有窗户被打开的

第三十六章 餐桌密谈

声音，一回头就望见那个男孩在外面跟人打了起来，闯进来的人块头看着要比那个男孩大两倍。我想回去帮忙，被汤勺拉住了，他朝我摇摇头："你去了只会添乱，你先下去。"

这时，我听见身后有个男人的声音响了起来："想见你妹妹，就把东西交出来。"

我立刻停住了脚步，身后却传来三声连续的枪响。那个男孩面无表情地抢在密室门关上之前跳了进来。"好了，下去吧，安全了。"他对我们说。

"你杀了他？！"刚刚那人说的话我还没来得及问清楚……

"对，那个人的手里也有枪，不是我杀他，就是他杀我，杀完我还要杀你们。你们死了的话，那我就是失职。"他面无表情地说道。

我一时语塞，这么小的孩子胡凯是怎么培养成这种冷血杀手的？"你死都死了，还失什么职？"我没好气地说。

那孩子瞟了我一眼，仍旧是一张冷血僵尸脸。

那个被他杀死的是什么人？他说的话究竟是故意想让我交出东西，还是他真的知道山川在哪里？难道……山川真的没死？

第三十七章　陌生来者

"陈唐，你之前看完视频之后，想说她是什么人？"

汤勺走下最后一级楼梯，突然停住了。"她是……什么人？"这并不是他对我问题的回答。我们正站在这间连着楼梯的房间之内，眼前多出来一个人。这个人被手铐铐在对着门的那条横杆上。男孩的手里有个小手电筒，借着光大概能辨别出来是个女人。

"谁？"我想走过去，却被那个男孩拦住。"不要过去，她是疯子。"男孩说。

"疯子？你知道她是谁？"我看了一眼那个女人，看起来应该是睡着或者昏迷的状态，脸被头发挡着，看不见。

手铐……对，上回路过这里的时候，我记得在这里看到过一副手铐，但当时绝对没有这么一个大活人。看这个小孩的反应，这个女人绝对不是今天才被铐在这里的，上回没看到她，估计是被胡凯故意藏起来了。她是谁？为什么会被胡凯铐在这里？

"嘿，你叫什么名字？"我问那小男孩。

"小四。"男孩回答。

"胡凯给你取的名字？"

"是，是凯爷。"他边说边瞪了我一眼，被他的手电筒的白光一照，他看起来跟鬼一样。

"好吧，小四，我们商量个事情，我现在要去检查一下那个女人，你不要拦我。"

我以为他一定不会同意，都做好了磨嘴皮子的准备，但他开口就说："可以，不过后果自负。如果你出了什么事，麻烦你，"他转向汤勺，"告诉凯爷，是他自找的。"

汤勺居然想也不想地就点了点头。

本来我没什么恐惧感，不过就是一个被铐住的女人罢了，但被小四这么一搞，我心里反而有点儿发怵了。疯子？瞧这样子，总不至于是他们的什么新型杀人武器试验品，类似于咬人的僵尸之类的吧？……

我要过来小四的那支小手电筒，一步一步很小心地挪过去。这里太安静了，外面的打斗和枪战如同是正发生在另一个世界里的事情一般，在这里完全听不见。

我在女人的旁边蹲下来，先检查了一下手铐和她的手。我想的没错，她的胳膊很细，所以灯光一照就能看清楚手腕上有好几圈重叠的勒痕，有的颜色已经接近深紫色，说明她被铐着已经有一段时间了。接着我用手电照了一下她的身体，她浑身上下只穿了一件连本身的颜色都已经看不出来的上衣，全都是干掉的污泥，而且破破烂烂。她也没穿内衣，一半胸部都露在外面，我赶紧把光移开，再一看，她下半身只有一条内裤，两条腿上青一块紫一块，还有很多伤口。这是自己弄的，还是……被打的？

我把她的头发拨到一边，拿小手电筒抬高一照——一双血红的眼睛正瞪着我！我被吓得一直退到墙边，跌坐在地上。那个女人从地上爬了起来，大吼了一句我听不懂的话，伸出一只手朝着我冲过来——这简直是女鬼加僵尸啊！旁边两个人居然没有反应。

这个房间很小，眼看她的手就要卡住我的脖子了，结果身体被手铐的作用力猛地扯了回去。她又尝试了几次，不断朝我扑过来，不断被扯回去，搞得我贴着墙一动都不敢动。我用手电筒照了照她的脸，这是一张亚洲人的面孔，头发是浅咖啡色的，不是年轻女人，看起来有五十来岁了。胡凯为什么要把这么个人囚禁在这里？

"告诉你了她是疯子，你不信。她会咬人。"小四大步走过来，把我拉了回去。

"这个女的是什么人？"汤勺问。

"不知道，我们只负责看着她。"小四回答说，"我们只做凯爷吩咐的事情。"

呵呵，胡凯应该去意大利军校当教官，或许有望让意大利人摆脱"二战"历史中带着意大利面上战场的百年笑话。

那女的突然又吼了起来，这次我听懂了，说的是意大利语："画！画！啊——魔鬼！魔鬼！别过来！"她一边尖叫一边抱着头整个人贴到那条横杆上，嘀嘀咕咕说了一堆听不明白的话之后，突然又说了一句中文。

她说："把儿子还给我。"

"儿子？！"难道胡凯也囚禁了她的儿子？

汤勺一把抓过小四手中的手电筒，把细小的光束打到那个女人的脸上。疯女人大概是感受到了攻击，大声吼叫起来，一下一下地想冲向我们，却被手铐限制住了。

"你干吗？做刺激实验啊？"我望着汤勺突如其来的怪异行为一头雾水。

"怎么是她？这女的我认识。"

"你认识？！"

汤勺把手电筒塞回小四的手里，转头对我说："记得吗？我跟你说过，那幅画第一次被盗，当时为了找回画成立了一个专案组，这个女人就是当时那个副馆长——廖思甜。画失踪之后，她一直协助调查。"

"她没死？她不是应该死了吗，怎么会在这里？所以说，专案组的人并没有都死。到现在为止可以证实死亡的，有你的父亲、菲利普，或许还有上次死在我们面前的老西木。"

汤勺看着那个缩在角落里自言自语的疯女人："我不知道，她的资料后来全都消失了。我之前只知道她死了，但不知道她是怎么死的。既然她在胡凯这里，胡凯应该

知道。"

"嘘——"小四对我们做了一个噤声的手势，"外面有人。"他一步步毫无声息地靠近那扇通向走廊的门，把耳朵贴在门上听外面的动静。我其实什么都没听见，听他说有人就跟着紧张起来，大气都不敢出。小四把手电筒扔给汤勺，掏出枪，"咔嗒"一声将子弹上膛，继续贴着门听动静。廖思甜也安静下来，周围一片沉寂。时间长得像过去了一个世纪，小四重新把枪收了起来，这意味着外面的人走远了。

这时，角落里跟睡着了一样的廖思甜突然又尖叫了起来："放开我！放开我！别杀我！别杀我！我什么都不知道！不知道！啊——"我的耳膜差点儿被她的声音刺穿了。被她这么一叫，门外走路的声音这会儿我都能听见了，外面那人很明显快走几步开始冲着我们这边跑了过来。小四手臂一挥，示意我们退后。脚步声在门前停住了，门把手发出被人转动的"咔咔"声，我屏住了呼吸。

"我们要不退回上面去？"我提议说，心里琢磨着小四多半知道怎么打开上面的门。

"上面的机关只有在外面能打开。"小四轻声回答道，"而且这里都能有人找过来，说明上面也不安全。不用怕，有我呢。"

这时，门锁传来奇怪的声响，外面那个人好像在撬门，门被上了锁，没那么容易打开。小四给我们比了个倒计时的手势：三，二，一。他"砰"的一声开了门，锁居然已经被撬开了。撬锁的人估计是贴门太近，被打开的门拍飞出去老远，小四举起了枪，三大步就走到了他旁边。

"别！别杀我！别杀我！"那个人躺在地上对小四做出投降的姿势，又是一张亚洲人的脸，今天这是亚洲人大集会吗？

"你是什么人？谁派你来的？"

那人的脸上没戴面具，我看了一眼周围，也没看到那种面具。难道他和楼上想杀了我们的不是一批人？小四搜了一下他的身，转过来对我们说："他没有枪。先把他带到里面去。"说着便拎起了地上那人的衣领，把他拖进了关着廖思甜的房间，"你是什么人？"

"各位不要杀我啊！我不是坏人！有人让我来找一个叫李如风的人，给我的地址就是这里，我还是找了半天才找到别墅门呢。但是我进门的时候被打晕了，醒过来之后发现自己在一个全是大树的地方，好不容易找到一扇破掉的落地窗，钻进来就在这里了。我不是贼啊！"那人拼命摇着手求饶，说的中文还带着奇怪的口音。

"有人叫你来找李如风？！是谁？！"我听到自己的名字的时候愣了一下，这会儿才反应过来，他是来找我的。

"你就是李如风？"那人终于把两只手从脸上挪开了，我仔仔细细看着他的脸想了一下，确定自己不认识他。

"你怎么知道？"

"因为……你的手……指着你自己呢。"他哆哆嗦嗦地说,"是个女的,给了我钱,叫我来找你。她说,你会需要我的帮助。"

"女的?叫你来帮我?!"我有点儿弄不明白自己到底听到了什么,看了眼汤勺,他看起来也是一头雾水。

"你会什么?"我哭笑不得地问他。

"开锁。"他说。

"开锁?"我再次语塞,这……究竟是怎么回事?

"什么样的女人找的你?"我继续问他。

"挺漂亮的一个女的,我不认识。"

"你不认识?她给了你多少钱叫你来找我?"

"嗯,不认识。那天她突然来了我的店里,给了我一千块钱,让我来找你。"他一脸诚恳,不像是在撒谎。

"一千块?一千块你就来了?"我实在无法理解这演的是哪一出,"你待会儿出去之后赶紧回去吧。为了一千块钱,别把自己的命给弄丢了。"

"那可不行!"他直摇头,"那个女的怕我拿了钱不办事,拿走了我的一样东西,得等我帮完你才能拿回来。"

"什么东西?"

"我……我……我店里的财神像。"

小四那张扑克脸听完这句没忍住,居然哈哈大笑起来。

"财神像?"这人看来是个拎不清的,但凡知道自己有生命危险,一定不会这么不怕死地找过来,我想了想又问了句,"你开的什么店?"

"锁店,那不是普通的财神像……唉,算了,反正我不帮完你不能回去,否则我拿不回我的东西。"

"你拿什么证明你说的话?"汤勺皱着眉头问,他对这个天真的小锁匠并没有放下防备心。

"这……我怎么证明啊?她又没有给我委托书什么的。哦,对了,那个女的有一条胳膊好像不太好,像是受了伤的。你们认识吗?"

"胳膊?哪条胳膊?"汤勺追问道。

"应该是……左右……右边!"

"是她?!"我和汤勺几乎异口同声,说完之后互相看了一眼。

"是吧!你们认识吧,我没撒谎!你要开什么锁?赶紧的,开完我好回去找她要回我的东西!"

汤勺皱着眉头,若有所思。"你之前想说她是什么人?"我重新提出了之前那个因为廖思甜中断的问题。

汤勺沉默了一会儿,更像是自言自语地说:"她的身手和速度很像一个人……"

他转头望着我,"塞拉。"

塞拉?!不是没可能。我第一次见到塞拉就把她当成了苔丝,她们的脸很像,如果细致回忆一下,好像不一样的只有妆容而已。而无论是装扮还是性格反差,都是能够伪装的。我又想起那天在菲利普的办公室里撞见她的情景,当时她可能根本不是去查案的,就是去找东西的,她一直潜伏在警察内部。慢着,这么说的话,如果山川真的没死,塞拉和苔丝又是一个人的话。那就是说,这么长时间以来,山川一直在我身边……怪不得上次拉到塞拉的手会有那种感觉……

"啊——鬼!鬼!鬼!啊啊啊——"开锁店小哥猛地鬼吼起来,把我吓了一大跳。小四的手电筒的光一照,又把我吓了一大跳。刚刚尖叫完之后一直没动静的廖思甜不知道什么时候偷偷摸摸地从角落里挪了出来,现在跪在地上,瞪着眼望着我们。幸亏她的头发不是黑色的,否则看上去跟贞子没什么区别。

"救……救……救命啊!"那没出息的开锁店小哥一把抱住我的腿,"鬼,鬼——"他伸手指着跟鬼一样死死瞪着我们的廖思甜。

"不是鬼,是人。"我甩了他两下,没甩开。

廖思甜突然大笑起来:"哈哈哈!哈哈哈!"她伸出一只手指着我们,笑声戛然而止,"复仇女神用爪子撕开自己的胸口,击打着自己的心脏然后尖声喊叫!你们都是魔鬼!"

开锁店小哥听到这句,顿时松开了我的大腿:"她说什么?在念咒吗?什么叫你们是魔鬼?"

"什么念咒,那是但丁的《神曲》。我们要是魔鬼,早吃了你了。"小四哭笑不得。

"你居然知道《神曲》?"我有些诧异,看来胡凯还挺注重文化培养的。

"本来是不知道,这句话她说了一百遍都有了,还有几句别的,她每次都分开来重复着念,换谁都知道了。"小四指着廖思甜说。

又是那两句,四处出现的《神曲》,究竟是关于什么的咒语?

"嘘——"小四突然走到楼梯口,让我们别出声。楼梯上传来了脚步声,脚步声在中段的地方停了一下,随即传来敲击墙面的声音。这大概是个暗号,小四听到之后就把手枪收了起来,转头对我们说:"是凯爷的人。"

来的是那个叫伯格的厨师。他依然穿着厨师服,在手电筒的光下,他身上的大片血迹看起来泛着蓝幽幽的光。他非常绅士地冲我们微笑点头,配上这一身的血和白光,俨然一只帅气的金发碧眼吸血鬼。"各位,楼上已经安全了,请跟我回去。"他居然还会说中文。然后他的目光落到了蜷缩在地上瑟瑟发抖的开锁店小哥身上,转头示意小四给出解释。

小四指着我说:"找他的,搜过了,没武器。"

"先一起带上去,待会儿再查。"伯格说完转身率先上楼梯,点亮了楼道的灯光。

我把小哥从地上拉起来,有点儿无奈地问他,"你叫什么名字?"

"钥匙。"

"钥匙？"

"对，我姓何，叫何钥匙。"他抓住我，小心翼翼地从廖思甜面前挪了过去。

"你这是什么名字，你家祖上都是开锁店的？"

"对，你怎么知道？"

汤勺看着廖思甜，回头问小四："她怎么办？"

小四一本正经地说："她只能留在这里。没有凯爷的命令，我们谁都不可以解开她的手铐。"

伯格敲了敲墙壁，不一会儿暗门被打开了。胡凯站在外面，看到何钥匙的时候皱了下眉头："他是谁？"

"开锁的。"

何钥匙看到胡凯身后站了十几个人，立刻躲到了我后面，小声问我："他们是黑社会吗？"

"这人是来找他的。"小四指着我说。

"开锁的？你叫什么名字？"胡凯饶有兴趣地打量着何钥匙。

"钥匙，我姓何。"

"何钥匙？你别告诉我你是何家锁匠现在的当家。"胡凯笑了起来。

"你们怎么什么都知道？"何钥匙从我身后钻了出来。

"何家锁匠？"这名字听起来像是北京老胡同里 20 世纪七八十年代专业开锁的小店名字，"不管怎么样，这哥们儿跟我们没关系，跟这件事也没关系，明天一早让他回去吧。"我心想：在他回去的时候跟踪他，没准儿能找到那个女人。这样一来，我就可以确定山川是不是真的没有死。当然，前提是这个开锁的小子没有撒谎。

"我不走！"何钥匙使劲儿掐了一把我的胳膊。

"不能让他走。"胡凯一说这话，连小四都有点儿惊讶了，从头到脚打量了一番何钥匙。"让他走了，再要找他，可不是什么容易的事。"胡凯边说拍了一下何钥匙的肩膀。

何钥匙指着我说："我只帮他的忙。"

第三十八章 转 移

楼上厅里的尸体全都被整齐地排列在地上,用白布盖着。这场面直接把何钥匙吓得腿软了,嘴里念念叨叨地缩在沙发后面。

胡凯说他的人死了三个,尸体已经被分开处理了。这里一共有十五具尸体,全都是戴着那种老式戏台面具的,来自同一个组织。他让人逐个掀开尸体上盖着的白布和面具,问我们有没有认识的。我一张张脸看过去,都是清一色的外国男性,陌生的面孔,没有认识的。汤勺撕破了其中几具尸体的衣袖,他们的手臂上全都有洛伦佐的三环钻戒文身。

"还是他们。"胡凯咧嘴一笑,"一直都是这帮人。我派人查过,他们隐藏得很好,存在绝对不是一天两天了,行事很干净,一般不留什么痕迹。"

"不,一定会有蛛丝马迹。"汤勺拍了拍手站起来,"这么不堪一击的杀手很可能是被派来探路的。他们只是炮灰,确定了我们在这里,幕后的人肯定不会就此罢手。我们不能再待在这里了。"

胡凯点点头:"这点我已经想到了,明天一早安排你们转移。我会派人二十四小时保护你们。"

"其实是监视吧……"我自言自语道。

胡凯笑了起来,慢悠悠地说:"小白脸,如果没有我的人,他可能活得下来?"他指了指汤勺,随即又将手指的方向转向我,"你,被杀掉费不了多少劲儿。而他和我,都不想让你死。你明白最好,不明白也就是这么回事了。我们是合作伙伴,没有什么强迫与被强迫的关系。"

"现在我要问你点儿事,希望你说实话。"汤勺在胡凯对面坐下来,目不转睛地看着他。

"我知道你要问什么。"胡凯喝了一口眼前的茶,把杯子放下来,"你要问楼下的女人是不是?"

"对,我知道她是谁。我只想知道她为什么会在你手里?"

"是我救了她,否则她应该早就死了。"

"你救了她?在哪里救了她?她为什么会疯?"

"疯是因为什么我不知道,我让我的医生给她看过,可能跟她之前吸入的一些致幻气体有关系，她很可能是被幻觉吓疯的。至于我在哪里救了她，你以后会知道的，我现在还不能告诉你。"

"她有个儿子？"

胡凯突然不经意地瞅了我一眼："这个事情我也在查，应该很快就有结果了。"

"明天一早，小四会带六个人护送你们去安全的地方，我会和你们保持联系。"胡凯说完就站起来准备离开，"不早了，你们去休息一会儿吧，今晚是安全的。"

"等下，"汤勺拦住他，"那幅画的复制品在哪里你知不知道？"

胡凯回头又望了我一眼："暂时不知道，我也正在找。"

胡凯走后，我问汤勺："你觉得他说的是实话吗？"

汤勺想了想说："我不知道。或许他有所隐瞒，但是我们迟早会知道的。"

为了安全起见，我和汤勺、何钥匙都挤在一个房间里面，打算随便凑合几个小时，天一亮就转移。小四走的时候把小贱带了过来。小贱在第一声枪响的时候就不见了，我就知道它肯定藏到哪里去了。小四两只手指拎着它，往我面前一放："你们这只猫受过危机训练是吗？枪一响，我就看到它钻到了青铜花瓶里面，真是会选地方。"

小贱眼睛眨巴眨巴地望着小四，"喵"了一声。何钥匙一看到黑猫，直接揪着被子整个人缩到了床头："黑……黑猫。"

我抱起小贱："你这什么胆子，不是当家的吗？"

何钥匙说："我爷爷说了，黑猫都会带来灾难。"

我呵呵一笑："你家的开锁历史里不包含欧洲历史吧，女巫和黑猫的危险组合都是当时天主教宣扬的歪理邪说，什么灾难，这是一只神猫，我们一直供奉着的穿越猫。"

"穿越？"何钥匙瞪大了眼睛看着我，"什么叫穿越？"

我心说这人是刚从石头缝里蹦出来的吧，懒得继续同他废话了，坐在沙发上闭目养神。

没过多久，何钥匙就睡着了，并且一个人横占了整张床，睡得口水直流，鼾声四起。小贱在他身上踩来踩去，他一点儿反应都没有。汤勺指了指何钥匙，问我："这个人你打算怎么办？"

我一时之间也不知道该怎么回答。何钥匙出现得这么突兀，总觉得有点儿问题，但是他又确实显得人畜无害。何家锁匠……到底是什么来头？我需要他帮我开什么锁？胡凯不放他走究竟是什么意思，这开锁的到底有什么隐藏身份，胡凯这么看得起他？

"你愣什么呢？"汤勺在我面前挥了半天手，见我没反应，直接掐了我一下，"想什么呢？"

"妈呀，你下手轻点儿行吗？怎么，在这儿你们当警察的流行施暴啊？"我捂着被他掐肿的胳膊，转头看了看何钥匙，"你说他会不会趁我们晚上睡着了，把我们弄死，

193

偷走羊皮纸地图?"

汤勺笑了起来:"那你晚上可千万打起十二万分精神。我困了,先睡了。"说完从我的怀里抱起小贱,一个翻身就躺到了何钥匙边上,顺便把他踹到了床脚。何钥匙翻了一个身,头耷拉在床外面,继续打呼。

我叹了口气,摸了摸身上的羊皮纸,阖上眼睛逼自己休息一阵。我做了个梦,梦到我和南洋、山川刚进大学的时候,每天下午三点总会在学校门口的广场上喝咖啡。南洋每天都要模仿教艺术史的秃顶老头的口音,山川有时候会带着画板在广场上写生,听着南洋说笑话。冬天的雨季走到末尾的日子,每天阳光都很好,她齐肩的短发在阳光里看起来特别柔软。她转过脸来微笑着对我说:"哥,等我什么时候成名了,就不用再去画别人的画。我可以只画自己的画,而别人都来临摹我的画作。我可以当老师,我会有好多好多学生。"对,那个时候,她经常喊我哥……

"醒醒——"我迷迷糊糊感觉到有人在打我的脸,一睁眼,一张大脸把我吓醒了,是何钥匙。

"你干吗?"我朝外面看了一眼,天还没亮,小四也不在房里,小贱睡在我的腿上,抬眼看了看我,又把眼睛闭上了。可是——汤勺呢?我瞬间从椅子上跳了起来,才感觉到一阵腰酸背疼袭来。我不知道自己什么时候睡过去的,也不知道睡了多长时间。我揉了揉眼睛,汤勺确实不在房间里,我有种不太好的预感。

"你那个哥们儿……"我没等何钥匙说完话,一把推开他,冲了出去。

"陈唐?"隔壁房间也没有。

小四站在楼梯口,见到我冲出来一把拦住我:"刚想叫你们,半个小时之后出发。"

"陈唐呢?"

"你那个兄弟,"何钥匙气喘吁吁地走出来,"我刚想跟你说,你跑什么。他说他要出去一下,天黑之前一定会来找我们。"

"什么?!他自己出去了?!"

小四面无表情地对我说:"我已经跟他说了,他坚持要出去。我只按照凯爷的命令办事,不可能在这里等他回来。我们要去的地址我也不能告诉他,他自求多福吧,希望不要有命出去,没命回来。"

我顿时火大了:"你小小年纪,说话能不能不要这么不负责任!"

"呵呵。"小四冷笑两声,"我不负责任?我们每天都是拿命在工作,没有什么比责任更重要。我的责任是保护你和你身上的东西的安全,就是这么简单。"他说完转身要走,又停下来补了一句,"你放心,我派人跟着他了。你准备吧,半小时之后出发。"

我身上的东西……我赶紧摸了一下口袋,羊皮纸还在。汤勺到底出去干什么了?!想确认之前与我们交过手的女人的身份,还是想去查别的事情?

何钥匙见我表情严肃，一脸天真地凑过来："哎哟，你别生气了。那是你弟弟？这么大个人，不就出去一下嘛，丢不了的。"见我一点儿反应都没有，又问，"话说，你到底有什么锁是要我来开的？总不会是之前楼下那个女人手上的手铐吧？"

"我也不知道。"我不想跟他废话，我现在心神不宁，汤勺突然自己行动，就算小四派人跟着他，他能跟我们安全会合吗？

何钥匙听到这种回答，撇了撇嘴，小声嘀咕道："你们这些人怎么一个个态度都这么差，我怎么说也是个掌门，受人之托，忠人之事。你们这么搞来搞去的，我什么时候才能把东西拿回来……"

"掌门"两个字让我乐了一下，暂时盖过了我的担忧。这哥们儿武侠片没少看，开锁掌门，这倒是让我开了开眼界。"掌门，我压根儿不知道您为什么在这里。"我对何掌门大人说。

直到上车，胡凯都没有出现。我问了小四，小四很明显地把"不可能透露凯爷的行踪"几个字写在了脸上，又是一副"别管你不该管的事"的模样。我看着一个十几岁的孩子这么冷血无情的样子，很无奈。上车之前，我又问小四："楼下那个女的怎么办？她在这里安全吗？"小四带着他那固有的"关你屁事"的表情回答我说："现在不安全的只有你们，那个女的既然凯爷能救她，就能保住她，这不是你需要操心的事情。"说完就钻进了副驾驶。

三辆路虎，迎着远处渐渐升高的火红太阳飞速前行。

不知道什么时候能完成开锁任务，何钥匙表现得很不开心，一路上时不时就甩给我一脸上当了的表情，但又时不时指着窗外的风景兴奋地说个不停，就像他从来没见过村庄、山脉和田野一样。

小贱在我的身上睡得正香，何钥匙似乎不再忌讳它了，没事就挠两下它的脖子，惹得它直往我的屁股后面躲。

车内外的画面在我眼前重叠交融，夹着风的声音。我完全不知道我们将会被转移到什么地方去……

第三十九章　荒野梦魇

迷糊中，我又一次被叫醒，天再度黑了。何钥匙显然还没睡醒，一个劲儿揉着眼睛说："怎么这么快，天还没亮呢。"

"你的人有陈唐的消息吗？"我一见到小四便问他。

"没有，"小四回答说，"你放心，一有消息我会立刻通知你。"

汤勺对何钥匙说过天黑之前会来找我们，但现在一点儿消息都没有，他到底能不能找到这个地方？他会不会出什么事？

我们被带来的地方又是一间别墅。说是别墅，却更像一座鬼楼，大门进去，到处都是荒废的痕迹。雕塑残破不堪，花园里杂草丛生，草都疯长到没过小腿了，四周黑漆漆的，似乎很久没人住过了。

"这是什么地方？"我问。

"凯爷的房子。"小四说。

"黑社会都有这种嗜好吗？"何钥匙紧紧地拽着我的胳膊，生怕突然冒出来什么不干净的东西把他拖走。

小四一脸无奈："我们不是黑社会，你要我说几遍？"

小贱不愿意在我怀里待着，从我的手臂上跳了下去，跟一条狗一样到处闻到处看。小四呵呵地笑起来："你这猫是什么品种？功能不是一般强大，可猫可狗啊！"

何钥匙抢过话头："你知道什么，这是死神之猫，相传只有死人的时候才会出现的，现在被当成宠物养，能一般吗？"

小贱一听"死神之猫"四个字，似乎很不乐意，冲到何钥匙面前大声嘶叫起来，把本来就抖个不停的何钥匙吓得躲到了小四的后面，拽着小四的西装死都不肯放。小四甩了好几下，发现根本没法甩掉他，也只能作罢，说"我说，这凭空冒出来的家伙，怎么胆子比我们卢比还小啊。"卢比是这趟转移行程的保镖之一，一路上我听见他一直在跟别人讲五花八门的鬼故事，到了这里之后，却有点儿何钥匙上身的感觉，猫着腰往前走，眼睛不停地四下张望，好像这里随时会蹿出来个鬼怪袭击我们似的，倒是真没比何钥匙好到哪里去。卢比跟小四不一样，小四人高且瘦，而卢比一看就是典型的南欧人，又矮又黑又壮，说意大利语时带着浓重的西班牙口音，舌头怎么也捋不直。

这个荒废的地方其实比我们想象的要先进不少。小四开门的时候用的是指纹识别，

第三十九章 荒野梦魇

而门打开之后，我有些震惊，原来外面的荒废都是假象，里面可谓是富丽堂皇。典型的巴洛克式的装潢，天顶上甚至有透视感十足的天顶画，屋里的家具都是雕花核桃木，一看就价值不菲。

何钥匙傻眼了。"黑社会的房子果然气派！"他感叹道。

小四白了他一眼，叹了口气，懒得去辩解了："这里是安全的，你们放心。"

"我们在哪里？"我问小四。

"佛罗伦萨城外。"

我很诧异："车开了一天，你跟我说，我们还在佛罗伦萨的地界？"

小四没有立刻回答我，先是环顾了一下四周，然后安排了除卢比以外的五个人分别去门口和楼上清查，最后他才坐下来，让卢比去倒茶。"我们被人跟踪了，"他说，"车子开出来大概半个小时我就发现了。"他大概是看到了我和何钥匙的表情，继续说，"不用慌，我们花了一天终于甩开了那些人。但是，你们要有心理准备，我怀疑我们之中有内奸。"他说这话的时候看着何钥匙。我也转头看了看他，小贱还十分应景地"喵"了一声。

"你们看我干吗？！我不是内奸！我都不是你说的'我们'之中的人，怎么个内奸法？"何钥匙一脸无辜地叫了起来，做出一副投降的姿势。

"我没说是你，你紧张什么……"小四站起来。去楼上清查的人已经下来了，表示楼上干净。小四转向我们："走吧，我带你们去看看房间。"

我一看我的手表已经停了，手机也没电了。"现在几点了？"我问小四。

"十一点二十八分。"小四说。

这么晚了，汤勺究竟怎么回事？我开始坐立不安了，他到底能不能顺利找到这里？

楼上有许多房间，但都关着门。小四带着我们七拐八拐地转过好几个走廊，把我们带到了顶部的一间房间。"你们睡这间，其他房间都不要去。不过你们也去不了，没钥匙。"他说完看了一眼何钥匙，补充道，"禁止撬锁。"

"我们是专业开锁匠好吧，不是盗贼，搞清楚。"何钥匙一脸鄙视。

这间房间非常大，有点像佛罗伦萨著名的皮蒂宫里拿破仑妹妹住过的房间，但装饰倒是挺不一样的。家具不多，没有繁杂的挂帘、丝绸面凳子之类的，只有一些颜色朴实的木质家具。墙壁上挂满了画，我大致看了一眼，风格比较偏向于文艺复兴时期。我仔细研究了几幅，目测都是真迹。小四说不让我们乱跑去其他房间，那胡凯说的那些失踪的巴黎名画，会不会就藏在这里的某个房间呢？……

"天哪，你们黑社会真有钱！"何钥匙站在一幅画面前感叹道。

"我再跟你说一次，我们不是黑社会！"小四龇牙咧嘴，一副忍无可忍的表情。

何钥匙连连点头道歉，转身冲我"嘿嘿"笑："黑社会从来都不肯承认自己是黑社会。"

一个身材瘦弱、西装穿得松松垮垮的保镖走进来，在小四的耳边耳语了几句。小四眉头一皱："什么时候的事情？"

我听见那人说："刚刚得到的消息。"

小四听完，挥了挥手，让他去外面。我一看这架势，立刻问他："是不是陈唐有消息了？"小贱似乎听懂了我的话，把来回徘徊的脚步停在我面前，也抬头望着小四。

小四看了一眼小贱，皱着眉头，半天才说："之前派出去的人回来了，说在途中遇到了袭击和爆炸，现在被救回了凯爷那边，但是……被炸掉了一条腿。"

我只感到脑门充血："你的意思是……汤勺也在途中被袭击了？"

他点点头："不过现在不知道情况怎么样，爆炸很猛烈，今天新闻报道了，好像被炸死了好几个人，在现场找到了一些尸体碎片……不过我们得到的消息是警察那边还不能确认身份。或许……或许他没事，我们的人并不能确定出事的时候他是否在爆炸点附近。"

"或许？！"我尽量让自己保持冷静，我知道现在跟小四发火也没用，是汤勺自己要出去的，这事怪不了别人。以汤勺的能力，我绝对不相信他会就这么死在一场爆炸里。这爆炸太诡异了，如果是那个神秘组织的人做的，他们的目标应该是我身上的羊皮纸地图。假设他们以为东西在汤勺身上，那他们绝对不会放炸弹。如果真是他们干的，只可能是单纯为了杀汤勺。但是……不会不会……绝对不会！汤勺肯定不会有事。

这一晚肯定别想睡了。小四走后，我在床上翻来覆去。何钥匙倒是一点儿心事都没有，在旁边呼呼大睡。小贱似乎也睡不着，踩着何钥匙的肚皮跳上跳下，一分钟都不停。我意识到了一个问题，汤勺肯定活着，但是小四派过去的人已经被救走了。现在汤勺没有音信，很可能是他根本不知道我们藏在什么地方……不不不，我不能继续这么躺着了，我得去找汤勺。

我一个翻身从床上跳起来，小贱跟在我的屁股后面出了房间门。卢比坐在靠门的地板上睡着了，外面三辆车其中一辆的钥匙就在他身上。我掏出充过电的手机，按亮屏幕，先用光照了照他的脸——睡得很熟，对光都没反应。我又顺着他的身体往下照，钥匙别在腰上。我轻手轻脚地握住钥匙，一点儿一点儿地从他的腰上取下来。很顺利，他一点儿动静都没有。我拿着钥匙刚想走，突然身后响起一个没睡醒的声音："你去哪里啊？"我的心脏差点儿没从嘴里跳出来，回头一看是二愣子何钥匙！

卢比没醒，我赶紧过去捂住何钥匙的嘴把他拖进了房间。"你这是干吗？你要去哪里？"他声音超级大地问我。

"嘘——"我赶紧示意他小声点儿，这种音量不出三句话小四就会被引过来，"我要去找我朋友。"我轻声说。

"你去哪里找？"他的声音还是很大，我不得不把他的嘴继续捂起来。

"你别这么大声啊！他们听见我就走不了了！"

第三十九章　荒野梦魇

他使劲儿点头，扒开我的手，用几乎听不见的声音对我说："连在哪里都不知道，你别乱跑了，连你也不见了我怎么办？我还得帮你开锁，不开锁我就拿不到我的东西！"

我拍了拍他的肩膀，对于这一套无厘头的开锁理论我已经不想听了，只想让他闭嘴。我刚想说点儿什么，只见他对着窗户定住了。"怎么了？"我问道。

小贱跳到了窗户上，紧接着跳了下去。这里是二楼，楼层并不高，我从窗口探了半个身体出去，看了看外面，小贱已经不见了踪影，而何钥匙还定格在那儿。

"嘿，你怎么了？"

"我看到……看到了那个找我的女的……"他回过神来，指着窗口说，"她……她刚刚就在房间里，我看到她从那里跳下去了。"

在房间里？怎么可能？！难道我瞎了？我直接爬到窗户上，从窗口跳了下去。

这里就是我们刚刚进来的那个荒废的花园，草最高的地方能有半人高。在苍白的月光下，一眼望过去，全都是影影绰绰的半残雕塑，影子都是静止的，没有人。我在墙边随手捡了一块不知道哪里来的大理石碎片，朝着草丛中间走去。每走一步我都小心翼翼地看看脚底下，生怕有什么埋伏。走到中间的时候，脚下传来"喵"的一声——是小贱！我踩到了它的尾巴，它跳起来半丈高，要不是我躲避及时，脸上肯定会留下它的巴掌印。我再往前一脚，突然被绊了一下，整个人脸朝下地摔了下去，除了杂草，还有个东西垫在了我的身体下面。

是个人！尸体！

我赶紧从那个人身上爬起来，掏出手机一照——汤勺！我不禁跌坐到地上，刚刚的恐惧感还未消除，现在翻倍了。我静止不动地站了将近一分钟，他还是完全不动，就这么躺着。他……死了？！

我小心翼翼地伸出一根手指，到他的鼻子下面试了试——没死，没死！还有呼吸！"陈唐！陈唐！你醒醒！"我不停地拍着他的脸，但他还是没反应。

这时，距离我十米的前方，有个雕像的影子动起来，一下蹿了出去。我定睛一看，又是个人！我看了眼汤勺，飞快地冲了出去。是谁？！是不是那个女人？！

她在半道上停了下来，似乎是有意要站在那里等我。我放慢了脚步。月光之下，她的头发看起来很柔和，柔和的深棕色。我停下脚步，在她身后站着。"山川……"这个名字卡在我的喉咙口，微弱得几乎听不见。

她转过身来，微笑着对我说："哥，你好吗？"还是那张脸。久违了的面孔，此刻却这么真实地出现在我面前，触手可及。没有发疯，没有嘶吼，她是那个曾经的山川……她叫我哥。

"山川……你没死……"我喃喃自语，眼前模糊了。是你吗？真的是你吗？山川……我是在做梦吗？

她向我伸出一只手来，我也伸出自己的手。在只差一指的距离我就能碰到她的时候，我眼前突然出现了一团火焰，那火焰向我扑来！她消失在整团火焰之中。

"山川！山川！"我大声叫着。

眼睛一睁，我发现自己仍然单膝跪在昏迷不醒的汤勺旁边。而离我们不远的地方，一团火朝我们蔓延过来。我赶紧把汤勺从地上拉起来，背到背上。我用尽全身的力气往草丛外面跑，迎面而来的是小四和其他人，我看到何钥匙站在草丛边上，不停地挥着手。

为什么会这样？刚刚那又是幻觉吗？难道每一次都是幻觉？山川究竟还活着吗？我的眼前渐渐模糊，黑暗蔓延——直到我的双脚再也无法支撑身体，我一头栽进了草丛里。

第四十章　重　生

我睁开眼睛，模样夸张的水晶灯从天花板上垂下来。我在哪里？小贱跳上来，钻到了我的臂弯里，缩成一团。

"你醒了？喂！小四！他醒了！"说话的是何钥匙，他的大脸在我面前晃了一下。

接着我看到了走进来的小四和白大褂——白求恩老头。他怎么在这里？汤勺让他来的？胡凯让他来的？白求恩老头的眼神仿佛在说他的出现理所当然。他随便翻了两下我的眼皮，抬头对小四说："没事了，身体弱，补补营养品吧。这么个大小伙子，还没我们那儿的护士健壮呢。"

老头要走，我猛地抓住他的胳膊："大伯，陈唐怎么样了？"

老头摘下口罩，一脸嫌弃地看着我："谁让你叫大伯了，先管好你自己吧，就你那身体素质还有闲工夫管别人。"说完甩甩袖子就走了出去。

小四毕恭毕敬地跟了出去，那模样就像走在前面的是胡凯一样。何钥匙站在床尾望着我一脸贼笑："你放心，你那个兄弟没什么事，只是被爆炸影响，有点儿轻微脑震荡。"

"他在哪里？"

"隔壁房间。"何钥匙指了指左边方向。

我立刻掀开被子，双脚落到地上，一阵晕晕乎乎的感觉袭来。这一切像是一场梦，但是我不知道这梦应该从什么地方开始算起，从夏娃找我开始算，还是从山川死去开始算，或许，应该从去到孤儿院开始算起。或许都是梦，醒来的时候，我会发现自己根本就在另一个不相干的世界，过着另一种不相干的生活。山川的脸不断地出现在我眨眼的每一个瞬间，是那么的真实，从来没有像这一次这么真实过。不是梦，或许也不是幻觉，可能我真的见到了她，她真的跟我说过话。

我打开左边房间的门，没有上锁，只不过房里是空的，我回头看了看何钥匙。"呵呵，"他挠挠头，"不好意思，我从小就左右不太分，应该是那边。"说着又指向右手边。我冲他翻了个白眼。

右手边的房间在走廊的尽头，门口站着两个脸生的保镖，看穿着打扮，应该也是胡凯的人。我往楼下一看，厅里至少多了二十来个保镖。应该是由于昨天晚上的事情，胡凯才会增派人手过来。

我想开门进去，被门口的人拦住了。"里面的人是我朋友。"我解释道。

其中一个身材魁梧的眯眯眼保镖面无表情地对我说："不好意思，没有卡尔医生的同意，谁也不能进去。"

"卡尔医生？"我半天才反应过来，他说的应该是陈唐的大伯。陈唐是姓这个姓，他亲生父亲也是这个姓。原来这个大伯不是他继父的大哥，而是他生父的大哥……不过，这是什么情况？这些多出来的保镖不会都是为了保护他吧？……

"卡尔医生就是今天给你看病的那个爷爷，这些人都是他带过来的。"何钥匙凑到我的耳边轻声说。

这个白求恩老头有何种能耐，居然让一个称他奇葩的人派了这么多人保护他……他和胡凯是什么关系？

何钥匙就像是来参加有奖问答的，继续回答我的脑子里盘算的问题："据说老头救过小四的性命，那个凯爷手底下无论是谁，一旦受伤，都会送去老头那里救治。凯爷很相信老头，虽然他脾气挺怪的……不过据说是位神医！"何钥匙看到我一副难以置信的模样，使劲儿对着我点头，"所以老头是黑社会专职医务人员。"

我心说：这话幸亏没让小四听见，再听何钥匙说一次黑社会，小四可能会把他从楼上扔下去。

这时，门开了，老头一边摘下口罩一边走出来，看我站在门口，一脸不高兴地对我说："你们这些小年轻，没事就喜欢冒险，喜欢拿自己的性命开玩笑，还怎么说都不听！"说完，老头回头看了看小四，小四忙连连点头："说得对！"

"对个屁！你也和他们没两样，一天到晚胡闹！"说完，老头一摆手就下楼了。小四朝门口两个人使了个眼色，赶忙跟了上去。

门口的两个人这下问都不问就给我们让开了道，并把门打开，做了个"请"的动作。我走到柜子旁边，从老式梳妆台的镜子里看到了依旧躺着不动的汤勺。何钥匙跟在我后面一直啰里啰唆个没完，我却完全没有心思听他说话，现在我只想知道，汤勺到底发生了什么？他又是怎么出现在花园里的？

"他们说看到有人跑了，就在你倒下去的时候……"

"等下，你说什么？"我打断何钥匙跟念经一样的絮叨，抓着他的胳膊问他。

他愣了愣："啊？哪一句？我刚刚说了好多……"

"你刚刚说什么看到有人跑了？"

"哦——有个人跑了。我听小四说的，他怀疑有内奸把敌人引过来发现了这里，所以我们或许又不安全了……你能不能告诉我，不安全到底是个什么意思？是会有人来偷东西吗？"

敌人？——不是，假如是敌人的话，汤勺和我或许谁都活不了。跑掉的那个人到底是谁？难道……我看到的都不是幻觉？！

我低头一看，汤勺不知道什么时候已经醒了，正睁着眼睛四处张望。"陈唐？"

第四十章 重 生

我在他面前晃了晃手。

他一把拍掉我的手："你干吗？我又没瞎！老头走了？"

何钥匙使劲儿点头："走了走了，走了八百年了。"

汤勺一听这话，当即从床上坐了起来："天哪，我这辈子最受不了的人就是他。从我醒过来开始，就听见他在我旁边唠叨，幸亏我当时没睁眼，否则不知道他得废话到什么时候。"他头发乱得跟鸡窝似的，脑门上还贴了一大块纱布。

他居然说老头啰唆……在我印象里，老头一直都是一副事不关己高高挂起的模样。"发生了什么事？"我问他。

小贱也进了房间，跳到床上钻进了汤勺怀里。汤勺一边挠着它的脖子，一边说："我想去警察局里查一下塞拉的档案，顺便查查廖思甜的事。塞拉在几天之前莫名其妙地失踪了，局里说她已经旷工好几天了。所以我们现在可以肯定，那个女的应该就是她。其实我注意她好久了，每一次办案子的时候，她总会用不同的借口离开我们的视线一两个小时。你曾经说她长得像苔丝，而苔丝长得像波提切利画中的那个西蒙内塔，仔细想想，确实是像。她的面容完全可以靠化妆来掩藏。这么说来，或许苔丝和她是同一个人，但是我想不通这一点。之前你又说，和我们交手的人很可能是……你妹妹，假如是真的，那她们三个人就是同一个人。"他说完，皱起了眉头，听起来确实不可思议，"先撇开你妹妹不说，为什么会有长得跟五百年前画里的人一样的脸的人突然出现呢？纯属巧合？"

何钥匙跟听说书一样，瞪大眼睛望着我们。我想了一下，又问："后来呢？爆炸是怎么回事？小四说他派过去跟着你的人被炸掉了一条腿，现在回了胡凯那儿。"

汤勺沉默了一会儿："看来我并没有摆脱掉那个人，真是对不起他了。有烟吗？"他冲我手掌一摊。

我刚想摇头，何钥匙抢在我之前递了根卷烟出去，并给他点上了火，转脸冲我"嘿嘿"一笑。

"后来我溜进了乌菲兹的档案室，之前不是在监控里看到过夏娃嘛，我本来是想进去找一下有没有她进去没找到的资料。"汤勺猛抽了两口烟，继续说，"结果我进去还不到五分钟，就觉得有人跟踪我。其实你说的小四派过去的那个人，我从别墅出去的时候就发现了。但我从警察局里出来之后，已经想办法把那个人甩掉了。在档案室重新被人跟踪时，我起初以为还是他。不过后来我发现不是，跟踪我的人应该是个女的。"

"女的？你怎么知道？"何钥匙保持着听说书的表情问道。

"我看到她了。我跟着她到了走廊，她就突然不见了。当我想返回资料室的时候，资料室发生了爆炸。后来我就失去了意识，再醒来的时候，自己就在这里了。"

"她长什么样子？"我问。

"深咖啡色的齐肩短发，你等下，我可能拍到了照片，是我发现她的时候无意间拍到的。"说着，汤勺拿出手机来，"在听老卡尔啰唆的时候，我躺在床上仔细想了想，很可能是那个女的带我来的这里，可能是她救了我。她或许是故意引我出去的，否则我大概已经死在爆炸里了。所以，也有可能还是这个女的把我带来了这儿。这里，你看——"

他把手机屏伸过来，我和何钥匙一起凑上去。屏幕上有一截烟灰，汤勺掉的，何钥匙"呼"地一吹，烟灰飞舞起来，露出了手机里有些模糊的画面。我听见自己的心脏带来的冲击声，一下一下捶打着我的血管和神经，深咖啡色齐肩短发之间露出大半张脸。

我抬头看着汤勺，深吸了一口气，说："是山川。"

汤勺望着我，半天说不出话，一脸错愕。

何钥匙惊讶地指着手机屏幕说："这就是那个来找我的女人，就是她拿走了我的财神像！"我和汤勺不约而同地把目光投何钥匙身上，他非常肯定地点点头，"我不知道你说的山川是谁，但是来找我的女人就长这个样子，化成灰我也认识！她抱走了我的财神像！"

是山川，苔丝，还是塞拉？

这是一件说不通的事情。首先，山川没有死。那么那具被我埋掉又消失的尸体究竟是谁的？其次，山川为什么会那样做，为什么会扮成苔丝出现，又为什么会同时扮成女警塞拉？这样转换身份到底是因为什么？又是为什么要用五百年前画中少女的脸？这和菲利普有什么关系？对，别忘了菲利普，如果推理当真成立，也就是说我之前跟踪过的、每天见到的、站在路上对着流过口水的那个女人，就是自己的妹妹……

我使劲儿摇了摇头："太乱了，太不可能了。"我捂住脑袋，背靠床坐到地上。山川还活着……在她身上到底发生过什么？我的记忆也跟着混乱起来，就好像曾经发生过的一幕幕场景都不是真的。

"她还对你说过什么？"汤勺问何钥匙。

何钥匙想了想："也没什么，她就说，"他伸手指着我，"他要去的地方需要我帮忙，必须帮完他的忙她才会把财神像还给我，这是交换条件。"

"我要去的地方？"

"她有没有提到过画或者是红宝石戒指什么的？"汤勺又问。

"这倒没有。她什么都没有提。但是，"他想了想说，"她自己没提什么，但是那天她接了一个电话，电话那头的声音比较大，我多少听见了一点儿。对面的人好像很生气，好像说她把重要的东西搞丢了之类的话，还问她有没有找到什么戒指之类的东西……我听得不是很清楚，貌似是说的这个，那个女的全程都没说话，就最后回答了两个字，没有。那头就把电话挂了。"

"戒指？！"

"她是什么时候去找你的？"汤勺问。

第四十章 重 生

"就是那天,你们见到我的同一天。"

戒指很可能指的就是红宝石戒指。而她搞丢的东西似乎就是我身上的这张羊皮纸。我记得胡凯说过,那幅原件画很可能是她放的,也就是说,她是故意要把东西留给我们……这确实有可能,汤勺那天也说,引诱他下去的应该是个女人……那么,顺序应该是这样的,她潜入胡凯的别墅里偷画,把画放在别墅的老机关里,故意让我们找到并发现里面的东西,然后把画本身偷走,或许是为了回去交差……她为什么要这么做?她到底在为谁做事?

不不不,我在想的是山川吗?

她的脸只要一出现在我的脑海中,就让我失去思考问题的逻辑能力,瞬间一切都变得虚无起来。六年以来,我一直生活在自责里,如今得知她还活着,我无论如何好像都应该高兴才对。可是,我却只能感到混乱和盲目。她的死已经渗透了我的血液,根植在我的命运里了,那么现在呢?我能不能把她找回来,拯救一把自己?

汤勺把手搭在我的肩上:"别乱,会查清楚的。"

"我的确看见她了,就是昨晚,我在草地上找到你的时候。当时你昏迷不醒,那会儿,我看到她站在我的面前。"我回头声音发颤地对他说。

"是她把我带来这里的?"汤勺忽然想到了什么,皱了皱眉,"不对,胡凯声称这里十分隐蔽,她怎么会知道?她难道一直都在跟踪我们?"

"不可能,按你说的,她在警察局出现时,我们还没到这里呢,她怎么跟踪?"我说。

汤勺低头想了想:"假如不是她自己跟踪,也就是说,这里有她的内应……"

我们一齐转向何钥匙,何钥匙一脸完全没听懂我们在说什么的表情:"怎么?"

这个时候,小四突然开门走了进来,身后还跟着两个人。"你醒了?正好,我们一起到楼下去,卡尔医生在大厅里等你们。"他说完,盯着我和汤勺。汤勺摸了摸额头,一个翻身就下了床。小四看了看我,一脸鄙视地说:"当警察的身体素质果然和你这个开古董店的不一样。"

"你怎么知道我开古董店?"我说。

"在凯爷手下做事,他需要让我知道的,我都得知道。"他说完笑了笑,带着人就出去了。

第四十一章　间　谍

小贱与何钥匙不知道什么时候竟然建立了亲密的友谊，何钥匙抱起它，摸着它的脑袋，小贱一脸享受地窝在他怀里，闭着眼仿佛跟他很熟的样子。"猫果然不是狗，真会见异思迁。"我嘀咕道。小贱瞪了我一眼。

大厅里站了二十几号人，在一堆站姿笔挺的黑西装之中，坐在沙发上的白求恩老头和他那一身白大褂看起来特别扎眼。

"分多。"老头眼睛望向我们这一片喊了一声。

分多？意大利语写作 vento，音译过来是"分多"，单词意思是"风"。我在脑子里想了一下，这不刚好是我的名字嘛，老头子怎么这么喊我？我往前走了一步，接着汤勺从我旁边走了过去。老头的目光随即缩短了投放的距离，很明显他刚刚喊的是汤勺。

汤勺叫什么来着？卡尔梅洛，对，他父亲叫德西·卡尔梅洛，这个老头也叫卡尔梅洛……我这才注意到，汤勺一直也没跟我提过他的意大利名字是什么。我光知道他的姓，还有陈唐、唐少、汤勺等，原来他的意大利语名字竟然叫风……那岂不是和我同名吗？这么有缘？

老头把汤勺叫到跟前，我以为他要开始训话了，结果他从白大褂的口袋里掏出来一个医用手电筒，扒开汤勺的眼睛照了照："没事了，这两天注意休息，按时吃药，那个导致幻觉的迷烟已经失效了。"

"导致幻觉的迷烟？"我惊讶地说道。

"对，"老头指了指我，"你也有，你摄入的更多一些。他是在昏迷状态下吸入的，你是在清醒状态下吸入的，而且运动加速了迷烟融入血液的速度，所以你更要按时吃药，这两天多喝水、多补充维生素，不然你体内残留的迷烟排不干净，日后会有后遗症的。"老头夸张地指了指五脏六腑和脑袋。

"是什么类型的迷烟？"汤勺问。

小四走过来，举起手里的一个用白布包裹的东西，掀开包裹外层给我们看，里面是一截圆柱形金属材质的小玩意儿。"这是我们在草地里找到的，是个自燃器，里面装有白磷。盖子一打开，白磷遇到空气就可以自己烧起来。卡尔医生经过化验，在里面还找到了另外两种成分。"

第四十一章　间　谍

"大麻和黑环罂粟花未成熟果实的汁液成分。"白求恩老头说。

"什么意思？"我问道。这成分听着有点儿耳熟。

"就是燃烧的烟雾里面产生了一种天然的致幻剂。"

致幻剂！对了！上次，在那个"老西木"烧死的地下骸骨坑边，汤勺对当时那个差点儿让我自杀的致幻剂也做过这种推测。我望了汤勺一眼，他冲我点点头。

"而在这个东西附近，我们还捡到了另外一样东西……"小四说着从口袋里掏出来一个指甲盖大小的东西，举在手里，对着我们晃了一圈，"这是一个双向信号追踪器。我们这里面有内奸。"这话一说出来，整个大厅顿时鸦雀无声。

何钥匙突然腿一软，靠在了站在他旁边的那个块头不大、西装很大的保镖身上，那哥们儿瞪了他一眼，他立刻弹了起来："不好意思，不好意思，没站稳。"

小四拿着那枚信号发射器，晃到何钥匙面前："你腿软啊？害怕啦？我就一直觉得你出现得奇怪，要不是凯爷说你是什么……那个什么开锁的当家，我肯定老早把你丢出去了。你说，是不是你？"

何钥匙连忙摆手："怎么可能！我只不过是受人之托来帮忙，我都说了，我都不算你们的人，怎么能算什么内奸呢？一旦开完该开的锁，我立刻就走！"他一边说一边白了小四一眼，"我才不要跟黑社会成天混在一起呢……"

"你说什么？！"小四瞪着何钥匙，冲他指了指，退后几步对所有人说，"今天凌晨才跟着卡尔医生来的兄弟暂时没有嫌疑，但是为了安全起见，大家请依次过一下探测器。剩余昨天跟我一起来的兄弟要搜身，包括我自己在内。"

小四先安排了今天早上才过来的两名保镖率先过了探测器，然后由这两名排除嫌疑的人员对剩下来的人进行检测。早上来的所有人排成两队，依次通过探测器，没有嫌疑。然后小四又安排了四名排除嫌疑的人员开始对我们昨天来的人做搜身检查。我和汤勺也同样接受了检查，虽然连小四都觉得没必要，但我们都觉得一视同仁比较好。何钥匙则被当成了重点怀疑对象，由卢比站在他后面盯着他。何钥匙被两个人摸得就差脱内裤了，连内裤缝隙都被检查过了，什么都没找到。小四冲何钥匙翻了个白眼，继续检查后面的人。

何钥匙嘴角上扬，露出得意的笑容。他斜看了一眼小四，双手插在兜里，吹着口哨朝我们这边走过来，卢比寸步不离地跟着他。"我说，兄弟，你该忙什么忙什么成吗？我都已经没有嫌疑了。"何钥匙一脸不爽地对卢比说。但是卢比只瞟了他一眼，装作什么都没听到，依旧站在他身后。

这时，探测器响了。正在接受检查的是那个西装比人大的小伙子。他们从他的上衣口袋里摸出来一枚和小四之前给我们看的那个双向信号追踪器一样的东西。搜他身的人把东西拿给小四，小四看了一眼，点点头。那个"大西装"露出一脸惊恐的神色："我不知道那是什么！那不是我的东西！不是我！"他大声叫嚷起来。

"东西在你身上搜到的，你说不是你？"

"大西装"脸一转，指着何钥匙叫道："是他！是他！之前他莫名其妙倒在我身上，趁机放进我的口袋里的！"

"你别血口喷人啊！这样你都能冤枉我！"

我回想起刚刚何钥匙莫名其妙倒在别人身上的画面，他如果趁机把东西放进别人的口袋，倒也不是没可能。这个"大西装"看着怎么都不像是和山川有联系的人。这么比起来，倒真是何钥匙的嫌疑更大一点儿。

就在这个时候，又有警报声响起来，还是"大西装"，不过这次响的部位是下半身……前面，是搜身那个人的手无意之间擦过的时候响起的。小四眉头一皱，目光不断在"大西装"的裤裆和脸部之间游走，大约十秒之后，他一声令下："扒掉！"

"你们干吗？！不是我啊！""大西装"叫喊起来，用手捂着裤裆，不停后退。

何钥匙的表情有些尴尬，他咬着下嘴唇，一脸出乎意料地望着眼前正在发生的一切。

裤裆部位有警报声响起来确实有点儿出乎意料，有四个人面面相觑之后把"大西装"扑倒在地，他连挣扎都没机会。眼看着他的外裤被扒了下来，只剩条内裤，就快被全部扒光了——

突然，传来"砰"的一声，是枪响！我们都愣了。小四立刻意识到了不对，迅速朝我们的方向退了一步，卢比站到了我们的前面，张开手臂挡住我们。

"砰！砰！砰！"又是连续的三声枪响。所有人更蒙了，只有小四动作最快，把枪拔了出来，但是脸上仍旧是一副没看懂发生了什么的表情。

扑到"大西装"身上的四个人被依次掀开，"大西装"就像掀被子一样，把他们都拨到了旁边，自己跃身而起。我看到他的手上举着一把枪——刚刚那四声枪响都是来自他手里的这把枪，他一下杀了四个人。

"怎么回事？！"何钥匙跟我对看了一眼，迅速又将目光移回到"大西装"身上。他脸上带着一丝不解，我这下有点儿肯定刚刚那个跟踪器真是他放进"大西装"的口袋，但是谁也没想到，这个"大西装"本身也藏着戏码。

就在我脑补刚刚那一系列画面发生的逻辑时，瞥见"大西装"瞟了我一眼。还没等我反应过来，他就以迅雷不及掩耳的速度冲到了我旁边，用枪顶住了我的脑袋。

"别动！""大西装"用枪指了一圈在场的所有人，"不然我打死他！"枪口在他的尾音中，回到了我的太阳穴上。我在心里对着自己翻白眼，自从被卷进这件事情之后，我隔三岔五就要被枪指一回……他用另一只手臂勒住我的脖子，拿枪顶着我的脑门，慢慢往后退。

小四他们这才反应过来，所有人都把枪拔了出来。小四拿枪对着他大声说："你快放了他！你要知道你现在做的挣扎都是没用的，我们人多枪多，你只有一个人一把枪！"

我心说：老兄，这是什么台词啊！

第四十一章　间　谍

果然，听完这句话的"大西装"，直接将子弹上了膛。"把东西交给我。"他在我的耳边轻声说，"我知道东西在你身上。你交出来，我放你一条活路。"

"大哥，现在看来就算是我把东西交给你，你放不放我活路，你都跑不掉，你觉得呢？"我说的是实话。眼前这群人全都举着枪，对着他的脑袋，他除非长了翅膀飞出去，否则不管是他对我开枪还是逃跑，他都会死。

"我是死是活跟你没关系，你要做的就是把东西交出来，少废话！"他眼珠子向下瞪了我一眼。

"你是谁派来的？"我问。

"这不关你的事。"他加大了勒我的脖子的力道，这人表面看起来比其他人要柔弱，力道却实在不小，我被他勒得都快要窒息了。

"你认不认识……山川？"我有些喘不上气。

他现在挟持着我已经退到别墅的大门口了，再往外就是花园，谁都不知道会不会有人在那里接应他。

我看到小四给周围使了个眼色，有几个人悄悄地退了出去。

他掐着我的脖子撞开大门，一步步退下台阶："谁是山川？"

"你的追踪器不是跟山川对接吗？"我故意试他。

"什么追踪器？什么山川？那个小东西不是我的，我都说了，是那个呆子故意栽赃陷害！"

我想得没错，果然是何钥匙。"那你身上有什么？"我问他。

"呵呵，"他冷笑两声，"别想着套我话，等你把东西交出来，我再考虑要不要告诉你我有什么。"

"你没有接应的人，放弃吧。"

"放弃是什么东西？！我老婆、孩子在他手上，我怎么放弃？！东西交出来，别给我玩花样！"他冲我吼道，用尽全力掐我的脖子，我感觉下一秒就会被他掐死。

突然，小贱跳了起来，咬住了他卡着我脖子的手臂！他松了松手臂，调转枪头对着小贱："死猫！"

"砰！"我吓得闭上了眼睛，以为眼前会出现小贱鲜血四溅的画面。但是我半天没听见声音，只觉得卡在我的脖子上的手倒是彻底松开了。我睁开眼睛，小贱在何钥匙手里，眼珠滴溜溜转着。而我脚边上，"大西装"已经躺下了，一脸惊恐，脑袋上的窟窿不停地流着血。汤勺举着枪对着我的方向，小四侧着脸用惊讶的目光望着他。

半晌，小四才开口，急呼呼地说："怎么回事啊？！你干吗杀了他？！我们要捉活的，这怎么交差啊！人都死了！"说完，朝着躺在地上脑袋流血的"大西装"跑过去，无奈地瞟了我一眼。

我赶紧抱过小贱，它有些发抖，浑身的毛都竖了起来，不知道是愤怒还是害怕。我摸摸它的脑袋，它"喵"了一声，往我的怀里使劲儿钻了钻。

经过详细检查后，他们在"大西装"的尸体上发现了一个可读芯片。

"芯片在哪里找到的？"汤勺问。

"呃……那个后面。"卢比支支吾吾地指了指自己的裤裆部位。

"啊？哪个后面？"何钥匙看着卢比的动作，一脸的问号。

卢比挠挠头，从脸一下红到了脖子根。白求恩老头瞟了一眼卢比："肌肉这么发达的人，连个话都说不好。脸红什么，你又不是没有。芯片在睾丸根部找到的。"对于这么直接的陈述，我们都愣住了，感受到了一些听觉上的冲击。

"我的天，这些都是什么人，干吗要把东西藏在这种污秽不堪的地方？"何钥匙捏着鼻子仿佛真闻见了什么臭气。

"有什么好大惊小怪的，你又不是没有。"白求恩老头不屑地哼了一声。

"尸体检查过了，没找到文身。看来这人跟那个组织不是一起的，看他的身手，倒像是被拉过来临时客串的。"小四说。这时他刚刚派出去的人也回来了，报告说外面仔细搜过，没有发现接应的人。

没有文身？没有接应的人？他挟持我的时候说过，他的老婆、孩子在"他"手上。这个"他"，是什么人？

"说得通，可能找了个跟那伙人没关系的人混进来，才不容易被发现。我们和那伙人交过很多次手了，如果是他们的人基本上一接触就能辨认出来。所以找个外面的人混进来，这事不奇怪。没人接应也不奇怪，估计没想到会这么早暴露。"

"芯片是什么？"汤勺盯着小四手里的芯片问。

"现在还不知道，我们这儿有专家，初步鉴定了一下，芯片可读，可能里面有从我们这里偷的资料，得打开来看看。"

所谓的专家是个长着一张初中生脸、自称26岁的法国人克里，讲意大利语的时候怪腔怪调，有种口水卡在喉咙口、舌头捋不直的感觉。我好几次都恨不能给他递张纸巾，好怕他说着说着口水掉下来。

"能读出来吗？这么小的芯片。"何钥匙似乎对找到的芯片特别感兴趣。我一直站在后面默默注视着他，那个死掉的"大西装"到了那种境地肯定不会撒谎，那个信号追踪器就是何钥匙随手栽赃他的。如果真是这样，那么何钥匙和山川的关系可能没有他自己说的那么简单。

"怎么样？"汤勺问克里。

"需要点儿时间。"克里的两只眼睛盯着电脑屏幕，"数据加密了，得先破解密码，否则是看不到里面的内容的。"

"大概需要多久。"小四问。

"不知道，不过你可以相信我。"克里冲小四眨了眨眼睛。

小四转向我们："你们去休息一会儿吧。你们要是出了什么事我没法向凯爷交差，所以请你们不要独自行动。"说着瞪了一眼何钥匙，"还有你，麻烦你老实点儿。"

第四十一章　间　谍

说完就叫人带我们回房间。

"喊,那个小四是什么态度!"何钥匙一脸不高兴地往床上一躺。

大家都不说话,汤勺坐在靠窗的椅子上点了根烟说:"你是不是该对我们讲点儿实话?"他灭了烟头,望着何钥匙,等他回答。

何钥匙像是快睡着了,听见这样的话,皱着眉头睁开眼睛,从床上一个翻身坐了起来。"我说的都是实话,我一个开锁的,干吗要骗你们。"他一脸不耐烦地说。

"你和山川是什么关系?"我懒得跟他废话,直接开问。

"山川?山川是谁啊?"然后他一拍脑袋,"哦!你说那个来找我的女人。我真的不知道她是谁。她拿了我的财神像,我只能按照她说的做,再说我还收了钱呢。这交易也还算……呃……公平吧。如果你们觉得我有点儿吃亏,要不回头你们再帮我问她要点儿钱?"

"你别再咬着你的财神像不放了,既然现在问你,就说明我们怀疑你。你装傻也没用,赶紧说实话,不然我立马喊小四把你关起来。"汤勺说。

何钥匙朝天花板看了看,想了想,又说:"我没说谎,她确实拿了我店里的财神像,也确实给了我一千块钱。只不过一千块钱不是这次给的,是上次……"说完他做了一个保护自己的动作,"别打我啊!这不算撒谎!"

我一把抓住何钥匙的胳膊:"上次?!她之前还找过你?"

"妈呀!你谋杀我啊!好疼啊,你先放开!"他一边掰开我的手,一边说,"我说实话吧。其实我也真的没骗你们。只不过这个女的之前就跟我爷爷认识,我从来没见过她,但是爷爷提到过她。每次提到她的时候,他就不愿意多说了。那个女的第一次来找我和第二次也没隔多久,给了我一千块钱让我帮她寄一封信,那封信是寄给市警察局的,第二次就是这次,后面的事情我说的都是实话。"

"信?"汤勺转向我,"他说的信,不会就是当时以你的名义寄过去的那封吧?……"

我也想到了那封信,那封信难道不是西木为了给自己脱罪才冒充我的名义寄给警察局的?"你看过信的内容吗?"我问何钥匙。

"没有!开什么玩笑!我人品这么好,怎么会随便看人家的私人信件。再说信是匿名寄出去的,反正也没人知道是我寄的,而且我有钱拿。多一事不如少一事。"他这么说的话,也没法确定就是"我"宣称要自杀的那封。

"说实话。"汤勺语气四平八稳、眼带杀气地望着何钥匙。

"哎呀,你怎么这样?!"何钥匙伸了伸脖子,又缩了回去,"一开始她说匿名,后来莫名其妙又叫我在信封背面加了个名字——李如风。"说完看了看我,"里面的内容我真没看,我发誓。"

"就是那封。"汤勺重新靠回椅背上。

那封信是山川寄的？她为什么要这么做？"你能带我们找到你爷爷吗？"我问何钥匙。

"能，他埋的地方我可以带你们去，你们有事自己问他。"何钥匙说完又往床上一躺，"我爷爷在那个女人第一次找我之前就死了。爷爷去世之前叮嘱过我，假如有一天这个女的来找我，叫我一定要帮她的忙。否则我不会听她的，这就是事实。"虽然不知道他目前和山川还有没有联系，但看他的样子不像是在撒谎。

可是为什么？为什么山川要这么做？

汤勺沉默了好一会儿，忽然开口说："会不会，她是为了让人发现地下室的尸体？"

对——尸体！地下室里肖德利的尸体。但是这个推测有些连不起来，她为什么要让人发现地下室里死了很久的肖德利呢？等下，那天烧死的人，不是山川，那是谁？那天到底发生了什么事？肖德利明明早就死了，又怎么会出现在那里？

汤勺又说："我还有一件事情想不明白。"他抬头望着我，"你记得吗？我之前跟你说过，歌里在给你做完笔录之后，把所有对你不利的疑点全清理掉了。这一点我想不通，歌里好像跟这件事有关系。"

我记得很清楚，那天在医院，歌里来找我，他的目的似乎只是想知道我是不是认识肖德利，我还没回答，他就走了。假如说，他出于某种目的想来探话，那他究竟想知道什么？我认不认识肖德利和他有什么关系？或者说他的目的不是这个，而是……他想知道我是否知道肖德利死在地下室里？他还想知道什么？对，还有他似乎早就发现信不是我寄出去的，他是想通过我知道信是谁寄的，还是说他已经有了怀疑对象，只是来找我确认一下？那他当时在怀疑什么人呢？

"你说他是为了杀你之前抹掉他自己身上的疑点，我倒觉得未必。首先是不是他派人杀你，这个还不一定。其次，在我看来，他花了这么大力气肯定有要隐藏起来的东西，并不是单纯为了洗清嫌疑才这么做的。作为一个警察，想避嫌太简单了，有一万种方式，大可以不用管你这个嫌疑犯的身份。"汤勺说道。

"隐藏起来的东西？"我喃喃道。会是什么？山川发疯前，他曾经出现过，而且应该就是山川发疯之前见到的最后一个人。他和山川是什么关系？

这个时候，卢比走了进来，"那个芯片读出来了。"他说，"小四让我喊你们过去。"

第四十二章 可读芯片

我们进屋的时候，克里还在不停地敲打键盘。

"怎么样？"汤勺问小四。

克里停止了手里的动作，朝小四摇了摇头："后面做了双重加密，大概还需要几天时间，没这么快。"

小四想了想，对他说："先把前面的东西打开。"

"什么意思？"我听得一头雾水，"不是说芯片已经读出来了吗？"

"是读出来了一部分。破解初步密码之后，显示了一部分东西，但是我发现里面还有隐藏内容，被做了双重加密。目前还没找到破解的方法。"克里回答说，他点开一个文件夹，然后站起来看了看小四，"这是已经破解的部分。"

小四简单看了一眼，向我和汤勺示意。汤勺拉开椅子，坐到电脑前。

"这是什么东西？"我问道。

被点开的文件夹里还有两个子文件夹，标号是简单的1和2。汤勺点开第一个，里面是一个Word文档。他双击打开，用鼠标粗略地滚动了一下页面，从上到下都是意大利文，最下方有一个官方的印章和一个龙飞凤舞的签名。

"这个印章是……？"我看了一眼觉得有几分眼熟。

"是意大利总警署的公章。这是一封任命书。"汤勺把页面返回到第一页，"这里有名字。"他用鼠标点击了两下第三行当中的字。

"斯特奇……歌里……"我把他点的名字念了出来，"歌里？！这是歌里的任命书？怎么会在这里？"我有点儿反应不过来，之前一直怀疑这芯片里面是盗取的我们或者胡凯的资料，看来并不是所想的那样。我转头一想，也是，如果是胡凯的资料，小四也不会让我们来看。

"上面写的什么？"何钥匙抱着小贱，把他和小贱的脑袋一齐硬塞进我和汤勺之间的缝隙中。

"这是一封警部官方给斯特奇·歌里的任命书，时间你看到了，2007年3月25日。之前我查过他，没记错的话，他正好是那一年从海军部出来，转到警部去做支援的。这封任命书是威尼托大区发给热那亚海军一部的。看，这里写着，调任歌里去威尼斯警察总局做支援型任职。"

汤勺又来回看了两遍，确定没有遗漏什么关键信息，便把文档关上，又把标号 2 的文件夹打开。

这个文件夹里面有两个 Word 文档，都没有特殊的命名。汤勺点开第一个。"这是……什么？"他喃喃自语道。

"艾尔是谁？名字这么短？没有姓吗？"何钥匙在一边插嘴。

小四瞟了他一眼，又看了一眼电脑屏幕："这是一张死亡证明吧。"

"是的。"汤勺点点头，"由热那亚海军司令部签发的死亡证明，这个艾尔的死亡时间是 2007 年 3 月 6 日。"

"有没有写死因？"我问。

"没有明说，只说是在军队中不幸离世。"汤勺皱着眉，"这个日期……前面对歌里的任命书是同年的 3 月 25 日，而这个叫艾尔的死亡证明是 2007 年 3 月 6 日，前后没差多久。而且他们都曾在热那亚海军军队服役，这之间会不会有什么关系？"

对，很有可能，这个叫艾尔的刚死，歌里就被调走了，或许可以从这里入手查一下，我想。

"有照片吗？"小四问。

汤勺上下来回检查了好几遍："没有。"

"奇怪了，死亡证明上面不贴照片的吗？"小四自言自语道。

"他的名字究竟为什么这么短啊？"何钥匙又问了一遍。

"不是假名就是孤儿。"小四不耐烦地回答。

"孤儿？"不知道为什么，听到这个词我突然觉得艾尔这个名字有点儿耳熟，但是一时也想不起来到底在哪里听过。

汤勺关掉这个文档，又打开第二个。里面什么都没写，除了一行字：Cimitero Monumentale di Staglieno（斯塔列诺公墓）。

"这是什么？"何钥匙又带着小贱把头凑过来。

"公墓，热那亚很有名的公墓。"汤勺说，"难道他葬在这里？"

"有什么问题吗？"我看了眼汤勺，他的脸上有着不可思议的表情。

"这是名人墓地，葬在这里的要么是名人、伟人，要么是皇亲国戚，要么是……烈士，一般人进不去的。看来我们得去查一下了。"

我点头表示同意。

"去查一下？"小四一脸不可名状的笑容，"去哪里查？别告诉我你们想去热那亚或者威尼斯什么的，我没有接到凯爷的命令，你们不能离开。"

"你这是什么意思？我们又不是胡凯的囚犯。"听到这话，我顿时觉得有点儿恼火，"要去哪里是我们的自由。"

汤勺拉了下我的袖子，冲我摇摇头，关掉文档，从电脑前站起来对小四说："如果可以的话，希望能安排我们见一下凯爷。"

第四十二章　可读芯片

小四顿了顿，本来还想说点儿什么，最后只是叹了口气，点了点头。

我们从房间里出来的时候，克里又回到了电脑前，继续尝试破解芯片里另一份文件资料的密码。

"真没劲，我莫名其妙跟你们一起做囚犯了。"何钥匙嘟着嘴，捏着小贱的耳朵说道。

"没人叫你跟着，没劲你可以回去。"我说。

何钥匙一听，立刻嬉皮笑脸地凑上来："哎呀，你看我这不是开玩笑嘛，好兄弟之间都是有福同享有难同当的，我不会抛下你们自己走的。"小贱特别配合地"喵"了一声。

我甩了个白眼给他，一把从他的手里拎过小贱："你怎么可以随便跟外人亲热，你可是我的猫！"

回到房间，何钥匙往床上一瘫，问道："那个凯爷能让我们走吗？"

对于这个问题，我们谁也没吭声。我摸了摸口袋里的东西，自从它在我的口袋里之后，我养成了每隔三分钟摸一下口袋的习惯。不知道现在究竟是我在保护这个东西，还是这个东西在保护我。胡凯的目的似乎很明显，他知道我身上有东西。但是奇怪的是以他的实力，随便让小四伸个手指头，就可以轻易把东西拿走，又为什么要费力保护我们几个大活人呢？

"这个芯片很可能是歌里的。"汤勺坐在窗户边上，突然抬起头来望着我，"那个挟持你的人，非常有可能是受到了某种威胁，为了自保或者给自己留一条后路，偷了歌里的东西。"

"你的意思是……那个人出现在这里是因为歌里威胁他，让他来的？"我又想到了那人挟持我的时候，说过老婆、孩子在"他"手上的事情，那这个"他"指的是歌里？

汤勺点点头："所以他偷了歌里的芯片。这个芯片对他来说一定是很重要的东西，不然不会把保密措施做得那么好。他偷芯片应该是为了预防歌里不履行他们之间的某种约定，给自己留了条后路，好用来威胁歌里。当然，这些都只是我的猜测。"

也就是说，顺序应该是这样：歌里可能绑架了"大西装"的老婆和孩子，威胁他混入我们之中，目的是趁机偷走我身上的东西，或者还顺带有其他目的。"大西装"为了保证老婆和孩子的安全，怕歌里翻脸不认人，所以想办法偷了歌里的芯片，当作日后反过来要挟他的工具。没想到会这么快暴露，让芯片落到了我们手里。

我想到一个问题，转头望着何钥匙："你是不是早就知道那个人是混进来的间谍？"

何钥匙先是一愣，立马反应过来："你说什么啊？！天哪！我又不是神仙，我哪儿能先料到那个人是间谍啊？"他露出一脸天真无辜加委屈的表情。

"那你怎么偏偏把追踪器放到他的口袋里了？有这么巧的事？"

215

"什么追踪器？！"何钥匙一下就跳了起来，"我实话都跟你们说过了，你们怎么就这么喜欢怀疑我呢？你看看我，"他把他的大脸凑到我面前，"看看我！啊？我一看就是老实人，你怎么总是喜欢欺负我这种老实人呢？真是搞不懂！"

我一把推开他的脸，看他那样子，估计也不太会说实话了。"那个'大西装'的身份能查到吗？"我问汤勺。

"好像小四正在查，不知道今天能不能有结果。"汤勺回答说。

虽然还有一部分资料没有解密出来，但是就当前我们能看到的这一部分来说，还不能说明什么，也看不出有什么实质性的威胁。或许里面隐藏的那部分会给我们答案，只是不知道克里还需要多久才能够解出来。

"假如我们推断的都是真的，那么歌里他很可能……"汤勺眯起眼睛。

"很可能会来把芯片偷回去？"我望着汤勺。

他摇摇头："不，不是偷芯片。换作是我的话，我在知道胡凯实力的情况下，不会冒险回来偷芯片，因为这不是一件容易做到的事。相对来说，另一件事做起来更容易一些……"他看着我。

"销毁证据。"我恍然大悟。

汤勺点点头："也就是说，如果我们推理正确，那么只要慢上一步，很可能就算赶到那边，也什么都查不到了。"

不行，为了查清楚这个事情，我们一定得赶在他前面。可能很多相关的问题都会随之浮出水面。

这时，小四走到门口，敲了敲门："凯爷说他一个小时之内就到。"

第四十三章　与凯爷的协议

胡凯比预计的时间来得还要早。我和汤勺轮流冲了个澡，清醒了一下脑袋，开门准备下楼的时候，小四已经等在门口了。

"还有一个呢？"小四把脑袋往房里伸了伸。

"床上。"汤勺朝里面努了努嘴，走了出去。

何钥匙正抱着小贱在床上打呼，声音起起伏伏，跟快断气了一样。小四朝天翻了个白眼，把门直接给锁上了："正好，省去了还要搜他身的麻烦。"

胡凯坐在大厅里正在喝茶，看到我们走下去，冲我们招了招手："上好的铁观音，我刚从国内弄过来的，你们尝尝。"边说边递给我们两只小杯子。

我刚想坐下来，却被他身边的一名黑西装保镖拦住。那保镖一把抓住我的手臂，毫不客气。"干什么？"我叫起来，这算什么意思，一边叫我们喝茶又不让我们坐下来，难道站着喝茶吗？

胡凯笑了笑："别着急，没什么意思。只是……"他看了下两边，挥了挥手，把人都支走了，只留下小四和拦着我们的人，然后继续说，"既然有一个内奸，就不排除会有第二个。我接下来要对你们说的话很重要，所以，必要时要防止一切可能途径的窃听，先搜身。我自己也不例外。"说完，他脱下外套，先让小四在他身上上下扫过、摸过一遍之后，才重新坐下来。

我和汤勺也依次被搜身。那个新面孔的黑西装保镖摸我摸得特别细致，连胳肢窝都不放过，搞得我直痒痒。

好不容易搜身结束，胡凯做了个请坐的姿势。他把刚刚那两杯茶倒掉，又重新倒上两杯，推到我们面前。"我听小四说了发生的事情。"胡凯喝了一口茶，说道，"我知道你们在想什么。放心，我不会拦着你们。而且，我会派人跟你们一起去，保护你们的安全。"他说着，双手交叉放在胸前，笑眯眯地看着我们，"但是，你们要把东西留下来。"

呵呵，我一听这话就在心里笑了起来，和我想的一样，他不会让我们带着东西走的。

"如果不呢？"汤勺放下茶杯。

"哈哈哈，"胡凯大声笑道，"我知道你们会误会我的意思，东西我不会要你们的，只是你们这趟去，一定会遇到一些比较危险的情况，假如东西被别人拿走，对我们谁

217

都不好。你们安全回来之后，东西就物归原主。"

"凯爷，我们不需要你的人保护，但是东西我们也不会交给你……"我话还没说完，就被汤勺打住了。

他冲我摇摇头，转过去对胡凯说："凭什么相信你？"

胡凯不慌不忙地喝了一口茶，慢悠悠地说："陈唐，凭你我的交情，我相信你应该了解我的为人。当然，你们有理由不相信我，但是我希望你们能答应这个条件。我说话算话，东西只是替你们保管到你们回来。你们手里有什么，我很清楚。如果我想占为己有，我早就做了，不用等到现在。这点我相信你们应该很清楚。我并不是对这个东西没有兴趣，只不过我要和你们达成的协议是关于我们之间的，而不是这个东西。东西永远都不能成为人并带来帮助，它只是辅助物。"

"如果我们回不来呢？"我脱口而出，讲完之后就觉得有点儿诅咒自己的意思，果然汤勺瞪了我一眼。

胡凯大笑起来："我的人会保证你们的安全，你们不会回不来。"

"你刚刚所谓的重要的话就是这些吗？"汤勺问。

"是，也不仅仅是。刚刚说的只是一部分，还有另外一部分。"说着，他让那个绷着脸的黑西装保镖从身后变出来两把枪，分别递给我们，"陈唐，我知道你有配枪。但是枪是警队的，顾虑太多，用起来始终不方便，所以我给你们准备了。"

这是我第一次拿枪，手哆哆嗦嗦地伸过去，一接到手腕差点儿断了，这家伙可真沉啊！那些电视剧里单手持枪躺在地上都能瞄准的肯定拿的是塑料道具。真枪原来这么重！我盯着研究了两下，汤勺一把抓住我的手："你别乱动，很容易走火！"吓得我立刻放下来，不敢随便动了。

胡凯笑着说："没关系，熟悉熟悉就好了。"

我一想，这不对啊，枪也接下来了，这岂不是默认了胡凯的提议，与他达成了共识？我刚想说点儿什么，胡凯又开口了："我已经有了那幅画的下落。"听到这话，我的神经顿时紧绷起来。我瞄了眼汤勺，他皱着眉头，眼睛紧紧盯着胡凯的脸，我们都在等他说接下来的话。

"东西很可能在你们这次要去的地方，我还在进一步确认。一旦确认，我会联系你们。你们可以把它一起带回来。"他说话的口气十分轻松，听起来好像有十足的把握。只不过要带回来的这个"它"，恐怕指的并不是画，而是画里的东西。

"还有，你们的手机有自动定位，希望你们尽量不要使用。"他让那个黑西装保镖掏出来两部手机，看外形应该是最老式的那种只能收发短信和打电话的绝版诺基亚。他把手机递给我们，"这个给你们用。卡已经装上并且启动了，我会通过这两部手机跟你们保持联系。"说完，胡凯看向了我。

好一会儿，我才明白过来他的意思。我转头望了眼汤勺，他冲我点了点头。我缓慢地从口袋里把那张羊皮纸摸出来，递过去。我不知道汤勺凭什么选择相信胡凯，不

第四十三章　与凯爷的协议

过想想也是，之前就考虑过，他如果真想拿走这张羊皮纸，可以不费吹灰之力，既然汤勺信他，那我也就只能暂且信他了。

那个黑西装保镖从我的手里接过羊皮纸，递给胡凯。胡凯看都没看，就揣进了上衣口袋。他站起来，指着黑西装保镖说："这是迪特，他和小四会一起负责你们的安全。还有，记得带上何家锁匠。"

何家锁匠，他是说何钥匙？他怎么老强调带着何钥匙？这个何钥匙到底是哪里跑出来的神仙，到现在我都不知道他究竟瞒了我们多少事……

"不要多想，"胡凯估计是看出了我的心思，"何家锁匠每一代人都非常有用，是可以帮助我们的人。"

我一想到何钥匙那张装得天真又无辜的面孔，怎么都想不出来他到底能在哪里帮上忙。

"我要说的都说完了，接下来我们保持联系，有消息我会通知你们。"胡凯说完转身要走，被汤勺拦下了。那个绷着脸的迪特立刻冲到汤勺旁边，抓住了他拎着枪的那只胳膊。

"我能不能问你一个问题？"汤勺看着胡凯说。

胡凯点点头："你问。"他示意了一下，让迪特放开手。

汤勺顿了顿："你究竟有什么目的？"

胡凯又笑了起来："哈哈，我总觉得这个问题你似乎问了我好多次，在不同的场合，由于不同的原因。这次的答案是——"他看着汤勺，"在这件事里面，我并不是冲着利益。我……嗯……只是想要个寻找了很多年的真相，就和你们一样。"

"你是不是知道宫殿在哪里？"汤勺问。

"是。"他回答道，"我知道。但没有地图的话，我们没法找到东西。在合适的时候，我一定会把所有的事情告诉你们。但是现在你们知道得越多，对你们的安全越不利。所以，这一趟你们要小心。"

说完这些话，他就离开了。

我在后面听得目瞪口呆，原来胡凯一直都知道宫殿的位置！"你是怎么发现他知道的？"我走到汤勺面前问他。

"直觉。我有种直觉，他在找什么东西，但绝对不是宫殿。"

"那他既然已经知道了宫殿的位置，其实剩余的事情大可以一个人去完成，包括寻找剩下的地图碎片。他有这么多人手，根本犯不着用我们两个，为什么非得拖着我们两个人？"对，这是我此刻百思不得其解的问题。凭着胡凯的实力，要我们两个有什么用？一个放假的警察和一个屡次差点儿被杀的业余侦探。

汤勺想了想，说："我也不知道为什么，或许，他是在故意给我们查清真相的机会。就像他说的一样，他在找真相，而我们也是一样的。"

我惊了惊，这话听着像是汤勺被他洗脑了一样。胡凯这么一个犯罪集团的首领，杀人都不带眨眼的，能干出这么感性的事情？这听起来倒像是他在帮我们的忙一样。

"相互利益肯定是有的。"汤勺又说，"只是现在还不知道这种关系到底藏在哪里。或许有些事只有我们能帮他查清楚也说不定。"

"能相信他吗？"我问。

汤勺低头看了下手里的枪，把它收进衣服里："我觉得至少目前为止，他的话可信。"

何钥匙似乎刚醒，发现我们不在想出来找我们，结果门被锁了，于是在里面又是叫又是砸门。半天之后，小四受不了了，只好上去开门。门一开，何钥匙就抱着小贱冲了出来，没刹住车，撞到了栏杆上，痛得"嗷嗷"直叫唤。我往下一看，他连鞋子都没穿，光着脚站在地上。

"你们想干吗？干吗把我锁在里面？！"他的样子委屈得都快哭出来了。

小四无语地撇撇嘴说："刚刚外面发生了枪战，为了确保你的人身安全才锁的门。"

何钥匙一听，立刻甩掉了一脸的愁苦样："早说嘛，害我吓一跳。怎么会发生枪战？这么恐怖？！我以为你们要监禁我和我家小贱呢！"

"你家小贱？"我看了一眼一副温顺模样乖乖待在他怀里的小贱，一把把它揪了过来，"要监禁也是监禁你，跟小贱有什么关系？"

"好了，你们别扯了，赶紧收拾行李吧。半夜出发，开过去要三个多小时呢。"汤勺说。

小四点点头："对，我们的确要半夜走。"

"走？去哪儿？"何钥匙摸着脑袋问。

"带你去旅游。"我说。

第四十四章　高速遇险

半夜去威尼斯的路不好开，博洛尼亚的高速公路上，有一条盘山路的灯坏了，没人施工维修，也没有拉提示带。我们的车一下子冲进来，两眼一抹黑，差点儿撞上路边的围栏。

我们前后一共三辆车。别克七座走在中间，两辆小车分别走在前后，我、小四、汤勺、何钥匙和始终绷着脸的迪特都在七座车里坐着。开车的是一个专职司机，人矮矮胖胖的，一路上都想跟副驾驶的迪特聊两句。但迪特明显不领情，在矮胖司机跟他说话的时候就斜着眼睛瞪他，司机只好闭嘴了。卢比带着另外的三个人在前面的车里开路。后面那辆车里，是迪特的一个手下，名字叫黑脸（标准的人如其名），他也带了三个人跟在我们的七座后面。

"前面到隧道了。"迪特坐在前面说。

小四"噌"了一声，不知道为什么惊醒了正在做梦的何钥匙，他一下子从座位上弹起来："怎么了？到了吗？！"顺手抹了把口水，眼神迷离地望着前方，"这是什么地方？怎么没有灯？"

"不太对。"小四说，"刚刚那段没灯有可能是坏了。但是隧道没灯，有点儿奇怪……"

卢比那辆车明显放慢了速度，就算开了远光灯，但是突然冲进漆黑一片的隧道，就像是开进了什么黑洞一样。矮胖司机骂了句粗话，抱怨意大利的高速公路档次太低。迪特皱着眉回头对小四说："你看是不是有点儿问题，我们自从上了这段路，一辆车也没碰到。虽然是半夜，按道理也不应该出现这种一辆车都没有的情况。"

他刚说完，何钥匙就指着前面说道："谁说没有车，那辆不是车吗？"我们齐刷刷地把目光投向窗外，确实，对面有一辆小车迎面开过来。

汤勺突然按了一把我的肩膀："不对，这条隧道出去就过博洛尼亚的高速路段了。如果这是最后一条隧道，那上个月已经临时改成单向了！"

大家顿时警惕起来，只有何钥匙还没反应过来，他伸手指着说："那这车……"话音未落，只听见空中一声枪响和紧随其后的玻璃碎裂声。何钥匙这下倒是反应极快，抱着小贱直接滑到了座位下面。"大家趴下！"小四大叫一声，掏出枪来。

刚刚那声枪响打破的是卢比那辆车的窗户。卢比的声音从对讲机里传来："小四，他们有五辆车！后面的没开车灯，小心！"接在他话音之后的就是一声枪响，但是这一声似乎射中了什么东西。

"卢比！"小四冲着对讲机大喊一声，立即把枪伸出窗外，又被迪特拖了进来，"不要开枪，他们做掩护，我们超车到前面去！"矮胖司机大概是跟他们混多了，见怪不怪，油门一踩十分淡定地想超过去。谁知卢比那辆车突然转了个弯，横在了隧道中间，挡住了去路。

子弹不停地打到我们的车顶和车窗框上，到处都是金属碰撞的声音。何钥匙捂着头裹着小贼，缩在角落里直发抖，嘴里一直念着"阿弥陀佛"。汤勺掏出枪来，推了我一把，意思是叫我也学着何钥匙躲到下面去。我有点儿不服气，从口袋里把枪也掏了出来。"你连枪都不会使，不要凑热闹！"汤勺冲我吼道。

卢比终于有了回音："他们把司机打死了，司机太沉了挡了方向盘，我得搬开他，否则没法动！"

我们的矮胖司机一听这话，哈哈大笑，瞬间一颗子弹飞了进来，几乎是贴着他的鼻子飞了过去。迪特和小四反应很快，立刻抱头俯身。汤勺抓着我狠狠往下一拖，何钥匙直接吓晕过去了。

矮胖司机被吓得魂飞魄散，赶紧一脚油门，几乎是擦着卢比那辆车的屁股冲了过去。卢比说的没错，前面还有好几辆车，都没开灯，就那么停着，看来我们是进了埋伏圈了。一冲出去，子弹就像下雨一样，打破车窗飞进来。矮胖司机非常灵活，跟耍龙灯一样，开着车飞速曲线前进。

"迪特，看来他们在这里等了我们很久了！"小四在枪林弹雨之间从车窗直接钻了出去，"小胖，车贴过去！"他指着前面一辆发动起来想迎面朝我们撞过来的车喊道，"迪特，这里交给你了！"说完，就在两车相贴的同时，他一个翻身，扒住了对方的车门，枪口直接伸进去，十秒钟就解决了一车。

小四爬进那辆车里，坐在驾驶座上冲我们比了个胜利的手势，随即调转车头，在前面开路。对方剩下的所有车都追了过来，而卢比和黑脸也跟了上来。我回头望了一眼，地上已经躺了好几具尸体，身后的车轮呼呼地就从那些尸体上轧了过去。或许在这些人眼中，浑身上下，性命是最不值钱的东西。

"一定有内奸！"迪特说。

这时一辆车忽然靠了上来，矮胖司机又轻巧地避开了一枚差点儿爆了他的脑袋的子弹。迪特往后一避，我透过破碎的车窗，看到了对方那辆车的副驾驶座里，坐着的人戴着那种熟悉的面具。迪特回击过去一枪，大概是打中了那人面具上长长的鼻子，他顺手就把面具摘了下来——西木！

"西木！"我叫了起来！

西木转头，脸上露出恶狠狠的表情，将枪口对准我，在迪特开第二枪之前打出了一枚子弹。子弹在空中飞过，打破了汤勺脑袋旁边的车窗。我下意识地把汤勺的头往

第四十四章　高速遇险

下一按，那枚子弹瞬间就飞到了我的眼前，眼看就要穿过我的脑袋了，汤勺一个翻身，整个人腾空而起，落下来的时候重重地压在了我的身上。

"陈唐！"我拿手在他的肩上一摸，血！子弹打到了他左边的肩膀。

小贱受了惊吓，大声嘶叫起来，晕倒在角落里的何钥匙被小贱的嘶叫声吓醒了。"怎么了？怎么了？"何钥匙看到我一手的血和压在我身上的汤勺，声音颤抖地指着他说，"死……死了吗？"

"死你个鬼。"汤勺捂着肩膀费劲地爬了起来，"没事。"他的脸因为疼痛轻微地抽搐着，但他强忍着看了眼窗外，"西木跑了！"

"车已经调头了，不过他的脸我记住了！"迪特说。

西木那边的车全都消失在了黑暗的隧道之中，汤勺呼了一口气，整个人靠在椅背上。我已经无心去顾及西木了，汤勺的伤口一直在流血。"这里哪边可以停一下，他的伤一定要处理！子弹在里面。"我对迪特说。

迪特转过头来看了看汤勺："要不前面停一下，先把子弹取出来。"

"不行！一直开！开到威尼斯再说！我没事！"汤勺咬着牙说，"车里有药箱，"他看了看我，"李如风，你帮我拿一下，就在你的座位下面，你打开就能看到。我自己取子弹。"

何钥匙突然从地上爬了起来，看着我们说："我来吧。"

我们都被何钥匙的这句话给惊住了。只见他坐到汤勺旁边，不慌不忙地打开药箱。"还好，里面什么都有。"他一边说一边拿出酒精，动作纯熟，"先消毒，有点儿疼，你忍住。"汤勺一脸不可思议地看着何钥匙，由于太震惊，似乎对疼痛的注意力都被分散了，消毒的时候几乎没怎么吭声。

消完毒，何钥匙拿出医用剪刀和纱布："没有麻药，你可以大声喊，能帮助你减少疼痛。"

"你家不是开锁的吗？"汤勺一边盯着慢慢接近他肩膀的剪刀，一边咽了口口水，问何钥匙。

"你信不过我？那你自己来。"何钥匙虽然嘴上这么说，但是手并没停下来，"你放心，一下——"

"啊——"汤勺大喊一声。我赶紧闭上了眼睛。

等我再睁开眼的时候，何钥匙手里那把血淋淋的剪刀上面已经有了弹头，他拿着剪刀晃了晃："就取出来了。"听起来像是家常便饭，他再次消毒之后，取出针线，"你们干警察的，应该经常会有这种伤吧，其实也没什么大不了的。"

现在的何钥匙，和刚才那个一声枪响就被吓晕的何钥匙完全判若两人。我看得目瞪口呆，要不是车上还有其他人做证，我都怀疑自己现在是在做梦。"何钥匙，你究竟是什么人？"我眯着眼睛再次打量他。

他缝好伤口，冲我微微一笑："开锁的呀。"

我们到达威尼斯的时候，天开始灰蒙蒙地亮起来了。我们没立刻上岛，小四的建议是太早上岛第一不方便，第二太惹人注目，等到九、十点左右装成游客上岛比较好。于是我们在岛外找了一家比较隐蔽的旅馆休息。

汤勺一直在昏昏沉沉地睡着，脑袋上都是汗，何钥匙就跟护士似的非常细心地帮他擦。我没有再问何钥匙为什么有多项技能，他似乎也并不愿意多做解释。我想到胡凯先说的话——何家锁匠都是对我们有帮助的人，这么看来，倒真是这样。

"你放心吧，我刚问前台要了一些消炎药，伤口我已经再次消毒也换过药了，出发之前让他好好休息就行了。"何钥匙从汤勺的房里走出来，把门关上。

"你跟他是兄弟吗？"何钥匙突然问我。我望着他，默默地点了点头。"亲的？"他又问。我愣了一下，又点了点头。我和汤勺从相识到莫名其妙走上这条追寻真相的亡命之路，怎么看都有一点儿冥冥之中的意味。他一次次拼了命地救我，就算是亲兄弟也未必能这样。"生死之交。"我说。

虽然我整个人都感觉很累，躺在床上后却怎么都睡不着，于是我又爬起来，下楼走到大厅，看到小四和迪特坐在那里说话。前台一个人都没有。

小四看了我一眼："还有两个小时我们就要出发上岛了，你不去睡一会儿吗？"

"我不困，出去抽根烟。"我从口袋里掏出烟来就想往外走。

"别出去了，不安全，就在这里抽吧。也给我来一根。"小四朝我伸出手来。

我递给他一根烟："你这么小也抽烟？"又看了看迪特，迪特冲我摇摇头。

"小？我都二十四了！平时在凯爷面前我不抽。我从小就跟着凯爷，他不喜欢我沾染这些上瘾的东西，所以当他的面我从来不抽。就算他不在，我也只是难得偷偷抽一根。"他冲我"嘿嘿"一笑，脸上露出孩子气的表情。

"二十四？你骗谁呢？你这样子顶多就十五六岁！"

小四"扑哧"一声笑起来："看着像不代表就是。照你这么说，我以后老了，可以去代言化妆品了！"

迪特也笑起来。这是我第一次看到迪特的脸上露出笑容。换下绷着脸的面孔，他笑起来一下就把身上的杀气冲淡了。

我在小四旁边坐下来，环顾了下大厅："这里居然能在大堂抽烟？没人管的吗？"

迪特说："不能抽，不过没人管，因为管的人都在睡觉。"他抬眼顺势伸长脖子望了望前台，转向小四，"你给人家注射了多少剂量，这都打呼了。"

"你们……"我再仔细一看，前台内侧的地板上躺着一个姑娘，就是我们之前进来的时候接待我们的那个。

"没多少，早餐开始前她肯定能醒，没人会发现。"小四漫不经心地说着，把烟头扔进面前还剩一口水的水瓶里，望了我一眼，指着前台对我说，"别惊讶，每个人下一秒都有可能变成你的威胁。在外面，处处都得防范，这是我们的习惯。"

第四十四章　高速遇险

小四让迪特上楼去拿岛上的地图，转头又看向我："没多久了，你去休息一会儿吧。"

"你们呢？不用休息吗？"我问他。

"还没到我们能休息的时候。"他说这句话的时候，脸上露出了有些疲惫的神色，眼睛下面也黑了一圈，伸了个懒腰，"我们一直都这样，习惯了。"

我起身打算走，想了想，又回到小四旁边："我能问你一个问题吗？"

"你说。"

"凯爷到底是个什么样的人，值得你们拿命去为他拼？这件事我们卷进来是没办法，但是跟你们一点儿关系都没有，这样值得吗？"

小四收起了脸上随意的表情，一本正经地回答我："值得。如果不是凯爷，我早就死了。我的命是他救回来的，对于我来说，他是我最亲的人。我的父母当年带着六岁的我想偷渡过来，但我们遭遇了海难，只有我活了下来。从此我到处流浪，乞讨，被人卖掉，再跑出来。两年之后，我遇到了凯爷。他把我从垃圾堆里捡回来，那个时候我得了很重的病，已经快死了，是他救了我。没有他，我八岁的时候就已经死了。我的命是他给的，我很珍惜我的生命，但是如果需要为凯爷牺牲，我的眼睛都不会眨一下。你不明白，他是好人。"

我听他说完，想了想，点点头。

小四又说："你不会明白的，每个人理解善恶的概念和立场都不同，我不能强求别人想的跟我一样，因为不是每个人的经历都一样。但是对于我来说，他救过我的命，不管他做什么，我都无法背叛他。"

他的话是对的。只不过，这个世界上现在早已没有了绝对的善恶，善恶都是相对而言的，相对人，相对事，相对很多东西。

我上楼的时候想去看下汤勺，一开门，发现他已经醒了，正在穿衣服。他看到我进去，拍了两下肩膀对我说："没事了，不用担心。"

何钥匙果然很有用，不知道给他上了什么药，他的脸色看起来比之前好了很多。"以后得叫何钥匙神医了。"汤勺笑着说。

"陈唐，"我半开玩笑地说，"刚刚小四对我说，他这么豁出命去，是因为胡凯对他有救命之恩。照这么说的话，你救了我这么多次，我以后也只能拿命豁出去还给你了。"

汤勺瞟了我一眼："你的命值钱的话，也可以考虑。"

第四十五章 追 击

我们上岛的时间是九点。

小四和迪特明显对内部有奸细的事情心有余悸，一路上都很警觉。但是只要我们说起这个话题，他们立刻非常有默契地全都闭口不谈。这些人的防范心都很重，他们或许对彼此都并不是完全放心。

我们查了下地图，威尼斯岛上的警察总局在圣十字区域内，就在火车站附近。小四对我们所有人说："岛上没法开车。我们不管去哪里一律徒步，不使用交通工具，避免坐船，包括水上出租。"

岛上风很大，深秋的游客没有那么多了。我们混在刚下火车的一拨人中，朝警察局走。过桥的时候，小四朝迪特使了个眼色，迪特就故意走去了后面。

"怎么了？"我问小四。

"有人跟踪我们。"小四小声说，"别出声，装作不知道，你走你的，我们会解决。"

跟踪？！我的神经又紧绷了起来。这样都能被跟踪？看来我们之中的确有奸细。

何钥匙抱着小贱一路冲在前面，汤勺时不时要把他拉回来两步，以免他一个不注意就消失了。"太美了！到处都是水，到处都是桥！这就是传说中的威尼斯吗？"何钥匙一脸幸福地大声感叹。

我翻了翻白眼："你难道没来过威尼斯吗？"

何钥匙的嘴巴一撇："当然没有！我哪儿都没去过！"

过桥之后，小四突然在路口停了下来，四处张望了几下，扶了扶耳朵里连着对讲机的线，又回头望了望，眉头一皱。"走吧。"他转过身来对我们说，但眼睛始终都在三百六十度扫描周围的状况。

"有什么问题吗？"汤勺问他。

"迪特说，跟踪的人又不见了。"

到了警局，小四安排黑脸带着人等在门口，卢比、迪特和他自己跟我们一起进去。

"这么多人一起进去不好吧……不知道的还以为我们来抢劫警察局呢！"何钥匙一脸无奈地说。他说这话也丝毫不注意放低音量，站在门口的警察顿时就朝我们投来犀利的目光。

第四十五章　追　击

我赶紧一把捂住何钥匙的嘴,怕他继续胡说八道:"你小声点儿!我们都穿的便装,有什么要紧的!"幸好小四安排大家都穿了便装,不然他们个个一身黑西装地冲进去,看起来倒真有点儿像去挑事的。

"要进他们内部办公室,不然找不到人事资料档案。"汤勺边说,边从身上掏出了自己的警察证。他走到窗口,对从刚刚开始就一直警惕地瞪着我们的警察说了一番,那个警察站了起来,打开门从值班室里走了出来,同汤勺握了个手。

"你们好。"他微笑着指着我们问汤勺,"这些都是你的同事吗?"

"是的,麻烦你了。"汤勺显得特别彬彬有礼。

"好的,没问题。我打个电话跟里面通报一下。"他说完,又重新开了值班室的门,进去打电话了。

"你对他说了什么?"我小声问汤勺。

"没什么,我说我是佛罗伦萨警察总局局长的儿子,听说这里引进了新的仪器以及分析专家,还有电脑设备,局长特别派我和我的小组过来参观学习一下。我说威尼斯总局总是各方面都走在佛罗伦萨的前面。"他这话说得跟真的似的。

何钥匙还问了句:"真的?"

"你觉得呢?"我打了下何钥匙的脑袋,又转向汤勺问,"你这谎话他们能信?一个电话不就拆穿了吗!"

"不会的。起码有一半我讲的真话啊,人家威尼斯确实引进了新设备和专家,最近好多警局都在张罗着过来学习参观,佛罗伦萨上个月还提了这个事情呢。再说,门口值班的警级都很低,一般只会直接打电话到内部大厅报告一下,现在这个点,局长一般都不在,里面除了人事部,其他部门应该人都不怎么全。看着吧,他们很快就会放我们进去。"

果然,不出两分钟,那个值班的警察又开了门出来,亲自给我们打开了通向内部庭院的门:"请进。"他十分有礼貌地指着庭院对面走廊里一扇敞开的门对我们说,"办公室的人会接待你们。"说完还向汤勺敬了个礼。汤勺向他还了个礼,带着我们走进了庭院。

"哇,可以啊!"何钥匙一脸惊喜,从外套里把小贱掏了出来。他不放心把小贱留在外面的店里,非要带进来,刚刚一直藏在衣服里面。

汤勺还没到走廊就开始四处找资料室的位置。"待会儿这样,我、卢比和迪特,我们去牵制住办公室里的人。李如风,你带着何钥匙和小四去资料室找歌里的人事档案。动作一定要快,被发现就麻烦了,这里毕竟是警察局。"说完,他给我们指了指走廊尽头的那扇门,我顺着一看,门上方写着"资料室"的意大利语。

达成共识之后,我们立刻分头行动。汤勺他们进去后,我听见里面的人说:"哎呀,您好您好,我带您先参观下,局长这会儿不在,马上就该回来了……"听到这句,我赶紧朝小四使了个眼色,脚底抹油,溜到走廊尽头。小四一转门把手:"锁着的。"

227

"我们这是要进去偷东西吗？"何钥匙鬼鬼祟祟地跟过来问我们。

　　"不是偷，只是找个档案。"我说，"可怎么进去呢？"

　　何钥匙把小贱放到我的手里，说："我来。"

　　我居然把专门开锁的何钥匙忘了！不过，何钥匙从来没说过他懂医术，却是行家，他天天说自己是开锁的，会不会倒是个半吊子？

　　只见何钥匙从口袋里掏出来一根跟头发丝差不多粗细的东西，对着钥匙孔往里一戳，轻轻一转，不费吹灰之力就把门打开了，那动作一看就是专业的。我们进去之后，何钥匙又重新把门锁好。

　　这个资料室并不大，只有一台老式的电脑，所以人事资料应该还是传统的分档管理。虽说歌里六年前就被调去了佛罗伦萨警局，但是档案资料一定会有备份。"我们只要找到六年前的人事调动档案栏，就能找到歌里的档案了。"我把小贱放在地上，开始着手翻找。

　　要在这间资料室里找东西，真不是一件容易的事情。他们的资料档案看起来都是乱放的，有些拿错之后就任它留在错误的地方，也不放回去。

　　"我找到2009年的人事调动了。"小四在角落里冲我们招了招手，"但是歌里的档案不在这里。你看这个是什么意思？"

　　他给我们看的是一张名单，上面记录着所有在2009年人事分配中调出和调进的所有人的名字，第三个名字就是歌里的。斯特奇·歌里，后面写着：申请调动准批——佛罗伦萨市政警察局。看来汤勺之前查到的消息并不准确，歌里不是被分配过去的，而是自己申请去的佛罗伦萨。

　　"这个钩是什么意思？"何钥匙指着他名字前面的红钩问道。

　　小四又往下翻了翻，摇了摇头："这里没有他的档案，只有这张纸。"

　　等下，红钩……我好像在汤勺给我的那份夏娃的档案里看到过这个标记。红钩……"哦！我知道了！红钩是说明有人之前把这份档案调出去过。也就是说，很可能有什么人在我们之前把东西拿出去看过，走的还是正规途径。"

　　"那档案呢？是不是被看的那个人拿走了？"小四问。

　　"应该不会。按道理，这份档案最迟在被查看后的三个月内归还。可能前不久才被还回来，现在应该是在临时查阅档案里面。"

　　"这儿！"何钥匙立马就找到了放在电脑桌边上的那个归档，上面用红色字体的意大利语写着"临时查阅栏"。

　　我随便翻了两下就找到了歌里的，拿在手里说："走吧，我们出去再说，通知陈唐他们，我们搞定了。"

　　我们正要出去，就听见了门外的声音，不约而同地往后退。

　　"是不是陈唐？"何钥匙抱起小贱，轻声问我。小贱一脸敌意地望着面前那扇门。

　　离我只有一只手掌的距离之外，小四的耳机里漏出来细小的声音："你们在哪里？

第四十五章 追　击

我们撤出来了！快点儿，局长好像回来了！"

这时，门外明显传来了用钥匙开门的声音。不妙了。

在门被打开之前，小四从身上掏出了枪，整个人贴到了门背后。他朝我使了个眼色，让何钥匙和我都退到两边的角落里。门开了，小四顺着被打开的门藏到了门后面。走进来的是个黑发女人，一张陌生的脸。她神色慌张，直接冲到了刚刚我们找过的架子前，并没有看到我们。我听见她蹲在地上一边找，一边喃喃自语："咦，放哪儿去了？"

小四对我们做了个出去的手势。何钥匙抱着小贱一溜烟就钻了出去，我跟在何钥匙身后，走过小四身边的时候，悄声对他说："这女的不对劲儿，好像也在找我们拿的东西。"

小四看了一眼我手里的文件袋："你先出去，我搞定。"

我还没来得及跨出门，那女的突然叫起来："你们是什么人？！怎么在这里？！"我一回头就看到她拿枪指着我们。

"是警察。"小四看着她对我说，"不过她好像确实是在找这个。看来我们要配合一下了。"

我明白了他的意思，举起手中的文件袋晃了晃，并把手举过头顶："你也在找这个吗？我们也是警察，不过不是这个局里的。"

她用枪指着我："把东西放下来。我不管你们是什么人，这里的东西不可以被带走。"

我缓缓地蹲下来，将文件袋一点点放到地上。这时，前面传来一个声音："别动！"——是小四，已经搞定了。他趁着我分散这女人的注意力的时候，无声无息地绕到了她身后，现在正用枪顶着她的脑袋。那女人的注意力刚才一直集中在我手中的文件袋上，这下彻底蒙了，估计才想起来，她刚刚在这个房间里看到的其实是两个人。

身后响起敲门声，何钥匙隔着门说："你们倒是快点儿啊！我看到他们了！赶紧，有人回来了！"

"你让陈唐他们先走。"我对何钥匙说。

"你们到底是什么人？为什么要来这里偷档案？"那女人问。

"那你又是什么人？"我看了一眼她胸口的证件，确实是警察证。

小四用手在她的脸上胡乱地捏了几把，朝我摇头，看来脸是真脸。"你们到底想干吗？"她叫起来。

"小声点儿。现在老实回答我们几个问题，保你安全；不老实的话，说不好这枪就会走火了。"小四用枪顶了顶她的脑袋。

那女人的眼睛斜了斜："你们以为你们跑得掉吗？我已经拉过警报了。趁现在把东西留下，或许还走得掉，不然的话，你们再继续跟我耗着就只能等着被抓了。"

"呵呵，就算跑，我也会带着东西走；还有，在被抓之前我兄弟的这把枪一定会走火；再有，我们为什么要被抓？我们是警察，过来参观学习而已。你还是老实点儿吧。"我晃了晃资料，"说，为什么找这个？想拿去哪里？"

229

"不关你的事！"她还嘴硬。

"你和组织是什么关系？"我又问。

她眯着眼睛望着我："什么组织？"

"你是不是组织的人？我是组织里派来的。组织里要这份人事档案，我得拿回去。"我尽量让自己看上去显得很诚实。

"组织？你是组织里来的？你拿什么证明？"她的语气明显放松了警惕。

我解开外套的扣子，将一只胳膊脱出来，再把里面穿的T恤袖子撩上去，露出手臂上的文身。这下连小四都傻眼了，他抖了抖枪口，看起来有点儿想拿枪转而指向我。但是他似乎是深吸了一口气，枪口依旧顶着女人的后脑勺。

那女人看到文身之后，把枪放下来。"组织既然派人来取，为什么又要叫我交给他们销毁呢？"她低下头想了想，自言自语道，"不好！"然后对我们说，"你们快走，我刚刚确实是拉了警报。"

小四见状也收起了枪。她几步走过来，打开门看了一眼，立即又关上了："局长过来了。"停顿了几秒，她又说，"这样，我出去拦住局长，你们赶紧走。"说完开门走了出去。

我稳了稳心神，和小四也走了出去。我们低着头，装作自己是这里的工作人员，迅速溜到了草坪上。我趁机回头看了一眼，那女的正和局长一起朝办公室的方向走去。我"呼"地松了一口气。

走到门口，我看到汤勺他们全都站在门外等着。那个值班警察热情地给我们开门："就等着你们呢。"

"谢谢。"我和小四也学着汤勺对他敬了个礼。他立刻站得笔直，向我们回了个礼。结果他的手还没从脑袋旁边放下来，警报就响了起来，有嘶吼声仿佛从四面八方传出来："抓住他们！"我冲愣在那儿的值班警察一笑，跟小四撒腿就跑。

"跑啊！"我跑出去的时候冲着还回不过神的何钥匙大吼一声。

何钥匙以前肯定是练过赛跑的，估计参加过马拉松，不一会儿就超过所有人从后面追了上来。"每一次都搞得这么惊心动魄，有必要吗？"他从我旁边跑过去的时候我听见他说。

"分散跑！"小四大叫一声，于是所有人都散开了。

我跟在何钥匙后面，只顾着往前跑，也没看谁在我身后跟着。何钥匙抱着小贱跑得飞快，小贱的猫脑袋被他甩得快掉下来了。不知道跑了多久，跑到一条僻静的巷子里的时候，我实在跑不动了，大叫一声"何钥匙"，让他停住。何钥匙估计也是快要跑断气了，直接靠墙瘫坐到地上，喘得气都提不上来。

"到……到底是怎……怎么回事？"何钥匙一边喘气一边说，"不……不是都出来了吗？……"

"你……你没看到……那个女的吗？"我说。

第四十五章　追　击

"哪个女的？"何钥匙一个翻身跳了起来。

我想的果然没错，何钥匙缩在最靠近门的角落，门开后第一时间出去闭着眼睛就溜了，半天不见我们出来，又折回来找我们，压根儿没看到进去的人是男是女，更不知道后来发生了什么。"算了。"我摆摆手。

"谁？"何钥匙突然把目光落在我身后。

我被他吓了一跳，赶紧回头看。我刚刚光顾着跑，停下来只顾着喘气，还没来得及看身后那个人。当时所有人都分散开的时候，我知道有个人跟在我后面，和我们跑的是同一条路线，我一直以为是汤勺，现在回头一看，不是汤勺，是卢比。我瞪了何钥匙一眼："你别吓我行不行，是卢比。"

卢比也低头喘着气："你们俩跑得真快。"他的意大利语总是带着奇怪的腔调。

"老兄，你别吓人啊，突然蹿出来！能跑得不快吗？后面有人追杀啊！"何钥匙终于把气给喘匀了。

"你们的东西拿到了吗？"卢比也终于把气提了上来，走到我身边问我。

"拿到了。"

"档案先给我保管吧，放在你身上不安全，后面还有追我们的人。现在不仅有警察局的人，还有跟那个女警察一伙的人。"卢比说道。

我一想，他说的也是，放在他那里可能比放在我这里要安全。我手里捏着文件袋，在递给他的半空之中停了下来，又放了下去。

卢比一个劲儿冲我笑，伸着手问我："怎么了？"这条街背阴，周围无人的建筑把卢比笼罩在阴影下面。

"卢比，何钥匙都没看到那个女警察，你是怎么知道的？"我看到他眉间轻微一皱，随即将目光投去了何钥匙的方向。我回头看了眼这会儿正抱着小贱缩在角落里的何钥匙，他一脸恍然大悟之后的恐惧，飞快地与我对视了一眼。

"是陈唐告诉我的。"卢比说，"陈唐看到了那个女的。"

"没有。"我紧了紧自己手里的文件袋，"你们收到小四的信号就撤了出去，出去之后直接去了门口。那个女警察是从别的办公室过来的，你们谁都没有见到她。假如陈唐看到她的话，一定会想办法过来支援我们，迪特就不会催促小四。那个时候，小四没回是因为那个女人已经开门进了档案室。而这些，我想你肯定都知道。只不过，你和她，可能都不是事先安排的，而是临时被牵扯进来的。因为得知了我们要去警局偷档案，所以临时找了潜伏在警局里面的自己人，也就是那个女警察，想抢在我们之前去把资料拿出来，结果她失败了。于是她传递了信号给一直隐藏起来连她自己都不知道是谁的同伴，那个人就是你。要不是这样，你应该还会继续在我们之中埋伏下去，我说的对吗？"

卢比低头笑了笑，从身上掏出枪来对准我的脑袋："不愧是做侦探的，不过还是有一点点错误在里面。我知道那个笨女人，但是她不知道我。那个笨女人是在档案室

231

里就给我发了信号，幸亏我观察了下，没有立即暴露自己，否则在小四面前暴露，就有点儿太危险了。果然，当我看到你们拿着文件袋出来的时候，我就知道她八成不知道中了你们的什么计。所以，警报拉响时，我特意分散了你和陈唐还有小四，自己跟着你过来了这里。"

"你就是他们一直在找的间谍。"

"但是我并不想杀你，"卢比用枪指了指我手里的文件袋，"你把这个交给我，我留你一条命。"

"这里面没有任何有价值的信息。"我说。

"这是我的任务，里面有什么我管不了，只管把东西带回去。"他叹了口气，"李如风，接触几天下来，我挺喜欢你还有他的，"他用枪指了指何钥匙，"还有你们的猫我也喜欢。我曾经也有过一只猫，后来它死了。如果可以，我愿意给你们一条活路，只要你把东西交给我。"

何钥匙哆哆嗦嗦地爬到了我的旁边，推了推我："给他吧。别为了一份文件，三条命呢！"

"你过来干吗，枪本来也不是对着你的。"我瞪了他一眼。

"你当我是傻子啊，他连你都杀了，可能留我一条命吗？"何钥匙就差跳起来了。

"你们别在那里演戏了，把东西给我！"卢比拿着枪朝我们走近了几步。

"卢比，你可以杀了我，但我有一个问题很想问。"听到我说这句话，何钥匙在我的胳膊上狠狠地掐了一下。

"你问吧。你只有问一个问题的机会。"卢比说。

"指挥你们的人，是不是歌里？"

他皱了一下眉："我不知道你说的歌里是谁，但听你说起来好像我们是受控制的一样。那你错了，我们并不是受到控制，跟随他是我们的意愿，而且我们因此而感到光荣。不管是活着还是牺牲，都不会改变我们的这种想法。"

何钥匙把脑袋凑到我的肩膀上，轻声说："这听着好恐怖啊，怎么跟什么教派一样。"

"别在那儿窃窃私语！"卢比"咔嗒"一声给手枪上了膛，"问题问完了，东西给我吧。之前我说过的话还算数，但是你们不要跟我磨蹭时间，否则我就只有对不起你们了。"

"你没有回答清楚我的问题。你不认识歌里？不知道他是谁？"我把手偷偷伸进外套口袋，已经摸到了枪杆。

"你的问题我已经回答过了，如果你不想要我留你们的性命，那我们的交流到此为止。"他看了一眼我正在偷偷摸枪的手，"呵呵，你是在摸你身上的那把枪吗？看来你确实不准备给自己和他留活路。"何钥匙抱着小贱往后退了退。他又逼近了两步，把枪口对准了何钥匙的脑门："放心，我只杀人，不杀动物。"

第四十五章　追　击

　　这条僻静的巷子，后面是死路，两边都是看似被荒废了的房子。我不认为我们还有能逃掉的机会，只是对不起何钥匙了，或许我该把文件给他的，没准儿他真可以放我们走。结果现在害得何钥匙莫名其妙地陪我死在这个鬼地方，连威尼斯都没来过的人，第一次来就要在这里做鬼了。啧，话也不能这么说，如果现在我把资料交出去还有用吗？他还能放我们走吗？

　　虽然脑子还在犹豫，但手不听使唤地从怀里一把把枪抽了出来，我反应过来的时候，心里只想了三个字：死定了。就在我把枪完全抽出来的那一秒，脑袋上方响起了"砰"的一声，接着就是一阵被拉长音的耳鸣。

　　咦？怎么回事？脑袋开花不疼的吗？

　　跟着又是"砰"一声，像是有什么重物砸到地面上的声响。我眼睛一睁，先是看到了地面上的一摊血，不是我的也不是何钥匙的，而是卢比的——他已经脸朝下倒在了地面上。小四举着枪站在拐角的地方。

　　"喵——"小贱叫了一声。何钥匙还没反应过来，说："我死了吗？"

　　我说："你没死。"

　　何钥匙大概是终于看到了地上的卢比和站在巷口的小四，一跃而起，拔腿就朝巷口奔去。小四把枪收起来，一边伸手挡住想扑到他身上的何钥匙，一边走到卢比的尸体旁边。他三下两下就把卢比的衣服脱了下来，露出了右臂。

　　"没有文身……"我喃喃自语道。

　　小四看了我一眼："记得把你的文身洗掉，要是换作迪特，可能当时就拿枪对着你了。"说完，他在卢比的上臂部分摸了摸，然后撕下来了一层皮。

　　我看得目瞪口呆。这是一层不知道用什么粘上去的假皮，被贴得毫无破绽，撕下来之后，里面真正的皮肤露出了清晰的文身。何钥匙面部表情夸张地对着小四重复："幸亏你出现及时，不然我们俩都成枪下亡魂了。"

　　小四把假皮丢在地上，对我们说："走吧。"他走的时候，回头看了一眼卢比的尸体。我不知道那是一种什么感觉。一个跟你一起出生入死、被你当了很久兄弟的人，有一天你必须清醒地面对他是间谍的事实，并且需要毫不犹豫地开枪打死他。

　　"我其实已经怀疑他了。"小四说。

　　"什么时候？"我问。

　　"在隧道里被伏击的时候。他突然用车横拦了去路，告诉我司机死了压住了方向盘，当时我就产生怀疑了。因为以他的实力，不应该会出现这种状况。但是那会儿我希望不是他。应该说，直到我看到他拿枪对着你们之前，我都希望不是他。"

　　我猜，小四其实跟在卢比后面早就到了。至于他为何迟迟没有出手，或许是因为没有下决心。他听见卢比说放我们走的时候，或许他也想放卢比走。尽管到最后，他还是开枪杀了卢比。

　　"他来了多久了？"我问小四。

"五年了吧，好像。"小四冲我笑笑，"终于找到内奸了，起码可以安心一些。"

我们走了一段时间才走到人声嘈杂的地方，这会儿游客变多了。我们选了游客最多的线路走，这样可以避免碰上找我们的警察。不过警察的追击好像已经解除了，或许是他们发现并没有丢失重要的东西，所以就纷纷撤了回去。现在街上只有一些巡警穿着制服懒洋洋地晃来晃去。

我们到了圣马可广场上，风很大，云层时而放出太阳，时而遮住它。我从老远就看到汤勺戴了一副墨镜，蹲在广场中间喂鸽子。

第四十六章　老大爷

何钥匙对我们接下来的闲情逸致感到很不理解——汤勺挑了一家人最多，价格跟抢劫差不多的咖啡吧坐下来。"到底是为什么？我们这不是在逃避追捕吗？这么危险的情况下你们居然要在这种……"他看了一眼不远处的独立露天舞台上正在深情演奏小提琴的金发姑娘，又看了一眼刚刚告诉他坐下来就要收每人七欧座位费的服务员，吞了下口水，"你们给钱。"

我指了指汤勺对他说："这位请客，这点儿不算啥。"

汤勺笑了笑，放下餐单："嗯。我请。"

何钥匙来劲了，斜着眼睛望着汤勺，歪着嘴念叨："没看出来你还是个小开啊。"说完就找服务生要了杯最贵的混合鲜榨果汁。

我们都要的咖啡，只有何钥匙一个人面前摆着一只体积庞大的玻璃杯，上面花花绿绿点缀了不少水果。

小四瞟了一眼正捧着杯子拿水果逗小贱的何钥匙，打趣道："你倒是真不客气。"

"每天都在玩命，难得有点儿闲情逸致，还有人买单，我必须对得起自己。"

其实我们找这个地方坐下来，是因为人多，能掩人耳目。既然他们大费周章地想抢走这份人事档案，说明里面肯定有文章。与其冒险带着它再一路回岛外的旅馆研究，还不如在这种闹市区看完，重要信息保留下来，就算之后再被跟踪，有丢失它的风险，起码该看的我们也看到了。

汤勺从我的手里接过文件袋的时候，我注意到了小四的表情，他的双眼死死地盯着文件袋。让一个埋伏了五年的间谍甘愿暴露自己的东西，里头到底藏了多大的秘密？我和他一样想知道。

汤勺把一沓纸全都从文件袋里抽了出来。第一张上面有照片，一看就是歌里。这是张带照片的个人资料简述，接下来的几张都是热那亚海军部那边开过来的各项审核表。汤勺一页页仔细看，每一个字都不放过，没什么可疑的内容。再下来是在警队的两年业绩测评，也没什么值得参考的信息。

"这是什么？"汤勺把底下一张纸抽了出来。

"军事演习报告。你们看这里。"汤勺指了指下面的一长串名字，里面有斯特奇·歌里，还有一个我们认识的名字：艾尔。

"艾尔？就是那个2007年在歌里调职之前死掉的人？他们参加过同一场军事演习。看时间！"我看到页面最下方的时间，写着2007年3月2日，"艾尔的死亡时间是3月6日，也就是说，艾尔很可能是在这场军事演习里死的。"

小四说："这是一份指令批文报告，这么多人参加的军事演习一定是大型演习。"

汤勺点点头："不错，这么大型的军事演习，有人在这期间死亡的话，一定会被详细记录。也就是说，如果我们去一趟热那亚海军部，一定能找到一些信息。"

"那我们接下来是直接去热那亚吗？"何钥匙问。

"不。"汤勺摇摇头，拿起来那张带照片的个人信息页，指着上面地址那一栏说，"我们先去一趟这里。"

那是歌里老家的地址，显示就在威尼斯本岛上，在圣约翰和保罗教堂的对面，过桥就到，并不难找。汤勺有极好的方向感，没花多长时间就带着我们找到了。这里的游客不算多，很多在外面走来走去的看样子都是本地居民，年纪都比较大。都说威尼斯本岛上的当地住户全都是守着房子养老的人，看来确实不假。那么歌里老家这房子非常可能是歌里父母的。

桥梁直接连着狭窄的河岸。这种河岸，假如遇到阴雨天，只要连下一天雨，水就可以直接漫进楼道，所以住在底楼的家家户户都会在楼道口安装一个隔水的装置。

歌里家的住址是二楼。一楼的河岸上坐着一位大爷，我们进楼道的时候，他眯着眼睛打量我们，看到何钥匙手里的小贱时，皱了皱眉，看来黑猫在整个意大利的口碑都一样。何钥匙一边对着大爷笑嘻嘻地打招呼，一边赶紧把小贱的脑袋往自己怀里塞了塞。二楼有两户，是对门。这里的楼道空间比佛罗伦萨的还要狭小，我们几个人往门口一站，直接把楼道堵了个水泄不通。门上有名牌标记。

"这边。"小四指着楼梯左手边的门，对我们说，"斯特奇是这一户。"说完又找到门边的门铃，按了几下。我们等了半天都没人应门。小四又按了好几下，等了半天还是没人。

"不在家？"何钥匙趴到门上，对着门上的猫眼往里面看。

"能看到吗？"小四表示怀疑，一般的猫眼都有反窥视装置。

"这是老式门，能看到。"何钥匙直起身子，摇了摇头，"不是不在家，是根本没人。"

"什么意思？"我问。

"里面看起来起码六七层灰了。"何钥匙说。

汤勺点点头："进去看看。"

何钥匙把小贱往我的手里一塞，又一次从身上掏出那根"头发丝"，三秒钟就把门打开了。

小四"啧"了一声："凯爷说得对啊，带着你还是有用的。"

何钥匙翻了个白眼："什么叫有用，那叫多亏有我在好吗！"

何钥匙说得对，这房子已经很久没人住了。家具都在，但是橱柜很多都打开着，

第四十六章　老大爷

有些东西散落在地上，显得很凌乱。看样子，住在这里的人走的时候应该很匆忙，胡乱收拾了一通行李就急急忙忙地走了。可是为什么呢？

小四从房间里面走出来说："这里应该是他爸妈的房子，我在房间里看到了老式的结婚照。房间被翻得很乱，衣柜里还有一些衣服，但是多数东西被拿走了，屋子里也没留下来什么值钱的东西，看样子走的时候应该挺急的。"

对。就是这点想不通。如果最后离开这间屋子的人确实是他父母，到底为什么要走得那么急？又去了哪里呢？

我们在屋子里翻找了一圈，什么都没有。奇怪的是连一张全家的合照和歌里的照片都没有。难道是统统被带走了？走得这么急，照片却一张没留下？

就在我苦思冥想的时候，正在翻查书柜的汤勺叫我们都过去。

"来看这个。"他给我们看的是一张照片，穿着军服的歌里和另一个同样穿着军装的男人的合照。汤勺把照片反过来，后面写着：歌里与艾尔，于2004年5月。那么，这个头发浅栗色、面带微笑的男人，就是艾尔。

"在哪里找到的？"我问汤勺。

汤勺抖了抖手里的书："夹在这里头。"

"还有吗？"

"这里的书我全翻过一遍了，就这一张。"

奇怪，这个屋子里除了有一张歌里父母年轻时候的老式结婚照以外，其他照片似乎都被收得干干净净，唯独留下来的这一张大概是被遗漏的。到底是什么原因？

我们再次检查了一遍屋子，确定没有任何其他遗留信息之后就离开了。

走到楼下，那位坐在河岸上的大爷再次一个个打量我们，最后伸手扯住了汤勺的裤腿。他眯着眼睛抬头望着汤勺："你们找谁？来干吗的？"这大爷看起来有八九十岁了，身材矮小干瘪，满脸皱纹，连牙都没剩几颗。

"您好，先生，我们是来这里找朋友的。"汤勺很有礼貌地看着他回答。

"呵呵。"大爷嘴一瘪，笑了起来，"找到了吗？"

汤勺愣了愣："没有，他们不在家。"

大爷放开攥着汤勺的裤腿的手，从藤椅上站起来，把盖在腿上的毛毯往身上一披，嘴里念念有词地往楼道里走："找什么人，这整栋楼就剩我一个人了。你们这些年轻人啊，都来找什么人哟……"

汤勺一听，立刻追上去拽住大爷："先生，不好意思，等一下。"

大爷佝偻着背，停住脚步，转过身来，仰着头对着汤勺："怎么了？你别告诉我其实你们是来找我的啊。"这大爷还真幽默，我心想。"来来来，年轻人，我们站到外面去说。这里头没光，我看不到你的脸心里不踏实。"大爷一边嘀咕一边把汤勺又拽了出来。

"先生，您刚刚说这栋楼就剩您一个人了？"汤勺问道。

大爷点点头："唉，本来整栋楼只剩我们一户人家了，去年我老伴也走了，现在就剩我一个人了。年轻的后辈都不住在本岛上，他们一合计就高价把楼卖给政府了。政府要重新统一装修，做成游客公寓。现在剩我一个人守着一栋楼，还没人来动。等我一走，估计他们就要动手啦。我们这一栋里都是老人，都在这里住了一辈子了。"

何钥匙听着听着不知道是不是想起了自己的爷爷，居然眼泪都掉了下来。老大爷一看这情景，就来劲了，于是开始跟我们讲这栋楼的历史故事，扯了好久才扯到现代。"二楼那两户都是当兵的，老斯特奇以前还是空军退下来的，就他家突然走了。"老大爷说。

汤勺抓住时机把话头插了进去："您说的斯特奇是二楼左手那家吗？您和他家熟吗？"

"熟！当然熟！我和老斯特奇以前经常一起喝酒的！"

"您刚刚说他家突然走了是什么意思？"

"他家很奇怪啊，好几年前了，我算算啊，"老大爷开始掰着手指头算，算了半天才皱着眉头说，"你们不说，我都没算过，这么一算，都过去八九年了。那年……哦，对了，是2007年！2007年他们突然就走了，谁也不知道原因，后来就再也没回来。"

"2007年？"汤勺回头看了我们一眼，又转向老大爷，"您肯定是2007年吗？"

"错不了错不了！"大爷的眼睛眯成了一条看不见眼珠的缝，"那一年春天天气怪得很，连天下雨，搞得新闻里一直说什么岛要被淹了，弄得游客突然来得特别多。我记得很清楚，就是春天，我家在一楼，水都淹到桌腿一半高了。就是淹水淹得最厉害那几天，老斯特奇还帮我搭围栏呢。他跟我说什么他儿子要从热那亚不知道哪里回来了，说要转到岛上的警局里工作，他特别高兴，说比军队好多了。他儿子叫什么来着？"

"他儿子是叫斯特奇·歌里吗？"汤勺说。

"哦！对对对！小歌里。唉，那孩子很早就被他爸送去部队了，我都好多年没见过他了。后来好不容易说要回来了，不知道为什么他家老两口却突然走了。"

"知道他们去哪里了吗？"

"不知道啊。有一天早上，就看到老斯特奇带着他老婆拎着好几样行李出门。我喊他们，他们就回头跟我打了个招呼，我还以为他们去旅游呢，结果后来就再没见过了。我当时也觉得奇怪，他老婆是老年痴呆那个什么症，很严重的，老斯特奇那年年初还出过车祸，伤了眼睛，看东西都看不清楚。你说就这样他们俩居然一声不吭，说走就走，也不知道去了哪里。"

汤勺皱起眉头，思考了一下又问道："那他们的儿子歌里呢？您后来有没有见过？"

老大爷摇头说道："没有。就他们走之前，有个小伙子来找过他们。我起初也以为是他们的儿子，其实说实话，我没看清楚样子。但是那个小伙子没跟我打招呼。假如是小歌里看到我，一定会打招呼的，那是个好孩子，人很热情，对老人家也好。小时候我们都是看着他长大的。"

"那歌里呢？他父亲不是说他要回来，他一直没出现过吗？"

老大爷想了想，又摇了摇头："到底有没有来过，我真的不知道，我又不是一天二十四小时盯着他们家。不过那个小伙子来找过他们之后，老斯特奇就不出门了。那也不奇怪，他眼睛不好，可能是医生叫他别见太多光。四五天后，他就带着老婆走了。"

汤勺听他说完，点了点头："谢谢您。"

我们刚想跟大爷告辞走人，汤勺又从口袋里把相片掏出来，伸到老大爷眼前："您看看，这上面有来找斯特奇先生的那位年轻人吗？"

老大爷眼睛直接眯到了完全看不见的程度，盯着照片研究了半天，推开汤勺的手说："哎呀，都说没看清楚脸了。这照片上面的人这么点儿大的头，你叫我怎么看啊？你给我十副老花镜我现在也看不清楚。要能看清楚，我就不会每天坐在外面发呆看马路，而是读报纸了。哎呀，你们是他家什么人啊，对他家这么感兴趣？"

汤勺笑着说："朋友，我们是歌里的朋友。"

"那你看到小歌里，叫他有空回来看看我，我也没几年了，叫他代我向老斯特奇问个好。唉，不知道活着的时候还有没有机会跟他一起喝酒……"老大爷边说边转身往楼里走。

何钥匙一把推开我们，扑了过去，想要跟同他爷爷一样亲的老大爷握手："谢谢您，您保重身体。我下次还来看您。"

谁知老大爷把手举到半空之中满脸嫌弃地抖了抖："你来看我可以，别带这只黑猫啊，我还想多活上几年呢。"说完就开门进了屋子，留下何钥匙蒙在了那里。

小贱把脑袋从何钥匙的胳膊肘里伸出来，朝着我们"喵"了一声。

第四十七章　夜半惊魂

我们回到车上后，汤勺一直在思考，小四也不说话，只有何钥匙啰啰唆唆念叨个不停。

迪特见到小四的第一句话就是问卢比去哪儿了。小四没回答，只是看着他，他似乎就领悟了，直接拉开车门上了车。而黑脸完全无法领会小四的意思，直到临走之前还一直在说："难道我们不等卢比吗？他可能失踪了，可能有危险！"小四冷冷地对他说了两个字："命令。"他只能愤愤地闭嘴上车。

有了上一次在半夜被伏击的经验，我们这次干脆趁着天亮直接往热那亚开。现在还早，六点之前应该可以赶到。

我看了下表，转头望着坐在后座的汤勺："你的伤口该换药了吧。"

何钥匙似乎才想起来，他身边坐着的这个人身上还带着伤，一脸不好意思地说："药箱在后备厢……"

"没事，何钥匙给我把伤口处理得很好，我觉得没什么问题，等到了热那亚再说吧。"

"别担心，我们到了热那亚先找地方休息，一切等明天再说。我也得把卢比的事情报告给凯爷。"小四把着方向盘望着前面说。为了安全起见，我们这辆车他亲自来开，矮胖司机被安排到了黑脸的车里。

提到凯爷，我把他给的手机从口袋里摸出来看了看，没有任何信息。我们已经在去热那亚的路上了，他之前说的那幅画究竟在什么地方？到现在都不来信息，会不会是诓骗我们？……小四大概是看懂了我的心思，立刻打消我的疑虑："你放心，凯爷说话向来算话，除非他不说，说出来的一定会做到。"汤勺也说："有消息他应该会及时联系我们的。"

我长长地舒了一口气，这事情到底什么时候才是个头？怎样才能完结？我已经不想再看到有人死了。

"你说，那个爷爷说的，最后去找他们的人究竟会是谁呢？"何钥匙问汤勺。

汤勺看着窗外，半天才说："不知道，这里面可能有很大的问题。"

小四说："我觉得可能就是歌里。老头也说了，没看到他的脸，他说不是歌里的原因也只是因为人家没跟他打招呼，这根本不能算一个评判依据。有可能是他站的位置不好，歌里上楼的时候压根儿没看到他；也有可能是歌里有什么事情很急，来不及跟他打招呼也说不定。"

"嗯，有道理。"何钥匙一脸认同地点点头。

"也不一定。"汤勺幽幽地说。

小四从后视镜里看了眼汤勺，问道："你有什么想法？"

汤勺摸了摸下巴，眼睛依旧望着一辆辆从我们身畔开过的汽车："我不知道，只是直觉，觉得事情没那么简单。"

事情确实很奇怪。如果是歌里的话，为什么他父母会在见过他的四五天后突然离开呢？根据记录，他此后的两年是在威尼斯本岛上工作，儿子回来了，父母突然离开的确是一件很奇怪的事情。假如说不是歌里，那这个在他父母离开之前来找他们的人到底是谁？这个人肯定跟他们的离开有着很大的关系。还有，汤勺拿出来相片问大爷的那个问题，难道……他是在怀疑，去找他父母的人是艾尔？可是，那个人当时已经死了啊……我下意识地敲了敲脑袋，从太阳穴传来一阵阵抽搐性的疼痛。

"我知道，你的智商现在已经跟不上这件事情的发展了。"何钥匙拍了拍我的肩，故意做出一副深感惋惜的模样。小贱又十分配合地"喵"了一声。

我回击他说："记得下次别带着小贱去看老头。"

小四笑了起来，汤勺也跟着笑了。何钥匙一脸不开心地摸着小贱的脑袋，嘴里嘟囔着："它是黑的也不是它的错啊……"

我们都笑了。我知道这笑声维持不了多久，但是，起码能把一条条人命和重重迷障暂时抛到脑后，笑一分钟。人可能必须要走到这种筋疲力尽、避不开生命危险的时候，才能完完全全豁出去。不管怎样，我们反正都得坚持下去。

无论如何，我也要找到山川，找到南洋。

临近冬天，天黑得早，加上路上时不时堵车，我们到热那亚时已经快七点了。小贱似乎知道今天不用带着它东跑西跑，看起来特别兴奋，还没到地方呢就上蹿下跳，还在何钥匙身上撒娇。这猫看起来已经完全归何钥匙所有了，我都快忘记自己才是第一个发现并且收养了它的人。

小四他们找的旅馆应该是一早就安排好的，也没用导航，直接停都不停地一路开到旅馆门口。大概这些人参加专业技能训练的时候，就有在脑中凭空构建地图这一项。

"每次都找这种鸟不拉屎的小旅馆。"何钥匙一肚子怨气地抱着小贱走了进去。

这间旅馆就在热那亚海港附近，离明天我们要去的地方不远。旅馆前台是一位漂亮的金发妹子，不过有了上一次差点儿丢掉小命的经历后，我对金发美女已经产生了心理阴影。

"您要几间房？"她笑眯眯地问。

"我们人多，空房都给我们吧。"小四说。

"这里本来就小，房间不多，我看你们人差不多正好，房间钥匙都给你们，你们随便安排，反正今晚没别人预定。"美女微微一笑，给我们递了个入住表格。

办好入住，汤勺顺便掏出地图向金发美女打听了一下我们要去的地方。

"海军部？"金发美女皱起眉头，"几年前那次事故之后，海军部就不在 13 号港湾了。"

"事故？"

金发美女压低声音说："应该是一场事故，这里的人都不太愿意讨论。我也才来了一年，不太了解，断断续续听说了一些，那场事故挺奇怪的，没有被报道，也没有被传出去。我自己也是热那亚人，不来这里根本不知道。"

汤勺往前台上一趴，一脸撩妹的表情，靠近金发美女："你能说说你听到的吗？"

一看汤勺在警局就经常用这一招向女犯人问话，金发美女被他一撩，就跟被催眠了似的，什么都讲。"以前的海军部确实在 13 号港湾，好多年前出了什么军演事故，具体是什么我也不知道，好像死了蛮多人的。"她说。

"那现在海军部搬去哪里了，你知道吗？"汤勺又问。

"18 号港湾吧，司令部在那里，但是一般人应该进不去。"

汤勺若有所思地收回他贴上去的脸。那美女又朝他凑近了一些："这样，我给你们一个地址，在那边你们可以找到一个人，叫卡丘。我不知道你们究竟想干什么，但是他或许对你们有帮助。"说完她就写了个地址给我们。

汤勺收起纸，笑着跟她握了个手："谢谢。"

"可以啊，手段高明啊！"何钥匙一脸坏笑地推推汤勺，"要不晚上我们撤去小四的房间，给你一点儿私人空间？"

"有点儿可疑，莫名其妙介绍个人来帮我们，不知道是不是陷阱。"我说。

"你还真多疑，哪里来那么多陷阱啊！姑娘那么美，怎么看都不像是坏人。"何钥匙一脸不屑。

"李如风说得对，越是漂亮的女人越危险。"小四刚刚落在我们后面，这会儿才追上来，"不过，我刚刚调查过了，这个女的应该没什么问题。她推荐的那个人，我们可以去找找看，小心点儿就行。毕竟是海军司令部，我们想混进去也确实不容易。或许她说的那个人真的可以给我们帮助也说不定。"

小四也挺神的，就那么一会儿工夫居然都能把一个人查清楚。既然他都这么说了，我和何钥匙都不再开口争辩，但我始终觉得那个女人有点儿问题。

问题果然来了。

半夜我和何钥匙睡得正好的时候，突然听见一阵轻轻的敲门声。何钥匙翻了个身，含含糊糊地说了句"谁呀"，又继续睡了。我从床上坐起来，敲门声却消失了。我看睡在旁边那张床上的汤勺也没反应，倒是小贱站了起来，从床上跳到地上，钻到床底下去了，似乎觉得有人影响了它的睡眠。

第四十七章　夜半惊魂

等我再次睡下去的时候，居然听到了开门的声音。这回我确定自己没听错，跟着房门打开的声音之后，是有人走进来的非常轻的脚步声。这是进贼了，还是再一次被偷袭？我伸手从枕头边摸到了枪，慢慢听着那脚步声一步步到了床脚。我在心里默数1，2，3，猛地从床上坐起来的同时，按亮了房里的灯，端着手枪对准前方大喊一声："别动！"

"啊——"还没等我看清楚，房间里就响起了一声尖叫，那声音刺耳得震碎几只灯泡都正常。

"怎么了？！"何钥匙从我身边一跃而起，惊恐万分地瞪大眼睛望着眼前的景象。

汤勺也跳了起来，脸上仍旧是一脸的困倦，估计是之前何钥匙给他吃的药有助眠的作用，他这会儿听到尖叫才醒过来。

眼前的景象把我们都惊得愣在了那里，完全不知道该说什么。那个前台的姑娘穿着一件全透明的睡衣，赤脚站在我们面前。她用手捂着脸，大张着嘴巴，也是一脸的惊恐。

"这……怎么回事？"跟着冲进来的小四他们见状也是满脸疑惑，举起枪又放下去，想想不对又举起来，然后再放下去。

"她是没穿衣服吗？"半天，何钥匙吞了下口水，在我的耳边嘀咕道。

"你们怎么这么多人睡这间房？不该只有他一个人吗？这么多间房为什么喜欢挤在一起啊？"姑娘收起了惊恐的表情，双手放下来，又伸出一只手指着汤勺，现在换上了一脸意外加不爽的样子。

"我？"汤勺眯着眼睛，指着自己满脸的无语。

"这是几个意思？"何钥匙在耳边问我。

我哪里知道这是唱的哪出啊？

后来小四把金发姑娘带出去盘问了之后才知道，这美女确实不是来偷袭我们。原因是她想半夜爬上汤勺的床，她以为这是她与汤勺先前用眼神交换所达成的共识。起先她以为汤勺一个人睡，因为我和何钥匙确实也是打算睡别处的，但是后来不太放心留他一个人，到了后半夜又回去了汤勺的房间。但那姑娘没看到，还以为汤勺一个人睡那间，就搞了半夜"入侵"这一出。幸好旅店没其他客人，否则谁跑出来看到我们一堆人举着枪对着前台美女，不知道第一反应是报警呢还是以为我们在拍电影。

"虚惊一场。"小四抹了把脑袋上的汗，显然也是头一次碰上这么奇葩的事情，嘀咕道，"这热那亚的姑娘就是热情啊。"

"都怪他！"何钥匙指着睡意全无的汤勺说，"都是因为他长了一张把妹的脸！"

汤勺两手一摊："我真的什么都没做，吃完药后连自己什么时候睡着的都不知道。"

何钥匙想想还有点儿生气："这都什么事啊！酒店不是都安排好的吗？怎么还会发生这种莫名其妙的事情？！都几天没睡好觉了。"说完往床上一躺，眼睛一闭，"你们折腾去吧。"

"呵呵，这里所有人睡的觉加起来都没你多。"小四说。

这一夜的惊心动魄过去之后，我就再也没能睡着，数羊数到快天亮了才眯了一会儿，迷迷糊糊又醒过来的时候，汤勺已经坐在窗户边抽烟了。

"你没睡吗？"我问他。

"睡过了。"汤勺熄灭了烟头，一边往外走，一边对我说，"待会儿楼下见。"

我下楼时，小四他们也在楼下吃早饭了。那个昨天才折腾了我们所有人的金发前台系着围裙，站在汤勺的身边，正在给他倒牛奶。汤勺一脸温和的笑意，端着杯子喝了一口热牛奶，对她说："谢谢你。"原来汤勺这么急匆匆地下楼是为了赶着继续未完成的把妹事业。

何钥匙很大声地"喊"了一声，转到迪特旁边坐了下来。迪特笑着对小四说："下次还是把人放倒比较安全，看来就算没有偷袭也会有别的意外状况发生。"

吃完早饭，我们准备出发。汤勺再一次向金发前台确定了一下她昨天给我们的地址，金发前台操着一口北方人上扬的口音说："放心吧。"她顺手还撩过了一下自己挺拔的双峰，今天她穿的上衣V字领口开得极低，白花花的胸部一半都露在外面。"保重，希望我们还能再见。"她说完，在汤勺的脸上啄了一口，留下了两瓣鲜红的唇印。

何钥匙抖了抖，赶紧转身三步并作两步地钻进了车里。

还是小四开车，他看了下地址说："不远，开过去也就十来分钟。"

何钥匙还在嘀咕："我们还能信那女人吗？都风骚成那样了！别等我们开到那里，开门一看，又是她跟见了鬼一样地抢在我们前面到了，跟我们玩什么'开门见到我'这种鬼游戏，目的其实就是为了多看陈唐一眼，哦，不，是怎么也要把他拿下！"

"何钥匙，反正你说的游戏我是没玩过，不过你的想象力不写小说也挺可惜的。哎，我说你是不是心里不平衡，生气人家美女看上陈唐没看上你啊？"小四笑着说。

何钥匙气急败坏："别瞎说！"

汤勺也笑了起来："我们先去看看吧，看看美女准备了什么惊喜给我们。"

第四十八章 卡 丘

金发美女给的是一家轮船配件厂的地址，也不能算是厂，规模并不大，能看到的也就是两三间不大不小的仓库，今天周六，连个做事的人都没有。

我关上车门，先四处环视了一圈，随后看到了斜对面那间像是车间一样的地方，里面似乎有办公室。小四冲我们点点头："我走前面，迪特断后。"说完朝迪特打了个手势，迪特立刻会意。我有种我们不是来找人，而是来搜捕罪犯的感觉。

仓库里到处都是轮船上的大型零件，还有小型船只，把外面的光都挡住了，显得十分昏暗。办公室则在最底部。小四领着几个人先把这间仓库检查了一遍，确定没什么可疑的东西之后，才去开办公室的门。门没锁，只是虚掩着。小四一脚踢开门，先把枪伸进去探了下，里面空间很小，一览无余，只有几把靠背椅和一张方桌，一台老式电视机，桌上放着一个吃了一半的饭盒，但是没有人。小四把枪放下来，四处看了看，冲我们摇头。

"这饭盒不像是隔夜的，"我拎了下饭盒里的刀叉，这是典型的意大利人自己做的饭，里面有绿酱金枪鱼通心粉和混合沙拉，"东西看起来很新鲜，里面的人刚刚应该还在这儿。"话才说完，我就看到小四后面有个人正低着头走过去，他把头压得很低，走起路来一瘸一拐的。

站在门外面的迪特也注意到了，在他身后喊了一声："您好！"那人一听，顿了一下居然跑了起来，被迪特几步就追上，压在了地上。

"您好，"我跑过去，"我们……没有恶意。"他抬头的瞬间把我吓了一跳，他那张脸上到处都是植皮的痕迹，耳边露出来一条长得吓人的伤疤。

"你们是什么人？"他问。

汤勺看到这张脸也是眉头一皱，但做警察的心理素质比较好，立刻恢复了笑容，示意迪特可以放开他。反正我们已经把他围住了，他也跑不掉。

"是海岸旅馆的玛迪莎让我们来找卡丘先生的，您是卡丘先生吗？"汤勺说完，拿出来一张字条，这不是昨天那个金发美女给他的那一张，这上面的字好像多了许多，我瞄了一眼，上面字迹潦草看不太清楚。那人看完字条之后，神情淡定了许多，虽说眼神中还有戒备，不过应该不会再想着逃跑了。

何钥匙站在旁边推推我，轻声问："他看到我们跑什么？"

这话估计是给那人听到了,他瞟了一眼何钥匙说:"我怎么知道你们是什么人,是不是好人。这一片黑手党很多的。"他转向汤勺,又说,"我就是卡丘没错,你们找我干什么?"

汤勺把他从地上扶起来。这个人的右腿确实是瘸的,怪不得刚才那样走路,也不知道他身上到底发生过什么。我们跟着他进了办公室,他在椅子上坐下来,把饭盒盖子盖好,喝了口水,说道:"说吧。"

"是这样,我们想问一下,您知不知道这里的海军部队在2007年发生过什么事?"

汤勺这个问题一问完,卡丘就猛地抬起头来,眼神警惕地看着我们:"你们是什么人?为什么要问这些?"这反应基本上已经告诉我们,他肯定知道这件事。

"您听我说,我们现在迫不得已,一定要把一些事情查清楚。希望您能把您所知道的东西告诉我们,如果有什么可以帮到您的地方,我们也一定会帮忙。"汤勺说话的语气显得十分诚恳。

何钥匙又推推我,小声说道:"你这哥们儿是演电影的吧。"说完他自己"咯咯咯"地轻声笑起来,被我在大腿上狠狠掐了一把,疼得含着眼泪抱着小贱跑出去叫唤了。

卡丘不说话,但是望着汤勺的眼神中的警惕有所减少。汤勺像是认准了曾经在他身上发生的事情一定跟这件事有联系,又加了把劲儿,竟然伸出手来握住他的手:"我们有必须要追寻到的真相,希望您能帮助我们。"说完之后,真诚地看着卡丘的双眼。卡丘明显是被感动到了,又或者是因为我们的问题确实直击到了他的软肋,他叹了口气说:"我不知道你们是什么人。如果真如你所说的这样,我愿意给你们提供帮助,但是我也需要你们帮助我。"我一听愣了愣,他还真有需要帮忙的地方。

汤勺说:"您也请说,但凡能帮上忙,我们一定竭尽全力。"

卡丘听了点点头,说道:"我也需要知道真相,希望你们能帮我把这件事的真相找出来。"看来这所谓的事故确实有问题在里头。

卡丘打开旁边的水杯又喝了一口水:"我相信你。我不知道这些年下来我还能相信谁,现在我也只能相信你了。你先说说你们查到什么了?"

汤勺先从那个文件袋里找出来那张军事演习的批文,拿给卡丘看。卡丘接过去看了一眼,就问:"这个你们从哪里弄来的?"

"在威尼斯本岛上警局的资料室里得到的。"

卡丘一听,低头笑了。他那张面孔笑起来,所有的皮和疤都皱在了一起,显得尤为恐怖。"我猜,你们是偷来的吧。"他这么一说,连小四都惊了惊,这都能猜到?"我还猜,你是一位警察,"他指着汤勺说,"是你的眼神告诉我的。"

汤勺点点头:"我是佛罗伦萨市政总部的刑警。"

"呵呵,"他又笑了下,"我不管你们究竟因为什么查到这里来,我会把我知道的事情告诉你,但是你们要答应我一个条件——你们要保护我的安全,我要活着听到

第四十八章　卡　丘

真相，否则的话我什么都不会说的。"他望着汤勺，眼神很坚决。

汤勺点点头："我答应您，一定保证您的安全。"

"好。你们手里的这张批文，当年只有两个人有，他们是负责 2007 年那次军事演习的两个领队者，我猜你们拿到的那张应该是斯特奇的。"

听到这个名字，我们都露出了惊讶的神色。汤勺紧接着问："您说的斯特奇，是不是斯特奇·歌里？"汤勺从口袋里掏出照片，指着歌里给卡丘看。

"对，是他。"卡丘点点头，"2007 年的那场事故里，只有我们两个活了下来。"他指着那张军演批文上的一排名字当中的一个，"这是我的名字，我叫福特令·卡丘·菲尔·比特斯提尔。以前他们都叫我菲尔，后来发生了那些事情之后，我为了偷偷做调查把名字改了，现在人们喊我卡丘。我曾经服役于海军三部，也参加了那次的演习。那是一场大型的军事演习，我们参加的只是其中的一个部分，整个演习队伍里一共有三十七个人，两个指挥官，就是这两个人。"他指了指照片，"艾尔和斯特奇·歌里。"

他又喝了口水，接着说："他们是隶属于级别更高的海军一部，我以前也不认识他们，被分配演习的时候，我才第一次见到他们。我的哥哥罗佩特在一部服役，跟他们的关系似乎很好，我也是因为这个原因才能被分配到一部参加军演。我当时只是一个小兵，本来是不够资格的。但是我真的做梦都没想到会发生那样的事。"

"那年……到底发生了什么？"见卡丘的眼神之中流露出来恐惧，汤勺把手搭在他的肩膀上，尽量让他感觉到安全。

他看了眼汤勺，继续说："其实那次的军演只是一个幌子，目的是为了联合海上缉私队，对当时著名的文物走私集团头目大鹰进行抓捕。海上缉私队好像已经盯了大鹰好多年，一直到 2006 年年末的时候，他做的一些事情才留下了点儿线索，所以他们从 2006 年年末开始就一直在组织那场以军演为幌子的抓捕行动。"

"大鹰？"我忍不住惊讶地脱口而出，汤勺随即回头给了我一个眼神。

卡丘看了我一眼："假如你在佛罗伦萨警队工作，我相信你对这个名字肯定不陌生，他可没少走私你们那边流出来的东西。不过这些我起先都不知道，都是等我分配到演习队伍以后才了解到的。军演的时间定在 3 月 2 日凌晨三点，我记得非常清楚，那天海上还偏偏起了大雾。据说是得到了准确的情报，那天三点半到五点这个时间段，大鹰会在这片海域上进行大型的非法交易，于是安排由一部和二部的演习队同时联合海上缉私队对他进行围堵。大鹰似乎每次交易都会选择在私人大型游轮上，他光手下就会带至少上百号人，所以我们是做了充分准备的。结果我们出航之后，在海上转了将近一个多小时，才看到了那艘所谓的私人游艇，但是不知道是由于大雾还是什么原因，我们一直看不到海上缉私队和二部的影子。于是我哥申请了一下，决定派我出去侦查一圈。当时派我去，是因为我还是三部的，我哥罗佩特希望通过这次演习让我好好表现，找机会把我调到一部去，没想到……没想到居然因为这种原因，我……活了下来。我……我坐小艇，开出去五分钟都没到，就眼睁睁地看着我们的船爆炸了。"

247

"什么？！"汤勺一脸震惊，"爆炸了？！"

卡丘点点头："是的，爆炸了。'砰'的一声，漫天的火焰，我也被爆炸的气流冲击到，随着小艇飞了出去。"

"那你的伤，就是在那次爆炸之中……"

"不是！那次爆炸我其实离船体已经有些距离了，只是受到了波及，受了轻伤。被救回来之后，我有一些脑震荡，昏迷了几天。我变成这样，是被人害的！"他眼中露出了凶光，用一种即将杀人泄愤的目光盯着汤勺手里的照片。"就是他！"他指着笑得十分灿烂的歌里的脸咬牙切齿地说道。

"歌里？歌里那天不应该也在船上吗？他是怎么活下来的？"汤勺问。

卡丘收起恨不得杀人的眼神，尽量让自己平静，缓缓抬头望着汤勺："他那天并没有上船。罗佩特说，他是急性阑尾炎发作，所以那天船上的指挥官只有艾尔一个人，我哥哥罗佩特做的副指挥官。"

"所以，你认为他跟这起爆炸事故有关系？"

"不光是这样。那天离出发还有十五分钟的时候，我发现我的军牌没有带，估计是落在宿舍了，所以我只好请求下船回去取。返回基地的时候，我无意中看到歌里鬼鬼祟祟地往司令部走。他不是得急性阑尾炎了吗，怎么没在基地医院待着，而是跟做贼似的溜进司令部？而且当时据我所知，司令部一个人都没有。那次爆炸后来很快就被定为意外事故，但我一直觉得那不是单纯的意外，我甚至写了信给司令部，要求彻查这件事，但是没有得到受理，所以我只能自己偷偷地调查歌里。他可能也是发觉了我在调查他，有一次，他突然在吃饭的时候找到我，说他快要调职了，但是有些事情想弄清楚，约我当天半夜十二点到已经被废弃的一部宿舍楼见面。我答应了，我也想直接问问他到底干了什么。我十二点准时到了一部的宿舍楼，在里面转了一圈没有找到他。我大约等了十分钟的时候，整栋楼突然就爆炸了！"他抬起头来，脸部表情扭曲地笑起来，"呵呵，他肯定以为我死了，结果我还活着。"

我听到这里不禁倒吸了一口冷气。

"肯定很可怕……"何钥匙不知道什么时候又站到了我们身后，一边摸着小贱的脖子，一边眼神呆滞地喃喃自语道。

"可怕？呵呵，你们知道什么才叫可怕吗？那场差点儿让我死掉的爆炸我已经不记得了，只记得火光和一片红色。可是之前那场爆炸，我不只记得这些，还记得那三十五条人命！我们一共三十七个人，除了没上船的歌里和死里逃生的我，其他人一个都没有活下来。由于爆炸发生在海里，很多尸体都被炸成了碎片，有些甚至连碎片都找不到。几乎没有一具完整的尸体，要靠DNA比对才能确定身份。我和我哥哥从小相依为命，可他就那样死了！我敢用性命跟你们担保，那绝对绝对不是一场意外！那场爆炸一定和歌里有关系！他一定是发现我在查那件事，所以才想杀我灭口！但是上帝保佑，我竟然没死！上帝要我活着把真相查出来！"

第四十八章 卡 丘

他这么说的话，确实种种迹象都让人觉得歌里很可能跟那次事故有扯不清的关系，而且很可能就是企图杀卡丘灭口的凶手。但证据不足，也不能就此断言。不过这么说来，艾尔确实是死于那场事故，只不过死的并非只有他一个人。

"玛迪莎告诉我们海军司令部搬了地方，现在在18号港湾是吗？您有办法让我们进去吗？我们需要进去查找更多的资料。您放心，答应您的事情，我们也一定会做到。而且我们要查的这件事里面非常有可能包含了您要的真相。"

卡丘听完，缓慢地站起来，走到柜子边，拉开第一层的抽屉，从里面拿出来一本小册子并将其打开，里面镶嵌了一枚徽章。"这是我搞到的司令部通行证，你们记得，凭这个只可以进去两个人。"说完他便递给了汤勺。

汤勺接过徽章，又对卡丘说："您跟我们一起走吧，我们答应要保护您的。但是我们没法留在这里。您跟我们在一起，也会更加安全。"

卡丘笑着摇头："之前对你这么说，是想测试下你们的诚信度，我相信你们，但我不会跟你们走。你们带着我也麻烦。实话告诉你们，是我关照玛迪莎的，我告诉她假如有人问起当年的事情的话，让他们来找我。我一直在等可以帮我查清真相的人。如果你们能先于我查到真相，记得来告诉我，我有生之年只有这么一个愿望。"

汤勺没有再坚持，感激地望着他点点头。

我们刚起身打算告辞，卡丘突然从椅子上站起来，脸色瞬间变得惨白。他双手掐着自己的脖子，让他本来狰狞的脸更显得狰狞无比。汤勺赶紧上去想扶住他，他推开汤勺，张了张嘴，似乎要说什么，却只有血顺着他的眼角和嘴角流下来。"毒……毒……呃……"他伸手指着桌子，转过来，鲜血从他的嘴里喷出来，他用绝望的表情看了我们一眼，就"啪嗒"一声倒在了地上。

"怎么回事？"何钥匙吓得脸都白了。

小四摸了摸他的脉搏，抬头对我们说："死了。"

第四十九章　海军司令部

"死了？！怎么死的？！"我简直不敢相信自己的眼睛和耳朵，这么一个大活人，刚刚还在跟我们说话，前后不过几分钟，居然突然就这么死了？！

小四从身上抽出来一小张硬纸片，先测了一下饭盒，似乎没发现什么问题。他又打开旁边摆着的那半瓶水，在硬纸片上倒了一滴，纸片立马变成了红色。

"水里有毒。"小四朝我们晃了晃手里的测试纸。

"真是毒死的？！"何钥匙颤抖着说，"我刚刚出去的时候在这里晃了一圈，没什么可疑的人，连个鬼影子都没有。"

"下毒的人是抢在我们前面来的，我们晚了一步。"汤勺蹲下去，帮卡丘闭上了眼睛，"我怀疑毒是临时下的，他从喝水到毒发时间这么长，很可能有人想直接杀了他，结果发现我们来了，没来得及下手，所以只能下毒了。我们得赶紧去司令部。如果真和我猜测的一样，那人肯定也会猜到卡丘告诉了我们一些东西，下一步他该去销毁我们要找的东西了。"

"会不会是歌里？"我问。

汤勺望了一眼尸体："不要妄下定论，现在不好说，毕竟没证据。我们先去司令部再说吧。"

"那……尸体怎么办？"何钥匙问。

小四不知道从哪里找来一块不算很干净的白布，盖在了卡丘的尸体上。"没办法，我们没时间处理他。现在赶紧走，搞不好还有什么陷阱在这里，慢一步可能警察就来了，到时候我们怎么都解释不清楚。"小四说完，就命令他的人撤退。

小四说得对，多在这里待一分钟就多一分钟的危险，虽然感觉很抱歉，但是我们眼下也确实无能为力。

从汤勺的脸上隐约能看到愤怒的神色，但他只是在转身离开之前默默看了一眼尸体。

我们撤离得很迅速，不一会儿那些仓库已经彻底消失在视线之内了，取而代之的是有些灰色调的海水。

"他会不会认为是我们下毒手杀了他？"何钥匙在车上冷不丁冒出来一句。

"很有可能。"小四说，"要不你跑回去跟他解释解释？"

第四十九章　海军司令部

汤勺看向车窗外："查清楚真相后，他会知道的。"说着他又从口袋里掏出那张照片来。

我扫了一眼照片，问汤勺："你怎么看？"

汤勺抬头看了看我，说："我不知道。直觉告诉我，这件事并不是那么简单。"

我忍不住翻了个白眼，每次问他都是这句固定台词。如果整件事都很简单的话，我们就不会走到今天这一步了。

18号港湾并不是很近，这片海港很大，我们沿海开了大约半小时才到达所谓的18号港湾。这里应该算是比较偏的地方，和原来的军区旧址13号港湾正好占据了面积最广的两头。

我们把车停在军区外很远的地方。小四从车上拿出望远镜观察了一下，对我们说："门口有重兵把守啊。"他放下望远镜，看着汤勺问，"你确定那个什么徽章能进去？"

汤勺掏出卡丘给的徽章看了看。"不然呢？这里肯定不会有什么破网让我们钻进去的，试试看吧，不行就说我们走错门了。不过这玩意儿只能进去两个人。"他边说边看我。

"我和李如风进去吧。"

小四瞟了我一眼："他？还是我跟你进去吧。"

"不用，"汤勺拦住了小四，"如果出了什么事，你们还能救我们，万一连你也陷在里面，情况只会更糟。"

小四听了后，估计也觉得有道理，没再争辩，给了我们两只耳挂式微型对讲机："有什么用这个呼叫我们。你们自己当心。"

何钥匙一脸不放心地目送我们，那眼神就像送我们上西天似的。

快到门口的时候，我问汤勺："你为什么不要小四一起？你怀疑他？"

"没有。理由就像我说的那样。"

"可是还有迪特在外面啊。"

"你问题很多。"说完这句他就不理我了，快走了几步，把那个徽章从口袋里摸出来，回头示意我走快点儿。

门口真是重兵把守，光类似站岗的就有四个，身上都是全套装备的武器。往里面不远处好像还有一队在集训，大概一排有十个，站了三排。

"呵呵，这阵仗，我们进不去也就算了，万一他们怀疑上我们，可不是单纯被丢出来这么简单啊。"我小声对汤勺说。

汤勺没做反应，径直走到站岗的面前，掏出徽章。站岗的士兵接过它，先是皱了一下眉头。我看到他的表情感觉自己的心脏都要跳到喉咙口了，总觉得那徽章不牢靠。没想到那士兵立正对我们敬了个礼，就放我们过去了。我一下松了口气，看来卡丘没骗我们。这徽章也不知道他从哪里搞来的，确实好使。

我们从刚刚看到的那队站得笔直的军队旁边路过的时候，他们连眼睛都没朝我们

这边斜一下，全都齐刷刷地盯着自己面前的空气。

我对着汤勺小声说道："我说，你看这些人穿的服装也不一样，感觉不像是意大利兵啊。意大利人看到我们的话肯定老早全扭头了，哪儿还能这么专注……"

汤勺瞪了我一眼："别扯了，这些都是特种兵。"

我们走到一栋建筑门口，这里的建筑跟港口仓库也没太大区别，而且到处都没标识，根本不知道哪儿是哪儿。

"怎么走？我们去哪儿？"

汤勺想了想："跟我走。"

我跟着他随便进了一栋仓库式办公楼。这里的构造让我想到了佛罗伦萨正在装修的办事局，唯独不同的是，办事局一般就在楼梯维修的坡道上架块木板，而这里好歹都是钢板，一看等级就比较高。

脚踩过腾空的钢板，发出"吱吱嘎嘎"一连串让人心惊的响声。要知道这可是军部，谁能保证到处都安全，没有个陷阱什么的。

汤勺在走廊里这些连排的没有标识的办公室门外转了两圈，最后居然随便打开一扇门走了进去。我犹豫了一下，还是跟了上去。

里面坐着一个老头，没穿军服，看到汤勺的时候脸上满是惊讶。

汤勺立刻笑眯眯地打招呼："不好意思，我们走错地方了。我们在找资料室，您方便给指下路吗？"

老头推开椅子站起来，目测身高只有一米六，但是肚子倒是大得跟快要生了似的。他往前走了两步，看了我们一眼，伸手指着外面的走廊："走到头，右转，第三间。"

汤勺谢过之后刚想走，老头大概这才回过神来："等等，你们是什么人？"

汤勺不紧不慢地转身说："哦，我们是军政厅过来取资料的，之前打电话联系过。只是我们俩第一次来，平时来的那个小伙子今天没上班，只好我们来了。"

何钥匙说得对，汤勺不去演戏可惜了。

老头摸了摸自己的大鼻子，哼了一声说："你们办公室什么毛病，怎么一天这么多人要来取材料。还有，年轻人，回去告诉你们上级，下次别让你们那个小伙子过来了，对待长辈特别没礼貌。出去时麻烦帮我关上门。"说完，他又坐回去低头弄自己的东西了。

汤勺轻轻关上他的办公室的门："你看着我干吗？"

"你太牛了。"我说。

"别废话，赶紧走。"

资料室的门没关实。

汤勺推门的时候愣了一下："不对！"他赶紧打开门走进去，这里的资料归档得比较有秩序，很快我们在层层架子之间找到了人事档案类。

"他们的档案还能在吗？"我问。

"在，军部的人事档案都是永久保存的，就算是人死了也要留着。"

我们在这层架子上来来回回找了好几遍，那张纸上别的人的档案都有，连卡丘的也有，唯独没有艾尔的。

　　"有人来过了，在我们之前。"汤勺把翻出来的档案塞回去。

　　"你怎么知道……"我自己还没说完，就已经明白过来了。难怪刚刚那个老头说，我们办公室一天来这么多人拿资料，看来被人捷足先登了。

　　"那怎么办？我们撤吗？"我说。

　　"等下。"汤勺低着头想了想，"还有一块地方，或许他们会遗漏。"

　　说着，他便又开始一层层找，最后在尽头角落里找到了一个单独的柜子。那个柜子很不起眼，也没有分类标识，里面满满当当塞了一堆文件，估计长久没用过，碰一下就全是灰。

　　汤勺说："在这里。"

　　我呛了一口灰，一边咳嗽一边问："什么东西？"

　　"那次的演习档案肯定在这里，这里是那些有待销毁的没用的资料。对于一次被全面封锁消息的事故，事故记录肯定老早就被销毁了，但是演习档案得保留，假如里面有鬼的话，鬼一定也想一并销毁这些档案。"

　　"鬼？你的意思是，军部里面有人有问题？不是歌里吗？"

　　"我没说不是歌里，也没说就一定是他，但是这事绝对不会和你听到或者表面上看起来的那么简单。"

　　又来了……我在心中暗暗吐槽。

　　我们在资料之中迅速翻查，竟然很快就找到了汤勺所说的东西。

　　"看。"我把一沓纸从资料袋里取出来，上面的时间是2007年3月2日，这是海军司令部签署的军事演习声明，底下还有一沓关于那次军事演习的军事装备资料报告，然后就是参与者的个人信息档案。

　　"有了。"

　　汤勺手里拿着的档案上贴着照片，把那张合照也拿出来，比对了一下："是他，艾尔。"

　　但是我们很快发现，他的相关资料记载比其他人的都要简单。除了服役之后的信息，其他基本没有，就连家庭住址、联系电话这些都没有。

　　"为什么？"我忍不住自言自语。

　　汤勺把这张纸反过来，背面是空白的。

　　"这是什么？"他又在空白的背面最下方看到用铅笔写的一行模模糊糊的小字。

　　我眯着眼睛凑过去："什么佛罗伦萨圣母报喜孤儿院……"

　　我抬起头来看看汤勺，一时间大脑中有点儿混乱。"圣母报喜孤儿院……"当我反复念了好几遍，脑中越来越清醒的时候，心脏猛地一跳，好像把我的神经都撞弯了，"这是……这是我和山川在的那家孤儿院。"

第五十章 连环套

小四之前说过，艾尔不是用了假名就是孤儿。

在军队的人不可能冒险用假名，那就是孤儿。

"我记起来了，难怪我会觉得这个名字熟悉，艾尔这个名字我之前见过。"

"你认识他？"

"不，我没见过他。我在山川的画册上见过这个名字。"我对它有印象是因为它是唯一出现在山川画上的名字。那幅画是一棵树。

我那时候问过山川："这是你画的树的名字吗？"

山川微笑着点点头，说："对，树叫艾尔，不会说话。"

没错，我想起来了，是艾尔，山川画的那棵树的名字。

汤勺听完，皱起了眉头，摸着下巴说："树？怎么有这么巧的事？"

"再找找，看看还有什么。"

汤勺把那张艾尔的个人信息资料折好放进了口袋，继续在这一堆杂乱的资料里面翻找。突然，我的耳边传来两声奇怪的声响——"滴滴"。汤勺应该也听见了，骤然停下手中的动作，竖起耳朵听到底是从哪里传出来的声音。不知道为什么，我隐约感到一丝惊慌。

"是什么？"声音还没有停下来，一直"滴滴"地响个没完。

声音是从……等等，就是这个柜子附近传出来的。

汤勺把塞得满满的资料全部抽出来，紧接着看到的东西让我们瞬间都傻了眼。那是一个黑色的有数字显示的盒子，数字有四位，小数点前显示003，小数点后两位现在显示58。

"炸弹！"我几乎不敢相信自己的眼睛，毫无意识地从嗓子里冒出了这两个字。

"走！"汤勺大吼一声。

我们几乎只用了一秒就跑出了资料室。炸弹显示还剩余三分多钟，这里一共十二间办公室，两边各六间——我们还有足够的时间把人清走。

我和汤勺互相示意了一下，非常有默契地一人负责一边，把所有办公室的门都直接撞开，进去喊："有炸弹！快跑！"

有些人很迅速就窜了出来，有些人还在里面慢悠悠地回味我们的意思。时间只有

第五十章　连环套

三分多钟,现在或许只剩下两分钟了,我们要尽可能跑离这座建筑物,炸弹的威力无法判断,就算是跑去外面,也不能肯定不会被爆炸的范围波及。

不一会儿,所有办公室的人全都聚集到了走廊上。有些人面带惊恐,有些人面带嘲讽,有些人面带不屑一顾的微笑,有些人面带被人打扰的恼怒。

"什么情况?"

"呵呵!谁喊的有炸弹?在哪里?"

"我妹夫是拆弹专家,我去打个电话好了。哈哈哈。"

"演戏呢?"

…………

种种声音杂乱地交织在一起。汤勺站到他们面前,挥了挥手,大声说:"各位,炸弹还有大约两分钟不到就要爆炸了,大家要用最快的方法跑出这栋楼。炸弹就在资料室!"

我也佩服自己,这么多事发生之后,我还能一边流着冷汗,一边跟着汤勺这么淡定。我们的打算是,领着这帮人尽可能跑出去,尽量减少人员伤亡,可这帮意大利人……

刚一转身,就有枪口几乎戳到我们的脸上。

眼前是刚刚那群穿着特种兵服、跟兵马俑一样站在进门那块广场上的军人,一个个眉宇紧锁,双手举枪,眼神中充满了警惕。

"差不多只有一分半钟了,赶紧!"我其实感觉自己的心脏已经快停跳了,死也不能死在这里,而且按照这种距离估算,炸弹一炸,连具全尸都没有。

汤勺的双手高举过头顶:"冷静!兄弟们,你们听我说!这里有炸弹,一分多钟之后就要爆炸了,我们必须赶紧撤离,否则,你、我和这些人都得死!"

站在最前面拿枪指着我们的那个小伙子厉声说:"你凭什么让我们相信你?!你是什么人?"

汤勺用手指了指后面:"炸弹就在资料室里,我恐怕你走到那里就来不及出来了。"

"哦!你们俩,就是刚刚进资料室去的那两个人!"

我们一看身后,说话的是刚刚从办公室里出来给我们指路的老头。

"你们俩到底是什么人?!"带头的哥们儿就是耿直不退让,这时候了还在问这种无关紧要的问题。

"我觉得我们得在这里给他们陪葬了。"我冷笑一声。本来想救人,结果要连带把自己的命搭进去,还真不合算。我在心里暗暗发誓,下次逃命的时候千万不要和这样的人一起。

汤勺看了下表,一分钟都不到了。

身后不知道哪一个突然叫了一声:"真的有炸弹!没时间了!"

叫喊的是个戴眼镜的年轻男人,估计是刚刚去资料室逛了一圈,亲眼看到了炸弹。这下没人继续淡定了,那架着枪站在我们面前的大兵兄弟也绷不住了,连着往后退了

255

三步。后面这些办公室的人员更是疯了一样地往外窜，恨不得插上翅膀飞出去。

等我们全跑到建筑外面的时候，耳边突然传来惊天动地的"砰——"一声，很多人尖叫着蹲了下来，还有人做好了被炸飞出去的姿势。

但是，我们惊讶地发现，爆炸的并不是身后的建筑。

"怎么回事？"我看着汤勺问。

他直起腰，看了看表。"时间是对的。"说完，他又环顾了下四周。

"在那里！"他举起手臂，指着较远的一角，火光和浓烟正从那边不断冒出来。

"是司令室！"不知道谁大吼了一声，那些士兵率先朝着火光冲了过去。

"看来……资料室的炸弹是假的，真正爆炸的是司令室。"汤勺说。

我们趁着混乱跑了出来。刚刚门口站着的那几个守卫全都不见了。

小四看到我们，立刻冲了过来："你们搞什么，也不回话！里面怎么回事？"

"爆炸了。快走吧，再不走，估计我们得变成安置炸弹的嫌疑犯了。"我边说边打开车门钻了进去。何钥匙居然在后座上呼呼大睡。

小四和迪特他们迅速调头，把车子飞快地开了出去。我回头望了望，从里面冲出来的浓烟依然可见，沿着天边层层翻滚。

汤勺神色凝重，说道："这事情太蹊跷，弄不好我们被利用了。"

"利用？"我的脑神经跳了一下，"什么意思？"

"他们很可能知道我们会去找那份档案，所以故意在那边放了一个假炸弹，利用这个让我们自己把自己暴露出来，结果爆炸的是司令室。这要不就是在跟我们开无聊的玩笑，要不就是为了让我们跳入追捕圈。毕竟我们俩到目前为止，是最有嫌疑的人。"

"他这样做有什么目的呢？"我有点儿弄不明白，但这看起来并不像是什么无聊的玩笑。汤勺说得对，我们俩现在露脸了，弄不好会被全国通缉。

"为了阻碍我们，拖延我们的时间。"汤勺说，"这是我能想到的唯一目的。"

小四大概想问什么，被何钥匙一声震天响的呼噜声打断了。那声音直接让小贱吓得蹦了起来。它钻到我怀里，换了个姿势，又懒洋洋地闭上了眼睛。这猫跟着何钥匙待多了，也变懒了。

这事果真没有就此结束。

我们开了很远的路，找了个偏僻的旅馆投宿。刚进旅馆的时候，身上揣着的胡凯给的手机就响了。我和汤勺同时都收到了一条来自他的信息，信息上写着：Cimitero Monumentale di Staglieno（斯塔耶诺公墓），不要回信息。

胡凯怎么把这个公墓名字发了过来？他说假如有第二幅画的信息就告诉我们。这意思就是，第二幅画在公墓那里？还不让回信息，这怎么确认是不是？

我和汤勺面面相觑，不过既然胡凯给了我们这个信息，看来是非要去一趟公墓了。

"今晚去，免得夜长梦多。"汤勺说。小四也点头赞同。

第五十章 连环套

何钥匙一脸委屈地说:"那种鬼地方,难道不能白天去吗?"

迪特绷着一张脸:"要不白天你自己去。"说完这句,何钥匙就不敢再吱声了。

黑脸突然跑进来,脸上充满了鄙夷的神色,让我们打开电视看。这小伙子到现在都不知道卢比的事情,还一直在为我们不等他而耿耿于怀,又不好发作。他必须要听小四和迪特的,但我很明显能感觉到他不喜欢我和汤勺。他觉得如果没有我们,他们就不会丢下卢比,甚至猜想卢比为了保护我们而牺牲了。看小四和迪特的样子,恐怕并不想解释关于卢比的事,所以我们都闭口不谈。看到他现在面部表情这么怪异,准没什么好事。

电视里的新闻台正在播报今天那起爆炸事件。

"今天下午在18号港湾海军司令部发生了一起严重的爆炸事故。爆炸点是司令室,当时在司令室的除了现任海军总队司令官起霍先生以外,还有海关总署司长梅德。爆炸发生后,军方已在爆炸现场找到尸体碎片,虽然到目前为止还没做最终分析和确认,但基本可以肯定,尸体碎片属于他们两位。据相关人士称,当时两人正在办公室里进行秘密会谈,所以周围没有安排看守的士兵。暂时还没有发现更多的人员伤亡和失踪。而这起爆炸事故并非意外,军方很快在爆炸现场找到了炸弹残骸。有理由相信,这起造成军队高级人员伤亡的恶性爆炸事件属于人为。而当时在军部办公室的多人称,下午在办公室部门曾出现过两个可疑的相关人物,假称资料室有炸弹,引起过恐慌。尚不清楚该事件是否和恐怖组织有关。此案件目前仍在调查,请关注近期的跟踪报道。"

我感觉到自己浑身的汗毛都竖起来了,这已经不是爆炸的问题了。我转向汤勺,目瞪口呆地说:"你觉得我们背得起这两条人命吗?"

汤勺倒是很淡定:"没你想的这么严重。资料室里都有监控录像,我们干了什么,他们一目了然。只是我们露了脸,肯定会被找回去问话。嫌疑早晚是可以洗脱的,不过是时间问题。恰好,我们最没有的就是时间。"

"陈唐说的对,所以今天晚上我们必须要行动,拿到东西后,立刻回佛罗伦萨。"

电视上的报道还没结束,镜头又切到了一间仓库。

"是卡丘。"迪特说。

镜头现在正对着躺在地上的卡丘的尸体,他的尸体周围围满了人,有警察、法医,还有电视台的记者。

"今天下午,军队爆炸案之前,警方接到报案,在港口沿岸的一家轮船配件厂里发现了一具尸体。尸体为男性,身份还有待进一步确认。据可靠消息称,现在警方有理由相信这是一起谋杀案,正在和第一报案人进行进一步的沟通。这名报案人透露,曾看到一群可疑人物出现,很可能就是谋杀之后逃离现场的疑犯。"

我一声冷笑:"媒体报道一贯都是这么不负责任的说话风格吗?现在我们都成嫌疑犯了。"

"这事看着怎么像个连环套啊!我们今晚会不会再遇上什么事?别再来个尸体或者爆炸什么的……"何钥匙嘟囔道。

"闭上你的乌鸦嘴!"小四瞪了何钥匙一眼,又说道,"什么都别说了,你们先休息一下,今晚十二点出发。"

第五十一章 决 裂

其实我们对这些事多多少少都心有余悸，完全不像何钥匙那么想也不可能，只不过何钥匙管不住嘴，说出了我们担心的重点。

这一系列事情从头到尾都透着一种古怪的味道，想让人不多想都难。那个说看到我们逃离的第一报案人是谁？和放炸弹杀死海军司令官起霍和海关总署司长梅德的是不是一伙人？这一下就死了三个人，会不会再冒出来第四个？

汤勺突然问我："你记不记得，卡丘说过，他当时发现没拿军牌折返的时候，恰巧看到歌里鬼鬼祟祟地溜进过司令部？"

我点点头："嗯，所以呢？"

"新闻上说，当时只有那两个人在独自进行秘密对话，没找到其他受害或者失踪的人。这很明显是蓄意谋杀他们俩，或者至少也是其中的一个。"

我想了想，有点儿明白他的意思了："你是说，起霍应该是被杀对象，梅德可能是正好被牵连。"

他摇摇头："不，我觉得他们两个都是被杀对象，放炸弹的人似乎是专门凑梅德在的时候引我们去的。"

"等下，这么说来，我们得把源头找出来。我们是在那个旅馆的玛迪莎那里得到了卡丘的地址，然后到了卡丘那边，卡丘让我们去司令部。但是卡丘说是他告诉玛迪莎，让打听之前那件爆炸案的人去找他的。这么看来真的是巧合，没什么问题。"

"我们是怎么去的那家旅馆？"汤勺问。

"是小四说去那里的。"我不假思索地回答，一想就觉得有点儿不对，"小四……不不不，我宁愿相信这都是巧合。"小四可是杀了卢比救过我的，开什么玩笑。

汤勺低头沉默不语。

何钥匙正满屋子追着小贱跑，小四走了进来，对我说："那个之前混进来的人的信息查到了。"他说的是那个挟持过我的携带芯片的男人。

"怎么说？"

"有一些巧合在里面，怕是要等我们回到佛罗伦萨，由凯爷同你们解释一下会更清楚一些。"

"什么意思？"

"我怕我说不清楚里面的关键问题，反正这也不是我们当下急需知道的东西。"

"是你说不清楚还是你不想告诉我们？"汤勺挑了挑眉毛。

小四皱起了眉："你是什么意思？"

我立刻站起来，挡到两个人中间说："无论怎样，我们都能查清楚。不急不急，现在最要紧的是我们按照凯爷给的指示，去那个鬼地方能有收获。"

这个时候内部矛盾是最可怕的，假如在这个节骨眼上产生什么内部不和，我们也会吃不了兜着走。但是我始终不明白，汤勺怎么会兜了一圈怀疑到小四头上。

汤勺的不信任愈演愈烈，我们出发的时候，小四刚钻进驾驶座，汤勺就说："让之前那个司机过来开吧，你也好休息一下。"

小四想发作，又忍了回去，从迪特那边找来了之前给我们开车的矮胖司机。接下来的气氛就很尴尬了，连何钥匙都看出来了，没事就讲两个冰点够低的冷笑话试图调节下气氛，效果可想而知。他最后也只能同我面面相觑，直接闭嘴不说话了，车里只剩下小贱时不时叫上两声和矮胖司机断断续续的完全听不出来调子的口哨音。

墓地离我们之前休息的那家小旅馆颇有些距离。我也不知道我们究竟开了多久才到附近。公墓是圈在大公路边上的群山之间的，不知道白天是何种景致，这大半夜从外面望进去只看得到黑压压、阴森森的一片树影子。我们找了个没什么人的地方停下车来。

"我已经查过了，侧面也有个小门，可以直接通到里面的百级台阶。"小四说着，指了指我们身后的方向，"从这边绕过去。"

"从百级台阶那边走，还不如直接从正门撬门进去，然后再大摇大摆地走进去。"汤勺看着小四说道。

"陈唐，你什么意思？"

"没什么意思，只是想问你，设计的路线那么引人注目，干吗不干脆走正门算了。"

我知道这架势不对了，立刻摆着手说："没事没事，我们再商量下，绕也行，怎么走都行。"我也知道我这话说得没什么用，可好歹也能缓和一下。但现在望着他们彼此眼冒火星的架势，怕是根本没有听见我说话。

小四冷笑一声："陈唐，你在怀疑我？"

汤勺低头笑了笑："你觉得呢？"

小四一脸不可思议地说："你竟然真是在怀疑我！"

我注意到站在小四后面的迪特的脸上已经起了戒备的神色，而黑脸的脸更黑了。

"这……这是什么情况？"何钥匙一头雾水地看着我。

汤勺把枪掏出来："是你带我们去的那家旅馆，然后发生了这一系列的事情。这些事情怎么看都像是安排好的圈套，你叫我怎么相信你？"

这话一说出来，我也顿时石化了。小四身后那帮人全都齐刷刷地拔出枪，对准我们。何钥匙抱着头蹲了下去："怎……怎么回事啊？你们有话好好说。"

第五十一章　决　裂

小四冲后面挥了挥手,示意他们把枪收回去。他瞪了汤勺十几秒后,只回头对着他的人说了一句:"我们走。"紧接着,他们开车走了。

何钥匙大声喊道:"别走啊!别走啊!"被我一把捂住了嘴。他扒开我的手,气急败坏地直跺脚:"你干吗?这下好了!小四和迪特他们都走了,我们还进去吗?"

"当然要进去。"汤勺收起枪,指了指远处往山上去的那条路,"我们从后面绕进去,这条路有点儿远,但是相对来说要安全很多。里面的地形我查过了,烈士区在后面那块半山腰上。"

"烈士区?"

"对,烈士区。既然那次事故被称为一场意外,那么牺牲的那些人一定会被统一安置在烈士区,这就是为什么他们会出现在这座墓园的原因。我猜想,应该是直接立了一块碑。"

"可是,凯爷不是让我们来找画吗?你是觉得画会在烈士区?"我有些犹豫,虽然我也不知道我们应该去哪里找画,但突然没有了小四和迪特他们,就像身上的防弹衣突然被人扒下来了一样,实在是没什么安全感。

"我觉得只能是那儿。"汤勺说着就往前走了。

我瞄了一眼站在一边犹犹豫豫的何钥匙,伸手拉了他一把:"走。"我可不能表现得像何钥匙一样,虽然没有了小四和迪特他们,但我和汤勺也是经历过好几次生死的人,怎么说也得有点儿气势。虽然我是真没明白,汤勺就连凯爷最信任的手下都怀疑上了,怎么还能坚持相信凯爷给出的指示。

从公路边的小林子里钻进去走山道,估计这地方十年都没人走过一次,所以一路都是障碍,崎岖得很。虽然山不高,但是路很难走。

汤勺走在最前面,时不时看看我们有没有跟上。我还在心里盘算刚刚这个事情,越想越不明白,就算是怀疑,汤勺怎么会在这么短的时间之内就把这事情彻底扯上了台面,直接就推到了决裂的高潮呢?首先,我肯定不会怀疑汤勺,其次我也不愿意去怀疑小四。小四和迪特他们,一路都在履行保护我们的职责,怎么看都看不出有问题。虽然旅馆那件事确实有点儿蹊跷,但也很可能只是我们想多了,确实是巧合也未必啊。

"你为什么怀疑小四?"何钥匙气喘吁吁地追上汤勺问他。

"没有为什么。"汤勺头也不回地说。

"那不成啊,你怀疑他总得有个原因啊!"何钥匙说。

汤勺停下来,从何钥匙的手里接过小贱:"爬山的时候少说废话。"说完继续往前走。

何钥匙立刻回头在我的耳边开始嘀咕:"你看他,这什么态度啊!"他就这么一路反复嘀咕这句话,直到我们到达目的地。

我一看时间,已经快凌晨两点了,我们走了起码有一个小时。

眼前这扇铁门，虽然是一扇侧门，但是这高度，想翻过去是不可能了。我和汤勺齐刷刷地看向何钥匙。何钥匙还在较劲，一脸不屑的表情，恨不得在脑门上贴个"喊"字。不过他还是嘀嘀咕咕地从口袋里掏出了那根专业开锁十八年的"发丝"，三下两下就把门打开了。

"谢谢我。"他翻着白眼对汤勺说。

汤勺把小贱塞回他的手里："走吧。"

"你你你！"何钥匙鼻孔冒烟地开始了新一轮嘀咕，"我就是又傻又天真才跟你们过来，拿命陪着你们一起玩，对吧小贱？"

这里头到处是参天的常青树和高大的雕塑，月亮洒下的光映衬出了大片的阴影，形状不规则的雕塑和形状接近的树木的影子都混在一起，把墓园的阴森烘托到了极致，现在就算同时冒出来十个鬼，我都不会感到意外。

何钥匙赶紧跟了上来，声音颤抖地问："这里有没有看墓地的人啊？会不会以为我们是盗墓贼啊？"

"你以为是国内啊，这么晚哪里来的看守？"何钥匙的脑洞总能勾起我的吐槽欲，盗墓贼，呵呵，估计我们就算在这里掘开一百个墓地，也找不到什么值钱的东西。如果有人看到我们，或许会被当场吓死，大半夜的三个蹑手蹑脚、走路恨不得不发出一点儿声音的人，带了只黑猫，游走在墓园……

汤勺似乎在脑袋里安装了一个自动定位系统，很有目的地带着我们钻进了一个乌漆墨黑的隧道。其实也不是隧道，而是一种墓地里连接建筑的方式，为的是从一个区到另一个区的自然过渡和转换。所以隧道里也布满了坟墓，左右两边和脚底下踩过去的每一步都是……墓园的安置，一般都讲究一个空间利用，这种结构方式都是从教堂学来的，教堂毕竟寸土寸金，能多葬一位是一位。

还好，这里头也不是完全看不见，因为每隔一段路，头顶上就安了一扇圆形的玻璃天窗。月光透过圆形窗户落进来，时而会照到地面上被我们踩过的人名。

"这里还挺人性化啊，为了有点儿光照给这里的各位，还特地装了窗户。"何钥匙一路走一路念个不停，跟电影旁白似的。

"哎哟！"

"喵！"

我被这突如其来的、比何钥匙旁白声音高了好几个分贝的叫声吓了一跳，四壁还都是回音。一回头，看到何钥匙摔了个脸朝下，这会儿正从地上爬起来，小贱已经逃窜到了我身上。

"妈呀！阿弥陀佛，妈呀！对不起，对不起，我不是故意的！"他赶紧从地上爬起来，使劲儿给刚刚他亲了好几下的那块刻着逝者名字的石碑磕头。

我笑起来："你可别惊动四周啊，待会儿没准儿真爬出来一位还没睡的，跟你来个半夜闲聊。"说完，我刚想回头往前走，眼角却瞥到了什么。我又把头转回去，何

第五十一章 决 裂

钥匙已经从地上爬起来了。他的影子斜拖在身边，变得细长，他朝我走了几步，影子就和我的影子重叠到了一起。而在他刚刚爬起来的地方，一座方形雕塑石碑的后面，有一条长长的影子还静止不动——是个人影！我瞬间觉得寒风吹了我一后背，浑身汗毛都立起来了。

"你在看什么？"何钥匙刚要顺着我的目光看过去。

"没什么，走吧。"我一把转回他的头，继续往前走。

快走出这条隧道的时候，我特意又往后瞥了一眼，只觉得眼角有道黑影闪了一下，就不见了。我快步跟上汤勺，低头小声对他说："陈唐，我们好像被跟踪了。"

第五十二章　墓地对峙

汤勺竟然没反应，只顾着往前走。随后我们进入了一片常青树更为密集的地方，每走几步，就有一尊雕像十分突兀地从树木之间冒出来，吓得何钥匙抓着我的手臂怎么都不放。

看这些雕像的姿态和场景设计，似乎都与战争有关，汤勺所谓的烈士区应该就是这里了。可是问题来了，这里零散分布着大大小小的石碑，沿着这片树林一直往前，一眼都望不见个头。再加上天黑看不见，我们怎么才能把目标找出来？这么大块地方，就算那幅画真在这里，那它究竟会被藏在什么地方？

"先往前面走，这一片应该没有，都是中世纪的墓碑，走过这一片才有最近这段时间的。"汤勺说。

我一直对刚刚在隧道口看到的黑影心有余悸，走几步就要回头看一下，但这会儿似乎又不见了动静。不过也是，这里到处都是黑影，就算真的有什么人跟在我们后面，没有夜视镜也是难以分辨的。但是我心里已经有了被人跟踪的感觉，所以每次回头，总觉得有那么一双眼睛盯着我们，搞得我浑身的汗毛一直立着。

我们花了大约十多分钟才走出这片中世纪的墓碑区。

"我们分头找找看。"汤勺说。

何钥匙倒是瞬间不怕了，领着小贱开始在四周瞎转悠。

这里的石碑跟刚刚那一片不太一样，刚刚的石碑上有很多雕塑，而这里的雕塑显得比较现代，很多石碑连雕塑都没有，只有一些简易的浮雕。

突然，我听见小贱叫了一声。随即何钥匙冲我们招手说："过来看！在这里！"

我和汤勺走过去一看，石碑是方形的，白色大理石材质，没什么特殊的图案，底下连着一块同样材质的地碑，面积很大，这下面应该就是停放棺木的地方了。上面用书写体刻着：02. MAR, 2007（2007年3月2日）。

"是不是啊。"我心想：总不会那么巧那年3月2号还有别的战士在别处牺牲了然后葬在这儿吧。

"肯定是的。"何钥匙指了指在周围乱转的小贱，"它都不愿意走。不是都说狗鼻子灵验吗，呃，猫鼻子没准儿更灵。"何钥匙时不时带上的儿字音让他的发音显得无比奇怪。

第五十二章 墓地对峙

我望了眼汤勺:"画如果在这里的话,最有可能就是收在了这块地碑的下面,不过我们要怎么打开是个问题。"毕竟身上也没带工具,总不能用手掰开吧。

汤勺似乎没在听我说话,而是一直盯着小贱看。

小贱不停地在石碑旁边转悠,用爪子刨土。

"看来,画应该不在那里面。"汤勺说完,走了几步,从不远处的树上折了几根比较粗的树枝,把叶子摘掉,递给我和何钥匙。

"墓园的树叶树枝不能随便折!"何钥匙一脸无奈,"这用来干吗?"

"刨土。"汤勺说。

我明白了汤勺的意思,画里隐藏的气味可能我们闻不见,但小贱能闻到。它转悠的地方非常可能是藏了画的地方。

不过,用树枝刨土也不是什么简单的事情。与其说是刨土,还不如说是扒土,用树枝跟小贱的爪子比起来效果没好到哪里去。

"哪里有什么画……"何钥匙满头大汗,眼见着终于刨出来一个坑了,还没见到画,"这坑马上都快能埋人了,画在哪儿?大哥啊,我们天亮之前一定要出去啊,我可不想因为什么半夜在墓园刨坑这种事被带去警察局啊。"

"我们都快成通缉犯了,这点儿事算什么。"我说。话音刚落,小贱就在我们的脚边哼唧起来。

"等下,好像真有东西。"何钥匙用手拨了拨土,在朦胧的月光之下,湿乎乎的泥土中露出来一个和泥土颜色差不多的硬质物的一角。

汤勺蹲下去,用手把泥土全部扒开,不是画,是个木盒子。

"这是什么?"我把木盒子取出来,左右端详。这个盒子光看也不觉得特殊,只是四周好像被密封得很好,连一点儿缝隙都没有,盒子的其中一边挂着两把锁。

我看了眼何钥匙,他也正在盯着锁看。

"这锁的样子看起来有点儿奇怪。"何钥匙皱着眉头说。

"什么意思?"汤勺问他。

何钥匙从我的手里接过盒子,仔细看了两眼:"这种锁叫断魂锁,怎么会出现在这里?"

"什么叫断魂锁?"我问。

"这么说吧,这锁是我们何家锁匠发明的,当然不是我这一代,也不是我爷爷这一代。不过也算是祖上传下来的一门独门手艺,现在已经没多少人会用这么毒的东西了。所谓一锁杀人,指的就是把它打开的时候,会被与锁牵制的暗器所伤。古代经常有人用,因为我家曾经是皇室御用的锁匠,所以在很早之前,这锁就流传到了西洋。欧洲那些贵族把自己的宝贝锁起来保管的时候,都希望能定制一把这种锁,这也是为什么我们家后来会来欧洲发展的原因。这种锁一直到 19 世纪都流传得很广,当然价格也很高,不是一般人能用得起的。"

"断魂锁……也就是说,这是杀人武器是吧。"我说。

"那也不能这么说。锁只是锁,暗器是在盒子里。一般来定制这种锁的人,会给我们看一下他想放入盒中的暗器,这样我们才能根据暗器的形状、大小来制作内部的锁扣和启动暗器的锁引。"何钥匙越说越嘚瑟,"我们家可是断魂锁唯一的制造商,绝对是专利产品。"

我说:"你这是连接发射暗器的杀人专利。"

何钥匙一脸不屑:"你懂什么,这叫艺术。哪一门手艺没有一点儿符合大众需要的创新啊?"

"那这盒子究竟能不能开?"汤勺问。

"当然能开,不过我需要研究一下这里面的锁引藏在哪里。先毁掉锁引,盒子里的暗器就没用了。"

何钥匙从口袋里摸出那根"头发丝",捣鼓了十来分钟之后,告诉我们:"找到了。"

汤勺刚要接过盒子,突然从旁边的树丛之中钻出来一个人,我连他的样子都没看清,何钥匙手上的盒子就不见了。

我看着何钥匙手心朝上目瞪口呆的表情,也愣住了。

"哈哈哈!谢谢你们的礼物!"从旁边的树林中走出来四五个人,都戴着面具。

木盒子就在其中一个人的手里。

带头那个人的面具看起来和其他人的不太一样,鼻子特别尖长,这面具我已经看到过好几次了。

"西木。"我站起来。

他从口袋里掏出一把枪,对着我们:"我们又见面了。"

"西木,好久不见啊。"汤勺也从坑边走过来,不紧不慢地同他打招呼。我听汤勺的语气,似乎早料到了会在这里看到他。

"我不是西木,西木已经死了。这个世界上以后都不会再有西木了。""咔嗒"一声,他给手枪上了膛,"当然,你们今天也得死。"

汤勺笑了笑:"那西木的父亲老西木呢?就算西木死了,老西木不是还活着吗?"

他突然就沉默了,透过面具,我都能感受到他的眼中射出来的寒光。

"卡尔,你要为你的这种玩笑付出代价!"他咬牙切齿地说。

"那如果我告诉你,我见到了西木的父亲,我知道他在哪里呢?或许你会有兴趣知道。"汤勺依然面带笑容不紧不慢,"我去过下面。"汤勺指了指地下。

西木举着枪朝我们逼近了两步,我看到他两眼放光,低下头再抬起来的时候,那光又从他的眼中灰暗了下去。"西木的父亲死了。你们也要死!"他说这话的声音是颤抖的,月光之下,我看到他面具后的眼中有东西在闪动,好像是眼泪。

他抬高手枪,将枪口对准汤勺的脑袋:"我这辈子都毁在这个老家伙手里了。"

我心说:天哪,这家伙绝对是个彻头彻尾的变态,看他那个样子,大概是要把他

第五十二章 墓地对峙

爸老西木把他搞成变态的账一起算到我们头上来了，怪不得他上次那么对我……

"我们知道你父亲在哪里，他还活着！"我想也不想就扔出这么一句。

西木立刻把枪口转向我："你闭嘴！李如风，你命还真大，但无论如何，今天都是你的死期！"

就在他准备对我开枪的时候，突然身后传来一声杀猪似的惨叫。我一看，是小贱咬住了那个拿着木盒子的面具人的腿，那人惨叫之余一脚踢开了小贱。

"死猫！"西木转过身，瞄准小贱就想开枪。

"小贱！"何钥匙在我的耳边大吼一声。

"啊——！"又是一声杀猪似的惨叫，还是来自那个抢了木盒子的人——他不小心把盒子上那两把被何钥匙打开来的锁碰掉了，盒子自己弹了开来，瞬间从里面飞出来上百根细针。这些针像是发射出来的子弹一般射进了那个拿着木盒子的人的身体里，还有几根直接射进了他的眼睛。除了站得比较靠前的西木，其他人也跟着遭了殃，杀猪般的惨叫声此起彼伏。

木盒子掉在了地上，抢木盒子的人拿手捂住双眼在地上滚了一会儿就没了动静。另外几个人也是一样的状况。

看来是毒针。

"这就是传说中的暴雨梨花针？"何钥匙目瞪口呆地望着眼前发生的一切。

汤勺转头对何钥匙说："幸亏不是我接了那盒子，不然现在死的岂不就是我？"

何钥匙一脸冤枉："你想打开我也不会让你打开啊，我只是找到了锁引，并且把锁开了，我可没说可以开盒子啊！锁被摘掉的时候，暗器就直接启动了。这真不能怪我！人可不是我杀的！"

"全给我闭嘴！"西木一边转身想朝我们开枪，一边想俯身去捡地上的盒子。

"砰砰！"紧接着的是两声枪响——分别打中了西木的左右手，直接把他的枪打落在地。汤勺趁机跨出一步，把他的枪踢出去，又去捡了起来。

"小四！迪特！"何钥匙两眼放光地看着从层叠的树影之中又走出来的几个人。

那几个人正是小四和迪特他们。小四手里拿着枪，迪特弯腰从地上捡起了木盒子。

"小四……你们不是……"我也觉得不可思议。

看来觉得不可思议的绝对不只我和何钥匙，还有长鼻子面具脸的西木，他的双手下垂，血不停地顺着他的手掌滴下来。

"你们……你们怎么在这儿？"他的声音中带着惊讶。

"哈哈，"小四笑起来，"你都可以在这儿，我们怎么不可以在这儿？陈唐有一点是对的，就是关于你智商的评估。"

"你们是故意的？"西木恍然大悟道。

"是啊，不过你发现得有点儿晚。放心，你派去跟踪我们的那些人我们安置得可好了。我们的金牌司机正在带着他们享受VIP级别待遇的车游山河服务，围着城转圈

267

呢。"小四拿枪对着他，"你现在已经没路了，趁着天亮之前赶紧跟我们走吧，不然你之前精心为我们设计的通缉犯奖项，估计你也免不了要跟着一起领奖了。"

"你们是故意的？"我也恍然大悟，看来他们之前吵架闹分裂，全都是在演戏！

"晚点儿跟你解释。"汤勺看都不看我。

这是活生生在侮辱我的智商！我气得直握拳头，看到何钥匙一脸开心的笑意，又暗自在心里叹了口气，唉，算了。

"想逮住我，你们想得美！"

又是"砰"一声！——这次不是枪响，而是西木放出来的烟幕弹——瞬间灰黑色的烟雾在我们面前弥漫开来。

"有毒！"不知道谁喊了一声。

我赶紧捂住口鼻，在混乱中又有人喊了一声："快走！有警察！"

"小贱！"在这弥漫的烟雾之中，我什么都看不到。

"小贱！小贱过来！"这是何钥匙的声音。

随即我被谁拽着跑了很多路才跑出西木放的毒气烟雾，等出了烟雾我才看清楚拽我的人是小四。我们并没有停下来，而是一口气跑到了大门口，汤勺拽着已经快跑断气的何钥匙跟在我们后边到了。迪特不知道是什么速度，这会儿已经带人开着车停在了我们的面前。我们飞速上车，车子跟火箭似的冲了出去。

天还没泛白，沿街的路灯都亮着，三辆车又重新上路了。

"可惜，还是被他跑了。"小四说。

迪特转身把盒子递给我们。汤勺一边接过盒子，一边看了一眼何钥匙："能打开了吗？"

何钥匙哭笑不得："锁都掉了，暗器都放光了，你觉得呢？"

汤勺还是小心翼翼地慢慢打开盒子，趴在何钥匙的腿上的小贱又不安分了，探头探脑地开始哼哼唧唧起来。

果然，里面又是一张羊皮纸地图。

第五十三章　第二张羊皮纸

汤勺后来向我和何钥匙解释了之前他们演的那一出。何钥匙听到一半就睡着了，这些对他来说都不是什么要紧的事。

首先，旅馆的问题纯属巧合，那是他们上车之前，在某张旧宣传单上看到的推荐。估计卡丘不是只跟玛迪莎打过那样的招呼，大概那边所有的私人小旅馆他都一一去打了招呼。汤勺一直都很清楚这件事，只不过演戏需要一个引子，而引子也必须符合逻辑，还得够逼真。

于是我就成了这场戏的引子和中间人。

"所以，你当时在宾馆里跟我的对话完全就是故意的，就是要引我把话说回去是吧？"我问他。

他点点头，承认得挺干脆："你记得吗？之前我们在威尼斯的警局里遇到的那个'那边'的女警察，你觉得她会是一个人吗？既然她连潜伏的卢比都没见过，就说明当时她一定是有其他人做接应的。后来是因为她智商不够，他们没办法才启动卢比这颗棋子去完成接下去的事情，所以他们绝对安排了人一路都在跟踪和监视我们。假如小四他们不离开，这些人就不会现身，而是会一直埋伏在我们后面玩阴的。等到我们回程的路上，就会遭到更猛烈的伏击。所以我和小四一商量，决定演场决裂的戏，好引他们现身。"

我心说：其实也一样危险，命都差点儿丢掉。

"你当时去海军司令部没让小四跟进去是不是也是故意的？"我又问。

"嗯……"汤勺想了想，说，"也算是吧，当时我只是怀疑，不过还没跟小四达成共识。"

"你们为什么不直接明确地告诉我？我又不是想不明白，我又不是何钥匙。"我说完瞟了一眼何钥匙，他正抱着小贱呼呼大睡，"你们大可以告诉我，然后用何钥匙当引子。"

"呵呵，"小四透过后视镜瞄了一眼何钥匙，又望着我笑了起来，"你认为可能吗？就他这个天真的状态？"

"小四刚开始连迪特都没告诉，多一个人知道多一分危险。"汤勺这冠冕堂皇的语气倒是让他瞬间又回归了当警察时一贯的说话风格。

小四叹了口气，说："不过可惜的是，最后关键人物还是没抓到。这孙子居然在身上藏了毒气弹，这一招真是阴毒。"

这些人不去演戏，当真都浪费了。

不过，西木没抓到，确实可惜。如果能把他抓回来，或许我就能从他的嘴里探听到关于南洋的消息，或许我还能推测出一些关于山川的信息……而西木从头到尾都没有承认过他的身份，从他的反应来看，他肯定没有亲眼看到老西木的死亡，可他却非要说老西木死了，到底是为什么？难道单纯是对父亲的仇恨？

汤勺一路都在研究那张刚得到的羊皮纸。

我们得到的这张羊皮纸比上一张大了一倍，足足有一整张A4纸那么大。当我在脑海中将它与第一张羊皮纸拼接在一起后，我想那张地图应该是被分为了三个部分，这是第一部分，之前那张是第二部分，还缺少第三部分。

我们认定这是第一部分，不仅因为它与另外那一张可以接上，而且这一张上面，有明显看起来像是入口的建筑——最外面是一座修建得如同雅典神庙一般的建筑，之后大概要路过一个庭院，紧接着有一座大型的宫殿样式的建筑，七扇跪窗，中间夹着一道圆拱门，模样看起来有点儿像河对岸的美第奇新宫皮蒂宫与卡弗尔路上的第一座城内美第奇别墅的结合。虚线的标记，是进入拱门的路径指示，穿过拱门之后继续延伸，只要与另外一张核对一下，就能确定标记途径的虚线是否一致。唯一让我不能理解的是，在雅典神庙之前，有一道类似走廊的东西，上面标记着很多框，其中有两处被涂黑了。

这看着怎么那么眼熟？

"那张纸！"汤勺说，"那张你从七楼拿到的纸，戒指的背面，跟这个很相似。"

哦——对了！是那张我们曾经谁都没有当一回事的小地图。不同的是，小地图上有1、2、3、4的数字标记，而且涂黑了一整段，这里没有标记，只涂黑了两块，不知道是什么意思。

或许胡凯知道，毕竟他知道这座宫殿究竟在什么地方。

我们回佛罗伦萨的一路上都没受到阻碍。小四和汤勺都在车里打了个盹儿。我觉得小四的体力已经到了极限，半路上，他实在困得不行，突然就在路边刹车停住，把另一辆车上的矮胖司机找过来开车，自己则躺到了我后面的椅子上睡觉去了。印象中，这应该是我第一次见到他睡觉。

我们的矮胖司机精力无限好，一路上都在说莫名其妙的黄色笑话，边说边笑。说完了笑话，他又开始唱歌。这哥们儿之前在小四他们演决裂戏的时候绝对爽了一把。他半路神不知鬼不觉地把小四他们放下，带着剩余的几个人，领着西木那边沿途监视的车队在整个热那亚绕圈子，直到收到小四的命令为止。尽管一晚上没歇着，他的精力还是那么旺盛，绝对是个神人。

第五十三章　第二张羊皮纸

我们到达佛罗伦萨的时候还不到中午。佛罗伦萨的天气阴沉沉的，看起来快要下雨了。胡凯早已在城外的那座别墅里等我们了。

小四伸了个懒腰，抹了一把脸，重新打起精神。我没能喊醒何钥匙，只好从他身上把小贱抱起来。小贱睁眼望了望我，在我的胳膊上蹭了几下，又睡着了。迪特敲了两下车窗看何钥匙没反应，直接钻进车里把他拎了下来。

我穿过荒废花园时，身后传来一阵何钥匙乱七八糟的惨叫声。后来他进屋的时候，整个人都处于一种愤怒的状态。

我又见到了白求恩老头。我走进去的时候，他正用力地抱着汤勺，一个劲儿地说："你又活下来了，不容易啊。受伤了？"他突然发觉汤勺肩上的枪伤，不由分说把他的衣服直接扒了下来，"伤口倒是处理得不错，我等下给你开点儿药。不过，看来我最近是要去跟你母亲沟通一下了，想必你最近的所作所为她一定不太清楚。"

汤勺立刻服软了："大伯，拜托你。我以后会注意，一定不会轻易受伤。"

何钥匙眯着眼站在我身后嘀嘀咕咕："呵呵，这是陈唐说的话？听着不太像啊。"我立刻回头给了他一个白眼。

胡凯没有立刻向我们问东问西，也没有提羊皮纸的事，而是让我们先去休息，只留了小四一人。他说："我们晚餐时候见。"

我回到房间基本上是倒头就睡。一路回来我都没睡，一是因为保持警惕的心理，二是因为那个矮胖司机把车开得跟赛车一样，把我的困意全都甩没了。我其实挺佩服他们的，在那种一路超速超车的情况下，还能做到一觉睡到佛罗伦萨，尤其是何钥匙，打呼声都快把整个车顶给掀翻了。

我做了个梦，醒来的时候却在瞬间忘记了梦的内容，只记得梦里有山川的脸。她小时候的脸很圆，身上却瘦得皮包骨头。我醒来后，坐起来，外面的天似乎已经彻底地黑了。何钥匙带着小贱不知道去了哪里，汤勺坐在窗边抽烟。

艾尔。

我忽然开始在脑子里重复这个名字，那段关于这个名字的记忆越来越清晰。他到底是什么人？我大概得回一趟曾经的孤儿院才能知道答案。

可那地方，其实本身就像是噩梦存在的一部分。我还记得，山川被他们带走的那天，才下过倾盆大雨。她的眼睛里充满了绝望，她对着我大哭大喊："救救我！哥哥救救我！"可那时候的我无能为力，只能看着她被拖走。潮湿的泥地上留下来长长的一道痕迹，那是她被拖走的时候，鞋子在泥土中划出来的印迹。我只能呆愣愣地站在草地上，听孩子和修女们四处宣扬她被恶魔附身的事。山川被关在一间小屋子里面，那时候孩子们一般不敢单独靠近那里，他们确信了山川被恶魔附身，并且杀了人，他们都害怕，所以当修女让他们远离的时候，他们遵从了。但有时他们也会三五成群地跑过去，对着窗户砸石子，一颗两颗地扔，嘴里念着"恶魔快滚"，直到山川出现在窗口，他们

才尖叫着跑开。

我只碰到过一次。在大雨滂沱的一天，有一个男孩似乎是走错了路，呆呆地独自站在关着山川的小屋前……

"李如风！"汤勺猛的一声让我从回忆中抽离了出来。

"嗯？"我朝他望过去，刚刚记忆的画面一下就断了。外面被烧成大片焦黑的荒寂的草丛之上，夜色包裹着星光，天空显得特别辽阔和低矮。这样的天空让我想起了山川在孤儿院的时候临摹过的凡·高的《星空》。

"你在想什么？"他问我。

"没有。我也忘记了。"我望着窗外，幽幽地说。

"刚刚小四来叫我们下去，带上羊皮纸。"汤勺说，"走吧。"

走到门口的时候，他忽然转身，拍了拍我的肩膀对我说："南洋会没事的，如果山川真的没死，你也一定能找到她的。所有这些事都一定会水落石出。"

我点点头。想必，最后一句话大概也是他在说给自己听，这些事都会水落石出的。我会知道当时到底发生过什么，而他也会知道在他父亲身上所发生的事。

羊皮纸比对的结果没有出乎意料，我们的猜测是对的——我们所得到的第二张羊皮纸应该是地图的第一部分。

"你知道，我们在那里并没有找到画，而是找到了一个带暗器的盒子，羊皮纸在那里面。"我对胡凯说。

"小四和我说了。"

"那你原本是以为画也在那里吗？"我问。

他摇摇头，说："不是。我知道画不在那里。"

"那你怎么知道羊皮纸会在那里？"

"因为……"他微笑着望了望我们，"我找到了画，在你们出发去威尼斯之前，我已经找到了画，并且我知道画里的东西被拿走了。"他停顿了一下，看我们都皱起了眉头，听得一头雾水，便掏了张照片出来。照片上的男人，就是当时混进来挟持我的那个"大西装"！

"认识吧？这人名叫费德明，无业，老婆和女儿都住在佛罗伦萨河对岸的一间老房子里面。我就是在他家里找到了画，藏在他的床底下。"

"什么？！是他偷了画？！"我震惊地说道。汤勺也皱着眉，大约是在思考这之间的关联性。

"画是不是他偷的我不知道，但是画既然是在他家发现的，而里面的东西又没了，多少都应该和他有点儿关系。所以我就派人去查了他之前的行踪。他混进我们这里也有段时间了，虽然不像卢比那么久，但也不是突然就混进来的。"

我看了看站在旁边的小四，听见卢比的名字，他还是表现出了不自在。

"然后，我查到他前阵子曾经请假，说是回一趟南部老家，但其实去的地方是热

第五十三章 第二张羊皮纸

那亚的那个公墓。"

"所以你就怀疑他把东西藏在公墓里了。"汤勺说。

"是。"胡凯点点头,"公墓那边有关的信息,想必你们也已经知道了。不过还有一件事。"

"什么?"汤勺问道。

胡凯指了指那个人的照片:"这个费德明曾经坐过牢。他被放出来之后,过了没多久,就隐姓埋名混进了我这里。我并不知道他究竟有什么目的。不过,当时他坐牢的原因我倒是查清楚了。"胡凯喝了一口茶,慢悠悠地说,"与1990年那桩古画偷盗案有关。这个我就不用多做解释了吧,你们应该都很清楚。没错,就是那个身手轻巧的女人,从我这里偷走的那幅原件。"

"怎么会?!"我转头望了一眼汤勺,又转向胡凯,满肚子的疑惑,"那件偷盗案,不是……不是说后来过了三年,画自己突然又出现了,没有查清任何东西,没人背负责任吗?"

"对,理论上应该是这样。但其实还是有一个人负了责任,这个人就是当时值班的博物馆保管员,费德明。就是这个人,当时他只有十九岁。"他用手指了指照片。

"就算是渎职罪也不至于坐牢啊……"我有点儿一头雾水,在这个连死刑都没有的天主教国家里,这种程度上的渎职顶多是叫他滚蛋或者罚款,怎么可能被送去蹲牢房呢?

"不是渎职,是协助偷窃和造假。"

"造假?"我越发地听不懂了。

"对,造假。1993年自己出现的那幅画是假的,博物馆当时不愿意公开,又必须要给文交会和政府一个交代,于是谎称画找到了。"

汤勺的眉毛动了动,眯着眼睛望着胡凯:"你怎么知道当时那幅画是假的?"

"你见过原画吗?"胡凯微笑着问汤勺。

汤勺点点头:"我见过,画最早进入博物馆的时候我就见到过。"

"后来呢?找回来之后,你还见到过吗?"胡凯又问。

汤勺想了想,如实回答:"没有。后来1993年的时候画再次出现,博物馆害怕再被偷,于是就放进了瓦萨利长廊里面,具体在哪里我也不知道。每一次瓦萨利长廊开放,好像都没见过那幅画,所以后来我也没再见过……我一直以为当年那是原件。"

"这就是当时警局和博物馆的人员调动那么大的原因,当时在职接触过这个案子的全部被调职了,不管级别高低,就是因为怕他们把原件究竟是什么样的泄露出去。所以后来的人,根本就没人真正见过原件,都以为那一幅就是原件。"

我听到这里,冷汗直冒。也就是说,那时候失窃的画,确实是第一时间就被什么人放到了我的店铺里。

"你怎么知道?"汤勺问。

"我当然知道。原件是 Alan 宋以私人名义卖给博物馆的，后来又被他给偷回来了，因为这是当时我的父亲给他开的条件。他欠了我家三千万欧元的债务，我父亲说，假如把这幅画弄回来给我父亲，债务就一笔勾销。于是 Alan 宋又冒险把画偷了回来。所以这画一直都在我家，哪里都没有去过。"

"大鹰……"我不禁张大了嘴巴，事情居然这么离奇。

"那你父亲为什么要这幅画呢？你一早就知道画里的秘密了？"汤勺又问。

胡凯摇摇头："画里的秘密我并没有很早知道，可以说没比你们早。我父亲是我父亲，他做的事情我曾经是不可以过问的，直到……"他深吸了一口气，却没有把话说完，"至于为什么，时机适当的时候，我会告诉你们。"他的眼神中包裹着一层忧伤。我很想知道，那忧伤的眼神里又会有什么样的秘密。

"你刚才说，当时费德明坐牢是因为协助偷窃和造假，指的是那幅假画吗？可那幅画……"我看了下汤勺，"好像是同时代的赝品啊……"

"是不是那幅或者是哪一幅，我不知道，这些都是后来我查到的事情。但是我相信，他应该是被套上了莫须有的罪名。只是不知道这黑锅他是帮谁背的，也不知道这么多年，他究竟为什么始终没开口说一个字。我后来找过他的老婆、女儿，她们之前似乎一直生活在那里，从他出来后，也就是混入我们这里之后没多久好像就不见了，周围也没人再见过她们。"

我和汤勺都陷入了思考。当时他说，他的老婆和孩子都在"他"手里，是不是这么多年，他都有不得已的原因才一直保持沉默呢？背后的那个"他"究竟是不是歌里？但是奇怪，歌里那个时候才多大啊，如果是从那个时候就开始威胁他的话，以歌里的年纪也不大可能……

"哦，不过说到造假，当时确实有个人很有名，她叫尼可，是个女画家，特别擅长模仿各个文艺复兴时期画家的画作。但她只是模仿，倒是从来没有什么造假丑闻出现过，至于实际上究竟有没有造假过我就不知道了。"

"那她现在在哪里？"我问。

"死了。"胡凯说，"也是 1990 年，发生失窃案之前，她就被烧死在家里了，好像是为情所困，自杀。"

第五十四章　尼可的痕迹

不知道胡凯用什么手段帮我们摆平了从热那亚带回来的麻烦，不光是警察没有找上我们，电视台新闻也不再提起发现卡丘尸体和海军司令部爆炸的事情。胡凯说，海军司令部那事他并没插手，似乎是他们自己再一次封锁了消息，估计在研究找什么人背锅。他只是稍微找人疏通了一下，拿回了当时热那亚警方做的两张关于我们的人脸拼图，并告诉那边的人，我们俩是去帮他办事的。他说只要我们人不在那边的警察面前晃，人家也不会死揪着我们不放。

我到现在也没搞明白，他到底是个怎样的人物，一个中国人居然能在意大利的黑白两道横着走。汤勺没有问胡凯任何关于宫殿和羊皮纸地图的问题。我其实想问，却被汤勺拦下了。汤勺说："他觉得可以告诉你的时候他自然就说了，现在怎么问都没用。"

只是，我们现在的任务不是等着胡凯来告诉我们关于地图和宫殿的秘密，我们还有事要查清楚。我和汤勺分头行动，他去查费德明，或许通过他能查到更多当年那桩博物馆失窃案的线索；而我则去查尼可。

关于尼可的信息，网上资料并不多。毕竟1990年还是一个网络信息科技并不发达的年代，她又去世得比较早，网上留下来的能查到的信息，多半都只是报道了她于家中自杀的事情，原因也就是一句"为情所困"，和胡凯说的一样。其他都无处可查。

倒也不是一点儿收获都没有。我翻了大半天的网页，终于在一篇写文艺复兴和当代模仿艺术的文章里找到了一点儿有用的信息。文章里提到了尼可，称她为20世纪90年代模仿艺术的代表人物，只可惜遇到了一段没有结果的感情，于1990年2月26日在家中自焚身亡，年仅三十二岁。紧跟着下面还有一张她的照片，我把照片保存下来，并用打印机把它打印了出来。照片下面还写了一句：这是她曾经的工作室地址，可惜她没有朋友，没有学生，也没有亲人。在孤儿院长大的她，生性孤僻，离群索居，没有人把她当年的画室保存下来。

这段话下面还贴了一张图片，我离开电脑去打印之前还没有缓冲出来。

打印机在数据监控室里，我走进去的时候，克里正在对着他的电脑吃不知道从哪里变出来的麦当劳。"你要来点儿吗？"克里拎着手里只剩一半的鸡块在我面前晃了晃。

我摇头："吃过了。"他电脑上的一堆白色数据在黑色的页面上突然自己动了起来。"这是什么？"我问道。

"哟！来了！"他放下鸡块，在旁边不知道谁的T恤上抹了一下手。

我赶紧凑过去。那些白色的看不懂的数据一行行飞快地往上，又骤然停住了。克里等了足足有十秒钟，看着页面完全不动后，他在最底行的鼠标光标后面输入了一组乱七八糟的字符。

然后回车。

"噔——"，电脑的音响里发出了输入错误的声音。

"哈哈！"克里把页面关掉，重新拿起剩下的半个鸡块蘸了点儿番茄酱塞进了嘴里，一边嚼一边看了我一眼，用小指指着屏幕对我说，"这二层密码绝对是高手做的，我还从来没碰上过解不开的密码。内部加密的二道密码，第一层你们走的那天我就已经破解了，本来以为第二层很容易，结果到现在还没破解。里面被设计了无数次故意诱导的错误指令，只要中计，就意味着自动叠加了一层密码保护。呵呵，高明，高明！"他边说眼睛里边闪烁着兴奋的光，可我完全听不懂。

"你的意思就是还没破解？"我说。

"快了，快了！我现在已经摸清他的路子了，这下就好办了。刚刚你看到的就是我做的破解实验，不出意外，今天晚上就可以解出来。"

做了这么缜密的密码保护，说明这里面的东西一定很重要。

我拿着打印出来的那张尼可的照片仔细看了看。女人长得并不是非常美，但是眉眼看着很舒服，栗色的短发很清爽。这模样给人一种似曾相识的感觉。

我回到电脑前，那张图片也被缓冲出来了，把界面往下拉，然后我愣住了。

电脑屏幕上显示出来的这张照片里出现的不是别处，正是我的那家古董店。

我惊讶地深吸了一口气。

何钥匙追着小贱跑到了我旁边，看到我呆若木鸡地对着电脑，就凑过来看了一眼我电脑上显示的照片。

"咦？这是什么？"

我还没反应过来，他又说："这家古董铺子我去过。"

"你去过？"

"应该说，我去的时候，已经是古董铺子了。"他说。

"什么意思？你说具体一点儿。"

"我小的时候去过几次，我记得没错的话，曾经好像是一个画室。那里面的阿姨我认识，是我爷爷的朋友。"他转眼又看到我放在桌上刚刚打印出来的照片，指着说，"就是她。咦？你怎么有她的照片？你也认识？"

"你认识她？"我惊讶地一把抓住何钥匙，"你看看清楚！你真的认识照片上这个人？她的名字叫尼可。"

何钥匙被我突如其来的举动吓了一跳："你干吗这么惊讶？我认识啊，不过后来有好多年都没再见到了，叫什么我不知道。我爷爷去世前给了我一样东西，还给了我

第五十四章 尼可的痕迹

一个地址，让我去把东西放在那里，说是那个阿姨的东西。但是他说不用找她，进去把东西放到指定的位置就好。他给我的地址就是那个画室的地址，从小到大去过的地方我都记得路。不过我去的时候，发现那里已经变成古董铺了。而且那店一会儿开一会儿关，指定的位置又比较尴尬，所以我就找了一天晚上溜进去了。好像就是前不久，嗯，过去没多久。"

我的脑子已经有点儿转不过来了。前阵子，何钥匙居然去撬过我的店门？！

"你干吗这么惊讶？撬门是很正常的事，而且我只是进去放东西，又不是进去偷东西的。不过那天我才进去放完东西，还没来得及在店里转一圈，就听见有人进来了。我当时以为是店主回来了，所以就赶紧溜了。后来想想，可能是另一个小偷。"他说完捂着嘴笑了起来。

"你再说一遍？！什么？！"

我的记忆被扯回了那天在酒吧被人催眠的晚上，我和汤勺冲到店里的时候，在门口碰上了那个伪装的酒鬼。我一直以为就是那个女人来撬门并且偷走了画和资料，没想到撬门的是何钥匙！

"你当时有没有在里面翻东西？"

"没有啊！"何钥匙一脸清白无辜的表情，"哪儿有时间翻东西啊！我才放好东西，就听见有人进来了。那人倒是好像在翻东西。我当时觉得大概是店主想看看有什么东西少了吧。后来想想不大可能，那人进来都没有开灯，大概是路过想蹭一脚的小偷。胆子还真大，看到门开着，就不怕店主在里面。"

我咽了下口水："你见到那人长什么样子了吗？算了算了，那人没开灯，你肯定没见到……你在店里究竟放了什么东西？你爷爷给了你什么东西？"我觉得浑身的血液直往脑袋里冲，瞬间变得有点儿语无伦次。

"我……我不知道啊，我爷爷给了我一个布包裹，我不会随便拆别人的东西看的，我没看里面是什么。"

"走！"我拉起何钥匙就往外面走。

"哎哎哎，你这是干什么？去哪里？"

小贱站在沙发上歪着脑袋看着我们。

"去古董店。"我回头看着何钥匙叹了口气，对他说，"我的古董店！"

胡凯没说我们必须在城外的别墅里待着别动，汤勺一早就出去了，说是回警察局调查事情，也没人拦他，这说明现在的情况应该没有之前危险了。毕竟两张羊皮纸地图都在胡凯那里，既然危险转移了，那我们可能已经不再算是目标了。

不过我把车开出去之后没多久，一上城内高速，就发现后面有车跟着。何钥匙看了一眼反光镜："应该是那个凯爷的人。"

我特意在城区外绕了一大圈，才往市中心开。无论是不是凯爷的人在跟踪我们，就算不能甩开他们，这件事总归也是要弄清楚的。全都这么凑巧，凭空出现的何钥匙，

277

不光到现在没搞清楚来头，而且他家与这些事有着一种说不清楚的联系，不知道是不是老天有意送来给我查清楚事实的。等下……是老天，还是山川？想到这里，我不免又瞄了一眼何钥匙，看起来最天真的人，往往是隐藏最深的。

我停好车，往四周看了看，便带着何钥匙抄小道去了阿尔彼兹街。一路上我在脑海中不停地思考这些问题。阿夫杰的死亡时间是 1990 年 1 月 23 日，尼可的死亡时间是 1990 年 2 月 26 日，而博物馆失窃案发生的时间是 1990 年 3 月 9 日。也就是说，这三件事是连在一起发生的，我有种直觉，这三件事之间必然有关联。

今天周一，阿尔彼兹街上人不多，很多商店和餐馆都不开门，姜卡罗的店门也紧闭着。上次那件事发生后，不知道他后来究竟怎样了。

何钥匙满脸震惊，看着我掏出钥匙来开门，才半信半疑地问我："这真是你的店？"

我瞪了他一眼，把卷帘门抬了上去。

"不是我的店，我就该撬门了。你既然能来撬门，居然不知道店主是谁吗？"

他双手一摊："这跟我又没关系。每次过来，店都不开门。我怎么知道是你的店……我又没见过你。"

拉开店门，空气里立刻飘出一股夹杂着陈旧气息的灰尘味道。

何钥匙进来后，我把门放下来，只留了个很小的地缝，转身对何钥匙说："说，东西在哪里？"

"喊，你什么态度？你这是求我的态度吗？跟逼供似的，我可以选择不说的。"他一脸大爷的样子总是显得特别欠揍。

"没时间跟你耗，这信息很重要，你快说。"我耐着性子对他说。

"你先告诉我，为什么你要知道。这是别人的东西，我是有选择保守秘密的权利的。"

"你爷爷有说不让你告诉别人吗？"

他朝天翻了个白眼，思考后说道："那倒没有。"

"那么，这是我的店，你撬了我的店藏东西，我总有知道的权利吧。"

何钥匙有点儿无奈地朝储藏室移动过去，边走边嘀咕："我怎么知道是你的店，这也太巧了……"

我心说：这家伙不知道是真傻还是装傻，假如是真傻，凭这天真的智商活到这么大确实是非常不容易，走在街上估计被人坑十次都不知道发生过什么。

他熟门熟路地走进储藏室，把储藏室门口的倒数第三块地砖撬了起来。

我在这店里待了这么久，竟然不知道这里面居然还有活动的机关！"你爷爷有没有告诉你，为什么要把东西放到这里来？"我问他。

"那倒没有。我只是按照他说的话去做。至于是什么，为什么，我真的什么都不知道。"他从里面拿出来一个青灰色的小布包裹。

"等下，这是那个阿姨的东西。万一人家回来拿呢？"他把包裹往身后藏了藏。

我无语地再度从身上掏出来那张打印的照片，用手指着上面的人对他说："何钥

第五十四章　尼可的痕迹

匙你听着，这个女人，她叫尼可，她在1990年就死了，除非她的鬼魂回来。你要真能见到她的鬼魂麻烦千万告诉我一声，我有事情要问她，还省去了这么多麻烦。"说完我从他的手里一把抢过包裹。

包裹很轻，拿在手里一点儿分量都没有，里面到底藏了什么？我刚想打开，就在这个时候，突然——"丁零零，丁零零"——店里的固定电话响了起来。

听到这久违的声音，我一阵心惊。何钥匙也被吓了一跳。

"什么东西？"他一脸见了鬼的表情。

明白是固定电话后，我长吁了一口气，走到电话旁边，接起来："喂？您好。"

对方没声音。

我又"喂"了两声，还是没声音。我浑身上下已经起了一层鸡皮疙瘩，瞬间有了一种大白天见鬼的感觉。

当我准备挂掉电话的时候，听筒里却传出来"喂喂"的声音。

"谁？"我的耳朵里灌满了心脏撞击血管的节奏声，对着话筒大吼一声，把一边的何钥匙直接吓得一屁股坐到了地上。

"我！喂了半天怎么不说话？"电话里传来汤勺的声音。我松了一口气，再一看，原来是电话线有点儿松了。

何钥匙收起一脸被惊吓的表情，拍着胸口从地上爬起来。

我紧了紧电话线的接口，问他："你在哪儿？"

"警局办公室。"他说，"我打电话给小四，他说你带着何钥匙出去了，打你手机不通，我想你有可能去了古董铺，所以打个电话试试。"

"我怕被人追踪，所以故意没带手机。你还真机灵。你那边怎么样？"

"我现在过来，过来再说。"说完他就把电话挂了。

十分钟之后，他就到了店门口。我打开门放他进来，重新把卷帘门放下来。

"这是什么？"他看到了我摊在桌上的打开的布包。

我看了一眼何钥匙，对汤勺说："你先看看吧。"

我挂了汤勺的电话后，就把布包打开了，里面只有两样东西：一条项链和一封信。

项链是白金的，一看就是有些年头的古董了。坠子是简单的椭圆形，正面有雕花，背面刻了一个C字。项链可以打开。汤勺打开了它，里面其中一边镶嵌了一张很小的黑白照片，照片里是个咧开嘴笑的婴儿。

他把项链合上之后，我又把信递给他。因为保存时间过长，装着信的白色信封边角处已经有些泛黄了。汤勺把信纸从信封里抽出来，看着看着，他的眉头皱了起来，咬着嘴唇，双眼紧紧盯着信纸上的每个字，来来回回看了好几遍，然后他放下信纸，转头问我："这是哪里来的？"

我回头看着何钥匙，何钥匙马上说："你别看我呀！我真的什么都不知道！"

我把事情的原委说了一遍，汤勺听完之后沉默了很长时间。

他默默地站起来，点了一根烟，不说话，只抽烟，面无表情，直到这根烟只剩下烟嘴和没掉下来的长长的烟蒂。整个店里变得烟雾缭绕的时候，他才再次开口。

"这些东西是尼可的？"他的声音在半空之中穿过烟雾，显得有些颤抖。

"信上署名了。"我说，"当然，也有可能是伪造的，虽然不知道出于什么目的……"我越说声音越小，或许这也是理性的推断，但没有论据来支持这个论点并说服自己。比起汤勺，我心里更多的是疑惑。"或许有很多种别的可能，或许那上面的名字也不一定指的就是你想的那个人。"我说。

"你查到什么了？"我想先转移下话题。

他过了好半天才回答我："有关费德明的资料我暂时没找到什么。但是关于尼可的，我从警察局里查到了一些她的资料。她的死亡记录还在，但是因为过去太长时间了，案子也没什么疑点，所以当时的案件资料记录很可能已经被处理掉了。"他深吸了一口气，望着我继续说，"不过，我还是查到了一些东西。"他从口袋里掏出来两张被叠成豆腐干的纸递给我。

我展开一看，是她的学籍记录：

大学：佛罗伦萨美术学院油画系。

中学：佛罗伦萨圣路易斯女校。

小学：佛罗伦萨圣母诺维拉修道院。

在小学这一栏的后面跟着一个联系地址栏，里面写着：圣得西亚路，12号，圣母报喜孤儿院。

…………

她竟然也是从我们那家孤儿院出来的！

"她死之前，曾经开过一次展览，展览的所有收入全部都捐给了这家圣母报喜孤儿院。"汤勺说。

是不是巧合？可能只是巧合而已。毕竟她和我们的岁数相差很大，她和我还有山川，只不过都是孤儿，恰巧被同一家孤儿院收养了而已。不过，我的第六感在告诉我，似乎并不是这样，世界上的巧合一多，就会组成必然的事情，而这些必然也会参与到正在发生的事情之中，宇宙的力量就是如此玄妙，否则就不会出现"巧合"这种说法了。

"不管怎样，我们去一趟孤儿院。假如你不方便去的话，那我自己去。"汤勺站起来拿起外套就要走。我也跟着站起来，拿起外套："我跟你一起去。"

"我怎么办？这包裹怎么办？"何钥匙一脸无奈地望着正准备扔下他直接走的我们。

汤勺头也不回地说："你跟我们走，包裹放回原处。"说完就自己拉开卷帘门出去了。

外面出了太阳，也刮起了大风。汤勺快步走在前面，何钥匙一路小跑跟在后面，我们穿过几条无人的巷子。我的脑海中全都是尼可写的那封信里的内容，我甚至能听见她的声音，就像她自己在读这封信一样：

第五十四章　尼可的痕迹

　　我不知道你会不会有一天看到这封信，如果有那一天，我想知道，会是什么时候？你在哪里？而我又会在哪里呢？或许，永远也不会有这样的一天。

　　我曾经想过一刀两断后，或许经历一段痛苦就可以彻底遗忘。可惜，人的大脑构造复杂，并没有办法控制回忆。于是从那以后，我就活在了回忆里。我总是想起第一次遇见你的那天，你追着小偷，我追着你，在这座城市的老城区里跑了十几条街。每一次想起来，我都会情不自禁地笑出声来。从此那条被你从小偷手里追回来的项链，又多了一重意义。他们把我丢进孤儿院的时候，没有在留给我的这条链子里面放进任何他们的照片。我甚至曾经一度认为，那是他们因为扔掉我而给我的补偿，并不是为了留下记忆。幸好我没有真的卖了它。后来我明白了，它的存在是为了让我在未来遇到更多可能性，那些残忍随着空白被留在了过去，而我的未来是遇到了你。我在项链的背面刻了代表你的字母，可惜，我不曾拥有任何一张你的相片。

　　没想到的是，后来我发现自己怀孕了。

　　我知道这个消息的时候，感到了害怕。在告诉你与退缩之间，我选择了自己藏起来。我从来没有想过去破坏你的家庭，我也想过打掉这个孩子，可最终我没能下得了手。我生下了他，他很健康。他是个可怜的孩子，因为作为他的亲生母亲，我却在生下他后始终无法面对他。我本以为拥有一个你的孩子会是一件幸福的事，会让我重新燃起对新的未来的希望，我可以带着他离开这座城市，带着他好好生活下去。可我在看着他的时候偏偏感到了痛苦，那种痛苦使我变得疯狂且感到越发迷茫。于是我把他送走了。送走他的时候我经历了撕心裂肺的痛苦，但我没有回头。你知道，我的心是狠的，我一旦做出了决定，不管发生任何变化，也不会回头重来。对你也是，对孩子也一样。也许有一天，你会发现他的存在，也可能有一天，我会早于你发现事实之前回到这里来，告诉他一切，向他坦陈我的罪过，还有你的，希望得到他的原谅。但不是现在，现在我可能要一个人离开这里一段时间。我希望起码能在短暂的几年内得到一些内心的平静。

　　你的那几个朋友来找过我，从他们的话语中我感觉得出来，你并不知道他们来找我帮忙的事情。这个忙我帮不了，也不愿意做。可能也是因为这件事，才让我下了离开这里的决心。我不清楚他们的计划，我希望你一切多加小心。

　　我把这封信和项链留了下来，我不知道你会不会见到它们。

　　最后，我想告诉你，我从来没有后悔过与你的相遇。我相信很多东西都是命中注定的，即便想躲开，该来的还是会来。就如同与你遇见的第一天，我也同时预见了我们的分离。但是在我们之间发生的这些故事，想起来都是最好、最奇妙的回忆。

　　我向上帝起誓，我用我的生命爱你，卡尔。

　　　　　　　　　　　　　　　　　　　　　　1990.02.22　尼可

　　C 是 Caramello（卡尔梅洛）的开头字母，白金项链里的照片应该就是尼可说的她生下来的孩子。

　　而尼可，很可能并不是自杀。

第五十五章　孤儿院

孤儿院的院墙很高，是典型的中世纪老建筑。石头是 15 世纪佛罗伦萨建筑里最常见到的佛罗伦萨大坚石，斑驳的黄色外墙远远看去很醒目。

过了这么多年，这里还是一点儿没变，就连空气里飘着的泥土味都那么熟悉。

院子里有各种肤色的孩子在绕着中间的青铜像玩耍。青铜像底下的那截短平台，曾经是山川最喜欢作画的地方。

这里到处都是曾经的影子。

"怎么来这里了？"何钥匙说。

"怎么？你别告诉我你还来过这儿……"我说。

"哦……确实来过，还来过不少次呢，我爷爷生前做慈善，经常捐赠一些打好的柜子啊盒子啊什么的给孤儿院，这一家他捐赠得最多。他去世后，我还替他捐了一批物件呢，都是很好的东西。"

"啧，你怎么跟哪儿都能扯上点儿关系啊……之前我们说起这家孤儿院，也没见你有过反应啊。"

"我哪儿能记得名字啊，那么多家孤儿院。我们善事做多了，全国各地做，我哪儿记得那么多。"

这里唯一一间放置各种资料的办公室在长廊的尽头，办公室里坐着几个修女，全都是新面孔，年纪也都比较轻。我孩童时代见过的那些修女应该都年纪大了，去养老了。

果然，新面孔的修女不认识我，却认识何钥匙。见到何钥匙，她们都笑眯眯地跑过来打招呼。

"这是我的两个朋友，我带他们过来办事。"何钥匙仿佛到了自己的地盘，还招呼上了。

"您好。"汤勺打断了何钥匙没完没了的寒暄，非常有礼貌地掏出他的证件，"我们现在正在办的案子需要你们提供一些资料。"

戴眼镜的修女打量了一下汤勺，仔细看了几眼他的证件，点点头："好的，需要什么您说。"

"画家尼可您知道吗？"汤勺问。

第五十五章 孤儿院

"知道。"修女点点头,指着办公室的墙壁说,"这里好多画都是她专门画给孤儿院的,我没见过她,但是听过她的事。"她叹了口气,"挺可惜的。"

"她是在这个孤儿院长大的吗?"

"是的。"

"这里有留存她的档案吗?"

"老的档案没有了,孤儿院的孩子太多了,这里的资料档案会在孩子离开的时候随他们一起离开。不过我可以找找看,或许有她生前的活动记录。"

十分钟之后,她拿过来一沓文档递给我们。"这里有她给院里捐款和捐画作的记录。"她说。

汤勺把资料打开,前面那沓文件是捐款记录。1989年年末,她曾经办过一场名为"孤子"的画作展览,所得都捐献给了孤儿院。那次捐款也是数额最高的一次,档案里有很多画作照片。

"这些都是那场展览里面保留下来的作品,曾经被用作这里的孩子学画画的素材。"修女指着那些画作照片说。

汤勺一张张很快地翻过去。

忽然,我的眼睛看到了夹杂在那些页面中的某个熟悉的影子。"等下!"我按住汤勺的手,把画作照片往前翻回去了两页。

我把其中一张照片从照片夹里抽出来,照片上的画框里有一棵树,只有一棵树。

"这张画……"我皱着眉头仔仔细细地看,瞬间心中惊了惊,"艾尔?"

"你说什么?"汤勺问。

"艾尔,"我指着画中的树说,"这和那张山川画的树一模一样!"

"都是树,你怎么看出来一样的?"何钥匙凑过来。

"影子。"我说。

树孤独地立着,树下的地面上斜着的影子看起来形状很特殊,像是一个人的影子。我记得当时山川画的那棵树,地面上也同样有这样的影子。我问起她的时候,她告诉我,树的名字是艾尔。

"有字。"何钥匙指着最下方的一行小字念道,"愿你在此茁壮。"

"听以前的老修女说,这是孤儿院里最老的一棵树,可惜后来不知道为什么在火灾中烧毁了。"戴眼镜的修女说。

"火灾?"

"嗯……其实也不能说是火灾。据说当年这里有过一个孩子,也喜欢画画,后来被恶魔附了身,用她的画诅咒死了一个男孩。另外一个男孩子在一天夜里带着她跑了,就是那天晚上,后院起了火,烧毁了好些树,其中就有这一棵。他们都说那是恶魔离开时留下来的火。"

汤勺听到这里望了我一眼。

我在心里嘀咕：简直是一派胡言！我带着山川离开的时候，什么时候放过火了？但是想起当时的事情，确实有些离奇，山川的画变成了现实，那个大块头的男孩以画中同样的方式死了，那棵名叫艾尔的树又被烧了……

啊，对，还有艾尔！

"艾尔这个人你知道吗？"我问。

"艾尔？"修女想了半天摇了摇头。

"那个男孩子是在院里接受尼可的画展补助时最后一个进来的孩子。"有一个年纪相对来说比较大的修女大概是听到了我们的对话，从身后的椅子上站起来说，"那时候同批进来的有十个孩子，他们被分配到了一个房间。其他人相处得都还不错，就只有那个小孩，一声不吭，平时也不和其他孩子一起玩。"

"您是说，艾尔？"我问。

"应该是，如果我没记错的话。孩子们的床脚其实都有名牌和编号，但是我当时不是主要负责他们的，因为刚来，所以仅仅是帮忙。我大约记得这个名字是因为，后来这个孩子失踪了。就在有一天，突然失踪的。"

"失踪？"

"是的。"她点点头，"那天其实很混乱，因为连续不断地发生事情。那个传说当中被恶魔附体的女孩被另一个男孩带着跑了，紧接着是后院失火，烧着了一大片的植物。到了后半夜，他们才发现那十个人一起的房里少了一个孩子，找到天亮也没找到。后来又找了几天，还是没找到，最后也只能算了。我没记错的话，那个孩子就叫这个名字。"

什么？！那就是说，假如这个修女的记忆没出错，那艾尔和我、山川是在同一天离开孤儿院的。

汤勺把那张艾尔和歌里的合照从口袋里摸出来，递到那位修女的面前，指着艾尔问："您看，是不是他？"

修女盯着他手里的照片看了好长时间，然后说："我说实话，我对这孩子真的没什么印象了，但是好像不是照片里你指的这个人。虽然我印象模糊，不过你看，"她指了指照片里面艾尔露出的半截胳膊说道，"我唯一记得很清楚的是，那孩子的小臂上有块胎记。我不知道是不是照片角度不好，所以没有拍到，可总感觉不像。"

"小臂？"汤勺收回照片，"你确定是小臂？"

那位修女皱着眉仔细回想了一下："没错，我肯定是小臂。那孩子有次因为爬树摔伤过，伤到了手肘，是我带他去的医疗室。我看到他的小臂的胎记特别明显，而且形状很特别，像个字母C，所以我记得。没错，没错，一定是小臂。"

"字母C？"我惊讶地问道。

修女点头说："对，就是那个形状，不知道是不是胎记，也有点儿像烫上去的。但是印记不深，我看着像是胎记，是很明显的一个字母C的形状。"

第五十五章 孤儿院

汤勺若有所思地点点头。

"不过……"修女盯着汤勺手里的那张照片，"我觉得……"

"您觉得什么？请您有什么一定要告诉我们。"汤勺用诚恳的语气追问。

修女没有立刻回答，而是接过照片仔仔细细盯着看了起码有一分钟，才吞吞吐吐地开口说："你们说的这个人我真的觉得不像，但是……"修女看看我们，不知道是不是我们全都齐刷刷地盯着她给了她太大的压力，她突然就住口了，把照片塞回汤勺手里，"没什么，我觉得是我记得不清楚。我确实对那个男孩没什么印象了，时间过去太久了，我唯一能肯定的只有那个胎记。"

我又追问了几句，修女还是坚持没有说"但是"后面的内容，但汤勺脸上似乎没有太过失望的表情，只对修女点头道谢，不知道为什么，我觉得汤勺可能已经猜到了什么。

但是刚刚她给出的信息足以令人头皮发麻了。假设，我告诉自己，我只是在做一种可能性很低的假设，假设那个修女的记忆是真的，而那个形状 C 的胎记又是被烫上去的话……那么……我脑中闪过的想法着实把自己吓了一跳。我对自己说，无论怎样，在没有证据之前，一切想法和怀疑均是猜测。

"我们能不能去看看当年关那个被恶魔附体的女孩的房间？"我问。

修女的表情有些为难，她转了半天眼珠子，对我们说："那个地方从那天晚上起就被孤儿院封起来了。我得去问问院长，看看行不行。"

她找来了院长。当然，不是以前那个院长。曾经的那个院长当时都差不多有六十岁了，这个院长看起来顶多不过五十来岁，胖乎乎的，有点儿面善。

她支开了引见我们的老修女，独自把我们带到了她自己的办公室里，关上门，目光犀利地打量我们。

"您好，院长。"汤勺再一次掏出他的证件。

"您好，院长，还记得我吗？"何钥匙再次热情地凑上去。

"记得。"院长说话的时候既没有看汤勺的证件，也没有看何钥匙，而是径直将目光牢牢地锁定在我的脸上。

"是你……"她眯着眼睛看着我说。

"您认识我？"我有些惊讶，她虽然面善，但是我的记忆之中似乎没有这样一张脸。

她看着我说："没错，一定是你。别人我不记得，但我记得你。"

我刚想开口，她制止了我："你可能不记得我了，但我对你有很深的印象，我是当年被圣佳璐修道院派来驱魔的修女之一。"

我惊讶地张了张嘴唇，却不知道该说什么。这就是为什么她看起来那么面善的原因，我应该记得她的，或者说记得那群人。在山川被抓走关起来的第三天，孤儿院就从外面找来了驱魔的神父和修女，我不记得他们有多少人了，我只记得那些人每天都在孤儿院进进出出，他们总是低头走路，急匆匆地走去山川被关起来的那间房间，几个小时后，又急匆匆地离开。负责的修女对所有的孩子说，他们是来帮助孤儿院，帮助山川的，但是他们进进出出了好一段时间，山川依然没有任何即将被放出来的迹象。我曾经试图拦下他们，问问什么时候能把我妹妹放出来，但没有人因为我停下来，他们还是急匆匆来去，而山川也还是一直被当成恶魔附体的孩子关着。

"驱魔开始的第二天我就发现问题不对，"她说，"女孩身上没有恶魔。但除了我，其他人全都对此事讳莫如深，而孤儿院的人一直坚持说她被恶魔附体了。我起初一直搞不懂是为什么，后来等到事情结束才大概了解了原因，你记得恶魔附体的由来吗？那个死去的男孩……"

"记得。"我点点头。怎么会不记得呢？那个一直欺负山川，后来莫名其妙以山川画中一样的方式死去的男孩，他的死被认定是山川体内的魔鬼做的。

院长也点点头，继续说："那个男孩被送到孤儿院是因为他父母出车祸，去世得很突然，而他在美国的叔叔一时间来不及过来办接管他的手续，所以只能把孩子送来孤儿院，等他叔叔把接他去美国的手续全部办好，再来接走他。正好就在他叔叔联系孤儿院说打算来接他的前几天，他死了。这个事情，当时孤儿院根本没法交代，在有亲戚接管和已经被领养的孩子身上发生这种事，如果不以宗教名义解决，那孤儿院可能会担负刑事责任。所以他们必须找个理由出来，没有其他选择。虽然我不知道为什么会发生那么巧合的事情，但是我相信那个男孩的死和那个女孩没有关系，她是无辜的。这么多年，我一直对发生在她身上的那些磨难感到自责。幸亏她后来成功逃跑了，否则的话，最后的裁决是……火刑，对恶魔执行的火刑，其实就是对她。"

"火刑……"我喃喃道。

她把我们带到当年关着山川的那间房子前。房子的门上挂着大锁链，和当年一样。墙根长了许多植物出来，把墙壁映衬得更加斑驳。这个地方阳光照不到，阴森得可怕。就是这么熟悉的地方，我曾在无数次的噩梦中回来过这里。

她一边打开锁链一边说："自从那晚之后，这里就被封禁了，这么多年一直没人进来过。当时还举行了封禁仪式，为的是把恶魔带来的亡灵封禁在里面。"

何钥匙听完一哆嗦，一脸害怕地躲到了我身后："那你还带我们进去。"

她转身一笑："女孩身上根本没有恶魔，哪里来的亡灵呢？"

铁门发出"哗啦啦"的巨大响声，在打开的那瞬间，响声戛然而止，一股霉味和灰尘扑面而来，我们被呛得连眼睛都睁不开。等灰尘散开，里面立刻又让人有了另一种感觉，一扇门之隔，里面简直像个"地狱"，无尽的黑暗就像要把人整个吞噬。

这基本上算是一个空旷的仓库，什么都没有。中间摆着一张床，床边挂着绑人用的宽带子，周围还散落着一些针筒和药物。我在灰尘中一脚踩了进去，这里就是曾经关过山川的地方。我感到一阵心悸。她到底在这里受到过什么样的折磨？他们又到底对她做了些什么？

第五十五章 孤儿院

"看墙上。"院长指着墙壁对我说。

我抬头一看,在左手边的墙面上有一团黑乎乎的东西。我站到正面,看了一眼便愣住了。这团黑乎乎的东西原来是一幅画,画中是一张男孩的脸。"这是……"我伸手指着那张脸转头看院长。

"这是当时她用烧火的残灰画的。"院长说。

男孩的眼睛望着我,望着我的眼睛,似乎要把我拽入时空隧道,重新回到那个时候。

——这是我,那时候的我。

"所以我记得你。这张脸我当时反反复复看了很久。她告诉我,这是她哥哥,他会来带她走。"

"所以,是你帮助我们逃跑的?!"我瞬间回忆起那年,那天晚上,门锁没有锁紧,一打开,山川已经蹲在门口了。

"不算是帮忙,我只是每天晚上偷偷地把绑在她身上的带子松开,并且把门锁挂松一些,等你来带她走。我相信那个男孩的死跟她没有关系,我不能看着一个无辜的孩子被活活烧死,但是我能做的也就那么多……对不起。"

"不,谢谢,真心地谢谢您。"如果不是她的话,山川可能早就死了。

"她现在还好吗?"院长在带我们离开这间房间之前问我。

我一时语塞,不知道如何作答。

"她活得挺好,谢谢院长。"说话的是何钥匙,他说完看了我一眼。

院长点了点头:"好就行了,好就行了。你们可能不知道,我选择来这家孤儿院,就是为了有一天能得到你们俩的消息。这么多年,我一直对这件事耿耿于怀,我希望自己当年做了一件对的事。今天我见到你,心放下了不少。有机会,也让我见见她吧。"

"好。"我说。

有机会,一定会有这样的机会。等我找到山川,我会告诉她,我看到了她在墙上画的画,我看到了我自己,我知道错了,我曾经被利益熏黑的眼睛,已经重新被擦干净了。我只希望我的妹妹能回来,让我付出任何代价我都愿意。

我一定要找到你,山川。

我们带着相关资料从孤儿院告辞出来时,已经快傍晚了。天空边际拉扯出来一条长长的火红色的云线,晕染着金色,在灰黑色的夜空里,看起来像一片火海。

一路上没有人再次提起尼可留下的包裹,汤勺一直保持沉默,似乎在思考,却又好像并没有真的在想什么,也没有提要如何处理那个包裹的事情。所以我们都默契地没再回店铺,直接一脚油门开回了胡凯的别墅。

从白天出来,到晚上回去,一路上都显得格外风平浪静,那些潜在的危机似乎一下子就解除了。难道,真是因为羊皮纸的关系?由于羊皮纸现在在胡凯那里,所以那些针对我们的危险全都结束了?

快到别墅的时候，汤勺突然说："歌里跟局里请了长假，理由是身体原因。"

"局里有说在哪里能找到他吗？"

"没有。我已经查过了，他的联系地址是假的。警察的手机一般都是局里配备的，他离开的时候，把自己私底下的常用手机号注销了。"

"呵呵，"何钥匙打完一个哈欠，突然笑了两声，"警察也是厉害，地址用假的居然这么多年都没有被查出来。"

汤勺透过后视镜看了看何钥匙："你说得对，可能还有比这更离谱的事情。"

这时，汤勺的电话响了，他接完，转头望了望我，说："芯片的密码破解了。"

第五十六章　被还原的相片

克里见到我们的时候显得极其兴奋，他坐在电脑前挥着手对我说："你看，我说今天晚上吧！无论什么难度的密码，对于我来说都没有破解不了的可能性！"

小四站在旁边翻了个白眼："你破解二层密码花了一个多星期的时间。别废话了，快打开吧。"

我屏住呼吸，眼睛紧盯着电脑屏幕。这个加密层里面到底藏了什么？克里把解开的文件夹打开，里面有两个没有具体名字的子文件夹和一个文档。他点开了第一个，看起来像是一堆扫描件。

我瞪大了眼睛，越看越觉得喉管里都是凉气："这是……？"

"阿夫杰当年的案件资料，看样子就是从你的店里偷走的那些。"汤勺说。

确实，电脑里的这些扫描件就是当时汤勺给我的资料，被点开的扫描件里都是一堆看不懂的俄文。克里翻到最后两页，突然跳出来一张好像是意大利文的资料。

"慢着！是什么？"汤勺从克里手里夺过鼠标，把扫描件退后到了前一页，这页资料确实是意大利文，"是办案记录。"

那上面写着：

"非自杀可能性，列案陈述。1990年1月23日，目击者（博物馆相关清洁人员口供报告记录）口供证实，当时见到阿夫杰和另一个人站在靠近阳台的位置说话，时间在晚上七点左右（正是博物馆闭馆的时间）。在当天晚上八点一刻左右，为确认馆内门窗和设施是否全部关闭，清洁人员再次返回阳台附近，此时两个人均已离开。清洁人员检查完门窗及设施后离开。阿夫杰自杀时间：晚上八点五十分，现场无目击证人，无挣扎痕迹。最后判定自杀（但不排除他杀可能）。"

我看到最后那句的括号时，有点儿被噎住的感觉。这份资料绝对是汤勺之前给我的那堆以俄文为主的资料里面没有的，应该说，这份资料是到目前为止我所看到的关于阿夫杰那桩自杀案的最完整的资料。

"但不排除他杀可能……"汤勺喃喃自语道，"不过中间的时间间隔这么长，到底发生了什么，谁也不知道。不排除他杀可能，也就是说自杀的可能性还是占了主要部分。"

克里又点开后面那个文件夹，里面有一堆模糊不清的照片。克里接二连三地点开，一张张都黑乎乎的,什么都看不清楚。一共十二张照片,每一张除了噪点之外,就是一片黑色。

"这些是什么?"何钥匙把头凑过来,"这是现代照相机对着老式相机上的照片拍的吧………"

他皱着眉头说:"其实,你看,那上面是有东西的……"他说着说着就拿整个身体都挡住了电脑屏幕。

现代照相机,对着老式相机拍出来的照片……什么意思?老式相机……

"老式!"我一把扯开挡着电脑的何钥匙——他说得没错!假设这些照片是1990年拍的,那么当时的拍摄条件有限,这么暗,一定是在没打光的地方拍的。会是哪里呢?

"老皇宫里面。"汤勺盯着照片看了半天,突然说道,"这是老皇宫。"他转向克里,"你会图质分析吗?能不能把照片的清晰度还原到最高?"

克里愣了一下,随即点点头:"不过需要一点儿时间。这里条件有限,给我一点儿时间。"

最后还有个文档,克里一边点开文档,一边嘴里念着:"你们看完这个就出去,我尽快把照片弄出来。"

文档里面是一连串的名字:

廖思甜
卡洛·齐德蒙
西蒙·西木
克劳迪欧·卡斯特尔
欧枚洛·切尔克
菲利普·费雷拉
德西·卡尔梅洛

七个人,这是当时组成的临时专案小组的人员名单,汤勺曾经跟我说过。而最后一个名字,是汤勺他父亲的。我瞄了一眼汤勺,他看到德西·卡尔梅洛的名字时只是微微皱了下眉,显得很平静,似乎不存在任何内心波澜。

这七个人之中,汤勺的父亲德西·卡尔梅洛死了,菲利普·费雷拉死了,"老西木"也应该是死了,廖思甜疯了。剩下来的三个人,应该说是行踪不明。这些人的名字出现在歌里的芯片档案里,为什么?

我有种感觉,歌里好像跟我们一样,在调查什么……

我们坐在客厅里,大家谁也不说话。何钥匙躺在沙发上睡着了,这一刻也只有他可以完全没有心事地睡觉,小贱在他的肚子上慢悠悠地来回踱步。

克里没说还原照片需要多长时间,但是看小四的脸色,估计不会太短。小四说,克里的技术很好,只是在没有仪器协助的情况下,也只能耐心等一等了。我满脑子都

第五十六章 被还原的相片

是那些照片里的黑色,满脑子都是在孤儿院那面墙上看到的我自己的模样。我原本想问问汤勺有什么想法,但是一转头,就看到他神色凝重的脸,又把到嘴边的话硬生生吞了回去。一想到尼可的东西和在孤儿院打听到的消息,我相信他这一刻什么话都不会想说。

假如说艾尔真的是……我不敢再往下想了。

时间一分一秒地过去,很快就入夜了。外面的天空变得很重,今晚没什么月色,透过窗帘缝隙露出的玻璃窗看出去,外面连一颗星都没有,夜如同静止了一般。

将近半夜十二点的时候,胡凯来了。

开门的是伯格,那个北欧的金发厨师,今天没有穿厨师装,而是一身素白色的便装,看起来很清爽。小四对他很恭敬,看来他应该是胡凯最贴身的保镖。

胡凯在沙发上坐下来,眼神在我们几个身上转了一圈,最后停在何钥匙身上。何钥匙半个身体挂在沙发上,张着嘴淌着口水,呼呼大睡。胡凯笑了笑,让伯格去拿来一条毛毯给他盖上。

"怎么样?"他随意地问道。

没人知道怎么回答这种高难度问题,汤勺点了点头,表情空洞又沉重。我也点点头,说了句"还行"。

胡凯开始随意地摆弄小四刚刚放在他面前的茶具,一边摆弄,一边说:"你们准备准备,我们这周末就要动身了。"

"动身?"我有点儿蒙,"什么意思?"

汤勺也突然抬起头来,看着胡凯:"你的意思是……?"

"对。"胡凯给我们一人递了一杯茶,"我今天来的目的,就是想跟你们说下,时间差不多了,该准备的我已经准备得差不多了。"

"那第三张羊皮纸呢?"汤勺问。

"第三张羊皮纸?"我本来还一头雾水,被汤勺这么一问,瞬间恍然大悟,胡凯说的动身,指的是去那座宫殿。

"还没找到,我怀疑……"他喝了一口茶说,"可能在宫殿里面。"

"你怀疑?"虽然见识过胡凯的实力,但现在这个话题有些说不清楚,毕竟似乎只有胡凯一个人清楚,而我们连宫殿具体在哪里都不知道。

"宫殿在哪里?"果然,汤勺和我的想法是一致的。

胡凯没有立即回答,而是喝了一口茶,朝伯格使了一个眼色。伯格从身上掏出来那两张羊皮纸。两张羊皮纸已经被他拼接到了一起,这样看起来上面的路线和整体布局显得更直观。

所有的指向型虚线都连了起来,整座宫殿的前半部分结构也大致呈现了出来。说"大致",是因为如果作为一张建筑图来看,它未免显得过于简化了,只能从线条中大概猜测出其中所包含的结构。但如果作为地图来说，就显得比较清晰了，那些虚线标注出来的路线，很显然在告诉我们要如何在这座宫殿之中行走，仿佛那些线路之外的空间都是死路，或者都蕴藏着大量的危险。而那由虚线所构成的线路在缺失的地图底部被截断。

光从这张地图来看，我们依旧没办法辨别宫殿的具体位置。

羊皮纸地图摊在桌上，胡凯的手指游走在雅典神庙之前那条标记了很多框框的走廊上："你们看这个，能看出来是什么吗？"

我又想起了那张在七楼拿到的被涂黑了一整段的小地图。假如我们能看出来是什么的话，早八百年前就已经看出来了。

"你知道的话就直接说吧，反正你迟早也得告诉我们。"汤勺显得有些不耐烦，我很少在他的脸上看到这么急躁的表情。

胡凯倒是没什么反应，只是抬起头来看了汤勺一眼："看来，你去查的事情一定是有了新的进展。"他不疾不徐，和汤勺的急躁正好相反，他似乎仅凭一句话就已经看透了汤勺的心思。

胡凯把茶壶和茶杯放下来，不紧不慢地说："这是一条走廊，你们都知道在哪里。"

走廊？我们都知道在哪里的走廊……

"瓦萨利长廊？！"我脱口而出，讲出来之后却被自己的这个结论给镇住了。

胡凯笑起来，点点头表示肯定了我的猜测。

原来如此，我们之前拿到的那张小图和羊皮纸上看到的那段，指的当真全部都是瓦萨利长廊。也就是说，宫殿的入口是和瓦萨利长廊连接在一起的。这怎么可能呢？瓦萨利长廊由老皇宫起始，连接乌菲兹美术馆，经过老桥和圣费利切教堂，一直到河对岸的皮蒂宫，出口就在蓬塔兰迪设计的岩洞雕刻喷泉旁边。这一公里多的长度里，哪里还有空间延伸出来另一座大型的宫殿建筑呢？

我看了一眼汤勺，他皱着眉似乎也在思考同样的问题。

胡凯大概是看出了我们的疑问，一边给我们倒上新泡的茶，一边语气随意地说："还是那句话，别那么相信你们看到的，一切未必都是真的。"

他并没有给出更多的解释，喝完一轮茶就起身离开了，似乎对克里正在做的事情也毫无兴趣。他关注的，永远只有他想关注的内容。而接触了这么一段时间下来，我们对他的脾性也算摸清楚了：只要是他暂时不想告诉我们的东西，问再多也没用；等他想告诉我们的时候，觉得该让我们知道的，他自然会告诉我们。

克里的工作一直持续到半夜两点。

"成像出来了，你们过来看吧。"克里从屋子里走出来叫我们的时候，打了一个大大的哈欠，看起来十分疲惫。

"完全还原成像的难度系数比较高，你们看到的已经是最大值还原了。这也是我

第五十六章　被还原的相片

能做的最大值。"他一边说，一边点开已经暗掉的电脑屏幕。

紧接着，那些被打开来的图像，让我瞬间感觉肺上多了一个孔，有冷气直往里钻。

这些图像还原得并不清晰，受到技术和条件的限制，它们的背景还是昏暗的，黑乎乎的一片，只是它们被无限放大了。

我终于明白了克里口中的最大值究竟指的是什么——当年那个用老式相机的人拍照时，应该是在偷拍。他站在一个比较远的地方，所以拍出来的画面很小，成像模糊。克里所做的还原是把原本的小图极尽清晰地无限放大了，于是我们能大概看到黑乎乎一团中所包含的人像。

第一张，是一个站在窗边的女人，长发，应该就是阿夫杰。

第二张，还是她自己，但是她侧了身，似乎有什么人在走近她。

第三张，有个人出现在相片的角落里。

第四张，这个人已经站在了阿夫杰的身边。

第五张，阿夫杰背靠着栏杆，正面对着此人。

第六张，这个后来出现的人，独自站在阿夫杰刚刚站的位置，背对镜头，而阿夫杰已经不见了。

…………

就是这个人，是这个人把阿夫杰推下楼的！

不是他，是她！是个短发的女人。

我抬眼看了一下汤勺，他正目不转睛地盯着电脑屏幕。

所有照片都放完之后，汤勺沉默了一会儿，说："那个女人，好像是廖思甜。"

第五十七章　再见秘密画室

这一晚，我有点儿难以入眠。对于铺天盖地而来的信息，我的大脑负荷几乎已经达到了极限，只觉得脑子中除了"嗡嗡"的声响，什么都没有。

何钥匙半夜从沙发上爬起来，抱着小贱迷迷糊糊地进了房间，躺下来继续睡。汤勺侧坐在房间靠窗的椅子上，一根接着一根地抽烟，也不说话。他的背影被窗口的月光衬得尤为暗淡，也可能是夜里带来的近乎窒息的压迫感，让我也不知道应该开口同他说些什么。

廖思甜。她的名字和模样不停地从我的脑海中晃过，如同噩梦。

如果推阿夫杰下楼的那个女人真的就是廖思甜的话，她的杀人动机是什么？而她又是怎么变成了现在的样子？当时拍照的人又会是谁？

这一连串的问题都没有答案。歌里给这些东西加了两层密码，他肯定也看清楚了这些照片上的内容。可是，他的目的又是什么呢？他和廖思甜是什么关系，和当时的那个专案小组又是什么关系？他究竟在调查什么？我脑子中的线索越来越乱，索性一个翻身从床上坐起来。

何钥匙忽然也跟着我坐了起来，把我吓了一跳。"你睡醒了？"我看他居然迷迷糊糊地睁着眼睛。

听到我的问话，他转过来看着我，突然冲我伸出手来："你这个女人，快把钥匙还给我！"说完这句，他又"啪"一声躺了下去，继续打鼾，原来是在说梦话。小贱被他吓醒了，从他身边钻出来，跳到他的肚子上，"喵"了两声，它的眼睛发出绿幽幽的光。

女人……钥匙……

他口中的女人，是指的山川吗？钥匙……山川难道拿了他什么重要的钥匙？财库钥匙而不是财神像？或许只是纯粹的梦话。

"你不睡吗？"汤勺摁灭了烟头，转过来望着我。

"睡不着。"我走到他旁边坐下来。

"快天亮了吧。"他看着窗外依旧墨色沉重的夜，喃喃自语。

我印象中没见过他这样的状态，但是他心里在想什么，我大概有数，又觉得并不算很清楚，就算想安慰几句，也找不到合适的插入点。我也点了一根烟。

第五十七章　再见秘密画室

"我大概见过她。"他在我吐出的烟雾中转过头来看着我。我知道他在说尼可。

"看完那封信以后,我就记起来了。哪一年我不记得了,但我大概记得她的样子。那时候是夏天,天气从早上开始就很热。我父亲本来要带我下楼吃早饭,刚走到楼下,她就出现了,站在不远处的梧桐树荫下,穿着一身白色的长裙,很年轻、很漂亮。她挥起手来,我很快明白她是在冲我父亲挥手。我父亲让我自己去咖啡吧等他,后来他隔了十几分钟才来。我问他那是谁,他说是一个工作的时候他帮助过的人,特地来感谢他的。我想,那就是尼可。"

"那个孩子……"他轻声说,"我想,可能……应该就是他,艾尔。"

我虽然一直有着同样的猜测,但是仍旧在听见这个名字时感觉心脏明显地颤抖了一下。可是,关于修女说的胎记,照片上确实没看到。

他又把那张歌里和艾尔的合照掏出来,盯着看了将近一分钟。"但是……"可他没有把话说下去。他把照片收起来,对我说:"有些事情我觉得我大概有了一个眉目,知道要怎么查了。李如风,你知道吗?尽管我想起这些事来觉得不可思议,但它们好像又是必须要接受的事实。这种感觉很奇妙。"

我没接话,因为我根本不知道他想说什么。

接着,他又说:"我明天要出去一趟。"

"你去哪里?我也一起去吧。"

他点点头:"睡觉吧,否则真要天亮了。"说完,他就站起来走出了房间。

何钥匙在床上翻了一个身,鼾声变得更大了。

我也不知道究竟是在什么时候迷迷糊糊睡着的,醒过来时,外面的天已经彻底亮了。

"这个季节怎么一个劲儿地下雨,一下雨我就内心不爽,一不爽我就想吃好东西,偏偏这里什么都没有……"何钥匙站在窗边嘟嘟囔囔地抱怨着。

"你想吃什么?"

听到这个问题,他突然就来劲了:"我要吃火锅、串串、冒菜……"

我几乎看到他的口水已经挂在嘴边了,赶紧打断:"行了啊你,说得你像是天天吃这些一样……好多年没回国的人,知道的吃的倒是不少。"

"你给我材料,我什么都可以给你做出来。这些都不算什么,我可是厨神!对了,兔腰,兔腰,你吃过吗?拌上辣椒面,那个又香又嫩……哎,你去哪里啊?我还没说完呢!"

趁自己还没来得及脑补他说的那些吃的,我赶紧出了房间。本来昨天晚上就没吃饭,被他这么一说,瞬间觉得饿了。

我到了楼下客厅,一个人都没见到。汤勺呢?他也不在隔壁房间里,现在才早上八点多,难道这么早就自己出去了?

我里里外外找了好几圈,还是没有看到汤勺的影子。

295

最后小四从后花园里的某个角落忽然钻出来，一见到我就说，汤勺天没亮就出去了，给我留了张小字条，说他便从口袋里掏出来一张折成豆腐干的字条递给我。

"他跟我说的是出趟远门，很快回来。"小四说。

远门？我打开字条，上面只写了一句话："我有些事要去较远的地方查一下，后天见。——陈唐。"

他去了哪里？昨天还答应带我一起去的，居然这么快就改变主意了？汤勺并不是那种想一出是一出的人，他会这么做，想必要去的地方有危险，他才不想带我。

我转身就去打他的手机，手机是通的，但是没人接。后来小四走过来，手里拿着汤勺的手机在我面前晃了几下："他没带走，他走的时候我就发现了，我觉得他是故意的。"

"不行，他肯定是去了什么情况不明的环境，能不能告诉凯爷，让他派人找一下？"我有点儿心急，说出来的话竟然带了点儿恳求的语气。

"我问了，他说让我们不必担心，他一定会完好无损地回来。"小四有点儿不耐烦地看着我，"你没必要担心他吧，他能力又不弱，一个做警察的，自己行动总比带着一个拖油瓶强……"

我被他说得火冒三丈，同时又哑口无言，我好歹也是自己扛过了好几次生死一线的人，什么叫拖油瓶……不过他说得确实有道理，汤勺或许就是出于这种考虑才不带我的……想到这里，我就开始不爽了。汤勺应该是要去查艾尔的事，可他究竟会去哪里查呢？

这时，小四的手机响了，他接起电话，讲了几句话就把手机递给我："凯爷找你。"

我愣了愣，胡凯？这么早？

"凯爷，"我对着电话有些犹疑地问，"找我吗？"

"你好，李如风。待会儿九点四十五分，你到市政广场的兰奇敞廊找我，我们在那儿见。可以带上何钥匙，或许我们需要用上他。"说完，也不等我开口说话，他就把电话挂断了。

看来，他已经收到汤勺出远门的消息了。

今天佛罗伦萨风大雨大，市政广场上几乎没什么人。我没带何钥匙，出门的时候，找遍了整栋房子都没找到他的人，也不知道他带着小贱瞎溜达去哪里了。

九点四十五分，我准时到了兰奇敞廊。早上参观的一拨游客几乎全聚集在这里躲雨。我穿过花花绿绿的人群和湿漉漉的雨伞雨衣，在詹波隆那的著名雕塑《抢夺萨宾妇女》旁边看到了胡凯。

他独自一个人坐在那里，正在翻阅报纸。我扫了一圈周围，没有看见金发碧眼的伯格，也没有看到穿着便衣的保镖。难道他是一个人？

胡凯抬起头来，冲我招了招手。我走过去，在他身边坐下来。

"没带何钥匙吗？"他问。

第五十七章 再见秘密画室

"出来前没找到他的人。"

"算了,今天应该也用不上他。"

他凑近我,把手中的报纸竖起来,挡在我面前。我本来以为他这是为了掩人耳目,遮挡我们,于是一直透过报纸的边缘瞧着外面的动静。

"看到没?"胡凯问。

"嗯?看到什么?"我疑惑地问道,心说:外面来来往往的这么多人里面,他到底想让我看谁?

"你看哪儿呢?这儿!"胡凯抖了抖手中的报纸。我这才恍然大悟,原来他叫我看的是他手里的报纸。

我刚把视线集中到报纸上,就看到了他用大拇指标记出来的、想让我看的东西。

"见过吗?"他问。

我有点儿木讷地点了点头。眼前的相片上是一幅画,画里是一只猫,黑猫,头上的倒三角非常显眼。

"这不是……小贱吗?"

"我不是问你见没见过这只猫,我想知道你是不是见过这幅画。"胡凯小声问我。

那晚在米开罗佐庭院地下画室的场景,又一次在我的脑海中浮现,是——那幅画!

"见……见过。"我说道。

"你果然去过那个地方,我没看错人,你们俩动作挺快的,很多事不需要我推动,早就给做了。"他说完自己笑了起来。

我不置可否地笑了笑,这位大哥到底在说什么呀……他也去过那个画室?我留意了一下报纸上关于那幅画的内容,说的是疑似找到达·芬奇当时画这幅黑猫图的证据,等等,最后说这幅画的原件至今为止还未寻得。

"走吧。"胡凯站起来,对我说,"一起去瞅瞅。"

我想问他去哪儿,但我很快就把问题吞了回去。胡凯的调调就是这样,时时刻刻卖关子,我最好还是什么都不要问,跟着他走就得了。

很快,我再一次见识到了这位大哥的实力。当我们经由大卫像旁边进入市政厅的大门,走进米开罗佐庭院后,里面的人群开始被一群不知道从哪里冒出来的宪兵驱散,短短五分钟不到的时间,正门和侧门都被关上了,里面只剩下了我和胡凯,还有一些刚刚忙着驱散人群的宪兵。

此时,有个人从办公部门那块区域走了出来,笑眯眯地冲着我们打招呼,走到跟前,他伸出手,十分热情地一把握住了胡凯的手:"您好您好,凯先生。"他的意大利语里夹杂着明显的托斯卡纳口音。

这个人很眼熟,我猛地想起来之前确实是见过他。这是现任的老皇宫博物馆馆长沃森,那天晚上去洛伦佐墓地之前,我曾经在广场上见过他,当时他和歌里在一起,是为了调查假西木从市政厅坠楼烧死的案子。

我忍不住仔细打量了他一番，一身裁剪精细的深蓝色手工定制西服，一双配套颜色的小尖头皮鞋，爱马仕领带和袖扣，四十多岁的样子，看起来既精致又精神。我随即发现，那些宪兵竟然还听他的指令，我在心里咂舌，没想到一个小小的市级博物馆馆长还有这样的权力，艺术圈还真是藏龙卧虎啊。

"沃森先生，今天十分感谢您的帮忙。给您介绍一下，这位是我的好友，李先生。"

沃森馆长立刻又握住了我的手："您好，很荣幸能帮到你们的忙。"他放开我之后，迟疑了一下，贴到胡凯的耳边耳语了几句。

胡凯听完，说："没关系，大家都是自己人，直接把门打开吧。我相信我找的东西肯定在里面，剩余的东西，随你们怎么处理。"

沃森点点头，把周围的宪兵全部都支了出去，自己走到喷泉跟前，像汤勺上次那样，握住了爱神的……呃……"小鸟"，向右，而后向左复位。水池下面立刻出现了那个半圆形的入口。

原来，这个所谓的秘密画室，沃森馆长也是知道的。那么，关于山川，他会不会也知道什么？还有谁知道这里呢？

"这个画室……"我刚开口想问些什么，胡凯笑着打断了我："先进去再说。"

我点点头，跟在他们俩后面走进了画室。

画室还是上次见到的样子，几乎与我记忆当中的陈列没有任何差异。床单上还是那一摊触目惊心的红色，只不过现在亮了很多，看起来就更像是红色颜料而不是鲜血了。

胡凯已经把那幅有黑猫的画从地上拎了起来。

"这一幅肯定不是原件，"沃森馆长说，"但是描摹的效果几乎可以以假乱真，是高手的作品。虽然这幅画就连原件在哪里、究竟有没有原件，我都不清楚，但这幅画的笔触与达·芬奇刚从维罗奇奥画室出来那几年的笔触十分相近。"

是山川，这是山川画的。

"这些都不重要。"胡凯三下两下把画框拆除掉之后，把画布单独取了出来。"这是我要的东西，我带走了。这里其余的东西你可以随意处理。"胡凯对沃森馆长说。

"等等，"我指着画架上那幅画，"能不能把那个给我？"

对于我的这个请求，他们都愣了一下。

胡凯走到画架前面，仔细审视那幅画。别说是站在画前，我就算是闭着眼睛，画上的内容也一清二楚。

胡凯盯着画看了很长时间，末了，转过头来看着我："你……"他突然低头笑了笑，转向沃森，"沃森馆长，这个可以给他吗？"

沃森立刻说："当然，这幅画的收藏价值从表面上来看并不太高。李先生如果喜欢的话，拿走就是了，您确定吗？"

"对，我只要它。"

第五十八章　宫殿全景图

胡凯说，那个秘密画室很早就存在了，知道的人不多，应该说几乎没人知道。是前阵子有人潜入这间画室，无意之中才被沃森馆长发现的。但是无论是出于私心也好，出于其他目的也罢，他没有公开这个发现。他找到胡凯，也是因为希望得到胡凯的帮助。到这里我才知道，宪兵的指挥权不是沃森馆长掌控的，而是胡凯。这个人的神通广大已经超出我能想象的范围了。

1503年，佛罗伦萨共和政府市长索德里尼邀请达·芬奇前来绘制五百人大厅的墙壁，达·芬奇要求给他腾出一间秘密画室，他需要在里面开发全新的湿壁画技术，他说这个技术可能会改变湿壁画界，让湿壁画变得更持久，可修改性和修复性都更强。事实上后来他单方面终止这个委托后，大家都知道了他所谓的技术开发，主要是由于他自己不喜欢也不具备画湿壁画的技能，所以才想把油画的方式改革一下，用到墙壁上去。当然，结果大家也都知道，他失败了。但由于当时达·芬奇声名显赫，呼声很高，市政府还是很快就答应了他的要求，美第奇家族拿出了位于庭院中心的地下储藏室，改装成了达·芬奇实验画室。达·芬奇离开后，这里有几百年都没人再动过，美第奇家族后人估计连这里有个机关暗门都不知道，直到有个画家发现这里并向市政府申请重新修复使用，这间画室才重见天日。这个画家的名字叫尼可。

"尼可曾经把这里当作一处秘密画室，所以画室里大部分的作品是她的，除了那幅黑猫图和你要的那幅画。"胡凯这话说得意味深长，明显是有所指。

我现在才理解，沃森馆长为什么会说到收藏价值这个问题了，尼可是一位在艺术界知名度相当高的画家，她的作品无论是模仿的还是原创的，都具备一定的价值，但那两幅……是山川画的。

"你为什么要那幅黑猫图？"我问他。

他笑了笑："这个问题难道不该我先问你吗？你为什么会要那幅画架上的画？如果猜得不错，你应该知道黑猫图是谁画的吧？"

我沉默了一会儿，答道："如果我没猜错，应该是我妹妹画的。"我想：事情到了这个份儿上，我已经没有必要去隐瞒什么了。

"你妹妹？"胡凯表现出了兴趣。

"是的，我妹妹。她叫山川。"我说道，"可我现在并不知道她在哪里……应该说她失踪很久了。"

"你妹妹和尼可是什么关系？"

"我不知道。"

说实话，从今天这件事来看，我也觉得山川和尼可之间好像有点儿关系，不然怎么会这么巧，尼可用过的画室里竟然有山川的作品。同样是专长于古画临摹的两个不同时代的作画者，先后都在同一个秘密的地下画室之中创作作品，而且似乎被卷入了前后有联系的同一件事情当中，再加上孤儿院……如果这一系列都是巧合的话，未免也太巧了一些吧。总感觉有个和她们俩都有关系的人在刻意操纵着这些巧合。

"这幅黑猫图里面有东西。"胡凯说。

"有东西？什么意思？"

此时此刻，我们正坐在领主广场附近的一间小酒吧里。酒吧关着门，胡凯敲开了门，我们进来后，却一个人都没见着。如果不是他自己说了一句老板住在这里面，他和老板很熟，我都快怀疑大白天闹鬼了。

酒吧光线昏暗，我看不太清楚胡凯的表情，灯光把他的脸照得神秘兮兮的，他却突然说："有个陌生号码发了一条信息给我，只说这幅画里有我要的东西，神秘兮兮的，我还是头一次碰上这种事。"

我心说：可不嘛，这种故作神秘的事一般都是你做的。

"没说是什么东西？"我问。

他摇摇头："你怎么不猜猜是谁发的？"

"这……我去哪里猜？"我心想：你都说神秘兮兮了，那明显连你自己都不知道是谁发的，还来问我，我能知道什么？

"本来我也毫无头绪，不过今天听你这么一说，我倒是觉得有点儿意思了。"

"什么意思？"

他只笑不说话，随后把图摊开在面前的桌子上。我们俩面前只摆了一杯他刚刚自己从吧台接来的水，我其实挺渴的，一早上没喝水，以为进来酒吧能要一杯啤酒解解渴，结果刚刚瞄了一眼吧台，发现连酒都没开……现在面前摆着一杯水，我也不知道他究竟是要自己喝还是给我倒的。我犹犹豫豫好几次想伸手拿，结果他把画摊开后，突然就把水杯端了起来。

接下来发生的事比我的反应快多了，就在我以为他要仰头把那杯水一饮而尽的时候，他却把那杯水全部倒在了铺在桌上的黑猫图上。

"你干吗？"我几乎跳了起来，伸手就想去抢救面前的画。

他抓住我的胳膊："别急，别慌，等着看。"

就在水完全渗透进画布后，这只神似小贱的黑猫渐渐在我们面前溶解，边缘逐渐模糊，颜色也开始褪去。我这时才意识到，原来画这只黑猫的墨水是有问题的，当黑猫慢慢消失后，画布变回了白色，墨水就像被吃进了画布里面一样，画布表面显得干净整洁，除了潮湿，几乎看不出墨水印迹。

"这……"

"嘘——耐心等着。"

胡凯阻止了我的提问，目不转睛地盯着画布看，我也只能顺着他的目光，一起盯着画布。隔着铁门，外面的人流声变得越来越吵闹，而一门之隔的这里，除了我们的呼吸声之外，什么声音都没有。呼吸声让我觉得紧张，眼前的画布真的还会有什么变化吗？……

就在我想再次开口说话的时候，眼前的画布出现了变化，另一幅图案的线条正一点点从白色又潮湿的水迹之中慢慢浮现出来。

"是……"我声音颤抖地说，"是……宫殿……"

我难以置信地望着眼前的画布上一点点呈现出来的图案，如果不是亲眼所见，就算我用尽一生的想象力都无法想象到眼前所看到的画面。

"是全景图。"胡凯往后退了半步，大概是想看清画布上的东西。

应该说，这是一张传说中的宫殿的全貌图。老实说，虽然我们一路都在追着所谓的宫殿线索走，但我的大脑中对这座宫殿的样貌概念依然是模糊的，即便已经有了两张羊皮地图，这座宫殿始终都无法在我的脑中形成全貌。而现在，它以一种几乎不可能的方式直接展现在了我的面前。

眼前这张图，可以说是一张 3D 结构图，外部有些像河对岸的新宫皮蒂宫，中间有一扇门，门的左右两边是各四扇对称的文艺复兴之后出现的矫饰主义跪式花窗，正面的风格依然以文艺复兴的对称为主。可以从斜切面看到里面有个很特殊的部分，这是一座外部用文艺复兴的建筑架构、内部包裹着一座中式建筑的宫殿。

虽然我们也想象过有关中式宫殿的架构，但绝对想不到宫殿竟然会是这个样子的，它的顶是圆形拱顶，而它坐落在一个方形的、架有楼梯的广场之上。

"这很像是……"

"天坛的构造，天圆地方，是不是？"胡凯接着我的话说道，"如果这是真的，那么很可能传说也是真的。"

"什么传说？"我问。

"关于这座宫殿有很多传说，正因为有这些传说，所以才会引发这一连串的事情。"

"究竟是什么传说？"我追问道。

"有关美第奇家族的宝藏。传说美第奇家族为了把大量的财宝藏起来，曾经找中国著名的建筑设计师和文艺复兴时期欧洲著名的艺术家一起，建造了一座非常精美、特别的宫殿。但这一直都是流行在古董圈内的一个传说，从没人追溯过起源，有很多人经常拿这个传说开玩笑……"

"如果你相信美第奇的宝藏，那要去中国宫殿寻找！"我脱口而出。难以置信，这句我刚入圈的时候听到的用来讽刺一个人异想天开的口头禅，竟然会被关联到现在

的事件上,我从没想过,这句玩笑话哪怕有一丝丝的真实性……

"你也听过,哦,对,你是开古董店的。"胡凯自问自答地笑起来,"看来,你妹妹比我知道得多。"

山川……如果这真的是山川画的,那么也就是说,她可能已经找到并进入过宫殿。

"哦,我想告诉你一件事,"胡凯接着说,"这么看来,曾经进入过我那幢别墅,去地下室毁坏了墙上壁画的人,很可能就是她。"

"毁坏壁画?什么意思?"我问。

"第一天我带你参观我那幢美第奇别墅的时候,到过地下,记得看到盔甲的那个地方吗?墙壁上本来是有图案的,我相信,墙上画的是宫殿最详细的结构图。因为这个,我才会找途径买下那栋别墅。但我进去的时候,墙上的画已经被毁坏了。"

我记起来了,确实有这么一回事,当时胡凯领着我去到地下室的时候,我看到墙上斑驳的痕迹,看起来的确像是曾经有什么图案。"可你怎么知道那里画的一定是宫殿结构图呢?"我问道。

胡凯微微一笑:"这你不用知道,你相信我就行。我现在相信,很多事都是命里注定的,就像我和陈唐认识,他所想寻找的真相,然后是你。我现在已经十分相信,无论是你、我,还是陈唐,我们的目的都是一致的。走吧。"

他收起画布,走到门口,转头对我说:"还有何家的人,那个奇怪的小子莫名其妙出现在我们之中绝对不是巧合。"

"你的意思是,有人把何钥匙安排进来?"

"是安排,有用的安排,恐怕他比我们任何人都要更核心。"胡凯眯了眯眼睛,拉开了卷帘门。

外面的天放晴了,有一个说英文的导游正带着一个团队经过门口,他举起旗子说着:"走出这条巷子,就是佛罗伦萨的政治中心市政厅广场了,也叫君主广场。文艺复兴的推手美第奇家族的伟大的洛伦佐的儿子,人称'倒霉的皮尔洛',将行政中心搬迁到了美第奇家族当时居住的老皇宫后。五百多年来,这里一直都是佛罗伦萨的行政中心,市长就在里面办公。乌菲兹……"

胡凯在巷口停下来,看着远处的乌菲兹长廊说:"你猜,柯西莫一世当时在建造乌菲兹和瓦萨利长廊的时候,究竟想的是什么?"然后他转过身,对我说,"所以我们看到的未必是真相,因为最会欺骗人的,往往就是人的眼睛。"

真相……是啊,真相是什么?那幢别墅地下的连环简笔画再次在我的脑海中浮现,如果我能有机会回到那段历史的话,真的就能用我的双眼见证历史中的真相吗?胡凯说得对,未必。

之后,胡凯没有跟我一起回别墅,而是甩给我一辆白色老式双门菲亚特,让我自己开车回去。我本来是打算直接开车回郊外别墅的,但途经圣三一桥的时候,不知道心中动了什么念头,一脚油门就朝我的店开去。

第五十八章 宫殿全景图

车快开到古董店附近的时候，我说服自己，来都来了，冒险回来看一眼也应该，万一碰上汤勺呢？汤勺指不定在市区的各个地方乱窜呢。

我把胡凯的菲亚特停在小广场附近的巷子里，竖起衣领朝着店门走去。远远的，我就发现了不对劲儿的苗头，我的卷帘门底下似乎留了一条缝隙。难道……又有人撬了我的店门？我没有选择急忙靠近，而是若无其事地站在对面姜卡罗的店门口观望。自从上次出了那件事，即便姜卡罗早已从警察局放出来（他被判定为正当自卫），但他到现在都没来开店门。谁能料想到，他那守着祖宗店的规矩竟然被这么一件荒唐事给破了。

我的卷帘门上的锁确实被人打开了，现在钥匙只是虚挂在锁头上，卷帘门下面留了一条极小的缝隙，要么就是人还在里面，要么就是走得匆忙没来得及把锁锁实。我迈开步子，往店门口靠。无论是哪种，我都得瞧个究竟。这可已经是第三次店门被撬了，总不能又是何钥匙吧……

我小心翼翼地贴近铁门，听了听里面的动静，虽然声音微弱，但是隐约能听见好像有什么在地上拖动的声音。我没有打开卷帘门，声音太大了。我绕到了店后面，这间店铺是有后门的，只是通常我都把后门锁上。后门是连着储藏室的，储藏室里反而没什么值钱的东西，所以上次我和汤勺半夜上七楼，从后门走上去一次后，我就没再上锁，而是把储藏室和店铺内的那扇门锁上了。

后面的这条街比起在阿尔彼兹大街的正门，人流量少得可怜，半天能经过三四个人就算不错了。这条街上也没几个铺子，只有隐藏的几家半夜才开门的酒馆，多数都是带有一些特殊服务的，还有两家生意冷清装修却十分豪华的餐厅，开了好多年了，汤勺说那是黑手党的地盘。

我左右看了看，不管是黑手党还是游客，这条街上现在一个人都没有，安静得只听得到风声和隔壁街传来的喧嚣声。我把耳朵贴到门上仔细听，刚刚在地上拖动什么东西的声音不见了，取而代之的是一个细小的说话声。

"你要这么干，他们肯定会怀疑我的。我们之前不是说好了吗，我在合适的范围内帮你的忙，但你不能给我找麻烦，这本来就是互相帮助的买卖，要讲究双方对等。"

这声音很耳熟……

"何钥匙！"我没忍住，脱口而出，里面的动静戛然而止。

我也管不了那么多了，这声音绝对是何钥匙的，怪不得走之前哪儿都没找见他呢，原来是又来撬我的店门了……他这么一本正经地究竟是在和谁说话？

我"哐"地一下踢开门："何钥匙！"

几乎是我刚张嘴喊出声的那个刹那，满眼的白色扑面而来。我来不及闭嘴也来不及闭眼，白色粉末就进了我的口鼻和眼睛，这是我放在储藏室里的石膏粉。

"你干吗？！"

"我不知道是你，对不起对不起，我以为是贼呢……"这确实是何钥匙的声音。

我没法睁眼，就在伸出手的瞬间，我感觉到有个人从我身边过去，这人绝对不是何钥匙！

"谁？！"我快速抓住那个人的胳膊，胳膊纤细，是个女的！"说话！什么人？！"我喊道。

"哎哟哟，你抓我的胳膊干吗？快放手，我的手臂要被你掰断了！"何钥匙故意混淆视听，我可不傻，就算看不见，但他的呼吸声和散发出来的热量在我的正前方，我身边被我抓住了胳膊的人绝对是个女的！

我刚想把另一只手伸出来抓她，但我的手停在了身前，我突然觉得无法动弹，因为那个女人用另一只手握住了我的手。她的手很冰，手上的疤痕似乎因为冰冷而变得更加清晰。

"山川……"

她趁着我松了一下力道立刻挣脱了我，我能感觉到她的气息在离我远去。

山川……是山川……

"你在嘀咕什么呀……我去给你拿毛巾，你把我当贼，我还把你当贼呢……"

何钥匙的声音逐渐远离的时候，我才回过神来，何钥匙刚刚在说什么？买卖？所以他和山川的确一直都有联系，他们在做一桩什么买卖？他一定知道山川在哪里！

我眯着刺痛的眼睛，走进店铺。我不能让何钥匙逮到机会装疯卖傻，我必须问清楚。可当我走到店铺里时，差点儿尖叫出声。

我隐约可以看到，在众多古董艺术品之间的地板上，有一大团被白色棉被包裹住的东西静静地躺在地面上，散发出冷冰冰的气息。

眼前的白色变得尤为刺眼，我眯着眼，颤颤巍巍地挪近了两步，蹲下去，掀开白色棉被……

"啊——！"

发出叫声的是手里拿着一块厕所清洁抹布的何钥匙，很显然，他想用这个来给我擦眼睛。

"这是……是什么？！"他捂上了眼睛。

被他喊了这么一嗓子，我反倒不紧张了，一把掀开白色棉被——

一具尸体！

我直直地倒退了两步，虽然已经做好心理准备了，但也着实被吓得不轻。可当我稍微镇静下来，就发现不对了。我走上前，将那个面朝下的尸体翻过来，我瞪大了眼睛，虽然它们仍然火辣辣得像烧起来了一样，但我的心跳声没法让我哪怕眨一下眼睛——

"南洋！"

第五十九章 南 洋

我的呼吸几乎停止了，只觉得耳朵里出现了一声尖厉刺耳的长音。

我在刺破耳膜的耳鸣声中蹲下去。南洋紧闭双眼，脸色煞白，他的衣服上到处都是血迹，从破开的地方能看到里面的伤痕和包扎的纱布，他究竟经历了什么？我缓慢地抬起手，伸出食指，试探了一下他的鼻息——还有呼吸——他没死！

"南洋？南洋？南洋？"我拍了拍他，打了两下他的脸，他毫无反应。

他怎么会在这里？这个问题蹿入我的脑袋的时候，我顿时意识到了问题所在。

"何钥匙！"

我一把抓住他装腔作势挡住自己的脸的胳膊，他"哎哟"了一声："你干吗呀！哎，怎么是南洋啊？啊？不是尸体啊，哎哟妈呀，吓死我了……他怎么了？南洋？"

我没让他挣脱我的手，反而加了力道，何钥匙一个劲儿地"哎哟"。"你再给我演戏啊？"我说，"他怎么会在这里的？"

"你说什么？我怎么知道他怎么会在这里？又不是我把他弄来的，你去问你……你大爷啊！放开我，疼死了！"

我松开何钥匙，盯着他的眼睛："你知道山川在哪里，对不对？你和她之间到底做了什么交易？"

"你别胡说八道啊！你在说什么啊！我什么都不知道！"

"刚刚她就在这里，你说你不知道？南洋是怎么回事？你到底知道什么？！"我近乎咆哮地大声问他。

大概是我太大声了，何钥匙好几秒都没说话，他沉默地皱着眉，最后说："我什么都不知道，那个女的给我发消息让我来这里，我就来了，来了这里就看到了他，"他指了指地上的南洋，"我以为他死了，问她究竟怎么回事，还没来得及说什么，你就进来了。我真的什么都不知道，而且她从没有说过她是你的妹妹，她只说，这是她朋友，让我帮忙把他带回去。我本来还发愁呢，我怎么把人带回去？我来的时候是在路上随便拦了一辆车，我难道把人扛出去打车吗？"何钥匙一口气说完后看着我。

我沉默了一会儿，点点头，再多的话他肯定不会说了。

"走吧。"我说，"把他弄上车，我有辆车。"

至于在南洋身上究竟发生了什么，我只能等他醒来让他亲口说，何钥匙不肯说的或者真的不知道的，也只有他知道。不管怎样，现在好歹人找到了，还活着，先把人治好。

山川……山川我也一定会找到的。

到别墅的时候，白求恩老头已经在等着了。他看到南洋后，脸色一下就沉了下来。

"又是他？居然还活着？"

我很想挤对他两句，但南洋还得靠他医治，便只好把话吞了回去。南洋很快被带进了安排好的临时医护房，过了二十几分钟，老头出来了，脸更黑了。

"这人送来干吗？半死的了。"

"什么？这话是什么意思？"我没忍住，直接从椅子上蹦了起来。

"我跟你说了，半死的人。他身上那些都只是外伤，上次头上的撞击伤也不是导致他昏迷的原因，所以我怀疑他是中毒。"

"中毒？"我回头看了看何钥匙。

"别看我，我什么都不知道！"

"……严重吗？"我问，"这毒严重吗？"

"我怎么知道，又不是我下的毒，现在还不清楚是不是中毒，只是我的推断，待会儿检查报告出来再说。不过你们做好心理准备，我不知道半死的人能不能活下来。"

白求恩老头说完这些话，转身就回临时搭建的诊疗室了。我本来以为，南洋只是被喂了什么昏迷的药，并没有严重的问题，没想到他中毒了。我转身看向何钥匙。他一见我看他，立刻摇头说："别看我，我真的什么都不知道，我见到他的时候他就已经是你见到的那个样子了。我真的不知道中毒什么的，你别问我，我确实什么都不知道。"

何钥匙不像在撒谎，不管怎么说，就算隐瞒了一些事情，但他不是坏人，如果南洋真的是中毒的话，也应该跟他没关系。但是山川呢？南洋中毒会和山川有关系吗？可是……怎么可能呢？他们曾经是那么好的朋友，山川是绝对不会害南洋的。

"不过……"何钥匙挠了挠脑袋，有些含糊地开口说道，"他的症状确实像是中毒。"

"什么？你知道他是中毒？"我一步就逼到了何钥匙面前，把他吓得往后退了两步。

"我再说一遍啊，他中毒绝对跟我没关系，但是他的症状……"

"什么？你倒是说啊，不要含含糊糊的！"我的耳膜都被自己的声音震到发颤。

"你别吼我啊，他的症状有点儿像是以前……"

何钥匙的话还没说完，老头就又从刚刚的房间里出来了，一脸严肃地看着我。

"没救了。"他说。

我脑子"嗡"的一声，脚一软，差点儿直接跪下去。

"什么意思？什么叫作没救了？"我大气都不敢出。

老头叹了口气："他中的不是一般的毒，你们找到他的时候，他可能刚服毒没多久。或许是有人用什么方法遏制了一下毒素的蔓延，但现在毒性已经发作了，他顶多还剩半口气，对于我来说就是个死人了。"

第五十九章 南 洋

"半口气就是还有救啊,求求您救救他!"

"还是医生呢……"身后站着的何钥匙突然说道,"人还没死,就说不救,算什么医生……"

"你说什么?一小孩说话没大没小的,你是谁啊?"老头眯眼瞅着何钥匙。

"喊,我是谁要紧吗?我是谁跟我说实话有什么关系?"

"求您救他,要我做什么都行!"我就差给老头跪下来了。我觉得我根本还没反应过来南洋的情况有多严重,眼下居然扯到了生死,我只知道如果老头不救他,他就死了。

"你怎么就这么执拗呢?这人就算救过来,也有可能变成植物人,或者痴呆,或者聋哑。他中毒很深,这个毒的毒性非常厉害,我们现在手里没有解毒的药剂,如果救治不当,他受的罪更多。我这是劝你不要让他受罪。"

"您是江湖术士吗?江湖术士才不救……医生不都是全力抢救的吗?还是第一次看到这样的医生……"何钥匙翻着白眼说。

老头沉着脸,问道:"什么叫江湖术士,什么意思?"

"大伯。"胡凯突然从楼梯口走了过来,他看了我一眼,又朝房里看了看,"请您救救他吧。"随后他贴近老头的耳朵,耳语了几句,老头的眉头就皱得更紧了。

"好吧。"老头看了看胡凯,又转向我,"我尽量救,但我不保证能救成什么样子,只能看造化。"

"谢谢,谢谢!"

老头正要转身走,何钥匙忽然说:"我可以帮忙。"

无论是我还是老头,甚至是胡凯都吃了一惊,虽然我知道何钥匙略通医术,他之前还很熟练地给汤匀处理过伤口,连老头都说伤口处理得很好,但我确实没想到……他还能解毒?

"你懂医术?"老头问何钥匙。

何钥匙刚刚说得干脆,现在却又开始支支吾吾了:"我……我也不算懂,就是略懂,但……那个……"

"你知道他中了什么毒?"老头突然打断何钥匙的话,"那个遏制毒性蔓延的处理不会就是你给他做的吧?"

"不是不是!那个不是我做的!但是……我刚见到他的时候,他的毒性应该是刚开始蔓延,那会儿他脸色紫灰,嘴唇深红,有点儿像是……我的一个……一个朋友以前中过的毒。"他说到"朋友"的时候瞄了我一眼,"我误打误撞给她治好过,可能有点儿帮助吧。"

"行了,别废话了。既然你这么说,那就来帮忙吧,正好给我解释解释江湖术士到底是什么意思。"老头一把拽住何钥匙的胳膊,把他拽了进去。

门被关上后,胡凯对我说:"不用担心,老头虽然脾气很怪,但是他既然答应救治,就一定会尽力的。对了,你是怎么发现你那个朋友的?"

我大概说了一下和他分开之后是怎么到的店里，然后发现了躺在地上的南洋。

"那个跑走的女人是你的妹妹？"他听完后问我。

我有点儿吃惊，从头到尾我都没有提那个人的性别，更没说她手上的伤疤："你怎么知道？"

"你说话的样子告诉我的。照这么说来，这个何钥匙和你妹妹的关系肯定不简单啊，如果他不肯说实话，那一定是有原因的。何家的人向来待人真诚，他们家族别说在佛罗伦萨，就算是在整个意大利，乃至整个欧洲，都是非常有名气的。只是这家人行事低调，从来不在公开场合露面。主要是他们接的委托都需要保密，他们对自己的客户诚信度非常高，从来都遵循三不问原则。"

"三不问？"

"不问缘由，不问用处，不问结果。"

"不问结果？这怎么理解？"一个造锁的还有结果这一说？这意思难道是不管售后的意思？

"意思就是，如果出现相关案件，有些客户拿来干吗用的，这可真是说不好，万一社会上出现了案件，他们不会问客户，也不会出面做任何解释。"

"哦……意思就是他们做的东西万一被当成了武器，他们也不会管……那这样的话，警察不会找上门吗？"

"警察可不知道他们做这种东西。如果你不是亲眼见到了那个能发射毒针的盒子，你能想象他们做这个？什么时候让何钥匙带你去他们的店铺看看，那就是一个很普通的、装修比较高端的打锁铺子而已。"

这话扯远了，我又把话题拉回来："所以说，你认为何钥匙不肯说实话是因为他和我妹妹之间达成了某种协议？"

"我认为是这样，但这个协议里肯定是有利益成分的，何家人可不做亏本买卖。"

胡凯说得对，我忽然想起今天在我的店铺后门听到的何钥匙说的话。如果那个人确实是山川，那么他和山川之间确实存在交易，至于是什么交易，我一定会弄清楚。刚刚何钥匙说起帮一个"朋友"解过毒的时候，看我的眼神，说明那个"朋友"很可能是我认识的人，九成就是山川。

他们认识很久了！

"还有一件事，我要跟你说。"胡凯说。

"什么？"

"你这个朋友如果能医治好，到时候去宫殿得带上他一起。"

"为什么？"

"原因你别问，自然会知道的。"

胡凯说完这句话就走了，我也没有再继续追问。反正处处都是秘密，每个人的身上总有些秘密，这些秘密似乎只要一被问起来，就是没到我知道的时候，那我干脆不

第五十九章 南 洋

问了。

我对这些秘密感到疲惫,真相一直在那儿搔首弄姿,每次觉得好像能触及的时候,它就突然转头跑了。我现在只希望南洋能活着。

我在门口守了将近十个小时,不知道时间具体是如何流逝的。我坐在地上,背靠着墙壁迷迷糊糊做了几个梦,不知道是梦还是现实,我看到那扇门开了好几次,何钥匙和几个给老头打下手的医护进进出出了好几趟。我还看到了汤勺,但是完全醒了后,我觉得见到汤勺的那部分是做梦。有一部分梦里我看到了南洋,我和他站在阿诺河边的草地上,风有点儿大,在耳边呼呼地刮,他一句话不说地站着,看着我。

我说:"南洋,你说点儿什么吧。你这段时间是不是一直都和山川在一起?"

他不说话,最后转头走了。隔着大老远,我看到山川穿着白色的毛衣站在桥上朝我们挥手。

后来梦就醒了,我的眼角湿了。我迅速抹了把脸,从地上爬起来,那间治疗室的门依然紧闭着。

一直到第二天早上六点不到,门才被打开,何钥匙满脸疲惫地走出来,看了我一眼,什么话都没说,直接绕过我下了楼。

我的心突然沉了一下,南洋不会是……接着医护人员都出来了,没人想停下来跟我说话。直到老头出来,他冲我点点头:"医疗资源有限,能用上的都用了。命是保住了,但是体内的毒除不干净,伤到了内脏,至于有多严重现在还不好判断,得等他先醒过来再进一步检查。但是他什么时候能醒,没法保证。"老头说完,走到我旁边又补了一句,"人的生命没有那么脆弱,等等吧,有时候先活下来比什么都要紧。"

老头还不让人进去探视南洋,天全亮的时候,老头的医护团队又来了一些人,他们行色匆匆地进了南洋的那间房。

我一直到中午才见到何钥匙,本来还有些问题想问问他,但见到他一脸迷瞪地抱着小贱,我就突然什么都不想问了。老头说,如果没有何钥匙的话,南洋更是凶多吉少。其实有些事情早就有答案了,只是如果我想追寻更彻底的答案,就没有那么容易了。

真相之所以被称之为真相,是有一天必然会明了的意思,既然现在还没到时候,就暂时按下,等待时机。

下午,胡凯倒是没露面,但是迪特和小四进进出出了好几趟。迪特带着一群人运了好几个大箱子进来,拿进来后直接放进了地下仓库,不知道里面究竟是什么。自从来到这栋城郊别墅后,我就只在这几个房间和一楼大厅,顶多还有后花园的草坪上稍微转悠过,地下室我从来都没去过,连门在哪里我都不知道。几天前何钥匙还说,上次转移的时候,那个疯疯癫癫的廖思甜会不会也一起被带过来了?我觉得很有可能,搞不好她现在就被关在地下室里,不过倒是从没听到过奇怪的动静。

这栋别墅毕竟和半山腰的美第奇家族的别墅不一样,胡凯很直接地说,这里头没有暗门也没有机关。

但看到这一大箱子一大箱子的东西被运进来，我突然觉得有些心慌：这些该不会是为了去"宫殿"做的准备吧……

"哎，你们弄来的那些东西都是什么啊？"何钥匙比我直接，毫不客气地问小四。

小四白眼一翻："别管闲事，该你知道的早晚会让你知道。"

何钥匙也翻了个白眼，嘀嘀咕咕地说："真是老板啥样员工啥样，讲话都是统一标准。"

我问小四有没有汤勺的消息。

小四说："有，他出了点儿问题，凯爷正在帮忙解决，是个麻烦事，但凯爷能解决。"

"麻烦事？是什么？"

小四不耐烦地挥挥手："别问了，反正凯爷能解决，你知道了又帮不上忙，别问。"

我也想学何钥匙翻白眼，但我忍住了。

傍晚，伯格竟然也出现了，胡凯依然不见人影。伯格也带了一箱东西来，只有一箱。竟然能让胡凯的贴身保镖亲自来跑一趟，我估摸那必定是一箱非常有分量的东西。究竟会是什么呢？难道是……

"钱？"何钥匙站在二楼的走廊上大声地喊了一嗓子。

趁着一楼的人没有都抬头看过来，我赶紧捂住他的嘴把他往房里拉，小贱也很配合地"喵"了一声。

"你干吗呀，那么大一箱子，伯格亲自来送，肯定值钱！"何钥匙挣脱我，甩了甩胳膊。

"那你也不要喊那么大声啊，生怕人家不觉得咱们俩惦记那个箱子。"

"喊，不就是值钱的东西吗，我还真不惦记，就是好奇。"何钥匙撇撇嘴，又把跟进来的小贱抱了起来，"不过另外几个箱子里有什么，我大概知道了。"

"啊？你知道了？你怎么知道的？"

"那你就别管了，反正我知道了。"

"那你快说啊，是什么？"

"绳索什么的，不值钱。"

"绳索？"

何钥匙点点头："对，就是绳索，还有那种登山的安全扣，还有其他工具，反正乱七八糟有一堆东西，到时候你就知道了，我听见他们说要用的。"

"要用？"果然，我猜得没错，那些一箱箱搬进来的东西应该都是为了去宫殿准备的。但是为什么他们会准备绳索和安全扣呢？

"反正我听见他们说什么下去这个，下去那个，安全系数什么的，还说得多带些防身装备，肯定会遇到那边的人。"

"下去？"

第六十章 失 忆

如果何钥匙没听错,我也没猜错的话,这座宫殿的位置已经很清楚了,它并不在地面上,而是在地下,甚至,很可能就在市中心的地下。

很快,过了一个星期,汤勺仍然不见踪影,胡凯这些日子也几乎没有露面,除了有两次我看到他站在外面和小四说话。我再问小四关于汤勺的消息,他就只有三个字:不知道。我也不知道他是真的不知道还是不想告诉我,至于上次他说到的麻烦,我也不清楚是不是解决了。

而南洋还是没醒。白求恩老头说他已经度过所谓的危险期了,现在的问题还是不知道毒对各个器官的伤害到底有多严重,人能不能醒,得看运气了。老头说,搞不好就这样一直躺着了。说实话,我完全不相信这种说法,我觉得他一定会醒过来。这期间,我回过一次古董铺,一切都正常,只是上次被我放回原处的尼可的包裹不见了。我问过何钥匙,他发誓说不是他拿的。但是门没有被撬过的痕迹,究竟是谁神不知鬼不觉地进去过一趟,拿走了那个包裹?

星期六夜里,胡凯的手下在别墅里频繁进出。一群人里,我既没见到小四也没见到迪特,八点多的时候,我打开房间的电视,新闻快讯里说:"前几日在海军基地出现的海军司令部爆炸案嫌疑人,今天一早再次出现在了热那亚码头。据了解,这名嫌疑人和码头另一起杀人案也有关系,热那亚警方正在增派警力全力追查。"

接着电视上出现了一个人的身影和模糊的侧面——这不是汤勺吗?!

何钥匙突然冲进门:"你朋友醒啦!"

南洋醒了。房内昏暗,窗帘只开了一条缝,没有开大灯,医护说为了防止他的视力受损,只开了一盏床头的台灯。我走进去的时候,看到他坐在床上。

"南洋?"我一边靠近,一边喊他的名字。喊了几声后,我发现他毫无反应。这种毫无反应不光是不回应我,而是他根本不看我,他始终木讷地、眼神涣散地看向地板,即便是我已经走到了他的旁边,在床边的凳子上坐下来,他还是毫无反应,仿佛我只是一个幽灵,他根本看不到我一样。

我抬起头看了看何钥匙,何钥匙摇摇头,旁边的一个年轻男医生说:"可能是短暂性失忆。"

"短暂性?多久能恢复?"我问。

"这个说不好,有的人很快,有的人一两年甚至更久,要看个人。"那个男医生说。

我心说:这叫短暂性?都一两年甚至更久了,还短暂?医生的用词可真是精确。算了,当务之急是要让他想起来。怎么就这么巧?好不容易醒过来,却失忆了。

"南洋,记得我吗?我是李如风,小剑,记得吗?"

南洋木然地把一直投在地面上的目光抬起来,缓慢地转移到我的脸上。

"南洋?"他动了动嘴皮子,大概是说了自己的名字。

我点点头:"这是你的名字,记得吗?你是南洋。"

他摇了摇头。

"没关系,南洋,你会想起来的,先休息,给自己点儿时间,会想起来的。"我说完这些话就走了出去,不知道这些话究竟是对他讲的还是对我自己说的。我有些难以接受现在的情况,他怎么会失忆呢?如果他失忆了的话,很多事情就弄不清楚了。但是,起码人总算是醒了……算了,耐心点儿。

我一边想一边下楼,正好见到进门的小四,我直接走上去拦住了他。

"我刚看到新闻,陈唐到底发生了什么?"

"我说了不知道,你别问了。"小四说。

"你到底说不说?他不会是被抓了吧?"

"你胡说什么?凯爷怎么会让他被抓住?你别担心,他的那些麻烦凯爷会解决,其他事情你也别问。"

"为什么我不能问?有什么不能说的,既然他是安全的,那他现在在哪里?"

小四有些无奈地叹了口气,说:"凯爷交代了,不能告诉任何人他的行踪,不知道我们之中是不是还有内奸。我知道你不可能,但是凯爷说了,一视同仁,以免出现不必要的麻烦。再说,我已经告诉你了,他人是安全的,你就可以放心了,就算现在知道他在哪里对你来说一点儿用处都没有。从现在开始,这里禁止任何人进出,凯爷下的命令,这是为了大家的安全。我们要行动了。"

"行动?什么时候?"

"很快。"

小四的脾气我是知道的,无论怎么说,他都只会一口一个"凯爷说",绝对不会松半点儿口。但我总算知道汤勺没出事,他怎么会到那里去,难道他去查那个爆炸案了?

半夜,那些进进出出的人好像突然之间都消失了一样,别墅里安静得就像什么人都没有。何钥匙抱着小贱在隔壁房间里睡觉,而我实在睡不着,于是从床上爬起来,想在别墅里溜达溜达。

当我在大厅里溜达了一圈,仍然一个人都没看到的时候,脑中顿生一个想法,准确来说,应该是邪念:前些天那一箱被伯格亲自护送来的东西就在地下室摆着,这几天我已经摸清楚地下室的入口了,如果趁着现在下去看看究竟是什么的话,会不会心

第六十章 失 忆

里更踏实一些？

是啊，现在只有我，被卷到这个旋涡中心，却好像离所有真相越来越远，大家都多少隐藏了一些秘密并知道一些东西，可我呢？

想着想着，我的双脚已经不由自主地走向了地下室的入口。这栋别墅的地下室入口就在后花园的小喷泉处，并不隐蔽，入口只有一扇木门，木门上的锁是一把老的插销锁，锁扣已经生锈了，我看了一眼，锁只是挂着，他们没有锁上。看来，那些东西也没有想象中的重要，他们竟然连门都不锁上。

我轻轻地把门推开，老木门还是发出了"吱嘎吱嘎"的响声。在把门完全推开前，我停下来环顾四周，确保这里的动静没有招惹来任何人后，才放心地把门彻底推开，蹑手蹑脚地钻了进去。一阵暖乎乎的霉味扑面而来，借着外面的亮光，可以看到向下的水泥楼梯，墙上有灯，但是我不敢开，还是摸黑下去吧。

我屏住呼吸，小心地把门带上，就在门快要关上的时候，突然——门卡住了——门框上出现了一只手！

糟了！我的心脏直接跳到了喉咙口，无数理由从我的脑海中闪过，就说我散步看到这边门没锁，来检查一下锁？我刚想推门出去，结果门被"吱嘎吱嘎"地拉开了。

"啊，果然是你啊！"

"何钥匙！"

我真是不敢相信，他究竟是什么时候、从哪里冒出来的，我竟然丝毫没有觉察到。

"你跟踪我？"

"嘘——别胡说。"何钥匙鬼鬼祟祟地钻进来，把门带上，"我不是跟踪你来的，我是跟着别人来的。"

"别人？谁？小四？"

"你那个朋友。"他指了指我们脚边向下的台阶。

"南洋？"

何钥匙点点头："我起来上厕所，发现小贱不见了，房间里也没有，就开门出去找。结果在走廊里发现小贱跟着你朋友走，我看到你朋友把它抱起来，鬼鬼祟祟地出了大厅，我就跟过来了。我看到他开了这里的门进来的，我藏了一会儿刚想出来，突然听到有声音，我以为是胡凯的人，就只能继续躲着。后来我看到好像是你鬼鬼祟祟地在开门，我就出来了。你也是跟着你朋友来的？"

"下去再说。"我说。

小贱认识南洋不奇怪，但是南洋鬼鬼祟祟地来这里就有点儿奇怪了，那几个箱子被搬进来的时候他还在昏迷，应该不可能知道关于箱子的事，那怎么会半夜三更跑来这里？

"你朋友不是失忆了吗，怎么还有闲情逸致多管闲事呢？……"何钥匙还在嘀咕，我"嘘"了他一声。

313

台阶不长，下面有动静。

那动静像是有什么东西被人拖着划过水泥地面的声响，箱子？我伸脚试了试，台阶已经见底了，现在踩下去的就是最后一级。那个声响还在继续，只是这会儿好像还有一些别的声音，都不太大，但我忽然觉得这下面好像不止一个人。就在我伸出右脚在地面上踩实，刚想回头对何钥匙说"当心"的瞬间，灯亮了。黄白色的灯光突然照过来，刺得我的眼睛一阵白茫茫的疼痛。

"谁？！"不是我吼的，也不是何钥匙，听声音也不像是南洋，而是——"小四？"我睁开眼，却直接被眼前的情景惊呆了。

小四和迪特都在，除了他们之外，还有十来个人，全都穿着黑衣服，看起来是胡凯的人。他们的手里都举着枪，有几个人的枪口对准了我和站在我斜后方的何钥匙，其余人全部都举着枪对着右边的一个角落：角落里站着的是眼神呆滞的南洋，还有被绑在靠背椅上的廖思甜。靠墙的地方放了大木箱子。

"怎……怎么回事？都在这里呢……"何钥匙高举双手，"我只是溜达溜达，我找小贱！"

黑猫小贱此时正坐在地上，两只绿莹莹的眼睛来回看我们，似乎想给我们解释眼下究竟是什么状况。

"什么情况？你们怎么在这儿？"小四皱着眉头问。

"找猫，跟过来的。"我说。我用余光看到何钥匙一个劲儿地点头。

小四示意大家放下枪，所有人都把枪放了下来。他又用下巴指了指南洋："那他呢？他为什么来这儿？别告诉我也是找猫。"

南洋呆滞地看着地面。被绑在椅子上的廖思甜似乎昏迷了，一动不动。

"不知道，可能是后遗症。"我说。不知道为什么，我突然有种感觉，南洋来这里的目的不是因为那些箱子，而是因为这个疯女人。

"后遗症？"迪特斜着眼睛看了南洋一眼，"我们发现他的时候，他试图杀死这个女的，这算是什么后遗症？"

南洋想杀廖思甜？

"我没想杀人，我就是听见有动静才下来的，被她吓到了而已。"南洋面无表情，冷冰冰地说道。说完，他也不顾他们手里都端着武器，直接穿过众人，朝楼梯口走去。他走到我旁边的时候停下来，看了一眼身后地上的小贱，指着它问我："是你的猫吗？"

我愣了愣，随即点头："啊，是，是小贱。"

"它挠了我。"他把胳膊伸出来给我看，上面有两条长长的血印子。他说完就上楼了，也不管其他人是什么反应。

"喂，他是你朋友吧，你说说。"小四瞪着我，我哭笑不得。

小贱走到小四面前，"喵"了一声。

第六十一章 启 程

这场莫名其妙的闹剧就这么潦草地结束了。或许这几天大家都很疲惫,没人真的有心思追究一个刚从鬼门关拉回来的失忆患者究竟要干什么,第二天也没人再提起这件事。大家都行色匆匆,我知道,离我们出发的时间越来越近了。

天亮后,南洋还是那样,呆呆傻傻,一言不发。问他问题,或者只是简单和他说话,他也不太开口,看起来不像是失忆,倒像是被谁下了降头。

何钥匙鬼鬼祟祟地凑过来,说:"你朋友好像是故意不想跟你说话啊,你们俩是不是有什么过节儿?"

我瞪了何钥匙一眼,他立刻抱着小贱跑开了。

没人提起有关廖思甜出现在地下室的事情,仿佛那个疯女人出现在那里是非常理所当然的事情。但是就在我们离开地下室的时候,我突然听见了从下面传出来的她的喊声。她喊着:"快跑!快跑!否则你们都会死!那是'地狱'啊!"

撕心裂肺的叫喊声令人感到毛骨悚然,她说的"地狱"会不会就是那个宫殿呢?

这天傍晚,胡凯来了。"我们今晚就要行动。"他说。

"今晚?陈唐呢?"

"他晚上会到该去的地方和我们会合,你放心。"

虽然他这么说,但是我心里依然七上八下的。我去厕所的时候,听见迪特站在走廊上和小四开玩笑说了句:"看来这一趟凶多吉少。"小四说:"别胡说,凶险的情况又不是经历得少,每次不都还是好好地回来了吗。"迪特又说:"但是看这一次的武器数量,确实有点儿吓人。虽然和那个组织也交过几次手,但是他们这次到底有多少人?搞这么大阵仗,我还是头一次见。"

可能小四听到有动静,没再接迪特的话。我赶紧进了厕所,轻轻把门关上。

胡凯也不知道怎么想的,在一楼搞了一间公厕,只有男厕,五个小便池,五个隔间的那种。我刚走到小便池旁边,就听见最后一个隔间里传来了声音,有人在里面说话,虽然声音很小,但还是能听见。可能是我关厕所门的声音太小了,他没注意,所以在我一步步走近的时候,他还在说话:"对,目前看来是今晚。对,我知道了,我知道了。"

我从隔间的门缝处朝里看了一眼,里面的人穿着一件灰色的套头衫,那衣服是我

315

的。是南洋,我深吸了一口气,蹑手蹑脚地出了厕所。

那天趁着南洋还昏迷的时候,我检查过他的身体。上次在半山腰的美第奇别墅地下,当我们见到那些尸体的时候,我记得汤勺说过,他在南洋的左后背上也见到过一样的标记,还有数字,但具体是什么数字他不记得了。我一直记着这件事,那天我检查他身体的时候发现,他身上不巧有一块类似烫伤的印记,恰好就在左后肩,汤勺见过的那个标记不见了。

厕所门开了,南洋从里面走出来。他转过来的时候见我站在走廊里,对我点了点头,面无表情地继续往前走。

"南洋。"我叫住他。

他停了下来,半天才转过身来看着我:"叫我吗?"

我朝他走过去,拍了拍他的肩,小声说:"无论是什么,我都会知道的。"

我怀疑他根本没有失忆,如果他是冒着生命危险来到这里,还要让人信服,对他不设防的话,他的目的会是什么?换句话说,是怎样一个强烈的目的,让他不惜付出生命代价也要混进我们的行动?还有,究竟胡凯为什么会想带他一起去?

午夜十二点刚过,胡凯的别墅就热闹了起来,连续十来辆车开到了别墅外面,一堆人进了别墅。胡凯短暂地消失了一段时间后,也跟着一起回来了。但是他一到这里,就带来了一个不太好的消息,他对我说:"那张黑猫画里的图被人偷了。"

"什么?"实在是有点儿难以置信,胡凯费了老大劲才弄到的那个图,就这么轻易被偷了?

"什么人,怎么偷的?"我问他。

"不知道,"他小声说,"很难讲不是我们里面的人拿走的。我自己开的车,图刚放进副驾驶,我突然听见后备厢有声音,就下来看了看,再进车里,装图的盒子就不见了。当时起码有十来个人在那儿站着,但现在没时间追查了。我的情报是,那边今晚会行动。"

他所说的那边,大概率指的就是那些戴着面具、身上有着统一的洛伦佐三环钻戒文身的组织成员。我默默地转头看了看南洋,如果南洋是为了混进我们的行动,那胡凯说的绝对有可能,这里头一定有人和他配合。可是我扫了一圈周围这些人,大部分都很陌生,短时间内很难查出来,只能等那人自己露出马脚了。

之前那个奸细卢比的搭档黑脸照常黑着脸站在门口,不知道他现在知不知道卢比的事情,还是仍旧被蒙在鼓里。上次听迪特说,他回来之后就好像不太愿意和他们说话了。会不会这人老早就被卢比策反了?

"带着猫?"小四突然在我身后叫了起来,"有毛病啊,找麻烦吗?到时候它走丢了可怎么办?"

何钥匙摸了摸小贱的脑袋:"这是一只有灵性的猫,放心,它不会走丢的。"

第六十一章 启 程

虽然我也觉得带着小贱很奇怪,但毕竟这只猫挺特殊的,万一它真的知道的比我们都多呢?想到这里,我有点儿哭笑不得,我们居然现在正在考虑一只猫在今晚这个大型行动里的价值。小四似乎也不知道说什么好,看了一眼胡凯,胡凯也没表态。于是小贱就顺理成章地被默认要一起带上了。

"抓紧时间,陈唐已经在那里等我们了。"胡凯说。

汤勺?

"他已经回来了?"

"回来几天了,但是不方便露面。上次你们在热那亚海军司令部闯的祸,我好不容易才压下来,结果这次他去的时间很不巧,人家正在调查,他跑去撞在枪口上。如果不是我及时找了人,他肯定得起码被关十天半个月的,如果他们一直抓不到其他嫌疑人,那就真不好说接下来是什么情况了。所以我让他暂时躲躲,避避风头,毕竟是上了新闻的人。"

新闻里那个果然是他……

"他有说去那儿查什么吗?"我问。

胡凯笑了笑:"查什么我不管,你见到他自己问,不过他应该是查到一些有意思的东西了。"

我本以为,一起参加行动的再多也多不过十个人,没想到之前迪特所说的规模庞大半点儿不假。在场的这些人,我大概数了数,有二十四五个,都在行动队伍之列。虽说现在已经入冬了,天黑得早,但也不代表广场上没人啊,我们一群人,浩浩荡荡去到广场……难道我想错了?宫殿根本不在市中心?

何钥匙倒是显得很激动,一副要去秋游的样子。

"我得提醒你,这可不是闹着玩的。"小四对他说。

"放心吧,我正经得很。"何钥匙手舞足蹈地回答,不知道如果他听见迪特说的"凶多吉少",还能这么快乐吗?

地下室的几个箱子被抬了上来,一起被带上来的还有嘴里一直嘀嘀咕咕念着什么的廖思甜。

何钥匙看到廖思甜立刻退到了小四身后:"你别告诉我,还要把她带上跟我们一起……"

廖思甜的头发被胡乱地绑了起来,露出了脸。这张脸上显然已经看不到昔日作为博物馆馆长的光彩了,皱纹和瘀青让她的脸看起来像个巫婆,大眼睛凹陷得厉害,眼珠子显得十分突出。她突然抬起头来,朝我们这里瞥了一眼,眼神很奇怪,并不犀利,甚至有些愧疚。她瞥的方向绝对不是冲我,而是……冲我斜后方的……南洋。

这是我第一次看到廖思甜有一丝跟人相似的神态,虽然只是一瞬间。她很快把目光收了回去,紧接着就开始尖叫,死命想挣脱束缚她的人。迪特直接给她打了一针镇静剂,她才安静下来。我想起那几张照片,很难把眼前这个人和照片里那个短发精干、

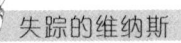

镇定自若的女人联系到一起。真的是她杀的阿夫杰吗？

小四说："凯爷关照了，要带她。"

伯格神情淡然地打开一个个箱子，把里面的东西取出来分配给众人。何钥匙确实没说错，有两个箱子里都是绳索、挂钩，甚至还有铲子、小锤子、小刀等工具，这些东西基本上都是人手一套。何钥匙拿到手的时候，笑笑说："这不是用来撬门的吧，我可不需要啊。"小四瞪了他一眼，他就不敢胡说八道了。

当伯格打开最后一个箱子的时候，在场的所有人似乎都下意识地屏住了呼吸。那个瞬间，我才突然反应过来箱子里装了什么。当箱子完全打开，何钥匙走上前看了一眼，回头看我的时候，眼珠子差点儿掉出来。他贴到我的耳边，颤颤巍巍地问："我们这是要去哪里啊？"他拉着我裤腿的手指也在哆嗦。

我没回他，主要是我也被这场面给镇住了。箱子里装的，除了一堆意大利的伯莱塔92F手枪以及一堆德国的P229型手枪之外，还有一些造型奇特的、带匕首的枪支。伯格从里面取出一把十分特殊的匕首型左轮手枪，金属黄铜色，带着四指的环扣，前端是一把锋利的匕首。

胡凯见我一直盯着伯格的武器看，笑着说："这是一把指关节左轮手枪，是手枪和匕首的升级版。指关节的武器是罗马人设计的，没有枪管，远近杀伤力都很强。给！"他掏出来一把一模一样的扔给我，"拿着，防身。"说完，他冲我一笑。

何钥匙看到那把枪朝我们飞过来，吓得直接抱着小贱躲沙发后面去了。

我伸出双手去接武器，奈何武器有点儿沉，落到我手里的时候，就像一个烫手山芋，差点儿被我抖到地上。好不容易握住之后，我也不敢随便碰它，我既害怕前端蛇形带有血槽的匕首被我按错地方，突然弹出来伤到自己或别人，又害怕这个没有枪管的东西自己走火，我赶紧小心翼翼地收起来，恨不得找胡凯要个枪套包一包，否则就连这么揣在身上都有点儿担心。像我这种做私人侦探的只会用用望远镜，顶多加个窃听器，哪儿见过这么有分量的真武器啊。毕竟之前看到这种场面，还是在电影电视里。

黑脸站在远处，看到我一脸怂样，竟然还乐了。看来他还在把我当成卢比事件的罪魁祸首，待会儿行动的时候，我得小心他，别一个不当心被他给暗算了。

"好了，出发！"胡凯说。

就算是小贱，估计也没感受过这种大场面。何钥匙抱着它，他们俩四只瞪得滚圆的眼睛左看右看，就像我们都是挟持他们的人。透过车窗能看到的，只有外面墨色的天际和点点星光。今晚的云层很薄，星空明晰灿烂，闪着碎钻一般的光。所有那些谜团，真的需要我们去解开吗？

车子在开到靠近米开朗琪罗山的时候就开始分散行动了。我们的车开到胡凯的别墅门口停了下来，开车的小四说："接个人。"

第六十一章 启 程

"啊?还有人?!"何钥匙大叫一声。

要接的人已经等在花园里,此刻正从里面走出来,不是别人,正是白求恩老头。

何钥匙自从上次说完老头是"江湖术士"后,老头几次来他都尽量避着。老头只要见到何钥匙,一定会拿这件事挪揄他。何钥匙抱着小贱往后缩了缩:"为什么要带他?"

"大伯好意,特意答应陪我们走一趟。这是天大的面子,什么为什么不为什么,你可别乱说话啊。"小四伸手戳了戳何钥匙的脑袋。

老头一上车,见到何钥匙,就笑着说:"哟,小江湖术士也去啊,可巧。那我这回正好见识见识江湖术士除了解毒之外还有什么本事,听说你会的可不少啊。你家爷爷我也见过几面,让我有机会多接触接触后辈,以后去了天上,我还能跟他聊聊。"

何钥匙一脸温顺又尴尬地缩在角落里。"这回真的是死定了。"他嘀咕道。

"别胡说,"老头抬手就给了他的额头一个"毛栗子","什么死不死的,年纪轻轻,一天到晚把死挂在嘴上,心态不健康。"

何钥匙"嗷"了一声,摸着脑袋,连声说"不敢了"。小四偷着乐,转过去关上车门车窗,继续上路。

坐在何钥匙身边的南洋一声不吭,我不知道他是否清楚就是这个老头救了他的命。但是他一眼都没看老头,只看着窗外,仿佛和我们之间隔了个宇宙似的,大家根本不在一个空间。

老头倒是转头看了他一眼,问我:"怎么样?失忆的情况有好转吗?"

我摇了摇头。

老头又看了他一眼,说:"神经性失忆,一切都说不准,可能什么时候就一下都想起来了,别急。"

小四说,所有人分三路走,从不同的入口进瓦萨利长廊。我们要去的地方是河对岸的皮蒂宫后花园——波波利花园。瓦萨利长廊最有名的两个口,一个在老皇宫,一个在波波利花园蓬塔兰迪的岩洞旁边。这个入口相对来说安全一些,因为河对岸的皮蒂宫那一片一入冬人流量就少了,不如市政府广场那么显眼。

何钥匙到临下车才突然反应过来:"你们不打算给我一个武器吗?"

小四笑了笑:"给你武器,你也得会用啊。放心,你的命我保护,保证你毫发无伤地回来。"

我们的车停在距离皮蒂宫广场还有一点儿距离的罗马门附近。那边有个免费的露天停车场,好几辆车子一起停下来也不会显得太招摇。但是我们到的时候,显然其他车都已经停好了。小四说,迪特和胡凯他们已经在入口等我们了。

"陈唐呢?"

"不知道他走的是这边还是老皇宫那边,去了就知道了。"

以前我半夜从这儿走过几次,有时候周五周六的夜里,附近的酒吧街人多,这一片巡逻的警察就会增多，好几次我都看到警察在这附近带走几个闹事的人。我们经过圣灵广场的时候，我还瞥见两辆巡逻的警车，但没见到警察，从圣灵广场旁边的小巷子里一穿出去，世界突然就安静了下来。别说警车警察，就连除我们之外的人影都看不到。

"皮蒂宫广场的冬天是真的冬天，根本没人来。"何钥匙说。

"为什么？"我问。

"怎么说呢，有人说定时闹鬼，有人说这里不祥。当年美第奇大公柯西莫一世的老婆艾雷诺拉，为了给孩子更好的成长环境，花了自己的嫁妆重金买下皮蒂宫。结果最后她和柯西莫一世的孩子只有三个活过二十岁的，她自己也是四十岁年纪轻轻就去世了。夏天嘛，游客多，天黑得也晚，人气旺。冬天就不一样了，天一冷，人就不愿意往不祥的地方去。你看，虽然每年到了圣诞节这个广场也会放置圣诞树，但这里从圣诞节到跨年有几个人来？就这一片最冷清。"

我抬头看了眼广场的角落，今年政府似乎想省钱，放了一棵连叶子都不多的圣诞树。圣诞树上的彩灯也是稀稀落落的，看起来特别萧条。我一想，是啊，还有一个月就圣诞节了。要不是何钥匙提醒，这时间快得我都来不及反应。

这一年就要过去了，这一年究竟发生了什么……我抬头看了看走在小四身边的南洋，是啊，这一年竟然发生了这么多离奇的事情，我的世界好像都被改变了。

小四带我们从皮蒂宫的侧门——办公区进入了波波利花园，这是直通瓦萨利长廊出口的捷径。

到达办公区庭院停车场的时候，只见远处突然有灯光闪了一下，小四立刻带着我们朝左边的小道走去。很快，我们就和大部队会合了。我们这边的人数应该是最多的，如果不算胡凯那些我从来叫不出名字也辨别不清脸的手下的话，所有我认识的人，除了伯格和黑脸被安排在另外两条路线，其他人都在这里。当然，还有疯癫的廖思甜。

不知道是刚才的灯闪了一下还是看到我们的缘故，廖思甜突然开始大声嘶吼："不能下去！不能下去！下去都得死！"她一边嘶吼一边企图扑向我们，被小四一把抓住，直接用布条塞住了她的嘴巴。

"凯爷，我们没敢用大药，但有另一种，您看要不要……"迪特赶紧绑住她的手脚，不让她动弹。

"先不给，待会儿再说。"胡凯说。

"把这里的门打开，就可以正式进入波波利花园了。"克里指着我们面前的一扇小门说，"我检查过了，这边没有警报装置。"克里手里抱着一台比电脑小一些的机器，大概是那种探测警报的探测仪。小四说，就算探测到警报，克里也可以解除。我还是第一次看到这种高科技的技术装备，如果是这样的话，那岂不是很容易就能进博物馆偷窃？

面前的铁门不大，门的另一边植物密布，大概工作人员想营造出一副此路不通的假象吧。门上挂着一把锁，何钥匙把小贱扔到我的手里，撸了撸袖子："到我啦。"

所有人的注意力大概都放在何钥匙开锁上，只有三个人没有。其中一个人是我，另外一个是南洋，第三个人是廖思甜。我看到南洋看向廖思甜，那张刚刚还无比狰狞的脸，正用那双眼珠突出的眼睛看向南洋。如果外面的路灯没有让我产生错觉的话，廖思甜看向南洋的那双眼睛里似乎闪着泪光，我看到她的嘴动了动，南洋立刻就把看向她的目光挪开了。

"打开了。"何钥匙说。

廖思甜立刻把头低了下去，我也收回了目光。如果没有看错的话，廖思甜刚刚对着南洋说的是：快走。

"这锁，是个空锁。"何钥匙说。

"什么意思？"胡凯问。

"意思就是这锁是没用的，我说怎么找不到锁芯呢，害我费半天劲。"

也就是说，这里的工作人员觉得只要假装这门无法进出，就不会有人想进出，所以连锁坏了也懒得修。

"陈唐呢？"我在这群人中唯一没看到的就只有汤勺了，难道他去了另外一边？

胡凯指了指里面："他已经在里面等我们了。"

第六十二章　猫的指引

瓦萨利长廊最近在装修，这工作持续了不少时间了，装修的工作是从波波利花园的出口这一头开始的，所以当我们走近蓬塔兰迪的岩洞时，大老远就看到了脚手架。

"这边能进得去？"我问。

胡凯说："放心吧，能进去。"

但看胡凯的意思，他并不打算从脚手架搭出来的那个门进去，而是指了指蓬塔兰迪岩洞，对何钥匙说："你看看那个侧面的锁能不能打开。"

"没有一把锁是打不开的。"何钥匙再次把从我的手里抢过去的小贱塞回我的手里，小贱不耐烦地挣扎了两下，有点儿想要跳下去的意思。我可不敢放它下去，这只猫虽然名义上是我的，实际上是何钥匙的，要是猫不见了，他铁定跟我拼命。

很快，何钥匙就把那扇铁门打开了。克里刚想打开机器勘测警报，胡凯示意他不用了："如果这一段有警报，我们开门的时候就该响了。走吧。"

"等下，凯爷，您看……她……"小四指了指迪特手里的廖思甜，"待会儿要是遇上什么情况，就怕她不受控。"

"让她吞一颗药。"胡凯说。

他们指的药不是什么催眠性药物，而是不让她发出声音的药。我看了一眼南洋，他面无表情地跟在老头后面走了进去，一眼都没看廖思甜。

我确实没想到，原来这个岩洞还能连通到瓦萨利长廊。

岩洞表面垂下的那些钟乳石，看上去就像怪物身上长出来的毒瘤，浸泡在这样黑沉沉的夜里，难免不让人心生嫌恶，汗毛直立。我一直都不喜欢岩洞这种东西，实在不懂这么丑的玩意儿当时怎么就能在各个贵族的后花园里流行起来。

蓬塔兰迪的这个岩洞很有名，一开始由柯西莫手下的首席设计师瓦萨利建造，之后由美第奇第二代大公弗朗西斯科的御用设计师蓬塔兰迪设计，此外，这个岩洞里面还摆放过米开朗琪罗著名的雕塑群"奴隶"，不过现在摆在里面的已经不是真迹了，原件在佛罗伦萨美术学院陈列馆。

刚一脚踩进去，我就闻到了一股奇怪的味道。如果不是修复中的项目或者和市政广场那样摆着当城市标志的门面雕塑，很少有人会主动养护雕塑。这里面到处都是鸽子屎，空气里漂浮着一股陈年的臭味。

第六十二章 猫的指引

"哎哟妈呀，这味道！"何钥匙把鼻子埋到了小贱身上，小贱的眼睛发出绿莹莹的光。

大家都很默契，尽量轻手轻脚地迅速进入岩洞内部。这么多人一进来，瞬间就把里面的空间占满了，顺便还挡住了月光。里头变得漆黑一片，完全无法看清楚那些被巧妙地融入钟乳石的雕塑，只能看见一个个形态各异的影子。

"啊，这里还有天顶画呢！"何钥匙忽然说话，一堆人朝他"嘘"，让他闭嘴。估计他是这里唯一一个有闲情逸致欣赏天顶画的人。

胡凯说："前面那个雕像后头有扇门，门里面有通往瓦萨利长廊的入口。不过我们得找找入口在什么地方。"

"陈唐不是从这里进去的？"我问。

"不是，他是从出口进去的，但是搭脚手架的棚子里边有个监控，我们人太多了，他在里面发现从这里也可以进去，就传了个信儿出来让我们走这儿。"胡凯说。

"凯爷，咱们得快点儿，克里的探测器上检测到花园中部有人在朝这边来，可能是工作人员。"小四说。

我听见这话，再看看这一屋子的人，真是一头冷汗，如果被人看到大半夜这么多人在这里，很难不被怀疑我们是不是打算把波波利花园搬空……

穿过雕塑，后面还有一个房间，房间的正中间摆放着一尊维纳斯出浴雕塑。雕塑摆放在一个喷泉台上，维纳斯脚踩一块看起来很古老的石块，周围的墙壁上还有一些岩石雕塑和湿壁画装饰，但实在太暗了，什么都看不清楚。

"在这里！"克里突然举高手里闪着蓝色光的金属探测棍说。

"快关掉闪烁！"小四一把按住那个机器上的亮灯。

"好好好，"克里一边按灭灯，一边指了指面前这尊维纳斯雕像，"入口就在这个下面。"

虽然凭借高科技一秒就找到了入口，但是我们一圈人围着研究了半天，也没搞明白这个入口怎么打开。想转动维纳斯雕像，但它纹丝不动；想转动雕像脚下的石块，也纹丝不动；试了试下面的水盆，还是纹丝不动；就连围绕水盆一周的三个托盘天使都被试过了，全都纹丝不动。

"凯爷，那边有人过来了！"迪特匆忙地从外面钻进来说，"拿着手电筒的，应该是花园巡逻。他们一般夜间只巡逻一次，我们观察了一阵子，时间从来不固定，但像今天这么晚是第一次，会不会他们……"

"别慌，"胡凯说，"尽量不要把无辜的人牵扯进来，让外面的人都进来这间房，站在灯光照不到的地方。只要他们不进来，就没问题。"

在这间房里的所有人都以最快的速度贴到了墙边上，墙上一股潮湿的气味钻进鼻腔，搞得我喉咙发痒，只能强忍着打喷嚏和咳嗽的冲动。没过一分钟，我们就听到了外面的脚步声。这个地方回音很大，外面的声音听得特别清楚，脚步声停在了入口处，手电筒的光冲外间照了一圈。

"快点儿，冷死了，赶紧回屋子里，弄点儿威士忌暖暖。"其中有个人说。

说完，手电筒的光就不见了，紧接着就是离开的脚步声。我们正要松口气，突然，小贱从何钥匙的胳肢窝里跳了出去，一下就蹦到了维纳斯的脑袋上。

"哎！"何钥匙刚发出声音，就被我一把捂住了嘴巴。但似乎还是慢了一步，外面离开的脚步声戛然而止。

几秒后，手电筒的光再次出现。

"怎么了？"刚才说话的那个人问。

"我听见一个奇怪的声音。"另一个人回答。

我心说：完了，被何钥匙害死了，不知道胡凯会怎么处理这两个人，不至于杀了他们吧？……

我正想着，听到外面的人说了句："那进去看看吧。"脚步声转瞬间已经到了外面那一间屋子。只要他们稍稍往里头走上两步，用手电筒的光一照，就会发现这一屋子贴墙站着的人……难以想象一会儿的画面，站在我旁边的小四已经从兜里掏出了手枪……可千万不要在这里搞事啊。

"喵——"就在那两束光即将晃过来的时候，突然有只猫叫了一声。

不是小贱，小贱蹲在维纳斯的脑袋上还没动过。

"哦，原来是只猫。"外面的声音说。

"我就知道是猫。"

脚步声再次离开，直到完全听不见了，我们才敢动弹。

何钥匙一把抱起小贱，点了点它的脑袋："差点儿被你害死！"

"哪儿来的猫？"小四嘀咕道。

确实有只猫，一只胖墩墩的橘猫，摇晃着大脑袋从外面走了进来，黄色的眼珠子骨碌碌地转着看了一圈，最后目光落到了何钥匙手里的小贱身上。

"这只猫是有人养的。"我指了指它脖子上的项圈。

"这里还有别人？"何钥匙倒吸一口气。

"喵——"胖橘猫叫了一声。

"喵——"小贱也叫了一声。

"嘿，它们俩还对上话了。"何钥匙把小贱放下来，转头加入队伍，开始继续研究入口了。

橘猫跟小贱你一句我一句聊了一会儿后，就晃着尾巴慢悠悠地走了。小贱坐下来，一直目送橘猫走出这个岩洞，才转过来，看了看我，对我"喵"了一声，然后一下就跳上了维纳斯的水盆，一屁股坐在了其中一个小天使的右手上。

"嘘，小贱，下去！"小四推了推小贱，但它就是坐着不动，"哎，何钥匙，能不能把你的猫给看好了！"

第六十二章　猫的指引

何钥匙立刻就去抱小贱，我也不知道发生了什么，只见他突然把小贱屁股底下的天使的手给掰了下来。

"哎呀，断了！"老头有点儿幸灾乐祸地说了一句。

"何钥匙！"小四一把从何钥匙手里抓过那只手。

"嘘——听！"胡凯说。

从地下传来一阵不太明显的"轰隆"声。

"让开！"迪特突然把所有在水台旁边站着的人都拨到了后面，这下我们都感受到了，不光是从地下传来的声响，还有来自地面的震动。接着，面前雕塑水台上的天使和天使下面的波浪形状的大理石片如同花瓣一样从水台柱上分离出来，自然打开。当它们全部打开后，水台上面的维纳斯雕塑沉入地下，在地面露出了一个圆形的、仅供一人通过的洞口。雕塑完全沉入下一层后，洞口出现了一段台阶。

小四惊讶地看了看自己刚从何钥匙手里抓来的那只天使的小手，惊讶地张大了嘴巴："这是……这只猫告诉你的？"

老头"哈哈"笑了起来："我倒是觉得，是刚才那只猫告诉这只猫的。"

何钥匙也是一脸震惊，他说他会不小心把那只手掰下来，是因为小贱的爪子抓在上面，他想把小贱的爪子抠下来，还没用力，就把那只手给掰下来了。

"看来刚才那只猫是特意来带路的，哈哈。"胡凯笑着说，"走，别让陈唐等久了。"

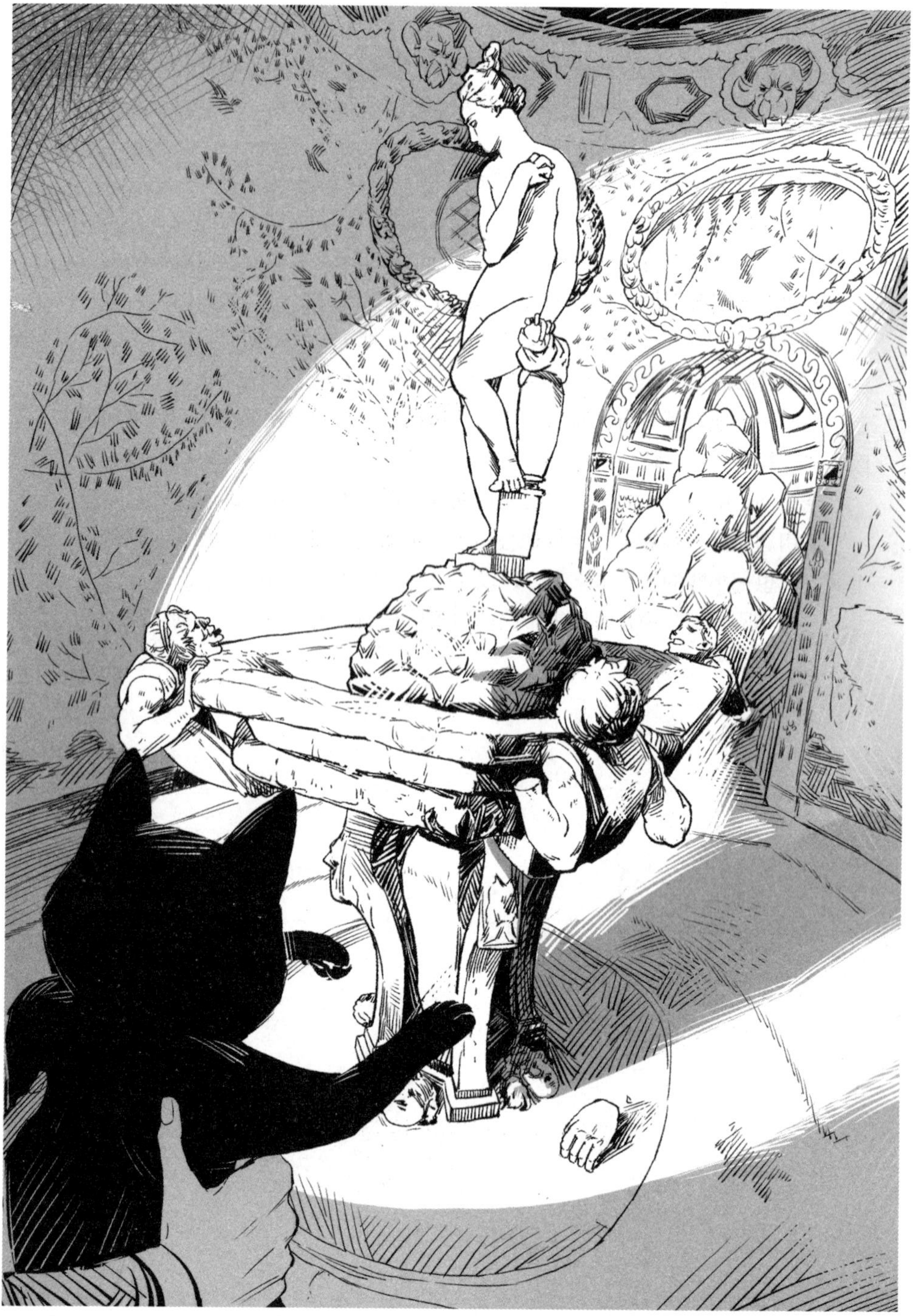

第六十三章 瓦萨利长廊

我们走上台阶才发现，这个台阶先向下，碰到地面后，立刻重新向上，呈 V 字形，显然另一头是为了连上瓦萨利长廊。

走到台阶的最上面，果然出现了一道门，是一道有一定厚度的木门，门上还有花纹。胡凯打开手电筒照了一下，说："这是柯西莫一世的标志——乌龟加风帆。这个入口或者说是出口，看来是随瓦萨利长廊一道建造的，美第奇家族为了防暗杀，在这个长廊里头搞了很多出入口。"

接下来又到了何钥匙的时间。何钥匙把小贱塞给小四，从身上掏出"头发丝"，五秒不到就把锁弄开了，开完后不忘说一句："这把锁一看就不是我家做的，也不是老锁，这个锁芯是 20 世纪 90 年代换的，最好撬开了。搞得这么隐蔽居然配这么一把破锁，真是暴殄天物。这种地方的锁就该找我们家定制，保证没有哪个小偷能打开……"

"行了你，别啰唆了。"小四把猫塞回何钥匙手里，走在第一个，把门推开，迪特断后。

推开门后，气味果然不同了，那股空气里温热潮湿的霉味瞬间从鼻尖消散了，换来的是博物馆里那些木画框暖烘烘的味道和大理石冷冰冰的气息，这中间还夹杂着一股新木和油漆的装修味。没错，是瓦萨利长廊。

我们谁也没敢点灯，但这里比想象中的还要黑。这一段没有窗户，很可能是刚才经过的搭建脚手架的那一段。除了我们这些人的头之外，我甚至看不清楚墙上是否挂着作品。据说所有值钱的大师肖像画都在这里。

走在最后的迪特刚关上那扇门，我们就听见了细微的声响。

"是不是有人来了？"何钥匙刚压着嗓子问完这句，对面就突然亮起了一束手电筒的光。

我心说：这下完了，我们这么多人，这里也没地方藏，如果那人扯开嗓子一吼，不知道会不会把更多人引过来。结果那束光停在离我们不远的地方，冲我们晃了晃，我听见胡凯说："来了。"

是汤勺。

直到光从我们的脸上挪开，露出他的脸，我眯着眼睛才看清楚，确实是汤勺。他瘦了，而且没刮胡子，整张脸看起来就像当了一个月逃犯那么沧桑。他放下手电筒，

朝我们走过来。

"我等了你们半天，怎么这么慢。"他的声音也有点儿嘶哑，"喂，李如风，好久不见啊。"他伸出拳头，从众人的脑袋之间穿过来，伸到我面前，跟我碰拳。我突然觉得有点儿好笑，隔了这么久在这样的场景里见到这样的汤勺，有点儿不太真实的感觉。

"进来那儿有机关，而且花园里有巡逻，弄了半天才把机关打开。"胡凯说，"这里情况怎么样？见到我的人了吗？伯格他们带其他人从市政厅那边进的。"

"暂时还没有。"汤勺说，"这里巡逻的人被我迷晕了。但是，我觉得这里有其他人，我们要当心。"汤勺说着，忽然举起手电筒，照了照站在我身边的南洋，"你？你也在？"

"我说带上他的，说是失忆了。"胡凯说。

"失忆？"汤勺有些迟疑地看了看南洋，南洋也看着他，面无表情。

"她怎么也被带来了？"汤勺又看到了后面被两个人押着的廖思甜。

"她也有用。"胡凯说。

也有用？他的意思是说，南洋被带下来和廖思甜的性质是一样的，都是因为"有用"？我忍不住转头瞄了南洋一眼，他究竟知道什么呢？

"走吧。"汤勺说，"我算过时间，到我们消失在这条走廊上，巡逻的人应该不会醒。但我们的动作得加快，因为你们进来已经浪费了一些时间了。我怕药效不够长，那玩意儿是我从网上买的……"

"走走走。"

走了几步，何钥匙好像才突然反应过来："什么叫消失在走廊上？"

小贼的眼睛闪着绿色的光，它好像对廖思甜特别感兴趣，一路上似乎都在仔细观察她。

"待会儿你就知道了。"胡凯转头问，"那个定位图记得吗？"

我愣了半天，左看右看，最后发现他好像是在跟我说话。

"什么定位图？"

胡凯笑了笑："我相信你看过不止一次，有本黑色皮面的笔记本，之前在那个菲利普那儿，后来失踪了。你去过他的办公室吧，我相信你肯定见到过。而且，那本笔记本……原本可是他的东西。"他撇撇嘴，看向南洋。

南洋失忆之后，我也开始屏蔽脑中一些凌乱的记忆片段。比如说，关于那本黑色的笔记本为什么会出现在南洋的那堆书里，后来笔记本被歌里拿走了，而那天山川发了疯。

这些事我既迫切地想知道答案，也在刻意回避。我怕自己会忍不住问南洋，显得太过迫切，显得我好像知道很多，或者说想起了很多。但现在问他什么，他都只会用一种空洞的眼神看着我。尤其是在我怀疑他可能并没有失忆后，他这样的眼神时常让

第六十三章　瓦萨利长廊

我感到有些愤怒。这是我的亲密的朋友，我却好像根本不认识他。他和我的妹妹一样，藏着一堆我完全不知道的秘密。

不过，我当然记得那本笔记本上的内容：V52、V23 和洛伦佐的三环钻戒标识。还有汤勺提到过的南洋身上的文身，但我还来不及证实，文身就不见了。

胡凯从身上掏出来两张整合在一起的羊皮纸，让迪特用手电筒照着，手指着那两块涂黑的区域给我看："看到了吗？"

"你的意思是，这个区域和这两个标号……相对应？"

"我猜的。"胡凯笑笑，"不是没可能啊。"

我看了一眼汤勺，他没什么反应，看起来似乎很多东西他都已经和胡凯达成共识了。我的某处神经跳动了一下，是我本来就不了解情况还是我错过了什么，汤勺和胡凯什么时候变得这么有默契了？

"往前走吧，如果真是这样的话，我们离那一段还有不少距离。"我说。

瓦萨利长廊建造于 1565 年，当时柯西莫一世作为掌权人物，为了防止发生暗杀，拉开与普通百姓的距离，命令他的宫廷第一建筑师瓦萨利花了五个月的时间建造了这条皇家走廊——瓦萨利长廊。长廊两边的墙壁上挂着美第奇家族不对外公开展览的肖像画，除了之前提过的历代大师自画像之外，还有许多 16、17 世纪意大利学院派和"意大利画风派"画家的作品。我虽然是卖古董的，但是对这方面的了解远不及南洋。我瞄了一眼南洋，他看起来对这些艺术品毫不在意，显然，他打算装蒜到底。

长廊建造时间短，所以其实没有所谓的技术含量。之前学术界也一直在研究，当初柯西莫一世建造长廊会不会另有目的，但最后没人得出结论，也有可能有人得出了结论但没有公布。如果我们寻找的宫殿入口确实在瓦萨利长廊中，那么世世代代发现这个秘密的人肯定早就不计其数了。我突然想起了先前和汤勺一起在地下遇到的那个惊悚万分的骸骨池，会不会那些人都是因为和我们一样的目的而死在那里的？想到这里，我就忍不住倒吸一口凉气，没准儿迪特说的"凶多吉少"是有道理的。

"瓦萨利的肖像画好像就在这里。"说话的是白求恩老头。

汤勺突然停了下来，满脸惊讶地转头。他越过黑暗中的众人，看到了站在队伍的最后面、迪特旁边的老头："大伯？您怎么在这里？"

我在心里暗笑，居然要开口说上一句话，他才看到自己的大伯。

"你能在这里，我就不能在这里吗？"老头的语气很得意。

"我不是这个意思，您可当心点儿啊，不是闹着玩的……"

我听见汤勺转头就对着胡凯嘀咕："你怎么能带老头来啊，要是有个三长两短的，我回去怎么交代？"

"他坚持要来，我没办法。"胡凯小声说，"放心，咱们人多，一定可以保护好大伯。"

我们沿着瓦萨利长廊走到中段，都挺风平浪静的。就这样，我们一路走过圣费利切教堂，几乎要踏上老桥的时候，前面突然出现了好几束手电筒的光，所有人都警惕

起来。

"凯爷？凯爷？"是伯格的声音。

"伯格？"小四挡在所有人的前面。

确实是伯格，还有黑脸，他们身后还跟着几个人。伯格让其他人关掉了手电筒，手电筒的光熄灭的一刹那，我注意到他的脸上好像有血。

"怎么回事？其他人呢？"胡凯应该也注意到了。

"凯爷，我们被那帮人伏击了，就在刚要从乌菲兹进瓦萨利长廊的地方，另一波人是在市政厅的地图厅密道口被伏击的。那帮人是有备而来，而且知道我们进去的位置，我们有好些兄弟受伤了，有部分人去引开他们了，我们费了点儿功夫才甩开他们。"伯格说。

"果然。"胡凯点点头，"咱们之中有人在向他们通风报信。"

我瞥了一眼南洋，他还是那张脸，一切似乎跟他毫无关系。

"你们受伤没？"胡凯问。

伯格摇头说："我们没有，受伤的兄弟我安排他们先离开了。他们的枪都装了消音器，我们也不敢在市政厅里弄出太大动静，所以到底几个人受伤、伤势怎样，我没法完全知道。"

"行了，赶紧继续行动，他们没从皮蒂宫伏击，说明他们不知道我们分了三路。这样也好，分散了他们一部分注意力。擦擦脸吧。"胡凯从兜里掏出手帕递给伯格。

我这才听懂胡凯的意思，怪不得他要把自己的贴身保镖伯格分在另一组行动，可能他早就预测到有这种状况发生，觉得让伯格去应对更好一些。但是他没有跟伯格说，没有跟任何人说，哪怕知道自己的亲信很可能会受伤……

"推测出来的位置在这里是吗？"胡凯问克里。

克里正端着电脑和之前那个长条形的探测器在探测。

"凯爷，这里下面是空的，但现在预估不到空间有多大，也探测不出底下的真实情况。但是入口应该差不多就在这一块区域。按照古代的密道结构来讲，暗藏的开关是不太可能离得很远的。"

一个是V52，一个是V23，这么说来的话，难道入口有两个？

"仔仔细细找。"胡凯说。

我们谁都不敢打开光源，因为这里离老桥已经很近了，瓦萨利长廊到老桥的那一段全都是通透的四方窗户，一旦有什么光源闪烁，外面看得清清楚楚。我们只敢摸黑寻找，希望能顺利找到打开通道的开关。

"到底在找什么？"何钥匙终于忍不住凑到我的耳边来问。

"入口。"

何钥匙听罢，沉默了十几秒后，又凑了过来："你是说那座宫殿在地下？"随后，他也不等我回答，就对着小贱说："展示下你的威力吧，小贱！"

第六十三章 瓦萨利长廊

小四在一旁差点儿没绷住笑出声来。

小贱还真像听懂了似的,翘着尾巴开始徘徊,东瞧瞧,西闻闻,这只神奇的猫,不知道会不会比我们先找到入口。

慢着,何钥匙通常都不听我们说话,甚至连羊皮纸都没看过,怎么说到宫殿的时候说得这么顺口?就好像,他一直都知道有关宫殿的事……

何钥匙正盯着离我不远的墙壁上的一幅画,我心说:就算他知道也不奇怪,搞不好他根本从一开始就知道关于宫殿的事情,未必就是从我们的嘴里听到的。这个何钥匙,我总觉得胡凯带着他并非完全为了打开一道道锁,搞不好还有其他目的。

恰好在我转头的时候,何钥匙突然说:"你们看这幅画,挂得好像有点儿歪。"

"没歪啊。"小四正好站在他身后,扫了一眼,拿手电筒照了照。那是某位大师的一幅单人画像,我看得不是很清楚。"你别添乱,看着那只猫。"小四说。

何钥匙仿佛完全没有在听小四说什么,伸手就要去动那幅画。

突然,一声惊恐的尖叫声划破了四周的寂静,仿佛把这条黑暗的走廊撕成了两半。

"啊——"还没等众人反应过来,紧接着就听见那尖厉的嗓子大喊道,"别碰它!"

是廖思甜。在进入蓬塔兰迪岩洞之前给她灌下的药失效了,刚刚还一直如同一个幽灵一般一声不吭的人,突然之间就尖叫起来,还顺势朝着何钥匙的方向扑过去。还好小四反应快,就在她快要抓到何钥匙的瞬间,把她按在了地板上,并捂上了她的嘴。何钥匙吓得直接沿着墙壁坐了下去,身后原本歪着的画框顺带被他拨正了。

画像在斜斜射入的亮光里晃了一下,我看到了画像上的人,好像是波提切利,但我无法确定,他的自画像我只在乌菲兹美术馆里的《三王来朝》上见过。虽然一直传说波提切利有完整的自画像保留下来,但谁也不知道是不是真的。

"轰隆——!"

"什么声音?"汤勺说。

我们都听见了这一声,声音清晰而短促,没法判断是从哪里发出来的。所有人都拔出了枪。

何钥匙十分惊慌地将双手举过头顶:"我不知道,我什么都没动啊!"

他话还没说完,那"轰隆"声又出现了。这次的声响有些不一样,声音听起来似乎是从头顶上传来的,附带着回音,在四周整个空间里震荡。不知道是声音引起的错觉还是真实的感觉,我脚下的地面仿佛也在震颤,如同地震一般。

当所有人还在四处观望的时候,我眼角的余光突然瞄到,就在小四和廖思甜的位置上方,似乎有什么东西正在掉下来!

"当心!"我飞快地扑过去把小四往自己的身边拉。廖思甜则躲得很顺畅,动作灵巧且飞快地闪到了一边。这女人遇到危险的时候可真是一点儿都不疯。那个东西掉下来的速度极快,当时站在下面的人除了小四和廖思甜之外,还有十来个胡凯的手下,幸亏那些人训练有素,反应速度极快,抢在东西砸到他们的脑袋之前飞速往后退

了几步。

"轰"的一声之后，所有的响声戛然而止，周围恢复了死一般的寂静。

廖思甜也停止了挣扎和疯狂的叫喊。我的耳膜鼓胀，心跳声"咚咚"地重击着耳膜，我能听见周围的人都在大喘气。

伯格往前走了几步，用手电筒上下照了照——是一扇门，一扇石门。

我简直不敢相信自己的眼睛，在瓦萨利长廊里面，居然会从头顶上落下来一扇石门。难道这就是它长时间不对外开放的原因？因为随便不小心碰一幅画，就会有石门从天而降，随时可能砸中脑袋？！

"什么鬼东西？"小四也被吓了一跳，转头看了看我，"谢谢了。"

我愣了一下："不用。"

"你们别在那里用中文瞎扯了，这究竟是怎么回事？"白求恩老头拿手电筒晃了晃那扇莫名其妙从天而降的石门，并瞪着何钥匙。

"我真的什么都不知道啊！"何钥匙一脸无辜地辩解道。

伯格敲了敲石门，可是石门那边一点儿回应都没有。

"那边有几个人？"胡凯问。

大家一下都蒙了，刚刚场面那么混乱，应该谁也没来得及去注意到底有多少人躲到了石门的另一边。

"九个。"答话的是南洋。

我有些不可思议地看向他。他身上属于南洋的特征丝毫没有消失，在超越常人的智慧和反应力的基础上，现在还增加了恰到好处的表演能力。我深吸了一口气，把目光转回来。

"不用拍了，石门这么厚，估计喊破嗓子都听不见。算了，他们反正也都没事。伯格，用手机给他们发一条信息，让他们撤走，以免被巡逻的警察看到。"胡凯说。

伯格掏出手机，朝着窗口晃了晃："这里信号很差，几乎接收不到。"

"信号差？怎么会？"我掏出手机，的确没信号。我隐约感觉，刚才那幅画所启动的机关并不是那么简单。按照道理来说，往前应该就是老桥了，有了开放的空间，不管怎样手机信号也不该这么弱。难道……

我想着想着，便拔腿往前跑。

"你去哪里？"我听见白求恩老头在我身后叫唤的声音。

当我停下来的时候，听见有脚步跟了上来，转头一看，是汤勺。看他的样子并非是追着我过来的，应该是和我想到一起去了。

果然，正如我所想——

汤勺的手电筒光束照到了我面前的东西——另一扇石门。刚刚那个机关启动落下的不是一扇石门，而是两扇。也就是说，我们被困在这两扇石门之间了。

第六十四章 画像代码

第二扇石门的位置应该正好卡在刚过圣费利切教堂的地方，与第一扇石门并没有隔很远。我和汤勺以正常速度朝着大部队的方向往回走，到达的时候，我看了下时间，用了将近三分钟。

这里处于瓦萨利长廊的中段，还没有过半，一旦跨过这段，就会见到窗户，就算被困住，也不会像现在这样感到脑部缺氧。

"我们被困住了。"我说。

廖思甜突然笑起来，从嗓子里发出尖厉的笑声："魔鬼，'地狱'！哈哈哈……"她的笑声在这几乎被封闭的空间里碰撞出一层层的回音，令人毛骨悚然。

"赶紧让她把嘴闭上。"胡凯说。

汤勺正站在何钥匙刚才动过的那幅画前，仔细观察。何钥匙已经不敢再走近那幅画了，畏畏缩缩地抱着小贱躲在一旁。我盯着何钥匙，这也太巧了，这么多画，他偏偏要去碰带机关的，会不会他事先就知道这幅画是个机关？……

"这是……波提切利的自画像？"汤勺问。

"不知道……"我仔细看了看，也很难确认这是不是波提切利的自画像。

而且这幅画的旁边没有贴任何解释牌，既没有画作名也没有画作时间和画家名字，很难确定画中的人物究竟是谁。如果这真的是波提切利的自画像，那这里面的他应该是最意气风发的时候，甚至比《三王来朝》里面还要年轻一些，可能只有二十出头的样子，眼神中充满了神气和自信。

"我真不知道我会碰到这幅画，再说谁能想到挂歪的画被摆正了还能触发机关啊……"何钥匙继续小声辩解着。汤勺依旧盯着画，似乎没听他解释。

"你们可千万别再乱动了啊！下一次不知道又得砸什么下来！"白求恩老头说。

从伯格的手电筒的光里，我看到胡凯的脸上一阵阵忽明忽暗的笑意。他的目光来回徘徊在何钥匙和画之间，显然他也在怀疑何钥匙是不是原本就知道这是个机关。如果真是这样，那何钥匙的作用可真是不容小觑了，搞不好他比谁都清楚宫殿的事。

"我做一个大胆的假设，"汤勺说，"假设，我们并不是被困住，这两扇石门机关启动之后，落到地面上的石门是为我们划出入口的范围，你们觉得呢？有这种可能吗？"

"但是，既然作为私家走廊，有躲避暗杀等用途，设计这样的机关用来方便逃跑和制服敌人也同样说得过去。"小四说。

不过，汤勺的说法不是没有可能。

划出范围……等等，我突然想到了什么……V52，V23，划出区域……

我的脑中忽然白光一闪——慢着！V52和V23可能并不是入口代码！

我飞快地思考着，这条长廊里有多少画作，我眼下肯定无法得知，相信他们也没人清楚真实数据。而且每年博物馆之间都有一些作品的交换，所以作品的增加和减少都是不固定的，尤其是在这条不对外开放的长廊里面。所以这个代码如果是指第几幅画的话，可能性十分小。

那这个代码究竟是在指代什么呢？

"这里的自画像是从哪年开始陈列进来的？"

一时间没人能回答我的问题。伯格再次摸出手机试了试，可惜网页仍然打不开。

"老的自画像，是从枢机主教莱昂波多开始，在17世纪搜集并陈列进长廊的。"说话的是南洋。我惊讶地转过头去看他，还得是南洋啊，这位博士尽管在全力装失忆，可在表现自己专业知识的场合仍然发挥了本能。

我有意无意地瞟了一眼站在一边嘴里念念叨叨的廖思甜，我看到她飞快地看了一眼南洋。廖思甜很在意南洋，他们之间是什么关系？看起来并不像是在里应外合。

不不不，现在不是想这些的时候，我甩了甩脑袋。

"我认为，标号V23和V52，是当时作品被移入这里成为馆藏的顺序编号。"

"不太可能。宫殿的建造很秘密，枢机主教莱昂波多和洛伦佐隔了不止一个时代，他怎么可能知道宫殿的存在？"胡凯说。

胡凯的意思是……这座宫殿就是洛伦佐秘密建造的？

"我听过这个名字！我爷爷说，这个红衣主教当时为了得到几幅文艺复兴时期大师的自画像，花了建造几间宅子的钱，就连流出欧洲的东西他都给找回来了。"何钥冷不丁地冒出来一句。

这个红衣主教的名字我也略有耳闻，是美第奇家族在17世纪时期很出名的人物，当时当政的是他的哥哥，费迪南多二世。而这个弟弟则痴迷于学术理论、科学实验和艺术研究，他就是伽利略最重要的资助人和保护者。这样特殊的人，又出身于美第奇家族，就算宫殿是洛伦佐秘密建造的，也很难说这个人当时是否知道宫殿的存在。

"我们再假设一下，如果说这个人从开始收集画家自画像并搬进这里就有别的目的，比如保护密道，或者给密道的入口留个仅有自己知道的标志，会不会有这样的可能性？"我推测道。

"画作上一般不会留下这种类似的顺序编号，只会有年份的记载。"胡凯说。

"你们都想错了。很简单的东西。"汤勺突然说，他把手电筒的光照到画作上，在波提切利的衣角上来回晃荡，仔细看才能看到那上面有一串很小的罗马数字，写着

第六十四章　画像代码

XXIII，旁边好像还有桑德罗·波提切利的签名。"

"这是指的……二十三岁？"难道23指的是这个？是波提切利当时画自画像的年纪？

"如果是这样的话，我们就得按照这个方向去找那个52，可前面的V怎么解释？"我问。

"我不知道，先按照这个理论找吧。"汤勺说。

除了迪特要看着廖思甜，南洋似乎对眼前这些事情毫无兴趣之外，剩余的人包括胡凯在内都打开手电筒，一幅画一幅画地摸索过去。我都不知道我们到底用了多久的时间才把每一幅画都检查完，又前前后后检查了两次，却什么都没发现。

难道是方向错了？

咦？汤勺呢？我转了一圈，没有看到汤勺的身影。还没等我走出去几步，前面不远处就有一束光朝我们照了过来。"陈唐？"我喊了一声。

好几秒钟后，光源处才有回应："找到了。"

找到了？我心中一惊，立刻转头看胡凯。胡凯脸上的表情从迟疑变成了好奇，毕竟我们刚刚一群人这么一幅幅画地查过去都没有发现，汤勺又是怎么找到的？

汤勺手中的手电筒的光照在他面前的这幅画上，这是这个长廊的建造者乔治·瓦萨利的自画像。画中的瓦萨利看起来应该有四五十岁，长长的花白胡子，一副尊者权威的姿态。据说他是米开朗琪罗的迷弟。

迪特用手电筒上上下下、一寸一寸扫过这幅画，每一块都照得很仔细，可是这幅画上哪里都没有类似波提切利自画像上的标记。

"哪儿？"胡凯问。

汤勺指了指画框下方金属片上的一连串年代标记，上面写着：Giorgio Vasari Autoritratto, 1563, Luglio（乔治·瓦萨利，自画像，1563年7月）。

"乔治·瓦萨利是1511年7月生的，1563年7月，这幅自画像大概是他画给他自己的52岁生日礼物。"南洋语气平淡地说道。

这次看向南洋的不只我自己了，还有恰好站在我身边的白求恩老头。老头目光聚焦在他身上，皱着眉头，欲言又止。看来老头也基本上肯定，他已经不是失忆的状态了。

"把迪特喊过来。"胡凯听完南洋的话之后，立刻吩咐伯格。

被迪特带到这幅画的附近时，廖思甜很抗拒，做出一副想要逃跑的姿态，但是被迪特死死地按着。她脸上露出惊恐的神色，外凸的眼珠子不停地来回转悠，目光惊恐地游移在画与南洋之间。

我明白了胡凯带廖思甜来的目的。虽然廖思甜是疯的，但是很可能去过宫殿。我迟疑了一下，开口问胡凯："你之前说，可以的时候就告诉我们你是在哪里找到的廖思甜，现在是时候了吗？"

胡凯对我说："你还记得那张黑猫图里隐藏的地图吗？"

他说的是来这里之前被偷走的那张，我记得大概，那是从山川那张黑猫图内找到的全景图。

"记不记得在宫殿的外围有一片黑色？"

黑色？我回忆了一下，好像确实是这样，但是当时我并没有产生什么疑问，可能是因为全景图是从黑猫图转变而来，我只当黑色是那个图的背景色了，难道还有其他意思？

"那是一片区域。"胡凯说，"宫殿被包裹在那样一片区域之中，无论我们从哪里进去找寻宫殿，都不可避免地会进入那片区域，只是正确的入口和错误的入口碰上的区域面积不同，能到达宫殿的可能性大小也不同，尤其是危险程度不同。所以其实进入宫殿外围的那个黑色区域，是有很多不同入口的。"

我想到了之前和汤勺经历过的七楼，如果胡凯说的是真的，那非常可能就是所谓的区域的一部分。"所以，你也去过那片区域？"我问道。

"对，但由于找的入口不对，所以损失惨重，只能撤退。我就是在那时候找到这个女人的，如果不是我及时救她出来，她应该已经死了。"他说着，看了一眼缩在一边表情惊恐的廖思甜，又继续对我说，"我找到她的时候，她身受重伤，一直昏迷.后来她被我救出来，醒过来后就是这么个样子了。"

我看胡凯的表情，似乎对这个女人的精神状态表示怀疑，他饶有兴趣地看了看廖思甜，随即又转向我和汤勺问："我知道你们也到过那片区域，你们是从哪里去到那个地方的？难道是……七楼？"

我心里一惊，他也知道七楼？我回头看了眼汤勺，汤勺也正在盯着胡凯看，看来胡凯之前并没有问过他关于七楼的事情。

"你们俩这个表情，看来我猜对了，七楼那边我一直都怀疑有问题。我也查过那个楼，我听说一些人曾经从那里挖了一条隐蔽的入口，他们当时可能跟我一样，以为无论从什么地方下去，只要能到达那片黑色的区域，就可以找到宫殿的入口。但是我们都错了。那些从七楼下去的人，重复了一条世世代代很多人重复过的错误道路，然后就出不来了。基本上一个都出不来。"

那个骸骨池随着胡凯的话直接冲进了我的脑海，我猛地闭上眼，只感到一阵头皮发麻。我睁开眼，转头看向汤勺，汤勺眉头紧皱，大概也在想同样的东西。

"我的人有很多也死在那里，他们和那些陈年的骸骨堆在一块儿。这些秘密经过一代又一代，很多人都跟我们一样，不断地去尝试，然后死亡，后来的人继续尝试。幸运的是，我还活着，可我也没打算放弃。不过距离上一回尝试也过了不少时间了，但我没法等太久，我们不行动，其他人也会行动。如果被别人捷足先登，这些秘密我们可能永远也见不到了。我一直相信有一条路是可以绕过那一大片会令人产生幻觉的区域的。"

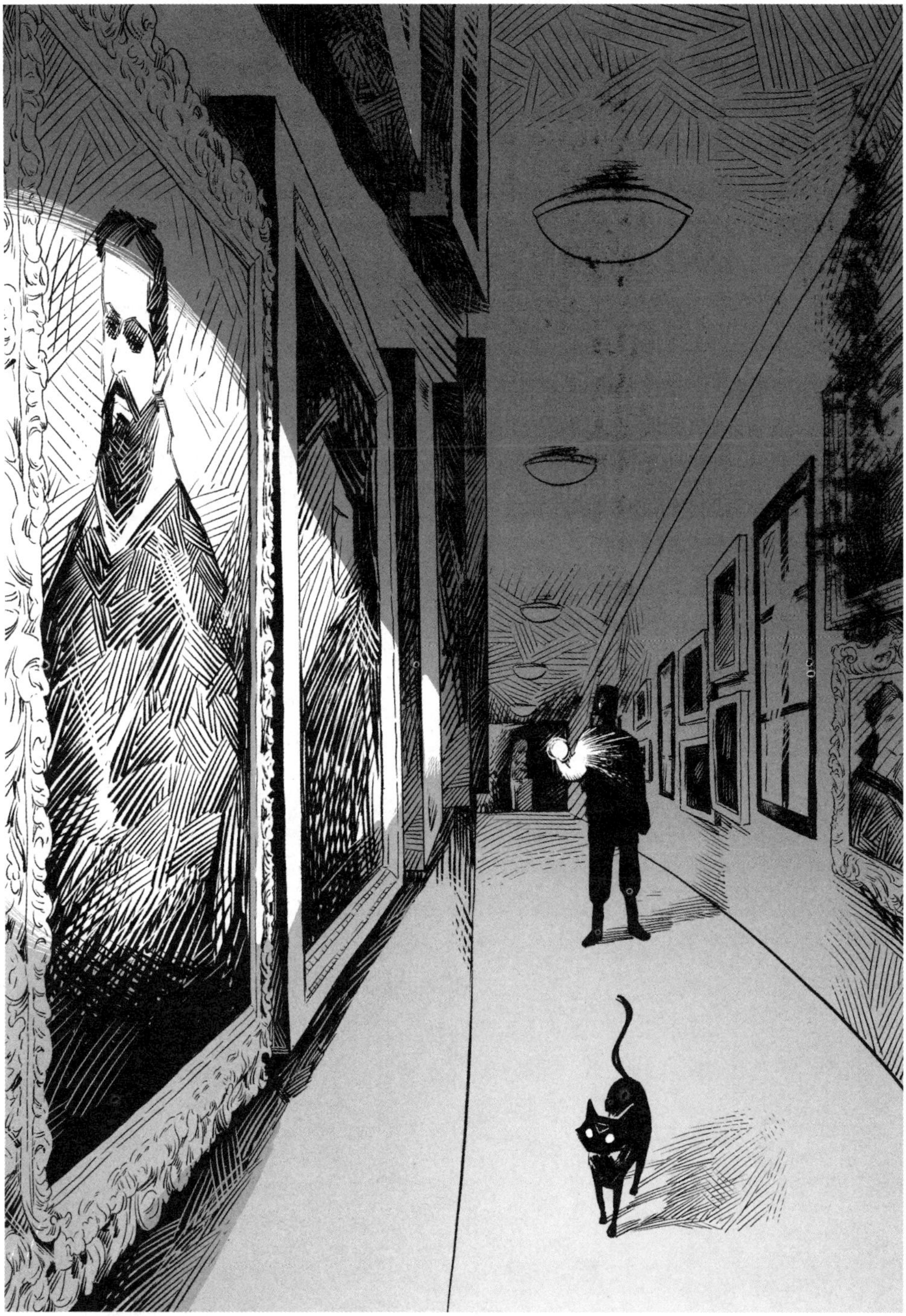

"幻觉？"我立刻回想起那个"老西木"死前的样子，又想到自己在那里莫名其妙地自残了一刀的事情……我记得汤勺去查过致幻的原因，是两种有毒的物质混合在一起燃烧所产生的气体，吸入之后会导致幻觉。

"连他都差点儿死在那里。"胡凯望了望伯格，眼中带着些许抱歉。

"你就找到她一个人？"汤勺问。

"我不知道她有没有同伴，但我只看到她一个人，也只救了她，当时她身上什么都没有，没有装备，没有食物，甚至连一滴水都没有。我想，她可能遇到了更大的危险。在伯格受伤之后，我决定撤退，毕竟当时……当时已经死了很多人了。这几年来，我其实一直都在一边做充分的准备，一边寻找另一条路。我很早就知道地图的存在。我说过，我当时买半山腰的那栋别墅，也是因为地图。但后来我发现最有可能画着地图的墙壁被毁掉了，就只能继续找，直到得知有几张羊皮纸地图分别藏在不同的地方。波提切利那幅画最早那次的失窃案就和地图有关。"

"可是，为了什么？"我真的搞不清楚，胡凯这种有权有势又有钱的人，难道是下面有什么巨型宝藏，值得他花费这么多人力物力要去得到？

胡凯看着我的表情，突然笑了起来："不用猜了，我并不是为了钱。"

"那是为了什么？"我问。

"和你们一样，为了一个真相。"

第六十五章　胡凯的目的

"我们家族一直都是做古董这一行的。我爷爷是历史学家，我的父亲只是纯粹的古董商人。我出生的时候，我爷爷已经失踪了，而我父亲从来不提起这件事。直到我最后一次见到他之前，他才和我把话说清楚。我爷爷在研究中无意之间发现了这个地下宫殿的存在。其实你古董铺子那栋楼以前是一栋私家楼房，那是我爷爷专门设立在那里的研究室，曾经只有两层。他选择那块，就是因为预估到了宫殿的大小，认为那块有可以进入宫殿的通道。于是他秘密开挖了一条通道，连接地下。他没有猜错，他错的只是不知道宫殿外围有一圈黑暗空间，那块空间整体被铺设了一个大型迷宫。简单来说，你们看到的迷宫、骸骨池和后面那段根本不知道出口在哪里的地方，全部都是迷宫区域。而后来那个买了七楼的人，叫什么来着，哦，对，菲利普，他应该知道不少事，因为他把我爷爷搭建的密道直接连接到了他自己的七楼住宅。"说到这里胡凯停顿了一下，给了我们一段思考的时间。

我的脑中不断浮现出先前提到的那片区域，原来是这样。也就是说，汤勺的父亲……我忍不住转头望了汤勺一眼，他皱着眉头显然也在思考。或许他想的问题和我想的一样，他父亲也下到过同样的区域，并且害怕自己的儿子有天被卷入相关的事端，事先带他摸好路，只是，他父亲或许也并不知道真实的入口在哪里。他父亲和廖思甜他们同属于一个专案小组，西木、菲利普，还有同属警队、到现在还没有出现的卡洛，以及另外两个文交会的成员欧枚洛和克劳迪欧，他们到底参与了什么事情？汤勺的父亲究竟是为了什么自杀？尼可曾经提到过的人呢？

胡凯顿了顿接着说："所以我爷爷进去之后就失踪了，没再出现过。这些事都是我父亲后来查到的，查到之后他就希望能找出答案来，于是一直都在秘密地追查这座宫殿。别墅的地下有结构图，但那只是结构图，和那张黑猫结构图一样，没有明确标注外围的迷宫部分。我父亲以为只要有了结构图就可以确保万无一失，后来他也失踪了。"他说到这里，笑着望了望我，"所以你说那幅隐藏在黑猫图之中的宫殿图是你妹妹画的，那么，你妹妹有没有真正进入宫殿我不知道，可以肯定的是，她起码看到过别墅地窖墙壁上的结构图，并且她应该去过下面的迷宫。因为迷宫是不存在地图或者范围图的，她能标记出迷宫的范围，说明她已经探查过了。"

山川……

"而且她很聪明,她大概标注了迷宫的范围,我甚至怀疑她知道宫殿的真正入口。"

"可我现在找不到她。"我说。我回头望了望站在角落里的南洋,他听见山川的名字并没有什么反应。我猜,如果他这段时间一直都和山川有联系,那么山川知道的他会不会也知道?所以胡凯要带他下来,是不是早就知道他在装疯卖傻。胡凯一直都清楚他和山川有联系,他是不是早就查清楚了什么?

"那就希望你也能找到你要找的真相。"汤勺说。

尽管胡凯的口吻很真诚,但我不知道汤勺到底信他多少。我相信他说的部分是真的,但我依然认为他对我们有所保留,这并不是他全部的目的。

只有等我们真正找到了宫殿,或许才能找到想要的答案。而我要的答案很简单,我想找到山川,我想知道在南洋身上到底发生了什么,我的妹妹和我最好的朋友,就是我想找到的答案。

假如汤勺的推测正确,那么我们面前的瓦萨利画像很可能能开启入口,而这个入口正如胡凯所说,是到达宫殿的捷径,我们不知道有什么困难和危险等在前方,但总要好过迷宫区域。

"等下,V代表什么?"何钥匙冷不丁问了一句。

不过似乎没有什么人在意他的问题。胡凯让伯格把剩余的所有人都集中起来,让大家在机关启动的时候都保持警惕,避免出现像刚刚那样的情况。

何钥匙的问题却也徘徊在我的脑海中,这个字母一定是有意义的,绝对不可能随便放一个V在那里,难道代表的Vasari(瓦萨利)的V?代表画在瓦萨利长廊之中?不可能,这也过于简单了。从之前经历的种种事情来看,这些设计都是煞费苦心搞出来的。

汤勺伸出双手,准备转动那幅画。

"这V会不会不是字母,而是向下的箭头?"何钥匙又问了一句。

此时此刻,汤勺已经把画转动了一百八十度,正好应和了何钥匙说的那个向下的箭头。颠倒过来的画指的是——地面!画的背后传出细微的像发条一般的连续声响。何钥匙的话突然让我浑身的汗毛都竖了起来。

"糟了!"

此时又响起一阵轰鸣,但这次并不是在头顶上,而是在——脚下!

"快往后撤!离开这块区域!"

在我叫喊的时候,地面已经飞快地从画的右侧方开了一条口子,将整个走廊横向切开。裂口之大、速度之快让人措手不及。

这时候,大家才算反应过来,所谓的入口并非在墙壁上,而是在地上!可是这醒悟来得有点儿晚了,地面上的缝隙裂得太突然,伯格这身手都来不及反应,只能快速退到贴墙的地方,将胡凯护在身后,裂口几乎是贴着他的鞋尖停下来的。迪特想去抓住正好站在裂口处的黑脸,却只手指碰到了一点儿他的衣服,还来不及发力,他

第六十五章　胡凯的目的

就和另外三个人一起掉了下去。

地面的震动和响声一下子就停止了，就像之前石门落下之后一样，周围瞬间恢复了一片死寂。

所有人都愣住了，不敢再往前一步。

突然，廖思甜喊了起来："你们把'地狱'的门打开了！你们要放出魔鬼了！"

"让她闭嘴！"惊魂未定的胡凯眼睁睁看着四个手下掉下去，显然有些火冒三丈。小四赶紧把一团棉布胡乱地塞到了廖思甜的嘴里。

被廖思甜这么一喊，我们才回过神来。我们面前是一片黑暗的四方洞口，面积很大，看起来就像是捕猎的陷阱，从里面飘出来一股潮湿发霉的气味。这味道有一种熟悉的感觉，萦绕在鼻尖，怎么也散不开。而洞口处还回荡着刚刚掉下去的黑脸和另外三个人喊叫的回声。

我抬头看了一眼站在大坑另一侧的南洋，我没有留意他刚刚的反应，但现在他的脸上毫无惊慌的表情，他难道早就知道这里会开个大口子？

没人敢随便动，大家都贴着墙壁挤在边缘处，生怕谁哪怕动了一下，我们这群人就会像多米诺骨牌一样全部掉进眼下的这个大坑里。

站在最边缘的伯格率先动作，小心翼翼地抬起手，用手电照了一下这个大坑。大概四秒钟之后，他伸脚往前迈了一步。我看着他伸脚出去的时候，连气都没敢出。

"有台阶。"伯格稳稳地站在比坑口低一些的地方，然后用手电光照着自己的脚下给我们看，"不用担心，有台阶。"

我们都松了一口气。

"那掉下去的人……"何钥匙趴到坑边上，看下去。

这个坑很大，向下的台阶只占了坑的一半，另一半则是空荡荡的深渊。手电光照下去，浮上来的都是一层层厚重的雾气，连个底都看不见。

"他们是从哪一边掉下去的？"胡凯皱着眉头看着下面问。

"难以判断，我们沿着台阶往下走，运气好的话，可能会在台阶上找到他们。"

"如果是摔在台阶上，应该没什么大碍；如果不是，可能就……"汤勺抬头看了看大家神色凝重的脸，没有把话说完。

"先让我检测一下底下的空气质量吧，这么重的雾气，万一有毒就麻烦了。"克里拿出那个万能的探测器和他背在身上的电脑，扫了一下空气后，探测器闪了蓝灯。

"没问题，只是雾气，暂时没有检验到毒气。为以防万一，我把探测器开着。"克里说。

"凯爷，我们先下去吧，我带两个人打头，迪特，你带两个人走后面。"伯格说。

胡凯点点头。

"凯爷，你们先下去。我解决一下这个女人。"小四说。

廖思甜蹲在四方洞口和墙壁的夹缝之间，浑身颤抖。她一只手抱着头，另一只手死命地拽着南洋的腿。

廖思甜对于往下走的恐惧不像是装出来的，她可能对之前的经历有心理阴影了，十分害怕再次经历，但是她为什么总是想要拉住南洋？

南洋的脸上从只有疑惑和惊诧的表情，到慢慢浮现出一丝恐惧。他瞪大了眼睛望着廖思甜，那表情看起来倒像是明白了什么。我很想去问问南洋，他到底明白了什么？但他的脸上的表情变化持续不过十几秒，一眨眼的工夫，他又变得面无表情。我甚至不确定他是否真的出现过那样的表情，还是说一切都是我脑中的疑虑带来的想象。还没等南洋挣脱，小四已经一掌劈下去，把廖思甜打昏了。

"这疯女人，没办法了，我先背着她吧。"小四说。

"为什么要带着她？"我问胡凯，虽然我大致也能想到答案。

胡凯笑了笑："因为她或许认路。疯归疯，但是疯子也是有记忆的，特别是把她带到令她恐惧的环境当中，她会本能地顺着自己已知的安全路线走。"

虽然廖思甜也不是什么好东西，但是听到这话，我难免还是觉得有些不舒服。说穿了，胡凯就是利用她，把她当导航，至于会不会管她死活，就不好说了。

这里向下的台阶让我想起了圣母百花大教堂里面登上布鲁内列斯基大穹顶的台阶，又高又窄，而且带着潮湿的水汽，即便是手电筒的强光，也穿不透厚厚的水雾。周围朦朦胧胧的，什么都看不清楚。而脚下的台阶却越走越窄，所以我们走的每一步都小心翼翼。

小四背着昏死过去的廖思甜走得很慢，幸好有迪特在他后面断后。我注意到走在我后面的南洋不时会回头看一眼小四有没有跟上来。

他在担心小四？不太可能吧？……难道他在担心廖思甜？

我们走了不知道多久，突然脚下的地面出现了一阵晃动。

"地震了？"我的前方传来白求恩老头的声音。

但是这种震动没有维持多久，大概只十秒钟就停止了。

"你刚刚有没有听到什么声音？"何钥匙问我。

确实有声音，声音不大，伴随着地面的晃动，从我们身后的上方传来。我突然心脏狂跳，有一种很不好的预感浮上心头。

不会吧？……我刚想开口问，结果汤勺给了我确定的答案。

"入口关上了。"汤勺望着漆黑一片的来时路幽幽地说。

第六十六章　又一具尸体

"这总不能是个什么自动闭合装置吧。"胡凯半开玩笑地说。他的意思是很可能有别的什么人也进来了。

汤勺说："别管了，继续往下走。"

一路上都没有发现黑脸他们的踪迹。没有人敢多问什么，已经走下来不少级台阶了，早就超过了预估跌下来的高度范围，看来他们摔在台阶上的可能性几乎为零。

跟着伯格在前面打头的除了克里之外，还有一张和小四一样的亚洲面孔，话很少。小四说他叫木飞，身手很好，是胡凯身边唯一一个可以替换伯格的贴身保镖。我之所以留意到这个人，是因为他一直在观察南洋。对，不是单纯地看着、盯着，而是观察。从他锐利的眼神之中，我能发觉到观察的意味，或许他也在怀疑南洋，也可能是胡凯对他交代过什么。

小四说，就是他，不久前才和南洋与所谓的"另一个"女人交过手，南洋当时受伤的情况就是他报告给胡凯的。

不知道走了多久，这条台阶总也到不了头。

走在最前面的伯格忽然喊了一声"慢"，我们都纷纷跟着停了下来。我们与他们的距离有点儿远，隔了好几级台阶，几乎看不到他们，只能看到几个身影隐约在浓雾里晃悠，还有几束晃来晃去的手电筒光。

"怎么回事？"我们后面的白求恩老头冲前头叫了一声。

"有岔路。"前面传来伯格的声音。

岔路？！这台阶居然有岔路？

汤勺追过去确认了一下，确实是岔路。目前这台阶已经窄得连两个人并排通过都有点儿费力了，而向左右两边分出去的两条岔路，照目测的宽度来看，大约只有现在的二分之一，也就是说单独通过的时候都得很小心。而我们所能看到的部分，两边分出去的台阶坡度很缓，不再像是之前那样每一级都有普通台阶的两倍高，反而每一级台阶的高度只有普通台阶的三分之一，所以站在这里所能看到的路段看起来几乎是平的，有些像游乐园那些高空项目所铺设出来的半空轨道，在浓厚的大雾之中让人内心发慌。

但现在的问题是，先要考虑究竟走哪一边。

汤勺说这样来看的话,有一边的路可能会把我们误导进外端的黑色区域。

"左边吧,看着像是往里面拐的。"胡凯说完就朝着左边走,显得轻轻松松,仿佛这是一个没有危险且可以随意做出来的判断。

"看着像是……"何钥匙的脸都皱成一朵菊花了,"可别开玩笑啊。我可不想死在这里,或者……变得跟她一样……"他边说边回头看小四背上的廖思甜。

"放心,你的境界达不到,人家没疯之前是有名的收藏家、艺术研究员,还是乌菲兹美术馆的馆长。你以为谁都能说疯就疯啊?"小四一边喘气,一边调侃何钥匙。

南洋听完小四的话之后,皱起了眉头,脸上露出奇怪的表情,他回头看了一眼廖思甜。

我们刚拐上岔道,身后陡然传来一声尖叫——那声音划破黑暗,直冲高顶,又带着回声落下来。我被那声音吓得心脏起码迟了三秒才剧烈跳动。

是廖思甜醒了。

幸好小四还差一步走上只能容一人勉强经过的岔道,否则很可能被廖思甜直接带下万丈深渊。此时的雾气似乎更浓了,甚至难以看清楚一米以外的东西。大家都把手电光打开到最大亮度,也可能是突如其来的光源刺激了廖思甜,她显得比来之前更加惊恐,死命地想要从小四手中挣脱出去。

"小四,放开她!"胡凯站在前面对小四喊道。

我一愣,随即又想起了他之前说的话,看来他现在是要利用她的记忆来判断我们该走的方向。果不其然,廖思甜并没有拐上我们所选择的左边的岔道,而是相反,一路连爬带跑地往右边冲。

"跟她走。"胡凯说。

走在最后的迪特立刻带人调头,我们都跟了上去。何钥匙一脸不相信地嘀嘀咕咕:"这疯女人能信吗?"

我相信不止何钥匙一个人有这样的疑惑,毕竟这是一个精神有问题的人的判断。虽然胡凯说得的确有道理,但也没有百分之百的事情,很难说她会不会把我们带入什么危险境地。我回头看了一眼白求恩老头,他倒是显得挺淡定的,没有从医学精神领域发表任何看法,很从容地跟着转头拐向岔道的另一边。就这样,廖思甜这个疯女人给我们的方向定下了最终的判断。

在经过刚刚下来的台阶时,不知道为什么,我又有了那种黑暗之中似乎有人盯着我们的感觉。我停在来时的台阶前,望着陷在浓雾之中的黑暗,这黑暗有一种吞噬人的力量,不光能使人心生畏惧,还让人感觉到了一种荒芜,似乎身体里的灵魂正在被它一点点地侵蚀。我不知道我发了多久的呆,直到汤勺拍了拍我。

"看什么?"他问。

我这才回过神来:"没什么,走。"

入口被关上的时候,胡凯说可能有人进来了,他说得很随意,像一句玩笑话,但

第六十六章 又一具尸体

我并不这么认为。

最令我担心的并不是这里浓雾弥漫的黑暗，而是另一个东西。其实黑暗之中，一切鬼神之说和脑中被幻想出来的邪恶力量，都只是自己吓唬自己的一种方式，好让自己在面对一些恐怖的场景时不再前进。而相比之下，站在暗处，与我们为敌的人，才是最应该令我们恐惧的。

我担心的是，这里有其他人，而这些人对于我们来说，是躲在暗处的。

右边这条路周围的雾气似乎更为深重，空气中飘浮着湿气以及一种难以言喻的腐烂发霉的味道。

我的太阳穴一直在隐隐地跳，这并不是什么好征兆。

廖思甜跑得很快，我们为了跟上她，全都加快了脚步。何钥匙两次脚底打滑，差点儿掉下去，还好汤勺在他旁边，手疾眼快地把他拽了回来。

"大家小心一些！"伯格时不时提醒我们。

我们在这条路上走了大约二十分钟后，台阶的坡度开始明显有向下的幅度变化，而湿气和雾气瞬间加重了，可见度被降得更低。

迪特在前面喊了一句："那女人不见了！"我惊了惊，看来前面的情况出现了变化。紧接着我又听到了迪特的声音："前面有个小平台。等下！好像有什么东西！"

大家的神经都在一瞬间绷紧了，我按住之前胡凯给我的武器，虽然这玩意儿我还不熟悉，但毕竟是一件威力十足的武器，关键时刻好歹可以保命。

"不用紧张，只是一扇门。找到廖思甜了！"还是迪特。

"你没事能不要吓人吗？"何钥匙十分不满地抱着小贱从地上站起来。小贱从他的手里跳了下来。动作十分灵活地越过我们一众人，走到前面。何钥匙提心吊胆地喊着："小贱，当心点儿！"但是小贱根本不理他，似乎有什么东西在吸引它往前钻。

迪特说得没错，前面确实是有东西。只是他没有看到，东西被廖思甜挡住了，所以迪特起初只看到了那扇门。直到小贱蹿了过去，在廖思甜身边发出嘶叫。迪特这才注意到，廖思甜背对我们蹲着，挡住了什么东西。

迪特举着枪，一步步靠近廖思甜，一手将手枪上膛，一手将手电筒照过去。廖思甜突然面目狰狞地转过头来，就连迪特都被吓了一跳，往后退了好几步。

在手电筒前面半圆形的光圈内，除了廖思甜，还有一坨黑色阴影——那是一具腐烂了一半的尸体。从廖思甜的身体左边露出来一个血肉模糊的脑袋。

"啊——！！"何钥匙尖叫一声后，直接"啪"一下倒在了台阶上，被吓晕了。我赶紧把他往台阶中心拉了几下，以免他掉下去。这已经不是我第一次见到尸体了，上次在胡凯后厅的地底下见到了一堆尸体之后，我的心脏还是有得到锻炼的，但是眼前突然出现一具腐烂了一半的、十分恶心的尸体，还是让我感到天灵盖都在颤抖。

我强忍着欲呕的感觉，捂着鼻子小心翼翼地跟着汤勺来到迪特旁边。走在后面的胡凯、白求恩老头和伯格他们也跟了上来。我回头扫了一眼，南洋站在原地没动，只

345

是望着我们这边,不知道究竟是在看谁。

"她在念什么?"白求恩老头指着廖思甜问我,"念的是中文吗?"

我摇摇头,她一直念念叨叨,但听不出来到底念的是什么。

"把她拉开。"胡凯说。

廖思甜歇斯底里地喊叫起来,那尖厉的声音刺激着耳膜,在这黑暗的浓雾之中,听起来就像某种危险的警报。

木飞一把捂住她的嘴巴,尖叫声一下子就被憋回了喉咙里。

"这是什么人的尸体?检查一下。"胡凯说。

伯格正要动手,白求恩老头从外套的口袋里随手就掏出手套来:"让开,我来。"他让伯格用手电筒照着尸体。

"从尸体的腐烂程度来看,死了应该超过两个月了。男性,年纪在五十岁左右。死因不太确定,但是看皮肤完好的部分有呈现出来的紫色,初步判断应该是中毒。咦?身体下面好像有东西。"

老头伸出手刚想翻尸体,廖思甜又发狂了。她狠命地对准木飞的虎口咬了下去,直接咬出了血,木飞手一松,她就想逃跑,幸亏小四手疾眼快,直接冲过来横腰拦下。小四估计本来是想一掌把她打昏的,考虑到之前背着她走了那么久,就只是反手绑着她,让她动弹不得。

"你快让老头帮你处理下伤口,搞不好要得狂犬病的。"小四调侃木飞。这个木飞真是人如其名,脸上木讷的表情比起现在的南洋来有过之无不及。

小贱一直在尸体边上来回转悠,样子很是奇怪,好像认识这个人。

尸体被白求恩老头翻了过来,一股更浓的腐烂味弥漫在空气当中,熏得人头脑发胀,就算是我使劲儿捏住鼻子都挡不住气味钻进鼻孔。

"他身上有只双肩背包,幸亏是帆布的,材质不错,尸体腐蚀成这样,背包还没烂。"老头说。

老头从伯格的手里面接过手电筒,照进背包之中。"里面的隔层内有证件。"老头边说边把证件从里面掏出来。

"这个好像是政府部门的出入证吧。这人的名字叫——克劳迪欧·卡斯特尔。"

第六十七章　石门开启的方式

死在这里的这个人，居然是克劳迪欧·卡斯特尔。

当时文交会进入专案小组的三个人，除了不久前跳楼身亡的菲利普，另外两个分别是克劳迪欧·卡斯特尔和欧枚洛·切尔克。现在克劳迪欧也死了，文交会的成员还剩欧枚洛。

老头念出尸体名字的时候，我更加肯定了自己的推断。假如照片中的那个谋杀了阿夫杰的女人就是廖思甜的话，那么事情的开头应该是从谋杀算起。这些人都出现在同一个地方，实在是太巧了。从那场谋杀开始，或许他们已经参与到同一件事情当中，或者说，这件事本来就是他们一起策划出来的。

不过到目前为止，一切都仅限于推测，我还没有足够的证据来证明这一点。但是我有种感觉，欧枚洛也会出现在这里。这样的话七个人之中还缺少了一个人，就是那个叫卡洛·齐德蒙的警察，不知道他是不是也会出现在这个地方。

"等一下，我觉得有些不对劲儿。"汤勺忽然说道。

"哪里不对劲儿？"胡凯问。

汤勺想了一下，看向身后被小四限制住的廖思甜："我觉得这女人刚才的行为很反常，她好像就是奔着这具尸体来的。"

我心里一阵发毛："你的意思是，她走这边不是因为路线安全，而是因为知道她同伴的尸体在这里，所以要跑过来？"

汤勺想了想，说道："可以这么说。不过，我觉得她肯定不是为了来看她的同伴的，好像……"

"好像什么？"胡凯问。

"好像……你们有没有觉得她好像在找什么东西？"

"你的意思是说，这女人其实在装疯卖傻？"胡凯盯着廖思甜说道。

"这我不好说，只是我的个人感觉。"

"她的精神问题是经过鉴定的，我们曾经用一千根针试过她，她虽然有恐惧反应，但也伴有明显的神经性麻木症状，致使她对疼痛导致的身体抽搐没有反应，除非她真的是表演天才，一般人装不出来。她是真的疯了。"伯格解释道。

"大伯，您怎么看？"胡凯问白求恩老头。

老头一边摘刚刚用来检查身体的手套,一边盯着眼前的尸体,头也不回地说:"非先天性的精神病很难有个标准的判断依据,我不发表意见。真疯假疯,待会儿不就知道了吗?"

尸体上没有搜出来其他东西,双肩背包里面除了那张证件,还有一些类似纸张的东西,只不过已经腐烂得不成样子了,没法获得更多线索。

胡凯拿出两张羊皮纸。

"现在我们应该还在宫殿的外区,如果我们能顺利通过这扇门,到达这里的话,"他用手指了指其中一个画着X的地方,"这里,我们只要到这里,就能进入主殿前面的庭院。"

"我们要直接打开这扇门吗?可……"克里一边从背包里面掏出探测仪,一边皱着眉头望了一眼这条继续向下延伸的台阶。

我们现在身处的位置的确有些诡异,让人捉摸不透。现在我们应该是在半空中的一个平台上,往后就是来时这条细长的台阶。这个平台并非终点,而是半路冒出来的,有点儿类似于空中花园,只不过这里没有花,只有一具半腐烂的克劳迪欧的尸体。

左手边就是那扇高大的石门。我们靠近石门用手电照了照,石门在光下反射出来细小的光泽,看来这不是一扇普通的石门。我伸手摸了摸,质感冰凉、绵软、顺滑,我非常肯定地说:"这是卡拉拉大理石做的。"卡拉拉大理石曾经是雕塑家米开朗琪罗唯一青睐的石料,他曾为了能一直使用最好的卡拉拉大理石打造他的作品,无数次往返卡拉拉和创作地之间,甚至为了运送石料专门开辟了一条专线。可想而知,这样一扇巨大的门,它的造价有多贵。

"门上有浮雕。"汤勺说。

大家都把手电筒的光集中到石门上,雾气被光驱散后,石门上的图案逐渐显露出来。石门上一共有二十七幅方形雕刻图,雕刻的是耶稣的故事。

而石门所在的这个小平台往前,就是继续向下的台阶。前方的雾气似乎要淡一些,好像所有的雾气都停留在这个平台上了,过了这里,视野竟然逐渐变得清晰起来,能看到台阶向下的幅度和方向,大概是向着左边拐过去的。

"怎么说啊?到底要不要继续往下走?"白求恩老头问。

"石门的材质和雕刻都非同一般,绝对不可能是随随便便安在这里的一扇门。这扇门肯定有讲究,我觉得应该打开来看看,但我不能保证会遇到什么。"胡凯说道。

我看到他向小四递了个眼色,立刻明白过来,他是想让小四松开廖思甜。刚刚廖思甜是准备逃跑的,胡凯想看看她会不会沿着这条台阶继续往前,假如她继续的话,我们确实要谨慎考虑到底做何种选择。毕竟胡凯说的也不无道理,这么贵重的一扇门摆在这里确实不像是单纯的摆设,而且门上的浅浮雕非常精美,搞不好还是大师手笔。

小四也立马明白了胡凯的意思,很随意地松了松手,结果廖思甜并没有反应,没有逃跑,甚至连动都没动,只是在原地站着。

第六十七章　石门开启的方式

但是她从头发中间露出来的那只眼睛，紧紧盯着那扇大理石门。不，好像她盯着的不只是大理石门，还有站在门前似乎在研究门上那些浅浮雕的南洋。我不知道这是不是我的错觉，可能是因为我内心的疑问越来越多，所以我总是觉得她带着一种异样的情绪注视着南洋。她的脸被头发挡住了，我看不到她脸上的表情，但是她的眼神好像很纠结。

克里手中的探测仪在接近石门的地方"滴滴滴"地响了起来。

"什么意思？"我问他。

他解释说："这是一种精度探测仪，被我调整过后，在遇到大面积空旷的空间时，会发出像这种短促的声音，而且闪蓝光，"他指了指上面闪着的蓝色光，"这就说明墙体后面存在大面积的空间，这门是可以被打开的。"

"想办法把这扇门打开吧。"胡凯说。

何钥匙这时候刚好醒过来，迷迷糊糊、跌跌撞撞地从地上爬起来，揉着眼睛朝我们这边走过来。估计是鼻子突然闻到了强烈的尸体腐烂的味道，只见他突然瞪大双眼，双手捂住嘴，跑到小四边上，放开手"哇哇"地大声吐了起来。

小四哭笑不得地腾出一只手来，拍着他的背说："你为什么非要跑来我边上吐，我刚适应尸体的味道，现在还要适应你的呕吐物的气味……"看何钥匙吐得完全停不下来，又说，"听我的，你深吸一口气，慢慢呼出去，你会发现，其实尸臭也不过是空气当中一股很平常的味道，呼吸呼吸就习惯了。"

何钥匙一边猛烈地咳嗽着，一边努力直起腰，还当真深吸了一口气："呃……哕！"

看到何钥匙吐得脸都抽筋了，小四哈哈大笑起来："你忍着点儿，我们真的没带多少食物来填补你的胃。"

"别闹了。"胡凯扔给木飞一瓶水，"让他喝点儿水，这门可能需要他看一下怎么才能打开。"

这门并没有钥匙孔，也没有锁，看起来就是从中间闭合的两块大理石而已。但是伯格研究了半天，也没有找到打开它的方式。

何钥匙喝完水，擦了擦嘴，用手捏着鼻子绕到石门边上，眼睛都不敢看一眼旁边那具尸体。他粗略地看了下石门，问伯格："推不动吗？"

伯格笑着耸了耸肩膀。

何钥匙扒在门上，仔细研究，嘴里念叨着："这两块石头看起来不像有机关的样子，中间有条缝，或许里面有锁引，没准儿……"他一边说，一边从身上掏出来了什么东西。假如我不是早已见识过他那根头发丝一般的开锁工具，就凭着手电筒的光，根本看不到他的手里捏了什么。

他用那根"头发丝"从可以够到的高度往下试，一路到底，似乎并没有找到所谓的锁引。他站起来，摸着脑袋，有点儿困惑。

"会不会有机关？"我问。

"刚刚检查过了，并没有找到机关。"伯格说，"有机关的门，通常机关的设置不会离门很远，这附近可能的地方都找过了，包括门上，没有机关。"

那这门怎么开？

"你们看这里。"汤勺似乎发现了什么东西，用手电筒照着右半扇门的下端："你们看，二十七幅雕刻图本来应该全都是以耶稣的故事为主题，但是你们看这最后一幅。"

最后一幅图在右半扇门中间的下半部分，在这第二十七幅雕刻图之后，剩余的都是空白部分。南洋刚刚一直盯着的就是这个地方，但是什么都没说。

这是一幅不是以耶稣故事为主题的图。欧洲古人的雕刻，一般主题很明确，假如以谁为主题，所有的雕刻都只会是与此人物相关的内容。比如说，假设雕刻主题是圣母玛利亚的故事，就会从她的出生开始，直到她升天结束，如果还有多余的地方，也不会插入别人的故事片段，只会补上几个守护神或者这个城市最著名的主教的单人雕刻图。

可这里，居然莫名其妙地冒出来一幅圣彼得在梵蒂冈圣伯多禄大殿前得到钥匙的画面，确实显得十分突兀，尤其是他手里拿着的钥匙。

何钥匙似乎是看明白了，冲我们眨了眨眼睛："你们退后，给我照个亮。"

他在这一块图上摸索了一阵，然后用右手两指圈出区域，再次掏出那根"头发丝"，只见他小心翼翼地对准两指之间的一个位置，将"头发丝"插了进去，向右一转，传来"咔嚓"一声。

"哈哈，果然！"他收起"头发丝"，从地上站起来，兴奋地对我们说，"锁引藏在那把钥匙的最下端，隐藏得太巧妙了。这锁非常可能是我们何家人设计的！只有我们家有这种绝世水准！"

"怎么没动静？"小四望着门说。

何钥匙朝天翻了一个大白眼："我开的是锁，不是机关，你不推门，门怎么可能会开？"

果然，伯格稍稍一使劲儿，门就向内侧打开了。

第六十八章　未知区域

"这算不算是打开了入口？"在大家屏气凝神看着门的时候，不知道谁问了一句。没人回答。这问题瞬间就被从门口飘出来的湿气和迷雾湮没了。

"什么地方？怎么雾气这么重？"何钥匙眯着眼睛嘀咕着。他想抱起小贱，可小贱一直往后退，似乎在害怕什么，不愿意靠近那扇门。它这种反应，让人感觉不太妙。

这时，克里手中的探测器突然开始闪红灯，紧接着一秒钟之后就发出了刺耳的长音。

"糟了！大家退后！"克里反应奇快，捂住鼻子喊道，"这雾气有毒！"

探测器突然发出来的长音是毒性警报。

木飞迅速打开背包，掏出来一堆质地很硬的口罩，丢给我们每人两只。胡凯说，这是防毒口罩，虽然不能跟防毒面具比，但总好过没有。只是现在我们对这浓雾的毒性程度还不了解，不知道单靠这种口罩能不能起到防毒的作用。

廖思甜突然从小四的手中猛地抢过来两只口罩，戴到自己的脸上。

小四一愣，望了一眼胡凯。我看到胡凯冲他摇了摇头。

门内厚厚的迷雾怪异得很，他们拿出事先准备好的高能探照灯，在迷雾之中晃了一下。雾不仅没有被穿透，反而附着到了探照灯上，使得探照灯原本很亮的灯光看起来也变得朦朦胧胧。

"完全看不清楚里面有什么。"伯格说，"现在只能确定，门前这条路应该是一条下坡路，坡度很缓。至于下面有什么，完全看不见。我们必须要小心一些，大家走在一起，不要散开。"

假如胡凯的推断正确，沿着这条路往下走，应该可以见到那如同雅典神庙一般的建筑。但是不知道为什么，我总觉得有些心慌，这条路上会不会又横生枝节？

我瞄了一眼廖思甜，刚才门一打开，克里手里的探测仪刚开始闪红灯的时候，她就立刻捂住了口鼻，似乎早就知道门内飘出来的雾气是有毒的。难道她也来过这里？会不会她和死去的克劳迪欧就是来过这片区域之后才一个死了，一个变成了现在的样子？那"老西木"呢？"老西木"也从这里跑去外围才被我们碰上的吗？

"我们进去吧。"胡凯说。

除了口罩，木飞还给我们分发了头戴式的探照灯和信号弹，以防走散。其实他们还带了定位装置，只不过这里一点儿信号都没有，根本不能用。

我把脚往浓雾里一伸，脚下倒是平滑坚实的地面，但是脑袋上空立刻腾起了一种云雾感，让人感觉身体轻飘飘的，很不真实。我的右耳紧接着就是一阵接着一阵的耳鸣，汤勺拍了拍我，似乎是在跟我说话，但是我光看到他的嘴在动，听不见他在说什么。

"哥。"

山川？是山川的声音。

"山川？山川？"

我转身一看，这白茫茫的空间里一片空白，所有人似乎都在顷刻之间消失了，只剩我自己和脑袋上这盏灯散发出来的幽幽的光。

"哥！"

"山川？！"

"在哪儿？你在哪儿？"

我往前走了好几步，可是这里的雾太厚，我怎么用力挥都挥不散它们，它们迅速地把我包围了起来。

"清醒一点儿！集中注意力！"

我突然听见有人大声地在我的耳边喊叫，声音很大，同时又很遥远。我只觉得耳膜跟地震似的抖动，可是侧头去看，身边明明一个人都没有。

怎么回事？我在哪儿？这是什么地方？

我原地转了一圈，周围的雾气好像要钻进我的眼睛似的，我只觉得眼前越来越模糊，越来越黑……就连这空旷无人的空间似乎也正凭空消失在雾气和黑暗之中。好像有人在使劲儿摇晃我的肩膀，可我即便用力睁着眼，也什么都看不到，是不是错觉？

"啪——！"

一声短而刺耳的声响，瞬间，我的右耳又恢复了尖叫般的耳鸣，并且伴随着针刺般的鼓胀和疼痛。我捂着耳朵，睁开眼睛，缓了好久的神，终于看清楚了眼前站着的人，是戴着口罩的汤勺，而我的脸上一阵火辣辣的疼痛。

"你打我？"

"不打你你醒不过来！保持注意力集中！千万不要分心，一分心就容易被带进幻觉！"

原来如此，刚刚那是幻觉。我一身冷汗，简直不可思议，这才刚一脚踏进来，我就跟着产生了幻觉。如果不是汤勺打了我一巴掌，我连什么时候能清醒过来都不知道。我再一看，周围的情况越发不对劲儿了。产生幻觉的不止我一个人，何钥匙也受到了幻觉的影响。现在他正像个瞎子一样闭着眼伸着手挂在小四的身上乱摸。小四本来想甩他一拳，无奈两只手要抓着廖思甜，怕她在这种毒气之中生出什么幺蛾子来，实在无暇顾及何钥匙，只能拼命喊汤勺。

汤勺走过去对着何钥匙的脸就是一巴掌。我一看那个力度，瞬间感到自己的脸上

第六十八章　未知区域

又是一阵火辣辣的疼，他刚刚对我下手的时候，也一定没少使劲儿。

迪特在忙着处理他手下那两名年纪较小、意志力和我一样薄弱的兄弟，两个西装笔挺的高个儿大小伙子，一脸痴呆的模样，看着实在是有些滑稽。刚清醒过来的何钥匙，捂着脸就笑起来了，搞得好像他自己没着过这个道似的。

廖思甜倒是出人意料地没什么反应。到了这种大部分人都疯癫的时候，她反而看起来很清醒，两只眼睛炯炯有神地望着前面。会不会是上次她来这里的时候身体里残留了余毒，以毒攻毒，反而不会像我们这样一下就中招？不过，她在看哪儿？

咦？南洋呢？我转了一圈，其他人都在，就是没见到南洋。

胡凯他们正在研究地图。我从木飞的手里一把夺过大探照灯，往前一照，果然看到迷雾之中有一个人正在往前走。

糟了！

我把探照灯塞回木飞的手中，拔脚就往前跑。

"你去哪儿？"汤勺在后面喊我，我头也来不及回。南洋前进的速度不慢，这迷雾太重，我怕迟一步就跟不上他了。谁知道这往前去的一路上都有什么，万一有几条隐藏的岔路，他走了哪一条，根本看不见。我心想：他一定也中毒了。

"南洋！"我大声喊他，可他似乎听不见，根本不回头，也不放慢速度。

我快步追上去。的确如伯格所说，这是一条缓坡，地面平坦，低头看的时候，却又感觉双脚仿佛踩在云端，因为脚边的雾气最为浓厚，一丝半毫都散不开。

我突然想到了小贱，小贱去哪里了？刚才何钥匙被幻觉控制了，也没见他抱着小贱，不会跑了吧？……

正想着，身后紧跟着就传来了何钥匙杀猪一般的叫喊声："小贱！小贱——！"

"南洋！"

南洋转过身，我愕然在他面前收住了步子。小贱被他抱在手里，绿色的眼睛直愣愣地望着我。南洋也望着我。

"南洋？"我小心翼翼地朝他挪了一步，我想我得帮助他脱离幻觉，"你听我说，你集中……"

"咔嗒——"他似乎对我说的话并没有什么兴趣，从口袋里掏出来一把枪，直接将子弹上膛，将枪口对着我。

我只觉得天灵盖"嗡"的一声，他如果被幻觉操控着，一个说不准可就开枪了，我也不知道他现在看到的究竟是谁。

"南洋……你听我说，你集中注意力，这雾气里面的毒素会让人产生幻觉，不管你现在看到的是什么，都不是真的。我，你看清楚，我是李如风。"我指着自己的鼻子，"看清楚了吗？现在，把枪，慢慢放下来。"

可是完全不见他有任何的反应，我现在也喊不来援助，身后何钥匙扯着嗓子喊小贱的声音听起来有些缥缈，可能是被这浓雾一裹显得更远了。我心说：早知道刚刚应

该拖着白求恩老头一起走，或者至少也应该问一个更有效的唤醒意识的办法。

"我没有中毒。"他突然开口说道。

我愣了一下，脑子飞快地转了转，却仍旧是一片空白。对，我是怀疑他在演戏，但作为我最好的朋友，他再怎么演戏，如果不是被幻觉控制，是绝对不会拿枪对着我的。

"南洋，我是李如风，你最好的朋友，你清醒一点儿……"

"小剑。"他打断了我的絮叨，干脆地说出了这两个字。雾气包裹着他的声音，听起来半真半假、朦朦胧胧，是我又产生了幻觉吗？

我听到南洋继续说话，声音越来越近，越来越清晰，我和他之间的迷雾好像在一点点散开。

"小剑，我没有失忆。我也希望我什么都记不起来，但是没人给我这个选项。我醒过来的时候，一切记忆就飞快地回到了我的脑海中，我是谁，我在哪里，为什么，都很明确。"

散开的迷雾和我头顶的灯让他的脸变得越来越清晰，我知道，这不是幻觉，我面前现在站着的是南洋，或许是比任何时候都更真实的南洋。

"南洋。"我想往前走一步，才倾斜身体，他就晃了晃手里的枪。

"别动，我不想伤害你。"他说，"我一直希望你尽可能不要被卷进这件事情里，但是你还是被卷进来了。你听我说，在这个地方你要做的就是保住自己的命，这里的这些人，他们要干的事，都跟你没关系，你本来就不该被卷进来。你和这些人不一样，这些人来到这里是注定的，这件事从一开始就注定了他们要到这里来了结一切，但是你和这些事没关系。无论任何时候，你记着，你要做的唯一一件事，就是活着离开。这里很危险。"

他收起枪，转身就要走。

"南洋！"我叫了一声，感觉嗓子嘶哑，声音像是塞了一团棉花似的出不来，但是我伸手抓住了他的手臂。小贱对着我叫了一声，似乎也在说让我放他离开。

"你把话说清楚再走！"我奋力地大声吼出来，"什么叫我和这些事没关系？那你呢，你又和这些事有什么关系？还有，山川呢？你是不是一直都知道山川在哪里？"

何钥匙喊小贱的声音突然之间就停止了，我觉得他应该是听见了我刚刚的叫喊声，现在正朝我们这边过来。

南洋瞟了一眼我身后："小剑，我现在没时间跟你解释。我只能告诉你，我们现在的处境很危险，这个地方除了我们之外还有其他人。"

"山川在哪里？"

他叹了口气："我不知道。对，我知道山川的事，但是她的事不是我三两句话就能说清楚的。我不告诉你是因为我不能也不想，我不想让你掺和到你不该掺和的事情当中，我也不能让我的兄弟、我最好的朋友陷入危险。"

"所以你选择撒谎，选择隐瞒我，然后呢？你觉得这是对我的保护？现在呢，我还不是到了这里？有任何改变吗？山川在哪里？你告诉我，山川她到底在哪里？"

"我不知道！我不知道，小剑，我真的不知道……我真的不知道她在哪里。如果我们能活着再见面的话，我发誓，我一定会把我的事情原原本本地告诉你，我不会再隐瞒任何事，但现在我必须得走了。这里的人你不能太相信他们，任何人你都得防范。"

"呵呵，"我冷笑道，"就像防范你一样吗？"

南洋笑了笑："算是吧，其实你早知道我没有失忆，不是吗？你也一直在怀疑我，你也知道我跟你们来这里另有目的。应该说，那次在洗手间，我已经有意告诉你了。因为骗你很难，在你面前演戏是一件很难的事。我们太熟了，看到你的时候，我的脑海中只有你、我和山川在一起时快乐的日子，我很怀念。"

原来那次在厕所，他明知道我在听，他是故意在我面前暴露的……

"有时候很多事情从出生开始就注定了，没法选择，我做的很多事就是这样，小剑，你别怪我。就像你一样，假如你早知道山川没死，你还会不会一直执着在找她的这条路上，而不是选择自我逃避和欺骗呢？"

一阵清晰的耳鸣袭来，瞬间钻进我的血管，直接对准我的心脏，我只觉得胸口一阵疼痛。

"你早就知道……你一直都知道……山川从开始发疯一直到失踪，你一直都知道？而我，像个白痴一样在隐瞒你，像个白痴一样对你、对自己、对所有人撒谎，你看我一直都像看个白痴在表演是吗？"我听见自己的声音在颤抖，"这就是你所谓的对待最好的朋友的方式？"

他看着我，没有说话。

"你和歌里，是什么关系？"我问。

"歌里？"他皱了一下眉，随即冷哼一声，"这不是他的名字。"

已经有脚步声从我身后传来，即使是背对着，我也能感觉到身后的探照灯正在冲破浓雾朝这边靠近。

"这猫我带走了，它一直都是不错的向导。"南洋冲我微微一笑，眨了眨眼睛，就像每次他跟我告别时做的动作一样，一如平常。我忽然有些恍惚，恍惚我们所处的环境，恍惚刚才这样一大段对话。我们好像只是稀松平常地站在我的古董店门口，他冲我挥挥手，告诉我，他要去上课了，待会儿联系。

"为什么？……"他曾经是我最好、最珍惜的朋友。

我摸了摸口袋里的那把武器，握住它，很沉。我没有把它掏出口袋，我想我永远也做不到把那把枪举起来，对准南洋的脑袋。

他往前走了两步，突然停住，回头对我说："李如风，你永远是我最好的朋友。"说完，他就带着小贱消失在了浓雾之中。

他离开后，我周围的雾气又重新回来了。我想问很多问题，但连一个完整的答案都没得到。而我好像什么都没法做，只能看着他带着小贱离开。我想到他即将独自面对的陷阱,他真诚地告诉我的那些无奈,我连把话问清楚都做不到。

朋友,我在脑海中重新审视这两个字。我的朋友知道一切,却眼睁睁看着我在自欺欺人之中度过了七年。或许时间和愚蠢才是制造盲目的机器,它们蒙蔽了我的眼睛,让我相信主观所相信的,让我看不清周围的环境、周围的人,让我不明白"朋友"这个词,究竟是什么性质。它有时候,是中性;有时候,是贬义。

我回过头去,何钥匙正在朝我靠近。

"李如风!小贱呢?我刚才好像看到你朋友抱着小贱朝前面去了,还是我看错了?"

我望着冲破雾气朝我走过来的何钥匙,又看向他身后那些隐没在雾气之中的身影,耳边都是南洋的声音:"这里的人你不能太相信他们,任何人你都得防范。"

他们身上都各自带着秘密和目的来到这里,我真的可以继续相信他们吗?

第六十九章　暗　箭

"你那个失忆的朋友呢？"

小四问这句话的时候，我能感觉到廖思甜在盯着我看。虽然我看不到她的眼睛，但我能感觉到她的目光仿佛一支冷箭从发丝中射出，让我很不舒服。她很在意南洋的一举一动。她和南洋到底是什么关系？

"没找到，可能是受到幻觉影响往前跑了。待会儿我们往前走的路上看看吧。"我说。

汤勺看了我一眼，没说话，但他的眼神显然在告诉我，他不信我说的鬼话。

"小贱也不见了，跟他那个朋友一起不见的！不知道是不是被带走了……"何钥匙瞪了我一眼。

"不见了？"胡凯皱起眉，看了一眼廖思甜，"算了，待会儿再找吧。我们现在一定要保持注意力绝对集中，这地方很诡异，如果一个不当心让毒素入脑，可能会有生命危险。但是只要意志力足够，是可以挡住这些能导致迷幻的毒气的。这里雾气特别重，我猜这种毒气不可能分散很广，可能只集中在这一段，我们往前走走，应该就会好很多了。"

刚刚中招的两个哥们儿现在又恢复了正常，一脸羞愧地跟在迪特旁边。我注意到迪特、伯格他们手里都拿着枪，难道是已经发现这里确实有别的人了？

平坡持续缓缓向下。我们走得很小心，由于雾重，大家话都不多。口罩毕竟还是起到了一些作用，否则无论我们意志力如何坚定，怕是也挡不住这种毒雾的侵蚀。胡凯说得没错，越往下走，雾气越淡，当这条路走到尽头，雾气突然就散开了，露出了一大片地面。

"先不要摘口罩，以防万一。"白求恩阻止了正要把口罩摘下来的何钥匙。

一路上都没人说话，除了何钥匙间隔几分钟就絮叨几句，一会儿说小贱被南洋抱走了，一会儿又说万一它还在刚刚那条路上，会不会有生命危险？

"雾这么沉，它又在最矮的地方，怎么办？"说着他的眼泪都快掉下来了。

我张了张嘴，最后还是没说话。

"人都有危险，你还担心一只猫。"白求恩老头翻了翻白眼，没好气地说。

"猫不是生命啊？小猫小狗也是生命，它们也有思想，死了不是跟人一样可怜

357

吗？"何钥匙有些不高兴地辩驳起来。

"别闹了，小贱可能只是被人带走了。"汤勺说这话的时候飞快地瞟了我一眼，又转头对何钥匙说，"猫有九条命，不会轻易死的。先保护好你自己吧。"

我有些心虚地往前走了两步，看汤勺的样子，应该是知道我在隐瞒事实。唯有尽可能避开这个话题，否则我害怕他听多了就会忍不住来追问我。我不想故意骗他，但我也不想说任何关于南洋的事情，尤其是在什么都没搞清楚的情况下。

"你们看这块空地。"胡凯的话打断了我的思考。

这块空地，真的就是一块空地，什么都没有。前面还有一些薄薄的雾气，老头说那跟上面的毒雾不一样，只是潮湿带出来的雾，不至于有害。克里手中的探测仪也没有再响，大家瞬间都觉得安心不少。

胡凯再次拿出地图进行对照。

"前面是不是要到那座建筑了？"我问。

"应该是。"胡凯点点头，收起地图，吩咐克里用平板电脑划分一下区域，然后对我们说，"往前走吧，到了就知道了。"

"凯爷，这里有一尊雕像！"伯格的声音从前面传来，他比我们走得快，特意到前头去探了下路。

我们迅速往前走了一小段，伯格所说的雕像很突兀，应该说，路中间莫名其妙冒出来一尊雕像。

"这是谁啊？"小四问。

这是一尊贵族打扮的女性雕像，如果我没认错的话，她是——

"安娜·路易莎·德·美第奇。"汤勺说，"这个雕像跟美第奇公墓入口刚进去时看到的那尊是一样的，姿势和衣服都一样，只是没有安铭牌。"

胡凯"啧"了一声，我听见他喃喃自语："看来宝藏的事情还真有可能是真的。"

"宝藏？"不光是我，何钥匙的狗耳朵也听见了，他立刻来了兴趣，一脸兴奋地说，"我好像曾经听说过宝藏的事情，说美第奇有一部分隐藏的宝藏，只有历代家族内部被选中的人才有机会接触和管理这些宝藏。但是最后一代美第奇掌管宝藏的人是个女人，叫安娜，对，对，安娜·路易莎·德·美第奇……就是这个人！传说她是最后一代掌管宝藏的人。据说来接手美第奇政权的德国洛林家族也听说了宝藏的事，所以当政期间一直在想办法寻找美第奇的宝藏。但是他们没有找到，因为最后一代掌管宝藏的人把有关宝藏的秘密全部都带入了坟墓。"说完何钥匙看了我们一眼，有些不好意思地笑了笑，"当然，这些都只是我听来的传说。"

胡凯眯着眼睛，饶有兴趣地再次打量何钥匙："你知道的还真是不少啊，可不光是传说，历史你都弄得很清楚呢。"

何钥匙"嘿嘿"一笑："哪里哪里，我就是偶尔卖弄一下道听途说来的这些东西，

第六十九章　暗　箭

调节调节气氛嘛！"

汤勺说："如果真有宝藏的话，这个安娜·路易莎倒确实有可能是最后一代继承人。那会儿美第奇家族已经没落了，罗马的别墅关掉以后，他们把财产全部转移到了佛罗伦萨，也不再有撑得起场面的继承人，最后的大公吉安·加斯托内说得难听点儿就是个废物，后期只能算个吉祥物了。只有这个安娜，如果真有宝藏的话，把秘密带入坟墓的也只会是她。"

"凯爷，你看这里！"迪特指着地面，一脸惊讶。

如果不是他注意到，我们可能很难发现这座雕像下的地面有多诡异。汤勺手里的探照灯的强光将地面上的图案逐渐照得清晰起来，是一个花环样式的圆。说花环可能不太准确，因为唯一能和花环扯上关系的，只不过是圆形边框绘制的是植物与花卉，好似那种挂在墙面上被精心缠绕装饰的藤蔓。这种绘制方式将地面上的大圆分割成了五层，又以同样的边框绘制，伞状竖线分割，将其划分成了由内而外、由小到大的六十四个方格，而方格里绘制了一系列图案，有人头，有动物，有鸟类。

这座美第奇最后一代继承人的雕像就被摆在这样一个巨大图案的正中间。竖向分割的植物装饰没有切割到中间那个圆心，雕像的底座是方形的，正好覆盖圆内面积，我们无法看到雕像底座下面的图案。

"这玩意儿绝对不可能是偶然出现在这里的。"胡凯喃喃自语道。

"这里有字！"伯格的手电筒的光照向底座下方。我站在小四身边，感觉到廖思甜在旁边发抖，但她并没有乱吼乱叫，也没有企图挣脱逃跑，她只是满脸惊恐，在手电光的反衬下，看起来有些狰狞。

小四倒是没太关注她，他和其他人一样，注意力全都集中在伯格的手电筒的光照着的地方。

伯格和迪特的手电筒的光把雕像大理石面的底座照得很亮。当光束扫过右下角的时候，我看到了一个单词：Inferno——"地狱"。

随后，左右移动的灯光照见了两行小字，我听见汤勺用低沉的声音开始念：

"我走进一座宽阔的坟场，密集的坟丘让地表起伏不平。棺材都敞开着，里面有烈焰燃烧，传来悲鸣之声。"

这句话下面还有另一句，用更小的字体写着：

"圣殿变成了兽窟，法衣也变为装满罪恶面粉的麻袋，复仇女神用爪子撕开自己的胸口，击打着自己的心脏然后尖声喊叫。"

"是但丁的《地狱》第六层。"胡凯说。

我的心脏猛地悬空了，有种恐惧像空气一样填充了进去。我看了看汤勺，他也看了看我——七楼的那张纸——这里的句式和排列跟七楼那张纸一模一样。也就是说，留下纸的人，也到过这里。

这是一个危险的信号，如果这里是入口的话，那人应该已经进入了宫殿，并达到

359

了目的。如果真是这样的话，那么现在我们这一群来到这里的人可能就不会存在了。所以，无论这个人是谁，他在七楼留下纸条时一定还没达到目的，这里……很可能并非通往宫殿的入口，又或者，由于危险，这人没有成功通过入口进入宫殿。

我下意识地转头看向一旁面目狰狞的廖思甜。

"你到过这里？"我说。

廖思甜猛地抬起头瞪着我。

"啪——"

"啊——"

廖思甜的尖叫声撕裂了诡谲的气氛，她捂着耳朵尖叫着躲到了小四的身后。不对，撕裂诡谲气氛的不是她，而是在她尖叫之前突然倒地的那个人。

迪特手下有个年纪看起来跟他差不多的小伙子，叫什么我不记得了，现在他面朝下，倒在了雕像前面。

"谁？！"

胡凯的人立刻在我们四周形成了包围圈，警觉地查看四下里的动静。要知道，在这一群训练有素的人周围，能做到毫无声息地偷袭，那必得是个绝对的高手，偷袭之后还能立刻藏匿起来，这人怕不是有什么遁地隐身术吧？否则的话，怎么会一点儿动静都没有呢？

我又看向廖思甜，她抱头蹲着，紧贴着小四，就差抱着他的腿了，但她倒是没有到处张望，她只盯着那个倒下来的人。

迪特想要小心翼翼地靠过去检查倒在地上的手下，被汤勺一把抓住。

"别动，搞不好偷袭我们的不是人。"

"什么？你的意思是……这里有机关？"

"不用检查了，"白求恩老头望着尸体说，"已经死了，应该是中毒。你们看，他手上的皮肤已经开始发黑了。"

老头说得没错，他手背上的皮肤在短短的几分钟之内已经变成了水泥一般的灰色。他好像真的死了。这是什么毒，毒性这么大？如果这真的是机关的话，岂不就是为了将闯入者一击毙命？

"可是，他的伤口在哪儿？"胡凯问。

"可以让血液流动这么快，我猜是颈部。如果我们用肉眼去看看不到什么伤口的话，那很有可能是毒针。"

老头才说完，我和汤勺，还有小四、迪特都忍不住转头看向何钥匙。

"哎，你们看我干吗？又不是我放的暗器，总不能出现一个针状暗器就跟我有关吧，我又不是研究制毒和杀人的，我是开锁的工匠好吗？"

"没人说是你放的暗器，只想问问你能不能判断出来暗器从哪里来。"我说。

"你们怎么知道一定就是暗器，万一真有人暗箭伤人呢？"何钥匙反驳。

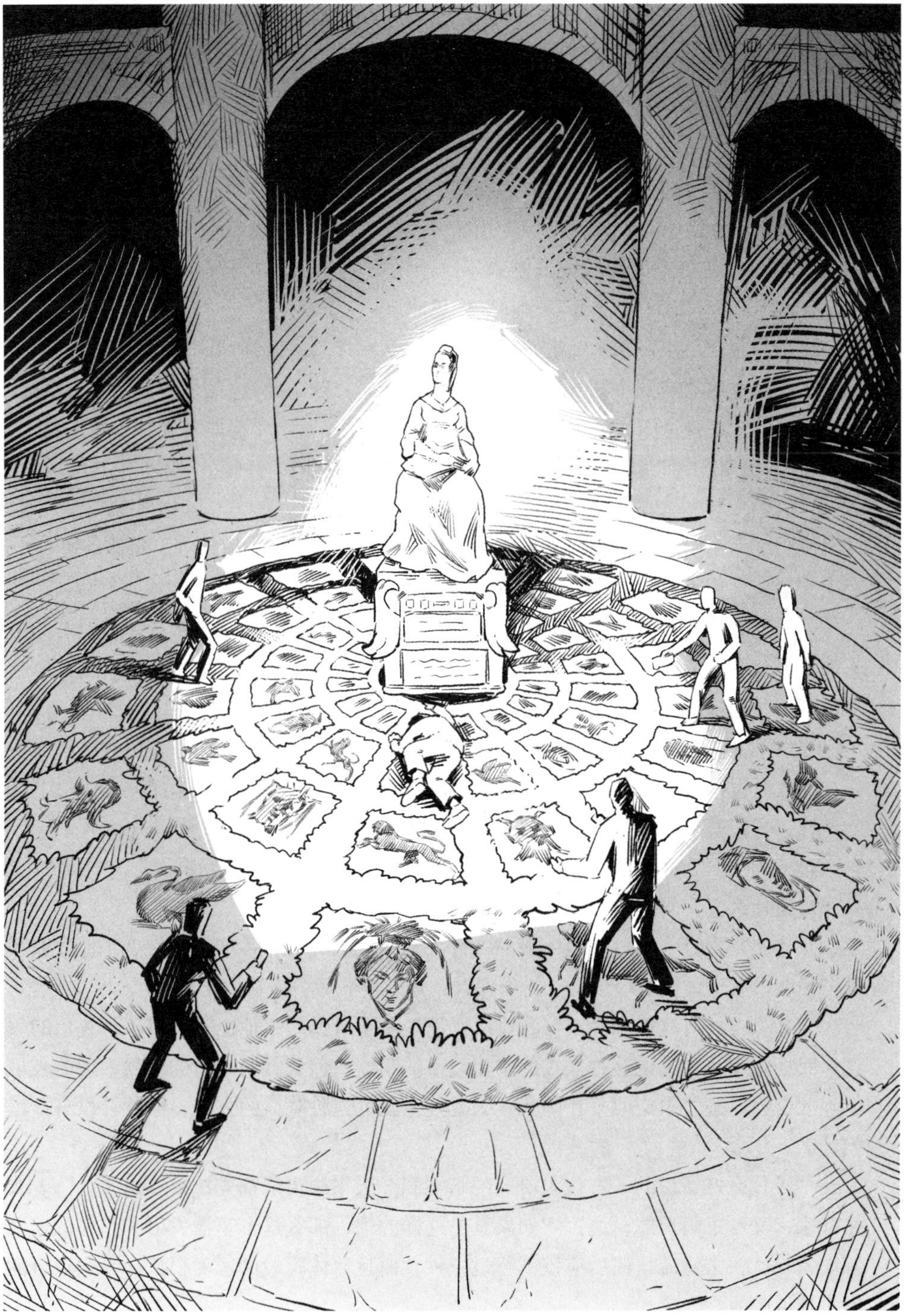

"没有人。"汤勺说话的口气很笃定,"这地上的图案是有规律的,恐怕这杀人的暗箭就是从这里来的,很可能……很可能是我们之中的谁踩到了机关。"

我们这才注意到,所有人都踩在这个巨大而奇怪的地面图案上。

一瞬间,大家都倒吸了一口凉气。

"别动!"木飞大叫一声喝止了正要抬脚的何钥匙。顿时就像是刚被紧过的小提琴琴弦,大家浑身的神经连同肌肉一起绷了起来。

"保持静止,千万不要乱动!"小四说。

"我们现在得先想办法摸清楚脚下这个图案的规律,否则我们都可能被暗器射中。"胡凯说完,瞄了一眼浑身颤抖的廖思甜。

廖思甜现在不声不响地贴着小四站着,我从刚才就一直在留意她,刚刚那个人突然倒下,她鬼叫着绕到小四身后的时候,走的并非直线,而是有意地绕了一下,她会不会根本就知道这个图案的规律,却仍然在装疯卖傻?她会不会是想在这里杀了我们,好借机脱身?我看胡凯看她的眼神,很可能也有和我相同的怀疑。

"大伯!"

汤勺突然大叫一声,我一抬头才发现白求恩老头不管不顾地跨到了尸体旁边。

"老头,你不要命,我们还要命呢!"何钥匙大声嚷嚷。

"吼什么吼!要我说呢,你们就是没有常识,咱刚一顿乱踩这么久了,只有一个人倒下,说明什么?说明暗器很有限,这个人倒下的范围内肯定不可能再有第二个暗器出现。我是一步跨过来站到这里的,叫什么叫!"

我看到老头站的地方是倒地那人的两腿之间。何钥匙大声"喊"了一声,确实也正如老头所说,并未见其他动静。老头蹲下来,在尸体上摸索,一边检查一边说:"既然这样,我们就来看看到底是什么暗器,否则这辈子我们都得困在这里一动不动。"

过了大概一分钟,他说:"好吧,何钥匙,看来不是你家的暗器。"

"是什么?"胡凯问。

"确实是毒针,不过不是一般的毒针。脖颈儿上有个非常细小的红点,但皮肤很软,说明没有实体针,应该是个隐形毒针,进入皮肤后就直接溶解了。"

"什么?还有这种东西?"我难以置信地看了看汤勺,他也是一脸不可置信的表情,我还是第一次听说这种先进的一招致命的暗器。但我看向胡凯的时候,他的表情有点儿奇怪,皱着眉头似乎在想些什么,好像知道这种暗器的存在,但他并没有开口问什么。

"没什么好惊讶的,古代人研究的暗器到今天来说可能都先进得不得了。"老头站起来,又看了眼尸体,说,"如果真是这样的话,那么这个暗器发射和致命的速度都非常快,一击毙命,前后应该不超过三秒,而且尸体腐烂的速度很快,毒剂很可能就是传说中的烂红花。"

"烂红花?"

第六十九章 暗 箭

"我曾经在一本书里看到过,古代有些富商和贵族为了防盗贼,在贵重藏品的保护区会加设烂红花毒器,其实这个名称的由来也是因为这种毒不仅能置人于死地,还会加速尸体溃烂的速度。"汤勺说。

被他这么一说,我倒是隐隐约约又闻到尸臭了。

"你们看,"老头指着尸体,"他的两只脚分别在两个方框里,照这个暗器的发射速度看来,应该就是其中一个方框发射出来的。"

木飞把手电筒的光开到最大,照向尸体的两只脚所在方框里的图案,分别是一只展翅的人头狮身,还有一个男性鬼头。

地面上的这些图案我在很多不同的地方都见到过,拉斐尔就是这种图案的爱好者。

"乌菲兹走廊的天顶也是这样的图案,那是安洛里17世纪画上去的,这种图案样式是由古罗马时期的墓穴和棺材发展而来的。"汤勺说。

"对,开始流行的时间差不多是在15世纪末期到16世纪初期。"胡凯补充道。

这么说来的话,这部分地砖上的图案设计,应该并非是在洛伦佐当政的时代完成的。会不会美第奇家族内部每一代都有人参与设计和修补工程?毕竟这种大工程,被做成祖传工程都大有可能,每一代都加工修补可再正常不过了。只是如果这样的话,这么大一个工程,世世代代参与的人这么多,到底是怎么保证秘密没有被泄露出去的?

第七十章 "地狱"入口

"我觉得是这个鬼头，你们看，这个鬼头的嘴巴张着，可能暗器就是从它的嘴里吐出来的。"迪特说。

"那是不是只要找准这里的鬼头像，就可以避开暗器？"小四说。

"不对，"汤勺用手电筒的光沿着那两个图案绕了一圈，"你们看这一圈里，除了鬼头好像不一样之外，其他物种的变换是有规律的。狮身人面是从狮子到翅膀再到狮身人面的，飞鸟是从雏鸟到学习飞翔的雏鸟到展翅的成鸟，而鬼头男女都有，表情也都不一样，我们不能随便肯定发射点就是这些鬼头。"

"你这说了等于白说，那你不也还是不知道是哪个吗……"何钥匙嘀咕道。

"我觉得人头狮身可能性更大。"我说，"你们看他倒下去的方向，整个人对着这个雕塑，是斜向右侧倒下的。他当时倒下去的时候，重心应该还停留在左侧，所以他的左脚伸得更直。"

"我赞同。"老头说，"从他脖颈儿的这个红点位置来判断，人头狮身这个图案发射出暗器的可能性更大一些。"

老头话音刚落，就从死者双腿中间的藤蔓图案上一脚跨到了右边的鬼头图案上。

"大伯！你疯了！这都是推测！"汤勺忍不住大叫起来。

"你们瞧，推测是正确的，暗器就是从旁边这个人头狮身上发射出来的。"老头有点儿得意地说。

"这老东西，真是不要命。"何钥匙嘀咕道。

我又瞄了瞄廖思甜，她倒是没有太大反应，只是十分警觉地望着我们这群人。这女人对这里的凶险究竟知道多少？

"就算现在分析出来是哪一格的暗器发射出来杀了人也没用啊，这么大一块地面，总不可能只有那一个暗器。"何钥匙说。

"肯定有规律。"汤勺说，"我们可以先做个大胆的假设，假设每一圈层只有一个发射口。"

"哦哟哟，你这个假设可是要死人的，你可别乱假设。"何钥匙摆摆手。

"我觉得有道理，"胡凯指了指雕像，"而且你们发现没？按照地图上的指示，我们已经要到宫殿入口了，可是这里哪儿有入口的样子，只有这么一尊雕像和地上奇怪的图案……"

"你的意思是……这里是开启入口的地方？"我突然理解了廖思甜为什么会目不转睛地盯着我们，却又不随便逃跑甚至随便乱动，她上一次的旅途，恐怕就是终结在这个地方的吧。那么南洋呢？南洋是已经经过了这个地方，还是走了其他路？有其他路吗？

"对，"胡凯接着说，"如果这里真的存在打开宫殿大门的机关，那么这里的设计就得给人留活路。同一个地方设计这么复杂的机关，暗器又是一击毙命的，那必然不可能像暴雨梨花针那么密集，我说得对不对，何钥匙？"

突然被点到名字的何钥匙猛地愣了一下，所有人的目光都落到了他的脸上。

"问我干吗呀，我哪知道？"

"没什么，我突然记起来，曾经去拜访你爷爷的时候见过一幅手稿，手稿上的设计和现在这幅图看起来很相似，只是那幅手稿上的图案不是圆的，而是方的，上面还标注着东西南北，你记得吗？"

"我家里的东西有上千件，我哪里能件件记得？再说爷爷去世后，我家有很多东西都莫名其妙不见了，你说的这个我一点儿印象都没有。但是你说的东西南北的设计我知道，东西南北各设一点，主门锁打在南边。"

"南边？"汤匀问，"如果是你，现在这个地面上的图案如何分辨东南西北？"

何钥匙说："天圆地方，如果没有方向，就按照惯例，面朝南，背朝北。如果看这个雕塑的话，那尸体这一面就是南。"

"啊，原来如此！"尸体所在的这个区域一定也同样存在着打开宫门的门锁！

"既然是东西南北，我们就来大胆假设，每个圈层都有且只有一个发射口，我们现在要做的，就是依据已经推断出来的南边的这个图案，找到另外三个，然后找出开启宫殿的门锁。"胡凯说。

我本以为胡凯的手下都是以武服人，脑袋估计不怎么灵光，结果伯格突然语气平淡地说了一句："如果是这样就很容易判断了，人面狮身是进化后展翅的状态。那先看东边，排除人头，进化成完全展翅状态的是内圈第二层的飞鸟，西边则是内圈第一层的蜻蜓，现在只剩北边的最外圈有些奇怪。如果按照这样推断的话，北边最外圈应该就是那个人面狮身，但这个图案已经在第三圈出现过了，会再出现一次吗？……"

伯格的分析是绝对正确的，暗器发射口的布置肯定有规律，不可能是随机的。"会不会是人面狮身旁边的鬼头？"我说。

我刚说完这句话，手电筒的光旁的阴影里突然出现了一个人影。

"谁？！"

木飞喊了一声，飞快地举起枪。他倒是没开枪，我们却听见前方发出一声枪响。伯格立刻拔枪，转身冲半空开了一枪。

随即在迷蒙的雾气之中走出来一个人，当我们看清楚来者的时候，大家都把枪放

了下来。

是黑脸，黑脸竟然没死！

当他看清是我们的时候，立刻兴奋起来。"凯爷！迪特！"黑脸双手高举着就要往这里冲。

"别动！站住！不要过来！"

伯格这话喊出口的时候已经晚了，黑脸此刻已经抬起了一只脚，被伯格一吼，他直接把脚落了下去——他落脚的地方，不偏不倚正好踩在最外圈的那个人头狮身上。然而，预期的机关并没有启动。

"不是那个，那是旁边的鬼头？"胡凯说。

我心说：可见胡凯并不真的关心他手底下人的死活，他想的第一件事居然是机关的问题。

"怎么了？"黑脸顶着一张发蒙的脸站在那里一动都不敢动。

"千万别抬脚。"汤勺说，"现在还无法判断那个图案到底是不是机关。"

"反正他都在那里了，让他踩住旁边那个图案试试呗。"何钥匙嘀嘀咕咕。

"你闭嘴，说的是人话吗？"我说。

"现在怎么办？会不会刚刚我们的判断都是错的？"小四问。

"不可能，我们的判断是对的，伯格的推测也是对的。只是现在，最后一圈的机关没有启动，原因很可能和打开宫门的门锁有关系。"汤勺说，"门锁很可能就在最外圈。"

黑脸突然大叫一声，大家都被他吓了一跳。他指着尸体的方向问："这……这怎么回事？"

"你乱动的话就会跟他一样。"木飞冷着脸说。能看出来木飞大概不是很喜欢黑脸，可能是嫌他太笨。

"不对，"克里离尸体比较近，"尸体脚边着火了！"

"哪儿来的火！"何钥匙大叫起来。

对，哪儿来的火？火星子很快变成了火焰，从那些藤蔓之中钻出来，点燃了一个四方格子——是正对着黑脸的另一头外圈的格子被点燃了。

"南边外圈的闭眼老人鬼头是门锁！"我和汤勺不约而同地大声说。说完，我们俩彼此互相看了一眼，真是默契，我们俩同时想到了这一点。黑脸踩的那个究竟是不是外圈的暗器发射点暂且还无法确定，但有一点是肯定的，他踩到的这个图案直接将通往宫殿的门锁指示了出来。着火的地方是那个鬼头图案四周的藤蔓，所以那个和人头狮身处于对角线的老人男鬼头应该就是门锁没错了。那个老人男鬼头的胡须下方也确实有个像门锁一样的环扣。

现在大家都还站在原位，没人敢轻易乱动。等了一会儿，着火的藤蔓火势也没有变得更大，鬼头图案也没见动静。

第七十章　"地狱"入口

"会不会……也需要个人去踩一脚，才能开门？……"何钥匙小声说。

说实话，我觉得有种可能，但现在让谁去踩一脚都是在拿他的性命开玩笑。

"我来。"小四说。

"不，我速度更快，我来。"迪特说。

"别啰唆了。"木飞边说，边直接一个腾身起跳踩到了着火的藤蔓边，"我来。"木飞连头都没抬，动作飞快地跳入了火圈。

大家都屏住了呼吸，等待着巨大的动静，结果过了半天愣是一点儿动静都没有。

"哪里错了？"胡凯也感觉有点儿难以置信，他回头看了眼依然蒙着的黑脸，又看了看表情坚定地站在火焰中心的木飞，最后转向了汤勺，"我觉得他踩着的那个人头狮身确实是暗器发射点，"他指着黑脸，"我有个想法，或许我们得让暗器发射出来，才能启动打开门的门锁。"

黑脸的脸一瞬间变得更黑了，这相当于他的老大下令要他的命。但他也不敢动，只能愣愣地站着，他怕是连状况都没搞清楚，刚捡回来一条命，现在就又要把命丢掉……

"凯爷，或许……"我话还没说完，胡凯就冲我挥挥手。

"别曲解我的意思，我们刚刚都在一个误区里打转儿，就因为毒针杀死了一个人，我们就下意识地认为毒针是避不开的，只要发射出来必死无疑。可是从一开始大伯就说了，它是有个发射途径的，只要我们避开它的发射路径，就不会再有人死。"

"话是这么说没错，但你怎么肯定毒针发射的路径都是一致的？"汤勺说。

"我不能肯定，"胡凯说，"我只能说赌一把。如果不赌一把，我们现在只有退回去一条路。"

"我不往回走！"这回第一个跳出来的竟然是何钥匙，"往回走还不知道会不会遇上别的危险，而且你们那些死掉的兄弟岂不是白死了！"

我也不赞同往回走，可是……汤勺说得也对，万一毒针的路径并不是一致的，黑脸和所有人其实都有危险。

"我愿意赌一把，凯爷。"刚才还一脸不明所以的黑脸突然神情坚定地说，"不能让兄弟们白牺牲。"

"我也愿意！"

"我也愿意！"

胡凯的人纷纷表态。最后汤勺迟疑片刻，转头看了看我，我冲他点点头。

"那就赌一把。"他说，"我们就赌毒针的轨迹一致，它们都是射向雕像的。"

"待会儿，你听我口号，我数到五的时候，你双脚同时离地，跳到你左边的大格子里，抱头蹲下。大家也都在听我喊出五的时候抱头蹲下，尽量蹲低。我建议现在站在刚刚我们推理出来的那几个发射点前面的人大胆地挪到发射点后面去，或者横向远离。"汤勺大声说。

小四拉着廖思甜往后挪了挪，伯格和其余几个人也动了一下。这些移动确实并未引起任何改变和危险，这似乎证明我们的推理是正确的。接下来就到了大家一起赌命的时候了。

"我开始了。"汤勺看了我一眼，我冲他点了点头。

"一，二，三，四……五！"

黑脸腾空跃起，以最快的速度跳进了左边男鬼头图案的格子里，同时其他人全都一起蹲下——顿时，我只觉得眼角闪过几道绿光，光束全都朝着雕像飞去。

一时之间我都有点儿搞不清楚那光究竟是不是毒针……然而意料之外的是，发射出来的毒针并非只有北面被黑脸踩中的那根，而是所有三面剩下来的毒针全都朝着雕像而去，很快光束隐没在雕像处。当绿光消失的瞬间，木飞周围的火焰突然变高，直逼木飞的头顶。

"木飞！"小四大喊一声。

火焰蹿天的同时，木飞破开火焰一个纵身飞跃而出，直接滚落到了地面上，将身上带出来的火苗扑灭。他刚跳出火圈，火势便迅速扩大，很快把外圈的藤蔓全部点着了，我们被包围在了一个巨大的火圈之内。

当火圈形成的刹那，地面开始震动起来。那尊雕像如同被什么激活了一般，跟着地面的震动颤动起来。火焰也随着震动沿着所有的藤蔓蔓延，火势一下就变大了。

"不好！地要塌了！"

不知道是谁在混乱中喊了一声。廖思甜的一声尖叫刺破了混沌："啊——！鬼！鬼要来了！鬼要来了！'地狱'之门要开了！"

"地狱"之门？

我的脑海中突然闪过一个念头，周遭的声音变得模糊不清，我的脑海中开始反复出现一个声音。我们好像犯了错误，我们只想着如何解开机关，打开门，却完全忽略了雕像底座上的那两句话——坟场，密集的坟丘……棺材……烈焰燃烧……悲鸣之声……

完了，我们打开的好像并不是什么宫殿之门，而是"地狱"之门！

第七十一章　生死之间

"我们被困住了！"伯格一贯冷静，此时此刻却也皱起了眉，面部肌肉紧绷。

周围的火势越来越猛，一圈圈一条条的藤蔓陆续燃起了火焰，而地面的颤抖也变得越来越明显，剧烈的晃动让我们寸步难行。

"你们看！这雕塑……在下沉！"何钥匙指着面前这最后一代美第奇家族继承人的雕塑冲我们喊道。

没错，雕塑的确在下沉，底座上的小字已经陷入地面了。

"大家都尽量靠近雕塑，这里应该有个入口！"小四的声音隔着火焰传来。我不知道有多少人听见了这句话，还没来得及反应，就被一只手用力一拽，往前冲去。

"发什么愣啊！想被烧死吗！"是汤勺的声音。

我这才反应过来，从刚刚火势渐长到现在，我一直都在原地待着，一步都没有挪动过。是对火的恐惧令我无法动弹，孤儿院的大火，深林里那间木屋的大火，烧伤南洋的大火，差点儿把我烧死的大火，我有种感觉，这一切可能都是注定的，注定我们要走进这间坟场，听那些悲鸣之声。

"啊——救命！救命！"

"救命！"

"迪特，救我！"

此起彼伏的呼救声，就像隔了时空一般回荡在这个坟场的高处，随着火苗和黑烟不断上扬，奋力地搅和在一起，变成来自"地狱"的嘶吼和咆哮。我不知道究竟有几个时空在这里重叠，即将被打开的大门可能正在释放出更多死去的灵魂。

"复仇女神用爪子撕开自己的胸口，击打着自己的心脏然后尖声喊叫。"

"啊！"刺耳的尖叫声划破了大火的阻隔。

我才被汤勺拽到离雕像比较近的内圈站定，火焰就贴着我们的脸烧了起来，滚烫的热浪一下把我掀翻在地。

"小四，抓住她！"是木飞的声音。

我抬头一看，廖思甜跳到了正在下沉的雕像上。小四刚想扑过去伸手抓她下来，雕像却突然燃烧起来，火光中发出绿油油的光，如同幽灵一般。廖思甜尖叫着从雕像上摔下来，随即雕像下沉的速度变快了，但是原本并没有烧着的最中心的一圈也被雕像上的火焰点燃,这火蹿得更高,直冲着伸手不见五指的黑色上空而去。或许是被幽灵一般的绿光吸引,我们都抬起了头,那一刻眼前的东西让我们惊讶得暂时忘记了危险。

这究竟是什么地方?!没记错的话,羊皮纸地图上所展示的部分应该是一个雅典神庙,所以我们走错了?我们的头顶上是飞檐,火焰通天的光将我们周围粗壮的红色圆柱也照了出来,而飞檐上的两角还有仙女飞升的木雕,一时之间,我恍惚地怀疑自己究竟是不是在欧洲。

"我们一定在入口了!"胡凯大喊,"我们到了!这就是地图上的宫殿入口!"胡凯一副上头的样子,看起来像是发现了什么惊天的千年沉船大宝藏。

"地图上是雅典神庙,后面还接了一截庭院呢,然后才是那个跪窗宫殿!"汤勺的语气里带着点儿无奈,他大概也觉得胡凯魔怔了。

"别说了,你们又不是搞建筑设计的,不管什么建筑类型,先得有命活着才能见着!"白求恩老头把我们重新拖回了现实。

伯格挡在胡凯前面,火焰几乎已经要烧到他的衣服了。"凯爷,如果任由这样烧下去的话,就算中间的通道开了,我们也未必能越过大火屏障过去,中间这个火和周围的火不一样,如果被烧着,可能没法轻易灭掉。"伯格说。

伯格说的也正是我担心的,这绿油油的鬼火太诡异了。不知道是不是之前的毒针的作用,这鬼火看起来就像"地狱"之火,靠近的话似乎也会像被毒针射中一样,一击毙命。

"这是什么?!"何钥匙惊呼一声。

是地面,脚下突然出现的震颤是因为有些被藤蔓分割的地面像方形柱子一般凸了出来。

"有些地面在升起来!"我喊道,"密集的坟丘,是坟丘,升起来的地面可以让我们跳到中间的通道里!"

汤勺立刻明白了我的意思:"大家准备跳上升起来的地面!"

升起来的地面是按格子的,内圈最小,只有两小块,刚好够四个人同时跳向中间。现在中间的雕像几乎已经完全沉入地面了,只露出一个黑洞洞的口子,根本看不清楚下面是什么。但我们现在也管不了这么多了,横竖都是一个死,在这里站着必死无疑,还不如搏一搏。反正从黑脸双脚离地的那一刻起,大家也早就在搏命了。

"伯格,木飞,你们带着凯爷和大伯先跳。"迪特看向我们,"接着你们来,我断后。还有几个弟兄我得去找一找,有人受伤了。"

"迪特,我来断后,你先走。"小四说。

迪特看了一眼被小四拽在手里的廖思甜:"你带着这个女人先走,我来断后,我保证来得及。"

"我和你一起!"黑脸说。

迪特点点头。

我其实想说，就之前听到的呼救声来说，能活下来的基本上都在眼前站着了，但这话我不敢随便说出口。

"我和谁一组？"何钥匙吓得声音都在发抖，"你们可别落下我啊，我不想死啊。"

"放心，不可能落下你。"小四说，"你第二组，跟着克里、陈唐和李如风一起。"

地面升起的速度目前还比较平缓，而内圈的火比之前稍微矮了一点儿。除了第一组的人，我们后面的都得用锚点固定绳子爬上去，速度必须快，上去立刻跳，给后面的人争取时间。

我们几个站在下面，看着伯格、木飞和胡凯，老头站在逐步往上升的两块方格地面上，连呼吸都快被心跳压制住了。现在没人知道这两个石墩子能不能升到足够他们跳过火焰的高度，没人知道它们上升的速度是否会保持一致，也没人知道，未知的黑洞下面是否是个深渊。

恐惧死死地包裹着我们，但没人有要动摇的意思，连何钥匙也只是紧紧贴在小四旁边，哆哆嗦嗦地等待着。

时间好像停止了片刻，唯一在动的只有上蹿下跳的火焰。如同过了一个世纪那么久，才听到伯格大声喊了一句："高度够了！准备跳！"

他们几个几乎是压着伯格的尾音跳出去的，动作神速。伯格拽着胡凯，木飞几乎把大伯整个托起，以很高的弧度，擦着火苗的边线，纵身一跃，跳入了中间的那个黑洞。

"有！有台阶！台阶！"声音从黑洞里传出来，带着兴奋的节奏。

"到我们了，快！"汤勺、我和克里掏出绳索，用力往上一扔，锁头牢牢地勾住了石墩子。何钥匙跟着汤勺。

"你先爬。"汤勺推了他一把。

我就知道何钥匙一定会拖后腿，我和克里都已经爬到最上面了，何钥匙连一半都没到。汤勺大喊一声："你们俩先跳，把位置腾出来给小四和迪特！"

克里看了我一眼，转身就越过了火苗，动作流畅得连一个停顿都没有，看得我目瞪口呆。我深吸了一口气，我可没有接受过专业训练，待会儿要一个跳得不好，不是摔死，就是粉碎性骨折，毕竟现在这个高度、前面的火……我的腿开始不听使唤地颤抖起来，我朝下看了眼，汤勺拉着何钥匙正在爬上来。

"跳啊！李如风，闭上眼只管跳！死不了！"汤勺的声音从下方传来，"别怕！"

我闭上眼，再次深吸一口气，豁出去了！我努力收起双脚腾空而起，一跃而过，火舌舔到了我的鞋跟，但很快那种灼热感就消失了，随即而来的是迎面的风。我在空中飞跃的时候已经做好了撞到身体的准备，结果我不仅没有身体触地，双脚竟然还挺稳地落到了地面上。我被自己这个稳健的落地姿态吓了一跳，差点儿一屁股坐下去，幸好后面有双手托了我一把。重新站稳后，我简直想张开双臂来个谢幕，这一跳也太帅了。这一路下来，我不知不觉都快成武林高手了。

我还没感受完兴奋，突然只听一声"啊——接我"从天而降，我就被突如其来的一股力量直接扑倒，胸口和脸颊一并贴地，不仅磕到了手臂，还磕到了下颌，整个人被压住不得动弹，骨头缝里传来一阵差点儿让我窒息的疼痛。

"哎哟，哎哟，疼死我了……"何钥匙！他居然还好意思呻吟！

"你……你拿我当肉垫你疼什么……"我要是能动，一定反手就对着他的脸来上一拳。

"哎，是……哈哈哈……"何钥匙终于从我身上爬了起来，我这才舒出一口气，撑着地面爬了起来。

"没事吧？"克里问。

"没事。"我艰难地摆摆手。老头一个跨步过来，接住我艰难抬起的手臂，十分用力地弯曲了两下子，差点儿疼得我厥过去。就在我快昏厥的时候，听见他淡定地说了句："没断。"

这该死的何钥匙，逮到机会我一定揍他一顿。

"小四呢？"我听见汤勺的声音，转过身去，所有人都站在这个黑乎乎的隧道口，隔着人头，还能见着外面的火光在向上蹿，这里还能看到宫殿的飞檐，而向里看去却一片漆黑，只能隐约瞧见我们身后的几级台阶，看不出是向哪里延伸出去的。

"说话！"汤勺大喊道。他吼的是廖思甜。廖思甜怎么一个人过来了，小四呢？廖思甜抱着头，嘴里念念有词地念着恶魔啊鬼啊的，还是一副疯疯癫癫的样子，但我觉得，她多半是在装疯卖傻。

"迪特——！"远处传来小四的一声咆哮，所有人的注意力都被那声喊叫吸引了过去。迪特怎么了？迪特是出事了吗？

"小四！"伯格冲着火光大喊一声。

没人注意到廖思甜，这个又疯又傻的女人从人群里钻了过去，溜到我们身后，贴在墙上摸索。

"你在干吗？"拿着探测器的克里看到了她的古怪行为。

廖思甜转头对他做了个嘘声的手势，接着冲他招招手，让克里凑过去。克里的特长是破解各种疑难密码和设置各种高端密码，对于这么一个疯子他并没有想太多，便凑了过去。当我回头看到他们的时候，廖思甜的刀子已经刺进了克里的腹部，血涌了出来。那把刀是小四的，她从小四的身上偷走了。

她早有准备，根本没疯。

"克里！大伯！大伯！"木飞蹲下来按住克里的伤口，但是血仍在往外喷。老头快速地拨开我们，在克里的旁边蹲下来。

"她手法精准得很，扎的就是动脉。"老头叹了口气。

血喷洒到克里手里的探测器上，探测器开始不停地尖叫起来。伯格举起枪对准廖思甜的脑袋，只要扣动扳机，她立马就能一命呜呼。

第七十一章　生死之间

胡凯按住了伯格的枪："别开枪。"说完，他看了一眼廖思甜，眼神复杂。但就像我说的那样，胡凯早就怀疑，或者他根本就知道廖思甜一直在装疯卖傻。他留着她，肯定有他的目的。

廖思甜不慌不忙，反而笑了起来："先看看你们身后吧，急着杀我还是急着救你们的兄弟呢？"

"糟了，这里要关上了！"入口的两边，两块石板渐渐开始合上。一定是廖思甜刚才启动了什么装置，她来过这里，她早就计划好了！

"小四！小四！门要关上了！"汤勺大喊。

就在门眼看着快容不进一个人的时候，小四和黑脸侧着身子挤了进来。门"轰隆"一声关上了。

"迪特呢？"伯格的声音突然间像被丢进了"地狱"一般，朝着万丈深渊砸下去。

"他没能过得来。"小四的声音沉到了更深的地方。

"怎么回事？"胡凯问。

"我被廖思甜从上面踢了下去，她还把我的绳索扔进了火里。那个时候石墩已经很高了，迪特把他的绳索拿出来让我往上爬，但是绳索不够支撑三个人。"小四看了看身后的黑脸，"所以……"

黑脸哭了起来："是我，我丢了装备，是我连累了迪特，是我的错……"

"迪特走的时候，说他会去找其他兄弟，想办法找到别的路和我们会合。"小四的声音小得连他自己都快听不到了，他也不相信存在这种可能性。

"现在说这些也没用了，以迪特的能力，或许他能找到路出去。"胡凯说。

谁都知道，这种可能性太小了，外面是什么情形，我们刚刚都是死里逃生过来的。但现在说什么都没用了。

"廖思甜呢？"小四突然反应过来，脸上生出一股怒气。

"廖思甜呢？"黑脸也跟了一句，做出了一种打算立刻亲手掐死那个疯女人的架势。

"跑了。"木飞说。

木飞的手电筒的光扫到了地上的克里和还在努力救他的老头。

"克里……这是怎么了？"小四愣愣地问。

"他不行了。"老头从克里身边站起来，"刀刺中要害了，失血过多。"

克里死了。

木飞把那把杀了克里的小刀递到小四面前。小四看着那把刀，愣了半天才伸手去接。

"廖思甜，她拿着你的刀杀了克里，她一直装疯卖傻你也没看出来吧。她杀了克里，企图把你们都关在外面，现在迪特没过来。你呢？你连刀被她拿都不知道吧，就你这样，还保护别人？"木飞声音冰冷，不带半分情感。

小四沉默了半晌，最后小声说了一句："没有下次。"

我之前听迪特提过，他们犯了错误从来不道歉，因为道歉是最没用的东西。他们的错误一般都很严重，搞不好就涉及人命，就算道歉一万次该发生的也已经发生了，所以他们只用性命担保，不会再发生下一次。这几个字代表着他们用性命在发誓。在汤勺打开的手电筒的光里，我看到小四的拳头攥得很紧。

"往前走吧。"胡凯说。

我们浩浩荡荡一群人进来这里，现在就只剩我们几个人了。我忽然有点儿害怕，来之前虽然也做好了心理建设，但确实没有想到是这么个情形，我们前面还会遇到什么？我不知道。

"啪——"所有人都把手电筒的光调到最大，照亮了前面的路。

台阶只有向下的十来级，接着就是一条往前延伸的走廊。

"走廊？"

胡凯"啧"了一声："这里怎么突然会冒出来一条这样的走廊？"

我们纷纷下了台阶，站到了走廊的起始处。说实话，这么一条走廊出现在这里是挺突兀的，而且这个走廊怎么看着有点儿眼熟呢……

"走廊的地面上有一格一格的方块，不会又是机关吧？……"何钥匙说。

的确，地上有方块，而且两边有双层立柱，头顶的圆拱内也有和地面对应的方块。现在看到这种方块，我总感觉每一块都会随时松动，陷下去或者凸起来，要不然就是会发射一击致命的东西……实在让人缺乏抬脚走上去的勇气。

"凯爷，走廊的尽头有个雕塑。"伯格说。

胡凯眯着眼睛朝走廊尽头望去："看起来有点儿像《出浴的维纳斯》，怎么又是《出浴的维纳斯》？"

"这条走廊看起来有三十多米啊，可我们的手电筒的光是怎么照到走廊尽头的？"何钥匙问。

"这是视觉效果，其实这个走廊只有八米多。"汤勺说完，胡凯也点了点头，显然，他们都知道这是什么。

这下我也记起来了，这不就是那个著名的巴洛克建筑大师博罗米尼（Borromini）为罗马的斯巴达宫设计的透视走廊吗？我去过那里，当时还是和南洋还有山川一起去的，我还在那里给山川拍了照。

博罗米尼的透视走廊，全世界著名的巴洛克时期的透视建筑杰作，一个一比一的复制品出现在这里，说明我之前想得不错，这里的确是分了几个时代建造出来的。可是建造这里的人，到底是有什么闲情逸致把博罗米尼的透视走廊搬进来呢？只是为了致敬大师？

"凯爷！"虽然伯格试图伸手拦住胡凯，但胡凯还是率先把脚踩了上去，并且从容不迫地往前走了几步，走到中间的时候，他转过身来说："你们瞧，这里没有机关。廖思甜只有这一条路可以跑，既然她知道怎么关闭上面的门，就说明她上次很可能到

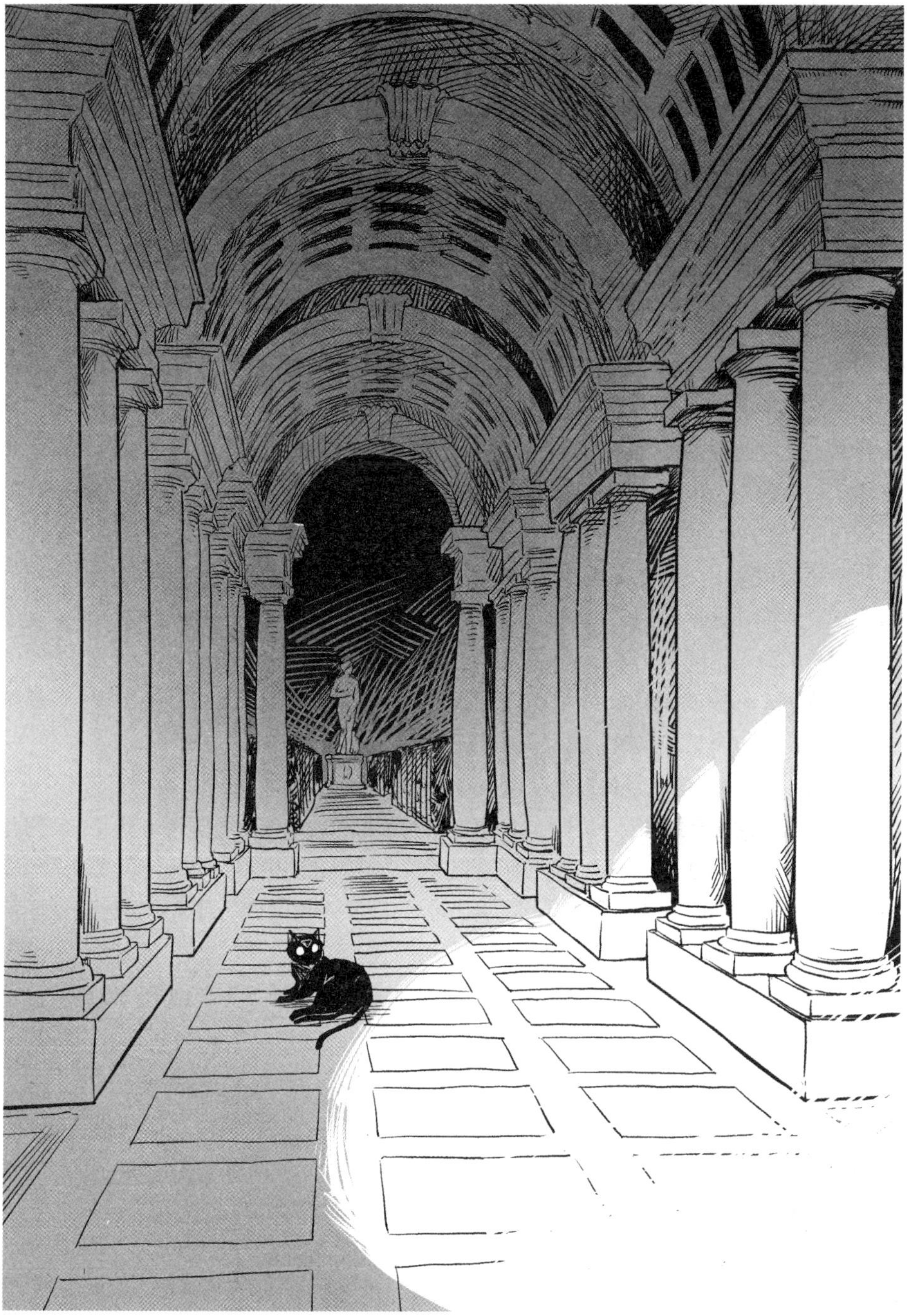

了这个地方。她一转眼就不见了，可见这地方不会有什么惊人的危险。话说，这个走廊可真神奇，走到一半儿，仍然觉得前面很长。"说完，他转过身，很快就把整条走廊走完了。

博罗米尼的走廊之所以能呈现出这么惊人的透视效果，是因为他精准地下降了天顶的高度，并且上抬了地面的高度，再结合拱顶和两边柱子的设计，使得走在上面的人察觉不到，以为自己走的是平地，其实是一条略微倾斜向上的坡。

我们都跟在胡凯和伯格的身后，走完了长廊。尽头处的那尊雕像，的确是《出浴的维纳斯》，和我们进来时在蓬塔兰迪的岩洞里见过的那尊还有点儿不一样。

"这尊雕像是仿照美第奇那个希腊大理石原件做的，那个维纳斯雕像是波提切利的名画《维纳斯的诞生》的灵感来源，也在乌菲兹美术馆里面。"胡凯说。

听到波提切利的名字，我心里没来由地动了一下。我从来没有想过，有一天这个文艺复兴时期艺术大师的名字会伴随着我们经历一路的秘密、危险和生死。可不知道为什么，此时此刻，再次听到他的名字，我的内心突然燃起了希望，之前的入口也并非像羊皮纸地图上所示，是雅典神庙建筑。除了胡凯坚定不移地认为我们走的路线没有任何问题之外，其实大家都心存狐疑，活到现在好像一直是一种侥幸，没人知道这种侥幸还能持续多久，能不能支撑我们所有人真正到达宫殿，达成各自的目的，再活着出去。我能在这里找到山川吗？波提切利的那幅《西蒙内塔·韦斯普奇》再一次浮现在我的脑海里，冥冥之中，这一切都像极了宿命。

"陈唐，你知道博罗米尼这个走廊的设计除了透视之外，还有个亮点吗？"胡凯突然问。胡凯也真是好兴致，这会儿居然还有闲情逸致卖关子。

"啧，"何钥匙把脑袋伸过来吐槽，"都什么时候了，你们居然在这里聊艺术……"

"知道，是这尊摆在尽头的雕塑，更加拓宽了长廊的维度，雕塑两边空余的空间，让人以为走出去会迎来一个很大的花园，但其实后面的花园很小。"汤勺很给面子地配合，"我去过斯巴达宫，走过那条走廊，也去过后花园，当时是作为外来国宾护卫去的。"

"对，但你发现没，这里没有花园。"胡凯说。

何钥匙意味深长地"哦"了一声，我觉得他根本没听懂，果然他紧接着就来了一句："那花园在哪里？这里不是死路吗？"

"就在这里。"汤勺说。

"雕像的底座上，有美第奇家族的家徽——三个胖天使抱着六颗药丸的雕刻，说明这后面即将进入的才是真正和他们宫殿相关的区域。"胡凯说。

我看了一眼那个家徽，有点儿眼熟，但感觉又有点儿说不上来的奇怪。

汤勺走上前，双手放在雕像上，将雕像顺时针转动了三百六十度后，雕像两侧的石门"轰隆轰隆"地打开了，有些白雾升腾而起。当雾气散开，我们都看清了眼前的场景，高不见顶的石墙一座座矗立着，中间空出细长的小道。这样子太熟悉不过了。

"是迷宫。"汤勺说，然后把头转向我。

第七十二章　移动通道

"迷宫？！"

我抬头看了看眼前，顿时有种绝望的感觉。我们一直以为外面的迷宫是最危险的地方，其实这里才是障碍重重。假如真的如何钥匙所说，这里藏着宝藏，那么这些重重的障碍想必都是为贪婪的人所设置的大礼。

我开始感到迷惑，我们为什么要来这里？是什么强大的愿望让我们不惜抛开生死来到这个地方？胡凯能达到自己的目的吗？汤勺能找到真相吗？我呢？山川又在哪里？她曾经或者此刻也身处险境吗？第六感告诉我，前面只会更危险。

"倒像是生存游戏。"何钥匙嘀咕了一句。

"那现在呢？难度系数又上去了是吧？"老头轻蔑地笑了笑，"这挺有意思，最后看看咱们几个人能活着出去。你们打起点儿精神，别输给我这个老头子。"

"这是唯一一条路，廖思甜既然能熟门熟路地进去，就说明她来过这里，搞不好她上次死里逃生的地方比我们想得要靠里很多。"汤勺说，"上次她能活着出去，那我觉得我们倒可以先不要给自己那么大的心理暗示，这里面的结构或许没有我们想象得那么复杂。"

胡凯掏出羊皮纸，指着羊皮纸上的虚线说："你们看，假设，我是说假设，咱们就把外面见到的那个当成是地图上的雅典神庙，现在我们等于是在花园，对吧？"胡凯用手指了指雅典神庙后面的那个部分，"你们看这些虚线，会不会是路线？"

何钥匙凑上去看了一眼，立刻说："这里也没标注迷宫啊，这哪儿能看出来？"

"未必。"汤勺指着说，"我们现在要进入的就是花园，只是花园里多了个迷宫而已。这虚线的标注有明显的弯折，像是在刻意避开什么。可能确实就是一条指引迷宫路径的线路。"

我凑过去一瞧，确实是。这条进入宫殿的虚线并非随意穿过庭院，而是有很明显的带棱角的弯折，整条路线看起来就像是一个"弓"字。

"但是这样的推测应该首先建立在我们找对路的前提下吧，万一雅典神庙和我们见到的并不是一个东西呢？"

这才是关键问题所在，哪儿有人做地图不讲究成这样的？整个建筑风格都变了，也不标出来，这也太不敬业了。

"或许地图是在建筑真正完成之前就已经做好的。这样，我们先沿着这条线走走看能不能走通，或许我们可以直接到达宫殿正门也说不定。"胡凯说。

何钥匙突然想到了什么，回头瞪着我说："小贱是不是被你那个朋友抱走的？"

"你怎么突然想到这个？"我被他问得愣了愣，说实话，我有一会儿没想起来那只猫了。对啊，南洋……南洋也是走的这条路吗？他这么熟门熟路，是不是来过？

"我不是突然想到，是一直都在想。你那个朋友失踪的时候，把小贱一起带走了。你是不是明明看到了，却什么都不讲？"何钥匙这话一说，我直接被噎到了。他说的是事实，我想随口搪塞几句，但是他不依不饶地追着问，我只好哼哼着掩盖心虚。

我们很快发现这个迷宫是圆形的。

我们沿着羊皮纸上的虚线往前走。出乎意料，在第一个转折点，我们走得很顺利，似乎所有的危险都是我们假想出来的。但是这种平静更像是一种危险前的暗示，让人提心吊胆，惴惴不安。

果然，当我们走完第一个虚线上的转折，很快就进了一个死角。

"走不通了。"伯格在最前面停了下来。

伯格话音刚落，走在最后的木飞的背包突然响了起来。木飞打开包，原来他拿了克里的探测器，当时我们都以为探测器坏了，但现在探测器一边鸣叫，一边闪烁着黄光。

"这是什么意思？"何钥匙问。

"氧气含量不够。"木飞说，"凯爷，我们得赶紧离开这一带，这里的氧气含量值很低，我们人多，这里的氧气含量对于我们来说可能不够消耗一个小时。"

"那就只能往后退回到刚刚那个岔口去。"何钥匙向着我们来时的方向指了指，突然又皱着眉头说道，"我怎么觉得有点儿不对，你们有没有感觉到雾气突然变重了？"

被何钥匙一说，我立刻警觉起来，周围的雾气不仅变重了，而且有一种奇特的气味弥漫在空气当中。

"你闻到什么味道了吗？"我问汤勺。

那是一种淡淡的花香，有点儿像我记忆里小时候在某处闻到过的海棠香味。刚刚木飞不是说这里缺氧吗，怎么会有这样的气味？

汤勺仔细嗅了一下，挑了挑眉毛，脸上露出了疑惑的神情："会不会有毒？要不我们把防毒口罩戴上吧。"

众人表示同意，开始在装备里翻找防毒口罩。黑脸的装备丢了，小四把自己的递给他，黑脸摇摇头："你戴，我先用衣服挡一下。"

"戴上。"小四突然站起来，声音冰冷地说。黑脸还蹲在地上准备脱下外套把头包起来，被小四突如其来的举动吓到了，愣在那里半天没伸手去接。

"听到没！戴上！"小四大声咆哮起来，随后就拿着口罩暴力地要给黑脸戴上。

"小四，小四，我拿了克里的装备，里面有多的，可以给他戴，你戴你自己的。"

379

木飞上来拉住小四。

没想到小四一把把木飞推倒在地，随手就抽出了身上那把之前被廖思甜用来捅死克里的刀子，对准了木飞。

"你不是说是我杀了克里吗？那你让我去死啊！我去死！我死了，你们就都高兴了！别以为我不知道你们看不起我！当我是傻子呢！我是没用，我连刀都看不好，我保护什么人？我这就去死！"

眼看着小四就要用手里那把刀子插进自己的脖子，伯格一个闪身，抬手飞快地打掉了那把刀，刀砸到地上，发出一声惊人的响声。

"小四！"胡凯大喝一声，"你在干什么？！"

小四似乎被刀子落地的声音和胡凯这一声怒喝惊得清醒了过来，表情一下变得木讷，呆呆地看了看周围的人，又看了看不远处的刀和站在他旁边的伯格。

"我……我怎么了？"

这下我们意识到了事情的不对劲儿。

"大家屏住呼吸！"白求恩老头大喊一声，"赶紧戴防毒面罩！"

探照灯的光如同之前刚进门的时候一样，变得朦胧和暗淡起来。比之前更奇怪的是，似乎这里的迷雾和黑暗正在使劲儿吸收我们的光源，导致我们周围变得越来越黑。很快就连近处的人的脸都开始变得模糊起来。

"什么东西？"好像是黑脸的声音。

我回过头，被眼前的画面吓得目瞪口呆。我看到他从身上抽出来一把刀，刀头弹出来，直接朝着自己的小腿扎了进去。

"你干什么？！"伯格没来得及阻止他，一贯淡定的脸上此时也露出了惊恐的神情。他两眼发直地看着黑脸瞬间将刀子从小腿上抽出来，血一下子就喷了出来，可是黑脸似乎一点儿痛的感觉都没有。他一抬头，看到大家都望着他，一边收起刀子，一边指着腿部说："这里怎么有这么多绿色的藤蔓？还这么粗！"

我脑子一下子就炸了，还来不及思考的时候，突然见到小四一把拎起黑脸的衣领。

"你疯了吗？！你疯了吗？！你疯了吗？！迪特是你害死的，你不死的话，他就不会出事！"他大声对着黑脸吼，同时又举起手里的刀子，在毫无征兆的情况下，一刀刺在了黑脸的肩膀上！

这是怎么回事？我脑中一片空白，鼻尖的花香味越发浓郁起来。

我看见伯格上去直接用绳索捆住了小四，并从他身上卸下了所有武器。而木飞则动作迅速地协助白求恩老头给黑脸验伤。黑脸似乎对于疼痛并没有知觉，满脸疑惑，好像根本没有明白刚刚发生了什么，看着自己的肩膀上的窟窿和全都是血的小腿有些发愣。

过了一会儿，黑脸突然问木飞："你们为什么用藤蔓把我绑起来？"问完这一句，他就开始使劲儿扭动身体，仿佛真的有什么东西绑住了他一般。

第七十二章　移动通道

伯格抽出枪，对着黑脸的脑门："低头！仔细看看！有没有藤蔓？！低头看！现在！"伯格大声地发出指令。

黑脸停止了扭动，顺从地低头看了看周围，似乎一下清醒了，动了动身体，看了看自己的双手，刚想抬头，眼睛落在了自己的小腿上，然后又发现了肩膀上的伤口。

"这……怎么回事？发生了什么？"他这才露出痛苦的表情，讲话都结巴了。

克里的那台探测仪突然像疯了一般叫起来，是一种极其刺耳的警报声，好几个探照灯光源闪了几下，直接灭了。

"显示没有可呼吸的气体了！"是木飞的声音，但我已经看不到他的脸了，只能凭借他的声音大概辨别他的方位。

"屏住呼吸！"老头拿出一罐不知道是什么的喷雾，捂着口鼻，在空气当中喷了几下，"我们赶紧离开！"

这里的空气，可以使人神经错乱。

慌乱之中，有人往我的嘴里塞了一颗东西，似乎是一颗药丸。我用舌头感觉了一下，那玩意儿一下子就溶解在了我的舌头上，巨大的苦味让我差点儿吐出来。苦味持续了将近五秒，而后完全从我的口腔里消失了，我发现花香味也不见了。

一抬头，眼前黑漆漆的，我甚至不知道身边有没有人。但刚刚在混乱之中，我好像听见有人在我的耳边说了一句："张嘴。"

是南洋，是南洋的声音。

是幻觉吗？还是的确发生过？

不容我多想，汤勺伸手拽了我一把："快！"

"等等，何钥匙！"我幸亏刚才一直留意何钥匙，他一直一声不吭，这会儿正呆呆傻傻地坐在地上，整个人一点儿反应都没有，不是中毒了，就是缺氧。我从地上把他拉起来的时候，他反抗了一下，我也来不及想太多，用力把他拽起来就往前走。

好几个人戴上了防毒口罩又摘了下来，戴着厚厚的口罩再屏住呼吸等于马上断气。这里的迷雾已经铺开来了，完全没有要退的意思。不只是刚刚那个死角，我们往回退的路也并没有变得清晰起来。雾气越发沉重，灯光越发照不清楚。我拖着何钥匙走在后面，几乎已经见不到三步往前的汤勺的脑袋了。

无奈，我只得先停下来，转过身一边盯着何钥匙，一边从刚刚伯格甩给我的小四背包中翻找出了一个手电，打算补充一下光源。突然，何钥匙一步朝我跨过来，伸手就给了我一拳。我被这突如其来的一拳打得站不稳，一屁股坐在了地上。

"你有毛病啊！你干吗？"我捂着脸，惊讶地望着何钥匙。

何钥匙脑袋上模糊的探照灯灯光照得他的眼睛血红，我这才发现了不对，他失去理智了。

"李如风！"汤勺的声音从我的身后飘过来，但听起来好像隔了什么屏障，显得有些远。我有些害怕会与他们走散，但是何钥匙这种样子，让我无从下手，如果直接上去拖着他走,他一定会反抗,万一抬腿一跑,那就糟了。而且有氧运动会加速氧气消耗,导致进一步中毒,我的脑子疯狂转动,但还是没找到办法。

"你听我说,"我从地上爬起来,一步步靠近他,"我是李如风,你看清楚……看清楚没有?"

何钥匙退后了几步:"你到底是谁?"不知道是我的耳朵中毒了还是何钥匙中毒了,我居然听到他甩出来的是一句戏腔。

"我是李如风啊!"我有些哭笑不得,回头一看,身后一片漆黑,什么光都没有了。他们都不知道走去哪里了。和何钥匙两个人落单真不是什么好事。可奇怪的是,除了不确定我的耳朵是不是出现了什么问题,我整个人都十分清醒,脑袋无比清醒,一点儿没有意识混乱的感觉,甚至可以说比平时还要清醒……这是怎么回事?难道我对毒气免疫了?

"李如风……不不不,你不是。小贱在哪里?你的朋友有问题,你却不说出来,你也有问题!你不是李如风!"

我顿时愣了愣,何钥匙到底是神经错乱还是借题发挥?可是眼下我实在没有太多时间思考,正想一鼓作气冲上去打晕何钥匙时,肩膀突然被人按了一下,我一转头就看到了汤勺,顿时心里一块大石头落到了地上。

"陈唐,幸亏你还有点儿人性等我们,可是何钥匙……"

然后我眯着眼看见汤勺把手伸进自己的口袋,直接把枪掏了出来,"咔嗒"一声上了膛,举起来就对准何钥匙的脑袋,就跟刚刚伯格对黑脸那样。我心说:汤勺也学这个战术啊。

"里昂,你已经死了,你不可能出现在这里。你到底是什么人?"

他这么一说,我差点儿没两眼一翻晕过去。

里昂?

这个名字在我的脑中一晃而过,糟了!汤勺也中招了!我记得里昂是被他误杀的那个长官。我看到汤勺的眼神里夹杂着恐惧,满脸的难以置信。这是他内心深处的恐惧。

心魔。我明白过来了,之前探测到的氧气不足很可能是假象。这里但凡出现了闯入者,呼吸了空气,呼出的二氧化碳就会与空气结合产生出一种毒素,致使人神经错乱。心里只要有怨恨或者恐惧,就会被轻易击垮,现在连汤勺也中招了。

"陈唐!那是何钥匙!"我在他的耳边大吼一声,可他似乎并没有听见我的喊话。倒是何钥匙,好像被枪一指,被我一吼,瞬间清醒了许多,眼睛发直地看着汤勺指着自己脑袋的枪口。

"怎……怎么了?"何钥匙有点儿哆嗦起来。

正在这时,忽地一闪,何钥匙的脑袋上的探照灯也彻底灭了,现在这黑乎乎的地方只剩了我手中这唯一的一支小手电筒还维持着一点儿光亮。我立刻把光照到了汤勺

第七十二章　移动通道

的脸上，他的面部渗出细密的汗珠，手指在扳机上动了动。

"何钥匙让开！"我扑上去胡乱地抓了一把汤勺的手，几乎就在我抓住他的手腕的那一刻，我听到耳边擦过一声巨大的枪响，感到自己的耳膜跟着震了好几下。

我拿不准子弹飞出去的方向，缓过神来之后，立刻举着手电筒朝刚刚何钥匙站立的位置照过去——没有人。

我拿着手电筒照了一下四周——何钥匙不见了。他被吓跑了？

"李如风！"我身后传来硬物落地的声音，一转身，汤勺皱着眉头握着自己的手腕，可能是我刚刚用力过猛导致的。

"我包里有一个绿色的小铁盒，你帮我拿一下，快！"

我并不确定他是不是真的清醒了，但我还是照着他的话做了。我把那个绿色的小盒子从他的背包口袋里面掏出来递给他。他打开盒子，拿出来一颗绿色的小圆球就往嘴里一塞，紧接着只见他的脸色都变了。

"你吃了什么？"我怕他神志不清，服了什么有毒的东西。

"芥末糖。"他恢复了清醒，"我早就有所准备，就怕遇到什么状况，所以随身带了这种特制的芥末糖，可以保持清醒。你要不要来一颗？"

芥末糖……我赶紧摆摆手，心里一阵嘀咕：这东西真的有用吗？

只是这会儿何钥匙不见了，怎么办？我一看眼前，有很多乱七八糟的岔路，我大概记得我们走过来时的方向，只是刚刚这么一乱，有些忘记该挑哪条路走了。毕竟这是迷宫，走进去才能知道是不是死路。

这时，不远处发出来一枚红色的信号弹，在不算太高的地方就忽然灭了。

"是何钥匙还是他们？"

"不知道。"汤勺摇摇头，"何钥匙身上有没有信号弹我不知道。他们刚刚往前走的时候，那个谁似乎已经不行了。我们一定要时刻警惕身上不要出现伤口，否则的话后果不堪设想。"汤勺说的"那个谁"，指的应该是黑脸。

"你是说这里的毒素会顺着伤口进入到体内？"

汤勺点点头："皮肤上会出现黑红色的斑块，浑身抽搐。我回来找你们的时候，他已经开始发作了。大伯也说，是毒素入体的症状，应该救不了了。"

不知道迪特现在是不是还活着，他拿命救下来的人，转眼就这么没了。

"他有没有提到和他一起摔下去的那几个人是不是还活着？"

"都死了，他恰好摔在他们身上，下面有了肉垫，才没受什么伤。"汤勺说。

胡凯几十号人的团队，现在只剩下小四、伯格和木飞了。我开始怀疑这里是不是真的存在什么宫殿，还是宫殿只是个幌子，宝藏也是个幌子，这里其实是"地狱"，专门吞噬那些心怀不轨或贪婪之人的灵魂……就像《神曲》中的那两句话，那其实是第一句警言，在告诫打算闯入的心怀不轨的人们，里面迎接他们的就是"地狱"。

"小四呢？"我问。

383

"还不清醒,幸好身上没伤口,大伯应该有办法。他带了那种抵制毒素的强效喷雾,能顶一段时间,但是我们必须尽快走出去。我们先朝着信号弹方向走,或许是他们发射出来的。"

朝着信号弹走的这一路上,我们没有遇到任何人,也没有发现任何人的尸体。但是这条路并不顺,我不知道这个迷宫究竟是怎么设计的,几乎走五十米就会出现一个岔路,选错的话很快就是死路。但有时候即便是退回选择另外一边,也不一定畅通无阻,同样的死路说明我们在更早的时候就已经选错了,黑暗仿佛正在一点点地啃食我们的灵魂。

过了不知道多久,汤勺突然说:"好像就是这里。"

"啊?"可是四周一个人都没有。我的手电筒已经有点儿支撑不住了。

"不对。"汤勺忽然说。

"什么不对?"我警惕起来。

"这个地方似乎是我们刚刚遇到的那条死路,我们兜了一圈又回到了这里。"

"你是怎么知道的?这么多条死路,不都长一样吗?"我恨不得一屁股坐下来,心想:汤勺的那颗芥末糖威力可真足,这会儿要不要提醒他再吃上一颗,以免他突然神经错乱,掏枪杀我。

"因为这里的死角和其他地方不一样,你来看。"

汤勺拿过我手里那只光快要灭了的手电筒,照着死角处两面墙的接口,说:"你看这个接口有刀刻的纹路,我注意过了,其他地方都没有。这个应该就是之前我们最早碰上的死角。"

"发射信号弹的方向会不会弄错了,我们刚刚应该是朝着反方向走的才对。"我感到脑子有点儿混乱了,我们刚才明明在朝着发射信号弹的位置走,而那个位置,假如没有弄错的话,应该是在我们之前进来的时候走的某条路之中。

"你别告诉我,这里的迷宫在变化……"

"有可能。如果我们路线和方向都没搞错的话,那只能说明是迷宫变了。"

"等下,什么声音?……"汤勺突然小声说,对我做了个嘘声的动作。

我也听见似乎有什么声音,在我们面前的这堵墙后面。隔着厚厚的墙壁,如果不是这种诡秘的安静,很难辨识到这么细小的声音。

"你过来看。"汤勺站在墙壁的另一端招呼我。

"缝隙?"

我惊讶地看着他的手指的地方,手电筒的光几乎已经要被这里的黑暗吞噬殆尽了,只有朦胧的一束光还能将这条墙壁与墙壁之间的狭小缝隙照出来。如果不是专门留意,在这样的雾气里再好的眼睛都发现不了这条缝。

"之前黑脸出事的地方没有这条缝隙……"我说。

"黑脸?"汤勺挑了下眉毛。

第七十二章 移动通道

我好像没有跟他提及外号的事，如果不起外号，外国人那些乱七八糟的名字，就算我从小长在这里也记不住。我只能记住特征，并根据这些特征起相应的外号。

"不一定没有，只是我们没看到。当时情况这么混乱，我们被逼到死角后，一直在出状况，根本来不及到处看是否有别的路。这条缝足够一个人侧着过。或许我们没走错方向，这后面还有路。"

我看了一下黑洞洞的缝隙里面，那浓浓的雾气不断由里面飘出来，就好像有一个仙境在那头。不不不，这可不是什么仙境，这是"地狱"。我听见自己的心跳声一起一伏，在耳膜四周跳出了回声。万一半路被卡住了怎么办？

我咽了一下口水，小声说："我们过去看看吧。"

汤勺点头。他示意我他先过去，让我紧随其后。

这条缝很狭窄，就算是一个人侧着身过都很困难，这要来个随便胖一点儿或者有点儿肚子的，不得直接被卡在半截？还好，我和汤勺都还算苗条，我猛吸一口气，勉强还能给自己跟墙之间留个缝。此情此景让我想起了不久之前我和汤勺被干尸追着跑的时候经过的那条窄道，当时觉得全世界都不会再有比那更窄的路了，没想到不久后的现在就出现了。

我一个挺身，终于从这细缝里挤了出去，迎面扑来的依旧是浓雾。我感觉这雾气直接附着到了我的眼珠子上，致使我走出去后立刻两眼一抹黑，什么都看不见。而且这里的温度好像瞬间降低了，有一种忽然之间就冲进了冰窖的感觉。我浑身的毛孔都张开了，寒气无孔不入，只十几秒钟的时间，我就冷得发抖。

"这……这不会是什么平行空间吧，我怎么觉得这么不对呢……"我的上下嘴唇已经开始打架了，牙齿之间的寒气冻得我有点儿大舌头，也不知道汤勺听没听到我在说什么。

突然，黑暗之中，有谁扯了一把我的裤腿！"陈唐？"我喊道。

我的手电筒还有最后一点儿残存的余光，我拍了拍，手电筒稍微亮了点儿，我把光凑近小腿，随即看到了几根手指。"陈唐？"我又问道。

无人应答，我心里隐隐有点儿发毛。"陈唐？讲话！"我提高了嗓门。

"我在这里。"这回有了应答的声音。可是，很明显，这回答声是从我前方传来的。

我倒吸了一口凉气，猛地把手电筒照在刚刚那几根手指上，这下一只黑乎乎的手突然出现在了光束底下。我吓得往后跳了一大步，手电筒都砸到了地上，灯光跟着闪了一下，差点儿就灭了。

"什么人？！"

"怎么了？"汤勺说话的时候，脚步正在朝我靠近。

手电筒的光束之中，映出了一条胳膊的影子。我的头皮一阵阵发麻，我深吸一口气，弯腰从地上捡起手电筒。我的手控制不住地颤抖，我在心里念："千万别是何钥匙，千万别是南洋，千万别是鬼……"很快我就断定，这是个人，不是鬼。因为我现

385

在可以听到他的呼吸声，急促而微弱，然后我看到了他的手再次出现在了光里。那是一只青灰色的手，很像那个被暗器射中、一击毙命的迪特手下的手，他中毒了？究竟是谁？！

汤勺走到我旁边，拍了一下我的肩膀。"什么东西？"他边说边从我的手里接过手电筒。

突然，一张青黑色的、额角还残余着黑红色血块的脸出现在光束之中。

我的大脑已经有点儿麻痹了，不知道这种浑身血液凝固的感觉到底是不是恐惧。眼前这个人有点儿难以形容，假如出现在光天化日之下，我肯定以为自己大白天活见鬼了。只是在这里，一路到现在，碰上的奇怪事情太多了，到了眼下这一刻，我除了能感觉到浑身僵硬之外，也没什么其他感觉了。

可以肯定的是，这个"人"不是南洋，也不是刚刚走失的何钥匙。

"你是谁？"汤勺语气平和地问道。

那人的眼珠子看起来很怪异，呈现一种近乎透明的灰色，不知道是灯光作用还是中毒所致，他看着我的时候，我不知道他究竟是不是在看我，那双空洞的被眼白包裹的眼睛里透露出一种绝望的眼神。

这种绝望让我想起了死在外围的"老西木"，他的眼中也带着同样的绝望。

"你是……欧枚洛？"

他听到这个问题后，似乎把目光聚集到了我的脸上。我想我猜对了，一直预感的东西得到了证实。他们都在这里，谁也没能出去，除了被胡凯救出去的廖思甜。

第七十三章　二十五年前的真相

"欧枚洛？"汤勺盯着他的脸，用有些不可思议的语气重复道，"你是……欧枚洛？"

那人张了张嘴，嗓子里发出沙哑的动物嘶叫一般的声音，好像已经无法发出比这更多的声音了。

"看来，这人的状态告诉不了我们什么，如果他是欧枚洛的话，那现在就只剩卡洛·齐德蒙那个警察了。"

欧枚洛似乎听到了汤勺说的话，用一种类似狐疑和猜疑又似乎是在思考的眼神盯着汤勺和我看。其实我也说不好他究竟还有没有思考能力。

汤勺在他面前蹲下去，掏出自己的证件，说："我是德西·卡尔梅洛的儿子。你认识他吗？"

他的眼睛瞬间发出亮光，似乎有话要说，"阿巴阿巴"半天，却怎么都说不出话来，依旧只有刺耳的嘶哑的声音从他的喉咙里冒出来。

"我想知道真相，也想知道我父亲为什么会自杀。"汤勺这话似乎是说给他自己听的，因为眼前这个人，我想是无论如何也开不了口说话的，何况白求恩老头也不在，假如他在的话，没准儿还能想想办法。

但是，欧枚洛听完汤勺说的话之后，居然有了反应。他伸出一只跟乌骨鸡鸡爪一般的手，指了指自己的身后，似乎在示意着什么。汤勺用手电筒朝他指的方向照了过去，立刻看到他的身上有一个背包。

汤勺十万分小心地从他身上取下了背包。这个欧枚洛基本上只剩下皮和骨头连着了，他的背包里有一只水壶模样的东西，汤勺拿出来，摇了摇，里面一滴水都没有了，背包里面也没有其他食物。

他究竟在这里过了多久？他能活下来也是个奇迹了。或许他们是带了充足的食物来到这里的，所以他还能在这里坚持一段时间。

我不禁心里一阵发寒，如果我们不能从这里出去的话，会不会到最后就会变成他这种样子？不，我们应该熬不了多久，我们没有准备充足的食物，我们背包里的东西大概只够顶上三天左右。我连想都不敢使劲儿想，死在这里也太不值了。

我之前一直想，如果我们能找到山川，真相或许也就没那么要紧了，我们还能像以前一样生活才是最重要的。但是后来，我越发明白，我们不可能回到以前，真相已经在那里了，人和事也都因为那些已经发生的事情改变了，不知道真相的话，即便我们重

新聚在一起，一切也都是假象。所以我才会和汤勺一样来到这里。

我们是为了真相来的，我们想知道那些改变了我们生活的人和事背后，究竟隐藏了什么秘密。

汤勺从背包的夹层里翻出来一个被塑料包裹了好几层的东西。欧枚洛看到了之后，伸出手用力地指了指，点了点头，似乎这个东西的重见天日让他顿生希望。但这种希望显得很短暂，他眼中的光只是一闪而过，便又恢复成了空洞而绝望的灰色。

他指着汤勺手中的那个塑料包，动了动嘴巴，嗓子里哼哼唧唧地发出让人听不懂的声音。我不明白他究竟想要表达什么。

汤勺将手电筒对着他的脸，他并没有避开突如其来的光，或许他根本感觉不到有光的照射。他只是一遍遍张着嘴，模糊地发着声。

"看他的嘴型。"汤勺说。

我终于明白了，他是在一遍遍重复："打开它，在里面。"

"你是说要我们打开它是吗？"我问。

他点点头。

汤勺刚准备打开它的时候，欧枚洛又伸手拉住了他的裤腿，就像之前扯住我的裤腿一样。

他边用手指着自己的脑袋，边动着嘴唇。"杀了我，求求你们。"他说。

"他在说什么？杀……了……"我不可思议地看着汤勺，汤勺点点头。

他希望我们杀了他。

"求求你们……"他依旧在无声地重复着这几个字。

我已经不忍心看了。叫我这么杀了他，我是肯定下不了手的。我刚一转身，耳边就传来了枪响。

汤勺开枪把他打死了。

"你……"我难以置信地看着面无表情的汤勺。

汤勺一句话都没有多说，只是把枪收起来，拆下那几层塑料包裹，将其中一层比较完整的盖在欧枚洛的脸上。

"他只是在等个人来让他解脱。"汤勺说。

所以，当时在根本不知道我是谁的情况下，他拽我的裤腿，只是希望等到一个人来帮他解脱。可以是任何一个人，而现在汤勺手中的这个东西，是他解脱之前最后的愿望，他希望能把东西交出去，交出去后他就可以心安理得地死了。

究竟是什么东西，威力这么大，能支撑他活到现在？

汤勺拆开最后一层牛皮纸，里面裹着的竟然是一份装订好的文件。文件封面上用意大利语写着：美第奇家族宝藏以及相关研究。而下面的署名是：阿夫杰·耶夫娜。

我惊讶地盯着汤勺手中这本装订文件的封面，眼睛都不敢眨一下。

阿夫杰·耶夫娜……这名字，是她……

第七十三章　二十五年前的真相

汤勺翻开文件，首先看到的就是一座宫殿的简图。我起初以为是美第奇家族的其中一座皇宫简图而已，再仔细一看，并不是，画中的宫殿俨然和我们正在寻找的宫殿一致，是皮蒂宫和现在的卡弗尔路（以前叫拉加路）上的第一座美第奇宫殿的结合体。

再往后翻，我们粗略地看了一下，似乎有四五十页的内容都是用各种论据来论证她的发现：在洛伦佐时代，由于曾经受到威胁和动乱，为了防止将来美第奇家族可能迎来的衰败，所以美第奇家族将一些最有价值的财宝转移到地下，并在地下建了一座宫殿，用来存放这些财富。在今后无可避免的杀戮和战争之中，将有一处绝对隐秘、绝对安全的地方来转移美第奇已故先人的遗体，让美第奇这个庞大的家族不至于到最后分崩离析。

看到这里的时候，我深深地吸了一口气。

如果美第奇的先祖知道美第奇最后的命运是这样，不知道会不会也叹口气，还是会觉得只是鼎盛家族的正常衰落罢了。

汤勺将文件翻到最后一页，上面除了阿夫杰的落款，还有成稿时间：1990年1月22日。

"她的死亡日期是23日，这不就是她死前一天？"

"我想，有些问题的答案就快要出来了。"他说。

"当然，你们拿了我的东西，怎么着也要还给我吧。"前方突然出现了女人的高音。

我的手电筒又是一闪，这回直接灭了，一片漆黑。汤勺从口袋里掏出那个老式手机，点开屏幕，只有幽幽的微弱的蓝光。而我的手机早就没电了，否则还能打个手电什么的。

"是谁？"我冲着前方问道。

"不用管我是谁，你们只需要知道，如果你们不把手里这份文件交给我的话，你们都不会有机会活着离开。"

"你凭什么这么说？"我一边说，一边想看清楚来人的样貌。不知道为什么，我先前就已经有了预感，这本烫手的东西在我们手上放不了多久，就会有人冲着它来，倒是没想到速度这么快。

"东西可以给你，但是麻烦你先把故事讲一下，廖思甜女士。"

什么？廖思甜？！

我在黑暗之中转过脸看了一眼面部映着手机蓝光的汤勺，他目视前方，似乎显得很淡定和胸有成竹。他怎么知道是廖思甜？自从接触廖思甜到现在，她就没有用正常的声音讲过一句正常的话，不是尖叫就是絮絮叨叨。

对面果真照过来一束光，这可能是我第一次在她正常说话的情况下看全她的脸，那有如贞子的黑发下遮住的那张脸，颧骨突出，面颊凹陷，眼睛外凸。猛一看吓一跳，但如果仔细盯着看一会儿，倒是又和报纸上那个曾经风光一时的廖思甜有几分神似了。神似的地方主要是眼神，无论是那时还是现在，她的眼神里都透露着一股子狠劲儿。她最大的败笔就是没有掩藏好自己的野心和贪欲。

"你怎么知道是我？"她的脸上浮现出了笑容，令她的整张脸看起来更加诡异。

"你一路装疯卖傻到这里,很显然有目的。之前在门外你直奔着克劳迪欧的尸体去,是不是在找这个?"汤勺说着,晃了晃手中的文件。

"呵呵,不愧是精英警探的后代,确实有几把刷子。没错,我就是在找这个东西。那么既然你这么清楚我的目的,麻烦请物归原主吧。"

"物归原主?呵呵,我没听错吧?这上面的落款是阿夫杰·耶夫娜,你是阿夫杰吗?原主是你吗?"汤勺用略带讽刺的口气说。

那些阿夫杰和短发的廖思甜站在老皇宫窗口的照片,依旧历历在目。

廖思甜冷笑了两声:"你是什么意思?"

"你知道我是什么意思。"

"卡尔,我告诉你,有些事你不知道,就不要像你父亲一样多管闲事。哦,不,德西这个人不是多管闲事,他是没有自知之明,事事都喜欢装懂,事事都要管,所以才会自讨苦吃。"

我以为汤勺听见这样的话会愤怒,但是他脸上的表情一点儿变化都没有,依旧很淡定。他笑了笑,从兜里掏出枪,对准廖思甜。

"我只想知道,是不是你杀了阿夫杰?"他问。

廖思甜愣了一下,突然大笑起来:"你从哪里认定是我杀了她?"

"我没有认定,我在问你,你一直要找回我手里的这本东西,难道不是因为这可以作为你杀了阿夫杰的证据吗?"

"哈哈哈!做警察的,有的时候想法真的是很多余。你和你父亲德西完全是一个样子。证据?你想得太天真了。我能走到这一步,还会怕一份文件把我送进牢房?那女人会死,是因为她该死!"

她的手电筒的光也蒙上了雾气,开始变得朦胧起来。她突然收住笑,面部变得狰狞起来。

"对,没错,是我杀了她。当时开始这个研究的人明明是我。可是我们的研究成果,她不仅想要独吞,而且居然想公开!呵呵,公开意味着什么?意味着政府会筹资进行公开的挖掘,这里就会被天下人看到。凭什么?!她竟然抱着我们的研究成果做名垂青史的梦,你认为我不该杀了她吗?"

"那你想得到的是什么?"汤勺说话的间隙喘了口气。这个地方的空气变得越来越沉,而且呼吸起来有种浑浊的感觉。我不知道我们能在这样的环境里坚持多久,倒是廖思甜,她竟然这么清醒,是怎么做到的?

廖思甜似乎也看出了汤勺的变化,往前走了一步,用手电筒的光晃了晃他,又晃了晃他脚边欧枚洛的尸体。

"劝你不要再继续在这里跟我对峙了,你坚持不了多久的。知道这里的毒雾是哪里来的吗?外面那片区域的毒雾并不足以杀人,但这里可以,这里就是毒雾的源头。这里种了一片特殊的植被,只要吸收到二氧化碳,就会释放出有毒的气体。你继续在

第七十三章　二十五年前的真相

这里跟我浪费时间的话，下场很可能跟老欧枚洛这个白痴一样。"

她说话的间隙，用手电筒的光晃了一下我的脸，在光一晃之间，我看到她望着我的脸上露出诡异的笑容。

"就算死，我也要把事情搞清楚。我问你，尼可是不是你杀的？"汤勺问出这句话的时候，我觉得他的声音在颤抖。

廖思甜沉默了片刻，我听见她叹了一口气："你知道了什么？或者是从哪里听说了什么？"

汤勺笑了："你刚刚自己说的，你到了这一步，并不在乎因为什么被带进牢房，那请你说说实话，好歹也算一种赎罪。"

"赎罪？呵呵。"廖思甜瞪着汤勺笑道，"从走上这条路的那一刻开始，我就不知道什么叫罪。既然没有罪，又为什么要赎罪呢？是，你说得对，我承认，尼可是我杀的。让她画一幅赝品，她不愿意。她不愿意上我的船，你叫我怎么办？"廖思甜身体前倾，讲话的时候带着一种理所当然的口吻，似乎丝毫不认为自己做了什么不对的事情，"她知道的太多了，这女人错在太聪明，聪明的人和笨的人一样都是有害的。更何况，她和你父亲老德西的事情，你不会不知道吧？"

廖思甜说到这里的时候停了下来，她在观察汤勺的反应。

"咔嗒"一声，我听见子弹上膛的声音。

"陈唐，听她把话说完！"我害怕他真的一个激动控制不了自己，直接一枪把她给毙了。

"看来你是知道的。他们有个儿子你知道吗？尼可这女人也是作孽，孩子生出来又不想要了，居然带去了福利院。就冲着这一点，这女人不该死吗？你不应该谢谢我吗？帮你解决了一个心头大患。你想，如果没有我解决她，她一直活到今天的话，你母亲该有多恨你父亲啊？"

"所以，你放火烧死了她？"

"是的。"

汤勺低下头，沉默了片刻，问："那我父亲为什么自杀？"

"因为……他有罪恶感吧。"廖思甜说。

"难道你没有吗？明明是你杀了尼可，却让他以为尼可是自杀的。难道你没有罪恶感吗？"他的声音不再颤抖，又回归了平静。他的手机的蓝光屏突然又亮了一些，我看到他的眼泪顺着眼角滑落下来。

"是他自己想不开，卡尔，是他自己想不开，不是我的错。"

廖思甜不知道从哪里掏出来一把手枪，但是她没有举起来对准我们的方向，而是将枪口对着她脚边的地面："现在，我没时间继续和你们磨蹭了。把东西给我，否则的话……"

她把手电筒调转方向照到地面上，我看到何钥匙躺在她的脚边。

第七十四章　红宝石戒指

在手电筒朦胧的光照下，何钥匙蜷缩成一团躺在地上，一动不动。他一半的身体被野草似的植物遮盖着。

我这才看清楚，他们身后是一片没到膝盖的草坪。草坪上的草看起来形状奇特，顶端有个星形的小叶子。我想：这大概就是刚刚廖思甜口中所提到的特殊植物。

"东西给我，要不然你就开枪，对准我的脑袋。当然，我也会对准你们这个小兄弟的脑袋……砰！哈哈哈！"廖思甜发出尖厉的笑声。

这个女人确实是个疯子。

汤勺拿着枪的手犹豫了一下，开始缓缓放下来。

"你要的东西你拿走，把他放了。"汤勺说话的时候，整个人往后跌了两步。

"就你这样，还想杀我？先保住自己的小命吧。就算你再能扛，不出三分钟，这里的有毒气体就会彻底吞噬你的意识，你会越过神经错乱和幻觉，直接变得和他一样。"廖思甜拿枪指了指躺在地上的何钥匙。"头晕了吧？做警察的确实不简单，居然可以撑这么长时间。不过这里可不是我们刚刚经过的那些小儿科地方，劝你识相一点儿，最好相信我说的话。"

我看了看汤勺的样子，廖思甜说的应该是真的。这里寒气很重，但是汤勺的脸上不断在冒虚汗，再这样下去，他可能撑不了多久。

可是……不对啊！我突然意识到一个问题，我怎么没事呢？我抬头看了看廖思甜，仔细想了想，突然反应过来一件事。

"是你往我的嘴里塞了药？是你？"

"不是我，但药确实是我的。"廖思甜欲言又止，接着又说，"你就当是我吧，没错，我塞给你的药可以让你在这里不受干扰。"

"为什么？"

"呵呵，因为你最弱，对我没威胁。但是假如你们全都中招了，这游戏就不怎么好玩了。"廖思甜笑了笑，"不用想太多，我不是想救你。如果你坏我好事，我一样会一枪毙了你。现在废话少说，东西给我。如果你们爽快一点儿，我可以再给你们两颗药，让你们活着找出口出去。"

我不知道廖思甜葫芦里在卖什么药，但她说她身上还有药，我看了看汤勺和躺在

第七十四章　红宝石戒指

她脚边的何钥匙——不管她说的是不是真的，我都要赌一把。

我走过去从汤勺的手中一把夺下文件。

"你，别中计！"汤勺连说话都已经费劲了。

"文件给你，何钥匙和药，都交给我。"

"你这是在跟我谈条件？"

"啪——"的一声，汤勺倒在了地上。

"给我！"我拿起汤勺的枪对着廖思甜，冲她吼道。

"先把文件扔过来。"廖思甜很淡定地望着我。

看她的样子，我估计她不会做出什么退让，这么僵持下去也没有用，我只能选择把文件放在地上，踢了过去。

廖思甜一边继续用枪指着地上的何钥匙，一边蹲下去拿文件。

她站起来，对我一笑："再跟你说句实话，本来这个地方我不想再来的，是你们非要带我下来，所以天命使然，这些都是注定的，注定我要完成我的使命。门被这个傻子打开的时候，我就听见了美第奇的声音。是的，他们在召唤我，去解开他们的宝藏。只能是我，只能，必须是我！是我做的研究，所有一切都是我发现的。所以，那一刻我才真的清醒，所有那些我之前做的事情不能白费，我要把我的使命完成，谁都不可能阻挡我的道路！"

她说完最后一个字，眼前的光一下就灭了。她把手电筒关掉了。

"等下！"我喊住她，"你和南洋是什么关系？"

她突然没了声音，但我知道她还没走，过了大约半分钟，我才听见她的声音："他是我唯一的报应。拜托你，带他活着离开这里。"

右前方突然又出现了一束光。

"那边！抓住她！廖思甜！"是小四的声音。

我刚想喊他，音节还没有冲出喉咙，突然——"砰！"只听见一声响亮的枪响，我几乎感觉到子弹带动雾气的流动声。

在我正前方十二点的方向，有人应声倒地。

前面瞬间亮起了好几盏灯，是熟悉的探照灯发出来的亮光。

灯光照到我这一块的时候，我看到何钥匙还保持着刚刚的样子躺在地上，我注意到在他旁边有一个白色的小药罐子。汤勺倒在欧枚洛尸体的旁边。

我看到胡凯、小四还有一些人正朝我这边小跑过来。

中间的高草有了一大块的空缺。我走了几步，就看到廖思甜倒在那里，脑袋上被枪子儿打出来的窟窿还在往外冒血。

我自己都还没反应过来，突然之间有人把我按倒在地，让我的头贴着潮湿的、夹杂着新鲜血腥气和奇怪植物味道的地面。

"什么人？！"

"小四……"按住我脑袋的劲太大，致使我说话都很困难，"我……"

"放开他！是李如风。"这是胡凯的声音。

我脑袋上的按压力立刻消失了，但是太阳穴还是一阵阵地抽疼，小四的力道真大。

"是你开的枪？"胡凯看着我手里握着的枪问我。

我从地上爬起来："难道不是你们吗？"

"我们没开枪，我们到的时候正好听见一声枪响。"小四说。

"什么？"

我之前倒是真有一股子冲动想杀了她，但是，她最后说的话让我陷入了混沌。何况，她做了她承诺的事情，留下了解药，我最后不想杀她了。

我不知道怎么去评价人性这个东西，也不知道怎么去形容我现在看到廖思甜的尸体躺在我脚下的感觉。她所谓的天命，最后让她不知道被谁一枪打死在这里。

"到底是谁开的枪？"

我们之中没有任何人开枪。

"那刚刚肯定有其他人在这里。"胡凯说。

"是不是你那个朋友南洋？"小四忽然问我。

说实话，我不知道，我只能说，我之前应该没有听错，抵御这里毒气的药丸是南洋给我吃的，而那个药丸应该是他从廖思甜那里拿的，至于怎么拿到的，他们之间发生过什么，我无从知晓。

我抬眼望着胡凯："廖思甜和南洋究竟是什么关系？你知道的是不是？把他们一起带下来也是故意的？"

胡凯没有吱声，弯腰掰开廖思甜的手指，取出文件。

他一边翻着文件，一边对我说："很多东西，我本来也没有十足的把握，直到事实摆到眼前，我用我的眼睛看到才确信。是的，我知道他们的关系。"他合上文件，"我相信你现在心里也有数了是吧。"胡凯冲我笑了笑。

我看了一眼廖思甜的尸体，是的，我心里有数了，但是这个有数让我浑身发寒。

可是，胡凯，他这么做的目的究竟是什么？

小四给何钥匙和汤勺都喂了廖思甜留下来的解药，那个药很快就起了作用。白求恩老头说，这跟他给胡凯他们分发的药是同一种，并不是什么特殊的药，就是一种普通的治疗神经性疾病的药物，却可以用来抵抗这种神奇的植物所产生的有毒气体。

"其实，如果心无旁骛，未必会受到这种毒素的影响。可惜，只要是人，就做不到。谁活着能活得彻底干净、通透，什么大事小事都没经历过呢。"老头拍了拍我的肩膀。

药很快就起效了，何钥匙和汤勺醒了。还好，何钥匙没有受伤。他醒过来的时候，以为自己还在胡凯的别墅里，问我吃不吃早饭。他死命揉了好几下眼睛，才看清楚周围的环境，瞬间就蒙了，问我究竟发生了什么，看来他做了一个很不错的美梦。

第七十四章　红宝石戒指

我没有在他们之中见到黑脸，没有人提起来，包括何钥匙，即便是之前神志不清，他也能大概猜到究竟发生了什么事情。

"我们现在到底在哪儿？"何钥匙问。

"应该在迷宫的中心地带，我们看到信号弹找过来的。这个迷宫很麻烦，好像一直在不停地变化，不停地出现死路，或者带着我们遭遇鬼打墙，我们花了很久才找到这里。"小四说。

"我们也是跟着信号弹来的，究竟是谁放的信号弹？"我说。

"会不会是廖思甜？"伯格问。

"不，不是她，也不是死去的欧枚洛，还有其他人一直在跟着我们。"汤勺说。

木飞突然说："刚刚杀了这女人的应该不是李如风的那个小兄弟。"

"哦？你看到了什么？"胡凯问他。

"是个女人，我可以确定。当时有一束光照到了一个影子，从身形判断，是个女人，长发。我看到她逃跑的方向是向着那边去的。"说完，他便指了指前面的一条路。

女人？！

"这条路……会不会往宫殿去了？"胡凯自言自语道。

宫殿？我们到了所谓的中心地带，是不是意味着我们已经过了迷宫区域？

"这里的植物释放出来的有毒气体这么多，说明在我们之前来到这片区域的人肯定不止一个。"白求恩老头说道。

当然不止一个了，除了死了的欧枚洛，廖思甜也是先于我们跑进来的，南洋或许也早进来了，只是现在不知道在哪里。还有……刚刚木飞说到的，疑似开枪射杀了廖思甜的女人。

"我的意思是，"老头补充道，"有很多人。"

"很多人？"

"呵呵，我知道。"胡凯笑了笑，"那个一直喜欢抢在我前面的家伙肯定带着人下来了，要不南洋怎么会跑这么快呢？"胡凯边说边朝我使了个眼色。

"什么意思？"

我没明白胡凯的意思，南洋？跑这么快？

胡凯抿嘴一笑，就不继续说了。

过了大草坪后，居然看到了皇家花园的样子，而且不知道是不是心理作用，雾气看起来没之前那么重了。有一些奇怪的没见过的常青植物和一些希腊神话人物的雕塑喷泉。喷泉都是干的，没有水。这么一个花园建在这种地方，实在让人难以有什么美的享受。

我不知道博罗米尼建造的花园有多大，我去的时候无论走廊还是花园都不让进去参观了，但是这里的这片花园可谓巨大。没有机关暗器，迷雾重重，可是我的脑袋却有些迟钝，发生的所有事情，一些新的猜测还有了解到的真相，一直不停地来回穿梭在我的脑海中，思路始终无法变得清晰。

汤勺自从醒过来后，变得更加沉默，这一路几乎不说话。我想起廖思甜说的那些话，也实在不知道能对他说些什么，换谁都难以接受。我大致把发生的事情给他们说了一下，当然隐藏了汤勺父亲和尼可的部分，何钥匙还特别不识相地问个不停。

胡凯对刚才发生的事情不发一言，一路都在聚精会神地研究那份文件。

在我们到达一片雕塑群的时候，胡凯突然停住了脚步。"我在这里看到了有趣的东西。"胡凯眼睛盯着文件说。我看到了他翻开的页数，应该已经到了文件的最后部分。

"是什么？"我问他。

"你自己看。"他把文件递给我。

我接过来一看，这一整页字数不多，可我连一个认识的字都没有，竟然是一整页的俄文。而且这一页是单独夹在里面的，并没有和整份文件装订在一起。"这是什么？你能看懂？"我疑惑地望着胡凯，惊讶于他一脸全都看明白了的表情。

胡凯笑了笑，耸耸肩膀："看懂俄语很稀奇吗？这是一张手稿纸，相当于草稿，上面都是字，我估计拿到这份文件的人就算看到有这么一张东西，都未必会花心思留意它，可它上面偏偏有重要信息。"

"写了什么？别卖关子呀。"何钥匙催促道。

胡凯指着标题，冲伯格招手："伯格，给他们翻译。"

伯格指着标题只看了一眼，便念道："关于波提切利《西蒙内塔·韦斯普奇》前后两幅作品的相关推测和分析。"

"两幅？"我惊讶道，"什么意思？"

标题下面只有短短的一截文字，伯格接着翻译："经论证，桑德罗·波提切利前后一共画过两幅一模一样的《西蒙内塔·韦斯普奇》，第一幅画作的时间，推论可知是西蒙内塔去世之前，而后，在洛伦佐建造宫殿的期间，他画了第二幅作品，并将宫殿的秘密藏于画作中。佛罗伦萨乌菲兹美术馆的馆藏一直都是第二幅作品，而第一幅作品的原件不知去向，推测很可能被藏于宫殿内部或者王子朱利阿诺的墓地内作为陪葬品。"

我顿时目瞪口呆，直接对着这一页俄语傻眼了。

"意思是说，没有赝品？波提切利当时画了两幅画？也就是说……"

"你之前拿到的那幅画，很可能也是波提切利的真品，而且是第一幅。"胡凯的眼睛里放着光，"真是神奇的事，这一点我一直都没有想到，太高妙了。我找人查过，三年后回馆的画，当时经手的警察正是不久之后自杀的德西·卡尔梅洛。"说到这里，他停下来望了一眼汤勺，汤勺没有说话，只是默默地看了眼那张俄语稿纸，胡凯继续说，"我怀疑廖思甜那帮人应该根本不知道，当时回去的那幅画是真迹。廖思甜想让尼可画一幅复制品，能神不知鬼不觉地挂回去，结果尼可不愿意，她就杀了尼可。所以后来德西找回去的那幅画，他们自然以为也是赝品，所以廖思甜他们一直没有找到正确的到达宫殿的路线。这就是他们找不到路进去，也找不到路出去的原因。或许，说不定德西是知道的。"

"你不用刻意套我的话，我父亲就算真的知道什么也没有告诉我。那幅画不是我偷出来放在李如风的古董店里的，我没有必要莫名其妙把他卷到这件事当中。所以，我也不知道什么隐藏在画里的秘密。"

胡凯笑了，点点头说："我明白你的意思。没问题，陈唐，我没随便揣测什么，我们在这里都是各取所需。"

他们之间的对话，我听得一头雾水。我和陈唐两幅画都见过，那两幅之中除了藏了羊皮纸之外，还有什么秘密？

对了，红宝石戒指！

果然，胡凯翻到文件的最后一页，这一页不像常规的学术报告，连署名和日期都没有，而这上面只有一句话："红宝石戒指，是打开宝藏之门的关键。"

我有种被拉回过去的感觉，似乎眼前的一切都退回了原点。我的眼前开始浮现出穿着丝绸睡衣的夏娃的面孔以及最早汤勺交给我的阿夫杰的死亡档案……

红宝石戒指……比起谜团，更像是诅咒。

"凯爷，那边发现了尸体！"小四突然报告说。

第七十五章　熟悉的失踪者

尸体是木飞和克里发现的，就在雕像群之间。之前我们没有发现是因为这些尸体被藏在雕像群重叠的阴影里，就算有灯光照过去，也不一定会发现。

我们绕过雕像群，在阴暗的角落里，横七竖八地躺着好几具尸体。这场面不禁让我想起了胡凯那栋美奇老别墅后厅的地下密室。并且事实证明，这些人和密室里的尸体竟然是同一拨人，与袭击我们的人也是同一拨。木飞和小四把每一具尸体都检查过一遍之后，全部都发现了同样的文身图案，而这些人并非死于中毒，都是被枪打死的。我忍不住看了一眼胡凯。

胡凯注意到了我的目光。"这回不关我的事。但是奇怪了，"他"啧"了一声，"假如我们算一拨，这帮人算一拨，而这帮人不是我们杀死的，要不就是还有第三拨人，要不就是他们内斗。"

"什么意思？"我有些不明白，"内斗？"

"哎呀，就是有人叛变了呗！"何钥匙拍了我一下，鄙视地翻了翻白眼，"那拨人之中有人叛变，他们窝里反了，所以死了这么多。我觉得绝对是窝里反，就算有第三拨人，一下子死了这么多也挺奇怪的。"

我觉得何钥匙的脑子这会儿比我清醒。

我粗略地扫过眼前这一具具尸体，并没发现眼熟的人。西木不在里面。

到现在，这一路已经走了好像有一个世纪了，死了那么多人，我已经变得有些麻木了。

"可以知道的信息是，有拨人在我们前面。"

"凯爷。"在继续往前走之前，我有些事必须要搞清楚。虽然说他跟汤勺说了，大家各取所需，汤勺的这个"需"我了解，但是胡凯的这个"需"似乎并不像他说的这么简单。他这一路的作风，从他剖析事情的智慧和沉着冷静来看，完全不像是在寻找他之前说的东西。他知道的东西太多了，凭他的能力，该知道的都知道了，他千方百计做了这场计划，到底是为了什么？"走完这个花园可能我们就到宫殿了，既然我们都已经走到了这里，我希望你能告诉我们一些实情，你究竟想在这里找什么？"我问道。

胡凯低头一笑："我在找的东西已经告诉你们了，你的意思是我有所保留呢还是

第七十五章　熟悉的失踪者

对你们没说实话？"

"你自己清楚。"

说实话，如果说此前我有隐约的怀疑，那么这一刻我非常确信，胡凯之前对我们说出来的真相绝对不是全部。我不是不相信他的话，我只是觉得，他一定保留了他的最终目的，或许不是故意隐瞒。我并不认为他是一个贪欲很强的人，也不会将他归为廖思甜一类，但我认为，这样一个人，必然需要某种十分强烈的动机，才会涉身于这种地方，不惜一切代价达到他的目的。

"对。你说得对。只是这件事情，我觉得你们并没有知道的必要。而且这件事情并不涉及你们的切身利益，我可以发誓。我带你们下来，当然是有着我的私心的，但其实当我拿到羊皮纸地图和那张隐藏的全貌图的时候，我大可以避开你们，让你们自己去探索，不过由于我知道你们也有自己想要寻找的东西，所以我才带你们下来。李如风，我可以明确告诉你，你想得到的答案，在这里一定能找到；而你要找的人，在这里也可以找到。但是结果如何，我不能预测。每个人都有他自己的命运，你我都一样，你找的人也一样。"

我找的人？他指的是……山川吗？

"是可以找到，比如我，哈哈哈！"这是一个不速之客的声音，一个音调偏高的女声。

所有人都掏出了枪，我迟疑了一下，也从腰间掏出那把我到现在还不太清楚怎么使用的匕首手枪，哪怕我都不是很确信里面到底有没有子弹。

紧接着我意识到了一个问题，那个女声我是听过的，很熟悉。

果然——说话的这位从黑暗之中走出来的时候，我看清了她的脸。周围的人几乎同时倒吸一口冷气，往后退了好几步。

胡凯将目光反复徘徊在手里的文件和这个女人之间："你……是……呵呵，看来有时候也该相信传言一次，我查的时候除了传言可什么都没有查到啊。"

"呵呵，"女人笑起来，脸上的媚态在我的脑海中记忆犹新，"是啊，的确，传言有时候反而比较真实。就像我一直认为你手里的东西应该流浪在外，我怎么都可以找到，结果我还是错了，居然要被人捷足先登。"女人把脸转向我，妩媚一笑，冲我抛了一个媚眼，"李如风，我们终于又见面了。"

"夏娃……"

汤勺终于对这张与阿夫杰太过相似的面孔有了反应。"你究竟是什么人？"他问。

"哈哈，卡尔警官的这个问题很奇怪啊，你们之中明明有人已经知道了我的身份，何必还要让我自己解释呢？"她边说，边笑眯眯地望向胡凯。

汤勺跟着她的目光转向胡凯。刚刚胡凯说的话我也没听明白，什么传言？什么可信？

胡凯把本来就不大的眼睛眯成了一条缝，盯着她，似乎在做打量。"是的，我给大家介绍吧,这是阿夫杰·耶夫娜的女儿,夏娃。我在调查这一系列事情的时候,曾经找人查过,结果只查到一条没有被证实的传言,说阿夫杰有个女儿。这个女儿却凭空消失了似的,什么消息都查不到,想必是有人刻意隐藏了。现在我知道是怎么回事了,你是那边的人吧。"

阿夫杰的女儿?我惊讶地看着夏娃这张酷似阿夫杰的脸,看起来根本就是一个人。一个1990年就已经死去的人站在面前,这种感觉太让人毛骨悚然了。母女两个长得一模一样,不是只有电视连续剧里面才有吗?有的时候还是为了节省演员……

"你居然和你母亲长得这么相像,要不是我早知道有你这么个人,而且一直相信你被卷在这件事里头,那今天我看到你的时候,一定会当自己在这个什么都可能发生的地方生平第一次见鬼了。"胡凯一脸意味深长的笑容。

"凯爷,我可以这么称呼你吧?你有一点说错了,不是我被卷在这件事里面,而是我自己积极参与进来的。要不然,费这么大劲儿整了一张和我母亲一模一样的脸,我岂不是白费功夫?还有,什么是那边?"她转身指了指身后刚刚被我们发现的那些尸体,"这些才是那边,我可不算,我只有我自己和自己的目的。"

胡凯笑了起来:"果然是阿夫杰的女儿,真是智慧非凡。那么西木呢?"

"哈哈哈!"夏娃突然笑了起来,"西木?西木是个什么样的人,你应该早就知道了吧。即便是到现在,他还是个傻子,真是傻得令人费解。"

她说着,又转向我:"可不像你那两位啊,李如风。"她念我名字的时候,冒出浓重的熟悉的鼻音。

"你是什么意思?你指的是谁?"

"你在跟我装蒜,还是你也跟西木一样傻,不懂我在说什么?你的妹妹山川和你的兄弟南洋,所谓的'那边',跟我一样,他们都占了一份。"她依旧带着那种妩媚的笑容,用开玩笑的口吻说道。

听见山川和南洋的名字,我似乎感觉到自己体内的血管在裂开,嗅到了血液上流到大脑冲击出的血腥味。

"这么个表情,你真是什么都不知道?当初查到你和山川的关系的时候,我想你怎么都应该知道些什么,这么看来,还是我天真了?你连那是你自己的妹妹恐怕都不知道吧。"她忽然眯起眼睛,饶有兴趣地观察我的反应,我压根儿不知道自己的脸上出现了怎样一种异样的表情,使得她又笑了起来,"还指望你帮我找戒指呢,真是难为你了。你这个侦探还真是业余得可以。"

"那个苔丝……那个警察……是我妹妹?"我根本不知道自己在说什么。我依旧记得那个警察来偷画的时候,我摸到的她手上的疤痕。是山川吗?

夏娃只抿着嘴看着我笑,并不回答。

"为什么,那个苔丝和西蒙内塔长得一模一样……可是山川她为什么?"

"苔丝只是一个名字,真正的目的是那张脸。只有画里的西蒙内塔,才能引起菲

第七十五章　熟悉的失踪者

利普这只老狐狸的注意，才能更有效地在他身上获取到他们想要的信息。我本以为她哪一天不再装失忆，不好意思啊，我一直觉得她在装傻充愣，所以我认为她假如先获得红宝石戒指的信息，或者找到它的话，大概会透露给你，所以我才……唉，这些事情现在对于我来说都无关紧要，你见到她的时候自己问她吧。当然，她首先得活着。"

"活着？她有危险？她在哪里？"

"在哪里，有没有危险，这些我都不知道。事实上这女人一直是和我们隔绝的，我只知道大体任务，其他的我一概没数。"她说得很敷衍，却并不像在撒谎，可是我心中的疑惑却更大了。

她的意思就是说，山川假扮苔丝，故意用了一张跟画中的西蒙内塔一模一样的脸，目的就是为了引起菲利普的注意，方便接近他，从而达到目的。这个我大概能明白，西蒙内塔这张脸就像是整个事件之中的神秘索引，当菲利普看到这张脸出现在现实中的时候，一定会特别注意，很多事就好办了。

她的话里最为清晰的一点就是，红宝石戒指大概从头到尾压根儿就没有出现过，他们都在找戒指。夏娃就要心眼接近我，目的是为了通过我追踪山川的进度，后来看没戏或者知道汤勺丢了文件给我，怕暴露了身份，于是就撤了。

可是她说山川和他们又不一样，她和他们是隔绝的……这是什么意思？

"你、山川、南洋、西木都是歌里的人？"

可她的脸上却出现了疑问："歌里？他有名字？你知道是谁？"

我望了一眼汤勺，他站在旁边沉默着不说话。

"我只知道这是一个什么样的组织。可是不管他们怎么样，我有我自己的目的，我只想得到我要的东西，跟我在哪里、跟着谁没有关系。我所做的一切，都只是为了我自己罢了。"她说得很坦然，直言不讳。

"我就喜欢你这样的性格。"胡凯拍了拍手，"这里的人是你杀的？"胡凯指了指尸体的方向。

"凯爷，你太看得起我了。我不喜欢杀人，要杀也杀有用的人，这些人杀了对我又没好处，杀他们岂不是很浪费时间？这么血腥，估计是南洋干的吧，西木那个蠢货应该没本事杀这么多。"她说得不紧不慢，就像陈述什么正在发生的电影场景一般。

我的脑中又是"轰隆"一声。她刚刚说谁？南洋？南洋杀了这些人？南洋为什么会突然变成那个组织的人？

我没有想明白。

"那你在医院对我下手，这么说来，我还算个有用的？"这会儿我突然想到这个问题，自己都觉得好笑。

"你有用没用我可不知道，呵呵，单纯奉命行事。有人觉得你碍手碍脚，我当时属于没得选择。要我选的话，我可不高兴浪费那个时间。"

有人？歌里？

401

"那么，"胡凯低头微笑着继续问，"廖思甜是你杀的吗？"

这回她沉默了，收起了脸上的妩媚与讽刺。这个女人面无表情的时候，她的美丽中立刻夹杂了一点儿危险的信号。何钥匙的眼睛就没离开过夏娃的那张脸，直愣愣地盯着她看。

"是。"她低下头又抬起来看着我们，突然笑了笑，"没错，是我杀的。她杀了我母亲，从此改变了我的命运，我不该杀了她以示感谢吗？"

"既然你能站在这里承认，杀了她以后为什么要跑？"

"跑？我没有跑，只是当时有更重要的事情，我没时间在那里跟你们耗着。"

"那你现在为什么又要突然出现呢？总不会单纯是为了我手里的这份文件吧。"胡凯边说边晃了晃手里的东西。

"呵呵，当然不光是它。我母亲的东西，原本就该是我的，我要拿回来天经地义。不过，还有其他的，比如地图、路线……什么东西都在你们那儿，当然还有……"

这回她的目光没有转向别人，而是转向了一直盯着她看的何钥匙。"开门的钥匙。"她说。

第七十六章 交　易

除了胡凯以外，所有人都对夏娃这个指向性明确的暗示感到有些惊讶。可唯独何钥匙不动声色，仿佛夏娃刚刚说的话跟他没多大关系似的。

"呵呵，看来我猜得没错。"胡凯又突然冒出来了一句没头没尾的话。

"凯爷，关于你的能力我早有耳闻。对，我想，你没有猜错。所以要么你跟我做个交易，要么你可以现在杀了我，但是我知道而你不知道的东西，就会变成永远的秘密了。"夏娃笑容妩媚。

"可是，你这笔生意似乎没有什么说服力啊。既然人和东西都在我手上，你拿什么我不知道的东西来说服我呢？所有谜题我都可以自己找答案。"胡凯不紧不慢地说道。

"那么，对于第一幅从你家偷走的《西蒙内塔·韦斯普奇》，凯爷是不是有兴趣让它回到你的别墅呢？我知道，那幅画对你的意义应该是非同寻常的。你一直把它收得那么好，到哪儿都带着，想必你不想弄丢它吧。我知道你派人找过画的去向，只是可惜，他可能不像你有只手遮天的能力，但是藏一幅画的本事还是有的。我知道画在哪里，只要你们带我进宫殿，我答应你，出去之后，那幅画立刻物归原主。"

胡凯低头笑了笑："这买卖我没问题，关键是带不带你进去要看他，不是我。"胡凯转向一直闷不吭声的何钥匙。

在探照灯的强光中，我看到何钥匙的眼珠子滴溜溜地在眼眶里打转。

"你能给山川那个小贱人一把钥匙，难道连带我进去都不行吗？"夏娃语气轻蔑地看着何钥匙说。

"什么？"我又一次听见了山川的名字。我总觉得反复在这个女人口中听见山川的名字有一种十分奇怪的感觉，很不真实，像是一个个连环的玩笑，它们把我的逻辑都搅乱了。

"那是她偷的，可不是我给的。我来这里，也是为了拿回钥匙！"何钥匙收起一直定在她脸上的目光，有些不服气地说。

我一把揪住何钥匙的衣服："你把话说清楚，你刚刚说什么？！山川，她偷了你的钥匙？"

"你放开我！哎呀。"何钥匙一脸无奈地叫唤道，"她还给我钥匙的交换条件就

403

是叫我去找你，她还不让我透露我和她的关系。当然，钥匙是我何家的秘密，所以这个我不能告诉你，但是现在反正你也知道了。看吧，我没有骗你们。唯一一件事情是，我确实跟她有过一段时间的联系，后来追踪器被你们查到收走了，联系也就断了，之后我也没有再见过她了。我没骗你，老实说，你们的恩怨是什么跟我没关系，我不过是想找回我的东西。虽说吧……我本身对这个地方一直挺好奇的。"

"这么说来，你一直知道这个地方？慢着，你刚刚说，你和她的关系……你和山川是什么关系？"

"帮助和被帮助的关系。"何钥匙翻了翻白眼。

"她帮过你什么？"

何钥匙一脸无语地掰开我拽着他衣服的手指："大哥，不是她帮我，是我们帮她！她被人催眠，是我爷爷用祖传的针灸术帮她抵御了催眠。她之前一直都被人用催眠术控制，具体是什么情况我也不知道，她大概跟我爷爷说过，我爷爷临终前只交代我，多帮帮她，说她总让他想起死去的尼可。可是这个女人……唉，这个女人真是奇怪。后来明明已经不受催眠的控制了，可她又回去了，回去就回去吧，还偷我的东西，还跟我谈交换条件。这叫什么？这叫以怨报德！她叫我去找你的时候，原本我以为你们都是一路的，后来才发现好像不是这样。但是你们究竟什么关系我不管，我只要拿回我的东西。李如风，这点我可没骗你。"

"催眠？！"

山川那天突然发疯的样子，又一次在我的脑海之中浮现出来。是他！一定是他，是他催眠了山川，以至山川发疯。可是他为什么要这样做？他把山川拖进这整件事中的目的究竟是什么？我实在想不通，他又是什么时候开始注意到山川的？通过谁？肖德利？大鹰？

"你见过催眠她的那个人？"我问。

何钥匙摇摇头："没有。"

"她偷了你的什么钥匙？"汤勺问何钥匙。

何钥匙迟疑了一下，看了看前面的路，说："开门的钥匙。"

关于何家锁匠的传言，我以前从未听过，现在知道的大多也是从胡凯那里听来的。我猜，大概从何钥匙莫名其妙闯进别墅死活要跟着我们之后，胡凯就派人去调查他的目的了。我不知道胡凯是否查到了什么，但是有一件事情是无疑的，那就是胡凯从一开始就打算利用何钥匙，而何钥匙从一开始就知道山川会来这里。

我非常怀疑，何钥匙先前在瓦萨利长廊上碰那幅画绝对不是无意的，他多多少少知道这里的进入方式，只是他似乎并不想对这些东西多做解释。

"接下来，所有事情都会更清楚的，往前走吧。"汤勺说完，直接往前走了，好像对何钥匙的这个惊天大秘密毫不在意。

这下气氛变得十分怪异，因为夏娃这带着强烈目的性的加入，总让人忍不住对她

第七十六章　交　易

心生戒备。就连只拿手术刀的白求恩老头，都一路把枪握在手里，走在她后面。

夏娃没再多说什么，只让我们小心。

我们本以为过了这一片，就能看到宫殿的正体了，结果走着走着，直到走完这片空气良好的花园，面前却又出现了另一片迷宫。

"别慌，那个虚线标记的指示路径或许从这里才算开始。"胡凯说。

被他这么一说，我忽然想起来，当时看那个地图的时候就觉得很奇怪，为什么虚线的弓形指示路线前还莫名其妙空出来一段。现在想来，可能是由于前半部分的路线根本不是重点，从这里开始才算真正进入了迷宫。可是这里会不会又有另一种危险？如果不是有毒的气体，那又会是什么呢？

意外并没有出现，我们一路跟着标记的虚线走，简直畅通无阻，这地图上显示的果然就是第二段路线，但是不知道为什么，越走越顺，反而让我越发心慌。我提醒自己别多想，可能是之前障碍重重，现在难得顺利，反倒是让人不习惯了。

结果，意外还是来了。

在前面开路的伯格忽然停了下来："凯爷，不太对劲儿，我们好像一直在原地打转。"

"这里的迷宫是不是也和前面那个一样一直在变动？"小四问。

"我觉得不是。"胡凯想了想，指着羊皮纸地图说，"可能这条路线就是一直在把我们打回原处。那么这个原处肯定有什么特别之处。"

这么看来，胡凯早发现我们在原地兜圈子了。

"在这里，特别之处。"汤勺用手电筒照亮了面前的石墙，这里是我们进来这个迷宫之后第一次碰到的岔路口，面前的石墙上用拉丁文写着："这是信仰者迷宫，如果没有信仰的依托，没有崇高的理想，没有引导者的引导，谁都无法离开这个迷宫。"

看到这行字后，连同夏娃在内的所有人都沉默了。

沉默半晌，夏娃先开口问："引导者是谁？"

没人说话。

胡凯看了眼何钥匙，何钥匙立刻摆摆手："别看我，我不知道，我要知道这些我也不会看那么多人去送死。"

胡凯又转向夏娃。

"你可别看我，"夏娃说，"我要是知道怎么走的话，也不会跟丢了。"

"跟丢？"我注意到她的用词，"跟丢谁？"

"你别急，小帅哥，不管是谁，等你到了该到的地方，那些人一个都跑不掉，你都能见到。"夏娃说完，朝我妩媚地眨了眨眼睛。我现在已经不会被她的媚态所动摇了，在这种地方，就算六根有一根不清净，都可能马上死于非命。再说，她那张脸除了让我想起那几个噩梦，再没其他功效了。我看了眼何钥匙，自从他半暴露之后，就开始变得少言寡语了，当然，也不像刚开始那样一直盯着夏娃的脸看了，就像这辈子没见

405

过姑娘似的。

"这东西有点儿意思,"白求恩老头忽然说道,"我在卢卡城见过类似的东西,当时有个石碑上刻着一个圆形的迷宫,镶嵌在一个教堂的门边,据说是12世纪的东西。上面的字大概意思是如果没有某人的指引,谁也不可能从迷宫里出去。后来我还专门查了查,说是这种迷宫设计是给前往朝圣的人和在那里工作的神职人员准备的,等于一种磨难。想要达到内心所向,必须先接受身心磨难,找到指引,才能到达。"

"美第奇!"我突然想起来,"从博罗米尼那个长廊进来的时候,我们不是在雕像底座上看到了一个美第奇的标志吗?"

木飞冷冷地瞥了我一眼:"你的意思是要我们再退回去?"

我也翻了个白眼,冷酷不代表智商高:"我的意思是,在这片区域找美第奇的指引,不是说指引就在那个雕像底座上。"

"还真是抽象。"木飞又说。

"李如风说得有道理,"汤勺看了我一眼,我觉得他好像活过来了,"现在我们能得到的指引提示也就只有这个,比起漫无目的地到处找,还不如试着找找美第奇的指引。"

"那这个指引是个人还是个物件呢?"胡凯问。

"人?不可能是个人,难道还能在这种地方安排个值班的?这也太可笑了。"我说。

"可是物件的话,怎么肯定前面一拨人没拿走?"

夏娃提出的这个设定又让所有人沉默了一会儿,最后胡凯说:"不管有没有希望,先找找看。"

于是所有人都打开最强的光,尽可能仔细地寻找这路上可能会出现的指引,半天下来却一无所获。

"我就说,就算有也被前面的人拿走了。我也是倒霉,以为你们有地图在手,怎么都可以走出去,结果还是被困在这里。"夏娃抱怨道。

"要不你小跑几步,看看能不能追上前面的人。"木飞说任何话都保持着面无表情。

"美第奇的指引,如果不在这里,会不会在刚刚那片花园?我们能不能退回花园?"小四说,"前进的路找不到,后退的可能可以。"

"慢着!美第奇的指引……美第奇……的指引……"我的脑中突然灵光一闪,"你们还记得那个美第奇家族的家徽吗?"

"记得,不就是在进来的那个走廊的雕像底座上吗?"小四说。

"是那个,那是个线路图!"

我其实从刚才跟木飞提起那个雕刻的家徽时就一直在想一个问题,三个胖天使抱着药丸的美第奇家徽中,最上面那个抱着带百合花的球,左右两边的天使一人一边手臂夹两个球,两个人脚上一起固定一个球,这组图案本应该是这样的,这是老皇宫从一楼上二楼的天顶画图案。但这里出现的那个雕刻不是这样,其中本该在旁边的一个

第七十六章 交 易

球被放去了中间。我当时就觉得那个家徽既眼熟又奇怪,只是现在才想到:"那个球是被特意放在中间的,因为那才是这里面的正确路线指引!"

想必老皇宫在扩建的时候,瓦萨利和他的团队有意把这个指示性的线索留在了天花板上吧,为的是留给后人发现美第奇宝藏的机会吗?究竟有多少人参与到这个宫殿的修建和保密工程之中,每一代美第奇族人和每一代多少艺术家,是不是都曾经为现在我们要去的地方出过力,又纷纷在不同的地方留下线索?

在现在这样的境遇下,这种想法恐怕是我们走到现在并且还要继续走下去的唯一安慰了。

众人听了我的分析后,决定照着我说的方式试一试,结果就是我们一路畅通无阻地到达了迷宫的出口。

看到最后那条出去的路时,白求恩老头感叹了一句:"不容易啊,我以为我这把老骨头多半出不来了,没想到还能挺过这些生存游戏。"

胡凯笑了笑说:"要说生存技能,我们这里的人都挂了,您也未必挂得了。"

我们正准备走出迷宫,汤勺突然停了下来。

"怎么了?"我问。

"我好像听见后面有脚步声。"

"嘘——"伯格也停了下来,对我们做了嘘声的手势,"凯爷,后面好像有动静。"

伯格和小四举起手电筒朝后面晃了晃,没看见什么。

小四说:"你们先走,我去看看。"

"哎,小四!"伯格还没来得及阻止他,小四就消失在黑暗里了。

走出迷宫,我们纷纷停了下来。

胡凯说:"我们到了。"

第七十七章　西　木

眼前的景象，我不知道能不能用"震撼"来形容，好像所有的形容词在这景象面前都略显普通了。

倾斜面的大片台阶式广场，比佛罗伦萨河对岸的皮蒂宫门口的广场更开阔。一排整齐的跪窗，中间是一扇圆拱形的门。每一扇窗周围都有优雅的弧度，与下面的台阶相互呼应，台阶是大理石做的，呈优雅的圆弧形，不禁让人想起米开朗琪罗为圣洛伦佐教堂的图书馆设计的楼梯。

我回想起米开朗琪罗留在美第奇公墓墙上的那些手稿，当设计图中的宫殿真的出现在面前的时候，它以跨越五百年人类历史的气势，一下让人感觉无比渺小。

"太神奇了，谁能想得到，米开朗琪罗还有这样一件完好的艺术品保存在地下。"胡凯感叹道。

我们站在台阶下，可以看到每一级台阶上都有美第奇家族的家徽标志和洛伦佐的三环钻戒标志。

"啊！我终于到了！我终于到了！"夏娃手舞足蹈地脱掉外套，奔到了台阶下面，张开双手，开始用俄语念着什么。

她的皮肤在探照灯下白得透明。我忽然发现，她没有那个文身。

夏娃大概是看到我一直在看她，姿态妩媚地靠过来："小帅哥，你一直盯着我看干什么？"

我赶紧收起自己的目光，往旁边让了两步："你为什么没有文身？"

她骤然换上冷冷的表情说道："哦，你是在想这个啊，我还以为你馋我的身体呢。啧啧啧，你比以前可无趣多了。那个人的帮派跟凯爷的可不一样，他是一个邪教。"

"邪教？"

我听到这个回答瞬间有点儿哭笑不得。

"你别这么看着我，在我看来那就是邪教。他宣扬什么生命能量、宇宙磁场，那不是邪教是什么？我曾经也被洗过脑，可是我太机智，不容易被控制心智。不过，他有自己的本事，对于上端的人，他用药物和催眠术控制；对于那些自愿跟随的，就什么手段都不需要了，印个文身在他们身上，让他们时时刻刻提醒自己是他的人就可以了。听着是不是很扯淡？这就是事实，我都不知道那些人究竟是怎么相信他、为他卖

第七十七章　西　木

命的。"

上端的人？药物和催眠术？

我刚想细问，就听见何钥匙鬼叫了一声。

"小四怎么还不回来？"何钥匙大声问。

对了，小四之前看情况去了，怎么到现在还不见人影？

"你们在找小四吗？"这句话不是我们之中任何一个人的声音。这声音似乎是从刚刚我们走出来的那个迷宫出口处发出来的，因为墙壁又高又厚，宽度狭窄，所以稍微说话大声一点儿，都会传出明显的回音。

伯格和木飞齐齐地用灯光照亮路口。

灯光才移过去，地面上的人影就显了形，拉长的身影重叠在一起，看来还不止一个人。

"小四！！"

确实是小四，可他身后还站着三个人，其中一个人，单臂卡着他的脖子，小四的手被绑了起来，那个人用枪口顶在他的太阳穴上。

这个人是西木。

西木的脸上露出得意的笑容："好久不见，朋友们。好久不见啊，卡尔。"

"你想怎么样？"汤勺从怀里掏出枪来。

"我想怎么样？我不想怎么样啊！我这一招叫以其人之道还治其人之身。哦，不对，应该叫螳螂捕蝉，黄雀在后。这不是跟你们学的吗？"他伸了伸脖子，龇牙咧嘴地笑着，一脸卑鄙，摆明了是在记恨上次我们在热那亚的公墓里摆了他一道的事情。

"你究竟想怎么样？"汤勺一个字一个字地说道。

"哈哈哈！你紧张什么？这女人能跟你们做交易，我就不能跟你们做交易吗？我也很诚心啊！"

"你一路跟着我们？"我诧异道，我们居然一路都没有发现。

"你错了，李如风，我是跟着她，是她跟着你们！"他用枪指了指夏娃，随即又将枪口顶回了小四的脑袋上，用力地戳了两下。

"西木，你真是无聊。怎么，你这条狗被甩了？居然还用跟着我？"夏娃笑道。

"你闭嘴！"西木恼怒地挥了挥枪。

夏娃冲我笑了笑："你瞧，我刚跟你说完，这就来了一个，他就是那种无须催眠和药物控制，被人洗脑死皮赖脸也要贴着组织的蠢蛋。"

"这么弯弯绕绕的迷宫，你们三个人居然能跟得这么无声无息，高明啊。"胡凯往前走了几步，笑着说道。

"呵呵，那是你们蠢。你们忙着解密找线索，而我们呢，就只要安安静静地找个地方躲着，等你们找到路，我们再跟上就好了。迷宫是最好打掩护的，毕竟那么多墙体，又黑咕隆咚的，你们那么专注，看不到我们我完全理解。不过我还是给了你们提示呀，谁说我毫无声息的？我故意发出了声音，果然非常有效。本来还想着假如来的人是卡尔这种难对付的，该不该一枪直接打折他的腿。结果我真是运气好到没话说，来了这么个上次才和你们串通一气、在我面前表现过的人才，我都不用开枪惊动你们，只要轻轻从后面这么——"他突然用力卡住小四的脖子，龇着牙青筋暴突地说，"勒住他——就好了。哈哈！"他松了力气，小四猛地咳嗽起来。

"小四！你想怎么样？！"何钥匙一个激动，往前走了好几步。

"别动！你站住！信不信我一枪崩了你！啊，对，你不能死，你死了我们进不去了是不是？"他又咧开嘴，露出参差的牙齿，挑着眉毛笑起来。

看来这个畜生听见了我们所有的对话。

"凯爷，你们走你们的，不用管我。"小四被他卡着喉咙，嗓子都变了音。

胡凯"呵呵"地笑了起来："你也要跟我做交易，那你说说，交易的筹码是什么？这女人手里有我要的东西，你有什么？"

西木一下子变得有点儿茫然了，用枪指了指小四："当然是他啊，你忠心的手下，从小跟着你的人。你不答应我，我现在可以打死他啊。"

胡凯摸了摸戴在手上的戒指，不紧不慢地说道："你老大都可以甩掉你，牺牲你们的命，换来前路通畅，你凭什么觉得我没有这种觉悟呢？"

"胡凯！你！"何钥匙露出一脸难以置信的表情。

"你不要以为我不敢开枪！"西木龇着牙吼道。

"你开枪啊，"胡凯耸耸肩，"你开枪打死了小四，我的人立刻会打死你和你的人。我知道你无所谓打不打死你的人，但是同时你也没命了。而且我到现在没明白，你搞这一出是为了什么？你不妨在跟我们死磕之前先说说你的目的呗。"

"钥匙，我要开门的钥匙，而你们通通不准进去！"

"哈哈哈……！"胡凯发出一连串的笑声。

"你笑什么？！"西木用枪使劲儿在身前挥了挥，咆哮起来，"告诉我，你笑什么？！"

胡凯收住笑："当然是笑你笨了。你看这位美女，智商这么高，假如可以通过简单威胁拿到钥匙开门进去的话，她早干了。可是她提出的交易条件只是跟着我们，你难道想不通为什么吗？"

西木冷静下来，想了想又问："为什么？"

何钥匙扯了扯头发，大声说："因为你进不去！你放开小四，快点儿放开！我告诉你，就算我把钥匙给了你，你也进不去。主钥匙已经被偷走了，我身上留下来的只有一把我们何家人才懂得如何使用的复刻钥匙。你以为我把钥匙给你，你就可以开门了？我可以给你啊，你去开开试试呗！"

西木似乎有点儿反应过来了，低着头想了半天，回头看了看身后站着的两张木头脸，又转过来，突然语气低八度，像换了个人似的哀求道："那你们带我进去！拜托

第七十七章 西 木

你们带我进去！我不想毒发身亡，我不想这么死……宝藏我不要了！你们带我进去，我要找他，找到他问他要解药！"

"解药？"夏娃一脸惊讶地兴奋起来，"你？你被下药了？你不是狗吗？狗他都下药？你干了什么让他觉得你这条狗不忠心了？哈哈哈！没想到啊西木，我是真没想到，你居然也被下了药！"

我想起来刚刚夏娃对我说过的话——药物控制。我转头望着夏娃："到底是什么样的药物控制？"

夏娃抿嘴一笑，点点头："我们身上都被植入了记忆芯片和毒药。这种慢性毒药发作的过程很慢，而每个月他都会给我们解药，但是这种解药都是阶段性的，治标不治本，这就是药物控制。我也是。"

"你不怕死吗？"

"有什么好怕的？赖活着不是比死更可怕吗？"

"你把小四放了，我带你进去。"胡凯的话音里带着一种不容置疑的坚定。他这句话让我立马意识到刚刚那些不过都是他的缓兵之计。

"哈哈！"西木抬起头来，"当我傻子啊！你凯爷的话也能信？我也是警察，我不傻。我放了他，你可能立刻开枪打死我。"

"你也配称自己是警察？"汤勺轻蔑地说。

"我不配？我不配你就配吗？你曾经干的好事，不要以为没人知道，不要以为我不知道你是怎么爬上位的。呵呵，你这种人才不配做警察！"

汤勺很淡定地看着他，掏出枪，对准他。

"陈唐！"我立刻冲过去压下他的枪。

西木大笑起来，把脸贴着小四，枪口指着我们说："你看看，这些都是你拿命保护过的人，你看看他们都管你的死活吗？你悲哀吗你？我看从这里活着出去之后你还不如跟我混呢！起码我拿你当个人看！哈哈哈！"

"你少废话！"小四冲他的脸上吐了一口唾沫。

西木立刻用枪柄狠狠地砸了一下小四的脑袋，血很快就顺着他的额角淌了下来。

"你敢再动他一下，我立刻把钥匙吃进我的肚子里！"何钥匙指着西木吼道。

何钥匙的反应让我有点儿震惊，他第一次这样，这简直不是我认识的何钥匙。

"带他进去吧。如果他敢怎么样，就毙了他。"何钥匙转头对胡凯说。

大概每个人心里都住着另一个自己，那个胆小如鼠、遇到危险自己先跑路的何钥匙，为了这个保护过他不少次的兄弟，忽然就敢豁出去了。

胡凯点点头。

宫殿的大门是关着的。

何钥匙说，这门一定被开过了。两把钥匙分别设置了两个门锁，一个在门的中间，一个在门的下面。一般来说，遇到这种情况，按照中国人的思维，肯定是两把门锁同时插入才能将门打开，就怕不保险。结果这门的设置，按照当时的要求，被弄成了两把门锁只要有任意一把钥匙就能把门打开。他们怕遗失了一把钥匙，门就开不了了，所以特意搞了个备用的。但是当时的何家先祖为了自己的一点儿私心，希望将来有人进入这个地方的时候，能从锁上就看出来是何家锁匠的杰作，于是在下方的复配门锁上安置了只有何家人能打开的装置。

何钥匙拿出来的钥匙是很细小狭长的一把，他说这把钥匙与主配钥匙截然不同。这把钥匙记载在他家的一个历史籍册中，是当时耗费了许多智慧，专门为了这扇门设计的。

何钥匙蹲在门前，冲我挥挥手："李如风，你过来。"

"我？"我有点儿诧异地朝他走过去。

走到他旁边蹲下来的时候，他说："李如风，你现在看我怎么开锁的。"

"为什么？这是你家的秘密，我无权学习。"我迟疑地说道。

"我是怕，待会儿万一——我有个三长两短或者不省人事的情况，你拿这把钥匙，用我教你的方法开门，当然，前提条件是，你得带我出去，不管是死了还是活着。"何钥匙说得一本正经，听得我毛骨悚然。

"你什么意思？里面就是宫殿了，应该没什么危险了。"

"在这种鬼地方，你怎么知道？听我说，我不知道里面有没有路可以直接出去，万一要退回来我们还是得经过这扇门。这扇门我们进去之后，从里面关上就自动锁上了，所以势必还是要用钥匙再打开一次，就算里面有路可走，或许也需要钥匙打开通道。而我家针对这座宫殿留下来的钥匙只有两把，所以可用的也只有两把。主钥匙在那个女人手里，主钥匙的体积比我手里这一把大很多，所以我不认为有什么密道开启会用那把钥匙，但这把没准儿之后还能用上。不过，我也是猜猜的。当然，就算我死了，你也得帮我把那把钥匙拿回来，那是我家的东西，不然我不好交代。"何钥匙看着我，口齿清楚、语气平稳地说着。

我有些反应不过来，但是他说的每个字我都听明白了，我点点头。

此时我只想到了一点，胡凯是对的，何钥匙并非简单角色，他装傻充愣不过是想少透露点儿秘密，少暴露自己，他或许是个比我们所有人都心思缜密的人。

何钥匙把那把狭长的钥匙插进门下方一个非常不起眼的小孔之中。

"听到声音了吗？"他问我。

我点点头，我听见"咔嗒"一声，声音很细小，但在这么安静的环境之中，我可以听得很清楚。

"听到这个声音，说明钥匙在锁孔内分成了两半，钥匙已经插到底部了。现在顺时针旋转两圈，然后逆时针转一圈。"他转完之后，把钥匙往外拔了一半，"这把钥匙是两节分离式，拔到一半，你感觉到被卡住的时候，继续逆时针转一圈。"他转完之后，把钥匙拔了出来，然后拉着我后退。

第七十七章 西　木

不一会儿，圆拱门发出了"嘎吱"的长音，我看到它由上方开始脱离墙体，慢慢往下放倒，直到贴在地面上变成踏板。这门居然是这样打开的。

何钥匙拉着我一直退到台阶上，转头朝胡凯使了个眼色。

胡凯立刻心领神会，冲着西木招招手说："门开了，进去吧。你先。不过有个条件，进入门内的第一件事就放了我手下。"

西木贼笑道："一路带着他，我还嫌碍事呢。你放心，大家退一步海阔天空。"说完，他押着小四和他的两个手下一起走上台阶，进了圆拱门。我们跟在他的后面。

他进去的瞬间，在门口停了停，转头一把将小四往门外推，而他的两个手下则不知道同时启动了什么，门又是"嘎吱"一声，开始从地面上升起来。这时，我同时听到了好几声枪响，紧接着又是一声巨大的"咔"声，像是什么东西骤停了运转。

我只记得自己被人推了一把，当我反应过来的时候，我整个人已经站在门内了，所有人都在周围站着，门则保持在刚离开地面的状态。

脚边是两具尸体，还有腿部和肚子上都在流血的西木。

西木趴在地上，捂着肚子上不停涌出血来的窟窿，用一种极度怨恨又悲哀绝望的眼神望着胡凯。

胡凯从伯格手里拿过枪，指着西木的脑袋："人，都有贪欲。但凡贪欲都得有个度，贪没关系，但是需要懂得收敛。我最恨言而无信和不知悔改的人。"说完，他收起枪，还给伯格，朝一边的木飞使了个眼色。

木飞不动声色地从腰间掏出那把和我身上的一样的匕首枪，弹开前端的匕首，直接朝着西木的心脏插了下去。

西木的眼珠突出来，灯光之下，血丝瞬间在黑色的眼珠周围开出了一朵花。他伸出手，抓住了我的裤腿。

"告诉……告诉我爸，对……对不起，对不……起他。"说完，他断了气，眼睛依旧睁着。

"为什么要杀了他？"我听见自己的声音微微发颤。虽然西木害了我不止一次，但是就刚刚那个场面来说，胡凯看上去似乎比他还要冷血。而且就现在的情形来说，胡凯他们应该是早就做好准备了，无论西木会不会搞事，他都打算在进门的时候就杀了他们。

胡凯背对着我回答说："没有为什么，因为他该死。第一次进入地下外围的时候，我手下死了那么多人，有一半是拜他所赐，次次都有他。死了那么多人，也该轮到他自己了。更何况……"他转过身，看了一眼西木的尸体，面无表情地说道，"一个连自己的父亲都不放过的人，我何必要放过他？当然，我本来没必要跟你解释这么多。"

父亲？老西木？我看向汤勺。

汤勺在西木的尸体旁边蹲下去，给他合上眼睛。他抬头看着我，点点头。"上次在地底下死的的确是老西木。而当着我们的面，神不知鬼不觉地杀了他，并且用毒气害你产生幻觉差点儿死掉的人，就是他儿子。"他看了一眼西木的尸体，站了起来，"老西木之前失踪了很久，但是他应该和西木一直有联系。那次去下面应该是为了儿子去的，他大概想阻止西木参与这些事情，可他没想到会死在自己儿子的手里吧。"

"你早就知道了？"我问汤勺。

他并不回答，只是沉默地站起身。

这算是人性的定义吗？贪婪，欲望，为了目的不择手段所呼应而生的人性。我们到了绝境的时候会不会和他一样？人性的共性最后究竟是什么，是自私吗？

不是的，迪特为了伙伴宁愿牺牲自己，他面临绝境的时候并没有展示人性里的自私，所以人性最终还是不一样的。

内心的阴暗，或许才是人根本的死穴。

第七十八章　隐藏于万象

宫殿和我们所想的样子有些不一样。我总以为宫殿里面必定是金碧辉煌的,但这里给人的感觉,只有"阴森"两个字可以拿来贴切形容。

地面甚至不是大理石的,而是由普通的古老红色石板铺成,周围则都是坚实冰冷的大理石雕塑。我看不出雕塑都是什么人物,探照灯照过去,每一个都冷冰冰的,没有丁点儿表情,只有一双双空洞洞的没有眼珠的眼睛。我怀疑是美第奇那些年从地下挖出来的大量的古希腊、古罗马雕塑,由不完整的碎片再加工的雕塑都在乌菲兹美术馆的走廊里搁着,而值钱的、完整的都在这个地方。这里的寒气让我浑身上下不断地起鸡皮疙瘩。

大门正如何钥匙所说,就算不去碰里面关门的机关,那个机关也会在十分钟内自己启动。门自己关上了,现在里面只有我们几个人和几只探照灯。

这里空气干燥,没有雾气。木飞拿出那个克里制作的仪器探测了一下空气里面的氧气含量,一切正常。

听到"一切正常"四个字,我总算安心了不少。但夏娃说:"提高警惕,他们应该就在附近。"

白求恩老头给小四的额头上了药,简单处理了伤口。胡凯带着老头果然有他的道理,老头一直在发挥神奇的作用,小则治伤,大则救命。

"我们现在在什么区域?"汤勺问。

胡凯掏出羊皮纸和全貌图,仔细地进行对比。我们现在已经进入了圆拱门,汤勺用手指了一下羊皮纸上的对应区域。仔细看的话,似乎宫殿只有两大部分,但是在面积相同的前提下,从中间一分为二。

"假如把这里当成正常的别墅来看的话,我们现在所处的位置是大厅。两边的大理石雕塑都是两两相对的,这是典型的贵族建造的欢迎走廊。"汤勺说。

"这不就是中国人的墓葬文化嘛……"我嘀咕道,"他们建造自己的宫殿都借鉴的是中国的历代皇陵吗?……"

胡凯若有所思地看了我一眼。

"屋顶上有东西。"小四忽然有了新发现。

白求恩老头在给他处理伤口的时候,他的探照灯摆在身边,灯光冲上,正好把这里的屋顶给照亮了。

"巨型湿壁画……"我有点儿不敢相信自己的眼睛。在这一处地下宫殿之中，居然有巨型的湿壁画，而且看上去保存得相当完好，颜色非常鲜艳。

胡凯"啧"了好几声："简直不可思议。"

虽然知道这种强力功效的探照灯对湿壁画的伤害很大，但是为了看清画的是什么，我们也只能把所有的照明工具都对准高得离谱的天顶。我很难想象，在这样的地底下，五百多年前的人究竟是怎么把这些画完成的。

"画的似乎是修建这座宫殿的过程。"胡凯让伯格把灯举高，看了一圈之后说道。

"没错，是修建宫殿的过程。"夏娃指着中间这幅画说，"这里很奇怪。他们肩上扛着的是什么？能看清吗？"

"是……棺材……好像……"

棺材前面站着一个女人。我拿起一只探照灯，尽量把光照到我能看清楚的地方。距离太远，我眯着眼睛都很难看清楚。

从我们站着的角度看，那个女人是面对着我们的，并且只有她一个人是面对我们的，其他人似乎都在往里面走。背景的宫殿显示，当时这里还处于建造之中。是谁呢？看起来很眼熟。慢着……她手里似乎还有一只猫……

一只黑猫。

"那是西蒙内塔。"汤勺说。

"那是西蒙内塔·韦斯普奇的送葬队伍。其他人走在棺材的前面，唯独她回头看底下进来探望她的人，意思就是说，这个人就是这口棺材的主人。"汤勺收起手电筒，往前面黑洞洞的地方照了照，"看来西蒙内塔的真身可能葬在这里。这里的建造时间或许比阿夫杰查到的记载要更早一些，这里可能是在西蒙内塔刚死的时候就开始建造了。或许，当初的目的是把这里修成一座陵墓。她原本葬在佛罗伦萨的诸圣教堂，后来她的遗体失踪了，想必是被偷偷搬运到这里来了。"

在这种阴森森的地方听到这种话，我忽然感觉浑身的毛孔都张了开来，奋力吸收阴冷的气息。

"钥匙，你看那个是不是你的老祖先？"夏娃指着其中一幅画对何钥匙说道，那幅画上有两个人，一个似乎正在门上摸索，另一个手里捧着纸，"咦？旁边那个好像也是亚洲人的面孔。"

胡凯听到后，立刻拿出探照灯照了过去。的确，这两个人出现在场景之中的频率特别高。这里的天顶画围绕当中这幅送葬图，一共画了49个小的场景，都是关于宫殿的建造的。而其中有一个长着络腮胡的人频繁出现，一看就是设计师的模样，应该就是米开朗琪罗了。画中的他看起来还比较年轻。除了他之外，出现频率很高的就是这两个亚洲人。如果说这里所有的门锁都是何钥匙的祖先安装的，那么另一个亚洲人是谁呢？是不是中国人？干什么的？看起来好像也参与了设计。

第七十八章　隐藏于万象

何钥匙倒不是太兴奋，闭着眼睛，絮絮叨叨地念"阿弥陀佛"。

"小子，你们的菩萨在这里可听不见你的祷告。"白求恩老头拿他打趣。

"心诚则灵，"何钥匙说，"只要我诚心，佛祖在哪里都能听到我的声音。但是我不迷信，所有的东西都可以用科学来解答。"

"江湖术士也可以用科学来解答问题是吧。"说完老头自己笑了。

我们都跟着笑了起来，还是熟悉的何钥匙。可是，我无论如何都没法忘记他在开门锁的时候对我说的话，那犹如临终托付一般的话，他当时到底是出于什么考量才会对我说的？把自己家族的百年秘密暴露给我这么一个外人，如果不是有什么危险，他何至于这么干？可是从进来到现在，除了西木制造的混乱之外，又确实没有发生任何意外。所以，他这是以防万一吗？

好吧，想太多有时候也没用，世界上有太多不能解释和没有答案的东西，总能得到真相的故事大多是被人捏造出来的。

突然，我的眼角瞄到一个黑影一闪而过。"谁？"我拎起探照灯，朝着前方大叫一声。

伯格似乎也注意到了，不等我开口，他已经拿着手电筒冲了出去。经过这一路的欢迎雕像，往前走五级台阶往上，有一个打开的圆拱门。伯格一直走到圆拱门前检查了一圈，跑回来冲我们摇头。

难道是我的错觉？

不，不是错觉！我现在对任何移动的物体都很敏感，刚才我一定看到黑影了。

走到那五级台阶前，我看到地面上有个缝隙。

我拿着手电筒朝里面一照："陈唐你来看，这下面是不是有什么东西？"我看着有些模糊，只隐约看到那东西有棱有角的，具体是什么却又分辨不出来。

汤勺蹲到我旁边，凑过来两眼朝底下一瞅，拿着探照灯来回晃了晃，站起来甩给我两个字："棺材。"

何钥匙在一边听见了之后，立刻三步并一步跳到了平台上："什么棺材？下面有棺材？"

"既然当初是作为陵墓修建的，而不是纯粹的宫殿，那么有棺材也不是什么奇怪的事情。许多宫殿和教堂的地下会这么设计。"汤勺说。

胡凯听到之后问："你认为会是什么人的棺材？"

汤勺说："一些负责建造的工匠、设计师、画师之类的。一般能进入这种地方的人必定是和修建宫殿相关的人物。我刚扫了一眼，具体情况我也不知道。我猜，能葬在这里的怎么也该是一些比较重要的负责人，也有可能有一些美第奇家族的旁支。毕竟这么大一个家族里，连姓名和葬在哪里都没记载下来的人总是有的，那些历史上缺少记录的美第奇家族成员有的可能就在这里。"

"有路可以下去吗？"胡凯又问。

"你要下去？不是吧……棺材啊！"何钥匙惊呼道。

417

"眼前看起来没有什么路，先往前走了再看。"汤勺说。

"你们快过来看！"白求恩老头和小四在前面举着探照灯回头冲我们喊。

当我走过圆拱门的时候，一道由墙壁上反射出来的强烈灯光晃了我的眼睛，勉强睁开眼，瞬间傻了。

"这墙上是金子吧？"

"这是金箔，是礼拜堂。"

这是美第奇家族的一个礼拜堂，面积并不大，手电筒的光所及之处全都金光闪闪。金箔上除了美第奇家族的标志以外并没有其他东西，主祭台上既没有雕塑也没有主祭祀画。但是墙上挂了好多画，有些是美第奇家族的人物像，有些是我从未见过的画作。看笔触，大多是早期的蛋彩画作品。而且这里应该有好几幅波提切利和同时代比较重要的艺术家的作品。

"哇……果然有宝藏！这里的作品随便带一幅出去都是无价之宝啊，卖掉一幅可以过两辈子！"何钥匙惊叹道。

"你可千万不要乱动！"我嘱咐道，生怕他再触动了什么机关。

"你过来，看这边。"汤勺拽了我一把。

他手中的探照灯发出来的光照在一幅画上。

"这是……小贱？"是那幅黑猫图。

"这是传说当中达·芬奇那幅画的原件。"胡凯走过来说道，"居然在这里。"

"既然西蒙内塔真正的墓地在这里，这也不奇怪。它的猫不是给她陪葬的嘛，那猫的写生图在这里很正常。"我说。

"不，不正常，这幅画很奇怪。"胡凯拉着我往后退了三大步，快踩到身后小台阶的时候才停下来，"你看，一般这种尺寸的画最佳的观赏角度，是一个人正常手臂长度的距离。你想象画师作画的时候，以一只适当弯曲的手臂为距离，而我们观赏的时候，就要选择这种距离才能看到最好的画面。但这幅画，你现在再看。"

猫活了。对，那只神似小贱的黑猫似乎活了，它的眼睛在这黑暗之中发着光。它就这么静静地坐着，与我对视，当真就像小贱坐在我面前一样。

"达·芬奇是个很特殊的人，喜欢尝试各种创新，这幅画就是他的创新之一。"

我从和画中黑猫的对视中抽离出来："你说的特殊是画本身？那既然你都给出解释了，又哪里奇怪了呢？"

胡凯一笑："你看，周围画与画之间的距离都不算太宽，都是有规律的。唯独这一幅，当然你之前离得那么近，自然没看出来，现在你站在我们这个位置，有没有发现它与周围几幅画的位置分得特别开？"

被他这么一说，我倒是发现的确如此，这幅画上下都留了空，而左右两幅画与它之间的距离比其他作品之间的距离要大不少，感觉这幅画像是被孤立的。

"或许只是比较珍贵和特殊，毕竟是达·芬奇的原件，所以才单独陈列？"卢浮宫的《蒙娜丽莎》那么小一幅，还占了整一面墙呢。

胡凯摇摇头，若有所思地盯着画看了一会儿，又转了个身，三百六十度地扫了一圈周围。"我认为……"他话还没有说完，就听见何钥匙在我们身后嚷了起来："小贱！小贱！"

我以为他是看到画失心疯发作，刚想说两句，一转身，居然看到小贱蹲在主祭台上，用画中同样的姿势坐着，仿佛是另一幅黑猫图。

"又是这只猫……"夏娃皱眉嘀咕道。

"对，和画上一模一样。"我也自言自语，望着何钥匙朝小贱走过去的身影有些发愣，还没回过神来，这只当时被南洋抱走的猫，怎么会突然出现在这里？……

"不是，这只猫我在七楼见过，这好像是那个女人的猫……我不确定，当时在七楼见到它的时候就觉得它很怪异，尤其是额头上的倒三角。"

"那个女人？"

夏娃白了我一眼，没接话。

她说的难道是山川？小贱是山川的猫？小贱是被南洋抱走的，它出现在这里，岂不是意味着南洋也在附近？我想：刚刚在拱门那边看到的黑影八成就是他。

何钥匙张开双臂朝小贱扑过去，结果扑了个空。小贱轻盈地一跳，就落在了汤勺的脚边。此刻汤勺正盯着主祭台前面的那块平台看。平台上有个正方形的凹槽，在正方形之内，有个镶嵌得正好的圆，圆上镶了一圈金边。汤勺正在研究那圈金边，而小贱默默地蹲在了圆圈的中间。

"小贱，你不认识我了？这猫是不是中毒了？"何钥匙问我。

何钥匙的正常和英雄主义果然维持不了多久，他现在又彻底恢复原形了。对于他的天真和装傻充愣，我唯有给一个朝天的白眼。

"圆的位置和画的位置成直线夹角。"汤勺边说边示意我们让开，自己伸手比画了一下，证实了自己的说法，他直接忽略了睁着两只水汪汪的大眼睛看着他的小贱，"这里一定有问题。我看了一下，金边是起遮掩的作用，圆圈和地面之间有一条细缝，如果不蹲下来仔细看是看不出来的。"他说着又用探照灯照向那幅达·芬奇的黑猫图。

"从我这个位置看，黑猫的眼睛是看着这边的。"他伸手指了指旁边的主祭台。

我们齐刷刷地看向主祭台。可是主祭台空空如也，除了一张大理石的祭台，什么都没有。

"什么意思？"胡凯托着下巴问。

"你们过来搭把手。我怀疑这是一个机关。我们试试看能不能转动地面上的这个圆。"

汤勺是对的，圆可以被转动，基本上以四个人的力量就可以把圆转起来。但是转了一圈也没得到什么反应，画和主祭台都没有动静。

"怎么回事？难道不是这么玩的？"我也疑惑了，这一路上的机关怎么可以这么

复杂？我又想起了胡凯那栋美第奇别墅地下后厅里的那个机关。

我很是怀疑，这些乱七八糟的机关是不是当时给美第奇家族发明各种机械装置的达·芬奇设计出来的，复杂程度可见一斑。

汤勺蹲在原地苦思冥想，半天也没啥突破性进展。

站在一边的木飞突然开口："凯爷，猫的脑袋上有个倒三角，向下的倒三角，是罗马数字的五，会不会需要转五圈？"

胡凯一脸恍然大悟，但是随即又觉得疑惑："等等，这圆以什么为起点来转？"

汤勺拎着探照灯在地上摸索了半天，终于抬头说："圆面上有一条直径切线。假如我们刚刚没出错，那么现在这个切线应该是在它自己该有的原位上，我们照着这条线，再转四圈试试看。"

这圆越卡越紧，到了最后一圈的时候，我们所有人都上了手，费了九牛二虎之力才把圆圈转到线上。

大约三秒钟过后，我听见了摩擦转动发出的声音，紧接着脚下开始动了起来。这可不是什么好的感觉，自从之前经历过迷宫区那些从地上升起来的石墩子之后，这种地面的震颤已经让我心有余悸了。

我立刻大喊："快跑！"大家眨眼之间纷纷飞速跳出圆圈。我话音还没落下，这个圆就往下缩了下去。

不过地面上除了这个圆下沉所露出的坑之外，没有再出现什么裂缝、大坑之类的东西，也没有暗箭发射出来。这个体形较大的圆柱大约在下降一米之后就停了下来。

但是大理石移动的声音并未就此结束，紧跟着主祭台也出现了变化。主祭台四边的大理石分别开始往下降，等它们全部落下，声音完全停止的时候，我深深地吸了一口气，眼珠子差点儿没有掉出来。

包裹在主祭台的大理石里面的是一口玻璃棺材，棺材里有一具骸骨。

"凯爷，这里！"站在黑猫画旁边的伯格喊了一声。

胡凯晃了下探照灯，除了照到了伯格，还有伯格旁边的一个黑洞。

不，不是黑洞——是门，挂着达·芬奇黑猫画的那块墙壁向里面转了九十度，打开了一扇长方形的门。

我们顿时都沉默了，一时间鸦雀无声，直到白求恩老头感叹了一句："多么精妙的机关设计啊！"

那门后面黑洞洞的，仿佛随时能跑出来一只怪物。

我心说：达·芬奇那些军事理想、科学理想没有在外头实现，倒是在这里的各种机关配置上实现了。

"先不要管那扇门，把探照灯都拿过来。"胡凯命令道。

何钥匙明显是对那扇门心有余悸，特意挑了一个既看不清棺材里的骸髅，又能随时抬头看看门里是不是有什么奇怪的东西跑出来的位置站着，用手半捂着眼睛。

第七十八章 隐藏于万象

"这是什么人?"白求恩老头问。

汤勺刚想回答,张了张嘴又闭上了,因为灯光照到了一样东西。

"在这里……原来在这里……"夏娃几乎把脸贴到了棺材的玻璃上。

探照灯之下,一缕似血一般的红光从棺材里躺着的骸骨身上幽幽地散发出来。小贱毫无声息地跳到了棺材上。

那里面躺着的骸骨,双手交叉在胸前,左手的中指上戴着一枚红宝石戒指。

她是西蒙内塔。

第七十九章　胡凯的秘密

"我终于找到了。"夏娃欣喜地回头看着我,感叹道,"帅哥,看来你那妹妹根本没有找到它,白花了我那么多钱。原来它一直都在这里……"她眼中放出来的光就快赶上红宝石亮了。

"这就是那枚所有人都在找的红宝石戒指。"胡凯低声说。

"所有人都在找?"我一时之间没反应过来。

"文件没看吧。"胡凯笑着从背包里把那份文件掏出来,翻到倒数第二页递给我。

的确,我并没看到这句话,不知道汤勺之前有没有看到。上面写着:"打开美第奇中心宝藏的关键,是西蒙内塔在画中所佩戴的红宝石戒指。"

"就是这句仅仅凭借推断和论证得出来的话,才生出这么多事来?"我把文件扔回给胡凯,觉得那就是一块烫手山芋。

单单就这一句话,招来了杀害、圈套、帮派、死亡……他们原来都在寻找这枚戒指,不对,这么说不准确,他们在找的是美第奇家族的中心宝藏。

人的贪欲,究竟可以将一个人的阴暗面提升到哪种程度?我不知道,我也不敢去想。我转头望望汤勺面无表情的样子,心里忽然就平静了下来。

至少,他不是,我们都不是。

"我要把戒指取出来。"夏娃说。

"怎么取?"胡凯说这句话的时候,伯格已经闪到了夏娃的背后。

"砸开。"我看到她那红艳的嘴唇轻微动了一下,眨眼之间拔枪转身,紧接着就是一声枪响——她还是快不过伯格。伯格的匕首已经顶在了她的脖子上,一手捏着她拿枪的手腕,她的枪口冲着天。

胡凯一脸笑意朦胧,慢慢把头凑到夏娃旁边:"我知道你在想什么,放心,我不会杀你的,你最好记得我们的交易。我会把你安全带出去的。"

"交易?哈哈!"夏娃笑起来,"你不让我拿我的东西,这交易肯定完成不了。"

"美女,我们的交易好像叫作'我把你带进来,你把画还给我'。当然,是出去之后。但显然,你的东西没包含在交易里。我不管你体内是不是有毒药,在我拿到画之前,我不会让你死的。"

"哦?你居然也盯着红宝石戒指?我本来以为你对这个没多大兴趣……没想到大

第七十九章　胡凯的秘密

名鼎鼎的凯爷，居然跟我们目标一致，真是一件令人兴奋的事。"

"呵呵，"胡凯低下头笑着摸了摸下巴，"我对什么都有兴趣。"

"你真的也是为了找红宝石才来的？你是为了宝藏？"我实在觉得有些不可思议。其实这个理由也没什么奇怪的，胡凯作为一个商人，想要赚钱，为了获取更多的利益铤而走险，不就是他正在干的事情吗。但不知道为什么，我总觉得如果胡凯的目的只是这个的话，实在也太过于单纯了。

胡凯走到我旁边，凑到我的耳朵旁边小声说："那个玻璃很有可能还有机关，搞不好是个毁灭装置。戒指是要拿出来，不过没必要因为拿个戒指让大家都死在这儿，你说是不是？"他说完，朝我眨了下眼睛。

"凯爷，我看了一下这道门，里面有往下的台阶。我们要不要下去看看？"木飞说，"氧气成分也探测过了，有些奇怪的东西在空气里，不知道是什么，但显示氧气是足够的。"

"凯爷，不能贸然下去。"伯格说。这句话才说完，小贱就悄无声息地从他脚边蹭了过去，一个闪身，走进了门里面。

"跟着猫走。"胡凯说。

伯格想说些什么，最后还是点了点头，走在了最前面。

我拉何钥匙也跟了上去。小四带着死死盯着棺材的夏娃走在最后。

我走过门的时候，再次看了一眼那幅黑猫图。这里的设计确实令人惊叹，精妙的机关，隐藏的棺材，还有一直注视着自己主人的黑猫……人类的智慧果然是伟大的。

往下去的台阶又高又窄，两个人并排都走不了。台阶旋转向下，好在没多久就走完了。看上面那层的圆柱往下缩的程度，也能料想到下面这一层并不深。只是我一走到这下面，就有了一种毛骨悚然的熟悉感。

倒不是底下这些大大小小、种类繁多的棺材，而是这些石柱子。

汤勺似乎也认出来了，让胡凯把羊皮纸地图取出来——对照，确实发现这就是我们找到的第一张羊皮纸地图上的地下部分，也是我们在胡凯别墅的地下密室的墙上看到的设计图中的部分。

这里有很多石棺，有的在棺盖上标注了名字，周身装饰着一些雕刻；有的什么标注都没有，压根儿不知道里面躺着谁。

"这里还真是墓葬啊……这些人是不是陪葬的奴隶啊？……"何钥匙声音发颤地嘀咕着。

"当然不是，这些都是在这里工作过的人。能葬在自己的作品之中，不管是对于工匠还是设计师或是建筑师来说，都是一种莫大的荣耀。"胡凯一边走在两排棺材之间留出来的小道上，一边说道。

"凯爷，这里有两具尸体。"木飞在第三排棺材的中间突然站起来大声说。

是两具骸骨，已经不知道死了多久了，还有一些没有腐烂干净的衣衫碎片耷拉在骸骨上。这两具骸骨很奇怪，它们并排坐着，靠在身后的棺材上，就好像正在进行什么仪式，又像是有意在等待死亡。

白求恩老头蹲下去检测过后，很快得出结论——都是中毒。"两具尸骨都是男性，年纪都在四十五到五十岁左右。尸骨明显发黑，初步判断是中毒。是哪一种毒暂时检测不出来。"我真怀疑白求恩老头以前不是做医生的，而是做法医的。

胡凯看了一眼尸骨，又看了看尸骨背后所倚靠的石棺，提出了一个让人瞠目结舌的要求——他要打开那口石棺。

那口石棺很简单，既没有标注里面躺着的逝者的大名，也没有装饰棺板的雕刻图案，什么都没有，就是光溜溜的一口棺材。

"开它做什么？你想干什么？你难道觉得人家死在旁边，里面就有宝贝？欧洲人不兴奢侈陪葬的，顶多有几件烂掉的破衣服和生活用品。我们又不是盗墓……"何钥匙急了，喋喋不休地说个没完，"万一触怒了神灵，我们现在在人家的地盘上，你千万不要胡来啊。"

夏娃"哼"了一声，发出冷笑："你不让开那口棺材拿戒指，现在自己却要开一口没用的棺材……"

胡凯不做反应，权当没听见。他让小四把夏娃绑在柱子上，与木飞和伯格一起打开石棺的盖板。

这种石棺的盖板一般都很沉。好在欧洲人的棺材和中国人的木棺材不一样，木棺一般都有棺钉，开启之前还要起棺钉，而欧洲人的石棺盖板虽然沉，但是直接打开就好了。木飞和伯格用力推开一个角之后，用探测仪测试了一下棺材内涌出来的气体："没有一般情况下尸体在内腐烂所沉淀的气体。"

果然，棺材打开之后，里面并没有尸体。棺材是空的，只有一些叠好的、一碰就成灰的衣物。还有一把类似于匕首的东西，上面镶嵌着宝石。等拿出来的时候才发现，并不是匕首，而是一把古代的绘图专用圆规。镶嵌有彩色宝石的封套上刻了一个 H。再仔细一看，被左边的骸骨头部遮挡的地方，也有一个 H 的字样。

"爱马仕？"何钥匙凑过去，说了一嘴。

我已经看出了端倪，赶紧把何钥匙拉过来，让他闭上嘴。这个 H 肯定不是爱马仕，它应该和胡凯的家族有关系。

胡凯恭恭敬敬地在尸体和空棺材面前跪了下来，两手端着圆规，冲着它们磕了三个头。

我们都被这一幕惊呆了，一时间谁都不说话，直到胡凯磕完了头站起来，何钥匙才打破沉默。"你这……这是干什么？"他瞪着眼睛一脸不解地问胡凯。

"这两具尸体是……？"我也忍不住问道，毕竟眼前这一幕实在有点儿令人震惊，这尸体必定和他有着什么莫大的关系。

"我猜，他们应该是我的爷爷和父亲。"胡凯说，"但是我要找的东西并没有找到。"

第七十九章　胡凯的秘密

"你要找什么东西？你现在总可以说实话了吧？"

胡凯叹了口气，转身看着两具骸骨说："之前我跟你们说的确实都是真的。我没有骗你们，只是我没有说全。我的祖先名字叫胡成飞，明宪宗朱见深年间任工部尚书。当时他受到建筑大师蒯祥的影响很大，一直在研究建筑，他自己也是一名非常受重用的建筑师。后来由于遭人陷害，被流放到了闽南一带。但是陷害他的人害怕他有一天会被调回京城，从而影响这人的地位，所以干脆起了杀念，一路追杀到了沿海地区。那时候有个叫马克吉诺力的意大利传教士正好在南部沿海一带进行传教活动，机缘巧合地救了他，并且飘洋过海带他到了意大利的佛罗伦萨。因为他在建筑上面的才华，把他引荐给了美第奇家族。那时候在佛罗伦萨，洛伦佐才刚刚上位不久，喜欢各路文化的洛伦佐就把他留在了自己的建筑团队里面。而他则开始学习西方的建筑艺术，并研究怎样进行东西方建筑风格的融合，他想把中式的建筑精髓带入西方并且传播开来。一开始，他只是在他的团队里面学习，并适当地给出一些综合性的建议。直到后来，他接到了一个实实在在的建筑设计任务，是要将东方的建筑风格融进西方的建筑之中。当然，那时候他和洛伦佐的关系也已经非同一般了。以上这些内容都记录在我们家族历史的册子当中，但是到这里就断了。那个任务里所提到的建筑，我们看不到，不知道在哪里。前几代人一直都在寻找，期间也放弃过，直到我爷爷，作为艺术家，可能接触名画更多一些，所以才找到了端倪。而我作为商人的父亲，却从小耳濡目染，在爷爷失踪之后，着手边调查边寻找，后来我父亲也失踪了。但是我父亲和爷爷不一样，从小就不让我碰这些东西，只让我接触生意上的事务。我的线索全都是自己追查出来的。起先我只想找到我父亲，后来知道了一些事情之后，我的想法也有了一些改变。爷爷的手记上面提到过先祖隐藏的一些真相，我想知道它们是什么。"

他说完，转身看着我们："这就是我的目的，没有保留了。这并不是秘密，只是这些东西与你们并不相关，对你们来说也没什么重要性。但我认为我们是朋友，不需要隐瞒什么。毕竟，你们和我一样，也不是为了来寻求财富的。当然，直白地说，说不好奇美第奇家族的宝藏是骗人的，只是我从没有想过找到了之后要把它们从这里带出去。我没有这样的想法。"从胡凯说这些话的语气能听得出来他是真诚的。

"凯爷，那个女人！"木飞话音未落，就一个飞身跑到我们下来的旋转台阶处了。

我们这才发现，被小四牢牢地绑在柱子上的夏娃没了踪迹。

第八十章　家族史

"不好。"胡凯眉头一皱，小四和伯格都以最快的速度跟上木飞，可是两人跑到台阶处纷纷刹了车，紧接着，我们就看到木飞退了下来。

我们晚了一步，那门不知道怎么已经被关上了。

紧接着，"轰"的一声地面开始强烈震动。

"该死！"胡凯咬牙切齿，"她毁了棺材！"

我本以为摇晃的是地面，猛然发现这强烈的震感其实是由上面引起的，我刚一抬头，就被落了一脸的灰。

"这里要塌了！"我听见汤勺喊了一声。

"伯格，你们去哪儿？"这是胡凯的声音。

我的眼睛被疯狂掉落的灰尘迷得一时间睁不开，好不容易睁开一条缝，只见到眼前好几个身影飞速而过。

"伯格，木飞，别管了！快走！再不走我们都要困在这里！"胡凯边叫边朝着棺材中间的位置跑过去。

我的眼睛一瞄，头顶上的一块大石头摇摇欲坠。

"胡凯！"我大喊一声，他回头看了一眼，脚步却没停下来。木飞和伯格都在他祖父和父亲的石棺那边。

"胡凯！让开！"我见他没有反应，只得冲过去拉他过来，还没来得及抬脚，就被一股特别大的力向后面甩了出去。等我看清楚时，汤勺已经越过我往前冲了。

我的眼睛被灰尘刺得火辣辣的疼，不断有眼泪涌出来，耳边是石块砸地发出的巨大声响，世界像被颠倒了一般混乱无序。

"胡凯！"

我眼见着一块大石头冲着他的脑袋砸下来了——几乎就在石头距离他的脑袋只有一厘米的时候，汤勺伸出手来，却不够推开他的距离，于是汤勺整个人扑了上去——我只能眼睁睁地看着大石块砸到汤勺的后背，汤勺支撑不住和胡凯一起摔倒在了地上。

"汤勺！"

我飞奔过去的时候，伯格和木飞出现在了他们旁边，把他们身上的石块清理下去。

"陈唐……陈唐？喂！你醒醒……"

第八十章　家族史

汤勺没反应。

"大伯呢？"胡凯揉着胸口问，"得检查下他的伤势。"

可是四周都没有老头的影子，连刚刚一直抱着小贱在鬼吼鬼叫的何钥匙都一并不见了，小四也没了影子，估计是和他们在一起。

混乱还没结束，整个空间又开始剧烈震颤起来。

"凯爷，这里不能久留，我们得离开这里。"伯格说。

胡凯点点头，眼睛却望着汤勺，脸上出现了犹豫的神色："可是没有大伯的诊治，他现在能不能被随便移动都是个问题。"

"不移动也没办法……"

"李如风你刚刚喊我什么我听见了。"我话音未落，就听见了汤勺的声音。

我低头一看，他居然醒了——半睁着眼睛，皱着眉头，龇着牙打算从地上爬起来。我赶紧伸了一只手给他。

他借了我们的力爬起来站稳之后，立刻说："我们赶快离开这里。"

"你行吗？"我怀疑地看着他。

刚才那个大石头是怎么砸到他的，我看得很清楚，大石头从天而降砸到背上所造成的伤害程度可想而知。

"没事。"汤勺说完就径自往前走了。

"凯爷……"伯格望着汤勺的背影想说什么，被胡凯阻止了。现在这种环境，就算担心，也没办法在这里作过多的停留，不然大家怎么死的都不知道。

正在这时，头顶又是一块大石掉落，幸亏木飞推了我一把，大石几乎贴着我的脊椎骨砸到了脚边的地上。

"快走！"

胡凯一边走，一边往后看了一眼。我隐约听见他说了一句："对不起。"然后头也不回地和我们一起往前跑。

这里混乱的程度已经让我们无法辨识方向了。庆幸的是，暂时只坍塌了一半，在一排柱子后面，我们找到了一个看似比较安全的角落停下来喘气，不远处还在继续传来崩毁的声音。

"那个女人一定是砸了棺材。我以前看过一本介绍欧洲宗教灵柩的书，说为了防止贼偷盗，会设置一些与地面相结合的灵柩，专门用来保存圣人的圣骨，这种特殊的装置一般设置在地下，当有盗墓贼闯入，破坏灵柩的时候，就会启动机关。这种机关，要么是自毁装置，要么是关闭装置。之前我们打开的机关已经那么复杂了，我就猜测可能是自毁装置，没想到还真的是。

"不过只毁了一半。你们看这些柱子这么结实，是有意识地把空间隔绝开来。这就说得通了，为什么一整个部分被分成了两块，因为前一个地方装了自毁装置，而另一半避免受到自毁装置的影响。只不过，我们还得再找找上去的路。"我说。

"小四他们呢?"胡凯问。

"不知道。"我说,"可能和何钥匙他们在一起。"

"可是这里已经看不到可以走的路了,他们能去哪里?"伯格想了想,又说,"会不会……"

"不会!"汤勺直接把他要说的话扼杀在了摇篮里,"之前看到大伯、小四他们都在一起,何钥匙也不傻,一定会加入,有小四在,一定不会出什么事,可能他们也在某一处躲着避难。"

"最好是那样,主要大伯……"胡凯说着,又朝我们过来的方向望了一眼。我知道他在想什么,却不知道能说句什么。

"幸亏,保住了一件。"胡凯掏出圆规摸了摸。

"凯爷,我和木飞尽可能地把他们带来了,只是……时间有点儿紧,可能还有一些……"伯格没往下说,他和木飞把各自的背包打开来,里面都是散开的骸骨。

胡凯望着那一堆骸骨愣了半天,嘴唇张张合合,最终只说了句"谢谢"。

这回轮到伯格和木飞愣了。我还是第一次看到伯格憋得满脸通红,张了好几次嘴,却到最后依旧一个字都说不出来。

眼前的这一排柱子模样很奇怪,每一根都呈螺旋上升式,形状细长,中间有像是被震裂一般的裂口。

而我们后面的空间并不大,像是一个死角,除了两面成九十度的墙壁之外,什么都没有,墙壁上连道缝隙都没有,我们几个人往这里一塞,就把整个空间几乎塞满了。

在被螺旋柱子隔开的另一面,路差不多已经被大石块堵死了。

我们被困住了。

"我们是不是钻进了死角,在这里毫无方向感可讲,也不知道我们的线路偏离了多少。"

"没偏离,我们走的路是对的。"胡凯拿着羊皮纸地图给我看。上面的虚线所示意出来的路线图在这片废墟之中变得很难判断,但是看胡凯一脸胸有成竹的样子,或许他的脑袋里还有"方向感"三个字存在。

伯格和木飞沿着墙壁摸索了一番之后,摇头表示,什么都没发现,墙上没有隐藏的机关和隐藏的门。但是,事实上肯定存在能过去另一边的办法,如果墙壁上找不到的话,那可能是柱子。

我盯着柱子看了好一会儿,实在找不到切入点。

汤勺之前一直靠着墙壁一言不发,这会儿走过来,从我的手中拿过手电筒,把每一根柱子都从上到下照了一遍。

"这里有两根柱子应该是可以伸缩的。"他得出结论。

"伸缩?你怎么知道?"胡凯表示出了怀疑。

"你们有没有发现,左边第一根和中间第五根柱子中间的裂缝被分成了两截,显然有一半可以移动。而两截的切口不均衡，不是本来就这样的，是后天磨成的。你们想想，如果不是收缩进地面的话，应该是不会有这样的切口的，所以不均衡的两截切口是因为与地面边沿的摩擦造成的。"

"好判断，"胡凯说，"按照你这么说，只要这两根柱子缩进地面，就能把通道找出来是吗？"

"我不能肯定，但是理论上是这样。"汤勺回答说。汤勺对于此类问题永远只会给出官方回答。

"可怎么让它们缩下去？"我绕着柱子转了一圈，也没见有什么按钮之类的东西。

"切口对得不齐整，试着转下柱子看看。"汤勺说。

伯格和木飞分别站在两根柱子前，对着柱子发力，他们费了九牛二虎之力才终于把柱子转动了起来。一旦转动，两根柱子就像瞬间抹了油似的，非常顺滑地缩进了地面。

身后传来巨大的摩擦声，眼前两面墙中正对着我们的这一面墙体往右移动了一格，与侧面的墙体整个分开，夹角消失，露出通道。

怪不得刚刚在墙上摸索了半天，什么都没发现。

通道很短，我们还没走上几步就到了另一个空间。新的空间顿时开阔起来，拿手电筒一照，我有些惊讶，这里与隔壁的空间似乎毫无关系。一抬头，在高耸的天顶上是飞檐和上面的祥瑞雕塑，大量红木大圆柱牢牢地支撑着整个建筑。

"凯爷，这里是你祖先做的吧？"

"不费一钉一铆，让建筑可以承载岁月，屹立不倒。"胡凯说，"可能我祖先的心愿并不是把这样的传世艺术埋藏在地下，而是希望能将它们在西方推广和发扬。可是，当时的人能做的事是有限的，可以做成的事少之又少，但那份决心我是真的很钦佩。"

"但这里是不是没有造完？"我问。这个地方好像在地图上也没有特殊的标识，或许是为了结构稳定临时加入的部分，所以除了飞檐和柱子，什么都没有。

"我也不知道，不过就算是没造完，他们也没有让自毁装置毁掉这部分，算是对中国文化的绝对重视和尊重了。"胡凯说。

穿过这片空间，就有了向上的旋转台阶，我们知道这路绝对走对了。

向上的台阶长度和之前我们从另一边下来的时候走过的那个旋转台阶长度相似。我很快明白过来，台阶是一模一样的，从墙这边到那边，两边选择了一种对称的设计，不同的只是这一边是中式建筑，以大量的圆柱支撑来抵御另一半的坍塌带来的冲击，保证在坍塌了一半的建筑之中依旧能维持牢固与平衡。从这里走上去，应该就是地图上明确标注的那一段了。

顺着台阶上去，我们被一个岩洞喷泉挡住了去路。汤勺用手电筒上上下下全方位照了一下，这喷泉的样式和波波利花园里的岩洞喷泉非常相似，只是这里没有摆放什么奇特的动物或者其他雕塑作品。

"这是通道，往里走。"汤勺说。

和外面进来的路一样，这里依然是一条通道，只是少了机关。穿过岩洞，就到了那个我翘首以盼的地方了，也就是我们得到的第一张羊皮纸地图上的那一段，也正是对应了胡凯那栋别墅地下密室的墙壁上的那一段。

眼前这条路一直铺到头，两边是横向连接的木质大圆柱，有镂空的地方可以看到里面的支撑柱，还有一些飞鸟的石雕和壁刻。沿着这条路一直走到头，出现了三级台阶，再往上有面特殊的墙壁，看着又不像是墙，像是开启另一座宫殿的大门。确实是门，站在这里灯光照得不清楚，粗看材质，似乎还是铜门。墙壁两端有飞檐，上面还点缀了一些动物和祥瑞的雕塑。

这就是那个山川画出来的中式建筑的框架，但我到了这一刻几乎可以确定的是，山川并没有进来过这里，她的画是想象中的。她画的中式建筑太过完整辉煌了，但这里真正留下来的只是一些恰到好处的插入和点缀，我们实际上并没有看到那张全景图上呈现出来的与天坛相似的建筑。究竟是什么原因导致这个建筑群没有按照原本设定的那样修建呢？如果这些都是胡凯的祖先设计修建的，那一定突然发生了什么。

我想到了那些连环画："你房子的地下密室墙上的那些画，是你祖先画的？"我问胡凯。

胡凯点点头。

"那么，在1478年的'四二六'惨案那天，跟洛伦佐一起逃进圣器室的人是你的祖先胡成飞？"

胡凯又点了点头。

"你祖先不会意大利语？"

"我在他留下来的手札上看到过，他能听明白，会说一些，但是不会写。"

"所以他以连环画的形式把事发过程画下来了，为什么要画下来？"

"这也是我想知道的。这里面似乎藏了什么秘密，但几百年来，历史记录的一直都是那个版本，或许它也并非是真相。"

我一边点头，一边思考。

"为什么你祖先要把米开朗琪罗的设计方案画在墙壁上？"

"他在墙壁上留下了米开朗琪罗的设计宫殿，把自己的建筑草图画在旁边，应该是为了表达，他所设计的部分在米开朗琪罗主持设计的宫殿之内。"胡凯说。

我可以想象这对于一个建筑师的意义，而且欧洲人不讲风水，没有大型的墓葬，这座建筑很特殊，既是美第奇家族的宫殿，也是墓葬，还是他们的藏宝地。藏宝地就必须要讲究风水，所以这里显而易见的风水概念一定是胡成飞设计的，而他将欧洲的宫殿和中国风水结合到了一起，从头到尾都贯穿了自己的设计理念，所以他的画像才会被记录在一进门的天花板上。他没有按照原本的想法去建造那个大型的中式建筑群，未必是因为意外，而是为了更好地与欧洲宫殿结合，为了尊重大师的设计，为了更完美地呈现。可见，匠人精神，从古至今并不是什么传说。

　　实在是了不起，难怪胡家人过了几百年还一直在不断寻找宫殿。如果换作是我自己家族的东西，我也誓死要找出来，这简直就是历史的开发和见证啊！

　　只是我兴奋地望着胡凯的时候，他却说："我没有打算把这个发现公之于世，我只是想找到它，然后把它记录进家族的历史和先祖留下来的手札之中，并把它们埋进土里。这段胡家的历史，到我这里就暂时告一段落。"

　　世界上竟然存在这么没有野心的人，真是有点儿不可思议……慢着，他是怕引起社会震动，上新闻头条，从而曝光他干的走私勾当，然后一下子败坏了家族的辉煌历史吗？

　　…………

　　这么一想，倒是很有可能。

　　"凯爷，门那边有个东西。"伯格说。

　　青铜门前有个东西，长方形的，看不清。

　　我已经注意很久了，不等伯格和木飞反应，我就拎着手电筒朝那扇大铜门走了几步，想看看门前那块黑乎乎的东西是什么。

　　结果脚还没有跨出去三步，我就听见一个女人的声音："别过来！别动！"

　　我们立刻把随身武器掏了出来，这种意想不到的情况已经出现过太多次了，内心的恐惧还没有身体的反射性动作来得快。

　　"是谁？！"我举着那把不太会用的手枪，瞄着黑暗的空气，听见自己的声音在头顶上方转了一圈变成三个层次的回音，再度落回我的耳朵里。

　　紧接着伯格的手电筒就照到了一个人。我很纳闷，之前我们进来的时候怎么就没注意到这里还有人呢？难道还有另一个通道可以进来？

　　但是他照到的这个人明显不是女的，是个男的——

　　"南洋！"

第八十一章　杀人陷阱

当我看清楚的时候，我的心脏差点儿就在嗓子里骤停了。是南洋，是他！千真万确，不过他看起来并不是很好，好像浑身是伤。

"南洋，东西给我，否则我毙了他！"

听见这个声音再次响起时，我已经清醒了，立马意识到右侧的黑暗之中到底还站了谁。这一刻我的眼皮直跳，准没好事。果然——手电筒一照，我先是被两坨绿光闪了一下——小贱！往上一看，竟然是夏娃一只手拎着何钥匙的脖子。

何钥匙居然在她手里，那小四和白求恩老头呢？

"你怎么在这里？大伯他们呢？"胡凯问。

"不知道，我在半道上就被这个女人绑了，到现在都不知道怎么回事⋯⋯你们能不能先关心一下我啊⋯⋯她拿枪顶着我的脑袋啊！"

"少废话！"我紧接着就听到了子弹上膛的声音，何钥匙立刻就不敢出声了。

"夏娃，你想怎么样？"我问。

那女人却不回答我，眼睛直勾勾地瞪着南洋。

"这人跟我没什么关系，你可以尽管开枪。"南洋语气冷冷地说道。

"哦？是吗？可是你的小兄弟好像不这么想啊。"她说话的时候，南洋转过头朝我看了一眼。

"别这样啊，我又没惹你，你差点儿死的时候，我还救过你的！"何钥匙带着哭腔嘟囔道。

"你闭嘴！没你说话的份！"

"你拿了他什么东西？"胡凯问。

"戒指，红宝石戒指！"何钥匙嚷嚷道。

"呵呵，李如风，你这个小兄弟你了解他多少？没透彻了解一个人之前，千万不要随便拼上性命，否则后悔的话就晚了。他一路上一直躲在暗处跟着我们，哪里也没去，目的就是为了红宝石戒指。你想不到吧，这就是你的好朋友。不妨让他跟你详细描述一下他究竟是什么人。"夏娃声音尖厉地大声说。

沉默⋯⋯在黑暗之中就像一支冷箭一样可以穿过人的心脏一击毙命。

"小剑，对不起。那些给你的匿名信是我写的，我用过很多方法⋯⋯有些事你可能也猜到了,我想逼退你,吓跑你,我本来真的不想让你被卷进来。即使山川在里面,我也想凭着自己的能力把她带回来。可是,命运捉弄人,我以前从不信命,现在不得不信,你偏偏搅进来了,还走得这么深。很多事,我没办法,包括山川的事情也一样。很多事我也只能眼睁睁地看着,但是……我……我母亲在他手里……"他说最后四个字的时候声音很小,几乎听不见。

原来是这样,真的和我想的一样。我一早就在怀疑南洋的动机,我原本以为他只是为了山川,后来发现并不单单是这样,他有别的目的。想必是歌里给他的错觉,让他以为自己的母亲在歌里手里。歌里究竟是怎么做到的?

胡凯往前走了两步,被我使劲儿拉了一把,我很害怕他一脱口说出真相来。

"小剑,对不起。我早就知道他对山川的意图,我试图阻止过,可我没能来得及。我可以去死,但现在还不是时候。"

"别说了!"我打断了他的话。

"夏娃,不用你在这里挑拨,既然是我的兄弟,我当然知道他究竟是什么人。你要是识相就把何钥匙放了,否则的话,接下来的事情就不要怪我们了。"

"放了?呵呵,红宝石戒指先交给我再说。南洋,我可告诉你,等你找到他,拿到解药的时候,搞不好你都已经活不成了,他给不给你还得另算。你乖乖把戒指给我,我这里还有多余的解药。"

"呵呵,你当我三岁孩子?夏娃,你自己的命都保不住了,还在这里骗我,你还真是有意思。"说完,南洋转向我们这边,"小剑,你不用担心。她不会杀何钥匙。没有这个人,这扇门我们谁都过不去,就算拿了红宝石也没用。"

"什么意思?"胡凯问。

南洋一手拿着枪,指着夏娃,一手从口袋里掏出来一只手电筒,往左边那扇铜门跟前照了照。

"这是洛伦佐的棺材,他的遗体也在里面。不通过这里,谁都进不去藏宝室。"

我这才从他那束细小的手电筒的光中看到了一口大型石棺的轮廓。这石棺比我们之前看到的任何一口都要大,没有手电筒的光的照射,在黑暗之中很难分辨出这个体积庞大的东西竟是一口棺材。我一下反应过来,这就是图上那两个长方体中的一个,原来真的是棺材……那另一个呢?

"只有他知道怎么打开石棺,石棺打开,门才会开。"南洋说。

何钥匙沉默不作声。

夏娃似乎也被惊到了,看样子好像压根儿不知道这件事。愣了一下后,她用枪顶了顶何钥匙的脑袋:"你,现在先把棺材打开。"

何钥匙被她的枪顶着,只得无奈地走向石棺。我瞬间明白过来,这是南洋的一个计策,何钥匙未必真的知道怎么打开。

但我又想错了。

何钥匙回头看了我一眼，手电筒的光微弱，看不清他脸上的表情。"李如风，记得我之前跟你商量好的事情。"他说。

商量好的事情？什么事情？我一时间愣住了。这会儿我一门心思在想怎么救他，心思根本不在这上面。

接下来的事情，我再一次想错了。我原本跟伯格、木飞交换了眼神，预备在何钥匙胡乱摸索的时候趁机开枪射击夏娃。我以为何钥匙知道怎么开锁，但应该不知道怎么开棺材。

但是我的预判全错了。

何钥匙动作纯熟地从口袋里掏出来一个东西，我定睛一看，不是那根他惯用的头发丝，而是那把之前用到过的备用钥匙。棺材需要用钥匙打开？不知道为什么，我下意识地伸手挡了一下何钥匙。他看了看我，推开我的手，冲我眨了眨眼："之前不是告诉你，这钥匙保不齐有用吗。"说着，他指了指棺材下方一个细小的孔。这棺材绝对颠覆了我的认知，我活到现在还是第一次见到一个棺材跟保险箱一样需要钥匙来开。

"一定要记得我说的。"何钥匙又看了看我，对我说。

我感觉自己依然反应迟钝，但本能告诉我，我应该阻止他。可是我还来不及伸出手，就听见石棺那边传来了"咔嚓"一声，是锁被打开的声音。我心里有了一种非常不好的预感，突然之间，何钥匙之前说的话每一句都在我的脑海中很清晰地复述了一遍。

"打开！"夏娃面朝着我们，用枪指了指何钥匙。

"不要！"我大吼一声。

"躲开！"何钥匙推开我的同时也冲着南洋的方向大吼一声。

瞬间，无数的针飞了出来。

是断魂锁……这是个杀人的陷阱！

我的脑中一片空白。手电筒的光闪烁晃动，我听见了夏娃与何钥匙的惨叫声。何钥匙是很早就知道的，他知道这里有需要用到那个备用钥匙的杀人机关……这是什么？这是他们何家人为了自己的家族荣耀和秘密做出来的自毁装置吗？何钥匙那些像是临终托付一样的话，说明他肯定早就在他们的家族记载里了解过这里的设计了……找回钥匙，带他出去，即使他死了……不不不，他不会死……不会死的！

"何钥匙！何钥匙！"

惨叫声停了，周围骤然陷入了寂静之中，风浪前和风浪后总有这种吊着一口气的心惊感。我喘着气，听着心脏剧烈跳动的声音，一步步朝何钥匙走去，每一步都沉重得仿佛在踏入"地狱"。

何钥匙疯了，真的疯了。那么怕死的一个人，胆子那么小的一个人，他究竟做了什么？他怎么可能愿意牺牲自己解决麻烦？这不应该是他的性格啊。那真的是何钥匙吗？

他为什么来这里？对，他来找被山川拿走的钥匙，还有，他说对这里好奇，就为

第八十一章 杀人陷阱

了这些,他现在豁出命去了?这怎么可能呢?……

"这女人死了。"右手边传来木飞的声音,"浑身都是毒针,已经没气了。"

"何钥匙?"南洋已经蹲在何钥匙的旁边了,"他大可不必……"南洋想说什么,却没说完。

何钥匙动作敏捷,身上只中了十几根针,但是每一根针都有很强的毒性,针针毙命。我还记得那时候在热那亚的公墓墓地上,他绘声绘色地跟我讲述他家祖传的"断魂锁"的精妙之处……他那时候有没有想过,有一天,这东西真的会轮到他自己中招……

"凯爷,石棺里确实有遗体,应该是洛伦佐的,石棺外围和内侧都刻了他的名字。"伯格说。

"想不到美第奇的洛伦佐,居然用自己的石棺来做看门将军,自己躺在里面,横在宝藏室门口,守着家族宝藏,简直不可思议。怪不得在他的墓地里没有找到遗体呢,因为他的遗体在这里。可是,究竟是什么宝藏,让他居然死了都要看守它?美第奇家族还有什么稀世珍宝是世人连一眼都没见过的?"胡凯说。

"凯爷,门果然开了。"木飞说。

胡凯惊讶地看着南洋:"你是怎么知道如何开门的?"

"猜的。"南洋语气讽刺地看着何钥匙。

何钥匙双眼紧闭,小贱踱步过来,在他身边坐下来,"喵喵"地叫唤着,可何钥匙一点儿反应都没有。

"李如风,我们走吧。"胡凯说,"他死了。何家人的这种断魂锁每一根针都有剧毒,没用的。"

怎么可能?脉搏呢?心跳呢?何钥匙怎么可能就这么死了?我不相信。

"李如风!"汤勺一把把我拽了起来,"别去动他了。"

伯格和木飞合力把铜门推开了,里面立刻飘出来一缕冰凉的空气。就在这个时候,身后传来了零碎的脚步声。

"是谁?!"伯格立刻挡到了我们前面,举起了枪。

脚步声停止,一秒钟后,有人在黑暗之中说话:"伯格?凯爷?是你们吗?"

"小四?!"

伯格警惕地拿出手电筒朝我们来时的出口照了照,真的是小四和老头。

小四明显受了伤,但看起来并不是很严重。太好了!他们都没事!

"我们被石堆困住了,好不容易扒开来,费了半天劲找到了路,多亏了大伯!我们看到何钥匙被那个女人抓走了!咦?这个女人死了?何钥匙呢?"小四看到夏娃的尸体之后,迅速看到了同样躺在地上脸色铁青的何钥匙,"他怎么了?"

"死了。"汤勺说。

"什么?!"老头一把扯开我们,"我一把年纪还活得好好的,这小子怎么可能就这么死了?"说着毫不犹豫地蹲下去开始检查他的尸体。

435

小四张大了嘴，惊愕地看着我们："发生什么了？"

伯格把事情简单地叙述了一下。

"断……断魂锁？"小四应该记得很清楚，那时候在墓地也领教过这种暗器的威力。他不再说话，目光朝上深吸了一口气，我看到有眼泪顺着他的眼角淌下来。迪特被关在外面的时候他都没有哭过，大概那或许还有一丝希望，毕竟他没有看到迪特死去。而何钥匙这么躺在眼前，却是不可争辩的事实。

我突然觉得很没意思，这么多人各怀目的地来了这么一趟，寻求所谓的真相，寻找所谓的人，可用的是什么方式呢？是一条又一条无辜的人命，把路铺开，把门打开。那么这些所谓的真相，究竟还有没有意义呢？

"人没死，检查清楚之前不要净瞎说！"老头恼怒地大声说。

"什么？他没死？！"我听到这话，反复过脑验证我自己听力的真实性，确定之后差点儿跳起来。

"中毒就是死了啊？你们验心跳了吗？他只是暂时闭气了而已！那女人是被毒针刺到了神经和要害，毒性迅速传遍全身，所以才直接毙命。这家伙身上就这么几根针，也没刺中要害部位，算他命大。我要再晚来一会儿，估计他就真的没救了。不过毒性很强，我已经用了一些方法制止了毒性继续在他的血液里流窜，暂时醒不了，得把他带出去才能好好诊治。醒不醒得过来，我说不准，命能保住就不错了。"

老头站起来："现在去哪里？你们谁背着他。他身上的针我都取下来了，不会扎到人的，来个力气大一点儿的，这家伙挺沉的。"

"我背！"小四二话不说就把何钥匙小心翼翼地背到了自己的背上。我小心地把何钥匙手里握着的那把备用钥匙拿出来，收好，放在我的衣服内袋里。

铜门里面传出来的冰寒气息越来越重。脚踏进去之前，我打了个寒战。这里面究竟是什么？怎么像个冰窖？

第八十二章　中国墓葬

我原本以为，洛伦佐自己用诡异的机关和自己的遗骸把守的铜门里面，绝对是金碧辉煌的房间和无数的奇珍异宝。可是我们几只手电筒加起来反复照出来的，除了飘在空气之中的尘埃，就是黑洞洞的石壁。空间很大，似乎每一次呼吸都会产生回音。

"这里是藏宝室？"我有点儿疑惑。

门一进去，就是往下的台阶，我数了一下，一共十二级。四周除了石壁，好像什么都没有。台阶下面是一个圆形的平台。

"凯爷，这里有东西。"伯格说。

所谓的东西，又是一口石棺。我现在算是彻彻底底地相信了，胡凯的先祖胡成飞绝对是从头参与到尾，给美第奇家族量身定做了一个地下墓葬。

但是这口石棺不太一样：材质是上好的卡拉拉大理石，镶嵌了包括猩红和草地绿两种颜色，图案雕刻得丰富饱满，颜色鲜艳，看起来朝气蓬勃。四角则是动物的四爪支撑落地，和米开罗佐做给美第奇家的老先祖的落地爪架很相似。但是石棺本身的精致程度是前所未见的，有镶金的18K金包边和同样用18K金做成的镂空雕花和盘丝边刻，其手工简直让人叹为观止。

"这东西怎么看着像放宝物的盒子，不像是棺材呢？"老头说，"难道美第奇家族的宝贝全都藏在这个棺材里？"

我们围着这个精美的棺材转了好几圈，也没有找到它的突破口，不知道怎么打开。

他们还在研究的时候，我拿着手电筒在四周走动了一圈。手电筒的光越来越弱，我不得不先关上，借着小四放在何钥匙身上的手电筒照出来的光凑合着看。

果然什么都没有，连个祭坛也不摆，墙壁也是很简单的石壁，既没有花纹，也没有装饰，等等，圆形平台四周的墙壁上好像有字。

"胡……喀喀，凯爷，你来看。"我朝胡凯挥挥手。

在这口棺材正对着的石壁上，有两块长方体被特意框了出来。左右两边的长方体上均刻有人像，面孔相对。左边这个人看着脸生，但是下面的名字我倒是记得：诺力，那个为了保护洛伦佐逃生而在"四二六"惨案中死在杀手的长剑之下的人。右边的那个人却看着十分眼熟，并且一看就是一个亚洲人，留着长发，束起辫子，长胡子。这是两块典型的壁葬。

右边的头像下面用中文写着胡成飞，后面是拼音：Hu Chengfei（？ –MDLV）*。

没有人知道他的出生年份，但是他去世之后，被葬在了伟大的洛伦佐亲自守护的地方。

胡凯反复摸着那几个字。"是的，在这里。"他说。

这可能才是他的目的吧，找到他想找到的东西，证明他想证明的东西。他的家族在曾经那个大师云集的时代，创造过伟大的东西，可惜它们被藏起来了，一藏就是五百多年。如今它们依旧不能见天日，但是胡凯的任务算是完成了。

我重新打开手电筒，照到了一双站在墙壁旁边的脚，我本以为是小四，但是再仔细一看，鞋子不对。灯光里，旁边又出现了另一双脚。

不对，这不是我们的人！

"喵——"小贱出现在第二双脚的旁边，眼睛发出绿光。

我头皮一麻，立刻将灯光上移——两张戴着面具的脸，神不知鬼不觉地出现在了我的灯光之中。

我吓得往后退了一大步："你们是什么人？！"

他们听见我的声音，也立刻警觉起来。这两个人根本不知道从什么时候开始站在这里的，我们进来的时候居然谁都没有发现。

"别来无恙，卡尔，还有你，李如风先生。"高个子的是个男人，声音尽管被闷在面具里面，但是听起来仍旧有熟悉的感觉。

"你是……歌里？"我惊讶地瞪着他面具后面的双眼。

"不是歌里。"汤勺有些艰难地从倚靠的墙壁上站直身体，朝我这边走过来，"我说得对不对？艾尔？"

艾尔……我在听到这两个字的时候，浑身的血液瞬间在疑惑中停止了流动，"艾尔？"

"呵呵。"那人摘下面具，露出那张熟悉的面孔。

"卡尔，你不愧是一个优秀的警察，和你的父亲一样。"他面带微笑，"可我很想知道，你是怎么查到的？"

"你手臂上的烫印出卖了你。"汤勺说。

那人挽起袖子，低头看了一眼自己的手臂。我在手电筒的侧光之中瞥见了他的小臂上的 C 字形符号。

"你是……？"他是艾尔。歌里是艾尔？不对，那歌里是谁？那张照片上的另一个人是谁？我无法抑制脑中的混乱。

"你们还是查到了孤儿院？那想必你们已经知道我是谁了吧，是不是很意外？"

---

* 即 Hu Chengfei（？ –1555），MDLV 是用罗马数字表示的 1555，M 是 1000，D 是 500，L 是 50，V 是 5。

第八十二章　中国墓葬

"你是……你是尼可……和……"我的目光来回于他和汤勺之间，话都在嘴边，却实在是很难说出口，"这究竟是怎么回事？"

汤勺掏出那张合照，指着上面的人对我说："这个人叫歌里，已经死了。这个人，才是他。"他指着那个被我们当作歌里的人说，"他才是艾尔。"

"这怎么可能？！"我回头看了一眼小四，他也是一脸的疑惑。威尼斯和热那亚我们都是一起去的，汤勺不像在开玩笑，但是这怎么可能呢？

"你是怎么查到的？"我已经不知道怎么称呼那个人，他的脸上依旧带着笑容，饶有兴趣地望着汤勺，似乎非常期待他的答案。

"你的父母，哦，不是，是歌里的父母。他们当时急匆匆地从威尼斯的老家离开，我猜是因为发现了真相吧。你把所有东西都掩盖得那么好，却唯独放过了他父母，为什么？按照你的性格，不应该为了遮掩自己的身份，对那些不相干的人赶尽杀绝吗？"

"赶尽杀绝？呵呵，你真看得起我。何况他们不是不相干的人，他们是歌里的父母。好吧，这与你无关。"

"有关。怎么无关？在热那亚海军司令部的时候，你费尽心机利用我们当挡箭牌，顺道杀死了海军司令官起霍和海关总署司长梅德，还想顺势拖延我们的时间。这事我总得跟你算算吧，毕竟到现在为止，我身上的嫌疑还没洗清，指不定出去一露脸，就要当了你的替死鬼。我死也得死个明白吧？你难道不打算解释清楚吗？"

艾尔摆弄着手里的面具，低下头，嘴角扬起笑容。

"他们该死。"他说，"他们杀了那么多人，明目张胆地犯罪，却总有办法不被法律捉到，那只有我自己动手了。我有什么错？"他笑着扬起头，眯着眼睛望着我们，"作为一个军人，一个警察，我认为我做了该做的事情。"

"你该做的事情就是杀人吗？卡丘也是你杀的吧？"汤勺问。

"我没有杀卡丘。我只杀我需要杀的人，从一开始就是如此。"

"你只杀你需要杀的人？可是你间接害死了不止一条人命！你用催眠和药物控制人，这和杀人有什么区别？"我不可思议地望着他，觉得从他的口中说出来的话简直是不要脸到了极点，"你告诉我，山川在哪里？我妹妹在哪里？你旁边……你旁边这个人是谁？"我一直注意着站在他旁边的那个人，此人身高不算很高，苗条修长，看轮廓一定是个女的。我心里七上八下地在打鼓，是不是山川？

"用药物控制人？呵呵，我承认我用催眠控制术，但是药物从何谈起？只不过是脑中意念作祟罢了。"

"你说什么？"这回轮到南洋惊讶了，"你是什么意思？你竟然……"

他只是站在旁边，望着南洋一脸恍然大悟的表情，冷漠而淡然地微笑着："相信我说的话，并且相信我给出的时间限制，每个月一到月底，你们的大脑就开始自我催眠，自己幻想自己的身体出现中毒的症状。这甚至不是我对你们的大脑进行的催眠，是你们自己对自己实施的一种催眠。"

439

"催眠？他上次中毒差点儿死了，是我救活的，你说那是催眠？"白求恩老头听到他说的话怒了，老头这才见到所谓"下毒者"的脸，结果人家一口否认自己下过毒。

"那是西木想害你。南洋，我确实很想杀了你，但是时候还没到。东西在你身上吧，拿出来给我。"

南洋愣了一下，虽然眼露愤怒，但是仍旧从口袋里摸出了那枚红宝石戒指。

"慢着！"我直接挡到了南洋前面，"东西不能给你！既然你已经承认了你没有用毒药控制他们，凭什么让他听你的？告诉我，山川在哪里？"

他只笑着不说话。

而这个时候的我忘记了一件事。当我感觉到脊椎骨被一个硬物顶住的时候，才想起来……

"小剑，对不起，我已经走到这一步了，没办法回头。我不会伤害你，你让开。这东西本身对你来说也没什么意义，不要拦我的路。"

我回过头，右手握住他的枪，抵住我自己的心脏："南洋，你醒醒。你用你的脑袋想想，你凭什么认为你生母在他手上？他告诉过你你的生母是什么人了吗？"

南洋瞪着我，皱着眉头，有些魔怔地看着我。

不不不，他根本没在思考，他拒绝思考。我知道，人遇上跟自己血缘相关的事情，总是脑袋不清醒的，再理性的人在这种时候往往都会因为受到情绪牵制而犯错。现在我面前的南洋正是这样，他是自己选择相信艾尔。

"你的生母……南洋……"我实在无法说出口，我不想告诉他这么残忍的事实。

"我来告诉你吧。"胡凯走过来，把顶在我胸口的枪压了下去，对南洋说，"反正你也不会开枪，枪口对着他也没意思。不妨你现在冷静一点儿，听我给你说说事实。"

身后的艾尔没吭声，似乎并没有打算阻止。

"你认识费德明吗？"胡凯问南洋。

"费德明？"南洋皱着眉说道，"知道这个人，但是从没见到过。"

"1990年3月发生的博物馆偷窃案，最后追究责任的时候，只有一个人被拎出来承担了全部责任，包括渎职、意图造假顶包等，这个人就是当时只有十九岁的博物馆看守费德明。而这样一个孩子怎么会莫名其妙被抓出来顶包坐牢，没有上诉，甚至承认了全部罪行呢？"

我的每根神经和每个细胞都开始轻微颤抖起来，我已经隐约猜到了胡凯接下来要说的话。

南洋一看就不知道胡凯在说什么，满脸的空白和困惑。我不知道他听完接下来的故事会有什么样的反应，我无法想象。

"当时的偷盗事件是一个乌龙。有人一早策划了偷盗，其实是为了自己的利益，结果没想到这个策划人还没来得及下手，却被人捷足先登，画在她想下手之前已经不翼而飞。她一手策划组成的专案小组里面又进去了一个耿直的不速之客，这人不是自

第八十二章　中国墓葬

己人，她也很清楚这人变不成自己人。而这次偷盗事件上面给的压力很大，假如找不出来一个相关的人承担责任的话，肯定没法交代，何况自己这个组织内部还有一个'外来人口'。于是这个策划人决定找人担责，找的人还得是无关紧要的。她看上了一个年纪很小的博物院看守，这个人的名字叫费德明。但是怎么找人承担本来跟他没什么大关系的责任呢？她想了一个方法，就是——自我牺牲，你知道我在说什么。当然，做大事必须要有牺牲精神，她并不介意。只是她没想到的是，就在这个可怜的费德明入狱后，她发现自己怀孕了。"胡凯说到这里停了下来，看了一眼南洋。

我不知道南洋懂不懂得胡凯究竟在说什么，但是我看到他的肩膀在颤抖。他不傻，他知道胡凯讲的故事的女主角究竟是谁。

胡凯继续说："她怀孕的消息很快就传到了牢房里，费德明也知道了，这就成了他最放不下的事情。那女人对他是利用，可他对那个女人是真的有感情。他刑满出狱之后，曾经努力地寻找过那个女人和自己的孩子，可惜一无所获。那个女人就像突然人间蒸发了一般，没人知道她在哪里。费德明带着当时已经成了寡妇的妹妹和妹妹的孩子一起在河对岸过日子，但他从来也没有放弃过寻找，直到有人冲着这件事找上他家的门，并且告诉他，他的老婆孩子在这个人手里。这个人告诉他，假如想要一家团聚，就得帮这个人做事。费德明不是傻子，之前也被人骗过，一次两次不足以成为警告，但是次数多了，他就有了防范心理。他不是不相信这个人说的话，只是交换也得有交换的条件，不能得不偿失。于是他在表示诚心投诚合作后，伺机偷了这个人的秘密。"

"芯片……"我脱口而出。

脑中反复回忆当时那个穿着大西装的费德明拿枪抵着我的脑袋的时候说的那些无奈的话，他说他的老婆、孩子在"他"手里。到现在我终于明白了，这个"他"指的就是艾尔，而老婆、孩子，指的是……廖思甜和南洋。

"其实这个人也没撒谎，当时你们确实都在他手里，只是谁都无法控制事情的发展，比如费德明身份提前暴露，死了；比如那个为了达到自己的目的，从一开始就精心策划，并且不惜杀了一个又一个人的女人，也死在她想到达的目的地之前。"

说到这里的时候，我已经能清楚地看到南洋浑身都在不住地颤抖。不是因为这里的寒气，而是因为他终于彻底搞明白胡凯究竟在说什么。

"这个女人就是南洋你的母亲，你已经见过她了，她的名字叫……廖思甜。"

我听见了南洋的嗓子里发出来的呜咽声，他抱着头蹲下来，把头深深地埋进双臂之中。那一刻，我想我知道了一件事情。廖思甜在见到南洋的第一面时就认出了他，南洋到后来多少是有些感觉的，但并不肯定。我相信，廖思甜在毒雾之中给他药丸，帮助他抵制神经错乱的时候，他一定怀疑过。但他最后从内心否定并且拒绝了那样的猜测，不愿意相信，所以没有回头。

可能往前走，永远是一种自然又惯性的选择，而不相信也是最容易做到的。

但其实，他早就知道了，可是现在也回不了头了，毕竟回了头也并不见得有什么

441

用处。廖思甜是那么疯狂、那么执着于实现目标的一个女人，她能扔下刚出生的南洋不管，跑去做自己想做的事情，就可想而知她并不会为了南洋而放手自己要达成的终极目标。

"带他活着出去。"这是她关于南洋留给我的唯一的话。

而胡凯最终还是把我最不想也不敢让南洋听到的那句话说了出来："她已经死了，被夏娃杀死的。"

第八十三章　被操纵的人生

"啪啪啪——"背后传来一阵冰冷的掌声，是艾尔在鼓掌。

"说得好，廖思甜被夏娃杀了。我没想到结局来得如此完美，都不用弄脏我自己的手。说实话，杀她，我还真不是很乐意，脏。"

南洋缓缓抬头，从地上站起来，旁边的手电筒的光照过来，他的眼睛变得血红。"为什么骗我？为什么？"他拎起枪，枪口冲着艾尔的脑袋。

"我没有骗你，这是一个游戏，南洋。"他对这枪口并不紧张，仿佛很有把握里面绝对不会有子弹对着他飞出来一样。

"你是廖思甜的儿子，如果你那么轻易死了就不好玩了。这不是我的错，你仔细想想，你生父的死，还有你自己，难道不都是被廖思甜逼着走到今天这一步的吗？话说回来，要不是有你亲爹费德明勇敢地偷走芯片，你们也不会轻易发现我的真实身份。可你们不知道，芯片和画都是我故意让他拿走的。哈哈哈，"他大笑起来，"卡尔，我一直在等你查到我，我对你的期待非常高。虽然花的时间比我想象中要长一些，但你还是做到了，很不错。至于这个探险游戏……凯爷，我想我们一直势均力敌，我非常欣赏你这个高智商、高能力的对手，所以怎么都要露点儿底给你是吧。游戏嘛，大家一起玩才好玩。"

他脸上的笑看起来格外扎眼。

"费德明……"南洋瞄了我一眼，我没有勇气把真相说出来。我保持沉默。

"他也死了。"艾尔摸着手里的面具说，"当然，他死得其所，没他，现在你也不会听到这么精彩的故事了。我记得……"他把眼睛眯起来，往前走了两步，靠近南洋对着他的枪口，"他的眼神……总能让我去想象二十五年前，当他还是那么年轻的小男孩的时候，也一定是用这种充满保护性的、坚定的眼神去承认本属于他的罪行。有一点是真的，廖思甜是利用他，可他是真的深爱廖思甜。可他的这种深爱获得的唯一回报就是：一无所获之后的死。这就是帮着廖思甜这种魔鬼掩盖罪行后所得到的报应。他什么都知道，他知道廖思甜当时在干什么勾当，可是他天真啊，他崇拜她啊，他无法抑制自己不高看她一等，居然用自己的青春去帮她，以为这样她就会心怀感激，真是蠢得可怜。他知道有你的时候，一定高兴得连觉都睡不着，以至一出狱，第一件事情就是想把你找出来。哈哈，南洋，他却连你的面都没见到，哈哈哈，就死了！"

"别说了……别说了！"南洋捂住耳朵，拼命摇头。

"不是这样的……不是的,我是孤儿,我没有母亲,我没有父亲。我没有……我没有……我什么都不知道……"他反复念着这些话。

突然,他一抬头,把手枪直接上膛,对准艾尔:"你才是魔鬼!我做了什么,你要这么对我?我是无辜的,你凭什么要算上我一份?!"他晃着枪吼道。

"无辜?你有那种血统,你无辜?血液里的基因是无法更改的,你看看,你多有才华,年纪轻轻就是个博士,你以为你的才华是天上掉下来的吗?是你母亲给你的,不光这些,还有她的残忍和不择手段。你为了达到目的都做过些什么,杀了七楼的猫,吓死了老太太,不过就是想要找到一些线索!在洛伦佐的墓地杀人放火,还有,你最好的朋友,你对他说过一句实话吗?哦,对了,李如风,我不妨告诉你,你们在热那亚被人要得团团转,都是你这个好朋友做的。说实话,他的智商比廖思甜高多了,而且根本不需要我出手指挥,连点子都不用出。西木没法跟他比,那个蠢货只能做做低级的跟踪和现身工作,你没想到吧?"

热那亚?那些设计好的事,都是……都是南洋做的?

不,是这个男人。我瞪着眼前这个一直面带笑容说着丧心病狂的话的男人,这个男人才是魔鬼!

"哈哈哈!"南洋突然发出一阵笑声。

"我血液里面的基因?你设了这么大一个圈套把我套住,是想我最后会逼死自己吗?没问题,不过,你先去死!"

他打算开枪的时候,艾尔并没有要让开的意思。但是一直站在他旁边的那个戴着面具一言不发的人有了动作。

"南洋!"她喊了他一声,确实是女人的声音。

她慢悠悠地走到南洋面前,整个人挡在了艾尔的身前,用轻柔的声音一边说话,一边压着南洋的枪口。

"把枪放下,南洋。"她说。

南洋瞬间就像丢了魂一般,呆滞地放下了枪,并把枪交到了她的手里。

她又说:"把东西给我。"

南洋乖乖地从口袋里面掏出红宝石戒指,交到了她的手里。

"凯爷!这……"小四急了,不明白究竟是什么情况,刚一开口却被胡凯制止了。胡凯伸了伸手,让小四不要出声,他盯着这一切,眼睛都没有眨一下。

"他被催眠了。"胡凯说。

而我,已经和南洋一样失去心智了——那个女人的声音……

"喵——"小贱进来之后一直跟在她身边,这会儿正坐在她脚边,看着我。

"山……山川……"我的声音一半淹没在嗓子眼里面,怎么都发不出声来。

她没有反应,没有转头,连她身边的小贱都没有发出声音。

那女人似乎全然无视我们这群人,拿到红宝石戒指后转身对艾尔说:"不要闹了,

第八十三章 被操纵的人生

你别忘记你答应过我的事情。"

"山川！山川……你是山川对不对？"我终于把这句话完整地说了出来。我听到自己的声音由于不停地发颤而变得难以辨识，几乎就像是一个陌生人在说话。

她摘掉面具，回过头来。

这张脸，我曾经梦到过一万遍都不止。她在无数个夜晚出现，又消失。可现在，她面无表情地看着我，如同看一个陌生人一般，我似乎又瞬间掉入了自己的梦境，找不到逃离的路。

"山川……是你……山川……"我的眼睛模糊了，我看到她的脸上露出了微笑。

不是梦，是真实的。她是真实的山川。七年了，七年来她似乎并没有太大的改变。可是她脸上这种淡然的微笑看起来很陌生。

"山川？你认得我吗？我是……"

"不认识。"她依旧微笑着，说得那么自然，打断了我即将说出口的名字。

"我也不需要认识你。"说完，她不再看我，回头以一种极为深情的眼神望着艾尔，并且双手轻轻地搭在他的腰间，"不要再伤害任何人，拿到你要的东西，我们就走吧。"

我还没从梦里缓过神来，又见到眼前的这一幕，实在不知道做何反应，只能呆滞地瞪大眼睛看着。

艾尔把山川的手从他的腰间抽离，似笑非笑地说："山川，这是你哥哥，你不记得？"

山川连头都不侧过来看我一眼，只是茫然地摇头。

"你早就醒了对不对？"他的声音也很轻柔。

"醒？我不懂你在说什么……"山川的声调没有任何变化。

他轻轻地伸手捋了下她前额的头发。她的侧脸让我想起了我们从孤儿院逃离的那晚，她靠着墙坐在我身边问我："你相信我是魔鬼吗？"那一刻我看着她高挺的鼻梁和长长的睫毛，真的觉得她就是我的妹妹，我的亲妹妹，我在这个世界上唯一的血亲，我记得我是如何回答她的，我说："就算你是，我们也永远在一起。"

我食言了。

"其实从我找到你，带你走的那一刻开始，我就知道，一定会有这么一天的，过去的每一天我都在为今天做心理准备。"艾尔说。

我看了看旁边的汤勺，他的脸色似乎有些发白，他没有看我，而是全神贯注地注视着艾尔，胡凯也是。

"你究竟对我妹妹做了什么？！"我被自己的咆哮声吓到了，但是愤怒已经把我的脑袋点燃了，我根本无法控制自己，山川第一次发疯的场景尤在我面前，我想杀了他！不管他是歌里也好，是艾尔也好，他不过是个杀人放火，带着我妹妹消失七年、控制着她、让她失去理智和记忆的魔鬼！是他让我食言的！

胡凯似乎早就预料到了我的反应，一个箭步跨到我旁边，按住了我已经伸到口袋

445

里的手:"别冲动!冷静点儿。"

"你叫我怎么冷静?!那是我妹妹,七年了!我……我一直以为她已经被火烧死了!你叫我怎么冷静?!"我已经不知道自己在说什么了。

"哈哈哈!"艾尔突然又笑了起来,笑得前仰后合,似乎真遇上了什么好玩的事情。

"说到死了,李如风,我一直因为这件事对你的智商评价不高。当时房子着火的时候,你连你自己妹妹的尸体都分辨不出来,还好意思在这里跟我口口声声说什么你妹妹?尸体是男是女你搞清楚了吗?你的主观意识就像蛀虫一样侵蚀你的大脑,让你变成一个彻头彻尾的白痴。"

我顿时呆住了,对,那具尸体……

慢着!"火是你放的?肖德利是不是也是你杀的?"

山川听到这个名字,转了转头。她听过这个名字,她记得!可她似乎并不愿意听到这个名字。

"你妹妹找你求救,你当没听见,肖德利那个畜生,差点儿就把她给……对,是我杀的,不光杀了他,还顺道解决了和廖思甜一起杀了尼可的那个警察。还记得那具干尸吗?你不觉得他很眼熟吗?你对他毫无记忆吗?那可是你亲手一点点挖土把人家埋进去的,你竟然认不得了!哈哈哈!"

"你说什么?不可能……"

"他们都该死!如果山川那时候真的出了事,所有的事情就不会像现在这样轻松了。因为我第一个要杀的人,一定是你,李如风!"

我后退了好几步,胸口针刺一般的疼痛。

他说肖德利……怎么可能,那个地方那么隐蔽,肖德利怎么会找到呢?那当时门口的那具尸体……

"齐德蒙?那具尸体是齐德蒙?"专案小组到现在,就只有他一个人还没有出现。我埋的尸体和后来出现的那具干尸,其实都是齐德蒙……

"那个傻警察,真以为我会和他合作去找宝藏呢。廖思甜把他踢出他们的小组织,估计也是因为嫌弃他智商太低。确实,这种人只有拖后腿的份。所以我杀了肖德利之后,就告诉他我遇到了麻烦,让他顺道来解决一下。当时正好查到他也是杀尼可的同谋,那就顺道把他也解决掉咯。"

是廖思甜和齐德蒙杀了尼可……

"你为什么要带走山川?"

"我不该带走她吗?只有我才能给她安全。在孤儿院的时候,她被人那样欺负,你做了什么?你也只是看着。"

我也只是看着……这话是什么意思?孤儿院……他做了什么?我顿时像被石化了一般,原来是这样——"是你……是你杀了那个男孩子!照着山川的画杀了他,是你?!"

艾尔笑得非常坦诚,说:"是的,是我杀了他。"

第八十四章 "宝葬"

我的心脏像一团火一般地燃烧了起来,火焰蹿遍了我的全身,点燃了我浑身的神经和骨肉,我现在就想杀了他!

"是你!"我用力地指着他,"她被当成魔鬼捆绑在那样的小黑屋里面,她被折磨,原来是你造成的!你现在居然能若无其事地以拯救者自居,你就是个疯子!"

"疯子?哈哈哈!"他狂笑起来,"如果我是疯子,那么孤儿院的那些所谓的修女,应该都是从"地狱"来的魔鬼吧!教堂派来的神父,孤儿院的修女,他们都是有信仰的人,明知道她并没有被魔鬼附身,还要把她囚禁起来,只是为了解决问题。我不过是解决了一个伤害她的白痴,我不认为我做错了。那些伤害她的人,企图伤害她的人都必须去死。"

"你……"

"她,是我要保护的人。那些人忌妒她的天赋,肖德利垂涎她的美貌,这些人都应该去死。"

"所以你走的时候,放了一把火,预备烧掉整个孤儿院?"我越听越震惊。

"是的。假如你不带她走,我也会带她走。既然她已经离开孤儿院了,那么这个魔鬼窝留着做什么?可惜,它没有被烧掉。可能是尼可在保护着那块地方,毕竟那也是她曾经生活过的地方。"

"你只是为了达到自己的目的!你催眠了山川,让她发疯,你只不过是为了你自己!"

"李如风,你想想你干过的事情。你,利用你所谓的妹妹的天赋,去赚钱!你问过她的意愿吗?你告诉过她这些肮脏的事实吗?你有什么资格在这里跟我说这些?你和孤儿院那些人有什么区别?你只不过是戴着一张亲人的面具做着同样伤害她、摧毁她的事情罢了!对,我是催眠了她,让她发疯,但我让她消失在了你肮脏的世界里,我让她自由了。"

不……不是这样的,山川……我没有想要害山川,那时候所有的事情都是迫于无奈,而且我事先并不知情……不是的,这不是真相……

可是我只能瞪大眼睛死死地盯着山川,看她完全没有反应的侧影,我的血液在凉下去,刚才的愤怒在一点点消失,我再次感受到了这里的寒气。

"李如风，不要再听他说话了！他在催眠你！"汤勺把枪举起来，他的脸色越发苍白，他举着手枪对着艾尔，面部抽搐。

"还有，你以为山川死了，你干了什么？你把她的'尸体'找地方埋了，神不知鬼不觉……呵呵，你就怕自己被拖下水，被警察查，被警察抓，出事之后，你想到的第一件事，就是你自己。这个世界上最没用的情感就是愧疚，而你七年抱着不放，除了愧疚，你又做了什么呢？"

他说得对……我这么自私，有什么理由在这里责怪他，有什么脸在这里面对山川？对，是山川……山川故意让我们发现了肖德利的尸体，她不是想让我查清楚真相，而是想让我看看，我究竟做过什么事。

她恨我？

"想明白了？想明白的话，现在举起你的枪，放到嘴里。"

"闭嘴！"汤勺吼道。

"砰——"是汤勺对着天顶放了一枪。

这一声枪响瞬间让我清醒了不少。清醒过来的时候，我发现自己的右手已经握住了口袋里那把枪的枪柄，而我的手上还有一只手。

是山川，她望着我，用那种熟悉的眼神，和曾经一样。似乎一切都没变，或者一切都只是一场梦。

她回头对着艾尔说："够了，你收手吧。我不希望他死。"

艾尔抿嘴一笑，半低头地望着山川："你果然醒了。其实，我早就知道了。"他又看了我一眼，"包括当时，我留他性命的时候，我就知道，有一天他势必是一个隐患。"

"对，但是我没有离开你。我承认，曾经每次清醒的时候，我都想跑，但我最后都留下来了，所有事情都按照你的要求和方式去做。相信我，没有人是隐患，没有人。我现在只有一个请求，就是打开这个棺材，拿了你的东西，我们离开，不要再继续伤害任何人。"

灯光下，山川乌黑的眼珠闪着光。我看到了她脸上请求的神色。

刚刚的那一枪似乎也把南洋给崩醒了。

他动作飞快地一把抓住山川："东西不能交给他！山川，你看看清楚，他不是爱你，他一直都在利用你！"

一边的伯格、木飞他们都纷纷把枪掏出来，挡到了山川前面。

"好了，事情到这里已经差不多了，余下来的问题，我也没兴趣在这里跟你废话了。戏码结束，我现在给你一条生路，你走吧。我不想在这里杀人，尤其是杀你这样的人，把这里弄脏。"胡凯说。

艾尔笑了起来："我这样的人？什么样的人？"

"为了隐藏自己的身份，不惜牺牲同伴的人。你害死了歌里。"

"你放屁！"从见到他到现在，我还没见过他的情绪这么激动，"我没有害死他！

第八十四章 "宝葬"

害死他的人我已经杀了，我已经为他报仇了！"

"少废话！你走不走？"

"哈哈！我走不走？你们太天真了。"他伸手在空气之中捞了一把，然后握成拳头，"猜猜，我手里是什么？"

"警告你，别玩花样！"小四瞪着他，口气强硬。

他笑了笑，摊开手，在他的拇指和食指之间夹着那枚红宝石戒指。原来，山川早已经把戒指给他了。

"呵呵，魔术？我喜欢。我倒是非常有兴趣知道，你究竟能用什么方法把石棺打开。说这枚戒指是打开宝藏的钥匙，我很好奇里面究竟有什么。"胡凯说。

"呵呵，宝藏？"艾尔笑笑，"对，的确是宝藏。"他的眼睛瞄到了昏迷不醒的何钥匙，"怪不得你们不会开，原来开锁的睡着了……呵呵，没关系，这里面有我要的东西，我开，你看，我取走。怎么样，这个交易做不做？"

"呵呵，你跟我谈交易，我怎么听不到我的利益呢？"

"即将发生的事情，就是你的利益。我答应你，绝不破坏你的权益。"

胡凯示意木飞他们把枪收起来，退到石棺周围。但是没人放下枪。

我始终不相信，做了这么多事情的艾尔，会如此简单地收场。听他的口吻，他应该是不会放过南洋的。

毕竟，南洋是廖思甜的儿子，而廖思甜是杀了他母亲尼可的人。

对于石棺，刚刚他们研究了半天也没有找到突破口。我不知道艾尔打算用什么方法把它打开。

对了，那幅画。

我突然记起来，在那幅《西蒙内塔·韦斯普奇》戴着戒指的原件图中，那枚红宝石戒指里的图像好像就是一口打开的石棺。难道，这枚戒指真的是钥匙？

可是我已经没有太多心力去关心这件事了，毕竟我没有带着任何关于寻宝的目的来到这里。山川现在在离我很近的地方，我想一把抓住她，直接把她带走。这个念头几乎将要成形的时候，汤勺似乎看出了我的心思，直接拉住我的手臂，小声凑过来对我说："没有找到这里的出口，可能不开石棺是不会有出口的。你先等下，不要轻举妄动。不知道他有没有设计什么陷阱，千万不要中计。"

怪不得，胡凯要让他开棺……

汤勺说完这话就是一阵猛烈的咳嗽，我听声音有点儿不对，问他要不要紧，他摇摇头，不再说话，只是喘着粗气。

什么宝藏、红宝石戒指，这些东西其实跟我也没多大关系，何钥匙还昏迷着，汤勺状况也不太好，还有山川，我不知道她现在究竟处于一个怎样的状态，我只想带她离开。或许从这个地方走出去，离开这个男人，一切还能回到过去那样。

活着离开这里，一切恢复正常。至于那些恩怨、过去，还有所谓的秘密，我已经不关心了。

但是有时候，越是想得简单，期盼得简单，越是得不到想象中的这种简单。

艾尔果然知道怎么打开石棺。在石棺上方的图案之中，有一块椭圆形的红色大理石，藏在一条飞鱼的脊椎部位。他轻轻一抠，就把那块大理石给抠了下来，里面露出来一根凸出的、十字形状的金属头，而刚被抠下来的那块椭圆相当于一个盖帽。他又将红宝石从戒托上面取了下来。

我不知道他究竟是怎么发现这个秘密的，那枚红宝石的下面竟然有个恰好适合那个金属头插入的凹槽。确实，红宝石就是钥匙。

他将红宝石完全扣上后，我们听到了十分清晰的"咔嗒"一声，是从石棺内部发出来的声音，石棺被打开了。可艾尔似乎并不着急开棺，他往后退了三步。

胡凯立刻警惕地叫伯格他们都离石棺远一些，有了此前何钥匙的遭遇，大家都有了防备，就怕石棺里还有什么类似于断魂锁的致命机关。

"你可别要诈，要诈可就没意思了。"胡凯半开玩笑地说。

艾尔只抿嘴微笑，并不出声。他说了两个字，没有发出声音，但是我看懂了他的口型。他说："再见。"

我心里一震，反应过来的时候却已经晚了。

紧随其后的是一声巨响，这周围甚至是整个空间，瞬间被烟雾笼罩。我感到一阵心悸，知道不好，伸手去摸身边的时候，却已经空空一片——山川不见了。

"山川！"我大叫一声，没有回应。糟糕，山川一定是被他带走了！

烟雾还未彻底散去的时候，小四已经叫了起来："凯爷，他不见了！南洋也不见了！还有那只黑猫，也不见了！"

"大家小心！可能有诈！"胡凯喊了一声。

搜索一圈之后，四处都已经不见了艾尔、南洋和山川的身影，可是这里也没有什么被打开的通道可以让人离开。

白求恩老头捂着鼻子说："这棺材怎么自己打开了？"

我们一看，果然，石棺打开了。

"大伯……你可别吓人啊，我们没有测量分子的仪器了，分辨不出是不是有鬼魂……"小四被胡凯一瞪，顿时不敢再多说废话了。

"怕什么。"胡凯说着，自己便先凑到石棺旁边查看。

"凯爷，里面这具尸体是……？"

"朱利阿诺。"汤勺说。

"怎么可能？之前不是说已经在圣洛伦佐的墓地石棺中找到了朱利阿诺的遗骸吗？上面还有劈头而下的伤痕，斗篷上还有干涸的血迹，怎么他的骸骨还会出现在这里呢？"小四问。

"你见过那具尸体吗？他们说什么你都信，那毕竟是政府挖掘的，能跟你说实

第八十四章 "宝葬"

话吗？"白求恩指着棺材里说，"你们看，棺材里面贴着头骨的部分还有标注：朱利阿诺·美第奇，于1478年4月26日，于此去往天堂之路。"

"这是什么？"小四拿出来一本羊皮纸的小册子，翻了几页，"好像是棺材的制作图。"

汤勺皱了下眉头，把册子从小四手中接了过来。

就在汤勺翻阅那本册子的时候，白求恩老头已经在检查那具尸体了。"确实是朱利阿诺。如果按照历史上写的，你看他的头盖骨上面有被剑劈下来所造成的骨裂，而且不止一处。你们看，这里、这里、这里都是，很明显杀手下手比较重，而且全部在要害上，剑剑致命。不过，咦，这里的这个伤口怎么回事？好像是很旧的伤口……"白求恩老头注意到了他左腿上的伤。

"历史上说过他在竞技的时候伤过腿。"胡凯说。

"不是，这个伤是永久性的，好不了。你看这地方，明显骨头已经坏死，可能是有骨癌都不一定。"

"可是所谓的宝藏在哪里？"我问。

石棺里面其实很清楚，也没有那件所谓的出事当天的斗篷，只有朱利阿诺的遗骸和他的一柄佩剑。难道这就是所谓的宝藏？

"这里有一卷羊皮纸。"

木飞从朱利阿诺的头骨下方抽出来一卷羊皮纸，那捆绑羊皮纸的细绳在被他拿出来的瞬间就崩断了，羊皮纸散开来。

这就是传说当中的第三张羊皮纸？

他刚想打开的时候，汤勺突然在旁边说了一句："我们必须赶紧离开这里。"

我刚想问为什么，还没开口，只见汤勺吐出来一口血。

我吓了一跳，可他冲我摆摆手说没事。

白求恩老头只在他的背上摸了两把，眉头一皱："你就快废了，你是怎么坚持到这里的？应该早死在半路上了！"然后转过来冲着我吼道，"多久了？"

我愣了愣，一个字都说不出来。

"之前我们走散的时候，他为了救我，被大石块砸伤了后背。"胡凯回答说。

"他这岂是后背的问题！"

这时，石棺处传来一声响动。

"什么声音？"他们都把枪掏了出来。

"快离开这里！再不走就来不及了！"汤勺吃力地说，声音小得我几乎听不见他说了什么。

我从他的手里拿过那本册子，翻开来一看，的确是这口石棺的制造过程，从选材到拼合，最后……到开启。

"我们得赶紧离开。"我说。

451

"怎么了？"胡凯问这句话的时候，棺材里面又传来一阵响动，似乎是有什么在相互摩擦。

"唯一的出口在关闭！我们赶快出去！否则的话没有退路，我们只能全都被困在这里等死！"

小四二话没说背起何钥匙，我背起汤勺——"在石棺下面！那边是出口！"

那本册子的最后一页上面，有圆珠笔写下来的现代意大利语：

"游戏开始，游戏结束。美第奇的'宝葬'，也是我的'宝葬'。祝你们享受愉快。"署名：艾尔。

这是那个家伙跟我们玩的最后一个游戏，他大概从一开始就没打算让我们活着出去。册子是他放进石棺里的，他早就知道石棺的秘密。我不知道他究竟从哪里得来的这本册子，但很明显，这本册子一定是早就落入他手里了。他一直在等这一天，等我们都齐聚到这里的时候跟我们结束他开始的这场游戏。

他是什么？疯子？天才？

他是魔鬼。

我们一定要活着出去！

何钥匙那把被山川拿走的钥匙，山川，南洋，我一定都得活着去找回来。

我一直不知道我要什么，我只能确定，我不想失去什么。

第八十五章　游戏结束

"究竟在什么地方？！该死！"白求恩老头愤怒地捶了一下石棺的边缘。

声音是从石棺的下面传出来的，从刚开始断断续续，到现在持续不断。册子上并没有标注出口的具体位置，只能看到石棺底下连着一道门。

"那个人是怎么出去的？一定有办法。"胡凯还是很淡定。

"没时间了！"我刚说完，余光突然就瞄到了一处很奇怪的地方。

在朱利阿诺的头骨紧贴着的石棺壁上的那排字，其中表示"天堂"的单词，拉丁文应该是"paradisus"，可是这里居然少了一个字母"d"。

我伸手过去，摸了一下那个单词，并没异样。第六感驱使，我又用了一些力气，在单词上抹了一把。突然之间——"咔啦"一声，石棺有了变化。我先是看到那个消失的字母"d"回到了单词之中，下一秒，遗骸用一种诡异的姿势，被石棺里面冒出来的一个支架撑了起来，把我们都吓了一跳。

"这……怎么回事？"老头本来还趴在石棺壁上，被骸骨坐起来的这一幕吓退了好几步。估计老头就算以前是做法医的，也没见过有尸体突然自己坐起来的场景。

紧接着，石棺整个开始往左移动，地面上渐渐露出来一个口子，开口处连接了向下的石阶，黑洞洞的。

"原来在这里。"胡凯看着黑洞洞的入口说。

这就是通往出口的第一道门。可是下面的声音还没有停止，依旧是那种石块互相摩擦发出来的声音。

"我们得加快速度，估计底下的门还在关闭。"伯格说着，替我把汤勺背了起来，对我说，"我速度快，你跟在凯爷后面下去，"又对小四说，"小四背着何钥匙先走，木飞断后。"

汤勺这个时候已经完全晕过去了，老头说他没法保证汤勺能活着看到外面的晴天。我希望老头只是一如既往地喜欢夸大其词，但看了看汤勺脸色惨白、嘴角还挂着血迹的模样，我一句话也说不出来。

这个时候我只能往前走。但是我心里有一种信念，我们经历过这么多磨难，我自己也在死亡边缘擦身而过好几次，最后还是活下来了。汤勺是一个特别的人，我相信他不会这么轻易死的。这里并不像是能终结他生命的地方。

下面的空间狭窄又低矮，我们单独走都很吃力，更别说小四和伯格身上还分别背了两个不省人事的人。

但是我们一路都不得不小跑着前进，原本以为只有一扇门，结果发现这一路几乎每走一百米就有一扇即将要关闭的移动石门。

看来，对于最后打开石棺的人，洛伦佐是想彻底把他留在这里做伴。我甚至开始怀疑，传说中的美第奇家族的宝藏，是不是真的与艾尔的理念不谋而合，是所谓的"宝葬"？这么多重精妙安排和设计的机关，无非是想取陌生闯入者的性命。

每个探索者，心怀各种目的地到了这座宫殿之中，有些人死在开始，有些人通过了重重的关卡，来到了最后解开谜团的地方，当谜底被揭晓的时候，谁也不能出去。来到这里的生命和灵魂都将伴随美第奇家族的秘密，沉睡在这座宫殿陵墓之中。

这或许就是他们建造这里的另一番意图。

前面的门留出的空间越来越小，而这样的阻碍还有多少，我们无从知晓，只能一路不停歇地大步往前奔。

直到我们到达一扇宽度只能供一人经过的门，又出现了新的波折。

小四背着何钥匙走在最前面，他刚准备过去，木飞突然从后面冲过来，拦住了他。

"怎么了？"小四问。

"我隐约觉得有点儿不对，太顺了。从这里开始，我先走吧，我和伯格说好了，他背着陈唐在最后。"小四没有多想就答应了，我们谁也没有多想。

我后来再反复回想起来这一段的时候，总觉得有些发麻，是造化还是预知，我们谁也不知道。

木飞刚走过那扇门，我们就突然听见了"砰"一声，接着是有人倒地的声音。所有人都被这突如其来的声响吓了一跳。

是枪声。

走在后面的小四立刻停下来，胡凯一步跨到了他的前面，靠着石门站着，几秒后抬头，对我们做了一个噤声的动作。

是不是艾尔留在这里伏击？他难道不怕自己跟我们一样出不去吗？

答案很快揭晓了。

胡凯用手电筒照过去的时候，先是看到了地上的人和一摊血，是木飞，血是从脑袋里冒出来的，人一动不动，应该已经死了。接着，我们看到一张呆愣的脸，对着我们的方向站着，手里握着枪，平举在胸口，这是随时准备开火的动作——是南洋。刚刚感受到晃动的光束，他差点儿又开枪。

我有点儿没搞清楚情况，刚想走出去，就被胡凯使劲儿拉了回来。

"你想死吗？没看清楚情况？"他冷冷地说。他拿出枪，从侧面对准南洋的脑袋。

"你要干什么？！你要杀了他？！"

他甩开我的胳膊，小声说："他已经被催眠了，你难道没有看出来？"

第八十五章　游戏结束

"催眠……那，你放一声空枪，之前也是，他可以醒过来！"

胡凯瞟了我一眼，"咔嗒"一声给枪上了膛。

我看情况不妙，一手拉住胡凯的胳膊，一手挡住了他的枪口："凯爷，别杀他……"

胡凯瞪了我一眼："让开。"他说，"你不要做梦了，木飞已经死了！你看清楚，尸体就在地上躺着呢！他刚刚自己开了那一枪，也没有醒过来。艾尔把他摆在这里的目的很明显，要不就是他弄死我们，要不就是我们杀了他。"

"不，那……那我们可以避开他，绕过去，可以不被他射中。"

"你看他站的位置，怎么可能？！只要谁走出去，就只能处于被动的状态让他盯着打。除非有谁做肉盾过去填他的枪眼，牺牲自己，那或许可以保住他的性命。"

我心里很清楚，怎么都没用。他说得很对，木飞已经先行牺牲自己，给我们做了一个血淋淋的示范，无论怎样，都没法避开南洋的射击。

胡凯挑着眉毛语气上扬地问了我一句："你愿意去做那个肉盾？"

我放开胡凯的胳膊，胡凯是不会放过南洋的。他问我愿不愿意，是啊，我愿不愿意？即便我现在过去堵上他的枪眼，他大概还是会被胡凯杀死。

就在我想着这一切的时候，我听见了枪响。石门剩下来的缝隙又小了一些。

"啪嗒"，是谁倒下来的声音。

我的耳朵开始耳鸣，我持续听到"刺刺啦啦"的长音。

"你愿意？"胡凯的这个问题反复在我的耳边回荡。

石门另一边似乎特别黑，我们的手电筒的光始终冲不破这样的黑暗。我只能在黑暗中看到地上的那具尸体，他和木飞姿势一样地趴在地上，脑袋上的窟窿正在往外冒血。白求恩老头走过他身边的时候，用手电筒晃了一下他。血在他的脑袋周边铺散开来，没有形状。

老头摇了摇头，看了看我，叹了口气。"早知道这样，当初还不如不要救他。"老头说。

或许是，或许不是。知道了真相，最后到这里止步，对于南洋来说，会不会也算是一种解脱？

我从他身边走过去的时候，我听见他喊我。

"小剑。"那声音持续不断，跟我的耳鸣声混在一起。

生命太轻。原来死亡就在眼前，它看起来是那么的触手可及。可是我最初的时候，却什么都没有预料到。

我没有想到，南洋作为关卡的门，竟然是最后一道。果然如同胡凯说的那样，艾尔把他安置在最后，势必不想放过他。从头到尾，艾尔就没打算留他活口。

移开挡在出口处的大石块，外面的光束一下子就倾泻了进来。

这里就是出口了。

小四放下何钥匙，精疲力尽地探头出去看了一眼，又把头缩回来，表情惊讶地说：

"凯爷，这是您的别墅后院。"

胡凯瞄了一眼有些刺眼的白光："我知道，我猜到了。一路上坡，地下那宫殿一定是延伸到了半山腰的。我见到地下那幅画的时候，就猜想会不会和别墅连接。果然是这样。"

他摸了摸身上的背包，背包是从木飞尸体旁边捡起来的，里面装着木飞之前和伯格拼死带出来的胡凯的爷爷和父亲的骸骨。

"凯爷，他会一直保护您的。"伯格说。

伯格说的"他"，指的是木飞吗？

我忍不住看了一眼身后，那么南洋呢，这最后的结局是不是也早就存在于他的意识中了？他从决定投身于这些所谓的答案和找寻的时候，有没有想过最后的结局会是这样？在最后这些令他失望的答案中，他是不是获得了解脱？

克里的电子设备被老头带了出来，它从克里的手中到木飞的手中，现在到了老头的手中，老头看到信号恢复有点儿高兴，这个先进的玩意儿对于他来说是新鲜的，他顶着光眯着眼睛率先走了出去。

"走吧。"胡凯说。

白求恩老头回头看了一眼昏迷的汤勺与何钥匙："走吧，回医院。"

现在是早上七点五十。晴天，阳光照在我的额头上。周围的高草及腰地茂盛。这一切都是真实的，又显得极为不真实。我也不知道我们究竟处于胡凯那个后花园的什么地方，好像是一个空中花园的下面，我们出来的地方是个喷泉，有点儿像低配的岩洞喷泉，做得很简陋，好像生怕别人不知道这是个出口。原来出口就在这么近在咫尺的地方，我们绕了一大圈又回来了。

可是在这一圈里，我们失去了多少人？我不愿意去回想了。现在阳光照在我的额头上，风吹开了我额前湿乎乎的头发，我真实地感觉自己还活着。

"喵——"突然我听见一声猫叫。

"哎？这只猫怎么在这里？"我惊讶地看了看站在前面的胡凯。我记得这只猫，是我们在波波利花园的蓬塔兰迪岩洞里见到的那只橘猫，胖胖的，神态慵懒，它还告诉过小贱如何打开入口。这只神奇的猫怎么会出现在这里？

我蹲下去，刚想抱它，它却一溜烟跑了。

胡凯看着我笑着说："猫是有灵性的。"说完，他就往前走了，似乎毫不介意这只曾经有过一面之缘并帮助过我们的不速之客在他的大别墅里瞎逛。

行吧，我也往前走了。无论如何，游戏结束了。

第八十六章　历史玩笑

何钥匙和汤勺在老头的医院里一躺就是一个月左右的时间。

何钥匙在一个月后顺利地醒了过来，而汤勺虽然完成了所有的手术，却因为伤得太重，依然昏迷。关于他能醒过来的时间，老头用了一句电视剧里常有的台词打发我："或许明天，或许一年，或许一辈子就这样了。毕竟脑神经也有创伤，当时没死，已经算他命大了，现在就等着吧。"说完他就没再回答我任何问题，仿佛躺着的根本不是他的亲侄子。

我有一次在医院的走廊上看到了汤勺的母亲。那是一个非常美丽的中国女人，和汤勺有那么几分神似，她当时正和白求恩老头站在汤勺的病房门口谈话，远远地瞥了我一眼。另外我也不知道为什么自己选择的不是大大方方迎上去打个招呼，而是出于一种类似小孩子因为闯了祸而倍感紧张的情绪，居然直接转身躲进了楼梯间，隔着门上的四方窗，一直等看到那个女人走了之后才鬼鬼祟祟地出来。结果被白求恩老头逮了个正着，他用一种同情的眼神看我："不习惯看到家人的感觉吧……"说完转身就走了，留我自己在那里发了半天愣。

家人……

是啊，家人。

其实后来我仔细想了想，关于白求恩老头对汤勺状况的推测，我并不是不放在心上，只是我认为那是不可能的，因为汤勺无论怎样都会醒过来。他还有没交代清楚的事，他一个人跑去威尼斯和热那亚查到的真相，我还没有完全了解，我不是好奇，是作为参与到这里面、一起受到迫害的一分子，我觉得必须得知道事情的真相。告诉我是他的义务，所以，他毫无选择地必须要醒过来。

何钥匙出院后，我把那把备用钥匙好好地交还到他手里，本以为他会感性地道谢，结果他不谢谢我就算了，还一直追问我那把主钥匙和小贱的问题，我却一个都答不上来。我不知道揣着他家宝贝的山川在哪里，不知道钥匙的下落，当然我也不知道小贱在哪里。

不过胡凯一语就道破了一件事，那就是：小贱的确是山川养的猫。

后来我对整件事情做了一个系统的推测和分析，当然，那是在胡凯找我之后。

胡凯找我时我正在何钥匙的铺子里面，他似乎对医院很排斥。何钥匙和汤勺进了老头的私人医院以后，他先后派小四、伯格还有一干人等分别前来表示过慰问，还带了不少东西，甚至带了不少好东西给老头，结果被老头骂得狗血淋头："那是我自己的亲侄子，用得着你们来贿赂我吗？！"

而胡凯自己是一次都没有去过医院的。他只会三天两头打电话给我问一下情况，三两句话就把电话挂断了。我们已经很久没见面了。从地下宫殿里朱利阿诺的棺材中带出来的小册子和羊皮纸都在他那儿，我对那些东西也没什么兴趣。说实在的，如果可以的话，我并不想再去回忆下面发生的一切，也不想再看到与之有关的任何东西，所以所有物件和剩余的秘密都归胡凯所有，是最好不过的事情。

但是胡凯偏偏还是不让我安生。

年底，他给我打了电话，约我见面。当时我正在何钥匙的门面铺子里研究他玻璃柜里面那些奇异的锁扣。

"你在哪里？"

"何家锁匠铺子里。"

电话里传出来他的笑声："他的祖传秘籍给你研究了吗，关于地下美第奇宫殿的全锁打造那本？"

"没有。"

"那说明，你对他来说没有小四重要。"这话听得我一脸黑线，"待会儿见。"他说完这句，就把电话挂了。

何钥匙给我泡了不知道从哪里讨来的昂贵的大红袍："谁给你打电话？"

"胡凯。"我喝了一口，被杯沿烫到了嘴，上颚直接掉了一层皮。我虽然卖古董，但是不懂茶，以前只喝咖啡，虽然也不怎么懂咖啡。

"可别让胡凯来我这里。"何钥匙瞪大了眼睛表情夸张地瞅着我说，"上次，他让小四来骗走了我祖传的册子，那可是我家的秘密，现在都流出去了！以后我死了都没法下去跟祖宗们交代。啊！呸呸呸！"他连呸三声，猛喝了一口还冒着热气的茶，以洗清刚刚不小心说的话。

"啊呸！烫死我了！我可没这么早死！死前我肯定有办法交代过去！"他愤愤然地说道。

这茶还没冷下来，胡凯就到了。

何钥匙气急败坏地去锁他的秘密储藏室，还把铺子里所谓的那些特别值钱、特别有历史价值的锁扣全部都锁了起来。

看到胡凯，何钥匙瞄了一眼他身后，发现他独自一人，什么人都没带，起码是没带进铺子里来，便勉为其难地叫了一声"凯爷"。

"何钥匙，你这四合院里面的植物也得换换了。冬天了，你不觉得没点儿常青植物点缀，你这硬邦邦的四合院子显得特别冷吗？色调又灰，枝杈全都光秃秃的，看得人感觉不到半点儿暖气。"

第八十六章 历史玩笑

"怎么没暖气？我虽然是四合院子，但是按照欧洲标准该装的暖气设施都装了。要知道在中国的话，我老家的冬天跟这里的潮湿程度差不多，都没暖气，我也很习惯。哪里像欧洲人，娇生惯养，非要我交昂贵的税装这个装那个，真是不可理喻！"

胡凯听得"哈哈"大笑，也不再同他辩驳什么歪理。

"知道我为什么找你吗？"胡凯问我。

"不知道，但愿不是为了我不想知道的事情。"我说。

"当然是你感兴趣的事，你猜猜。"

我想都没想就摇头。对于这种需要用到头脑去思考的问题，我已经完全没有兴趣了。

"好吧，第一，是关于汤勺第二次去威尼斯和热那亚查到的东西。"

我听到这话心一提，本想打断胡凯，我一直认为这是汤勺醒过来之后要跟我解释的事情。我们明明一起经历的事，他查到了真相，在完全没有利益冲突的情况下，他凭什么不跟我解释清楚呢？可现在胡凯要抢在他前面来告诉我……

但是我没有阻止胡凯，我让他说了下去。

他说，汤勺当时先去的是威尼斯的外岛。当然，这不是汤勺告诉他的，而是他自己派人查的，所以很多事也是这次彻底查了之后他才了解清楚。

汤勺当时想到去查艾尔的身份，是对我们在孤儿院里得知的 C 字胎记图案产生了怀疑。那应该是尼可刻意烫上去的，汤勺曾经在歌里的手臂上见过那个图案。这件事被证实，是因为汤勺在威尼斯外岛一个十分偏僻的地方找到了歌里的父母。但是不知道什么原因，他们拒绝透露任何相关信息。后来，汤勺在前院搭起来的一个小房子里面看到了他们儿子的遗像，当然写的是斯特奇·歌里，而不是艾尔。死亡时间和艾尔的死亡证明时间一模一样。所以汤勺这才肯定，艾尔和歌里的身份调换了。死的是歌里，而活下来的是艾尔。

于是汤勺顺着这条线查到了热那亚，并顺藤摸瓜，查到了 2007 年 3 月 2 日军演爆炸的真相。

艾尔和歌里的身份调换，应该并不是刻意所为，而是从一开始进入海军部核查身份的时候，两个人的身份登记就被搞错了，所以连带所有的资料档案全部都发生了错误。但不知道为什么，或许他们俩达成了某种协议，没有将身份更改过来，从此以后，艾尔变成了歌里，歌里变成了艾尔。

一开始可能只是一个调换身份的有趣游戏，至少对于歌里来说是这样的。而艾尔当时已经在着手成立他的秘密组织，谋划自己的事情，或许以歌里的身份存在，对于他来说是好事。这也是我一直怀疑他是因为一己私欲杀害歌里的原因。

但事实上，那件爆炸案他幸免于难纯属巧合，或许也不能说是巧合，是计划好的恰巧发生的幸免于难。

那天的军演是一个幌子，实则是为了追击大鹰和他的碰头人。

其实整件事都是一个幌子。

大鹰，作为海上缉私队一直死咬不放却迟迟难以抓到把柄的走私大鳄，海军内部一定有他安排的人。其实海军总部和海岸缉私队一直都很清楚这一点。但是这个人怎么都查不出来，为什么呢？因为和大鹰做交易的人，第一位正是当时的海军副总长，也是提出3月2日军演的长官起霍，第二位是当时的海上缉私队司令梅德。

到了2006年年末，大鹰的一些行动开始留下可以被追查到的痕迹。大鹰可是他们两个人的摇钱树，这棵大树要是倒了，光靠军部那些工资和补贴还不够交他们在美国南部海岸买的别墅的税钱。于是他们想了一个计策，第一利用军演和缉私行动给自己打幌子，作为交易的天然保护屏障；第二清除大鹰在惯用的走私线路上留下来的痕迹；第三，也是最重要的，神不知鬼不觉地除掉他们赚钱道路上的绊脚石，也就是当时海军司令部的总长官——接受配合假装军演和联合行动的提议、签署所有批文、最后一个人承担责任的思科日。就是这个人一直盯着大鹰不放，而且一直挡在起霍前面。

原本他们俩也不想牺牲这么多条人命，但是思科日不知道为了什么，在最后关键时刻想要对整组行动做出临时调整。那样势必会影响他们的计划，于是他们俩一不做二不休，在船上放了炸弹。

而艾尔和歌里应该是在此之前就已经对军部里面有高层与大鹰里应外合的事情起了怀疑，但他们当时怀疑的对象不对，他们怀疑的是思科日。可惜在这件事情上很难搜集到有力的证据证实他们的怀疑。所以艾尔才在军演当天故意以急性阑尾炎为借口，没有上船，为的就是在大家注意力都不会集中在军部的时候，溜进司令部去查找一些证据。但是谁都没有想到军舰居然爆炸了，船上所有的人一瞬间都被烧死了。

更想不到的是，那天二部派来的一名小兵，由于接受了上级的命令，对迟迟不出现的海上缉私队和军演二部进行近海域巡视。所以爆炸发生的时候，他幸免于难，和没有上船的艾尔成了三十七人之中唯独活下来的两个人。

这个小兵就是菲尔，后来的名字叫卡丘。卡丘撞见了本该在医院里的艾尔鬼鬼祟祟地溜进司令部，所以一直怀疑这件爆炸案是他做的。而艾尔那天溜进司令部其实并没有什么收获，他是因为后来的一件事才开始怀疑起霍。

活下来的卡丘是罗佩特的弟弟，而罗佩特一直都怀疑起霍，起霍也知道这一点，所以当他看到活下来的人里竟然有卡丘的时候，就一直提心吊胆。当他得知卡丘和艾尔要在一部宿舍约见的时候，便再一次起了杀心。当然，他不是要杀当时以歌里的身份存在的艾尔，念及歌里父亲的等级原因，杀了艾尔多半会给自己惹上麻烦，但是对于卡丘这个可能知道了一些真相的小兵，他还是可以下手的。为了不引起怀疑，他也花了大手笔去杀卡丘。他直接在一部宿舍装了炸弹，找了个借口绊住了艾尔，当晚一部宿舍爆炸了。可他没想到的是，卡丘竟然没死。

艾尔就是从那个时候开始对起霍产生怀疑。

起霍也知道，这样的连环套行为势必会把自己牵扯进去，于是就把艾尔调走了。

第八十六章　历史玩笑

但是艾尔这些年一直没有放弃追查这件事。我们查到卡丘之前，他也才查到卡丘。就是因为我们的查证，卡丘身份暴露，起霍终究还是追查到了他的踪迹，并且派人杀了他。

而当时已经晋升为海军总司令的起霍和已经成为海关总署司长的梅德没有想到，螳螂捕蝉黄雀在后，在艾尔如同玩游戏一般设计的圈套之中，他们一点儿意外都没有地被炸死了。

"想来艾尔应该是故意这么设计的，当年他们炸死了三十五个人，现在让他们以同样的方式偿还。"胡凯结束了他的叙述，看了看我，又说，"可能一个罪犯当过军人，做过警察，也会稍微地改变一些他的属性吧。"

我摇了摇头，说："不，我猜想，让他一直紧咬不放，势必要报仇的应该是歌里的死。一个母亲被人杀死、从小在仇恨里长大的孤儿，内心再阴暗，也会在一个亲近的朋友身上找到亲情。"我想，我和山川、南洋不也是这样吗，"歌里的父母不愿意说出真相，大概也是这些年把当年那个一直跟自己的儿子一起玩的朋友当成了自己的儿子吧。"

胡凯依然坐着，没有要站起来离开的意思。

何钥匙见他说了半天，依旧坐得气定神闲的，便把头探出来，换了一轮茶。

胡凯毫不客气地给自己倒上，像喝老酒似的嘬了一口："不错的大红袍啊，小四给你的吧？"

何钥匙翻了一个白眼："骗我东西，作为代价，这破茶不该长期供应吗？"

胡凯笑得两眼眯了起来。

"说吧，你好像还有什么事情。"我说。

"确实有。"他从外套口袋里取出那张我们从朱利阿诺的棺材里面获得的羊皮纸，递给我，"你不想知道关于美第奇家族宝藏的答案吗？"

我摇摇头，拒绝了他递过来的羊皮纸："说实话，我一直没有这份好奇心。"

胡凯却又继续自说自话，把羊皮纸展开来。"还记得你和陈唐在我的别墅地下密室所见到的挂在墙壁上的画吗？我到现在才明白那些画的意思。"胡凯看着羊皮纸，似乎在自言自语。

我又忍不住接了他的话："就是你祖先胡成飞画的那些画？"

他点头。

"是什么意思？"

他突然抬头笑了笑，一边再次把羊皮纸递给我，一边说："怕是要改写历史了。"

我没有再拒绝，他非常成功地把我的好奇心吊了起来。我确实很想知道，那所谓的第三张羊皮纸上究竟有什么恢宏的图案足够用来改写历史。

羊皮纸飘出一股陈旧的霉味，我总觉得那是从古老的尸骨上沾染到的气味。

羊皮纸上的字体是古老的宫廷花体，语言也是古老的意大利语：

亲爱的洛伦佐，看到这封信的时候，我希望能得到你的原谅。

我必须要承认，我曾经从内心深处责怪过你。但那不代表我不爱你，我的哥哥。

我的腿得了一种无法治疗的疾病，我的医生已经告诉我，截肢才能防止坏的血液扩散到全身，不让我最后失去性命。如果你知道这个事实，你一定能理解我的心情，但是我知道，身为哥哥，你一定会选择能保住我性命的方式。所以请你原谅我的自私，我不想下半生坐在残障椅中度过，而只能看着别人去玩那些我热衷的竞技和运动。相比起来，我更愿意就这么在年轻的时候死去。在年纪正好的时候，先走一步，去天堂与我的西蒙内塔做伴。我知道你对于这点一定不乐意，但没办法，你不能像我一样潇洒，你还有整个家族和佛罗伦萨需要肩负。但是作为美第奇的族人，作为你的弟弟，我必须在活着的时候为你完成最重要的事，解决最大的麻烦。

其实有一件事我早就已经有了眉目：关于帕奇。我想，这件事你可能还没有眉目，毕竟他们把消息封锁得很好，而且就合作参与者的力量来说，我们可能并不占优势。但这世界上有阴谋就会有漏风的墙，我派出去追查的人得到了可靠的情报，他们即将要动手了，时间和地点我也已经知道了。我本想告诉你，后来我想到了一个更好的方案，硬碰硬我们没有胜算，也可能会搭上我们和更多人的性命。我不想佛罗伦萨血流成河，也不想美第奇家族因此垮台，那样就真的如了这些小人的愿。所以这件事我不得不事先瞒住你，关于我的解决方案，我现在也无法让你知晓。而这封信我不得不等到他们动手之后再让你看到。

请相信，我的办法和对这件事情的处理，对于你的政治、整个美第奇家族和佛罗伦萨的稳固，会更好。而你，我坚信，美第奇家族和佛罗伦萨只有在你的带领之下，才能走在最好的道路之上。

你，永远是我最亲爱的洛伦佐。我，将永远都与你并肩作战。请你相信，不管在任何地方，任何时间。

祝你，新年愉快。

——你的，朱利阿诺

时间落款：1478年3月25日。佛罗伦萨新年。

文字结束。

原来，这才是美第奇家族和洛伦佐要守护的宝藏。

原来，是这个延续了五百多年的秘密。

我忽然解开了心里的所有疑惑，胡凯别墅地下室里墙壁上的画至今依旧清晰地印刻在我的脑中。

"所以说，你的祖先胡成飞画下那些画，是为了告诉世人真相，却又无法直接将真相曝光出来，所以才将画和一部分宫殿的设计一起记载在了美第奇的别墅里？"

胡凯笑着说："记得第一幅画吗？我曾经和很多人一样，以为洛伦佐因为忌妒杀了西蒙内塔，后来为了政治前途，牺牲了自己的亲弟弟。在看到第一幅画里头戴皇冠的人物时，我几乎确信是这样。虽然真相对于我们来说已经没什么重要性了，但是我起码知道了先祖的用意。他知道所有事，却什么都不能说，又无法忍受世人对洛伦佐的诬陷，所以就把真相画在了不为人知的地方，等上几百年，终归会被人看到的。"

是啊，终归会有人看到的。我们不就在几百年之后，看到了他们家族守护的这个秘密吗？

关于1478年4月26日的"帕奇阴谋"惨案，真相是：朱利阿诺早就得知了帕奇的阴谋，知道里面汇集了包括教皇西斯都四世的势力，为了保护美第奇家族，保护他最敬重的哥哥洛伦佐，他决定牺牲自己，换来佛罗伦萨百姓的同仇敌忾，让哥哥洛伦佐以正当报仇的名义铲除敌人。洛伦佐没有辜负他弟弟的牺牲，以果敢、坚韧、智慧的方式，让教皇低了头，停止了对美第奇家族的打压。

洛伦佐为美第奇家族和佛罗伦萨创造了一个绝对的神话，无论过去多少世纪，人们都会感叹在洛伦佐当政时期佛罗伦萨迎来的辉煌，那时它是整个欧洲的经济、政治、文化中心，那时的佛罗伦萨充满了自由辉煌的人文主义气息。

现在我们再去回想当时这整件事背后的历史，怎么想来都充满了魔性，好像玄幻故事一样。

我想了想，又问："纯粹出于好奇，你看这信里的遣词造句，是不是洛伦佐杀了西蒙内塔？洛伦佐应该很喜欢西蒙内塔吧，那时候他有两首诗都是为她写的，怎么看都像是情诗。"

胡凯笑了起来："我不知道，也有可能。不过我总觉得应该不是。就算真是洛伦佐杀了她，也应该是出于别的原因，而并不是单纯的忌妒。不管怎么说，就算西蒙内塔当时是公开的朱利阿诺的情妇，但她毕竟也是有夫之妇。洛伦佐这种做大事的人，应该不至于因为自己的私人感情得不到满足而杀了自己亲弟弟的情妇。不过，我不是历史学家，你也不是，我们在这里讨论五百年前的八卦倒是真有意思。"

我也笑了，是啊，这些真相听起来离我们太过遥远，却又莫名其妙变得很近，仿佛我们与这些历史真相和八卦交错了时代。只是，在这种莫名其妙里面，倒是搭上了不少人的性命。

包括南洋。

很奇怪，不同于我想的那样，他离开之后，我一直都没有再梦见过他。我的梦里很干净，没有他，也没有山川，只有我自己，躺在阿诺河边的那片绿草地上，望着天。河里有划船俱乐部的活动，应该是春季，河边人声鼎沸。我匆匆瞥了一眼那群聚集的面孔，每一张都似曾相识，每一张却又陌生得想不起名字。他们交谈、欢笑，互相嬉笑打闹，场景熟悉。看了一会儿，我便从草地上爬起来，拍拍身上沾的青草，拎着书朝学校走去。风声夹着说话的杂音从我的耳畔经过，似乎有人在身后喊了我的名字，每当我回头去看，梦便醒了。

恰到好处，每次醒过来，都不再是黑夜，而是天正好亮起来的时候。

第八十七章　跨　年

胡凯还告诉了我另一件事，艾尔当时确实从朱利阿诺的棺材里拿走了一件东西。

"是什么？"我问他。

"你仔细看过那本建造手册没？"

当时时间那么紧，我怎么可能看得那么仔细……不过当时山川叫他赶紧开了棺，拿走他的东西，不要再伤害人，说明他等在那儿确实不光是等着和我们玩游戏，他就是在等那个红宝石戒指。他利用了这条线上的所有人去开棺，把自己的危险和损失降到最低。他费这么大劲，肯定不会只是想和我们玩个游戏。

但是胡凯最后也没有说艾尔究竟拿走了什么，我也没有追问。至少目前来说，我不想知道。毕竟汤勺到现在还没有醒，艾尔拿走的东西和汤勺比起来，太不值一提了。

已经两个星期了，汤勺还躺着。

明天就是跨年夜了，胡凯喊我们都去他的别墅跨年。我还在犹豫。

上次胡凯在何钥匙的铺子里与我碰过头之后，就没有再联系过了。我今天在医院见到了小四，他是特意过来的，为的是来告诉我们一个震撼的消息。

"迪特回来了！"小四兴奋地说，"人一点儿事都没有！"

如果美第奇家族的历史算个玄幻故事的话，小四说的这个就是神话故事了。

"他说是被一个中年男人带出来的。"

"啊？"何钥匙没忍住，直接站了起来，"一个中年男人？谁啊？怎么出来的？从哪里出来的？"

"迪特说，他就是在和我们分别的地方遇到了那个中年男人。中年男人很淡定，称自己迷路了。后来他不知道做了什么，火突然全部灭了，最初着火的鬼头那个地方，地面没有再上升。等火灭掉的时候，地面反而下降了，露出了一个通道口。他们顺着那个通道一直走一直走，就走到了外面的迷宫区，然后那个人熟门熟路地把他带了出去，之后那人就不见了。"

"迪特是梦游出来的吧！"何钥匙听得目瞪口呆。我也目瞪口呆。

"但是迪特说，其他兄弟都被那火烧死了，"小四说，"只有他一个人活着出来了。"

"他能活着出来已经是奇迹了好吗？"何钥匙差点儿蹦起来，"他不会是遇上鬼了吧？"

第八十七章　跨　年

"说不好……"我看小四那个表情，可能真怀疑迪特遇到鬼。不过无论如何，迪特总算是平安回来了，这已经是奇迹了。小四还带来了另外一条消息：胡凯派人继续追踪艾尔和山川的下落，只收获了一条线索，就是有疑似他们俩的人上个星期在法国巴黎出现过，然后线索就断了。

我点头表示知道了。

由于何钥匙的家传钥匙被山川拿走了，我也将这些最新的消息转达给了他。何钥匙听完后却只问："小贱呢？没说两个人和一只猫吗？小贱不在吗？"

我有些怀疑，小贱是不是原本是何钥匙的猫，后来也被山川偷了去，莫名其妙回来我们身边做了猫间谍，又回到了何钥匙手中……总而言之，小贱是一只特殊的猫。可你要问我究竟特殊在什么地方，我又难以讲清楚。或许它确实是从那幅黑猫图上钻出来的猫，穿越了五百多年，来到我们的时代，参与了所有的事件。我无聊的时候回想回想，还真觉得能找到充分的论据支持这个想法。

我今天闲来无事，大过年的外面风又大，冷得很，我也懒得去开古董铺子的门，于是就窝在汤勺的病房里，把之前的事情都整理了一下。

我在纸上把这些东西都写了下来：

1990年1月23日，阿夫杰跳楼案：廖思甜因为参与了阿夫杰·耶夫娜对美第奇家族宝藏的研究课题，而对这个宝藏有了浓厚的兴趣，结果阿夫杰想要公开研究成果，被廖思甜杀害。而廖思甜杀害阿夫杰的整个过程被人用相机记录了下来。这些照片，我之前一直在想究竟是谁拍的，后来仔细想了一下，大概猜到了。一般一个人既然第一次能单独杀人，那么第二次也不会需要帮手，毕竟多一个人多一分危险，尤其是像廖思甜这种目的明确的女人，手段绝对不会温和。所以，拍照的人，应该是卡洛·齐德蒙。我后来想办法查过他，他在参与专案小组之前，是突然之间从一个小巡警飞升进警探小组的。这个过程速度太快，不得不让人怀疑他之前做过什么事情。所以，我相当怀疑，就是他拍了廖思甜杀人的照片，威胁廖思甜。结果后来又因为这个原因，参与了尼可的谋杀计划，而被艾尔提前灭口。这大概就是所谓的轮回报应。

1990年2月26日，尼可自杀案：一切其实本来是按照廖思甜的预期计划进行的，他们这条船上一共只有六个人，分别是她、文交会的菲利普、克劳迪欧、欧枚洛，还有警探小组的卡洛·齐德蒙和与他从小一起混大的兄弟老西木。所谓的专案小组成立之前，这些人就已经是一伙了。但是傻乎乎的老西木又拖了一个人进来，这个人是当时与"老西木"关系比较好的同事警探德西·卡尔梅洛，也就是汤勺的父亲。廖思甜虽然责怪老西木多事，却也没办法，只得想着拉他一起下水，结果接触下来发现，此人绝对不具备上他们那条船上的性格条件。但卡尔已经多多少少知道了一些事情，所以廖思甜一直很想解决他。但他毕竟是警探，不是那么好下手的。后来，廖思甜倒是有了一个意外的收获，老卡尔虽然麻烦，但是并不工于心计。并且他反而先有了被廖思甜抓在手里的把柄，就是他与当时小有名气的画家尼可偷情的事。这事被廖思甜先逮住了，于是廖思甜便有了计划。尼可当时享誉盛名的正是她对古画的临摹技术。廖思甜便想来个偷天换日，准备花一些钱要求尼可画出一幅一模一样的《西蒙内塔·韦斯普奇》出来，好让她拿回去冒充原件。当然她不想花什么大价钱，便顺带以尼可和卡尔的事情做要挟。可她没想到的是，尼可一口拒绝，完全不受要挟。她想了想，意识到不对，这女人既然不肯帮忙，留着只能是个麻烦。尼可不是傻子，十有八九能猜到他们要画做什么，于是她心一横，便和齐德蒙一起杀了尼可，并且伪装成尼可为情自焚结案。她拖齐德蒙下水，一是一直记仇他拍照威胁她的事，万一出什么事情，好歹拉个垫背的；二是齐德蒙毕竟是警察，拖他一起，让他了解事发经过，结案伪装起来也方便。

1990年3月9日，乌菲兹偷盗案：廖思甜怎么也没想到，她的偷天换日计划还没成形，画居然真的不见了。这就是胡凯说的那件事，当时因为他父亲和大鹰之间的债务问题，大鹰去偷了这幅画给胡凯的父亲还债。而廖思甜此时利用她的关系，请求政府成立了专案小组，当然，专案小组里面的人物早就已经选定了。有一件事我想之前胡凯应该说错了，老卡尔会出现在专案小组里面，应该是廖思甜的将计就计。她本想伺机灭口，只是没想到老卡尔不知道葫芦里卖的什么药，竟然因为跑去偷窃阿夫杰跳楼案的记录而被停职。从此之后的三年，他离开警队，几乎消失，有消息说他一直都和黑帮的人混在一起，让廖思甜不敢轻举妄动。而三年之后他再次出现，居然把画带了回来。然后，他就跳入铁轨自杀身亡了。我猜，廖思甜当时应该和我现在一样不明所以。我也不明白，汤勺的父亲究竟为什么要自杀？难道单纯是因为尼可的死吗？因为他认为尼可是为他自杀的，所以他不顾儿子，不顾家庭，就去自杀了？我觉得不可能，事情一定没这么简单。而廖思甜当时十有八九以为老卡尔带回去的是假画，却又一时不知道怎么处理，就把它上交了。博物馆为了向政府交差，于是就顺着廖思甜偷天换日的计划，把画藏在了瓦萨利长廊之中，从此不让人观看，并把当时接触这件案子的人员，包括博物馆的和警队的人全部都调走了。毕竟，这是关乎博物馆、文交会和警队三方面子问题的大事情，绝对不能有闲言碎语流传出去，否则后果不堪设想。所以说，廖思甜他们去找地下宫殿，完全属于瞎蒙，加上手里有之前阿夫杰留下来的研究成果，拼拼凑凑，最后他们还是下去了，留了两个人在外面做后勤和接应，这两个人就是菲利普和齐德蒙。

菲利普一直很不满意他们在这件事上的安排，所以在他们音信全无、齐德蒙也失踪了之后，他决定自己寻找线索。可他还不知道，曾经的那个利益集团早就在危险之中各自逃窜，分崩离析了。这个时候，盯了他很久的艾尔出现了，他让山川利用人皮面具乔装打扮成西蒙内塔的模样去吸引他的注意力。一个从画上走下来的女人，作为当事人的菲利普当然一下子就关注到了她，于是想尽办法把她弄了回去，不知道用了什么手段半要挟半软禁地让她跟他待在一起。艾尔想要从他身上取得线索，而他也想

第八十七章　跨　年

从这个酷似画里人的女人身上取得线索。结果当然是明确的。所以我想，菲利普的死应该是艾尔或者起码是他的人干的。刻意弄成1990年阿夫杰跳楼案同样的死亡方式，他的目的或许就是为了引出那些藏在这件事后面的隐形人物，看看他们究竟知道多少事情，比如汤勺。

我写到这里的时候停住了，因为听见床上发出了细微的声音。"汤勺？汤勺？"我走到床边，喊了他两声，然后，我看见他的右手手指在动，眼皮也在动。

我冲出门大声喊来了护士，护士说老头不在，只有一个年轻的女医生。

女医生一进来却首先对着蓬头垢面的我猛放电，让我产生了不祥的预感，犹记得之前还被夏娃坑过。我二话不说上去就一把捏住她的脸，在她惊恐的眼神和尖叫声中，我发现她的脸没什么异样，于是清了清嗓子，摆了个请的姿势让她检查汤勺。

女医生气得满脸通红，只给他打了一针，语气硬得跟石头似的对我说了两个字"醒了"，之后所有话都只跟护士交代了。我估计以后这位美女大概是不会再和我说任何一个字了。

不管怎样，汤勺终于醒了。

我如释重负，不再为没等他亲口向我交代在热那亚和威尼斯查到的真相而感到羞愧，反正他也醒过来了。

现在是12月30日的凌晨三点。

我使劲儿在他面前晃着手指和脑袋，为了让他在完全睁开眼睛的时候能反应过来自己是不是记忆完好。

可他睁开眼之后并没有看我，而是越过我，眼睛直愣愣地看向了我的身后。看得我毛骨悚然的时候，他突然来了一句："你怎么在这儿？"

我心说：不是吧，是不是去鬼门关转了一圈之后开始看到那些东西了……

我终于忍不住猛地转身——果然有人！我吓得往后跳了一大步，这才看清楚，那是何钥匙。

"你怎么走路没声音啊，故意吓人啊？什么时候进来的，不能说一声啊？"我没好气地冲他说道。

何钥匙也不买账："怎么？我进来难道要吼一声说我到了？还是我要特意跺脚放屁证明我进来了？"说完又转向汤勺，"你也是，你什么意思？你醒过来第一件事就是质问我为什么在这里，而不是感动我为什么这个时间在这里？只有他能在这里？"

我差点儿就被何钥匙绕晕了。汤勺却不紧不慢地说："我之前一直只感觉到他在这里，没感觉到你的气息。"

何钥匙差点儿一口气提不上来："你昏迷居然还能……感觉到气息……"

"你究竟为什么这个点来这里了？"我问他。

他从口袋里掏出来一包东西打开，从里面拿出一把钥匙。我一看那钥匙的形状，瞬间明白了一半，那钥匙上面镶嵌了一块红宝石，钥匙头上还刻着一个M。这应该就是何钥匙那把被山川拿走的传说当中的钥匙了。

"你怎么找回来的?"

何钥匙不说话,只从那纸包里掏出来一张折叠着的纸递给我:"你看这个。"

我打开来一看,上面写着:"何钥匙,新年快乐。"

这字体我太熟悉不过了,是山川写的花体。

"怎么拿到的?她人呢?"我揪着何钥匙问。

他摇头说道:"没见到人,只有这个。大半夜有人打破了我的窗户,我绕出去,在院子里捡到了这个,被放在窗户下面的地上。我找了一圈,没见到人。"

汤勺第二天被批准出院,因为白求恩老头也要去胡凯家,所以我们全体被拉去了胡凯的别墅跨年。

就算不因为这个,我也会主动去,原本不想去,现在是有事相求。对,我想让他在佛罗伦萨仔细找找,看能不能找到山川的行踪。这么短的时间她应该还在城内。我的脑袋里甚至有个奇怪的想法,我想:她会不会想回到这个她长大的城市来跨年。

是啊,这里是她长大的地方,我们一起长大的地方。

可是,为什么?为什么艾尔选择的是山川?而山川明明清醒了,却不回来呢?她是真的恨我吗?

胡凯邀请我们去的别墅就是隐藏在米开朗琪罗半山腰的美第奇别墅。

到了别墅门口,我又遇到了那只胖橘猫。橘猫蹲在门口的花坛旁边,抬头看着我。

"你怎么还在这儿?"

"你在和谁说话呢?"何钥匙凑过来,汤勺也停住了脚步回头看我。

"那只猫,你们记得吗?那只我们在波波利花园碰上的猫。"我说,"你们看!"

可是手一指,刚才那只胖橘猫蹲着的地方空空如也。

"你见鬼了吧?快走吧。"何钥匙说,"凯爷等着呢。"

"你什么时候叫凯爷叫得这么顺口了……"

何钥匙也不跟我争辩,拉着我就朝门口走,熟门熟路,就好像这别墅是他的。

我们谁也没有看到,有个中年男人,穿着一身随意的运动服,站在别墅附近的小道上。他看到我们走进胡凯的别墅后,笑着转身,朝米开朗琪罗广场走去。那只橘猫优哉游哉地晃着尾巴,跟在他的旁边。他们一起消失在跨年夜的灯光里。

一进别墅,胡凯先带我们去看了一样东西。

他带我们进了一间昏暗的房间,门口拉起了红色天鹅绒帷幕,像舞台一样,甚为夸张。走进去,我就知道他要给我们看的是什么了。

是那两幅《西蒙内塔·韦斯普奇》。它们并排挂在墙上。两幅画下面的架子上,端正地摆着胡凯家那把带着宝石的祖传圆规。

手上戴着红宝石戒指和没有戴红宝石戒指的西蒙内塔,用同样一张美丽的脸,静静地看着我们。圆规上的宝石在昏暗的灯光下闪耀着光芒。

第八十七章　跨　年

"还是被你找到了，不愧是凯爷。"我说。

胡凯低头笑道："坏毛病，我要的东西，就非得得到不可。"

"这后面是什么？"我突然瞄到画框后面似乎露了一条缝隙出来，看来是安了密室。

"你的眼睛真尖。你觉得呢？"胡凯笑眯眯地望着我们。

我们谁也没有回答，他也没再说话。我想里面应该是个灵堂，有胡家的祖先、胡凯的爷爷、胡凯的父亲，或许还有一块属于木飞的灵位。

这也只是我的猜测而已。

我到现在都无法评价胡凯这个人，他时而这样，时而那样，有时候冷血，有时候看起来又特别像个大慈善家。我仍记得在热那亚小四对我说的关于胡凯的那些话。是啊，善恶，从何分辨呢？即使对于艾尔这样的人，也无法分辨善恶。我们自己也是。

伯格又穿上了厨师装。胡凯在大厅直接搭建了一个开放式的透明厨房，专门用来做跨年晚餐。他的所有手下好像都聚齐在这里了，到处都是穿着西装的人，黑压压的一片。而伯格带着十几个厨师在临时搭建的开放式厨房里忙碌。

我们再次见到了迪特，他穿了一身和平时截然不同的大红色衣服在厅里忙忙碌碌，说是胡凯让他穿的。何钥匙口无遮拦地说："看来可能是鬼带你出来的，凯爷这是为了驱邪叫你穿大红色。"说完就被我狠狠掐了一下。

唯独不见小四。

"小四呢？"何钥匙问胡凯。

"去你那儿了，没想到你和他们一起，我还专程让他去你的铺子里接你一起过来。"

没过十分钟，小四的车就到了门口。

门一开，我们都惊呆了，先进门的是一只毛茸茸的小脑袋。

"小贱！"何钥匙率先反应过来。

"喵——"

小四的手里抱着一只黑猫，不——它就是小贱。是小贱没错！它脑袋上的倒三角标记确实夺目。

我惊讶地看着那只猫，何钥匙欣喜得直接飙泪了。我转头望向汤勺，希望他给我一个肯定的回应，结果汤勺只是笑了一下，还摇了摇头。

这是什么意思？

胡凯凑到我的耳边说："你放心，我已经派人去找了。只是佛罗伦萨也不小，你急也没用。但是有一点你可以放心，他不会伤害你妹妹。"

然后我听见汤勺捂着嘴轻声对胡凯说："那猫是怎么回事？你们找了一只黑猫剃毛了？还挺像，看着挺邪乎。"

胡凯笑而不语。

我大概明白了，也不再说话。何钥匙抱着小贱，一直追着小四问在哪里找到的、

469

怎么找到的,问得小四几乎说不上话来,拼命看向胡凯这边,等着胡凯给他使眼色。

"哦,四合院,你那四合院里找到的。我进去找你的时候,就……就看到猫了!"

"哎呀!肯定是那女人回来还钥匙的时候把小贱一起带了回来。我之前应该看一下的,却拿着钥匙就跑了。今天风这么大,它在花园里肯定冻得不轻。但是……奇怪,那女人为什么会把小贱还给我呢?特意带走的,怎么又会还回来?……"小四趁着何钥匙开始自言自语,赶紧溜走了。

晚餐吃得颇为丰盛,胡凯拿来的香槟也是上等的好货。虽然我从来喝不出好坏,但也跟着他们装腔作势地品了品,没过多久,就把自己喝得晕晕乎乎。酒是好东西,微醺之后,倍感快乐,一切烦恼就变得没有面前酒杯里的液体来得重要了。

耳边声音嘈杂,和梦里的阿诺河河边相似。白求恩老头一个劲儿地追着何钥匙问关于"江湖术士"的问题,周围很多人都在笑。大家碰杯,说了一遍又一遍的"为了健康"和"祝福一切"。就像所有人都在,什么都没发生一样。

汤勺一直微笑着,沉默不语地坐在我旁边,看着这群人吵吵闹闹。我凑过去,拍了拍他:"问你一个问题。"

"什么?"他低头看着半趴在桌上的我,表情认真。

"你有没有想过,你父亲为什么自杀?"

汤勺收起了微笑,喝了一口酒,然后看着酒杯认真回答了我的问题:"想过,而且一直都知道。只是以前想不通,或者是记忆屏蔽了一些信息吧。那天在火车站,他跳下去之前,我曾经见过一个男孩。那个男孩站在与我们隔了三个站台的地方,在一个很大的盆栽后面静静地望着我们。我看到我父亲也望着他,表情很无奈又很心疼。那表情,现在回想起来,有些像他有几次见到尼可时的表情。对,似乎就是一样的。然后,他就跳了下去,那男孩也不见了。所以,我想我知道。"

"是……"是艾尔用汤勺或者自己的生命威胁了他父亲吧,不,他们的父亲……汤勺的眼神告诉我,他明白我要说出来的答案,于是我没有再说下去。

"你恨他吗?"

他摇头:"不恨,都过去了。任何事都该有个结束的时候。"

是啊,都过去了。世界上总有一些事情的真相无法知晓,总有一些问题没有答案。重要的是,这些谜题也好,秘密也罢,或许都可以变作无关紧要的东西。毕竟,明天还是会如期到来。

何钥匙突然把我从桌子上拎了起来:"快快快!倒数了!"

"十、九、八、七、六、五、四、三、二、一!新年快乐!"窗外有无数的烟火在天空中绽开,屋子里所有的人都欢呼起来。

我笑着同他们碰杯。

"新年快乐!"

尾 声

我迷迷糊糊快要睡着的时候，隐约听到了小四和胡凯的对话——
"查到了吗？"
"查到了，艾尔的确不是那个人，那个人很可能是……"
外面的烟火又"啪啪"地响了起来，他们的对话被打断了。
烟火声暂停后，我隐约听到汤勺说："明天有一个地方要去。"
我含含糊糊地凑过去应和："好啊，一起去。去哪里？"
他说："先去你铺子里，把那封信和带照片的项链拿出来。"
我差点儿忘记说了，不光是何钥匙的东西物归原主，被还回来的还有尼可留下的那封信和那条项链。我还没有告诉过汤勺它们曾经失踪过，只是，项链里面的那张照片不见了。随着包裹一起出现的还有一张纸条，上面写了四个字："新的开始。"
我深吸一口气，正想把照片的事情告诉汤勺，何钥匙却突然凑了过来，大着舌头插了一句："我也要去，我们去老皇宫溜达一圈，我想去找找还有多少被瓦萨利隐藏起来的线索……"
我拍了下桌子，说："好。"然后我就睡着了。

那天晚上，我又做了同样的梦，不同的是，这一次我把梦做完整了。
当风把嘈杂的声音吹到我的耳边的时候，我夹着的书掉在了地上，身后有人喊我，我回头去看，我以为我会见到南洋，可是天突然下起了暴雨，雨水"哗啦啦"地落到地上。眼前是一座外墙灰暗的房子，我认了出来，那是当时囚禁山川的地方。
在离我不远的前方，一个男孩背对着我站着。他一动不动地立在雨里，任凭大雨把他浇成了落汤鸡。
"喂，你找谁？"我大声问。
他过了一会儿才转过身来，走到我面前，两眼望着我，塞了一张白纸在我的手里，然后跑开了。
那不是一张白纸，我反过来一看，那张纸上是有图画的。画的是一棵树，是孤儿院后院里的那棵大树。而树旁边站着一个男孩，旁边写着两个字："艾尔。"我抬起头来，大雨迷了我的眼睛，我隐约看到有个小姑娘趴在那间房子的铁窗口，冲我微笑。

是山川吗？

我在雨里冲她大声喊："为什么？"

她微笑着在说什么，可隔得太远，我只能看清她的口型。她似乎在说："你知道的，你最了解我，所以你明白。"

我还想继续说些什么，这时候，有人拍了拍我的肩膀。我一回头，雨又停了，雨声也消失了，嘈杂的人声又被风声重新带到了我的耳边。

脚下被大雨浇灌的水泥地也消失了，我的双脚仍旧踩在青绿色的草坪上。

"喂，小剑，你想什么呢？"南洋穿着一件白色针织衫，阳光在他的浅棕色头发上落了一层白光，"你发什么愣呢？"他把书从我脚边的草地上捡起来，塞到我的手里。

深咖啡色的书封，上面是烫金书名：《美第奇家族》。

"太好了，我就知道你带书了！我没带书，老规矩啊，你挡，我睡。最后一排。别让教授看到！"他说完，拉着我就朝学校的方向走。

"你走快点儿，三点半上课，现在还来得及去找山川吃个甜点喝杯咖啡。我跟你说，换咖啡吧了，老吃那家的甜点，我快被腻死了！他家从来不上新……小剑，小剑，你听见我说话没有？"

风的声音，人的声音，都在渐渐远去。

我伸出手臂搭在南洋的肩膀上。

我说，我听见了。

End（完）。